日本古代恋愛文学史

吉田幹生
Yoshida Mikio

The History of Ancient
Japanese Literature of Love

笠間書院

日本古代恋愛文学史

目次

はじめに――日本古代恋愛文学史の構想……1
序　章　七世紀以前の恋愛文学……5
歌垣をめぐって／挽歌史をめぐって㈠／挽歌史をめぐって㈡／挽歌から相聞歌へ

第一篇　七・八世紀の恋愛文学

第一章　額田王と鏡王女の唱和歌……31
問題の所在／鏡王女歌の作歌時期／額田王歌の「間接性」／額田王歌試解／天智朝の額田王／鏡王女歌の題詞をめぐって／鏡王女歌試解／〈待つ女〉の歌として
第二章　人麻呂歌集の相聞歌――正述心緒を中心に――……65
はじめに／二三六九歌の訓／二三六九歌の意味をめぐって／恋の自己対象化をめぐって／人麻呂歌集の意義
第三章　石見相聞歌の抒情と方法……85
はじめに／妹見つらむか／第一歌群の構成／妹のあたり見む／第二歌群の構成／恋愛文学史上の石見相聞歌
第四章　『古事記』における男と女――いろごのみ再考――……110

ホヲリとトヨタマビメをめぐって／「いろごのみ」と『古事記』／雄略と赤猪子／『古事記』の男女観

第五章　『萬葉集』における「人妻」の位相……128
人妻ゆゑに／人妻と禁忌性／八世紀の「人妻」／平安和歌への展開／まとめ

第六章　異類婚姻譚の展開——異類との別れをめぐって——……149
多様化する異類婚姻譚／共同性から私的感情へ／「恋心」の発見／悲劇の構造／王朝物語史へ

第二篇　九・十世紀の恋愛文学

第一章　〈あき〉の誕生——萬葉相聞歌から平安恋歌へ——……165
はじめに／贈答歌と心変わり——七世紀の段階／二四五五歌をめぐって／「夢」の歌——七世紀から八世紀へ／内省化と心変わり——八世紀の段階／〈あき〉をめぐる表現体系の成立——八世紀から九世紀へ

第二章　『竹取物語』難題求婚譚の達成……188
問題の所在／妻争い伝承概観／菟原処女伝承をめぐって(一)／菟原処女伝承をめぐって(二)／桜児伝承・縵児伝承をめぐって／生田川伝説へ／かぐや姫の人物造型／難題求婚譚冒頭部の形式／求婚者たちの「心ざし」／「あはれ」と難題求婚譚

第三章　恋愛文学の十世紀…………225
はじめに／『竹取物語』／『落窪物語』／『伊勢物語』／『蜻蛉日記』
第四章　〈人の心〉から〈我が心〉へ――『蜻蛉日記』論――…………238
はじめに／上巻における道綱母／中巻における道綱母／鳴滝籠りの意義／下山後の道綱母／おわりに
第五章　〈しるしの杉〉と『蜻蛉日記』…………257
問題の所在／伴信友の校訂本文をめぐって／古今集歌と「しるしの杉」／〈待つ女〉としての道綱母
第六章　仲忠とあて宮――『うつほ物語』論――…………268
はじめに／仲忠の登場／あて宮の春宮入内／仲忠の「心ざし」／恋愛文学史上の『うつほ物語』

第三篇　恋愛文学としての『源氏物語』

第一章　夕顔巻の物語と人物造型…………289
はじめに／夕顔の卑下意識／『源氏物語』と女の幸せ／夕顔の遊女性

第二章　六条御息所の人物造型――その生霊化をめぐって――……302
はじめに／転換点としての車争い／御息所という設定／〈待つ女〉としての六条御息所

第三章　六条御息所の照らし出すもの……319
六条御息所の特異性／六条御息所の〈我が心〉／『源氏物語』の女君として／恋愛文学史上の六条御息所

第四章　蓬生巻の末摘花……330
問題の所在／『源氏物語』と倫理観／蓬生巻の方法／陰画としての末摘花

第五章　若菜巻の紫の上――「世」への傾斜と「憂し」の不在――……356
紫の上像の基本形／「世」への傾斜／「憂し」の不在／「あはれ」の獲得／第二部の達成

第六章　男の執着と女の救済――宇治十帖の世界――……374
八の宮の選択／薫の人物造型／大君の結婚拒否／大君の内面叙述／薫と大君の物語／中の君への接近／浮舟登場／蜻蛉巻の薫／蘇生後の浮舟／再会する薫と浮舟

終　章　十一世紀の恋愛文学――日本中世恋愛文学史へ――……419
『和泉式部日記』／平安後期物語／中世恋愛文学史へ

初出一覧　436
あとがき　439
索引（作品名・研究者名）　左開

凡例

本書でしばしば引用する文学作品については、散文はおおむね新編日本古典文学全集（小学館）に拠ったが、『落窪物語』は日本古典文学全集（小学館）に、『うつほ物語』は『うつほ物語　全』（改訂版、おうふう）に拠った。歌集については、『萬葉集』『古今和歌集』『新古今和歌集』は新編日本古典文学全集（小学館）に、『古今和歌集』『新古今和歌集』以外の勅撰和歌集は新日本古典文学大系（岩波書店）に、それら以外の歌集については『新編国歌大観』（角川書店）に拠った。これら以外の作品については、その都度注記した。ただし、引用に際しては表記を改めたところがある。また、傍線などの記号は特に断らない限り、すべて私に付したものである。

はじめに——日本古代恋愛文学史の構想

五八九年、中国大陸で約四〇〇年ぶりに統一王朝が誕生した。隋である。この出来事が東アジア世界に与えた衝撃は想像に難くない。久しぶりに出現したこの巨大帝国とどのように付き合っていくか、周辺諸国は対応を迫られたことであろう。既に高句麗と百済は隋が成立した五八一年に朝貢の使者を送っていたが、地理的に遠い新羅も少し遅れた五九四年には使者を派遣しており、朝鮮半島の国々は六世紀末には隋の冊封体制に組み込まれることになった。やがて五九八年に高句麗が隋の征討を受け半島の緊張関係が増していくなかで、倭も六〇〇年には隋に使者を派遣することになる。約一世紀の空白を経て、倭は中国との外交を再開することになったのである。

このことは、倭の文明化という意味で大きな出来事であった(1)。以降、倭は六〇三年の冠位十二階、六〇四年の憲法十七条などの国制改革に着手し、急速に中央集権国家への道を歩んでいくことになる。隋はほどなく滅亡し、代わって六一八年に唐が誕生することになるが、激動する東アジア情勢のなか、倭は唐の冊封体制下に入ることなく、不定期朝貢国としてその外縁部に位置付けられながらも、朝鮮半島経由で中国大陸の進んだ文化文物を移入しつつ、七世紀を通して「天皇」を中心とする律令国家「日本」を作り上げていったのである。

ここに、従来からの固有の風俗習慣を土台としつつも、そこに中国由来の風俗習慣を取り込んだ二元構造社会が出現することになった。[2]とはいえ、その構造を日中の対等な二項対立と捉えるのは正しくない。早くから海を介しての人々の交流が指摘されているように、[3]そもそも「固有の風俗習慣」それじたいが中国を中心とする東アジア社会のあり方と無関係には存在し得ない側面を持っているからである。それゆえ、中国と日本の関係は、全体と部分とでもいうべき不均衡かついびつな二項と見た方が相応しい。言い換えれば、時に東アジアという一つの大きな文明圏の中で捉えるべき同質なものとして、また時に日中の二元論的な把握が有効に働く異質なものとして、両者の関係は立ち現れてくるということである。

このような側面を持ちつつ成立した二元構造社会は、その後も各方面で中国に急接近しそれに学びながらも、しかし完全に中国化することはなく、むしろ二つの要素を融合させながら、かつての倭とも中国とも異なる社会を造り出していくことになった。言うなればそれは二元構造社会の一元化ということだが、その一元化運動の先に「日本的な社会」が成立してくるのであろう。もちろん、先述した不均衡さゆえ、その社会をあまり純粋なものと考え過ぎては当を失することになるし、その後も中国が日本に大きな影響を与える存在であり続けたことも間違いはない。しかし、七世紀以降の歴史を右のように理解しておくことは、この時代の文学を考える上で一つの重要な視座を提供することになると考える。右に述べたことを文学史の問題として記述し直せば、以下のようになろう。

七世紀の急速な中央集権化に伴い否応なく中国文化と向き合うことになった倭の人々は、文字を学び中国文学に学習しながら漢詩文を作成することで漢字文化圏の一員としての道を本格的に歩み出すことになった。その歩みは、『懐風藻』を参観するに、七世紀の段階ではまだ初歩的なものであったと推定されるが、しかし八世紀を通してその学習は急速に進み、九世紀初頭の勅撰三漢詩文集において一つの到達点を見ることになる。また一方で、そのような中国文学学習の成果は、うたの表現に取り込まれたり、口頭伝承を漢文で書き記すことなどを通して、従来からの倭文学にも影響を与えることになった。このようにして、漢文学の誕生（日本人による漢詩文をここでは「漢文学」呼ぶことにする）及び倭文学の中国文学への接近が進んでいくわけだが、しかし、そのことでかえって固有の文学表現としての和歌が意識されたり、仮名によって口頭伝承を模した物語文学が誕生するなど、和文学への自覚も九世紀頃には顕著になってきたと推測される。言わば、中国文学に連なるものとしての漢文学と、倭文学との連続性を意識させる和文学とを含んだ総体としての「日本文学」が、九世紀末から十世紀初頭頃には成立してくるのだと見通されるのである。

このようにして成立した日本文学は、文体的には漢文学と和文学とが区別されるものの、和歌や物語をはじめとする和文学に中国文学摂取の跡が指摘されたり、漢文学に和臭が感じ取られたりしているように、内容面では両者が緩やかに融合ないし混合される形で存在していた。それゆえ、視点の定め方によって、「東アジア文学史」としても「日本文学史」としても記述され得るわけだが、本書の課題である恋愛文学史について言えば、後者の立場に立つ方が有効であると予想される。それは、早くから家父長制が成立していた中国と双系制社会で女性にも所有権があるなどその地位が比較的高かった倭とでは、恋愛習慣や夫婦のあり方も相当に異なったものであったと想像されるからである。また実際に、両地域とも歌垣文化を育み男女の情愛をうたった民間歌謡が数多く流通していたと考えられるのに、中国では恋愛詩が文学の主流を占めていくことはなく、反対に日本では勅撰和歌集の重要な部立てとして「恋歌」が立てられるようになっていく。これは儒教の浸透度合いの差に起因するものと推測されるが、見方を変えて言えば、社会構造のみならず、恋歌を取り巻く文化的環境もまた日中では大きく異なっていたということである。それゆえ、ここでは日中の異質性に注目しておくことが得策であろう。

本書では右のような前提のもと、中国文学と接することで倭の恋愛文学がどのような軌跡を経て「日本」の恋愛文学へと展開していったのかを明らかにしたいと思う。なお、連続する文学史の動態を特定の一点で切断することは難しいが、本書ではある一定の方向性をもって動き出した文学現象が、その方向へはもうそれ以上展開していかず、後続の文学がその展開過程の内部に自らの課題を見出すようになるまでを一区切りとして考えることにしたい。そして、それが規範化されることをもって、その時代を「古代」と呼ぶことにしたいと思う。

（1）吉川真司『飛鳥の都』（岩波新書二〇一一年）参照。

（2）吉田孝『律令国家と古代の社会』（岩波書店一九八三年）など参照。なお、吉田氏は主に古代律令国家の問題として述べているのだが、

本書の基本的な課題は、日本の未開な社会のあり方が、古代文明の一形態としての中国律令法の継受の仕方とどのようにかかわっていったか、また律令制の施行によって日本の社会がどのように変質し、日本独自の国制や文化がどのようにして形成されていったか、という点にある。

という吉田氏の問題設定は、広く文学の課題としても適応可能であると考える。

（3）網野善彦『日本論の視座』（小学館ライブラリー一九九三年）、『「日本」とは何か』（講談社二〇〇〇年）など参照。

序章　七世紀以前の恋愛文学

一　歌垣をめぐって

本章では、具体的な考察を行うに先立って、七世紀以前の恋愛文学のあり方について概観しておきたい。それは中国文学との距離をどう把握するのかという問題であり、「はじめに」で述べた「二元構造」の内実に関係する事柄だからである。とはいえ、史料的な制約から、それをつぶさに検討することは難しい。それゆえ、ここではまず恋歌の有力な発生母胎と考えられる歌垣の研究史を辿りながら、考察の前提となる枠組みを確認しておきたい。

いったい、抒情歌以前の姿を示すものと考えられてきた歌垣歌であったが(1)、一九八四年に内田るり子氏が中国広西省の壮族の歌垣に「個人の歌掛け」が存在することを指摘紹介したことを受けて(2)、一九九〇年前後には日本古代の歌垣歌を見直そうとする動きが強まったようである。高野正美氏は「従来叙情歌の成立は貴族社会の成立とほぼ平行していると考えられて来たが、その成立はさらに遡って民衆の歌垣に求められることになる」可能性を指摘し(3)、神野富一氏も歌垣歌から抒情性を排除することに異を唱え、歌垣では集団対集団のほか一対一の歌の場も形成されるのであり、そこでうたわれる歌は個人による対詠的な恋愛歌謡にほかならない。のみならず、「思慕の情を吐露する」などの歌は豊かな抒情性の存在をうかがわせる。いや、逆に考えて、男女が誘い合う歌垣では、相手に自分の思いを訴え相手を動かす抒情の力によらなければ恋を実現できないのではないか。「歌掛け」の歌は相手を誘ったり言い負かしたりする実際的な目的や機能もあるにちがいないが、しかしまた「歌掛け」でこそ抒情の力が競われ、鍛えられるともいえるだろう。

と述べたのであった。(4)しかし、二〇〇〇年頃から報告されている中国少数民族の歌垣を参照すると、「個人の歌掛け」の存在から抒情的な歌の存在を導き出してよいのか、不安が残らないでもない。辰巳正明氏や岡部隆志氏は歌垣の歌が基本的に公開されるものであったことを強調するが、(5)とすれば「個人の歌掛け」が行われるからといって、それをあたかも二人だけの閉じられた世界のように捉えてしまっては実態と齟齬を来すことにもなりかねまい。また、一九九四年から中国での現地調査を開始した工藤隆氏は、計八段階から成る歌垣モデルを試案として提出し、その最も原初的な段階を

基本的にムラ段階の社会で、祭式（結婚式、葬式も含む）、市など多くの人の集まる場で、あるいは臨時に別の集落を訪問し、配偶者及び恋人を得るという実用的な目的を持って、即興的な歌詞を一定のメロディーに乗せて、歌の掛け合いをするもの。この歌掛け自体の背景としては、〝神話世界でのできごととしての結婚〟という物語が存在しているのが普通。またそれとは別に、理念としては恋愛の諸局面を意識はするが、もっとも重視されるのは、いかに歌を持続させるかと、いかに相手を自分の側に引き入れるかということである。外部の人の要請で歌ってほしいと依頼されると、〝恥ずかしいから〟という理由で断るのが普通。人々が歌の名手と認めるような歌い手の歌の一部が記憶されて、固定歌詞の歌として流布することもあるが、そうい

うことはあまり多くない。（傍線原文）

と捉えたが、[6] これに従うと「いかに歌を持続させるかと、いかに相手を自分の側に引き入れるかということ」を最優先するこの段階の歌垣に、抒情歌が存在したとも思えない。問題は、七世紀以前の倭の歌垣がどのような段階にあったかということであり、その歌表現の質をどう考えるかという点にかかっている。

従来は、集団から個へという見取り図のもと、自我意識の確立過程に抒情歌誕生の秘密を探ろうとするのが一般的であったように思うが、詠歌主体の側に問題を追い込んでしまうのは生産的ではない。重要なのは、個を感じさせる表現の問題であって、焦点はあくまでもそのような意味の生成過程に絞られるべきだからである。そして、この問題を考える上で参考になるのが、『常陸国風土記』筑波郡条の次の記事であろう。

夫れ筑波の岳《やま》は、高く雲に秀でにたり。最頂《いただき》の西の峰は崢嶸《さが》しく、雄の神と謂《い》ひて登臨《のぼ》らしめず。但、東の峰は四方《よも》に磐石《いはほ》あれども、升陟《のぼ》るひと坱圠《かぎりな》し。その側の流るる泉は、冬も夏も絶えず。坂より已東《ひむがし》の諸国の男も女も、春の花の開く時、秋の葉の黄《もみ》たむ節《をり》に、相携《たづさ》ひ駢闐《つらな》り、飲食《もちき》を齎賚て、騎《うま》より歩《かち》より登臨《のぼ》り、遊《た》楽《の》しみ栖遅《いこ》ふ。その唱に曰はく、

筑波嶺に逢はむと言ひし子は誰が言聞けばか嶺《みね》逢はずけむ

筑波嶺に廬《いほ》りて妻なしに我が寝む夜ろははやも明けぬかも

詠へる歌甚多《いとさは》にして、載筆《の》するに勝へず。俗《くにひと》の諺に云へらく、筑波峰の会に、娉《つまどひ》の財《たから》を得ざれば、児女《こ》と為《せ》ずといへり。

相手が来ないことを「誰」のせいなのかと訝る歌や独り寝の夜を「はやも明けぬかも」と願う歌が『萬葉集』にも

・山菅《やますげ》の実成らぬことを我に寄そり言はれし君は誰とか寝《ぬ》らむ　（4・五六四・坂上郎女）

はしきやし誰に障《さは》れかも玉桙《たまほこ》の道見忘れて君が来まさぬ　（11・二三八〇・人麻呂歌集）
あしひきの山桜《やまざくら》戸《と》を開け置きて我が待つ君を誰か留むる　（11・二六一七）
・しきたへの枕動きて寝《い》ねらえず物思ふ今夜《こよひ》はやも明けぬかも　（11・二五九三）
暁《あかとき》と鶏《かけ》は鳴くなりよしゑやしひとり寝《ぬ》る夜は明けば明けぬとも　（11・二八〇〇）
白たへの袖離《か》れて寝るぬばたまの今夜ははやも明けなば明けなむ　（12・二九六二）

と認められることからすれば、萬葉歌と同様の表現を持った歌が、八世紀の歌垣ではうたわれていたことになる。先引した神野氏が歌垣における抒情歌の具体例としたのも当該例なのであった。もっとも、だからといって筑波山での歌が内省的なものとして享受されていたということにはならない。表現としては内省的な「息の緒《を》に我が息づきし妹すらを人妻なりと聞けば悲しも」（12・三一一五）が、実際には「我が故にいたくなわびそ後つひに逢はじと言ひしこともあらなくに」（12・三一一六）という返歌を導き出していることから推せば、「ひとり」であることを強調することが女性を誘う効果を持っていたと考えることも、あながち不可能とは言い切れないからである(7)。つまり、表現それじたいが持つ意味とそれが具体的に担う効果とは、区別しておく必要があるということである。

それゆえ先の問題も、歌垣歌がどのような表現を持っていたのかという問題と、その表現がどのように享受されていたのかという問題とに、ひとまず切り離して考えていくことが有効であろう。その上で、歌垣において前掲したような内省的な表現がいつ頃誕生したのか、またその表現が内省的なものとして享受されるようになったのはいつ頃か、というように論を進めていくべきなのだが、先述したように、史料的な制約から、七世紀以前の歌垣歌の確例を俎上に上せることは難しい。そこで次節では、迂遠なようではあるが、挽歌史の問題を取り上げ、後者の問題の外堀から埋めていくことにしたいと思う。

二　挽歌史をめぐって㈠

言うまでもなく、死を悲しむことは早くから行われていた。よく知られた史料ではあるが、『魏志』倭人伝には「始死、停喪十余日。当レ時不レ食レ肉、喪主哭泣、他人就歌舞飲食」とあり、また歴史的事実とは言えないが『古事記』や『日本書紀』には天若日子が死んだ時に親や妻子が泣き悲しんだという記述が認められる。問題は、その際の表現のあり方なのだが、具体的な史料が残されていないため正確に知ることができない。右の倭人伝にも「歌舞飲食」とあり、天若日子の記事にも「乃ち其処に喪屋《もや》を作りて…日八日夜八夜以て、遊びき」（古事記）「便ち喪屋《もや》を造りて殯《もがり》す。…而《しか》して八日八夜、啼哭《な》き悲しび歌ふ」（日本書紀）とあるように、死に際してなんらかの儀礼が行われていたことは疑いなく、またその場には「歌」が供されたらしいのだが、その「歌」がどのようなものであったのかを今日直接知ることはできないのである。それゆえ、状況証拠等から推測するほかないのだが、そのような儀礼の場で悲しみそのものがうたわれていた可能性は低いように思われる。

日本古代の喪葬は死→殯《もがり》→葬《はふり》と推移したが、この殯が一定期間「死体」を安置し生命の復活を願うためのものだったとすれば[8]、その場に相応しい言語表現は、一時的に肉体から遊離した魂の帰還を祈る体のものであって、死を前提とした感情の表出はむしろ忌避されたと推断される。右の『古事記』や『日本書紀』の記事には、死んだ天若日子の弔問に訪れた阿遅志貴高日子根神を見て親や妻子が「我が子は、死なず有りけり。我が君は、死なず坐《いま》しけり」（古事記）「吾が君猶《なほ》し在《ま》しましけり」（日本書紀）と述べたとの話が続くが、こういう発言が可能になるのはまだ死という事態が受けとめられていない段階ゆえだと考えると分かりやすい。あるいは、親王以下に支給すべき葬送具を規定した「喪葬令」八条に見える「遊部」について、「古記《こき》」は

遊部者、在二大倭國高市郡一、生目《いくめ》天皇之苗裔也。所三以負二遊部一者、生目天皇之孽、圓目王《つぶらめおう》娶二伊賀比自支《ひじき》

和氣《わけ》之女一為レ妻也。凡天皇崩時者、比自支和氣等到二殯所一、而供二奉其事一。仍取二其氏二人一、名稱二禰義《ねぎ》余比《よひ》一也。禰義者、負レ刀并持レ戈、余比持二酒食一并負レ刀。並入レ内供奉也。唯禰義等申辭者、輙不レ使レ知レ人也。（後略）

と記すが、これに従えば彼らは「殯所」においてなんらかの言葉を口にすることがあったらしい。そして、「釋」に「遊部、隔二幽顯境一、鎮二凶癘魂一之氏也」とあることを考え合わせると、その言葉とは死者の魂を鎮めるようなものであったかと推察される。もっとも、同じ「古記」には「但此條遊部、謂野中古市人歌垣之類是」との注記があり、時代が下るとそれまでとは違った形の新しい遊部が出現したのかもしれないが、「釋」の理解が伝統的な遊部の職掌を示したものだとすると、それは遺された人々の悲しみを代弁するというようなこととは異質な行為であったということになる。この点に関しては、大化二年（六四六）に出されたとされる薄葬令で「誄《しのひこと》」が禁止されていることも参照されてよいだろう。これは遊部の「辭」と同じではないが、「誄」という漢字表記から推せば、古代日本において鎮魂のために死者を讃える呪文のような言葉が存在していた可能性は高いように思われる。

では、葬においてはどうであろうか。これも難しい問題だが、景行記には倭建命の死に際して次のような四首の歌謡が載る。

なづき田の稲幹《いながら》に稲幹に這ひ廻《もとほ》ろふ野老蔓《ところづら》　（三四）
浅小竹原《あさじのはら》腰泥《なづ》む空は行かず足よ行くな　（三五）
海処《うみが》行けば腰泥む大河原の植ゑ草海処はいさよふ　（三六）
浜つ千鳥浜よは行かず磯伝ふ　（三七）

これらは「是の四つの歌は、皆其の御葬《みはぶり》に歌ひき。故、今に至るまで、其の歌は、天皇の大御葬《おほみはぶり》に歌ふぞ」と注記されており、これを信じれば、右の四首は天皇の「葬」において代々うたわれていた歌謡ということになる。もっとも、『古事記』以外にそのことを示す史料はないから真偽のほどは定かでないが、もしこれらが古代日本の葬歌であったとすれば、やはりそのあり方は悲しみの言語化とは別種ものであったと言わねばなるまい。『古事記』には、后や皇子たちが「御陵《みはか》を作りて、即ち其地のなづき田を匍匐《はらば》ひ廻《めぐ》りて哭き、歌為《うたよみし》て曰はく」（三四）「其の痛みを忘れて、哭き追ひき。此の時に、歌ひて曰はく」（三五）などと記されているように、倭建命を喪った悲しみの中で詠まれたものではあるのだが、「泥む」という語に注目が集まるように[9]、これらは（遺された人々の）行動を叙すような要素が強く、悲哀の情を言語化したものとはなっていないのである。また、これらが本来は葬と関係のない独立歌謡であったとしても、そのような歌謡が大御葬歌とされたことじたいが問題的であろう。現実に転用されたにせよ、『古事記』の虚構であったにせよ、そこで選ばれたものが悲しみの情を表現したとは思えないこれら四首であったことは、彼らが葬歌に求めたものが遺された側の心情をうたいあげるといったものではなかったことを意味しているように思われる。

このことは、武烈紀に載る影媛《かげひめ》の歌謡や継体紀に載る毛野臣《けなのおみ》の妻の歌謡

石上《いすのかみ》　布留《ふる》を過ぎて　薦枕《こもまくら》　高橋過ぎ　物多《さは》に　大宅《おほやけ》過ぎ　春日《はるひ》の　春日《かすが》を過ぎ　妻隠《ごも》る　小佐保《をさほ》を過ぎ
玉笥《たまけ》には　飯さへ盛り　玉盌《たまもひ》に　水さへ盛り　泣き沾《そほ》ち行くも　影媛あはれ　（武烈紀・九四）

枚方《ひらかた》ゆ笛吹き上《のぼ》る近江のや毛野《けな》の若子《わくご》い笛吹き上る　（継体紀・九八）

が葬送の様を反映しているとされる問題とも関わろう。九四歌は所伝との関係が議論されているが、武烈紀の記述に従えば、夫である鮪臣が奈良山で殺される際に「是の時に、影媛、戮《ころ》さるる処に逐行きて、是の戮し已《を》へつるを見て、驚惶所を失ひ、悲涙目に盈つ。遂に作歌して曰く」という状況下でうたわれたとされるもの。にもかかわらず、内容が行動叙事的である点で、先の大御葬歌と共通していよう。埋葬後にうたったとされる

青丹よし　乃楽《なら》のはさまに　ししじもの　水漬《みづ》く辺《へ》隠り　水灌《みなそそ》く　鮪《しび》の若子を　漁《あさ》り出《づ》な猪《ゐ》の子

（武烈紀・九五）

も、心情が十分に言語化されているとは言い難い。これらの歌謡の制作年代は厳密には不明だが、たとえ古態を留めているとしても、悲しみの言語化という側面から見れば、やはり萌芽的な位置に留まらざるを得ないように思われる。

以上概観してきたことからすると、人の死を悲しむことは古くからあったものの、その心情を言葉に託して外在化させるという行為は、それほど古い歴史を持つものではなかったと推測されてくるのではないか。葬送儀礼の場で培われてきたのは、（それが「歌」という体裁をとったかは不明だが）むしろ死者の魂に働きかけるといった呪術的な色彩の強いものであり、葬歌においても行動叙事的な表現が中心を占めていたと判断される。とすれば、そのような言語表現から萬葉挽歌への道程には、やはり飛躍があったとせねばなるまい。伊藤博氏が

　万葉の挽歌は、葬歌により多く反撥し、古代歌謡物語により少なく対立しながらその造型の根源を培い、直接には、孝徳～斉明朝の哀傷歌を源泉として芽を開いたもので、その出発そのものが本質的には抒情詩・文学としての歩みであったということを、以上あきらかにしたつもりである。

と結論したような見通しが支持されるのである(10)。

このことは、『萬葉集』の示す挽歌部の冒頭が、雑歌や相聞に比して約二百年ほど新しく、七世紀半ばの有間皇子自傷歌である事実とも整合的である。通説に従えば、この有間皇子自傷歌が詠まれたのは斉明四年（六五八）ということになるが、それはまさしく斉明天皇が皇孫建王の死を悼んだ歌謡を詠んだとされる年なのであった。『萬葉集』に記載されるような挽歌の歴史は意外に浅く、七世紀になってから漸く花開いたものだったのであろう。

三　挽歌史をめぐって㈡

ところで、その孝徳紀・斉明紀の歌謡とは以下のようなものである。

・山川に鴛鴦《をし》二つ居て偶《たぐ》ひよく偶へる妹を誰か率にけむ　（孝徳紀・一一三〜四）
本毎《もとごと》に花は咲けども何とかも愛《うつく》し妹がまた咲き出来ぬ

・今城《いまき》なる小丘《をむれ》が上に雲だにも著《しる》くし立たば何か歎かむ　（斉明紀・一一六〜八）
射《い》ゆ鹿猪《しし》を認《つな》ぐ川上《かはへ》の若草の若くありきと吾が思はなくに
飛鳥川漲《みなぎ》らひつつ行く水の間も無くも思ほゆるかも

・山越えて海渡るともおもしろき今城の内は忘らゆましじ
水門の潮《うしほ》のくだり海くだり後も暗に置きてか行かむ
愛《うつく》しき吾が若き子を置きてか行かむ　（斉明紀・一一九〜一二一）

・君が目の恋《こほ》しきからに泊てて居てかくや恋ひむも君が目を欲り　（斉明紀・一二三）

前掲景行記の歌謡などとは異なり抒情的性格の強いことが一読して感得されるが、そのような飛躍を成し遂げた原因の一つに中国文学の関与を挙げることは間違っていまい。孝徳紀歌謡については、『毛詩』周南の「関雎《かんしょ》」や中国挽歌の先蹤とされる「薤露《かいろ》」などとの関連が指摘されているが、[11] 歌謡の実作者が渡来系と考えられる野《の》中川原　史満《なかのかはらのふびとみつ》であることを思えば、具体的な作品の比定には議論の余地があるにせよ、そこに中国文学の発想が流れ込んでいることは動かし難いとしてよいであろう。

しかし、その意義は単に中国文学的な歌謡が詠まれたというに留まるまい。孝徳紀大化五年（六四九）三月条には造媛《みやつこひめ》、遂に傷心に因りて死《みう》するに致りぬ。皇太子、造媛徂逝《みう》せぬと聞しめして、愴然傷怛《いた》み哀泣《かなし》びたまふこと極甚し。是に野中川原史満、進みて歌を奉る。歌して曰く、（歌謡略）といふ。皇太子、慨然頽歎《なげ》き褒美《ほ》めて曰はく、「善きかも、悲しきかも」とのたまひ、乃ち御琴を授けて唱はしめたまひ、絹四疋《ひき》、布二十端《たん》、綿二裹《かます》を賜ふ。

と作歌時の状況が記されているが、注目したいのは、これが儀礼の場であるとも代作であるとも書かれていない点である。「満は、中大兄に代作を命じられたわけではなく、自ら進んで献歌したのであり、それは中大兄の心中を汲んでの行為であった」とし、その意味を「このような場合に、悲しみを託す挽歌というものを日本人はまだ持っていなかった。従ってこの歌は、公的儀礼にかかわる場で要請されたものではなく、中大兄の私的な悲しみの場で、側近の満が歌をもってなぐさめたものと考えられる」と位置付けたのは塚本澄子氏であったが、[12] 傍線部は原文「進而奉歌」であり、「進」は「前へ出る」の意の動詞として用いられているから、これを「自分から積極的に（＝進んで）」と副詞的に理解することはできず、ゆえに「自ら進んで献歌した」という塚本説は本文に保証されているとは言い難い。しかし、満の代作とすることで何となく素通りされてきた問題を指摘した意味は大きいだろう。二首を献呈された中大兄が「善きかも、悲しきかも」と述べ褒美を与えていることからすると、これらは、たとえ代作が命じられていたとしても、予想以上の出来であったと評価することは許されると思う。となれば、傍線部が満の自発的行為か否かという問題を越えて、これらの歌謡は新たな世界を切り拓く結果になったと意義付けられるのではないか。それは、前掲した武烈紀九五歌とは比較にならないほど明確な形で、遺された者の悲しみを言語化するものなのであった。殯や葬での儀礼的な言語表現とは別に、そういう心情を表現する道がここに拓かれたのだと考えたい。

続く斉明紀の歌謡は代作者として秦大蔵造《はだのおほくらのみやつこ》万里《まろ》を考える説もあるが、斉明紀にそう明記されていない以上、即座に従うわけにはいかない。代作であっても構わないが、要は悲しみの情を言語化することが次第に浸透してきた様を見ておけばよいのではないか。『萬葉集』には「熟田津に船乗りせむと月待てば潮もかなひぬ今は漕ぎ出でな」（1・八）の左注に

右、山上憶良大夫の類聚歌林に検《ただ》すに、曰く、「飛鳥岡本宮に天の下治めたまひし天皇（＝舒明天皇）の元年己丑《きちう》、九年丁酉《ていいう》の十二月、己巳《きし》の朔《つきたち》の壬午《じんご》に、天皇・大后、伊予の湯の宮に幸《いでま》す。後岡本宮に天の下治めたまひし天皇（＝斉明天皇）の七年辛酉《しんいう》の春正月、丁酉の朔の壬寅《じんいん》に、御船西つかたに征き、始めて海路に就く。庚戌《かうしゅつ》、御船、伊予の熟田津の石湯《いはゆ》の行宮《かりみや》に泊つ。天皇、昔日の猶《のこ》し存れる物を御覧《みそこなは》して、当時に忽《たちま》ちに感愛の情を起したまふ。所以に因りて歌詠《みうた》を製《つく》りて哀傷したまふ」といふ。即ち、この歌は天皇の御製なり。ただし、額田王の歌は、別に四首あり。

とあり[13]、斉明は熟田津でも亡き夫の舒明を哀傷したようなのだが、そういう歌が斉明朝の頃には広まり始めていたのであろう。もっとも、一一六〜八歌も一一九〜二一歌も斉明の悲しみを詠んだものであり、残る一二三歌も斉明の死を悼んだ中大兄のものだから、ことは限定的に捉えるべきかもしれないが、少なくとも悲しみの情を言語化することが宮廷社会に根付き始めていたとは評価できるように思う。

そして、そのような歌は、実質的な萬葉挽歌の誕生を告げるとされる巻二の天智挽歌群

天皇の聖躬《みやまひ》不豫したまふ時に、大后の奉る御歌一首

天の原振り放け見れば大君の御寿《みいのち》は長く天足らしたり　（一四七）

一書に曰く、近江天皇の聖躬不豫したまひて、御病急かなる時に、大后の奉献る御歌一首

青旗の木幡《こはた》の上を通ふとは目には見れども直《ただ》に逢はぬかも　（一四八）

天皇の崩《かむあが》りましし後の時に、倭大后の作らす歌一首

人はよし思ひ止むとも玉かづら影に見えつつ忘らえぬかも　（一四九）

天皇の崩りましし時に、婦人の作る歌一首　姓氏未詳

うつせみし　神に堪《あ》へねば　離れ居て　朝嘆く君　離《さか》り居て　我が恋ふる君　玉ならば　手に巻き持ちて　衣《きぬ》ならば　脱ぐ時もなく　我が恋ふる　君そ昨夜《きぞのよ》　夢に見えつる　（一五〇）

天皇の大殯の時の歌二首

かからむとかねて知りせば大御船泊てし泊まりに標結はましを　額田王　（一五一）

やすみししわご大君の大御船待ちか恋ふらむ志賀の唐崎　舎人吉年　（一五二）

大后の御歌一首

いさなとり　近江の海を　沖離けて　漕ぎ来る船　辺に付きて　漕ぎ来る船　沖つ櫂　いたくなはねそ　辺つ櫂　いたくなはねそ　若草の　夫《つま》の　思ふ鳥立つ　（一五三）

石川夫人の歌一首

楽浪《ささなみ》の大山守は誰がためか山に標結ふ君もあらなくに　（一五四）

山科の御陵《みはか》より退《まか》り散《あら》くる時に、額田王の作る歌一首

やすみしし　わご大君の　恐きや　御陵仕ふる　山科の　鏡の山に　夜はも　夜のことごと　昼はも　日のことごと　音のみを　泣きつつありてや　ももしきの　大宮人は　行き別れなむ　（一五五）

にも確実に受け継がれていったと推定される。青木生子氏は、前掲したような『古事記』『日本書紀』所収の挽歌的なものから「死喪に際してすでに古くから受継がれてきたらしい歌舞その他の儀礼としての葬式歌」である儀礼挽歌（古式挽歌）と「死者によせて個人の悲しみを純粋に歌う抒情歌」である哀傷挽歌（抒情挽歌）の二要素を抽出し、そのような視点から当該歌群九首を

儀礼挽歌…一四七・一四八・一五三・一五五

哀傷挽歌…一四九・一五〇・一五一・一五二・一五四

に分類した。[14] このような視点は湯川久光氏によって発展させられ、亡き天智への呼称を手がかりとして、「大君」と呼び儀礼性を帯びる公的な「詞人の挽歌」と「君」と呼び哀惜や喪失感が強い私的な「妻の挽歌」の二種に分類し直されることになった。[15]

詞人の挽歌…一四七・一五一・一五二・一五五

妻の挽歌…一四八・一四九・一五〇・一五三・一五四

さらに、大浦誠士氏は後者の歌群を「近親異性の挽歌」として捉え挽歌史の中に定位したのであるが、[16] この系譜こそ孝徳・斉明紀の歌謡と当該歌群とを繋ぐものであろう。この流れは、十市皇女（天武七年〈六七八〉没）を悼んだ高市《たけち》皇子の挽歌（2・一五六～八）や大津皇子（朱鳥元年〈六八六〉没）を悼んだ大伯《おほく》皇女の挽歌（2・一六三～六）、あるいは柿本人麻呂「泣血哀慟歌」（2・二〇七～一六）などの亡妻挽歌に受け継がれていくと考えられるが、とすればここに、葬送儀礼に拘束されることなく「ひとり」であることの思いを内省的に表現することは、確かに定着したのだと把握されよう。改めて言い直せば、そのような哀傷を旨とする挽歌が、孝徳・斉明朝頃（六四五～六一年）に誕生したのである。

では、そのことは相聞歌史の問題と、どのようにかかわるのであろうか。注目すべきはやはり類歌性の問題であると考える。確かに、孝徳紀歌謡には中国文学的な発想が認められる。しかし同時に、

淡路島　いや二並び　小豆《あづき》島　いや二並び　宜《よろ》しき島々　誰かたされあらちし　吉備なる妹を　相見つるもの　（応神紀・四〇）

時々の花は咲けども何すれそ母とふ花の咲き出来ずけむ　（20・四三二三・防人歌）

との類似も否定できないのであり、特に斉明紀の一一六〜八歌については、「風をだに恋ふるはともし風をだに来むとし待たば何か嘆かむ」（4・四八九・鏡王女）など数多くの類歌が指摘されている。いったい、この事実をどう考えるべきか。

研究史を繙けば、相聞歌の転用という従来の説明に代わって、近年は相聞歌と挽歌の未分化な歌の層を考える見方が有力になりつつあるようである。[17] 確かに、相聞歌の転用という見方には、土佐秀里氏が

> 「転用」説では、後代の用例を「伝承」の論理によって遡及させて、相聞の「原歌」の存在を想定し、それがさらに挽歌に「転用」されたと説くわけだが、実証が難しい上に論理が錯綜していると言わざるをえない。
> しかし、最も根本的な問題は、挽歌が生成する以前からすでに相聞歌が成立していたと見ることは許されるのかどうか、という点にある。結論から言えば、挽歌に先行して相聞が発達していたとは考えられず、「原歌」想定という方法には無理があるということになる。

と指摘するような問題がある。[18] 肯われるべき見解だと思うが、しかし、だからといって、相聞歌と挽歌の未分化な状態をそこに見ればよいというものでもあるまい。この見方は、それ以前に転用可能な相聞歌が成立していなかったことを想定している点で優れていると考えるが、しかし、その未分化な歌がどのようなものとしてあったのかは、なお問題として残っているからである。

悲しみを言語化する挽歌が孝徳・斉明朝頃に誕生したのだとすると、それ以前にあったのはやはり「相聞歌」だと捉えるべきではないか。先に挙げた防人歌（四三二三歌）は八世紀の例であるし、花の永続的な循環性と人間の一回的な生とを対比する発想が古代日本に古くから存したかも疑問であるから、[19] 両歌に共通の「原歌」を想定することには慎重でなければなるまい。しかし、対比的な様式ということであれば

赤玉は緒さへ光れど白玉の君が装《よそひ》し貴くありけり　（記七）

衣《ころも》こそ二重も良きさ夜床《よどこ》を並べむ君は畏《かしこ》きろかも　（紀四七）

といった歌謡を少数ながら指摘することができるし、また、『萬葉集』に見られる「何か嘆かむ」や「我が思はなくに」の類句表現を、それが後代の用例だというだけで排除するのも乱暴であろう。孝徳・斉明朝以前と断定できるような歌はほとんど残されていないため、ことは推測を多く含むことになるが、類歌性の問題に目を向ける時、哀傷的な挽歌も歌垣などの集団的な場で育まれてきた発想や表現との連続面を有していたと考えておくのが穏やかであると思う。もちろん、それらに依拠しなければならないということはないから、必ずしも類歌性を持つ必要はないし、またその母胎が「相聞歌」でなければならないということもない。歌人たちが自ら言葉を練り上げるということもあったであろう。しかし、無から有が生じない以上、歌垣歌（相聞的な歌謡）との連続面も否定できないのではないか。

そこに言葉の捉え直しが起こったと考えたい。集団的な場や対詠性の強い状況に置かれていた言葉は、悲しみの情を表出するという必要性の中で、新たな抒情性を帯びることになったということである。たとえば、孝徳紀一一三歌の「誰か率にけむ」という言葉は、前掲風土記歌謡に関して述べたように、場合によっては歌垣での誘い歌としても用い得たものであろうし、斉明紀一一六歌の「何か歎かむ」も、私見によれば、鏡王女歌（4・四八九）ではさほど内省的には響いてこなかったと思われる。[20] 言い換えれば、それらの言葉が喚起する悲嘆の情は、それが用いられた文脈に応じて、何か別のことのために奉仕させられていたのである。そういう言葉が、人の死という状況に出会うことによって（おそらく）初めて、嘆きや悲しみそのものを表現するために用いられるようになったのではないか。あえて「転用」という言い方をすれば、転用されたのは相聞歌の抒情ではなく、その言葉であったということになる。そして、その転用された言葉が、遺された者の悲しみに形を与えることに成功したのである。

こうして獲得された、近親者の不在を嘆き悲しむという抒情性は、改めて相聞歌へと応用され、新たな恋歌を生み出すことになったのであろう。その意味で、土佐秀里氏が相聞歌と挽歌の未分化説に基本的には賛成しながらも、

私は、挽歌と相聞が「未分化」だったのではなく、のちに「相聞」らしさを担うことになる恋情表現が、はじめは挽歌において出現したものであり、むしろ初期の相聞は恋情表現とは無縁であったと考えている。つまり初期の相聞歌（男女間の贈答）は「相聞的」ではなく、初期の挽歌（人の死を哀しむ歌）こそが「相聞的」だったということである。持統朝以後、相聞も挽歌も変容し、新しい属性を身につけてゆく過程で、相聞はかつて挽歌がもっていた「抒情性」を採り込んでいったのではないか。

と述べている見方を支持したいと思う(21)。

第一節末で提起した見方に即して言えば、歌垣歌には「ひとり」であることの嘆きや悲しみに触れる表現も存在していたが、それらが嘆きや悲しみの表出として内省的に享受された可能性は低く、その契機となったのは孝徳・斉明朝頃の挽歌の誕生であったと推定される、ということである。

では、その挽歌から相聞歌への展開は、いつ頃どのようにして達成されたのか。以下に節を改めて、この問題について考えていくことにしたい。

四　挽歌から相聞歌へ

前述のように、悲しみの情を言語化することは、斉明朝以降次第に宮廷社会に浸透していったと考えられる。とすれば、相聞歌への応用も同じ斉明・天智朝頃に行われたのであろうか。もちろんその可能性を否定すること

はできないが、現存歌に照らす限りこの見方には否定的にならざるを得ない。初期萬葉（人麻呂以前）の相聞歌として『萬葉集』が記載しているのは、梶川信行氏の説を参考にすると、[22]次の三十一首ということになる。

A磐姫皇后思天皇御作歌四首（2・八五〜八）

B或本歌曰（2・八九）＊古歌集記載

C古事記曰（2・九〇）＊允恭記八八

D天皇賜鏡王女御歌一首・鏡王女奉和御歌一首（2・九一〜二）

E内大臣藤原卿娉鏡王女時鏡王女贈内大臣歌一首・内大臣藤原卿報贈鏡王女歌一首（2・九三〜四）

F内大臣藤原卿娶采女安見児時作歌一首（2・九五）

G久米禅師娉石川郎女時歌五首（2・九六〜一〇〇）

H大伴宿禰娉巨勢郎女時歌一首・巨勢郎女報贈歌一首（2・一〇一〜二）

I天皇賜藤原夫人御歌一首・藤原夫人奉和歌一首（2・一〇三〜四）

K難波天皇妹奉上在山跡皇兄御歌一首（4・四八四）

L岡本天皇御製一首并短歌（4・四八五〜七）

M額田王思近江天皇作歌一首（4・四八八／8・一六〇六）

N鏡王女作歌一首（4・四八九／8・一六〇七）

O吹芡刀自歌二首（4・四九〇〜一）

P田部忌寸櫟子任大宰時歌四首（4・四九二〜五）

また、初期萬葉歌と断定はできないもののその可能性の残るものに、

Q振田向宿禰退筑紫国時歌一首（9・一七六六）

R抜気大首任筑紫時娶豊前国娘子紐児作歌三首（9・一七六七〜九）

があるという。

しかし、Aの磐姫皇后歌やKの難波天皇妹歌は伝承歌が後に仮託されたものであって、『萬葉集』の記載をそのまま信じることはできない。Aの磐姫皇后歌群の成立については、やはり『類聚歌林』編纂後と考えておくのが穏やかであろうし[23]、またLの岡本天皇歌についても、稲岡耕二氏の言うように[24]、「昼は日の暮るるまで　夜は夜の明くる極み」という昼と夜の順序が天武朝以降のあり方を示すのなら、題詞通りに岡本天皇（舒明ないし斉明天皇）の歌と見ることはできなくなる。つまり右に挙げた歌のうち、初期萬葉歌と一応確実視できるのは、D〜I十四首とM〜P八首（MNについては後代仮託説もあるが本書なりの考えは第一篇第一章参照）の計二十二首、そして存疑ながらも可能性を残すのが、aBKLQRの十首という結果になる。

これらを見渡してまず気づかれるのは、独詠的なaBKLが確実な初期萬葉歌からは漏れ、逆に初期萬葉歌として残るものはFを除き全て贈答や唱和の体をなしているということである。そのFにしても「我はもや安見児得たり皆人の得かてにすといふ安見児得たり」というもので、内省的な歌とは見なし難い。「相聞」という部立が「往復存問」の意で用いられたと考えられる点に鑑みても、この頃の相聞歌が対他的な性格を強く持っており、天武朝あたりを一つの画期として新たな段階へと移行したと捉えておくのが、やはり穏やかであろう。通説的な相聞歌史であり、例えば村田正博氏が、巻二や巻四の巻頭歌（AK）が仁徳朝のものであることを『古事記』下巻が仁徳から始まることと関連付け、「これは、とりもなおさず、人間が人間の時代を生き始めるや真っ先に口にしたのが相聞の歌であったことを、それとなく気づけば知れるように仕組んだものと見える。倭歌は、人間の世となるや、まず相聞からひらけたとするのが萬葉集の信念であり主張であったわけである」としながらも、

ところが、そういう意味での恋の歌を萬葉集が実質の上で多く伝えるようになるのは、おおむね持統天皇・

文武天皇を中心とする時代（六八六〜七〇七年）以降のことで、右の様相は、どうやら実質によって裏打ちされたものではないらしい。本稿の見るところ、それまでの相聞の大勢を占めたのは、男歌・女歌が組をなすやりとりの歌々であったらしい。

と把捉しているような見方である。(25)そしてこのことは、言い換えれば、挽歌史に比して相聞歌に新たな抒情が取り込まれるには、約三十年程の時間差が存在したということになる。

相手の不在を嘆くという点では同じに見えながら、挽歌と相聞歌でこのような差が生じたのは何故なのか。あるいは言い換えて、「ひとり」であることを悲嘆するという新たな抒情と表現方法を獲得した孝徳・斉明朝の人々が、それをすぐさま恋情表現へと適用しなかった理由は奈辺に存したのか。

この問題を考えるにあたって注目すべきは、そのような抒情を求める側の問題であると考える。第二節冒頭で確認したように、人の死を悲しむことは古くから行われていた。それゆえ、もちろん死者の再生復活を願う殯などの場では忌まれたかもしれないが、そういった儀礼を離れ、あるいは死を受け入れた後では、悲嘆の情を表明するのに何ら憚りは存在しなかったであろう。ゆえに、そのような悲しみの情にいったん言葉が与えられ、言語化の道が拓かれると、それは比較的速やかに人々の間に浸透していったのだと考えられる。逆に言えば、そのような抒情が挽歌において広まりやすかったのは、それを受け入れる土壌が人々の側に既に準備されていたことに起因する面が大きいということになる。

ところが、相聞歌の方は同様の状況になかった。それは、表現の次元の問題というよりも、より古代的な心性の問題であるように思われる。たとえば、「ま幸《さき》くて妹が斎はば沖つ波千重に立つとも障《さは》りあらめやも」（15・三五八三）などと詠まれるように、夫が旅に出ている間妻は無事の帰還を祈って〈斎ひ待つ〉のが当時の風習であったらしい。それが夫の安全を保証するものでもあったことは、壱岐島で雪連宅満が死んだ際に「家人の斎ひ待たねか正身かも過ちしけむ」（15・三六八八）とその原因が推測されている点にも明らかである。まただからこそ、旅立ちに際して「国巡るあとりかまけり行き廻り帰り来までに斎ひて待たね」（20・四三三九・防人歌）「父母え斎ひて待たね筑紫なる水漬《みづ》く白玉取りて来までに」（20・四三四〇・防人歌）と〈斎ひ待つ〉ことを求めるのであろうし、旅中においても「家人は帰りはや来と伊波比《いはひ》島斎ひ待つらむ旅行く我を」（15・三六三六）「秋風は日に異に吹きぬ我妹子は何時とか我を斎ひ待つらむ」（15・三六五九）とその姿を思うのだと推断される。[26] 旅人と家人とのこのような呪術的共感関係を旅の理解の根底に据える時、旅行く夫を思う

我が背子はいづく行くらむ沖つ藻の名張の山を今日か越ゆらむ　（1・四三・当麻真人麻呂が妻）

流らふるつま吹く風の寒き夜に我が背の君はひとりか寝らむ　（1・五九・誉謝女王）

神風の伊勢の浜荻折り伏せて旅寝やすらむ荒き浜辺に　（4・五〇〇・碁檀越妻）

朝霧に濡れにし衣干さずしてひとりか君が山道越ゆらむ　（9・一六六六）

といった妻の歌（いわゆる留守歌）の背後にも夫の安全を祈る妻の心情が存していたことが推測される。たとえ体は離れていても、男女の連帯関係を疑わないのであり、逆に二人の結び付きを思うことで「ひとり」である状態を乗り越えようとするのである。「二人して結びし紐をひとりして我は解き見じ直に逢ふまでは」（12・二九一九）などは、旅の歌ではないが、そういう心性の上に詠まれたものであろう。

　このような共感関係の中に生きる人々にとって、「ひとり」であることの嘆きを生のままで詠出することは、やはり忌避される傾向にあったのではないか。『古事記』には須勢理毘売《すせりびめ》の

八千矛の　神の命や　我が大国主　汝《な》こそは　男《を》にいませば　打ち廻《み》る　島の崎々　掻き廻る　磯の崎落ちず　若草の　妻持たせらめ　我はもよ　女《め》にしあれば　汝を除きて　夫《を》は無し　汝を除きて　夫《つま》は無し　綾垣の　ふはやが下に　蚕衾《むしぶすま》　和《なご》やが下に　栲衾《たくぶすま》　騒《さや》ぐが下に　沫雪の　若やる胸を　栲綱《たくづの》の　白き腕《ただむき》　そ叩

き　叩き愛《まな》がり　真玉手　玉手差し枕き　股長《ももなが》に　寝をし寝せ　豊神酒《とよみき》奉らせ

という歌謡が載るが（記五）、これは八千矛神の歌謡に応じたものであり、内省的に自らの嘆きを表出したものではない。傍線部は確かに孤独さを述べてはいるが、多情な男との対比（波線部）という点からすると、『古代歌謡全注釈』（古事記編）が言うように、「うちひさす宮の我が背は大和女の膝まくごとに我を忘らすな」（14・三四五七）「海原の根柔ら小菅あまたあれば君は忘らす我忘るれや」（14・三四九八）に通じるような媚態を読み取るべきところなのであろう。西郷信綱『古事記注釈』の「哀願調」という把握も、この点に通じるものがあると思う。

つまり、孝徳・斉明朝頃に根付き始めた新たな抒情は、連帯関係を志向する古代的な心性ゆえに、すぐさま相聞歌に適用されることはなかったと推測される。しかし、人々の中に根付き始めたこの抒情は、次第に浸透していき約三十年の時を経て新たな相聞歌の流れを生み出す一つの大きな母胎となっていったのであろう。天智朝に漢詩文が流行したというのも、このような転換を促す要因だったのだと思われる。

このようにして中国文学と出会うことで新たな方向へと歩み始めた倭の恋愛文学は、その後どのような展開を見せていくのであろうか。以下の各章で、その具体的な様相を明らかにしていきたいと思う。

（1）土橋寛「文学としての古代歌謡」（『古代歌謡の生態と構造』土橋寛論文集中、塙書房一九八八年、初出は一九六七年四月）など参照。

（2）内田るり子「照葉樹林文化圏における歌垣と歌掛け」（『文学』一九八四年十二月）。

（3）高野正美「歌謡」（『日本文学新史』古代Ⅰ、至文堂一九九〇年）。

（4）神野富一「和歌の発生をどう捉えるか―歌掛けと相聞―」（『万葉集Ⅰ』和歌文学講座2、勉誠社一九九二年）。

（5）辰巳正明『詩の起原』（笠間書院二〇〇〇年）、岡部隆志「歌垣の歌の論理―中国少数民族白族の歌垣を参考に―」

(『声の古代』武蔵野書院二〇〇二年)「歌垣をめぐって」(『恋の万葉集』笠間書院二〇〇八年)など。

(6) 工藤隆「理念の歌垣と現場の歌垣」(『文学』二〇〇二年三・四月)。また、工藤隆『古事記の起源』(中公新書二〇〇六年)も参照。

(7) 遠藤耕太郎「歌垣歌における独り寝の嘆き—風土記歌謡二・三の機能の考察—」(『鎌倉女子大学紀要』一九九四年三月)参照。

(8) 折口信夫「上代葬儀の精神」(『折口信夫全集』第二十巻)など参照。

(9) 神野志隆光「「大御葬歌」の場と成立　殯宮儀礼説批判」(『論集上代文学』第八冊、笠間書院一九七七年)中西進『大和の大王たち』(古事記を読む3、角川書店一九八六年)居駒永幸「ヤマトタケル葬歌の表現—境界の場所の様式」(『古代の歌と叙事文芸史』笠間書院二〇〇三年)など。

(10) 伊藤博「挽歌の創成」(『萬葉集の歌人と作品』上、塙書房一九七五年)。葬歌と挽歌の間に断絶を見ること、孝徳・斉明紀の歌謡を挽歌前史と捉えることは、今日の通説的理解と言ってよいと思う。

(11) 一一三歌に「関雎」との関連を見るのは、契沖『厚顔抄』など江戸時代から認められる通説的理解。身﨑壽「野中川原史満の歌一首—孝徳紀歌謡一一三の表現をめぐって—」(『言語と文芸』一九七四年十一月)は、「関雎」に出てくる「雎鳩(ミサゴ)」が「雌雄の情愛がいたってこまやかでありながら、しかもつつしみある鳥だ」という点などに注目して両者の影響関係を否定しており説得的だが、それでも「鴛鴦匹鳥」という大陸の知識に基づくとして中国文学の影響じたいは疑われていない。一方、一一四歌と「薤露」の関わりは、湯川久光「挽歌試論—比較文学的視座から孝徳紀歌謡二首をめぐって—」(『文学・語学』一九七九年十二月)や塚本澄子「孝徳・斉明紀の挽歌における詩の成立の問題—類歌性をめぐって—」(『万葉挽歌の成立』笠間書院二〇一一年)などに指摘されている。

(12) 塚本澄子「斉明天皇—その歌人的性格について—」(注(11)書)。

(13) 言われるように、この八歌がその哀傷歌であったとは考えにくい。何らかの脱落や過誤を想定するのが合理的であろう。

(14) 青木生子「挽歌の源流」「近江朝挽歌群—挽歌の誕生—」(『萬葉挽歌論』塙書房一九八四年)。初出はそれぞれ、一九六七年六月・一九七一年二月。

(15) 湯川久光「天智挽歌群の論」(『古代文学』一九八〇年四月)。
(16) 大浦誠士「天智朝挽歌をめぐって」(『万葉集の様式と表現』笠間書院二〇〇八年)。初出は二〇〇〇年三月。
(17) 注(12)塚本論文や注(16)大浦論文など。
(18) 土佐秀里「天皇挽歌の生成―〈抒情〉から〈儀礼〉へ―」(『古代研究』二〇〇三年二月)。
(19) 注(15)湯川論文など参照。
(20) 第一篇第一章「額田王と鏡王女の唱和歌」を参照されたい。
(21) 注(18)論文に同じ。なお土佐氏の相聞歌史の見通しについては、後掲注(25)論文をも参照されたい。
(22) 梶川信行「《初期万葉》の「相聞」」(『研究紀要』日大文理学部人文科学研究所、二〇〇四年二月)。
(23) 稲岡耕二「磐姫皇后歌群の新しさ」(『東京大学教養学部人文科学科紀要』一九七五年三月)など参照。もっとも、『類聚歌林』に載る八五歌「君が行き日長くなりぬ山尋ね迎へか行かむ待ちにか待たむ」は当然それ以前に存在していたことになるから、初期萬葉歌の可能性が残ることになる。以下aとする。
(24) 稲岡耕二「反歌史遡源―複数反歌への展開―」(『万葉集の作品と方法』岩波書店一九八五年)など。
(25) 村田正博「人に恋ふる歌―人麻呂歌集成立の一つの意義―」(『萬葉の歌人とその表現』精文堂二〇〇三年)。副題にも明らかなように、村田氏は「やりとりの歌」中心の天武朝以前の段階から「恋の歌」が盛行する持統朝以降への移行を促したものとして人麻呂歌集を捉えようとする。通説的立場に立つ時、そこに人麻呂(ないし人麻呂歌集)の存在を見据えることは自然な発想であり、村田氏のほかにも土佐秀里「〈恋愛〉の発見―相聞の受容と七夕伝説の受容―」(『古代研究』二〇〇一年一月)や大浦誠士「人麻呂歌集と「正述心緒」」(注(16)書)などが、やはり同様の視点を提起する。
(26) 神野志隆光「行路人歌の周辺」(『柿本人麻呂研究』塙書房一九九二年)など参照。

第一篇

七・八世紀の恋愛文学

第一章　額田王と鏡王女の唱和歌

一　問題の所在

日本古代の恋愛文学史を考える際、まず注目されるべきは額田王の次の歌であろう。

額田王、近江天皇を思ひて作る歌一首

君待つと我が恋ひ居れば我が宿の簾動かし秋の風吹く　（4・四八八）

当該歌については、『代匠記』などを別にすれば中国文学との関連が指摘されることはあまりなかったが、一九五〇年代に入り土居光知「比較文學と萬葉集」（『萬葉集大成』第七巻、平凡社一九五四年）小島憲之「万葉集・懐風藻より経国集へ」（『解釈と鑑賞』一九五六年六月）などの論文が書かれた頃を一つの契機として、比較文学的な視点に関心が集まるようになり、今日では

清風動帷簾　晨月燭幽房
佳人處遐遠　蘭室無容光
秋風入窗裏　羅帳起飄颺

清風帷簾《いれん》を動かし　晨月幽房を燭《て》らす
佳人遐遠《かえん》に處り　蘭室に容光無し
秋風窗裏《そうり》に入る　羅帳《らちょう》起りて飄颺《ひょうよう》す

（張華「情詩」『玉台新詠』巻二）

仰頭看明月　寄情千里光　頭を仰がしめて明月を看　情を寄す千里の光に（「近代呉歌」秋歌『玉台新詠』巻十）

など[1]、女性が閨房にあって夫に会えないことを嘆いた詩を念頭において作歌されたものとするのが一般的な理解になっている。またそれに関連して、制作事情についても、私的な相聞歌というよりは宴席などの公的な場で詠まれたある種の題詠歌とする理解が広まっている。もしこのような見方が正鵠を射たものだとすれば、当該歌の背後には閨怨詩に通じた多くの人々の存在を想定することが可能となり、内省的な女の苦悩という素材が既に天智朝には成立していたとする文学史的展望がここに拓かれてくることになる。

しかし、右の通説的理解には即座に賛同することができない。それは当該歌に続く

鏡王女の作る歌一首

風をだに恋ふるはともし風をだに来むとし待たば何か嘆かむ　（4・四八九）

という鏡王女歌の存在を、この理解では正当に捉え得ないと考えるからである。この鏡王女歌は重出される巻八でも額田王歌に続けて記載されており、早くから額田王歌と一対のものとして流布していたことが推測されるのだが、近年の理解はこの点に対して十分な説明を施し得ていないのではないか。既に『古義』が、『代匠記』（精撰本）の「君ヲ恋テ今ヤ来マスト余念ナク待時シモ、秋風ノ我ヲ欺キテ悩マセガホニ簾ヲ打上ゲテ来マス音カト迷フマデ吹来ル意ナリ」とする理解に対して、「誰も一トわたりは、しか意得らるゝに」と一定の理解を示しながらも、「次ノ鏡ノ女王ノ歌は、やがて此ノ歌に答へて、よみ賜へりとおもはるゝに、さては風《カゼ》乎《ヲ》太《ダ》爾《ニ》恋流《コフル》波《ハ》乏《トモ》之《シ》といふこと相応《カナハ》ず」としてこれを退けているように、額田王歌に何らかの失望や嘆きを読み取ろうとすると、鏡王女歌特にその上二句「風をだに恋ふるはともし」との間にある種の齟齬がどうしても感じ取られてしまう。

問題はこの齟齬をどのように把握すべきかということなのだが（『古義』は「人を恋しく思ふをり、風の吹来るは、其ノ人の来らむとする前兆《シルシ》ぞ、といふ諺」の存在を想定し、鏡王女歌の理解に従う形で額田王歌を解釈することで齟齬の存在そのものを

消滅させようとした）、通説的理解はこの点への言及が不十分であるように感じられるのである。後述するように、額田王歌一首のみを問題にする限り、そこから嘆きを読み取ることはさほど困難ではない。それは額田王歌そのものがそれを許容する表現性を備えているからであり、まさに『古義』が「誰も一トわたりは、しか意得らるゝに」と述べたように、閨怨詩などを想定しなくてもそのような解釈は十分に可能かつ自然なのである。それゆえ、額田王歌に嘆きを読む場合には、後続する鏡王女歌との関係をも含んでの説明が求められるのであり、その点が曖昧なままでは『古義』の示した問題は何ら解決されていないと言わざるを得ないのである。

たとえば、額田王歌に「中国閨怨詩の時代的に最も早い影響」を見ようとする井手至氏は、(2)
鏡王女歌には、第一・第三句に「風をだに」を繰り返す。「だに」が最小限のものを「せめて……だけでも」の意で暗示する助詞である点からいえば、鏡王女歌は、男の来訪が期待できないかも知れないことを含意する秋風を詠んだ額田王歌を転じて、逆に、風を、男の来訪の前兆とか、男の来訪かと疑われるようなものとして歌ったと見る方が、一組の歌として見る場合にも、一層効果的なやりとりとなり得るであろう。

として二首の関係を考えるのだが、これでは両歌の齟齬を単に齟齬として指摘したに過ぎまい。問われるべきは、「男の来訪が期待できないかも知れないことを含意する秋風」から「男の来訪の前兆とか、男の来訪かと疑われるようなもの」への転換が如何にして可能になるのかという点なのであり、それが額田王歌に閨怨詩の影響を見ることで整合的に説明されて初めて、この立場は意味を持つのではないか。また、この井出説を妥当とし、「独り寝の嘆き」をいうことに額田王歌の発想の核心があったとする身﨑壽氏も、(3)

その理解の延長線上に、額田王詠に和した鏡王女の四八九を位置づけるとすれば、そのいわんとするところは、「たとえむなしく孤閨をかこつよるがつづくとしても、まだ、まつことをのぞめる状態」に対して、「まつこと自体がむなしくなってしまった」みずからの境涯を、おなじく「風」に託してうったえたものということになろうか。

と両歌の関係を把握するのだが（この捉え方じたいは通説的なものである）、それが

この作品（額田王歌のこと—吉田注）が漢土の文芸に典拠をあおぐものだったとすると、この時期にあってそのような表現の方法が効果を発揮する、うたの制作背景というものがかんがえられるべきだろう。典拠の利用は、直接・間接をとわず、典拠たる作品（源泉）をも十分に理解している享受者の存在が前提になる。これは一対一のばあい（対詠贈答）はもちろんだが、一対多のばあいとてかわりはない。そして当面の作品についていえば、それを額田王と鏡王女との私的な交渉によってうみだされたものとみることは妥当ではないだろう。典拠の利用は、宮廷知識人たちを念頭において、かれらのまえで誦詠されるべくもくろまれたにちがいない。

という詠歌状況の理解とどう整合するのかわかりにくい。額田王歌における典拠の利用は「秋の風吹く」という結句を「独り寝の嘆き」に結び付けることにこそ機能したに違いないが、その額田王歌を「まつことをのぞめる状態」だと取りなしたうえで、「「まつこと自体がむなしくなってしまった」みずからの境涯」を詠むという鏡王女歌の和し方は、「典拠たる作品（源泉）をも十分に理解している享受者」にとってあまりに予想外だったのではないか。典拠たる閨怨詩は額田王歌を「独り寝の嘆き」という意味に一義的に固定するものであり、額田王歌を「ともし」と捉え「何か嘆かむ」と応じる鏡王女歌とは存立基盤を異にする。いったい、額田王は嘆くべきなのか、嘆かざるべきなのか。

通説的理解の問題点はここに集約されていよう。閨怨詩という典拠を想定し額田王歌の理解の方向性を一義的に決定することは、鏡王女歌との齟齬をかえって鮮明にしてしまうのである。となれば、閨怨詩の影響という前提を今一度問い直してみることが必要なのではないか。前述したように、閨怨詩を想定しなければ額田王歌に嘆

きが読み取れないというのではない。むしろ、そうすることで鏡王女歌の存在はますます分かりにくいものになってしまうのである。それゆえ以下では、閨怨詩という文脈から額田王歌を切り離し、別様に解釈する道を模索することで、前述した矛盾の解消を目指していきたいと思う。

二　鏡王女歌の作歌時期

但し、その前に確認しておかなければならないのが、鏡王女歌の詠まれた時期である。もし鏡王女歌が額田王歌と同一時に作られたものでないとすれば、先に述べた典拠と鏡王女歌の矛盾という問題にも再考の余地が出てくるからであり、実際「鏡王女作歌一首」という題詞を根拠にして別時の作とみる説も提出されているからである。(4)

同じ巻四には額田王歌と同様の状況を想起させる「久邇京に在りて、寧楽の宅に留まれる坂上大嬢を思ひて、大伴宿禰家持が作る歌一首」（七六五）に対して、「藤原郎女がこれを聞きて即ち和ふる歌一首」（七六六）との題詞が記されていることからしても、鏡王女歌の題詞が「和歌」ではなく「作歌」となっている点は確かに問題である。しかし、だからといって直ちにこれを別時の作と断定するわけにはいかない。鏡王女歌の題詞は、「和歌」でないというだけでなく「人物名＋作歌」という簡潔さにおいても極めて問題的なのである。(5)今、『萬葉集』中から同様の例を拾い出すと

A当麻真人麻呂が妻の作る歌（1・四三）

B誉謝女王の作る歌（1・五九）

C車持朝臣千年が作る歌一首并せて短歌（6・九一三～四）

D山部宿禰赤人が作る歌二首并せて短歌（6・九二三～七）
E車持朝臣千年が作る歌一首并せて短歌（6・九三一～二）
F山部宿禰赤人が作る歌一首并せて短歌（6・九三三～四）
G山部宿禰赤人が作る歌一首并せて短歌（6・九三八～四一）
H大伴宿禰家持が作る歌一首（6・一〇三五）

が挙げられる。C～Gに関しては議論もあるが、これらはすべて直前に時や場を明示した歌を持つという共通点を持つ（6）。たとえばHは、天平十二年（七四〇）の藤原広嗣の乱平定に際して、聖武天皇が伊勢や美濃を巡幸した時に詠まれた一連の歌の中の一首であり、「狭残《ささ》の行宮《かりみや》にして、大伴宿禰家持が作る歌二首」（一〇三二～三）と「不破の行宮にして、大伴宿禰家持が作る歌一首」（一〇三六）に挟まれた

美濃国の多芸の行宮にして、大伴宿禰東人の作る歌一首
古ゆ人の言ひ来る老人のをつといふ水そ名に負ふ滝の瀬　（6・一〇三四）

に続けて載る「田跡《たど》川の滝を清みか古ゆ宮仕へけむ多芸の野の上に」である。とすればこの題詞は「美濃国の多芸の行宮にして、大伴宿禰家持が作る歌一首」という意味なのであろう。この点がもっとも明瞭なのはAで、これは「伊勢国に幸せる時に、京に留まれる柿本朝臣人麻呂が作る歌」に続くものだが、重出された巻四では「伊勢国に幸せる時に、当麻麻呂大夫の妻が作る歌一首」（五一一）と時が明記されているのである。

この点に鑑みれば、鏡王女歌の場合も直前にある額田王歌の題詞に依拠しつつ記されたもの、少なくともそのように理解するのが当時の一般的な把握の仕方であったとみなければなるまい。もちろん、そのことが直ちに同時作を意味するわけではない。この場合、直前にある額田王歌の題詞は「額田王、近江天皇を思ひて作る歌一首」というもので、時が明示されているとは言い難い。それゆえ、どのような形で依拠しているのかはなお問題

として残ることになる（この点についての本章なりの見解は後述）。だが、少なくとも別時とする積極的な根拠たり得ないことは明らかであろう。この形式の題詞には、別時と考えなければならないものは他に一例もないのである。それは「又」という字が加わる

Ｉまた、長田王の作る歌一首（３・二四八）

Ｊまた家持が作る歌一首并せて短歌（３・四六六～九）

からも逆に証されるように思う。Ｉは

長田王、筑紫に遣はされて、水島に渡る時の歌二首（３・二四五～六）

石川大夫の和ふる歌一首名欠けたり（３・二四七）

に続く「隼人の薩摩の瀬戸を雲居なす遠くも我は今日見つるかも」だが、この「薩摩の瀬戸」は現在の鹿児島県阿久根市黒之浜と天草諸島の最南端長島との間の海峡であり、熊本県八代市にある水島に渡る時に詠まれた直前の歌々とは場を異にしている。Ｊも家持のいわゆる亡妾悲傷歌の第二群であり、直前の第一群とは異なる新たな意識のもとに詠まれたと考えられるものである。このように、「又」が挿入されているのが、連続しつつも何らかの区切れが存する場合であるのは、「人物名＋作歌」のみの簡潔な題詞だけでは直前の歌と同一圏内のものと見なされやすかったからではあるまいか。

それゆえ、「鏡王女作歌一首」という題詞から別時作を主張することはできないと考えるが、しかしそのことが同時作を積極的に示すわけでないことも前述の通りである。それゆえ、鏡王女歌の詠まれた時期の問題は別の観点からも考えられねばならないのだが、ここで注目したいのが巻八である。前述の通り、両歌は巻八「秋相聞」にも採録されているが、鏡王女歌が秋相聞に配されているという事実は、これが額田王歌と同一時の作として把握されていたことを示す有力な手がかりと考えられるのではないか。

周知の通り、巻八は四季分類を基本とした巻であり、所収歌二四六首も「ひとり居て物思ふ夕にほととぎすこゆ鳴き渡る心しあるらし」（夏雑歌・一四七六）のように季節と結び付いた景物を詠み込むか、額田王歌のように春夏秋冬の季節名を明記するものが大部分を占めている。そのような中にあって、季節の判定できない鏡王女歌「風をだに恋ふるはともし風をだに来むとし待たば何か嘆かむ」は特異なあり方を示すと言えようが、類似の歌も若干例認められる。景物の捉え方によって増減はあろうが、

ア玉櫛笥蘆城《あしき》の川を今日見ては万代までに忘らえめやも　（秋雑歌・一五三一）
イ大の浦のその長浜に寄する波ゆたけき君を思ふこのころ　（秋相聞・一六一五）
ウ玉桙の道は遠けどはしきやし妹を相見に出でてそ我が来し　（秋相聞・一六一九）
エあらたまの月立つまでに来まさねば夢にし見つつ思ひそ我がせし　（秋相聞・一六二〇）
オ我がやどの時じき藤のめづらしく今も見てしか妹が笑まひを　（秋相聞・一六二七）
カはだすすき尾花逆葺《さかふ》き黒木もち造れる室は万代までに　（冬雑歌・一六三七）
キあをによし奈良の山なる黒木もち造れる室は座せど飽かぬかも　（冬雑歌・一六三八）
ク官《つかさ》にも許したまへり今夜のみ飲まむ酒かも散りこすなゆめ　（冬相聞・一六五七）

がそれである。しかし、これらをそれぞれの季節に配することには十分な根拠があったと思われる。たとえば、ア・オはそれぞれ「をみなへし秋萩交じる蘆城の野今日を始めて万代に見む」（一五三〇）「我がやどの萩の下葉は秋風もいまだ吹かねばかくそもみてる」（一六二八）と同一時の作と考えられるものだし（題詞には「大宰の諸の卿大夫并せて官人等、筑前国の蘆城の駅家に宴する歌二首」「大伴宿禰家持、時じき藤の花と萩の黄葉てると二つの物を攀ぢて、坂上大嬢に贈る歌二首」とある）、イ・クはそれぞれ「九月のその初雁の便りにも思ふ心は聞こえ来ぬかも」（一六一四）「酒杯に梅の花浮かべ思ふどち飲みての後は散りぬともよし」（一六五六）と贈答をなすもの。また、ウとエは左

注に「右の二首、天平十一年己卯の秋八月に作る」と記されている。カとキは少し分かりにくいが、左注に「右、聞くならく、左大臣長屋王の佐保の宅にいまして肆宴したまふときの御製なりと」と記されていることからすると、その「肆宴」（歌の内容から新造を祝うものと判断される）が冬のものであったというのは当時の人々にとって自明の事柄だったのであろう（両歌は元正と聖武のものだから、長屋王宅の新造を祝う宴で行幸もあったとなれば一回的に限定されやすい）。ともあれ、このような形で、前掲の歌も間接的にせよ四季分類が可能なものだったのである。

とすれば、巻八編者が鏡王女歌を秋に配したのにもそれなりの根拠があったに相違ないが、それは「秋の風」を詠み込む額田王歌と同一時の作と考えたからではないのか(7)。巻八同様の四季分類を施す巻十には、「右の一首、春の歌にあらねども、なほし和へなるを以ての故に、この次に載せたり」（一九二七歌の左注）「右の一首、秋の歌に類ねども、和へなるを以て載せたり」（二三〇八歌の左注）との文言が認められることもここに想起されてよい。巻八や巻十の編纂に際しては、季節判明歌と同一時のものゆえに採録された場合が認められるのであるが、鏡王女歌もその一つであったと推断されるのである。もちろん、両歌を同一時と判断する外部徴証を巻八編者が有していたのか否かは不明と言うほかない。それゆえ、この判断が巻八編者の独断に基づくものという可能性も残りはするのだが、たとえそうであったとしても、そう解されて違和感のない歌であったということは言えるであろう。

それゆえ、先の題詞形式の問題とも考え合わせると、鏡王女歌は額田王歌と同一時の作だと考えておくのが穏やかだと判断される。確かに、題詞や巻八の分類は詠歌時期を直接反映したものではない。しかし、同一時と考えても支障を来すことはないのであり、むしろ早くからそう見なされていたことを強く暗示するものなのである。したがって、本章では従来からの把握通り、鏡王女歌は額田王歌と同じ時に詠まれたものという前提のもとに論を進めていくことにしたいと思う。

三　額田王歌の「間接性」

具体的な分析に移ろう。まず額田王歌の方から考えたいのだが、この歌の問題点は結句「秋の風吹く」の理解に尽きると言ってよい。第一節にも『代匠記』や『古義』の見解を紹介したが、江戸時代以来この歌の結句、ひいては一首全体の主題や意図をめぐっては解釈が一定せず、これまでにも錯覚説や予兆説・景趣説などの諸説が提出されてきた（この混乱は中国文学との関連を重視する近年の通説的理解によって解消したかに見えたが、それが問題の解決と言えないことは先に述べた通りである）。そのような研究史を踏まえた上で今なすべきことは、それら諸説の是非を決めることではなく、そのような諸説を引き起こす結句のあり方そのものを問題の中心に据えることであろう。

早く中西進氏が「間接性」という言葉で指摘した点であるが(8)、

君に恋ひうらぶれ居れば敷の野の秋萩凌ぎさ雄鹿鳴くも　（10・二一四三）
君に恋ひしなえうらぶれ我が居れば秋風吹きて月傾きぬ　（10・二二九八）
君に恋ひうらぶれ居れば悔しくも我が下紐の結ふ手いたづらに　（11・二四〇九・人麻呂歌集）
我が背子に我が恋ひ居れば我がやどの草さへ思ひうらぶれにけり　（11・二四六五・人麻呂歌集）

などの類歌に比べて、額田王歌では「我が宿の簾動かし秋の風吹く」という景が恋のあり方を想起させるものとしては十分に機能していない点に注意したい。たとえば、二・三句が共通する二四六五歌の「我がやどの草さへ思ひうらぶれにけり」という景では、「さへ」とあることによって、草の萎れている姿が作中主体の姿をも髣髴とさせる仕組みになっている。また、二二九八歌の「秋風吹きて月傾きぬ」や二四〇九歌の「我が下紐の結ふ手いたづらに」は、作中主体の姿を直接印象付けるものではないものの、それが恋人の訪れを空しく待ち続けた時間の経過を暗示する表象であることは容易に理解できるのであり、その意味で、作中主体の失望感をも直ちに想起させる機能を有していると言ってよいであろう。ところが、額田王歌の場合は、下三句の景が右の類歌ほど明示的な比喩性を発揮しているようには読めない。それゆえ、

息の緒に我は思へど人目多みこそ　吹く風にあらばしばしば逢ふべきものを　（11・二三五九・人麻呂歌集）

玉垂《たまだれ》の小簾《こす》のすけきに入り通ひ来ね　たらちねの母が問はさば風と申さむ　（11・二三六四・古歌集）

などに照らし合わせれば、「秋の風吹く」を恋人の来訪を予感させるよすがとして読み解くことも可能なように思われるが、しかしまた

あしひきの山辺に居りて秋風の日に異《け》に吹けば妹をしそ思ふ　（8・一六三二・家持）

よしゑやし恋ひじとすれど秋風の寒く吹く夜は君をしそ思ふ　（10・二三〇一）

などを重ねると、結句は恋人の不在を強く暗示する嘆きの表現にも思われるのである。

それほどにこの「我が宿の簾動かし秋の風吹く」という景は表現として不安定なのであり、またそれゆえにこそ、どのような表現と関連させて理解するかによって額田王歌は解釈の揺れを見せてしまうのである。言い換えれば、このような景の不安定さ（＝作中主体の心情に直接結び付いていかない景の間接性）こそが、額田王歌の特徴なのである。

確かに、口誦歌として当該歌を考えれば、期待や嘆きという意味がこの歌の表現や構造によってではなく歌を取り囲む共通基盤によって担われるということは十分にあり得ることである。そもそも歌や文の有する意味とは、そこに用いられた言葉や語列によってのみ決定されるものではなく、それが使用された状況や文脈によっても影響を受けるという性格を本来的に持つからであり、聴衆を前にして披瀝される口誦歌には特にその性格が顕著だからである。それゆえ、一つの考え方として、額田王や近江朝の人々には自明のこととして理解されていた下三句の景の意味が、その共通理解の基盤が今日もはや失われてしまったために、我々には理解困難になっていると

把捉することも可能である。その場合、景の不安定さはこの歌本来のものではなく、当時の享受者にとってはこれで一義的に意味が決定できた、すなわちここから何らかの心情を読み取ることが可能であったということになる。萬葉歌や漢詩文の用例から帰納して結句「秋の風吹く」の意味を見定めようとする態度は、このような視点に立つものと言えるであろう。

しかしながら、今日に至ってもなお当該歌の解釈が一定していないという事実が何より雄弁に物語っているように、現存する用例から推して「秋の風吹く」の意味を決定することは不可能に近い。前掲したように相反する帰結を示す用例が存在するからである。そしてこの事実は、「秋の風吹く」の意味が当時においても一義的に決定できるものではなかったのではないかという疑問を抱かしめるのに十分であろう。特定の歌なり漢詩なりを前提とすることが予め示されていない限り、「我が宿の簾動かし秋の風吹く」という景だけから特定の心情を想起することは当時の人々にとっても至難の業だったのではないか。

それは、恋人来訪を予感しての歌

天の川浮津の波音騒くなり我が待つ君し舟出すらしも　（8・一五二九・憶良・七夕歌）

我が背子にうら恋ひ居れば天の川夜舟漕ぐなる梶の音聞こゆ　（10・二〇一五・人麻呂歌集・七夕歌）

味酒の三諸《みもろ》の山に立つ月の見が欲し君が馬の音そする　（11・二五一二・人麻呂歌集）

にしても、嘆きを詠んだ歌

ま袖もち床打ち払ひ君待つと居りし間に月傾きぬ　（11・二六六七）

我が背子を今か今かと待ち居るに夜の更けぬれば嘆きつるかも　（12・二八六四）

君待つと庭のみ居ればうちなびく我が黒髪に霜そ置きにける　（12・三〇四四）

にしても、傍線を付したように、恋人の来訪や嘆きの感情を明示したり乗り物の音や待つ時間の経過を示す景を選ぶなど、より直接的な表現を用いるのが一般的であることからも逆に推測できる。となれば、この景が何らかの共通基盤を前提としたものではなかった可能性が模索されてよいのではないか。表現の仕組みが他とは異なるということである。

では、その仕組みとはどのようなものであったのか。あるいは言い換えて、この下三句は当該歌においていかなる機能を担わせられていたのか。用例から帰納することが不可能に近い以上、歌そのものの分析に執するよりほかに手だてはあるまい。

四　額田王歌試解

額田王歌は、表現それじたいとしてどのような意味を喚起するものなのか。「君待つと我が恋ひ居れば」といううたい出しから考えていこう。一般に「恋ふ」という動詞は、「妹に恋ふ」のように「に」でその対象を受けることから、類義語の「思ふ」とは異なり対象に引きつけられてしまう受動的な状態を表す言葉だとされる。[9] それは確かにその通りなのだが、しかし、当該例のように「待つ」と併用された場合には、単に対象に引きつけられているという受動的側面にとどまらず、さらに積極的に対象の出現を切望する心情が前面に出てくるようである。「君待つと＋恋ふ」は『萬葉集』中他にもう一例、天平十九年（七四七）春に家持と池主の間に交わされた長歌の中にも見られる。

大君の　命恐み　あしひきの　山野障らず　天離《あまさか》る　鄙も治むる　ますらをや　なにか物思ふ　あをによし
奈良道来通ふ　玉梓の　使ひ絶えめや　隠り恋ひ　息づき渡り　下思《したもひ》に　嘆かふ我が背　古ゆ　言ひ継ぎ
来らし　世の中は　数なきものそ　慰むる　こともあらむと　里人の　我に告ぐらく　山辺には　桜花散り

かほ鳥の　間なくしば鳴く　春の野に　すみれを摘むと　白たへの　袖折り返し　紅の　赤裳裾引き　娘子《をとめ》らは　思ひ乱れて　君待つと　うら恋すなり　心ぐし　いざ見に行かな　ことはたなゆひ

（17・三九七三・池主）

これは先頃まで病床に伏していた家持に宛てたもので、傍線部は家持からの長歌に「隠り居て思ひ嘆かひ　慰むる心はなしに　春花の咲ける盛りに　思ふどち手折りかざさず　春の野の繁み飛び潜《く》く　うぐひすの声だに聞かず　娘子らが春菜摘ますと　紅の赤裳の裾の　春雨ににほひひづちて　通ふらむ時の盛りを　いたづらに過ぐし遣りつれ」（17・三九六九）とあったのを受け、「娘子らは…君待つとうら恋すなり」と励ましたものである。とすれば、この傍線部は単に家持を恋い慕っているといった程度の意味でなく、家持を待ち焦がれ会うことを切望しているといった、もう少し強い意味合いで用いられていると考えねばなるまい。そう捉えてこそ、家に閉じこもっている家持を元気づけ、野に誘い出す効果が発揮されるのである。

このことは「待つ」と「恋ふ」とが複合した「待ち恋ふ」の用例を見渡すことでさらに確かめられるように思う。この語は集中十例弱見られるが、

秋風の吹きにし日よりいつしかと我が待ち恋ひし君そ来ませる

（8・一五二三・憶良・七夕歌）

…今日か来む　明日かも来むと　家人は　待ち恋ふらむに　遠の国　いまだも着かず　大和をも　遠く離《さか》りて　岩が根の　荒き島根に　宿りする君

（15・三六八八）

…大君の　命のまにま　ますらをの　心を持ちて　あり巡り　事し終はらば　障《つつ》まはず　帰り来ませと　斎《いは》瓮《ひへ》を　床辺に据ゑて　白たへの　袖折り返し　ぬばたまの　黒髪敷きて　長き日を　待ちかも恋ひむ　愛《は》しき妻らは

（20・四三三一・家持）

のように、七夕や旅など遠く離れた関係において恋人や夫との出会いを熱望する姿をいう例が大半を占めるので

ある。特に、三六八八歌や四三三一歌のような旅人を待つ家人の叙述に用いられていることは、「待ち恋ふ」という語が対象への強い志向性を有していることを保証するものであろう。

　とすれば、この「君待つと我が恋ひ居れば」といううたい出しからも、恋人の来訪を熱烈に待ち焦がれる作中主体の姿を読み取るのでなければなるまい。この点で、「うらぶる」という語の存在によって恋人に会えないためにしょんぼりとうなだれている作中主体の姿を印象付ける前掲類歌とは、決定的に異なっていると言うべきである。あえてその違いを強調的に述べるならば、恋人に会えないゆえの絶望的悲観的な心理状態にある類歌とは異なり、額田王歌では来訪への期待感待望感が強く打ち出されているということになる[10]。

　そして、そこに「我が宿の簾動かし秋の風吹く」という下三句の景が続くのである。「ヤド」の語義に関しては難しい問題もあるが、多くの注釈書が指摘するように、この場合は家の戸口と理解すべきなのであろう（原文表記は「屋戸」）。今、その戸口の簾が動いた。恋人の訪れを今か今かと待ち焦がれていた作中主体である。となれば、そのような微かな簾の動きにも敏感に反応しよう。それは「簾動憶㆓君来㆒」（費昶「有所思」『玉台新詠』巻六）にも通じる心境であり、簾の向こうに恋人の姿が当然期待される場面である。

　ところが、入ってきたのは恋人ならぬ「秋の風」であった。とすれば、予兆説に立つ『古義』でさえ前掲のごとく「契沖が簾動かし秋の風吹は、もしやおはしますとおもふ心に、簾をうごかす秋風の音も、君かとおもひてはからるゝなり、と云る如くに、誰も一トわたりは、しか意得らるゝに」と述べているように、この瞬間に作中主体の期待は失望に変わると解するのが自然である。そのあたりの機微は、「君が来られはしないかと心待ちにしてゐる折柄、戸口の簾を動かすものがあるので、正に君かと思つて見ると、それは秋風であるといふので、一瞬間の昂奮と失望との交錯した、捉へやすきに似て、実は捉へては云ひ難い気分である」（窪田評釈）「君を待てども君は来まさず、戸口のすだれの動くのをそれかと見れば、君ではなくて、いたずらに秋風が吹いてきたのであつた。そのさびしい失望の境地がよく描かれている」（武田全註釈）と指摘されている通りである。

しかし、この解釈が「秋の風」を恋人ならざるものと把捉することを理解の前提としていることも見落としてはなるまい。もちろん、風と人が同一物でないことは言うまでもないが、外から内へと入り込んでくるという行為において両者は等価なのであり、そこを基点として風と恋人とを同一視しようとする発想も、前掲した二三五九歌や二三六四歌のように認められるのである。それゆえ、右の前提を保証する根拠が歌の表現に即してここに改めて問われる必要があろう。

おそらく、その根拠は下三句を「我が宿の簾動かし」と「秋の風吹く」の間で一端区切って理解すること以外には求め得まい。『窪田評釈』や『武田全註釈』が第四句の後に「君の来訪かと思って見ると」のような語句（前掲傍線部）を差し挟んでいる点にそれは明瞭である。「君待つと我が恋ひ居れば」によって印象付けられる恋人来訪への期待感。「我が宿の簾動かし」と詠まれることによって喚起される更なる興奮。そのような気分が、自然と享受者にも「君そ来ませる」のような結末を期待させるのであろう。その期待感と「秋の風吹く」という結句との落差が、作中主体の失望や嘆きを感じさせるのである。

しかし、そのような詠みぶりを想定することは、額田王理解としてまた当該歌の実際の享受として妥当なのであろうか。次にこの点について考えを進めることにしたい。

五　天智朝の額田王

いったい、額田王の作歌活動に関しては、斉明朝と天智朝の間に一種の飛躍を見るのが今日の通説である。すなわち、斉明朝の〈代作歌人〉としての段階から、中国文学との出会いを重要な契機として、文芸性を強め個的な心情を詠む天智朝の段階へという把握である。当該歌を中国文学との関連において把握しようとする態度も、このような文学史理解と密接に結び付いている。確かに、その把握は基本的に正しい。しかし、〈代作歌人〉としての性質が天智朝において全く姿を消してしまったと考えるなら、それはあまりに一面的な理解に過ぎよう。この「代作」という行為についてはその内実に関してまだ十分に解明されていない点も残るが、集団の心情を掬い上げ言語化するという側面が重要なことは論をまつまい。それゆえ、斉明朝における額田王の作歌行為もそのような意味において把握されるべきである。それは、身崎壽氏の言葉をもって言えば(11)、

額田王は宮廷生活における公的・儀礼的な〈場〉において、その座の中心的・中核的存在たる天皇などのたちばから、なおかつ、その〈場〉につどう宮廷人全体の共通感情・共通の意志ともいうべきものを集約して代弁するというありかたにおいて、うたづくりに従事し、専門的力量を発揮した歌人だった。

ということになろう。とすれば問題は、〈場〉に集う人々の心情を集約し代弁するという技量が、天智朝の作歌行為にどのように生かされているかということになる。

ここに想起されるのが、春秋競憐歌（1・一六）や蒲生野での歌（1・二〇）である。これらは天智朝における詩宴や宴席で詠まれたものだが、ここには聴衆の心を巧みに操作していく額田王の力量が認められるのではないか。たとえば、蒲生野での「あかねさす紫草野行き標野行き野守は見ずや君が袖振る」。この歌が披露された時の具体的な〈場〉の状況は不明だが、池田弥三郎氏が「おそらく宴会の乱酔に、天武が無骨な舞を舞った、その袖の振りかたを恋愛の意志表示とみたてて、才女の額田王がからかいかけた」というようなものを想定してよいのであろう(12)。無骨云々はともかく、大海人の舞を求愛のしぐさに見立てたところにこの歌の眼目は存していよう(13)。しかし、より大切なのは、大海人の舞を求愛のしぐさに位置付け直したその方法である。

この歌が禁断の恋を想起させるのは、「君が袖振る」に対して「野守は見ずや」の一句が加えられているから

だが、逆に言えば、眼前の景と思しい「君が袖振る」（それだけなら舞の所作に過ぎない）を結句に出して求愛の見立てを完結するためには、そのお膳立てとして第四句に「野守は見ずや」を提示しておくことが必要であった。そして、その際額田王が用いたのが、言葉によって喚起される映像の連続性を利用するという方法であったと思われる。既に身﨑壽氏に分析の備わるところだが、(14)この歌は「あかね→紫」「紫草野→標野」「標野→野守」と言葉の連鎖によって次の語句を導き出す仕組みになっていると考えられる。「あかねさす」の語義に諸説あるゆえ確定的なことは言えないが、もし夕焼けの色と把握することが可能ならば「あかねさす紫草野」とは、宴席開始の数時間前に人々が目の当たりにしていた風景ということになろう。(15)〈場〉に集う人々に共有の、かかる風景を出発点としてうたい出された当該歌は、「あかねさす紫草野行き標野行き」と第三句に至るに及んで、作者を含めた薬猟参加者全体の行為を述べ挙げる。これは、聞き手に即して言えば自らの行為として上三句を受け止めるということであり、額田王からすればまずは聞き手の心をそのような形で一体化させるということになる。そしてその上で、「紫草野」を「標野」と言い換えることで浮上してきた禁忌性を連鎖の軸として、第四句「野守は見ずや」を導き出すのである。上三句と下二句の構造に関しても諸説あるが、「あかねさす紫草野行き標野行き」から「野守は見ずや」と繋がった段階では、「行き」の主語として「野守」が特立されることになろう。しかしそれは同時に、自らの行為として上三句を享受していた聴衆が「野守」として位置付けられたということでもある。その「野守」＝聴衆が見ているものとは何か。それは、大海人の袖を振る姿にほかならない。小川靖彦氏は、大野晋氏の説（『係り結びの研究』岩波書店一九九三年）を踏まえてこの「ずや」を把握し、第四句を「現に野守が見ているではないか、という意の臨場感・緊張感に満ちた表現である」とする。(16)とすれば、「野守は見ずや君が袖振る」の二句は、聴衆の眼前で舞を舞っている大海人の姿を「野守」の目も気にせず袖を振る求愛行為に見立てる表現としてまことに説得的ということになる。これはいきなり大海人の舞を求愛の袖振りと位置付けるのではなく、言葉の喚起する映像の連鎖に乗せつつ自然と下二句へ人々の心を誘導する詠みぶりがなされているということであるが、〈場〉に集う人々の心情を掬い上げることに秀でていた額田王の技量がこのような詠作を可能にしているのではあるまいか。

同じことは、春秋競憐歌においても指摘できるように思う。知られるように、この歌に関しては「秋山そ我は」へと至る論理性に関して解釈に揺れが見られるが、従来通りの見方に従えば春方秋方双方の反応を意識しながら結論へと導いていく点に、また「秋山そ我は」へと至る論理性を有しているとの見方に立てばその論理性が春方の人々を納得させるために機能していた点に(17)、〈場〉に集う人々に寄り添って詠歌する額田王のあり方が認められるように思われる。そもそも、「秋山そ我は」という私的な判断を下すまでに十七句を費やしていることじたい、額田王が聞き手に配慮していたことを示していよう。

これらの額田王歌と並べてみる時、四八八歌においても聞き手とともにある額田王の姿が考えられてしかるべきであろう。一首内部で自己完結した歌の世界を聞き手の前に提示するのではなく、歌生成の現場に聞き手を立ち会わせ、自らの発する言葉の一つ一つに対する聞き手の反応を計算しそれを確かめながら結句へと誘導していく。それが〈代作歌人〉として優れた技量を発揮し得た額田王の詠歌方法であったと想定することが可能なら、前節で述べた詠みぶりは当該歌の方法として許容されてよいだろう。「秋の風吹く」という清新な景は、期待感との落差によりその背後に君の不訪という悲しい現実を想起させることを通して作中主体の嘆きを共有させるための方法だったということである。これは比喩などとは異なる次元の表現の仕組みであろう。室内に入り込むという点で恋人との共通点を持つ風がここに選ばれたのは、かかる方法意識のゆえではなかったか(18)。

六　鏡王女歌の題詞をめぐって

では、そのような額田王歌の理解は、続く鏡王女歌とどのように関わるのか。ここで再び題詞「作歌」の問題を取り上げることにしよう。これが別時作を意味するものでないことは第二節に述べたが、「和歌」でないという問題は依然未検討のままなのであった。はたして、鏡王女歌は額田王歌に和《こた》えた歌ではなかったのだろうか。なるほど、「人物名＋作歌」のみの題詞を持つ例（前掲A〜H）はすべて和歌ではなく、同一時に詠まれた別の歌なのであった。それゆえ、ここから推せば、当該歌も額田王歌に応じたものではなく一首単独で作られた別の歌だということになる。それが題詞に従った素直な理解というものではあろう。しかし、そう断定してしまうには、この歌はあまりに和歌的なのである。

ここで、前掲例の中から短歌が詠まれたＡＢＨと「即和歌」の用例（集中の用例は類例を含め全六例だが残り一例は後掲）とを、直前の歌も含めて掲出しよう。

・「人物名＋作歌」

Ａ　伊勢国に幸せる時に、京に留まれる柿本朝臣人麻呂が作る歌

あみの浦に船乗りすらむ娘子らが玉裳の裾に潮満つらむか
釧《くしろ》つく答志《たふし》の崎に今日もかも大宮人の玉藻刈るらむ
潮さゐに伊良虞《いらご》の島辺漕ぐ船に妹乗るらむか荒き島廻を

当麻真人麻呂が妻の作る歌

我が背子はいづく行くらむ沖つ藻の名張の山を今日か越ゆらむ　（1・四〇〜三）

Ｂ　二年壬寅《じんいん》、太上天皇、参河国に幸せる時の歌

引馬野《ひくまの》ににほふ榛原《はりはら》入り乱れ衣にほはせ旅のしるしに
　右の一首、長忌寸奥麻呂
いづくにか船泊てすらむ安礼《あれ》の崎漕ぎ廻み行きし棚なし小船
　右の一首、高市連黒人
　誉謝女王の作る歌
流らふるつま吹く風の寒き夜に我が背の君はひとりか寝らむ
（1・五七～九）

H
　美濃国の多芸の行宮にして、大伴宿禰東人の作る歌一首
古ゆ人の言ひ来る老人のをつといふ水ぞ名に負ふ滝の瀬
　大伴宿禰家持が作る歌一首
田跡川の滝を清みか古ゆ宮仕へけむ多芸の野の上に
（6・一〇三四～五）

・「即和歌」

K
　丹比真人笠麻呂、紀伊国に往きて勢能《せの》山を越ゆる時に作る歌一首
栲領巾《たくひれ》のかけまく欲しき妹の名をこの勢能山にかけばいかにあらむ〈一に云ふ、「替へばいかにあらむ」〉
　春日蔵首老の即ち和ふる歌一首
宜《よろ》しなへ我が背の君が負ひ来にしこの背の山を妹とは呼ばじ
（3・二八五～六）

L
　大伴坂上郎女、親族《うがら》を宴する日に吟ふ歌一首
山守がありける知らにその山に標結ひ立てて結ひの恥しつ
　大伴宿禰駿河麻呂の即ち和ふる歌一首
山守はけだしありとも我妹子が結ひけむ標を人解かめやも
（3・四〇一～二）

M　十一年己卯《きぼう》の夏六月に、大伴宿禰家持が亡《す》ぎにし妾を悲傷して作る歌一首
今よりは秋風寒く吹きなむをいかにかひとり長き夜を寝む
弟大伴宿禰書持が即ち和ふる歌一首
長き夜をひとりや寝むと君が言へば過ぎにし人の思ほゆらくに　（3・四六二～三）

N　久邇京に在りて、寧楽の宅に留まれる坂上大嬢を思ひて、大伴宿禰家持が作る歌一首
一重山隔れるものを月夜良み門に出で立ち妹か待つらむ
藤原郎女がこれを聞きて即ち和ふる歌一首
道遠み来じとは知れるものからに然ぞ待つらむ君が目を欲り　（4・七六五～六）

O　黒き色なるを嗤笑《わら》ふ歌一首
ぬばたまの斐太《ひだ》の大黒見るごとに巨勢《こせ》の小黒《をぐろ》し思ほゆるかも
答ふる歌一首
駒造る土師の志婢麻呂《しびまろ》白くあればうべ欲しからむその黒き色を
右の歌、伝へて云はく、（中略）ここに土師《はにし》宿禰水通《みみち》、この歌を作りて嗤笑ひたれば、巨勢朝臣豊人これを聞きて、即ち和ふる歌を作り酬《こた》へ笑ふ、といふ。　（16・三八四四～五）

もはや贅言を要しまい。「君待つと我が恋ひ居れば我が宿の簾動かし秋の風吹く」に対する「風をだに恋ふるはともし風をだに来むとし待たば何か嘆かむ」の関係は、明らかに後者の型に近いのである。

しかし、にもかかわらす、当該歌が「鏡王女即和歌一首」とされることはなかった。それは、やはり両歌の齟齬が大きな原因だったのであろう。[19] 確かに、両歌の関係は後者の方により近い。しかし、たとえばKが「妹の名をこの勢能《せの》山にかけばいかにあらむ」と問うたのに対し「この背の山を妹とは呼ばじ」と答えたり、Mが「いか

にかひとり長き夜を寝む」と言ったのを受けて「長き夜をひとりや寝むと君が言へば」と応じているのに比べれば、鏡王女歌の「風をだに恋ふるはともし」は嘆きを喚起させた額田王歌への返答としてちぐはぐな感じが拭えない。つまり、和歌とみるにはどこか作歌的なのである。このような齟齬ゆえに、「即和歌」という題詞が回避されたのではないだろうか。

ここで「即和歌」の最後の例を見ることにしよう。

P　額田王、近江国に下る時に作る歌、井戸王の即ち和ふる歌

味酒《うまさけ》　三輪の山　あをによし　奈良の山の　山の際《ま》に　い隠《かく》るまで　道の隈　い積もるまでに　つばらにも
見つつ行かむを　しばしばも　見放《みさ》けむ山を　心なく　雲の　隠さふべしや

反歌

三輪山を然も隠すか雲だにも心あらなも隠さふべしや

（左注略）

綜麻《へそ》かたの林の前《さき》のさ野榛《はり》の衣《きぬ》に付くなす目に付く我が背

右の一首の歌は、今案《かんが》ふるに、和ふる歌に似ず。ただし、旧本にこの次に載せたり。故以《このゆえ》に猶し
載せたり。　（1・一七〜九）

「井戸王の即ち和ふる歌」とされる一九歌は前掲例とは異なり、額田王歌に応えたようには見えない。近年の研究はこれが「即和歌」として相応しいものであったことを解明する方向に進んでいるようだが、しかしそのことは既に巻一編纂の段階で納得し難いものになっていた。そこに「今案ふるに、和ふる歌に似ず」との左注が付される所以もあったわけだが、ここからは次のようなことが導き出せるように思う。

もし一九歌が前の歌に和したものであったとすれば、その事実は正しく伝えられ題詞に記載されて来たのでは

あるが、おそらく一九歌が詠歌された〈場〉を離れてしまったために、次第にそのことが分かりにくいものになり八世紀頃にはその関係が理解され難いものになっていた、ということ。逆に、もし一九歌が前の歌に和したものではなかったとすれば、初期萬葉歌には伝承されていく過程で事実を必ずしも正確に反映しない題詞が記載者の推断により付されることもあった、ということである。

　この場合がいずれであったのかは俄に決し難いが、当該箇所と同様の左注「右の一首の歌は、今案ふるに反歌に似ず。ただし、旧本にこの歌を以て反歌に載せたり。故に、今も猶しこの次に載す。（後略）」が付された

　　中大兄近江宮に天の下治めたまひし天皇の三山の歌一首

香具山は　畝傍《うねび》雄雄《をを》しと　耳梨と　相争ひき　神代より　かくにあるらし　古も　然《しか》にあれこそ　うつせみも　妻を　争ふらしき

　反歌

香具山と耳梨山とあひし時立ちて見に来し印南《いなみ》国原

わたつみの豊旗雲に入日見し今夜の月夜さやけかりこそ　（1・一三～五）

をも考え合わせると、両方の事態が起こり得たように思う。三山歌の左注は反歌史の問題に関わってしばしば取り上げられるものだが、初期の反歌は長歌の反復要約を旨とするという通説的な見方に従えば、左注の疑問はもっともである。そこで注目したいのが『萬葉集全注』（伊藤博氏）の次の指摘である。伊藤氏は「航路の安全を予祝して、一五番歌は一三～一四番歌と内面上ぴたり響き合う」とした上で

けれども、素材は大和三山をまったく離れ、わずかに「印南国原」と「月夜」との関係が存するにすぎない。「反歌」には長歌の内容を新たに展開する機能を見たにしても、この離れわざは異様である。これは、別人の「和歌」（前歌の内容に和《あわ》せた歌）にちがいない。その別人は誰か。かならず額田王であろう（中西進『万葉集

の比較文学的研究』）。現にすぐ下に、一七〜一九番歌が一三〜一五番歌とまったく同じ形で並べられ、「一七（長歌）＋一八（反歌）」に対して一九を「和歌」としている。

と述べ、中西説に従い一九歌が本来「和歌」であった可能性を考え、一三〜五歌と一七〜九歌の類似に注意を促したのである。もしこの想定が正しいとすると、初期萬葉歌の伝承過程においては、題詞もなく一括伝承されていたであろう同一時に詠まれた歌（一五歌や一九歌）がその〈場〉を離れることにより、前歌との関係が不明なまま「反歌」や「和歌」として題詞に記載されて伝えられたということになる。

それはある場合には正しく（一九歌）ある場合には誤って（一五歌）伝えられたのであろうが、ここで押さえておきたいのは、斉明朝や天智朝の公的な場で詠まれた「和歌」が、後代（八世紀頃）の人にはどういう点で前の歌に対応しているのかよく理解できないものになり得たということである。このような事情を鏡王女歌の場合にも想定することが許されるとすれば、「鏡王女作歌一首」という題詞も、額田王歌と同一時のものとして一括伝承されてきたものに題詞が付される際、「作歌」と記された可能性が考えられはしまいか。同じ時に詠まれたものだが「和歌」とは見なし難く、まして「反歌」でもないとすれば、ただ「作歌」と記すほかなかったということである。第二節で述べたように、「人物名＋作歌」という題詞は直前の歌と同一時に詠まれたことを意味しやすいものなのであった。

以上、作歌とするには和歌的で和歌とするには作歌的な当該歌の問題を指摘し、それを和歌であったものが作歌と記されたと考えることで解決しようと考察を加えてきたのだが、しかし右の想定が意味を持つにはその前提、すなわち鏡王女歌が本来は和歌であったということが示されなければならない。そこで次節では、鏡王女歌の表現分析から、この歌が額田王歌への和歌であり得た可能性について考えていくことにしたいと思う。

七　鏡王女歌試解

鏡王女歌の問題点は上二句「風をだに恋ふるはともし」に尽きると言っても過言ではない。それは、一つには『新編全集』が「従来、語法上に疑問の多い歌として有名」と指摘するような語法上の側面から、また一つには『古義』が上二句を予兆説の根拠とするような額田王歌との関連にかかわる側面から注目されてきたのであった。

まず語法の問題についてだが、これは主に「風を恋ふ」という繋がりをめぐって議論が展開されてきた。その結果「風を」の後に何らかの省略を考える説や「恋ふ」にではなく「ともし」にかかるのだという説も提出されるに至ったが、用例から帰納的に考えるのではなく、一回的な歌の表現に注意を払う視点がここでも必要である。『澤瀉注釋』などが指摘するように、「〜を恋ふ」という表現が『萬葉集』中に全くないわけではない。それゆえ、「風を恋ふ」という表現で意味は通じたはずである。となれば、ここでなされるべきは「風を恋ふ」を異例として退け別解を求めることではなく、何故「風を恋ふ」という言葉がここに選ばれたのかを問うことであろう。

この点に関する従来の見解は、第三句との繰り返しに注目するものであった。『武田全註釈』が「第三句に、風ヲダニと重ね置く関係上、ヲを使用している」と端的に指摘しているのがその代表的なものと言えよう。では、何故鏡王女は初句と第三句に同じ語句を置いたのか。それは、額田王歌の上二句「君待つと我が恋ひ居れば」に対応させたと考えるのが自然である。[20] つまり、この繰り返しは第二句と第四句の「恋ふ」「待つ」をも視野に入れて「風をだに恋ふ」「風をだに待つ」と押さえてはじめて正当に評価されるものだと考える。具体的に言えば、「君を待つ」「君に（を）恋ふ」とうたった額田王歌の「君」と同じ範疇に「風」を位置付けるところに鏡王女歌は成立するのである。

しかし、そのように考える場合、鏡王女は額田王歌の意図を誤解したという別の問題が浮上することになる。

そして、これまでにもこの点を不審と感じるところから、「風を恋ふ」という繋がりが退けられたり、逆にここを基点に額田王歌が解釈されたりしてきたのであった。だが、相手の歌を意想外に切り返すことは当時の歌のあり方に照らして異例とは言えない。また、鏡王女に即しても、天智天皇や藤原鎌足との贈答歌（2・九二、九三）から推すに、その詠歌には特異な反発性を認め得るように思われる。それゆえ、この意図的な曲解こそが鏡王女歌の核心であったと見ることも十分に可能であろう(21)。

第五節に想定したように、結句「秋の風吹く」は聞き手の心に醸成された「君」来訪への期待感との落差において機能するものであった。しかしながら、その落差とは、見方を変えれば、作中主体に寄り添って一緒に「君」の訪れを願っていた聞き手の思いが裏切られたということでもある。つまり、歌を享受する過程で作中世界に入り込んでいる時には作中主体の嘆きや失望として受け止められた落差も、そうであるだけに歌の披瀝後に改めて捉え返してみれば自分たちが額田王に見事にはぐらかされたことを示す事実として現前化してくるのである。これは、額田王歌が聴衆の心を巧みに操作していればしているほど大きくなる思いであろう。鏡王女歌とは、このような聴衆の「不満」を（先取りするような形で）代弁したものではなかったか。

歌に即して言えば、まず鏡王女は「風をだに恋ふる」「風をだに来むとし待たば」と「だに」を用いることで「秋の風吹く」という事態を額田王が実現を望む最小限の要求として位置付け直してしまう。そしてその上で、「ともし」「何か嘆かむ」とうたいかけていくのである。この「ともし」は「少ない・羨ましい」の意を表す語だが、それは『集成』が「それが欠けているので手に入れたい気持をいう語」と記すように、ある事柄が少なく乏しいがゆえに心惹かれるという論理を内包しているからである。そのため、この語は

吉隠《よなばり》の猪養《ゐかい》の山に伏す鹿の妻呼ぶ声を聞くがともしさ　（8・一五六一・坂上郎女）
夕月夜影立ち寄り合ひ天の川漕ぐ舟人を見るがともしさ　（15・三六五八・遣新羅使人）

防人に行くは誰が背と問ふ人を見るがともしさ物思ひもせず　（20・四四二五・防人歌）

のように、ある対象に向けて羨望の念を表出することが逆にそのような状態にない作中主体のあり方を印象付けるという表現効果を生むことになる。それは、「何か嘆かむ」が

今城《いまき》なる小丘《をむれ》が上に雲だにも著《しる》くし立たば何か歎かむ　（斉明紀・一一六）

磯城島の大和の国に人二人ありとし思はば何か嘆かむ　（13・三二四九）

と、現実とは異なる事態を仮定することによって、かえってそのような状態にないがゆえの嘆きを表現するのに通じよう。ともに、そうではないからこその羨望や嘆きなのである。

この点からすれば、鏡王女も「だに」によって位置付け直した事態を自らには実行不可能な行為であると暗示していることになる。つまり、私には「風をだに恋ふ」「風をだに来むとし待つ」ことが不可能であるゆえに「ともし」「何か嘆かむ」なのだという論理である。これはなにも特異な解釈ではない。第一節にも身﨑氏の理解を引用したが、通説と言ってよいものであろう。しかしそこから、このような状態を鏡王女の実人生ないしは彼女の演じる架空の立場と結び付けて、これを彼女には待つべき夫がいないための嘆きであるという方向で解釈することには躊躇したい。表現そのものが喚起するのは、あくまで作中主体が「風をだに恋ふ」「風をだに来むとし待つ」ことのできる状況にいないということに留まるのであって、夫の有無は、たとえそれが自然な解釈であるにしても、必ずしも表現に内包されているものではないからである。

額田王歌の核心が「君」と「風」の共通点を利用しつつ聞き手の心情を巧みにはぐらかす点に存したこと、また鏡王女歌もこの点を逆手にとり「だに」を用いることで「風」を額田王がその訪れを望むものと取りなした点に存したことを考え合わせれば、鏡王女歌を支えていたものは夫がいないという現実ではなく、むしろ「風の訪れでは決して十分ではなく「君」の来訪がなければ私たちは満足できませんよ」という聴衆の不満であったと考

えるべきではないか。右に「代弁」と記した所以だが、畢竟鏡王女歌とは〈場〉に集う人々の行き場のない思いを集約し言語化したものだったのであろう。しかし、そのような不満の表出は言葉の上でのことに過ぎず、むしろこのような歌が詠まれたことで〈場〉の雰囲気は一件落着となったのだと考える。一種の浄化作用と言ってよい。その意味で、鏡王女歌は額田王歌への「即和歌」としていかにも相応しいものなのであった。

八　〈待つ女〉の歌として

しかし、そのような両歌は、その伝承過程で思わぬ解釈を施されることになった。額田王歌が作中主体の嘆きや失望を喚起するのは、あくまで聴衆の心を巧みに操り期待感と結句との落差を利用することによってであったが、そのような歌が〈場〉から切り離され文字に定着すると、「我が宿の簾動かし秋の風吹く」という景そのものが特定の心情と結び付けて理解されるようになったのである。近年の研究が明らかにしたように、この景そのものは中国文学特に閨怨詩との類似が極めて強い。となれば、この歌に接した後代の人がこの景から男の不訪を嘆く女の姿を想起したとしても不思議はあるまい。しかも詠んだのは額田王である。前述した蒲生野の歌が天智・天武との三角関係を想起させるのであれば、額田王歌は一度は寵を受けた天智の愛が衰えていくのを嘆いたものとして享受されやすかったであろう。そこに、「額田王思近江天皇作歌一首」という題詞の成立する余地があったのではないか(22)。天智朝においてではなく享受の過程においてこそ、当該歌は〈待つ女〉の歌とされたのである(23)。

そして、この景を閨怨詩的な文脈において固定的に理解してしまったために鏡王女歌の「風をだに恋ふ」「風をだに来むとし待つ」が浮いてしまい、結果として両歌の対応にも齟齬が感じとられることになったのだと思われる。また、鏡王女歌も〈場〉を離れたことにより、「ともし」や「何か嘆かむ」が鏡王女自身の嘆きを示すものとしてより内省的に把握されたために、「和歌」というよりはお互いの嘆きを表出しあった歌として、天子の寵愛を失った宮廷女性という閨怨詩にしばしば見られる枠組みの中に二人の歌は定位されていったのであろう。「額田王思近江天皇作歌」という題詞に依拠して「鏡王女作歌」が読まれる時、「鏡王女思近江天皇作歌」の意が感じ取られやすいのだとすれば[24]、鏡王女歌もまた〈待つ女〉の歌として理解されていた可能性が十分に考慮されてよい。

壬申の乱を経て何首の額田王歌が奈良朝に伝えられたのか、今日それを知る手だては残されていない。しかし、当該唱和歌が奈良朝人の愛好するところとなった背景には、このような歌の再解釈再発見が存したと考えてよいのではないか。後代仮託説が提唱されたこともある当該歌だが[25]、この歌だけが原撰部とされる巻一や巻二にではなく巻四（および巻八）に所収されているという事実を、本章は実際の詠歌時期の問題としてではなく、当該歌の享受評価の問題として引き受けたいと思う。つまり、両歌は宴席の歌として機知性や即興性に富んだ歌ではあったものの、天智朝やその直後には『萬葉集』に収めるほどのものとは見なされていなかったのだが、詠出された〈場〉を離れ後代へと伝承されていく過程で〈待つ女〉の歌として高い評価が与えられるようになり、奈良朝においては広く人口に膾炙するようになった、と考えたいということである。そして、このような評価の変更を促した時期こそが日本古代の恋愛文学史における重要な転換点であったと思うのである。その具体的経緯については以下に章を改めて考察を加えていくことになるが、今はそのような見通しにかなうものとして当該歌の伝承過程及び題詞の問題が説明し得ることを指摘しておきたい。

（1）『玉台新詠』の引用は、新釈漢文大系『玉台新詠』（明治書院、上一九七四年・下一九七五年）に拠る。
（2）井手至「秋風の嘆き」（『遊文録』萬葉篇一、和泉書院一九九三年）。
（3）身﨑壽「風のおとない」（『額田王』塙書房一九九八年）。
（4）『萬葉集全注　巻八』（井手至氏）や『和歌文学大系』（稲岡耕二氏）など。
（5）この点については、室田知香氏から教示を得た。
（6）C〜Gについては吉井巖「万葉集巻六について—題詞を中心とした考察—」（『万葉集への視覚』和泉書院一九九〇年）をも参照されたい。
（7）渡瀬昌忠「万葉集巻八への投影」（『人麻呂歌集非略体歌論上』渡瀬昌忠著作集第三巻、おうふう二〇〇二年）も、巻八の分類基準として
①歌詞中の季物・季語によって季節に分類し、採録する。
②題詞・左注によってのみ季節の知られるものをの採る。
③同場・同時・同一題詞下の歌および問答・和歌は、季語のないもの、または他季節の季語をもつものをも、付収する。
④同一季語でも、若干（梅・雪・なでしこの花・尾花）は二季にわたって採る。
を挙げ、鏡王女歌を③の例として掲載している。
（8）中西進「額田王論」（『万葉集の比較文学的研究』中西進万葉論集第一巻、講談社一九九五年）。初出は一九六二年。このような当該歌の特殊なあり方は、西郷信綱「額田王（Ⅱ）」（『萬葉私記』未来社一九七〇年）が「この情感の柔らかさは、初期万葉としてはむしろ異例で、末期の家持あたりにかようものがある」と指摘し、鈴木日出男「類歌—言葉の共同性（1）」（『古代和歌の世界』ちくま新書一九九九年）が後掲二四六五歌と比較しつつ「前者の歌（二四六五歌のこと—吉田注）が、庭のしおれた草が物思いをいうための従属的な比喩に終始しているのに対して、この後者の歌では心と物が対等な関係を保ちながら詩歌本来の象徴性をも発揮している」と述べていることとも通底する問題だと考える。西郷氏が「異例」と感じ鈴木氏が「詩歌本来の象徴性」を見て取ったものこそが問題の核心なのである。なお、中西氏や同じくこの問題に注目する多田一臣「額田王論」（『額田王論』若草書房二〇〇一年）はこれを中国情詩の影響と

して説明するが、この点は本章と考え方を異にする。

(9) 伊藤博「萬葉の恋」(『萬葉集相聞の世界』塙書房一九五九年)、多田一臣「〈おもひ〉と〈こひ〉と」(『万葉歌の表現』明治書院一九九一年)など参照。

(10) たとえば、稲岡耕二「額田王作歌(1)」(『上代の日本文学』放送大学教育振興会一九九六年)も「人麻呂歌集の二四六五歌は、王作歌に模しつつ変化させたものであっただろう。王歌は「君」の訪れを今か今かと待つ女性の歌である。これに対し歌集歌は下句を「草さへ思ひうらぶれにけり」としていて、長く訪れぬ男を待つ女性の歌になっている」と述べている。

(11) 身﨑壽「古代的代作作品としてみた額田王作品」(注(3)書)。

(12) 山本健吉・池田弥三郎『万葉百歌』(中公新書一九六三年)。

(13) 注(8)多田論文参照。

(14) 身﨑壽「遊宴の花　その二」(注(3)書)。

(15) 梶川信行「〈額田王〉物語の生成―蒲生野の歌」(『初期万葉をどう読むか』翰林書房一九九五年)、注(8)多田論文など参照。

(16) 小川靖彦「紫草の贈答歌―恋歌における媚態について」(『国文学』一九九六年十月)。

(17) 毛利正守「額田王の心情表現―「秋山我れは」をめぐって―」(『文林』松蔭女子学院大学、一九八五年十二月)は「その結論にすじ道がたっていないとすれば、「春山」を支持するものにとっては心のわだかまりが残らないとも限らない。(中略)すじ道をたてておくことは従って「春山」支持者に対してもある程度必要なことであり」と指摘している。

(18) 時代は遙かに下るが、土橋寛『古代歌謡論』(三一書房一九六〇年)には

来てはとんとと雨戸を叩き　心迷わす西の風　(東京都)
切れてしまえばまた新しの　しかえまするぞ三味の糸　(三重県)
嫌と云うのを無理から入れて　入れて泣かせる籠の鳥　(石川県)

といった雑謡が記録されている。これらは結句以前に期待される人事的な意味を結句ではぐらかすところに面白味のあるものだが、額田王歌の呼吸にもこれらに通じる側面が認められるように思われる。〈自然〉と〈人事〉とを対応させ

はするのだが、そのことが心情を鮮明化していくことに効果を発揮する比喩性の強い詩歌とは別に、対応そのものが勘所となる機知性の強い詩歌もまた確かに存在したのではないか。萬葉歌は人麻呂を経ることで前者の傾向（比喩性）を強めてはいくのだが、後者の存在も命脈を絶ったわけではない。従来は後者のようなものを融即と捉え、融即から比喩へという展開をあたかも未開（集団）から文明（個）へという一方通行的なものとして考えがちであったように思うが、理知的と評される古今歌にも後者の要素が大きく指摘できるのであってみれば（藤原克己「古今集歌の日本的特質と六朝・唐詩」〈『文学』一九八五年十一月〉など参照）、これは詩歌の本質的な二側面と見るべきものなのであろう。本章は、民謡的性格が強いとされる後者と口誦性に根差す初期萬葉歌との類似性を手がかりに、中西氏の指摘した「間接性」という問題を比喩とは異なる表現の仕組みとして、後者に関わるところで把握しようと試みたものである。

(19)　このことは、『古義』のような予兆説を退ける根拠ともなろう。もし題詞筆者が、本章に述べるような齟齬を感じていたのだとすれば、彼もまた額田王歌から嘆きや失望を読み取っていたことになるからである。

(20)　本章とは視点が異なるけれども、佐竹昭広「訓詁の学」（『萬葉集抜書』岩波現代文庫二〇〇〇年）でも「待ち恋ふ」を中心にして両歌の対応が考察されている。

(21)　本節の内容は、これも議論の多い天智との贈答歌

天皇、鏡王女に賜ふ御歌一首

妹が家も継ぎて見ましを大和なる大島の嶺に家もあらましを（一云略）

鏡王女の和へ奉る御歌一首

秋山の木の下隠り行く水の我こそまさめ思ほすよりは　（2・九一〜二）

について、橋本四郎「巻二の贈答歌」（『万葉集を学ぶ』第二集、有斐閣一九七七年）が、第四句「こそ—め」に注目し逆接的気息を伴うこの型の背後に、口で愛情を告白しながら逢いに来てくれない相手をなじる気持ちと、女であるゆえにひたすら待たざるをえない嘆きとが漂うのである。この意味で、九二番歌は相手の愛情が薄いと恨む歌である。対比の形式を通して自らの思いを主張するのは、相手の歌もまた、姿を見せぬ妹を恨む歌であるととりなしているからである。と述べた点に示唆を得ている。つまり九一番歌を正しく理解した上で、意図的に解釈をかえて答えたのである。

(22)　北川和秀「人麻呂歌集の「近江」の表記について」(『柿本人麻呂《全》』笠間書院二〇〇〇年)は、木簡等の用例調査から「近江」表記の最古例を慶雲三年(七〇六)の「法起寺塔露盤銘」(原物亡失)と指摘する。北川氏は他の国名をも勘案し大宝頃(七〇一〜三)に「近江」の表記が成立したと結論するが、氏の理解に従えば、このような題詞の成立は八世紀初頭以降ということになる。

(23)　〈待つ女〉は本書でしばしば登場する語だが、単に男の来訪を待つ女ということではなく、一つの文学的素材として概念化されたものとして、「作中世界において男の来訪を空しく待ち続ける女」の意で用いている。

(24)　梶川信行『創られた万葉の歌人―額田王―』(はなわ新書二〇〇〇年)には「「鏡王女の作れる歌」は、「額田王の近江天皇を思ひて作れる歌」と一対の歌だったために、「近江天皇を思ひて」が省略されたのであり、実はそれも「鏡王女の(近江天皇を思ひて)作れる歌」の一つだったのであろう」との指摘がある。

(25)　伊藤博「遊宴の花」(『萬葉集の歌人と作品』上、塙書房一九七五年)など。

第二章　人麻呂歌集の相聞歌

――正述心緒を中心に――

一　はじめに

『萬葉集』には、「柿本朝臣人麻呂之歌集出」などとして約三七〇首の歌が収められており、そのうちの半数以上が恋の歌で占められている。言われるように、この「柿本朝臣人麻呂之歌集」（以下、人麻呂歌集と略称）が柿本人麻呂の手になるものであり、それらの歌が天武持統朝頃に詠まれたものだとするならば、人麻呂歌集所載の相聞歌は日本古代の恋愛文学史を考える上で、重要な位置を占めるものとして把握されねばなるまい。それは、七世紀の相聞歌として扱い得るものが僅かしか残っていない状況の中で約二〇〇首というその歌数が持つ史料的な意義もさることながら、それ以上に、おそらくは実生活の中で詠み捨てられる運命にあった相聞歌を歌集という形に収拾し実用目的とは異なる価値をそこに見出した点――とりわけ、人麻呂歌集が略体歌集と非略体歌集として別々に編集されたのだとすれば、相聞歌集ともいうべき性格を持つ略体歌集の存在においてこの点はさらに強調される――及び、この点とも関わり、現存史料からすれば贈答歌という枠組みの中で鑑賞されてきたと推定される相聞歌を一首単独で問題にした点――「正述心緒」「寄物陳思」という分類からすると、恋心をどのように表現するかという点に関心が払われていたことになろう――の二点において、その意義は重大であったと思われる。(1)

従来、人麻呂歌集の略体歌を論じる際には、その「民謡性」ということが問題にされてきた。確かに、そのような視点は、それらが実際に披露された現場における意味を考える際には有効であろう。そもそも歌や文の有する意味は、そこに用いられた言葉や語列によってのみ決定されるものではなく、それが使用される状況や文脈によっても影響を受けるという性格を本来的に持つからであり、人麻呂歌集所載の歌々が現実にどのような意味を持つものであったのかは、その最終的な披瀝の場の問題を抜きにしては確定し得ない事柄だからである。しかしながら、そのような実際の現場から切り離されてある歌集における意味、言い換えれば、歌集所載歌として読まれた際に生成される意味を考える場合には、それが副次的な問題でしかないことにも注意をしておく必要がある。実際の目的や効果が何であったにせよ、それが歌集享受者にも伝わったとする保証はないからであり、前述したように、歌の表現方法に注目した分類が施されている点からすれば、それらの意味を保存することが歌集編纂の第一義的な目的であったとは考えにくいからである。

はたして、歌集所載歌という側面から人麻呂歌集の相聞歌を捉える時、そこにはどのような特徴が浮かび上がってくるのであろうか。日本古代の恋愛文学史における人麻呂歌集の意義を考えていく第一歩として、本章では人麻呂歌集所載の相聞歌の意味について、考えていくことにしたいと思う。

二　二三六九歌の訓

まず取り上げたいのは、

人所レ寐　味宿不レ寐　早敷八四　公目尚　欲嘆　（11・二三六九）

である。当該歌の第二句を『新編全集』はウマイモネズテと訓むが、初二句と類似の他例に「人之宿　味宿者不レ寐哉」（二九六三）「人寐　味寐者不レ宿尓」（三三二九）とあることに鑑みれば、他注釈書のように、ここもハを補読してウマイハネズテと訓むのがよいのであろう。むしろ問題は結句「欲嘆」で、当該句は旧訓ホシミナゲクカであったが、江戸時代になり『万葉考』にホリテナゲカム『略解《りゃくげ》』にホリテナゲクモの訓が提示され、現代諸注ではおおよそ次の五種の訓が行われている。

ホリテナゲクモ…略解・土屋私注・大系・中西全訳注・稲岡全注・和歌文学大系・多田全解・阿蘇講義
ホリシナゲカフ…定本万葉集・窪田評釈・武田全註釈・新旧全集・新大系
ホリシナゲクモ…新訓万葉集・澤瀉注釋
ホリシナゲカム…集成・伊藤釋注
ホリテナゲカフ…和泉古典叢書

このうち歌の抒情に大きく関わるのは「嘆」の訓みだと考えるが、まずナゲカムと訓む説から検討してみたい。この訓の根拠は、『伊藤釋注』に端的に次のようにまとめられている。(2)

二三六九は、共寝のできない現在の嘆きを将来の持続において見た歌である。もっとも、結句をホリシナゲクモ（『新訓』）またはホリシナゲカフ（『定本』）と訓めば、共寝のできない現在の悲嘆を述べる歌になる。しかし、自己の心情を述べる表現に「も」が接続する形は集中に見えない。また、「嘆く」の継続態「嘆かふ」もほかに例がない。しかるに、「嘆かむ」で結ぶ歌は多く、「来むとし待たば何か嘆かむ」（4四八九）、「我が思ふ妹を置きて嘆かむ」（二六〇〇）など一〇例ばかりを数える。それでホリシナゲカムの訓を考えてみた。

ナゲクモ・ナゲカフの訓はともに他例が無いことから退けられ、逆に用例の多いナゲカムの訓が提出されたのであるが、しかし「嘆かむ」の用例は「何か嘆かむ」（五例）「かくや嘆かむ」（二例）という慣用句か、「仮定条件句＋〜か＋主語が＋嘆かむ」という構文をとる東歌の三首（三三五七・三四五九・三四七四）であり、反語的な言い回しになるか未来の事柄を述べるかのいずれかである。このことは「む」がいわゆる推量に働く以上当然のことではあるのだが、現在の嘆きを述べる表現としてナゲカムの訓はいかにも不自然なのである。この点は『伊藤釋注』にも考慮されており、「共寝のできない現在の嘆きを将来の持続において見た歌である」という形での整合が試みられているようなのだが、はたしてそのような理解は妥当なのであろうか。

ここで注意されるのが、『伊藤釋注』が傍証として挙げる「百代しも千代しも生きてあらめやも我が思ふ妹を置嘆」（11・二六〇〇）である。この歌の結句が「置きて嘆かむ」と訓まれるのだとすれば、二三六九歌の場合もナゲカムとする可能性は残ることになる。しかし、「置嘆」がオキテナゲカムと訓まれることは、それほど自明なことではない。確かに、この句は旧訓以来オキテナゲカムと訓まれてきたが、近代に入り新しい訓が提起され、現在では、二三六九歌と同じく次の三種に訓みが分かれている。

オキテナゲカム…土屋私注・新旧全集・集成・伊藤釋注・阿蘇講義
オキテナゲカフ…窪田評釈・武田全註釈・大系
オキテナゲクモ…澤瀉注釋・中西全訳注・稲岡全注・新大系・和歌文学大系・多田全解・和泉古典叢書

「置嘆」が長らくオキテナゲカムと訓まれてきたのは、『古今和歌六帖』（三〇六六）に結句「おきてなげかん」の形で収められていることが大きいのであろう。しかし、その場合の意味は『略解』が「齢に限りあれば、思ふ妹を逢はずして置きてなげかんやといふ也」とするように、疑問ないし反語とするのであろうが、「嘆かむ」だけでそのような意になるとは考えられない。この点を意識してか、『全集』は「「常磐なる命なれやも恋ひつつ居らむ」（二四四）などから考えて、上三句は「百代しも千代しも生かむ命なれや」などとあるべきところ」とするが、しかし「命なれや」ではなく「あらめやも」となっている以上、上三句を二四四四歌などと同じ疑問条件句と見ることは語法上やはり困難であろう。むしろ二六〇〇歌は、以下のような歌と同じく、「已然形＋や（も）」で提示した事態にもかかわらず出来する眼前の事実を詠んだものと捉えるのが素直ではないか。

あぶり干す人もあれやも家人の春雨すらを間使《まつか》ひにする　（9・一六九八・人麻呂歌集）
明日の夕《よひ》逢はざらめやもあしひきの山彦とよめ呼び立て鳴くも　（9・一七六二）
今更に君が手枕まき寝めや我が紐の緒の解けつつもとな　（11・二六一一）
橡《つるはみ》の袷《あはせ》の衣裏にせば我強《し》ひめやも君が来まさぬ　（12・二九六五）
粟島の逢はじと思ふ妹にあれや安眠《やすい》も寝ずて我が恋ひ渡る　（15・三六三三・遣新羅使人）

つまり、いつまでも生きられる命ではないにもかかわらず妹と離れていなければならない現状を嘆いている、ということである。

　とすれば、『伊藤釋注』の主張とは反対に、二三六九歌と二六〇〇歌とは現在の嘆きを表現したものとして、同様に訓まれていた可能性が浮上してくることになる。二六〇〇歌については、『澤瀉注釋』が短歌の結句を「ふ」で結んだものの例が非常に少ないのに対して「も」で結ぶ例は多く、また訓添例もあることからナゲクモの方が相応しいと主張したためか、以降おおむねナゲクモと訓まれているが、この点は再考の余地があろう。二三六九歌の訓とをあわせて考えてみたい。

　確かに、終助詞「も」の用例が多いのは事実だが、それが動詞に付く場合は、大半が「鳴くも」という形になっており（前掲一七六二歌もその一例）、他の動詞の場合も「春霞井の上ゆ直に道はあれど君に逢はむとたもとほり来も［他廻来毛］」（7・一二五六）「我が背子が琴《こと》取るなへに常人《つねひと》の言ふ嘆きしもいやしき増すも［麻須毛］」（18・

四二三五・家持）と、客観性の強いものとなっている。用例にこのような片寄りが見られるのは、心情を表す場合は「情意性形容詞＋も」という形になるからなのであろう。つまり、詠み手の抱いたある種の感動を表出する際、情意そのものを表出する場合は「情意性形容詞＋も」という形になり、感動の機縁を表出する場合に「動詞＋も」という形になりやすいということである。人麻呂歌集についても、「動詞＋も」は「一年に七日の夜のみ逢ふ人の恋も過ぎねば夜は更け行くも［深往久毛］」（10・二〇三二）「新室を踏み鎮む児し手玉を鳴すも［鳴裳］玉のごと照りたる君を内にと申せ」（11・二三五二）と、やはり客観的な動作に付いた用例しか検出し得ず、その傾向に変わりはない。心情を表す動詞の場合は「思ほゆるかも」「嘆きつるかも」「恋ひ渡るかも」など「かも」が付く点も考慮すると、二三六九歌や二六〇〇歌がナゲクモと訓まれた可能性は低いように思われる[3]。

一方、『伊藤釋注』に他例が無いとされたナゲカフだが、集中にナゲカフじたいの用例が全く無いわけではない。ナゲカフの確例としては、連体形だが「嘆かふ［奈気可布］我が背」（17・三九七三・池主）「我が背子に恋ひすべながり葦垣の外《ほか》に嘆かふ［奈気加布］我し悲しも」（17・三九七五・池主）があり、また連用形ナゲカヒの例も「朝には出で立ち偲ひ　夕には入り居嘆かひ［嘆会］」（3・四八一・高橋朝臣）「昼はも嘆かひ［歎加比］暮らし夜はも息づき明かし」（5・八九七・憶良）などと認められるので、当時ナゲカフという語が存在したことは間違いない。「〜ふ」に終止法の用例が少ないのは『澤瀉注釋』の指摘する通りであり、気になるところだが、「奈良山の峰なほ霧らふ［霧合］うべしこそまがきのもとの雪は消ずけれ」（10・二三一六）など、これも用例が皆無というわけではない。「〜ふ」で終止する例が少ないのは、動詞の終止形終止の場合との意味の近さが原因なのではないか[4]。

以上を勘案すれば、二三六九歌も二六〇〇歌もともにナゲカフと訓むのが穏当であるように思われる。そして、この点は「人の寝る甘睡は寝ずて」の類例とも整合的である。これらは、後掲するように、「人の寝る甘睡は寝ずや恋ひ渡りなむ」（12・二九六三）「人の寝る甘睡は寝ずて　大船のゆくらゆくらに　思ひつつ我が寝る夜らを」（13・三二七四）と、いずれも時間の経過を含意した表現と組み合わせられているが、この傾向に合致するのは、抒情が一点に集中するような印象を与えるナゲクモではなく、動作の継続を意味するナゲカフの方であろう。

「欲」については、『澤瀉注釋』が「「ほる」の語については前（一・三、四・六八六）に述べたやうに、集中では連体形（二五五）一つのほかはホリの形ばかりで、ホリテの例他には無く、ホリス（二・一六四）の例は多いので、ホリシと訓む方が穏やかであり」とするように、他例に照らしてホリシと判断されるというのが現状のようである。しかし、『稲岡全注』『和歌文学大系』が指摘するように、人麻呂歌集略体歌ではホリシは「欲為」と表記されるのだとすれば、用例じたいは無いものの訓添えの多いテを補読してホリテとするのが穏やかであろうか。訓読の基準をどこに求めるかで「欲」の訓みは揺れてしまうが、本章では人麻呂歌集の表記の特殊性を考慮して、

人の寝る甘睡は寝ずてはしきやし君が目すらを欲りて嘆かふ

と訓まれるべきものと考えたいと思う[5]。

三　二三六九歌の意味をめぐって

次に当該歌の意味について考えたいのだが、注目したいのは下三句「はしきやし君が目すらを欲りて嘆かふ」である。上二句「人の寝る甘睡は寝ずて」の類句は

白たへの手本ゆたけく人の寝る甘睡は寝ずや恋ひ渡りなむ　（12・二九六三）

せむすべの　たづきを知らに　岩が根の　こごしき道を　石床《いはとこ》の　根延へる門を　朝には　出で居て嘆き
夕には　入り居て偲ひ　白たへの　我が衣手を　折り返し　ひとりし寝れば　ぬばたまの　黒髪敷きて　人

の寝る　甘睡は寝ずて　大船の　ゆくらゆくらに　思ひつつ　我が寝る夜らを　数《よ》みもあへむかも　（13・三二七四）

…せむすべの　たどきを知らに　岩が根の　こごしき道の　石床の　根延へる門に　朝には　出で居て嘆き
夕には　入り居恋ひつつ　ぬばたまの　黒髪敷きて　人の寝る　甘睡は寝ずに　大船の　ゆくらゆくらに
思ひつつ　我が寝る夜らは　数みもあへぬかも　（13・三三二九）

人の寝る甘睡は寝ずてはしきやし君を思ふに明けにけるかも　（当該歌の或本歌）

と用いられているが、これらの歌での「恋ひ渡りなむ」「大船のゆくらゆくらに思ひつつ我が寝る夜らを」などに比べて、当該歌はいささか印象が異なるように感じられる。『土屋私注』が「一二句の表現の民謡的であることは、類句のあるのでも知られるが、一首の感じに、生々しいもののあるのは、注意しなければならぬ」とするのも、この点を感じ取っての評であろう。しかし、「それは主として歌調から来て居るのであらう」として「歌調」の問題とするのには従えない。当該歌と同じく、「〜しないで—する」という対比構造をとる相聞歌には次のようなものがあるが、

朝戸出の君が姿をよく見ずて長き春日を恋ひや暮らさむ　（10・一九二五）

わが背子が朝明の姿よく見ずて今日の間を恋ひ暮らすかも　（12・二八四一・人麻呂歌集）

人言を繁みと妹に逢はずして心の中《うち》に恋ふるこのころ　（12・二九四四）

昨日今日君に逢はずてするすべのたどきを知らに音のみしそ泣く　（15・三七七七・狭野弟上娘子）

これらとの比較からしても、問題はむしろ「はしきやし君が目すらを欲りて嘆かふ」という下三句の表現にあると考えるべきではないか。単に「恋ひ渡る」や「恋ひ暮らす」などと表現した場合と比べて、そこにどのような差異が生じるのであろうか。

当該歌と同じく「目を欲る」という言い方は、類例を含めて他に十例認められる。

道遠み来じとは知れるものからに然そ待つらむ君が目を欲り　（4・七六六・藤原郎女）

朝霧の消易き我が身他国に過ぎかてぬかも親の目を欲り　（5・八八五・麻田陽春）

山辺には猟夫《さつを》のねらひ恐けど雄鹿鳴くなり妻が目を欲り　（10・二一四九）

君が目の見まく欲しけくこの二夜千年のごとも我は恋ふるかも　（11・二三八一・人麻呂歌集）

妹が目の見まく欲しけく夕闇の木の葉隠れる月待つごとし　（11・二六六六）

朽網《くたみ》山夕居る雲の薄れ去なば我は恋ひむな君が目を欲り　（11・二六七四）

妹が目を見まくほり江のさざれ波しきて恋ひつつありと告げこそ　（12・三〇二四）

あをによし　奈良山過ぎて　もののふの　宇治川渡り　娘子らに　逢坂山に　手向くさ　幣取り置きて　我妹子に　近江の海の　沖つ波　来寄る浜辺を　くれくれと　ひとりそ我が来る　妹が目を欲り（13・三二三七）

夕さればひぐらし来鳴く生駒山越えてそ我が来る妹が目を欲り　（15・三五八九・遣新羅使人）

君が目の恋しきからに泊てて居てかくや恋ひむも君が目を欲り　（斉明紀・一二三）

すべてが相聞歌というわけではないが、「雄鹿鳴くなり」「ひとりそ我が来る」「越えてそ我が来る」など具体的な行動を導く要因となっている例もあり、相手への強い愛着を感じさせる。また、具体的な行動を伴わない場合でも、「道遠み来じとは知れるものからに然そ待つらむ」「この二夜千年のごとも我は恋ふるかも」と詠まれるように、その点は変わらないようである。一方の「嘆く」は、「離れ居て朝嘆く君　離《さか》り居て我が恋ふる君」（2・一五〇）「嘆けどもせむすべ知らに　恋ふれども逢ふよしをなみ」（2・二一〇・人麻呂）のような対句表現や「うつせみの人なる我や　なにすとか一日一夜も　離り居て嘆き恋ふらむ」（8・一六二九・家持）といった動詞表現が存在することからすると、「恋ふ」の意味領域と連続的な関係にあることは認めねばなるまいが、しかしまた、

風をだに恋ふるはともし風をだに来むとし待たば何か嘆かむ　（4・四八九・鏡王女）
心には思ひ渡れどよしをなみ外のみにして嘆きそ我がする　（4・七一四・家持）
我が背子を今か今かと待ち居るに夜の更けぬれば嘆きつるかも　（11・二八六四）
山川のそきへを遠みはしきよし妹を相見ずかくや嘆かむ　（17・三九六四・家持）

などに鑑みれば、「恋ふ」以上に相手に逢えない絶望感を感じさせる言葉でもある。

つまり、「目を欲る」と「嘆く」とはいささか相容れない要素を持つ表現なのであり、図式的な言い方をすれば、恋人に惹かれる思いと逢えない嘆きの両方の要素を「はしきやし君が目すらを欲りて嘆かふ」は持つのである。それは、「はしきやし君が目を欲り恋ひ渡るかも」などと表現する場合に比べて、恋する心の内実をより誇張的に示しているのであり、「すらを」を伴って両者が結び付けられることで、恋心の持つ振幅の幅を表現し得ているのではないか。稲岡耕二氏は、当該歌についてウマイが男女の共寝を意味することにも留意しながら、この一首は、「味宿」を最大の希望としながらもこれを否定し、下句に最小の希望として、「君が目を」欲り歎くことを歌うという対比的な構造を持つことが知られる。助詞の「すら」を伴っての、この対照はきわ立ったものであり、そのきわやかさによって、かえって悲しみよりも、むしろ自嘲的なおかしみを感じさせ、そこに意図的な諧謔をさえ感じさせるものがある。

と述べたが、(6)「自嘲的なおかしみ」というのは本質を衝いた指摘であろう。稲岡論としては当該歌を「集団の場の笑わせ歌」として位置付けることが目指されているのだが、歌集所載歌という次元で重要なのは、結果として笑いに繋がる表現の仕組み、すなわち、共寝が無理ならせめて恋人に逢いたいと願いつつそれが叶わぬことを嘆くという形で恋する自分自身の姿を突き放して捉え得ている点であろう。そこに、誇張があるとはいえ、恋とは何かということに対する一つの解答が浮かび上がってくるのではないか。

そのような恋する自己の対象化は、「内省」「外化」という言葉で押さえられてきた。江富範子氏は、『萬葉集』の一般的な正述心緒歌が

さ寝ぬ夜は千夜もありとも我が背子が思ひ悔ゆべき心は持たじ　（11・二五二八）

ま日長く夢にも見えず絶えぬとも我が片恋は止む時もあらじ　（11・二八一五）

相思はず君はいませど片恋に我はそ恋ふる君が姿に　（12・二九三三）

うちひさす宮にはあれど月草のうつろふ心我が思はなくに　（12・三〇五八）

のように恋の障害を自らの外部に捉えているのに対して、人麻呂歌集の正述心緒歌では

あらたまの五年経れど我が恋ふる跡なき恋の止まなくも怪し　（11・二三八五）

玉かぎる昨日の夕見しものを今日の朝に恋ふべきものか　（11・二三九一）

のように、それをむしろ自己の課題として内面化して捉える傾向が存在することを指摘した(7)。また、柳沢朗氏は、前掲稲岡論文の指摘を受けつつ、

「共有」というよりは、むしろ外化された男のみじめさが滑稽だから笑うのではないか。この歌中の〈われ〉も笑いを誘うように仕立てられたフィクションなのだろう。

と捉えたのであった(8)。両氏の論はその文学史的な射程等において必ずしも完全に一致するわけではないが、人麻呂歌集正述心緒歌の特徴として、いかんともしがたい恋情を抱え込みながらもそのような自己を一方では冷静に見据えているような側面のあることに注目した点は、重要な指摘であったと思う。

このような特徴を最も顕著に見せるのが、次のような恋することを後悔するような内容の歌であろう。

かくばかり恋ひむものそと知らませば遠くも見べくありけるものを　（11・二三七二）

我が後に生まれむ人は我がごとく恋する道にあひこすなゆめ　（11・二三七五）

ますらをの現し心も我はなし夜昼といはず恋ひし渡れば　（11・二三七六）
何せむに命継ぎけむ我妹子に恋せぬ先に死なましものを　（11・二三七七）
なかなかに見ざりしよりも相見ては恋しき心増して思ほゆ　（11・二三九二）
玉桙の道行かずしあらばねもころのかかる恋にはあはざらましを　（11・二三九三）
妹があたり遠くも見れば怪しくも我は恋ふるか逢ふよしをなみ　（11・二四〇二）

これらの歌では、恋する自らのありようを冷静に捉える視点を歌中に導入することによって、かえっていかんともしがたい恋の様相を浮き彫りにすることに成功している。それは理性と感情との鬩ぎ合いの中に恋心を浮かび上がらせるということでもあるが、それが人麻呂歌集正述心緒歌の大きな特徴であった。

四　恋の自己対象化をめぐって

しかしながら、すべての人麻呂歌集正述心緒歌が恋の自己対象化に成功しているわけではない点にも注意をしておく必要がある。

よしゑやし来まさぬ君を何せむに厭はず我は恋ひつつ居らむ　（11・二三七八）

来訪のない男を待ち続ける女の歌で、「男に疎遠にされている女の、自己批評の独詠である」（窪田評釈）「男に疎遠にされ嘆く女の自己批評」（和歌文学大系）と評されているように、内省的な響きの感じられる歌ではある。しかし、自己批評それじたいの内容は前掲の後悔の歌と比較して、さほど鮮明ではない。

問題は初句「よしゑやし」の使い方で、この語は「文中において副詞として下と呼応するヨシと比べると、ヨシエヤシの例はどれも、何がどうしても構わない、という挿入句的な訳をあてはめることができる」（時代別）と説明される言葉であり、「自棄的な気分を表わしている」（大系）「捨て鉢な気分」（多田全解）などと施注されているように、かなり投げやりな気持ちを表現したものと考えられる。とすれば、第二句以降には、もう待ち続けたりしないという方向での意志が述べられるのが自然であろう。事実、異伝を含めて集中に全十四首認められる「よしゑやし」のうち他の短歌八首と旋頭歌一首は次のようになっており、これまで堪えてきた気持ちが途絶え、それまでとは反対の方向で事態と向き合おうとするところにこの語が発せられていると考えられる。

よしゑやし直ならずともぬえ鳥のうらなけ居りと告げむ子もがも　（10・二〇三一・人麻呂歌集七夕歌）
よしゑやし恋ひじとすれど秋風の寒く吹く夜は君をしそ思ふ　（10・二三〇一）
争へば神も憎ますよしゑやしよそふる君が憎くあらなくに　（11・二六五九）
暁《あかとき》と鶏《かけ》は鳴くなりよしゑやしひとり寝る夜は明けば明けぬとも　（11・二八〇〇）
里人も語り継ぐがねよしゑやし恋ひても死なむ誰が名ならめや　（12・二八七三）
よしゑやし恋ひじとすれど木綿《ゆふ》間《ま》山越えにし君が思ほゆらくに　（12・三一九一）
よしゑやし死なむよ我妹生けりともかくのみこそ我が恋ひ渡りなめ　（13・三二九八）
馬買はば妹徒歩ならむよしゑやし石は踏むとも我は二人行かむ　（13・三三一七）
天の原振り放け見れば夜そ更けにける　よしゑやしひとり寝る夜は明けば明けぬとも　（15・三六六二・遣新羅使人）

しかし、当該歌の場合は、自暴自棄になった結果どうしたいというのか、その気持ちが明瞭ではない。詠まれている心情としては二三〇一歌や三一九一歌に近いものを感じさせるが、とするならば何故「よしゑやし恋ひじとすれど何せむに来まさぬ君を厭はず居らむ」などと詠まれなかったのであろうか。『全集』は「ここは逆接と呼応せず、「よしゑやし恋ひじ」（三〇一）などと同じく、どうでも好きなようにせよ、というすてばちな気持から発した感動詞。これを受ける第二句は、第五句に続けるために変形して、続き方に曲折を生じた」と解説するが、第二句が「来まさぬ君を」とある以上、その形での意味が考えられねばなるまい。とすれば、当該歌は二三〇一歌や三一九一歌のように揺れる恋心を分析的に詠んだのではなく、漠とした自らの恋心そのものに直接向き合ったものと考えざるを得ないであろう。つまり、この「よしゑやし」は、『伊藤釋注』が「ここは、下句全体の内容に関する感慨を先取って捨鉢の気持をこめつつ独立的に嘆いたもの」と施注するように、やって来ない恋人を厭うことなく恋し続けている自分自身に向けられているということになる。

人麻呂歌集には、二三〇一歌や三一九一歌のような形で自らの恋心を捉えた

世の中は常かくのみと思へどもかたて忘れずなほ恋ひにけり　（11・二三八三）

忘るやと物語して心遣り過ぐせど過ぎずなほ恋ひにけり　（12・二八四五）

といった歌が載ることにも鑑みれば、やはり二三七八歌は、理性と感情の鬩ぎ合いという点で、表現が不十分だと判断せざるを得まい。それを表現の未熟さと捉えるか否かについては評価が分かれようが、少なくとも自らの恋心を十分に分析し得た歌とは言い難いように思われる[9]。

あるいは、二三七八歌に続く二三七九歌。

見渡せば近きわたりをたもとほり今か来ますと恋ひつつそ居る　（11・二三七九）

第四句については、原文「今哉来座」をイマヤキマストと訓む説（全集・和歌文学大系など）もあるが、「かはづ鳴く神奈備川に影見えて今か［今香］咲くらむ山吹の花」（8・一四三五・厚見王）「秋風に今か今か［伊麻香伊麻可］と紐解きてうら待ち居るに月傾きぬ」（20・四三一一・家持・七夕歌）などに照らして、イマカキマストと訓むべきなのであろう。『稲岡全注』は

二三七〇歌の〔注〕にも触れたが、『人麻呂の表現世界』に詳述したとおり古体歌の「哉」には純粋の疑問

の「カ」を表わした例はないと思われる。イマヤキマスならば、来るだろうという見込みのもとに、もうお出になるころだと待っている意味になるが、イマカキマスならば、今来るのかどうか不安のうちに待っていることになる。「見渡せば近き渡をたもとほり」という上句に照らしてみれば前者に違いないと思われる。イマヤキマスと訓むべきである。

と主張するが、家持七夕歌を参照する限り「イマカキマスならば今来るのかどうか不安のうちに待っていることになる」とは言えまい[10]。

我が背子を何時そ今と待つなへに面やは見えむ秋の風吹く　（8・一五三五・藤原宇合）
我が背子を且今〻〻と出で見れば沫雪降れり庭もほどろに　（10・二三二三）
我が背子を且今〻〻と待ち居るに夜の更けぬれば嘆きつるかも　（12・二八六四）

これらもイマカと訓んで参考にするならば、当該歌からも男の来訪を心待ちにしている様を読み取ってよいのであろう。一方の結句「恋ひつつそ居る」は、他に六例。

ここにありて春日やいづち雨つつみ出でて行かねば恋ひつつそ居る　（8・一五七〇・藤原八束）
栲領巾《たくひれ》の白浜波の寄りもあへず荒ぶる妹に恋ひつつそ居る　（11・二八二二）
あかねさす日の暮れぬればすべをなみ千度嘆きて恋ひつつそ居る　（12・二九〇一）
思ひ出でてすべなき時は天雲の奥かも知らず恋ひつつそ居る　（12・三〇三〇）
逢はむとは千度思へどあり通ふ人目を多み恋ひつつそ居る　（12・三一〇四）
…偲はせる　君が心を　愛しみ　この夜すがらに　眠も寝ずに　今日もしめらに　恋ひつつそ居る　（17・三九六九・家持）

これらはたいてい恋人に逢えない状況を示し、それゆえに「恋ひつつそ居る」という現状を述べる構成になる。

これらと比較すると、「今か来ますと恋ひつつそ居る」と続く当該歌は、やや異質の感が拭えない。前掲二八六四歌や四三一一歌あるいは「この月は君来まさむと　大船の思ひ頼みて　いつしかと我が待ち居れば…」（13・三三四四）などからして、「今か来ますと待ちつつそ居る」とでも詠む方がよほど自然であろう。『伊藤釋注』が「この「恋ふ」は待ち焦がれる意」と施注するのも、その点への配慮なのであろうか。確かに、「恋ふ」は「待つ」と併用されると、対象の出現を願うような意味合いが強くなってくるようではある。しかし、当該歌が「恋ひつつそ居る」と詠まれている以上、待つと同様の意に解するのには慎重になるべきであろう。

むしろ、当該歌においても、二三六九歌のように、恋人の来訪を願いながら同時に一人でしかないことが見つめられていると把握することが可能なのではないか。「たもとほり」を男女どちらの動作と考えるかについては説が分かれているが、「見渡せば近きわたりを」という状況設定は、もうすぐ恋人が訪れるだろうという期待感と同時に、「はしけやし間近き里を雲居にや恋ひつつ居らむ月も経なくに」（4・六四〇・湯原王）「あしひきの山も近きをほととぎす月立つまでになにか来鳴かぬ」（17・三九八三・家持）などに照らせば、その近さがかえって逢えない辛さを増長させるという効果をも生み出し得るものであったと推測される。そして、その両方の要素に対応するのが「今か来ますと恋ひつつそ居る」という下二句だと考えてよいのなら、当該歌は男の来訪を待つ女心の振幅の大きさを表現していることになる。とはいえ、そこで捉えられた恋心の幅を、理性と感情の葛藤や鬩ぎ合いと解することは困難であろう。二三七八歌の場合とは反対に、当該歌の場合は、自らのあり方を捉え返そうとする自己批評的な意識があまりに希薄なのである。

また、

　うちひさす宮道を人は満ち行けど我が思ふ君はただひとりのみ　（11・二三八二）

は、逆接の「ど」で前件と後件を結び付けてはいるが、江富氏が言う前件の内容を自己の課題として内面化しているという型にはなっていない。恋人を一途に思う心情は詠まれているが、恋心の不可思議さには触れるところのない歌だと言うほかないであろう。

五　人麻呂歌集の意義

第三節末に挙げたような歌のみならず右のような歌をも含み込んで人麻呂歌集が存在することの意味を、どのように考えればよいのであろうか。

村田正博氏は、歌群配列という点から巻十一の人麻呂歌集正述心緒歌四十五首（非略体歌の二三六八歌と二四一〇歌を除く）を分析し、逢会の歌（二三八七歌・二三八九歌、二三九七歌・二三九九歌）を基準にして

A群（二三六九～二三八六）＝恋の切なさを思い知っての後悔をうたう歌群

B群（二三九〇～二三九六）＝待ち焦がれた逢会を遂げることができたのに、それゆえにかえって募る恋をうたう歌群

C群（二四〇〇～二四一四）＝いかにしようとも恋の切なさから解放されることはないと思い知って嘆く歌群

の三群構造と捉え、全体としては「基本的に恋（孤悲）の歌群と把握することができる」とした[11]。また、大浦誠士氏は、「恋」（動詞「恋ふ」や形容詞「恋ひし」を含む）の使用頻度が高いことなどから、

以上のように、人麻呂歌集の正述心緒は、「恋」あるいは「恋する〈われ〉」を対象化し、主題化することに非常に意識的であったと捉えることができる。

とその特徴を把握する[12]。本章も基本的にこのような見方に従うものであり、人麻呂歌集正述心緒歌が恋心を浮き彫りにする性質を強く持つことに異存はないのだが、しかし、前記したような歌も収められていることを考慮す

ると、表現内容についての詳細な選歌基準が予め設けられていたとは考えにくい。表現方法を基準として物象語を含まない正述心緒型の歌を集めてみると、結果として恋心を対象化したような歌々が多く拾われたということだったのではあるまいか。寄物陳思の歌が、どちらかというと

沖つ藻を隠さふ波の五百重波千重にしくしく恋ひ渡るかも　（11・二四三七）
隠りどの沢泉なる岩根をも通してそ思ふ我が恋ふらくは　（11・二四四三）
香具山に雲居たなびきおほほしく相見し児らを後恋ひむかも　（11・二四四九）
山背の泉の小菅なみなみに妹が心を我が思はなくに　（11・二四七一）
水底に生ふる玉藻のうちなびく心は寄りて恋ふるこのころ　（11・二四八二）

のように、ある一定の恋心を比較的素直に表現しやすいのに対して、正述心緒の歌が自らの恋心――特に揺れる恋心――そのものを対象化しやすい点がそこに大きく関わっていたのであろう。

　とすれば、人麻呂歌集に収められた個々の歌の次元ではなく（もちろんその可能性は排除できないが）、それらが歌集として編纂されたことによって、恋というものを自覚的に捉え返す道もまた大きく切り拓かれていくことになったのだと想像されてくる。特に、恋心を理性と感情との鬩ぎ合いとして表出する歌々の存在は、同時代の恋愛文学のあり方を考える上でも無視できない[13]。ことは文学史の動態として相互連関的に捉えられねばなるまいが、ひとまず今は、そのような展開を促す重要な契機の一つとして人麻呂歌集が存在したのだと、その意義を捉えておきたい。

（1）歌集を編纂することの問題については、早く伊藤博「「歌集」ということ」（『萬葉集の表現と方法　上』塙書房一九

七五年、初出は一九七三年四月）が説いたところであり、歌集として存在することの意味についても、橋本達雄「柿本朝臣人麻呂之集」（『万葉宮廷歌人の研究』笠間書院一九七五年）、村田正博「人に恋ふる歌―人麻呂歌集成立の一つの意義―」（『萬葉集の歌人とその表現』清文堂二〇〇三年）、影山尚之「人麻呂歌集の位置―略体歌を中心にして―」（『万葉史を問う』新典社一九九九年）、大浦誠士「人麻呂歌集と「正述心緒」」（『万葉集の様式と表現』笠間書院二〇〇八年）などに言及がある。

（2）詳しい考察は、伊藤博「巻十一釈義五首」（『萬葉歌林』塙書房二〇〇三年）に述べられている。

（3）助詞「も」の問題については、森野崇「古代日本語の終助詞「も」の機能」（『二松学舎大学論集』一九九七年三月）など参照。嘆いている自分自身を対象化したと考えればナゲクモの訓もあり得なくはないが、他例のない点が気にかかる。

（4）動詞終止形の意味については、山口佳紀「時制表現形式の成立〈上〉―叙法との関わりにおいて―」（『古代日本語文法の成立の研究』有精堂一九八五年）、黒田徹「万葉集における動詞基本形の意味・用法の検討㈠―短歌の場合―」（『万葉歌の読解と古代語文法』万葉書房二〇〇六年）など参照。また、いわゆる存続・完了の助動詞「り・たり」についても同様の問題が指摘できることについては、野村剛史「上代語のリ・タリについて」（『国語国文』一九九四年一月）参照。

（5）初出の段階では見落としていたが、この訓みは出井至・毛利正守校注『新校注萬葉集』（和泉古典叢書、和泉書院二〇〇八年）が提起しているものである。

（6）稲岡耕二「人麻呂歌集略体歌の方法（一）―集団歌謡性としての笑い―」（『萬葉集研究』第六集、塙書房一九七七年）。

（7）江富範子「人麻呂歌集正述心緒歌（二三七三番）一首」（『女子大国文』一九九四年六月）。

（8）柳沢朗「巻十一・十二、人麻呂歌集正述心緒歌」（『セミナー万葉の歌人と作品』第二巻、和泉書院一九九九年）。

（9）黒田徹「人麻呂歌集略体歌の表記―疑問詞「何為」の訓読をめぐって―」（注（4）書所収）は、第三句「何為」をナニストカと訓む可能性があることを指摘し、「判断不能の疑問を表わす「か」を含む「なにすとか」は、動作主の自他を問わず、作者にとって、その動作が理解し難い場合に用いられ、その動作の目的・理由を強く問い質すような気持ちを表わしていると言える」「一方の判断不能の疑問を表わす「か」を含まない「なにせむに」は、作者が、動作の目的・理由を十分に理解している状態で用いられ、敢えてその真意を問うような気持ちを表わしていると言える」と両語の語義を押さえた上で、ここはナニストカと訓むべきことを提唱する。

(10)『稲岡全注』(一九九八年)では「眉根かき鼻ひ紐解け待つらむや何時しか見むと思へる吾を」と訓読していた二四〇八歌だが、この第三句「待哉」は『和歌文学大系』(二〇〇六年)では、山口佳紀「『万葉集』における「鼻ひ」の歌四首の解」(『論集上代文学』第二十七冊、笠間書院二〇〇五年)に従い、「待つらむか」と訓読されている。

(11)注(1)村田論文。

(12)注(1)大浦論文。

(13)この点については、第一篇第三章「石見相聞歌の抒情と方法」第一篇第四章「『古事記』における男と女―いろごのみ再考―」をも参照されたい。

第三章　石見相聞歌の抒情と方法

柿本朝臣人麻呂、石見国より妻を別れて上り来る時の歌二首并せて短歌

石見の海　角の浦廻《うらみ》を　浦なしと　人こそ見らめ　潟なしと〈一に云ふ、「磯なしと」〉　人こそ見らめ　よしゑやし　浦はなくとも　よしゑやし　潟は〈一に云ふ、「磯は」〉なくとも　いさなとり　海辺をさして　にきたづの荒磯《ありそ》の上に　か青く生ふる　玉藻沖つ藻　朝はふる　風こそ寄せめ　夕はふる　波こそ来寄れ　波のむたか寄りかく寄る　玉藻なす　寄り寝し妹を〈一に云ふ、「はしきよし妹が手本を」〉　露霜の　置きてし来れば　この道の　八十隈《やそくま》ごとに　万度《よろづたび》　かへり見すれど　いや遠に　里は離《さか》りぬ　いや高に　山も越え来ぬ　夏草の思ひしなえて　偲ふらむ　妹が門見む　なびけこの山

反歌二首

石見のや高角《たかつの》山の木の間より我が振る袖を妹見つらむか

笹の葉はみ山もさやにさやげども我は妹思ふ別れ来ぬれば　（2・一三一～三）

或本の反歌に曰く

石見なる高角山の木の間ゆも我が袖振るを妹見けむかも　（一三四）

つのさはふ　石見の海の　言《こと》さへく　辛の崎なる　いくりにそ　深海松生ふる　荒磯にそ　玉藻は生ふる　玉藻なす　なびき寝し児を　深海松の　深めて思へど　さ寝し夜は　いくだもあらず　延ふつたの　別れし来れば　肝《きも》向かふ　心を痛み　思ひつつ　かへり見すれど　大船の　渡《わたり》の山の　もみち葉の　散りのまがひに　妹が袖　さやにも見えず　妻隠《つまごも》る　屋上《やかみ》の〈一に云ふ、「室上山」〉山の　雲間より　渡らふ月の　惜しけども　隠《かく》らひ来れば　天伝ふ　入日さしぬれ　ますらをと　思へる我も　しきたへの　衣の袖は　通りて濡れぬ

反歌二首

青駒が足掻きを速み雲居にそ妹があたりを過ぎて来にける〈一に云ふ、「あたりは隠り来にける」〉

秋山に落つるもみち葉しましくはな散りまがひそ妹があたり見む〈一に云ふ、「散りなまがひそ」〉　（一三五〜七）

或本の歌一首并せて短歌

石見の海　津の浦をなみ　浦なしと　人こそ見らめ　潟なしと　人こそ見らめ　よしゑやし　浦はなくとも　よしゑやし　潟はなくとも　いさなとり　海辺をさして　にきたつの　荒磯の上に　か青く生ふる　玉藻沖つ藻　明け来れば　波こそ来寄れ　夕されば　風こそ来寄れ　波のむた　か寄りかく寄る　玉藻なす　なびき我が寝し　しきたへの　妹が手本を　露霜の　置きてし来れば　この道の　八十隈ごとに　万度　かへり見すれど　いや遠に　里離り来ぬ　いや高に　山も越え来ぬ　はしきやし　我が妻の児が　夏草の　思ひしなえて　嘆くらむ　角の里見む　なびけこの山

反歌一首

石見の海打歌《うった》の山の木の間より我が振る袖を妹見つらむか　（一三八〜九）

一　はじめに

日本古代の恋愛文学史において、柿本人麻呂の石見相聞歌はどのような位置を占める作品なのか。この問題については、夙に相聞長歌という視点からの注目がなされてきた(1)。主に短歌形式によって詠み継がれてきたと考えられる相聞歌の歴史において、長歌形式の歌が制作されたことの意味は小さくあるまい。それはまた、宮廷歌人による相聞長歌の歴史を拓くものでもあったであろう。それゆえ、本章もこのような見通しを基本的に支持したいと思うが、しかしそれだけで当該歌の意義が説明し尽くされるというものでもない。題詞に明らかなように、石見相聞歌は「石見国より妻を別れて上り来る時の歌」なのであり、その旅中の心情を述べた歌――言わば旅の歌という枠組みにおいて妹への思いを詠んだ歌なのである。となれば、相聞歌という視点のみならず、旅の歌という側面からもまた光が当てられねばなるまい。

当該歌において描き出される作中主体の心情は、当時の旅の歌の水準に照らした時、どのように評価されるものなのか。本章が明らかにしたいと考える課題であるが、この点について取り組む際に避けて通れないのが反歌の問題である。知られるように、反歌を伴わない段階から長歌の内容を反復要約するような反歌を伴う段階へ、さらには長歌とそこから時や場を異にする時点での複数の短歌を組み合わせる段階へと展開する反歌史を措定したのは稲岡耕二氏であったが(2)、このような見通しから石見相聞歌を捉える限り、第一歌群（特に一三三歌）では長歌と時や場を異にする短歌的な反歌が、他方の第二歌群では長歌を要約反復したような反歌的な反歌が付されていることになり、いささか統一性を欠くと言わざるを得ないのである。これは一三三歌が後から付されたと考えても変わらない。当該歌における異伝を推敲の結果と考える今日の通説的理解に従えば、一三四歌の段階で既に人麻呂は長歌と時や場を異にする反歌を作っているのであり、それが人麻呂の自覚的な営みである限り、その同じ方法が第二歌群に適応されていない理由はやはり説明し難いと言うほかないからである。また、作品の形成過程がどうであれ、二歌群構成をもってなる石見相聞歌を総体として問題にする以上一三三歌を含んで全体なのであり、となればこの複数反歌の方法を説明する原理として「長歌の要約反復」や「時の推移や場の転換」というのではやはり不十分と言うべきではないか。そして、長歌末尾から反歌へと展開していく各歌群末尾部分の抒情の質が明らかにならない限り、当該歌において描き出される作中主体の心情もまた十分に解き明かすことはできないのである。

それゆえ本章では、石見相聞歌における長歌と反歌の関係に改めて注目し直すことから始め、そこに描き出される作中主体の心情を明らかにしつつ、それが旅の歌としていかに位置付けられるのか、ひいてはそのことが日本古代の恋愛文学史に何をもたらしたのかという問題へとしだいに考察を深めていくことにしたいと思う。

二　妹見つらむか

まず第一歌群から問題にしたいのだが、注目したいのは第一反歌「我が振る袖を妹見つらむか」である。言われるように、ここで作中主体が袖を振るのは、後に残してきた妹との連帯を志向するからなのであろう。そしてそれは、妹によって確かに見られることに大きな意味のある行為であったと考えられる。とすれば、その作中主体が「妹見つらむか」と妹の見る行為を疑問視していることは、どのように考えればよいのであろうか。

　足柄のみ坂に立して袖振らば家なる妹はさやに見もかも

右の一首、埼玉《さきたま》郡の上丁《じやうてい》藤原部等母麻呂《ともまろ》
色深く背なが衣は染めましをみ坂賜《たば》らばまさやかに見む
右の一首、妻の物部刀自売《とじめ》
（20・四四二三〜四）

右の四四二四歌は、左注によれば四四二三歌の作者藤原部等母麻呂の妻が詠んだとされるものだが、現実には妻のいる埼玉郡から足柄坂での袖振りなど見えるはずがない。しかし、にもかかわらず袖振りを見ることにこだわっている点に注意したい。ここからは、足柄坂での袖振りを妻が見るという観念が歌以前に存していたことが推察されよう。「日の暮れに碓氷の山を越ゆる日は背なのが袖もさやに振らしつ」（14・三四〇二）は、そのような観念に支えられて詠まれたものだと思われる。この歌の作者には夫の袖振りが感知されたのかもしれないが、ここで重要なのはそれが「さやに振らしつ」と確信を持って表現されている点である。これら足柄坂・碓氷の山（碓氷峠）はそれぞれ『古事記』と『日本書紀』でヤマトタケルが東国《あづま》の語源譚となる「吾嬬《あづま》はや」の言葉を発した場所でもあり、何らかの境界意識の存したことがうかがえるが、とすればそこでなされた袖振りも西郷信綱氏が「国境の山での呪法」「別れの呪法」と呼ぶような重要な意義を持つものだったとすべきであり(3)、なればこそ「家なる妹」もまたそれを見ることにこだわりを見せていたのだと推測される。これらの例を参照すれば、碓氷の山などと同様の見納め山と考えられる高角山でのこの袖振りも、妹によって確かに見られるべきものとして作品世界に取り込まれていると理解すべきであろう。それゆえ、作中主体も妹が見ていないと考えたから疑問したのではあるまい。妹の側もそれを見るべく高角山の方を見やっていたに違いないのである。

では、二人の位置関係が原因なのであろうか。妹も袖振りを見ようとはするのだが、それが困難な位置に作中主体が立っているために疑問されたということである。この点を考えるに当たってまず確認しておきたいのは、

袖振らば見つべき限り我はあれどその松が枝に隠らひにけり
（11・二四八五・人麻呂歌集）

八十梶《やそか》掛け島隠りなば我妹子が留まれと振らむ袖見えじかも　（12・三二一二）

などと詠まれるように、間に障害物がある場合の袖振りは見えないとする感覚を当時の人々も把持していた点である。第二歌群でも「もみち葉の散りのまがひに妹が袖さやにも見えず」とされているように、袖振り地点への視界が開けている（と観念されている）ことが、それを見るための必要条件なのであった。

　このことは、高角山を見納め山とするその理解に関わって重要である。早く『窪田評釈』に「高角山は、それを越すと、妻の住んでゐる里の見えなくなる、謂はゆる見をさめをする山であつたと見える」とされたように、見納め山という理解は角の里を見ることの出来る最終地点という意味を内包しているのであり、この点を動かすことは出来ない。そして、高角山――角の地にある高い山――という名前が喚起するように、そこはまさしく角の里を見晴るかし得る山なのであった。(4) したがって、作中主体が「高角山の木の間」から袖を振った時、視界を遮るものは何もなかったはずなのである。もちろん、高角山から角の里が見えるからといって妹の家が見える保証にはならない。しかし当該歌の理解において、高角山の袖振り地点から角の里は見えるがそこに住む妹の家は見えないといった複雑な位置関係を想定しなければならない必然性は低い。もしそういう位置関係にあるのだとしたら（逆に言って、そういう位置関係を享受者に示したいのだとしたら）、「妹見つらむか」などといった疑問表現ではなく、「袖見えじかも」「さやにも見えず」のような打消表現が用いられたであろう。見納め山である高角山からは角の里が見え、かつそれが袖振りを見るための条件であったとすれば、袖振りの地点は当然妹からも見える場所であったと考えるのがやはり穏当であり、したがって、二人の位置関係もまた「妹見つらむか」と疑問する直接の理由とはなり得ないと考える。たとえ肉眼で視認し得なかったとしても妹が見ることを信じて作中主体は袖を振ったのであろうし、先述したように、妹の方もまたそれを確かに見るべく高角山の方を見ていたに違いないのである。

となれば、高角山での袖振りを疑問せねばならない客観的な理由はないということになろう。疑う余地のない行為がここでは疑問視されているのであり、逆説めくが、だからこそそれを疑っていることの意味は大きいのである。ならば、その意味とは何であったのか。次節では第一歌群の展開に即して、この問題について考えていくことにしたいと思う。

三　第一歌群の構成

第一長歌は冒頭部分に過半の字句を費やし土地への愛着と妹へのそれとを二重写しにする形でうたい出される(5)。そして、「この道の」から「山も越え来ぬ」まで道中部分の字句を最小限に抑えて末尾へと繋げることで、妹に心惹かれるそのままの気持ちで角の里から遙かに隔たった地点に立つ作中主体の姿を描き出すのである。道中部分での心情には一切言及しない。方法としてそこは問わないのであり、「万度かへり見すれど」とのみ記して一気に末尾へと展開することで「夏草の思ひしなえて偲ふらむ妹が門見むなびけこの山」という爆発的な抒情がより劇的に演出されるのである。前半部分の二重写しと後半部分の急速な展開、これこそが第一長歌の方法であろう。

とすれば、「妹が門見むなびけこの山」と叫ぶ長歌末尾の地点とは、既に妹の住む角の地を後にした所とする方がよいのではないか。「いや遠に里は離りぬ　いや高に山も越え来ぬ」と類似の表現は三二四〇歌「いや遠に里離り来ぬ　いや高に山も越え来ぬ」及び四三九八歌「いや遠に国を来離れ　いや高に山も越え過ぎ」に認められるが、これらはいくつもの山を次々と越え来たことを言うものであり(6)、四三九八歌が東国から難波津までの道中をこの表現で叙しているように、ある一まとまりの範囲を通過してきたという語感なのだと思われる。そして当該例が「この道の八十隈ごとに　万度かへり見すれど」に続く点に鑑みれば、その範囲とは「かへり見」が可能な地点であったと推測される。近江に下る際に額田王が詠んだ長歌（1・一七）に

　味酒　三輪の山　あをによし　奈良の山の　山の際《ま》に　い隠《かく》るまで　道の隈　い積もるまでに　つばらにも
　見つつ行かむを　しばしばも　見放《みさ》けむ山を　心なく　雲の　隠さふべしや

とあるように、「かへり見」が効力を発揮するのは見る対象が視野に入る限りにおいてなのであり、[7] それゆえ作中主体が「なびけこの山」と命じるのは幾度も「かへり見」するうちにとうとう角の里が見えない地点に来たからだと考えるべきであろう。つまり、三輪山と奈良山の関係が角の里と「この山」の関係にほかならないのであり、一三八歌で「角の里見むなびけこの山」となっていることをも見合わせる時、長歌末尾において作中主体は角の里がすっかり見えなくなった地点に立っていると推断される。

　右のような理解は、必然的に「この山」＝高角山という理解へと誘うことになる。[8] たとえ途中で視界が遮られることがあるとしても、高角山を越えない限り角の里を見ることは可能なのであり、あえて「なびけこの山」などと叫ぶ必要はあるまい。逆に言えば、そのような命令は見納め山を越えて初めて意味を持つものなのである。第一反歌が詠まれたのは、まさにこの時点においてであった。[9] 現実に見ることが出来なくなったという思いが、観念的にせよ見ることによる連帯が可能であった最後の袖振りを想起させるのである。しかし、それはよく言われる回想というようなものではない。[10] いったい、第一反歌に用いられた「つらむ」という表現は、次のように用いられている。

　たけばぬれたかねば長き妹が髪このころ見ぬに掻き入れつらむか　（2・一二三・三方沙弥）
　泊瀬の弓月《ゆつき》が下に我が隠せる妻　あかねさし照れる月夜に人見つらむか　（11・二三五三の一云・人麻呂歌集）
　橘の寺の長屋に我が率寝し童女放《うなゐはな》りは髪上げつらむか　（16・三八二二・古歌）

金木《かなき》着け吾が飼ふ駒は引き出せず吾が飼ふ駒を人見つらむか　（孝徳紀・一一五）

すべて当該例と同じく「つらむか」という形で用いられているが、いずれも過去を回想しているのではあるまい。例えば一二三歌は「三方《みかた》沙弥、園《その》臣生羽《いくは》が女を娶《めと》りて、未だ幾《いくばく》の時も経ねば、病に臥して作る歌三首」のうちの一首で、以前は「たけばぬれたかねば長き妹が髪」だったが「このころ見ぬ」間に長く伸びて今頃は「掻き入れつらむか」すなわち「もう髪を掻き入れてしまったことだろうか」と推量したもの。この「掻き入る」という行為が意味するものには諸説あり判断が難しいが、病臥している現在の詠み手にとってそれが懸案事項である点は動かない。人麻呂歌集歌の一云「人見つらむか」も、泊瀬の弓月の下に隠しておいた妻が他人に発見されてしまったのではないかと危惧する気持ちを詠んだものと考えられる。「あかねさし照れる月夜」なのでもう誰かが見つけてしまったのではないかと不安になっているのが一云歌の表現なのであろう。このように、「つらむ」は何らかの形で〈いま〉に関わるものを推量する表現なのであった。しかし単なる「らむ」とは違い、必ずしも現在進行中の行為を推量するとは限らない。「掻き入る」という行為が「このころ見ぬ」間に行われたと考えられていたように、詠歌時点で既に終了している行為に関して用いられることもあったのである(11)。

　このような「つらむ」の用法からすれば、当該例も詠歌時点に関わるものとして妹の見る行為を捉えたものと解すべきであろう。〈いま〉と切り離された過去の事柄としてではなく、まさに現在のこととして袖振りを見たか否かが問題視されるのである（この点で過去推量を用いる或本歌の「妹見けむかも」とは表現性を異にする）。「妹が門見むなびけこの山」と叫んではみたものの山が靡くはずもなく、作中主体は妹のいる角の里を後にして都へと歩みを進めるほかない。現実の世界で妹を見ることにこだわっていた作中主体であるだけに、それが叶わぬ土地へと踏み出した時、言いようのない不安感に襲われるのではないか。だからこそ、高角山で先程行った袖振りについて「あの袖振りを妹は見ただろうか」と改めて連帯を確認するのだと思われる。ここで読み取るべきなのは、そう問い直さずにはいられない作中主体の心の動揺であろう。それが「妹見つらむか」という疑問表現になって現れ出たのだと考える。

これに続いて第一歌群を閉じるのが「笹の葉はみ山もさやにさやげども我は妹思ふ別れ来ぬれば」である。この第二句に関しては、「サヤニは、はっきりと、目にも鮮やかに、の意。ここは山道の笹原の風に吹かれて発する葉ずれの音、さやさやをも写している」（新編全集）とする理解もあるが、当該歌における「さやに」の意味を集中の他例を参照してそこから帰納的に導き出すことは危険である。なるほど、第二長歌の「妹が袖さやにも見えず」や「三日月のさやにも見えず雲隠り見まくそ欲しきうたてこのころ」（11・二四六四・人麻呂歌集）のように、全用例九例のうち七例までは「はっきりと」の意を示す情態副詞と理解して問題ないものだが、当該例を踏まえたと推測される笠金村の「あしひきのみ山もさやに　落ち激つ吉野の川の…」（6・九二〇）及び当該例のように「AモBニ」という語形になった場合についてまでその理解を押し広げることはできない。この語形は「AがBするほどに」「AがBするばかりに」と解されるべきものであり、基本的にBはAに対して述語的に振る舞うという側面を持っているのである(12)。それゆえ、当該例の「さやに」も純粋な情態副詞としてではなく、諸注指摘する通り擬音語「さやさや」や動詞「さやぐ」に関連する語とみるべきであり、「山道の笹原の風に吹かれて発する葉ずれの音」をこそ第一義的に表現するものであったと把握すべきであろう。

では、その葉ずれの音はどのようなものとして聞かれたのか。先に確認したように、ここでの作中主体は妹へと向かう気持ちを抱えながらも、見納め山である高角山を越え角の里を離れたところへと歩み始めた地点に立っているのであった。とすれば、作中主体にとってそこは自らの親しんだ土地の外側にある異世界以外の何ものでもなかったであろう。そのような状況下において捉えられたのがこの葉ずれの音なのであってみれば、このざわめきとは、自らが住み慣れた角の地を離れたことを鮮明に印象付ける景物として用いられていると捉えるべきではないか。ここで参照されるのが、『古事記』上巻の「豊葦原千秋長《とよあしはらのちあきのなが》五《い》百《ほ》秋瑞穂国《あきのみずほのくに》は、いたくさやぎて有りなり」や『日本書紀』神武即位前紀戊午《ぼご》年の「夫れ、葦原中国《あしはらのなかつくに》は、猶し聞喧擾之響焉」である。この「聞喧擾之響焉」には「サヤゲリナリ」との訓注が付されているが、秩序づけられていない混沌とした地上世界のざわめきがともに「さやぐ」の語で捉えられているのである（伝聞推定の助動詞「なり」が用いられていることにも注意されたい）。当該例における「さやに」の語感も、まさにこのようなものであったと思われる。第三句「乱友」の訓については議論のあるところだが、どのように訓むにせよ、当該歌における上三句の景が作中主体に対して異郷に踏み出したことの不安感を誘発させるようなものであることはまず間違いがないだろう。(13)

　そのような景に触発されて、作中主体は「我は妹思ふ」のである。当該歌が

　高島の阿渡《あど》白波は騒《さわ》けども我は家思ふ廬り悲しみ　（7・一二三八・羇旅）

　高島の阿渡川波は騒けども我は家思ふ宿り悲しみ　（9・一六九〇・人麻呂歌集）

と歌の構造を同じくすることは一読明らかだが、となれば、この「我は妹思ふ」もこれらと同じく旅中にあって家郷や妻（妹）を思うという一般的な羇旅信仰に基づいたものと理解してよいのであろう。このような発想が引き込まれてくるのは作中主体が自らを旅中の人として捉えたからにほかなるまいが、そのような自覚を示すのが結句「別れ来ぬれば」なのだと思われる。異世界に踏み出したことによって生じた作中主体の不安感は、妹との別れを受け入れ「我は妹思ふ」となることで一応の決着をみるのである。

　以上が第一歌群の論理だと考えるが、とすれば長歌末尾から反歌への展開において描き出されているのは、見納め山を越える際の作中主体の心情の推移ということになろう。妹に強く心惹かれ何度も「かへり見」していた作中主体が、見納め山を越えいよいよ旅中の人となる時に感じる激しい動揺とその鎮静化の様がここには映し出されているのである。

四　妹のあたり見む

続いて第二歌群の考察に移ろう。ここでも反歌の理解を手がかりにしたい。まず注目したいのは第二反歌の「妹があたり見む」である。従来の解釈では、妹の姿をその中に含み込むものとしてこの「妹があたり」を捉える理解がしばしば認められた。確かにそれは不自然な解釈ではない。第二反歌と長歌後半の「大船の渡の山のもみち葉の散りのまがひに　妹が袖さやにも見えず」との対応は誰しもが感得するところであり、長歌の内容を反復要約するという反歌のあり方に照らせば、なるほど「妹が袖」ないし妹そのものと関連させて「妹があたり」を考えるのはいかにも首肯すべきもののようである。また、土橋寛氏が「国見的望郷歌」という発想の型を措定したように、(14)

つぎねふや　山代河を　宮上り　我が上れば　あをによし　奈良を過ぎ　小楯《をだて》　倭《やまと》を過ぎ　我が見が欲し国は　葛城《かづらき》　高宮　我家のあたり　（仁徳記・五八）

波邇布《はにふ》坂我が立ち見ればかぎろひの燃ゆる家群《いへむら》妻が家のあたり　（履中記・七六）

海《わた》の底沖つ白波竜田山いつか越えなむ妹があたり見む　（1・八三）

などの用例を参照すれば、確かに「妹があたり」の中に妹自身が含まれているとするのは言葉に即しても素直な解釈のように思われる。

しかし、「妹があたり」という表現が常に妹を含み込むわけではない。

臣の女の　櫛笥《くしげ》に乗れる　鏡なす　三津の浜辺に　さにつらふ　紐解き放《さ》けず　我妹子に　恋ひつつ居れば
明け闇《ぐれ》の　朝霧ごもり　鳴く鶴の　音のみし泣かゆ　我が恋ふる　千重の一重も　慰もる　心もありやと
家のあたり　我が立ち見れば　青旗の　葛城山に　たなびける　白雲隠る…　（4・五〇九・丹比真人笠麻呂）

娘子らが放《はな》りの髪を木綿《ゆふ》の山雲なたなびき家のあたり見む　（7・一二四四・羈旅）
君があたり見つつも居らむ生駒山雲なたなびき雨は降るとも　（12・三〇三二）
ぬばたまの夜渡る月ははやも出でぬかも　海原の八十島の上ゆ妹があたり見む　（15・三六五一）

五〇九歌は丹比真人笠麻呂が筑紫に下った際に詠んだもので、「家のあたり」を見やったが葛城山に白雲がたなびき見ることができなかったというもの。この場合「家のあたり」というのは家のある方向といったくらいの意味であり、家そのものを見たわけではない。この歌を参考にすれば、次の一二四四歌や三〇三二歌で「雲なたなびき」と願うのも「木綿の山」や「生駒山」に雲がかかり我が家や「君」のいる方向への視界が遮られてしまうことを懸念したものと考えてよいのではないか。『伊勢物語』二十三段は三〇三二歌と小異の「君があたり見つつを居らむ生駒山雲なかくしそ雨はふるとも」を載せるが、それは高安の女が「大和の方を見やりて」詠んだものであった。平安時代のものではあるが、「君があたり」が「君」そのものではなくあくまでもその「あたり」として理解されていたことを示す例である。最後の三六五一歌も「豊前国下毛《しもつみけ》郡の分間《わくま》の浦」で詠まれた遣新羅使人歌の一首であり、直接妹の姿が見えるような距離ではない。この場合も妹のいる方を見やろうということなのであろう。

このように、「妹があたり」や「家のあたり」という言葉は国見的望郷歌の慣用句として当初は妹や家をその中に含み込む表現であったが、その発想が衰退するに従い漠然とそのあたりを指す用法を派生してきたのだと推定される。妹を見たいという願いが消えたわけではないが、それが叶わない時せめてその周辺《あたり》なりとも見ていたいという思いを表すものとして機能し始めたということである。そして、人麻呂歌集七夕歌に「白雲の五百重に隠り遠くとも夕去らず見む妹があたりは」（10・二〇二六）とあることや前掲五〇九歌の作者丹比真人笠麻呂が伝未詳ながら「藤原京時代の人であったことだけは疑いない」（萬葉集全注）とされる点に鑑みれば、人麻呂の時代には既にその用法を派生させていたのだと考えられる。とすれば、当該歌の場合も再検討の余地が出てくるのではないか。ここでの「妹があたり」を妹そのものと置き換えるのは、はたして妥当な処置なのであろうか。

ここで注目したいのが第一反歌である。冒頭に記したように、この第一反歌には「青駒が足掻きを速み雲居にそ妹があたりは隠り来にける」という異伝が存在するが、傍線部に従えば、「妹があたり」は雲居に隠れてしまい作中主体からは見えない位置にあるということになる。となれば、この場合はそれに続く第二反歌も、その遥か彼方に遠ざかってしまった「妹があたり」の方を見ようという気持ちを詠んだものということになろう。たとえ紅葉が散りやんだとしてもそこに妹の姿が出現しようはずのない地点に作中主体は立っているのであり、それでもなお「妹があたり見む」と願うのは前掲した人麻呂歌集七夕歌と同様の心境ゆえだと考えられる。これが人麻呂の初案を示すものだとすれば、人麻呂は妹のいる方向くらいの意味で「妹があたり」の語を確かに用いていたのだと言い得よう。

しかし、本文歌では妹との隔絶感を明示する「隠り来にける」ではなく、その点が曖昧な「過ぎて来にける」が採用されている。それゆえ、「妹があたり」が現在視界外にあるということが一云歌ほど明瞭には伝わってこない。「妹があたり」が遥か彼方に遠ざかったのは間違いないものの、それが作中主体の視野に捉え得るのか否かという点は、かえって不明瞭になっているのである。これが推敲の結果であるとすれば、このような改変がなされたのは、「妹があたり」が雲居に隠れてしまったにもかかわらず「妹があたり」を見るために「散りなまがひそ」と紅葉にうたいかけるという不自然さを内包していた一云歌の展開から夾雑物を取り除き、遥か彼方に遠ざかった「妹があたり」を見るために視界を遮る紅葉に「な散りまがひそ」と詠みかけるという自然な展開に作り直すためであったろう。言い換えれば、それは抒情の焦点を第二反歌の「妹があたり見む」へと絞り込むための作業だったのであり、その結果、妹との隔絶感を明示する表現が回避されたのだと理解されるのである。

そのような第二反歌が浮かび上がらせるのは、前掲一二四四歌や三〇三二歌と同じく、「妹があたり」への視界を確保しようとする作中主体の思いである。「妹があたりを過ぎて来にける」と詠まれているように、おそらく肉眼では妹の姿を視認し得ない地点に作中主体は来ているのであろう。しかし、紅葉が散りやめばそこに妹との連帯を可能にする空間が出現するというように設定されているのであり、せめてそちらの方向・その周辺なりとも見ていたいという切なる願いが、ここには込められているのだと思われる。

では、本節冒頭にも述べた「大船の渡の山の　もみち葉の散りのまがひに　妹が袖さやにも見えず」との関係は、どう考えればよいのであろうか。次節では、この点も含めて、第二歌群全体の構成について考えを進めることにしたいと思う。

五　第二歌群の構成

『武田全註釈』や橋本達雄氏が指摘するように[15]、この第二長歌が第一長歌と構成を同じくしていることは間違いない。ともに、土地の景物（玉藻）の提示に始まり短歌形式による感情の表出に終わる五段形式と把握される。この点は否定すべくもないのであるが、しかし細部にわたるまで同一であるとは言えない。土地への愛着と妹へのそれとを二重写しにする第一長歌の方法が長歌末尾での爆発的な抒情を支えるためのものであったように、第二長歌には第二長歌の方法があったはずである。そしてその方法とは、妹との隔絶感を前面に出すことによって作中主体が「ひとり」であることを強く訴えかけるというものであったと思われる。「延ふつたの別れし来れば」という枕詞の使用や「深海松の深めて思へど　さ寝し夜はいくだもあらず」「思ひつつかへり見すれど…妹が袖さやにも見えず」「惜しけども隠らひ来れば」という逆接の行文などを通して、第二長歌では心ならずも妹と別れ来てしまった作中主体の鬱屈した心情が次第に強まっていく様が示唆されている。妹に対する作中主体の思いはことごとく叶えられず、ただやるかたない思いだけが蓄積されていくのである。第一長歌とは反対に道中部分に多くの字句を費やしていることの意味も、そのあたりに求められよう。逆接を効かせながら道中の様を叙述していく行為そのものが、同時に妹と離れて「ひとり」である作中主体の姿を浮かび上がらせるのである。

このような展開の果てに長歌末尾の抒情が表出されることになるのだが、その直前に置かれた「天伝ふ入日さしぬれ」の語句は、

豊国《とよくに》の企救《きく》の長浜行き暮らし日の暮れ行けば妹をしぞ思ふ　（12・三二一九）

たまはやす武庫の渡りに天伝ふ日の暮れ行けば家をしぞ思ふ　（17・三八九五）

などを参照すれば、妹の不在を痛切に感じさせる時刻の到来を告げるものと判断される[16]。また、妹との連帯を求め「かえり見」するものの散り交う紅葉のためにそれが叶わないでいた作中主体にとって、日が没してしまえば視界は完全に遮られてしまうゆえ、そのような夕刻の到来は妹との連帯を確かめる最後の機会でもあった[17]。とすれば、作中主体の鬱屈した思いはここに極まることになろう。「ますらをの現し心も我はなし夜昼といはず恋ひし渡れば」（11・二三七六・人麻呂歌集）「ますらをや片恋せむと嘆けども醜のますらをなほ恋にけり」（2・一一七・舎人皇子）などと詠まれるように、「ますらを」にとって恋に心を乱すことは否定されるべき事柄であった。それゆえ、満たされぬ思いを抱えつつも作中主体は必死にその思いを押し殺してきたのだと思われる。しかし、ことここに至ってその我慢も限界を迎えた。右の歌においても「ますらを」であることを強調することがいかんとも し難い恋情をかえって浮き彫りにしていたように、当該歌の場合も「ますらをと思へる我も」とあることにより、それまで堪えに堪えていた思いがここにきて溢れ出してくる様がより鮮明に印象付けられることになる。「しきたへの衣の袖は通りて濡れぬ」というほどに流れ出る涙は堰を切って溢れ出した作中主体の思いを象徴している

ようでもあるが、言わばそのような帰結へと落着する心的必然性を支えているのが「ひとり」であることを強調する長歌の文脈なのであった。

以上のように第二長歌の展開と方法を押さえるならば、問題の「大船の渡の山の　もみち葉の散りのまがひに妹が袖さやにも見えず」という部分は、妹との交感が果たせないことを述べる点に機能するものだと理解される。別れに際しては後に残る妹も袖振りをして見送ったが（第二節掲載の三二一二歌など）、この場面での作中主体は妹の行うその袖振りを見ることで妹との連帯を確かめようとするのであろう。しかし、「思ひつつかへり見すれど…妹が袖さやにも見えず」なのであり、それゆえに作中主体の思いは鬱屈しつつ沈潜していくほかないのであった。したがって、第二反歌が当該句と対応しているからといって、その時の心情を詠んだものということにはなるまい。むしろ、長歌の段階では「ますらを」と自覚するがゆえに恋情の表出を差し控えているのだと理解すべきではないか。

逆に言えば、第二反歌が詠まれ得るのは長歌末尾の「ますらをと思へる我も　しきたへの衣の袖は　通りて濡れぬ」を経た後でなければならなかったということであるが、それをここでも第二歌群の論理として確かめておこう。前述の通り、作中主体は十分な逢瀬も遂げないまま妹と別れて都を目指す旅に出た。その道中、彼は妹との連帯を確かめるべくその袖振りを見ようと幾度も「かへり見」するが果たせず、また「妻隠る屋上の山の　雲間より渡らふ月の　惜し」とも思うのだが、「ますらを」と自覚するゆえにその気持ちを押し殺してひたすら旅路を急ぐのであった。しかし、「入日」が夕刻の到来を告げるに至ってとうとう我慢ができなくなり、「しきたへの衣の袖」も濡れ通るほどに涙を流してしまう。それは「一種のカタルシス」と呼ぶべきものだが[18]、そこを経過して初めて妹への思いが表出可能となるのである。

作中主体は第一反歌において心ならずも妹のいる土地から遠く隔たってしまった現実を「青駒」に半ば責任を

押しつけるような形で定位する。これが長歌の「妻隠る屋上の山の　雲間より渡らふ月の　惜しけども隠らひ来れば」と対応していることは指摘される通りだが、月の運行を序詞として持ち込んだ長歌がどこかしら諦めの心情を揺曳させていたのに対し、第一反歌はそれを感じさせることがない。むしろ、「一に駒に責めを負せた言ひ方」（窪田評釈）とも評されるごとく、眼前の事態が作中主体の意に添わぬものであることを暗示するのである。この差は決して小さくあるまい。第二歌群の反歌はいずれも長歌後半部と対応してはいるが、その時点での心情ではなく逆にその時点においては抱き得なかった心情が詠まれているのである。これは長歌での葛藤から解放されたがゆえに、同じ現実に対して長歌とは異なる捉え方が可能になったということなのではあるまいか。これに続く第二反歌も、「妹があたりを過ぎて来にける」という現実を知りながら、むしろそうであるがゆえに、「妹があたり見む」との願いを表出する。妹と離れてあることに堪えられず、最後の望みを託して妹の方を見やろうとするのである。それは前掲笠麻呂歌と同じく「我が恋ふる千重の一重も慰もる」ことを願う無意識の思いゆえなのであろうが、しかしこれはもはや「ますらを」の行為ではあるまい。「ますらを」としての自覚に恋情が打ち勝ってしまっているのであり、そのことを示して第二歌群は閉じられるのである。

第一歌群が「妹が門見むなびけこの山」から「我は妹思ふ」へと鎮静化の方向に推移したのとは対照的に、第二歌群では押さえに押さえていた妹への思いが長歌末尾を契機として突如意識の前面に躍り出てくるという構成になっている。言わば「妹があたり見む」とうたい出すまでの心的過程を内面の葛藤を暗示させながら描いているのが第二歌群なのであり、それが第一歌群同様短歌形式を連続させることによって果たされているのである。

六　恋愛文学史上の石見相聞歌

以上のように考えることが許されるとすれば、近年活発に議論が重ねられてきた二群構成の問題についても解決の糸口が見えてくるのではないか。第一歌群における「高角山」や第二歌群における妹との隔絶感は、それぞれの展開において機能するものであって、二歌群相互の前後関係を示すものとは考えられない。言うなれば、「高角山」は第一歌群においてのみ存在する山なのであって、構成方法の異なる第二歌群中に見つけ出そうとしても、それは原理上不可能なのである。なるほど、両歌群は同じ旅程を描いているのだから、理屈の上では長歌末尾の時点はぴたりと重なるかさもなければなんらかの前後関係を構成しているということになろう。しかし、人麻呂が両者の前後関係を意識していなかったとしたらどうだろうか。意識のないところに前後関係は存在しない。そういう観点がないのだから、両歌群は重なりもしなければずれもしないのである。特に石見相聞歌が人麻呂による文学的虚構だとすれば、それぞれの歌群の示す内容を両者の旅程における前後関係として安易に結び付けることには慎重になるべきだろう。ことは実際の地理的時間的関係にではなく、石見相聞歌の方法に関わるところでまずは問われるべき問題なのである。

では、人麻呂はどのような意図のもとに石見相聞歌を二歌群構成としたのか。論者の主観が入り込みやすい問題ではあるが、両長歌が基本的な構成を共通させていることからすれば、これらは同じ主題――妹との別れ――を別々の方法で描き出したものと捉えるのが最も素直であろう。前述したように、第一歌群では見納め山である「高角山」に焦点を据えてそこを越える際の心情の推移を、また第二歌群では作中主体に「ますらを」としての自覚を持たせることで相反する心情の対立と超克の過程を描いているのであり、両者はそれぞれの方法によって成り立つ相互独立的な関係にあると考えられる（これは第二歌群が第一歌群を前提にして詠出されたということまでをも否定するものではない）。加えて、そこに展開される心情も、一方から他方へと歌群を越えて引き継がれるような性質のものとは考え難い。かつて塩谷香織氏によって両歌群を「別れの享受」と「別れの拒絶」という関係として捉えようとする説が提起されたが(19)、身﨑壽氏や神野志隆光氏が批判するように(20)、両歌群の抒情は截然と区別し得るものではない。むしろ、それぞれの歌群自体が両方の要素を混在させているのであり、言わば第一歌群が別れの拒絶から享受へと至る心情の推移を、反対に第二歌群が別れの享受から拒絶へと至る心情の推移を描き出すという関係なのである。

第一歌群の形成過程において短歌形式を連続させることで心情の推移を描き出すという方法を獲得した人麻呂は、その同じ方法を第二歌群にも適用したのであり、第一歌群とは逆向きに推移する心情をそこに表し出すことによって、二歌群構成による石見相聞歌を完結せしめたのだと思われる。ここで人麻呂が目指したものは妹との離別に際しての心の揺れや葛藤を描くことだったのであり、そこに複数反歌の方法も機能したのであろう。そして、そのような方法意識こそが持統六年の留京三首（1・四〇〜二）や同年ないし翌持統七年の安騎野遊猟歌（1・四五〜九）の「短歌」を生み出すことに繫がっていったのだと見通されるのである。

では、石見相聞歌に描き出されるそのような作中主体の心情は、旅の歌として見た時どのように捉えられるのであろうか。まず確認しておきたいのは、それらの心情が必ずしも作者人麻呂に固有のものとは言えないことである。むしろ、見納め山である高角山に焦点を絞った第一歌群や「ますらを」としての自覚を前面に出した第二歌群の心情は、官人の間にある程度普遍性を有するものではなかったか。具体的な次元では個人差もあろうが、愛する妹を残して旅に出ることの多かった律令官人たちにとって、見納め山を越える際に生じる心の動揺や官人《ますらを》意識と恋情との葛藤は身近なものであったと推察される。とすればここに詠まれた思いとは、聞き手も含め多くの人々が感じていたであろう旅立ちに伴う悲哀の情に明確なかたちを与えるものであったと見なすことが許されよう。

そして、そのような内面の動揺や葛藤が言語化され表現されたことは、旅の歌の歴史においても小さくない出来事であったと思われる。当時の旅が旅人と家人との呪術的な共感関係の上に成り立っていたことは言われる通りであり[21]、なればこそ旅人は故郷の家や妻のことを偲び、また家人は遠く離れた旅人を思いやる歌を詠んだのである。このような傾向は萬葉の時代を通して一貫しているのではあるが、しかし同時に、官人社会が成立し旅が一般化してくると高市黒人のように家郷や妻との連帯を志向しない旅の歌を詠む歌人も登場してくるようになった。七世紀末から八世紀初頭にかけて顕在化してくるそのような新しい動きの前史的な位置に、石見相聞歌を位置付けることはできないだろうか。

もちろん、それぞれの歌群が結局は「我は妹思ふ」「妹があたり見む」といった思いを表出したところで終わっているように、妹への志向性に強く貫かれていることは間違いない。しかし同時に、第一歌群において疑われるはずのない袖振りによる連帯関係に疑義が表明されたり、第二歌群において妹と離れてあることの悲しみが印象的に表現されていたように、旅中の不安や孤独が描き込まれていたのも事実なのである。言わば石見相聞歌はそのような気持ちの間を揺れ動く心の様――理性と感情の鬩ぎ合い――を描いた作品なのであり、そこに単なる共感関係に収まりきらない思いも立ち現れてくるのだと考える。そしてそのようにして別れてあることの不安や孤独を言語化し表現していくことが、新しい旅の歌を生み出しまた享受する精神的基盤となっていったように思われるのである。

このことを、本書の課題である恋愛文学史という側面から言い直せば、石見相聞歌は序章で問題にした呪術的共感関係に回収されない思いを表出する道を切り拓く上で大きな役割を担ったということになる。挽歌などに比して浸透が遅れていたと推測される相聞歌の分野で、恋人や配偶者の不在を嘆き「ひとり」の情をうたうことが本格化してくる背景には、このような作品の存在も不可欠だったのではないか。もちろん、事態は相互連関的に進行していようから、一方向的な影響のみを取り出すことは正しくない。ことは天武朝後半から持統朝にかけての複合的な動態の中で捉えられねばなるまいが、本章ではその多様な影響関係の一つとして、石見相聞歌が相聞歌史に与えた意味を右のように見定めておきたい。

（1）西郷信綱『日本古代文学史』（岩波書店一九五一年）伊藤博「相聞の系譜」（『萬葉』一九五六年一月）など。

（2）稲岡耕二「人麻呂『反歌』『短歌』の論―人麻呂長歌制作年次攷序説―」（『萬葉集研究』第二集、塙書房一九七三年）「反歌史溯源―複数反歌への展開―」（『万葉集の作品と方法』岩波書店一九八五年）など。

（3）西郷信綱a「柿本人麿」（『萬葉私記』未来社一九七〇年）b「アヅマとは何か」（『古代の声』増補版、朝日新聞社一九九五年）参照。

（4）ここが見納めの地であると当時の享受者たちに理解されたのも、このような表現性に由因するところが大きかったと推測される。伊藤博「石見相聞歌の構造と形成」（『萬葉集の歌人と作品』上、塙書房一九七五年）が、高角山＝見納め山という理解へと思い至る端緒となったのもこの点なのであった。

（5）注（3）西郷a論文、神野志隆光「石見相聞歌論」（『柿本人麻呂研究』塙書房一九九二年）など参照。

（6）三田誠司「別離の文芸―石見相聞歌二群に見る離別の構造―」（『萬葉集の羈旅と文芸』塙書房二〇一二年）参照。なお、三田論文では「いや遠に里は離りぬいや高に山も越え来ぬ」の地点が高角山だとされている。

（7）多田一臣「石見相聞歌」（『万葉歌の表現』明治書院一九九一年）参照。

（8）このような理解は、清水克彦「石見の国より上り来る時の歌（その一）」（『柿本人麻呂―作品研究―』風間書房一九六五年）橋本達雄「石見相聞歌の構造」（『万葉集の作品と歌風』笠間書院一九八九年）などにおいて既に示されている。

（9）当該歌の異伝歌（一三四）についてではあるが、身﨑壽「石見相聞歌」（『人麻呂の方法』北海道大学出版会二〇〇五年）が「先行研究のおおくは、回想している「語り手」のいまと回想されたいまとを明確に区別しえていない。すくなくとも、明確に区別して説明してはいない」と述べていることを想起したい。「なびけこの山」と叫んだ時点と袖振りをした時点の前後関係と長歌と第一反歌を詠んだ時点の前後関係とはこの場合ずれているのであり、両者を混同しては

ならないだろう。図示すれば、

高角山での袖振り→「なびけこの山」＝長歌末尾の時点→第一反歌

という流れであり、後述するようにそのことを「つらむ」は示していると考える。

（10）神野志隆光「吉備津采女挽歌をめぐって―作品の時間―」（注（5）書）や注（9）身﨑論文が「つらむ」の用法の面から回想説を否定している。しかし、神野志氏が後掲するような「つらむ」の例を挙げ「現在の事態を自問のかたちで〝きっと（乃至、もう）―しているであろうか〟と表現するのが「つらむか」なのである」とし、それを根拠に「「妹」がきっと見ているであろうか、という自問の表現であり、それは、袖を振って別れを告げる時点、つまり、決定的な別れをつげる見納め山に立っている時点の表現として見なければ意味をなさないであろう」とするのには従えない。後掲の「つらむ」は確かに「しているであろう」と現代語訳できるが、その場合の現代語「ている」は結果の持続や動作の完了を意味する用法であり（「空気が汚れている」「彼はもう亡くなっている」などと同じ）、そのことが動作の継続を意味する「「妹」がきっと見ているであろうか」を保証することにはならない。その点、身﨑氏の「「らむ」だけの単純な現在推量とはちがって、ちかい過去におこったことの推量をあらわす用法もあるが、それもついいましがた、という程度のもので、ここでいえば、／わたしが振った袖を、今、妻はしかと見ただろうか。／というようなところだろう」というのは正確な理解だと思うが、「なびけこの山」と叫んだ言葉に感応して（作中主体の幻想の中で）山が靡き一瞬視界に入った「妹が門」に向かって袖ふりをした、という解釈にも疑問を覚える。確かに、「つらむ」は回想ではないが、しかし発話時点直前の行為を指すことは可能であり、この場合で言えば、長歌末尾の「なびけこの山」と叫んだ後から振り返って高角山で行った最後の袖振りを表現することは、「つらむ」の用法の範囲内だと考える。

（11）初出の段階では、紙幅の関係から「平安時代にはこのような例が数多く見られる」と記すのみであったが、具体的には以下のようなものである。

ア（兼家来訪ノ知ラセヲ聞キ）いとあわたたしきここちするに、（兼家ガ）はひ入りたれば、あやしくわれか人かにもあらぬにて、向かひゐれば、ここちもそらなり。しばしありて台などまゐりたれば、すこし食ひなどして、日暮れぬと見ゆるほどに、「明日、春日の祭なれば、御幣出だし立つべかりければ」などて、うるはしうひき装束き、御前あまた引きつれ、おどろおどろしう追ひちらして出でらる。すなはち、これかれさし集まりて、「いとあやしうちとけたりつるほどに、いかに御覧じつらむ」など、口々いとほしげなることを言ふに…

（蜻蛉日記・下巻・天禄三年二月）

イ上、右大将（兼雅）に、「仲忠の朝臣に、切に会はまほしきことなむある。『さらになし』とや。そこに、あり所は知り給へりや」。大将、「ただ今まで候ひつるを、まかでやしぬらむ、候はずなむはべる」。上、「さらば、召しに遣はせかし」。大将、「まかで侍りとも、さるは見えざりけるを、あやしくなむ消え失せ侍りぬる。中将朝臣（涼）も候はるるを。もし、琴仕うまつるべきことや仰せられつらむ。さ承りてか逃げぬらむ。…」

（うつほ物語・内侍のかみ・四〇七〜八）

ウ（中将）「かの廊のつま入りつるほど、風の騒がしかりつる紛れに、簾の隙より、なべてのさまにはあるまじかりつる人（＝浮舟）の、うち垂れ髪の見えつるは、世を背きたまへるあたりに、誰ぞとなん見驚かれつる」とのたまふ。（中略）（少将の尼）「過ぎにし御事を忘れがたく、慰めかねたまふめりしほどに、おぼえぬ人を得たてまつりたまひて、明け暮れの見ものに思ひきこえたまふめるを、うちとけたまへる御ありさまを、いかでか御覧じつらん」と言ふ。

（源氏物語・手習・⑥三〇八）

アは、兼家退出後の侍女達の発言。兼家は眼前にいないのだからこれを「〜しているだろうか」と理解することはできない。兼家が見たのは発話の直前である。イは、姿を隠した仲忠を探す帝が兼雅と対面している場面。傍線部は仲忠が姿を消した原因を推測するものであり、現在進行中の動作ではあり得ない。ウも同様で、中将は現在少将の尼と対面しているのだから、浮舟を目の前にしての場面ではない。中将自身も「つ」で表現しているように（傍点部）、この「いかでか御覧じつらん」は、発話直前の行為を指していることが明らかである。

（12）大野晋「柿本人麿訓詁断片（四）」（『国語と国文学』一九四九年十月）山口佳紀「ナリ型形容動詞の成立」（『古代日本語文法の成立の研究』有精堂一九八五年）参照。なお、西郷信綱『古事記注釈』（第二巻、平凡社一九七六年）や塩谷香織「ささの葉はみ山もさやに乱るとも」（『萬葉集研究』第十二集、塙書房一九八四年）には単独の「さやに」と当該「さやに」とでは語源すら異なるとの理解が示されている。

（13）「さやに」を表すのに「清」の文字が用いられているのも、「「さやに」は「さやさやと」という竹葉のそよぐ擬音。この音の印象から派生する「清く明るい」共感覚的視覚印象を、原文では「清」の文字をもって記してある」（新大系）

ということではなく、鉄野昌弘「人麻呂における視覚と聴覚—「み山もさやに」をめぐって—」（『萬葉集研究』第十七集、塙書房一九八九年）が説くような、笹の葉のざわめきの明瞭さを示すものと考えておく。

（14）土橋寛「国見的望郷歌とその展開」（『古代儀礼と歌謡の研究』岩波書店一九六五年）など参照。

（15）注（8）橋本論文。

（16）川島二郎「敷栲の衣の袖は通りて濡れぬ」（『山辺道』一九八八年三月）参照。

（17）注（9）身﨑論文参照。

（18）注（5）神野志論文。

（19）塩谷香織「石見相聞歌の構成—別れの拒絶とその受容—」（『五味智英先生追悼上代文学論叢』笠間書院一九八四年）。

（20）注（9）身﨑論文及び神野志隆光「石見相聞歌」（『セミナー万葉の歌人と作品』第二巻、和泉書院一九九九年）。

（21）神野志隆光「行路死人歌の周辺」（注（5）書）など参照。

第四章　『古事記』における男と女
――いろごのみ再考――

一　ホヲリとトヨタマビメをめぐって

海神の娘であるトヨタマビメは、ホヲリの子を出産するに際して決して覗き見しないようにと頼んでいたが、ホヲリはその言葉に従わず彼女の出産場面を垣間見してしまう。そのことを知ったトヨタマビメは、自身の姿が見られたことを非常に恥ずかしく思い、産んだ子供を残して自国へと帰ってしまうことになる。よく知られたホヲリとトヨタマビメの離別の件《くだり》だが、『古事記』は右に続けて次のように記す。

然くして後は、其の伺ひし情を恨むれども、恋ふる心に忍へずして、其の御子を治養《ひた》す縁に因りて、其の弟玉依毘売に附けて、歌を献りき。其の歌に曰はく、

赤玉は緒さへ光れど白玉の君が装《よそひ》し貴くありけり

爾くして、其のひこぢ、答ふる歌に曰はく、

沖つ鳥鴨著く島に我が率寝し妹は忘れじ世の悉に

約束を破ってホヲリが覗き見したことを恨みはするけれども、しかしホヲリへの恋心を抑えることができず、トヨタマビメは自ら歌を詠み送ってきたというのである。

それに対して『日本書紀』（本文）は、二人の歌を記すことはなく、ヒコホホデミ（ホヲリ）の死を語って早々にこの場面を切り上げてしまう。あるいは、一書（第三）では、二人の歌を記しはするものの、歌の順序は入れ替わり、次のようになっている。

　時に彦火火出見尊、乃ち歌して曰はく、

　　沖つ鳥鴨著く島に我が率寝し妹は忘らじ世の尽も

　とのたまふ。亦云はく、彦火火出見尊、婦人《をみな》を取り、乳母《ちおも》・湯母《ゆおも》と飯嚼《いひかみ》・湯坐《ゆゑ》としたまふ。凡て諸部《もろとものを》備行りて、養《ひだ》し奉る。時に権《かり》に他婦《あたしをみな》を用ゐ、乳を以ちて皇子を養しまつる。此、世に乳母を取り、児を養す縁なりといふ。是の後に豊玉姫、其の児の端正《きらぎら》しきことを聞き、心に甚だ憐び重《をし》み、復《また》帰り養さむと欲すも、義《ことわり》に於《し》て可《よ》からず。故、女弟《いも》玉依姫を遣して、来し養しまつる。時に豊玉姫命、玉依姫に寄せて、報歌《かへしうた》奉りて曰さく、

　　赤玉の光はありと人は言へど君が装し貴くありけり

　とまをす。凡て此の贈答二首、号《なづ》けて挙《あげ》歌と曰ふ。

もちろん、これらのうちのどれが伝承本来の形であったかということに関心があるのではない。まずは個々の物語がどのような論理によって紡ぎ出されているのかを見定めることが重要であると考えるが、そのような視点から眺める時、従来ともすれば低い評価が下されがちであった『日本書紀』一書にもそれなりの論理が認められるのではないか。「而して天孫視其私屛《かきまみ》したまふを知り、深く慙恨《はぢうら》みまつることを懐《いだ》く」とトヨタマビメの心情を記す一書にしてみれば、彼女の方から歌を詠み送るという展開はあり得ない事柄なのであろう。トヨタマビメ

は自らの意志で本国に帰ったのであって、その段階でヒコホホデミに対する思いはある程度清算されているという理解なのだと思われる。この点、「初め豊玉姫別《わか》去るる時に、恨言《うらみごと》既に切《ひたぶる》なり。故、火折尊、其の復《また》会ふべからざることを知ろしめし、乃ち歌を贈りたまふこと有り」と記す一書（第四）はより明快だが、この一書（第三）でもトヨタマビメがヒコホホデミのところに引き返したいと思うのは、容姿端麗と伝え聞いた我が子への思いからなのであった。青木周平氏はトヨタマビメ歌中の「君」を諸注ヒコホホデミのことと解する現状に対して、散文部分との連続性を重視して「君」をウガヤフキアヘズのこととし、御子讃美の論理をここに読みとるべきだとする[1]。『古事記』を念頭に置くことなく、右の一書のみを読めば、確かに青木氏の言うような論理を推定することは可能であろう。少なくとも、トヨタマビメの心中をウガヤフキアヘズへの思いが占めていることは疑い得なく、それを媒介にしてこそこの歌は詠み出されているのである。言い換えれば、歌を詠み送ってきたヒコホホデミへの思いではなく我が子への愛着が、この場面での物語展開を担っているということである。

翻って『古事記』では、ホヲリから歌を詠み送ることはなく、トヨタマビメの「恋心」が前面に出てくることになる。しかし、それが伝承として自然であるかどうかは分からない。『古事記』においてホヲリから歌を詠まないのは、ホヲリが出産場面を垣間見した際に「是に、其の言を奇《あや》しと思ひて、窃《ひそ》かに其の方《まさ》に産まむとするを伺へば、八尋《やひろ》わにと化《な》りて、匍匐《はらば》ひ委蛇《もごよ》ひき。即ち見驚き畏みて、遁《に》げ退《そ》きき」とあったことと関係する（『日本書紀』には該当箇所無し）。黄泉国で蛆や雷のまとわりついたイザナミの姿を見たイザナキや、垂仁記において肥長比売の正体（蛇）を覗き見したホムチワケのその後の行動が、それぞれ「是に、伊耶那岐命、見畏みて逃げ還る時に」「即ち、見畏みて遁逃《に》げき」と記されているように、『古事記』においては、醜悪な者やこの世ならざる者の姿に接した場合、それを見た男の気持ちは一瞬にして萎えてしまうというのが、ほぼ一貫した認識なのである。それゆえ『古事記』にとっては、八尋わにとなったトヨタマビメの姿を見てしまったホヲリがそれでもなお彼女への愛情を失わずにいたとする展開の方が、許容し難いものであったと推察される。ここに、恨みの情を抱きながらもホヲリへの歌を詠もうとするトヨタマビメの「恋心」が、物語展開の原動力として注目されることになったのであろう。やや単純化して言えば、トヨタマビメの出産場面をホヲリが覗き見したという出来事に対して、覗き見されたトヨタマビメの心情に配慮して文脈を構成しているのが『日本書紀』、逆に覗き見したホヲリの心情に配慮して文脈を構成しているのが『古事記』ということになる。

しかし、そのようにして浮上してきた「恋心」は、決してこの場限りの一回的なものではなかった。理由はどうあれ、結果として『古事記』は、離別せざるを得ない男女の、それでもなお思いを断ち切り難い心のあり方に目を向けているのであり、それはそれで男女関係を捉える際の『古事記』における一つの重要な視点なのであった。

そのことを「恋」の用例から確かめておこう。『古事記』散文部におけるこの語の用例は、右以外に三例。

A是に、天皇、其の黒日売に恋ひて、大后を欺きて曰はく、「淡道島を見むと欲ふ」といひて、幸行《いでま》しし時に、淡道島に坐《いま》して、遙かに望みて、歌ひて曰はく、

押し照るや　難波の崎よ　出で立ちて　我が国見れば　淡島　淤能碁呂《おのごろ》島　檳榔《あぢまさ》の　島も見ゆ　離《さけ》つ島
見ゆ　（仁徳記）

B天皇、八田若郎女に恋ひて、御歌を賜ひ遣りき。其の歌に曰はく、

八田の　一本菅《ひともとすげ》は　子持たず　立ちか荒れなむ　惜《あた》ら菅《すが》原　言をこそ　菅原と言はめ　惜ら清《すが》し女　（仁徳記）

C故、後に亦、恋ひ慕ふに堪へずして、追ひ往きし時に、歌ひて曰はく、

君が往き日長くなりぬ造木《やまたづ》の迎へを行かむ待つには待たじ　（允恭記）

いずれも下巻だが、AとBはイハノヒメの嫉妬のために宮中にいられなくなった黒比売・八田若郎女に対する仁徳の心情、Cは伊予に流された軽太子を追っていこうとする時の軽大郎女の心情である。前掲したトヨタマビメの場合も含めて、すべて恋する相手と何らかの事情で一緒にいられないという状況の下、それでもなお相手を求めて行動を起こす文脈に用いられているという点で一致する。『日本書紀』での用例（全六例）が

・越人《こし》答へて曰さく、「天皇、父王に恋ひたまひて、養《か》ひ狎《なつ》けむとしたまふ。故、貢る」とまをす。（仲哀紀元年閏十一月）

・対へて曰さく、「近日《このごろ》妾、父母に恋ふる情有り。便ち西を望むに因りて、自《おの》づからに歎かれぬ。冀《ねが》はくは、暫く還りて親を省《とぶら》ふこと得む」とまをす。（応神紀二十二年三月）

と父母に対して用いられていたり、

・是夕、衣通郎姫《そとほしのいらつめ》、天皇を恋ひたてまつりて独り居り。其の天皇の臨《いでま》せることを知らずして、歌して曰く、

我が背子が来べき夕なりささがねの蜘蛛の行ひ今夕著しも

といふ。（允恭紀八年二月）

とより内省的な心情として用いられていたりしているのに比べて、極めて限定的な用いられ方をしていると把握することができよう。

改めて言い直せば、『古事記』は、やむなく離別しなければならない男女が、それでもなお断ち難い心情を抱いていることを熟知しているのであり、理屈では割り切れない感情がそこに働くことを的確に見抜いている作品なのである。特にCは、密通発覚後の展開を「太子は是儲君《まうけのきみ》為り、罪なふこと得ず。則ち軽大娘皇女を伊予に流す」と記す『日本書紀』には見られようのない展開であり、先のトヨタマビメの場合と同様に、『古事記』らしい物語展開のあり方がうかがわれる場面である。

そして、このような『古事記』の姿勢は、次のような場面にも認められるのではないか。垂仁記に載るサホビコ・サホビメの反乱物語において、垂仁は自身の殺害を企てたサホビコを討とうと兵を差し向けるが、彼のもとに走ったサホビメに対しては依然として愛情を持ち続けており、彼女が身重なこともあって攻撃を躊躇していた。そして、「其の兄《せ》を怨むれども、猶其の后を愛《うつく》しぶるに忍ふること得《た》ず」と述べ、なんとかしてサホビメを奪い返そうと計画するのであった。それに対して垂仁紀では、立て籠もるサホビコに向かって「急《すみやけ》く皇后と皇子とを出でませ」と言いはするものの、垂仁記のような奪還計画が立てられることはなく、返還がかなわないと分かると比較的容易に火がかけられてしまう。両者を比較した場合、サホビメに対する垂仁の愛情の描き方には大きな差があると言わねばなるまい。

これは、サホビメの心情を前面に出して記そうとする『日本書紀』と逆に垂仁の心情を前面に出そうとする『古事記』の差なのでもあるが[2]、右の垂仁の言葉（「雖レ怨二其兄一、猶不レ得レ忍レ愛二其后一」）が、前引したトヨタマビメの「其の伺ひし情を恨むれども、恋ふる心に忍へず（雖レ恨二其伺情一、不レ忍二恋心一）」と類似の構文を持つことに注意すれば[3]、ここで『古事記』が描き出している垂仁の心情とは、トヨタマビメのそれと同質のものであったと把握してよいのであろう。扱う出来事は同じでもそれをどういう視点から記述するのかという点に関して両書は違いを見せているが、ここでも『古事記』は、サホビメとの離別を受け入れ難いとする垂仁の心情により即した形で、文脈を構成しているということになる。

二　「いろごのみ」と『古事記』

前節では、『古事記』に特徴的な現象として、離別を拒もうとする心のあり方を注視する傾向が強いことを指摘したが、このような視点に立つ時、問題視されてくるのが折口信夫氏によって提唱された「いろごのみ」という考え方を用いて『古事記』の男女関係を捉える見方である。知られるように、折口氏は古代の美徳として「いろごのみ」を捉えて次のように述べた(4)。

・我々の祖先の持つた宮廷観、我々の祖先が尊い人に持つてをつた考へ方が、特殊な点を捉へて言ふと―色好みといふ形で考へられてをつた。其人はどんな女性を選ぶことも出来る。どんな宗教力を持つた強い女性も靡かすことが出来る。どんな美しい、どんな才能に長けた女性も、自分の愛人とすることが出来る。さういふ愛人を沢山持つ程、自分の国が富み栄えると考へてゐた。（「源氏物語における男女両主人公」）

・源氏などに書いてゐる色好みは、大貴族だけの生活の標準で、もつと押し詰めて行けば、宮廷ばかりにあてまはる生活の姿であつた。宮廷の主だけが、あゝ言ふ生活をする筈のもので、それが不都合でないばかりか、むしろ正しくさへある。かう言ふ躊躇の多い物言ひによつてゞはなく、むしろ積極的に、さう言ふ人は、色好みの生活をしなくてはならぬとすら考へてゐたものと思はれる。多くの女性に逢ひ、多くの女性を抱擁し、多くの女性を幸福にし、広い家庭を構へ、多くの児孫を持つと言ふ事が、古代の人としては、何の欠陥もない筈であつた。（「国文学」）

皇室への憚りから解放された第二次世界大戦後に本格的に説かれることになった「いろごのみ」だが、私にまとめれば、それは多くの女性達を魅惑しかつ彼女達との破綻のない関係を維持していくこと、ということになろうか。

本章は、このような「いろごのみ」の概念それじたいに異を唱えようというのではない。日本の古代社会に「いろごのみ」という美徳が存したか否かについては判断を保留したいが、右のような「いろごのみ」という視点を導入することで作品の論理がより鮮やかに浮かび上がってくるという一面は確かにあろう。それはそれとしてよい。問題なのは、そのような概念が『古事記』という作品の理解にとって、どの程度有効なのかという点である。

具体的に述べよう。折口氏は、「いろごのみ」の徳が古くから存在した例として、大国主や仁徳天皇を挙げる。

・その融通自在な色好みの道は、女房日記の中の歌物語が教へてゐた。大国主命や仁徳天皇の話を見ると、男女関係の取り裁き方が語られてゐる。（「歌謡を中心とした王朝の文学」）

・我々の国には、色好みの神があり、色好みの帝があり、そしてそれが皆人間の手本とも言ふべき生活をしてゐるものと認められてゐた。大国主もさうであり、人間世界では高津の天皇（＝仁徳天皇―吉田注）が、最もその規範でゐられる。（「国文学」）

この二人以外にも、ヤマトタケルや雄略が「いろごのみ」とされることはあるが、主に念頭に置かれていたのは先の二人と認めてよいだろう。それは、折口氏が「いろごのみ」を本格的に説き始める以前、一九二二年に発表された「萬葉びとの生活」において「多くの女の愛情を、身一つに納める一面には、必、後妻《ウハナリ》嫉みが伴うてゐる。萬葉人の理想の生活には、此意味から、女の嫉妬をうける事を条件とした様に見える」として、次のように述べていたことに由来すると考えられるからである。(5)

きびのくろひめ・やたのわきいらつめに心を傾けた仁徳天皇は、いはのひめに同棲を遁めるのに、夫としての善良さを、尽く現された。凡ての点に於て、人の世に生まれ出たおほくにぬしとも言へる程の似よりを、此天皇はおほくにぬしに持つて居られる。（傍線原文）

つまり、多くの女性を愛するあまり嫉妬されたという点で両者は共通しているのであり、その嫉妬に適切に対応したことを折口氏は高く評価しているのである。それが、先引箇所での「大国主命や仁徳天皇の話を見ると、男女関係の取り裁き方が語られてゐる」という言い方に繋がっていくのだと推察される。

しかし、大国主や仁徳の対応を、『古事記』は手放しで賞賛しているのだろうか。確かに、彼らがスセリビメやイハノヒメの嫉妬を和めたというのは事実として認められてよい。特に仁徳の場合は、類似の事柄を記す『日本書紀』が結局イハノヒメの嫉妬を和めることは出来なかったと読めるところからすれば(6)、大きな相違として無視し得ない重みを持つと言わねばなるまい。しかし、そのことは彼らが「多くの女性を幸福にし」たということを意味しない。

D故、其の八上比売は、先の期《ちぎり》の如くみとあたはしつ。故、其の八上比売は、率て来つれども、其の適妻須世理毘売を畏みて、其の生める子をば木の俣に刺し挟みて返りき。（上巻）

E其の大后石之日売命は、嫉妬すること甚多し。故、天皇の使へる妾は、宮の中を臨むこと得ず。（仁徳記）

右に明らかなように、スセリビメやイハノヒメの嫉妬のために離別を余儀なくされた女性は、確かに存在したのである。そして、『古事記』がそのような人々の内面に寄り添おうとする傾向の強い作品であることは、前節に見た通りである。とすれば、この事実を無視して、彼らを女性関係を破綻なく保った「いろごのみ」としてのみ把握することは、『古事記』が男女関係に向ける眼差しのある重要な一面を見落としてしまうことになるのではないか。もちろん、大国主や仁徳がスセリビメやイハノヒメの嫉妬を和めた行為じたいは、非難されるべきような事柄ではない。しかし、『古事記』がそのことを根拠にして彼らの女性関係を理想的で問題のないものと見なしていたとまでは言えまい。彼らを捉える『古事記』の視線は、それほど単純ではないのである。

ここに注目すべきは、仁徳の求婚を拒む際の「大后の強きに因りて、八田若郎女を治め賜はず。故、仕へ奉らじと思ふ」という女鳥王の発言であると考える。この場合の「治《をさむ》」は垂仁記での「若し此の御子を、天皇の御子と思ほし看さば、治め賜ふべし」と同様の用いられ方であり、「然るべくととのえ、なおす。物事をあるべき位置、もとの位置におちつかせるようにはからう」（時代別）という意であると思われる。とすれば、この発言は仁徳が八田若郎女をあるべき状態に保ち得なかったことを指摘していることになり、仁徳の女性関係の破綻を、ある意味では、衝いていることにもなろう。しかも、『日本書紀』とは異なり『古事記』では女鳥王が反乱の主導的な役割を担うのだが、それがこの発言に由因することから推せば、『古事記』は仁徳の女性関係にこそ反乱の原因があると把握していたということにもなる。

このような発言を『古事記』が記す意味は、決して小さくあるまい。かつて吉井巖氏は、

女鳥王はみずから反逆を企て、当然の結果として罰され殺されるのであるが、それはすべて、天皇がイハノヒメの嫉妬によって姉・八田若郎女を妻の座に据えなかったという不満に出発しているのである。この女鳥王の造形は、天皇とイハノヒメが和解しその子孫が栄えることを予祝した、本来のイハノヒメ物語の形に沿って語ってきた先の古事記の調子とは全く異質であるというべきであろう。

と指摘したが(7)、正鵠を射た理解であると考える。しかしその異質さを成立時期の問題として捉えるのは生産的ではあるまい。仁徳記における、仁徳と黒日売・八田若郎女・女鳥王の物語は前掲Eによって貫かれているのであり、それぞれの由来がどうであれ、それらを全て含んだところで『古事記』は仁徳の女性関係を記しているからである。

むしろ、『古事記』の複眼的視点として、その異質さを把握することが必要なのではないか。逆に言えば、仁徳の振る舞いが決して「いろごのみ」という美質のみで覆い尽くせるものではないことを、『古事記』ははっきりと見据えていたということである。この点で、先の折口説を踏まえて『新編全集』が「皇后を和めた天皇は、八田若郎女との睦みも成り立たせている。多くの女性たちとの和合を破綻なく保つのが大王の徳である」とするのには、なお考える余地があるように思う。八田若郎女との関係は、彼女を宮中に留めておけなかったという意味において、「破綻なく」とは言えまい。むしろ、仁徳と八田若郎女の歌のやりとりは離別が前提なのであり、

「八田の一本菅は　子持たず立ちか荒れなむ」「八田の一本菅は一人居りとも」とそのことを確認しつつ、それでもなお心の連帯を求め確かめ合うところに成り立つものと把握すべきであろう(8)。

それは黒日売との関係についても同様である。「爾くして、天皇、吉備の海部直が女、名は黒日売、其の容姿端正と聞こし看して、喚し上げて使ひき。然れども、其の大后の嫉むを畏みて、本つ国に逃げ下りき」と書き出されているように、話の中心は別れざるを得ない黒日売との関係を仁徳がいかに処遇したかということであり、決してあるべき状態に二人の関係が収まったということではない。ここでも「退き居りとも我忘れめや」などの言葉によって歌を通しての心の連帯が確かめられてはいるのだが、それはあくまでも心理的な次元においてのみ言い得ることであって、実際にはその前提に離別という現実が厳しく存在していたのである。

自分のもとを去らねばならなかった彼女たちとこのような形で心の連帯を保つことは、仁徳のある優れた一面を示してはいよう。しかしそれは次善の策なのであって、仁徳が彼女たちと理想的な関係を築いたということではない。ここには明らかに破綻が存するのであり、その上で歌による心の交流が図られているのである。とすれば、ここに認めるべきは、折口氏が想定した「いろごのみ」の構図ではなく、離別を拒もうとする男女の心に向ける『古事記』の眼差しなのではあるまいか（前掲ABの「恋」の用例もこの見方に整合的である）。そして、この眼差しが事態の裏面を見つめた時、先の女鳥王の言葉がもたらされることになったのだと思われる。先に『古事記』の複眼的視点と述べたのはこの意味であって、『古事記』は仁徳の振る舞いを肯定的あるいは抒情的に記す一方で、それが多くの女性の悲しみを前提とするものであることをも、同時に見据えていたと考えるのである。矢嶋泉氏も

物語の表層の破綻を、歌謡を用いて情の面に於ける融和を語り、物語のとしての整合性を図るのは、『古事記』の物語作りの戦略的手法の一つであり（中略）、近視眼的に「色好み」という面からのみ論じられるべき

問題ではない。聖帝像の定位に関わる措置と捉えるべきことに異存はないが（黒日売、八田若郎女に対する心情面での手当は、聖帝の仁愛として理解することができ、聖帝像として一貫させる働きを担う）、心情面での融和をもって物語の結構にまで和合を認めるのは行き過ぎであろう。

と述べているように、[9] それは「多くの女性に逢ひ、多くの女性を抱擁し、多くの女性を幸福にし、広い家庭を構へ、多くの児孫を持つ」というような文脈で語られているのではなく、まさに仁徳の仁愛という方向で理解されるべきものなのである。

三　雄略と赤猪子

同様のことは、雄略についても指摘できる。皇位継承を巡る争いを中心に書き進められていく下巻にあって、女性との関わりを多く収める仁徳記と雄略記は、天下泰平のあり様を象徴的に記した箇所と考えられるが、[10] その雄略は、即位前から父の敵である目弱王を討ち滅ぼしたりその過程で煮え切らない二人の兄を殺してしまうなど気性の荒い一面を見せていた。また、即位後も各地の女性を半ば強引に自分のものにするなどして、王としての力を遺憾なく発揮しているのであった。その限りで、いかにも「いろごのみ」的な印象を与える人物ではあろう。しかし、雄略は決してそれだけの人物ではなかった。

注目すべきは、赤猪子との関係を語る件である。美和河に遊行していた雄略は、その地で見つけた容姿端麗な女性（赤猪子）に対して、「汝は、夫《を》に嫁《あ》はずあれ。今喚《め》してむ」と命じて宮に帰還してしまう。確かに、これは他の女性たちに対するのと同様の、かなり強引で一方的な応対ではある。しかし、『古事記』はその後日譚を次のように記す。

F故、其の赤猪子、天皇の命を仰ぎ待ちて、既に八十歳を経ぬ。是に、赤猪子が以為はく、「命を望ひつる間に、已に多《あま》たの年を経ぬ。姿体《かたち》、痩せ萎《しな》えて、更に恃《たの》む所無し。然れども、待ちつる情を顕すに非ずは、悒《いぶせ》きに忍へじ」とおもひて、百取《ももとり》の机代《つくへしろ》の物を持たしめて、参ゐ出でて貢献《たてまつ》りき。然れども、天皇、既に先に命《おほせたま》へる事を忘れて、其の赤猪子を問ひて曰ひしく、「汝は、誰が老女《おみな》ぞ。何の由にか参ゐ来つる」といひき。爾《しか》くして、赤猪子が答へて白ししく、「其の年其の月、天皇の命を被《かがふ》りて、大命を仰ぎ待ちて、今日に至るまで、八十歳を経ぬ。今は容貌《かたち》既に耆《お》いて、更に恃む所無し。然れども、己が志を顕し白さむとして参ゐ出でつらくのみ」とまをしき。是に、天皇、大きに驚きて、「吾は、既に先の事を忘れたり。然れども、汝が志を守り、命を待ちて、徒らに盛りの年を過しつること、是甚愛《いとうつく》しく悲し」と、心の裏《うち》に婚はむと欲へども、其の亟《きは》めて老いて、婚《あひ》を成すこと得ぬことを悼《いた》みて、御歌を賜ひき。其の歌に曰はく、

　御諸《みもろ》の厳白檮《いつかし》が下《もと》白檮が下忌々《ゆゆ》しきかも白檮原童女《をとめ》

又、歌ひて曰はく、

　引田《ひけた》の若来栖原《わかくるすばら》若くへに率寝《ゐね》てましもの老いにけるかも

爾くして、赤猪子が泣く涙、悉く其の服《き》たる丹揩《にずり》の袖を湿《ぬら》しき。其の大御歌に答へて、歌ひて曰はく、

　御諸に築くや玉垣つき余し誰にかも依らむ神の宮人

又、歌ひて曰はく、

　日下江《くさかえ》の入江の蓮《はちす》花蓮身の盛り人羨《とも》しきろかも

爾くして、多たの録を其の老女に給ひて、返し遣りき。

宮廷に召し出すとの約束をすっかり忘れてしまった雄略とは対照的に、赤猪子は雄略をいつまでも待ち続けていたが、その間にかつての美貌はすっかり衰え、今では痩せさらばえた老女となってしまっていた。しかし、雄略

はそのような赤猪子を即座に追い返したりはしない。第一節にも記したように、醜悪な者やこの世ならざる者に対しては極めて冷淡な男たちの姿を描く『古事記』にあって、このような雄略の対応はいささか異例であろう。雄略が赤猪子に惹かれたのもその容姿ゆえであろうから、すっかり変わり果てた恋人の姿を見て態度が急変したイザナキやホムチワケ、あるいは

・故、其の父大山津見神に乞ひに遣りし時に、大きに歓喜びて、其の姉石長比売を副へ、百取の机代の物を持たしめて、奉り出だしき。故爾くして、其の姉は、甚凶醜《いとみにく》きに因りて、見畏みて返し送り、唯に其の弟木花之佐久夜毘売のみを留めて、一宿《ひとよ》、婚を為き。（上巻）

・又、其の后の白しし随《まにま》に、美知能宇斯《みちのうし》王の女等、比婆須《ひばす》比売命、次に、弟比売命、次に、歌凝《うたごり》比売命、次に、円野《まとの》比売命、并せて四柱を喚し上げき。然れども、比婆須比売命・弟比売命の二柱を留めて、其の弟王の二柱は、甚凶醜きに因りて、本主《もとつぬし》に返し送りき。（垂仁記）

と記されるニニギや垂仁の場合と同じく、年老いた赤猪子を冷たくあしらったとしても不思議はないのである。しかし当該場面において『古事記』は、赤猪子の外形にではなく、むしろひたすら雄略を待ち続けたその内面に焦点を絞っていく。とすれば、そのことじたいが、やはり問題的であろう。

ここに用いられた「守志」という言葉は、『日本書紀』や『風土記』などには用例がなく『古事記』でも当該箇所にのみ見られる特異なものであるが、参考になるのは、夫の服喪期間が終わった後もなお家に留まろうとする妻をその祖父母及び父母以外の人間（特に夫側の親族）が強制的に再婚させることを禁じた唐の戸婚律三十五条「諸夫喪服除而欲レ守レ志、非二女之祖父母父母一而強二嫁之一者、徒一年」（この条文が大宝律に摂取されていたことはまず間違いがない[11]）や、財産相続を規定した戸令二十三条の「寡妻妾無レ男者、承二夫分一」に対して付された「謂、在二夫家一守レ志者」という文言であると思われる[12]。これらの用例から推せば、この言葉は、「守節」「守義」など

と同様に、貞節を守る女性を形容する際に用いられるものであったことが推察される。とすれば、ここでの雄略とは、あたかも律令国家が「節婦」を顕彰したように、いつまでも雄略の命を守り続けた赤猪子の行為を賞賛し肯定する人物として登場しているということになる。

この点から、さらに注目されるのは、雄略の詠んだ歌の解釈である。「引田の若来栖原若くへに率寝てましもの老いにけるかも」の傍線部について、『新編全集』は

私は老いてしまったなあの意。通説では、赤猪子の年老いたことを歌っていると解する。しかし、「率寝」の主格は我（天皇）であり、「老い」の主格も我と見るのが自然。今結婚が成り立たない現実に対して、天皇自身の老いをいうことで、赤猪子は救われることになる。

と述べるが、確かに、第四句に「ましもの」を持つ歌を調べると次の通りであり、

多遅比野《たぢひの》に寝むと知りせば立薦《たつごも》も持ちて来ましもの寝むと知りせば　（履中記・七五）
かくばかり恋ひつつあらずは石木にも成らましものを物思はずして　（万葉・4・七二二・大伴家持）
白波の来寄する島の荒礒にもあらましものを恋ひつつあらずは　（万葉・11・二七三三）
なかなかに人とあらずは桑子にもならましものを玉の緒ばかり　（万葉・12・三〇八六）
寸《き》戸《へ》人《ひと》の斑衾《まだらぶすま》に綿さはだ入りなましもの妹が小床に　（万葉・14・三三五四）
人よりは妹そも悪しき恋もなくあらましものを思はしめつつ　（万葉・15・三七三七・中臣宅守）

雄略自身の老いと解する余地は十分にある。従来もこの点には注意が払われていたようだが、「ここは物語に即せば、赤猪子の年老いたことをいっているのであるが、物語を離れれば、自身の老いの嘆きである」（山路評釈）「物語歌としては、（女）は年をとってしまって（どうしようもならないなあ。）となるが、独立歌としては自分（男）が若い時分に共寝をしてゐたらよかつたのに、もうすつかり年をとつてしまつたことだの意とも解せられる」

（倉野全評釈）と施注されているように、物語内容から赤猪子の老いと判断されてきたらしい。しかし、赤猪子に対して「是甚愛しく悲し」との感情を抱いている雄略が、お前がもっと若い時に共寝をしておけばよかった、こんなに年老いてしまってはもうどうしようもない、とうたうのは、少し思いやりに欠けるのではないか。

雄略は前歌で赤猪子のことを神聖な「白檮原童女《かしはらをとめ》」と表現しているが、それが眼前の赤猪子と一致しないのは言うまでもない。また、ヲトメという語も「成年に達した若い女子。未婚の娘。若い盛りの女」（時代別）などと説明される言葉であり、年老いた赤猪子の形容としてはやや不自然さが残る。これを所伝と歌謡のずれという方向ではなく、雄略記の展開に即して説明するとすれば、赤猪子に対する雄略の思いやりと解するのが適当であろう。つまり、「心の裏に婚はむと欲へども、其の亟めて老いて、婚を成すこと得ぬことを悼みて」云々とあるように、赤猪子の老いが原因で二人は結婚できないのだが、歌としては、あたかも赤猪子が神聖な巫女のごとき存在であるかのように取りなして、それゆえに結婚できないと告げていると考えるのである。

とすれば、それに続く当該歌においても、赤猪子の老いについては口を噤んでいると理解すべきであろう。それは、「天皇は赤猪子が神聖で近寄りがたいために結婚できないこと、若い時に共寝せずに過したことの悔恨と、今は自分が老いて求婚できないことの残念さを歌う」（新編全集）ということであり、前掲『新編全集』の「天皇自身の老いをいうことで、赤猪子は救われることになる」という理解が正鵠を射ていると思われる。

つまり、この場面での雄略は、赤猪子に対して十分な思いやりを持って接しているのであり、叶わぬ思いを抱えて生きてきた彼女を優しく包み込むような人物として振る舞っているのである。これもまた、雄略の仁愛なのではないか。

四　『古事記』の男女観

『古事記』に描き出される男女関係は、決して「いろごのみ」という概念のみで説明できるものではない。この概念の背後にあるのは、各地の巫女との結婚を通してその土地を支配下に治めていくという、言わば支配・従属の構造だが、『古事記』における全ての男女関係が、その構造に合致するわけではないのである。特に、右に取り上げた仁徳や雄略の女性関係のような、二人の関係がやがては途絶えてしまうようなものについてまで、この概念をうまく適応させることは難しいように思う。男女の結び付きを心理的な次元の問題として捉え返し、二人の間に共感関係が成り立つことをもってその困難さを回避するのも一つの立場ではあろうが、「いろごのみ」という概念から離れて、改めて『古事記』の男女関係を読み直してみることもまた必要な作業であろう。

『古事記』という作品には、男女の離別を拒もうとする発想、言い換えれば、一対の男女の結び付きをより強固なものとして捉えようとする姿勢が強く、そのために、離別せざるを得ない男女の苦しみや悲しみに寄り添おうとする傾向が顕著である。[13]それが、彼らの心理的な次元での結び付きを抒情的に描き出そうとする姿勢へと繋がっていったのではないか。仁愛に満ちた仁徳や雄略の対応は、男女の結び付きを通して支配・従属の関係を示すという「いろごのみ」的な英雄像ではなく、去り行く女性の悲しみを癒し離別の苦しみを和らげようとする『古事記』の男女観に依拠したものであったように思われるのである。

（1）青木周平「神代紀一書と歌」（『古代文学の歌と説話』若草書房二〇〇〇年）。
（2）青木周平「垂仁記・沙本毗賣物語における会話文の性格」（『古事記研究』おうふう一九九四年）参照。

（3）中西進『大和の大王たち』（古事記をよむ3、角川書店一九八六年）、深沢忠孝「佐保毘古王の反逆」（『古事記』早稲田大学出版部一九七七年）など参照。
（4）引用は『折口信夫全集』（中公文庫）に拠るが、旧字体を新字体に改めるなどの変更を加えた。
（5）西村亨「いろごのみ」（『折口信夫事典』大修館書店一九八八年）は、「いろごのみはかつて折口が名辞『万葉びと』として捉えた日本古代生活の理想であり、道徳指標であるものに、晩年において命名を持ち得たと言ってよいであろう」と述べる。
（6）吉井巌「石之日売皇后の物語」（『天皇の系譜と神話　二』塙書房一九七六年）参照。
（7）注（6）に同じ。
（8）以下の考察については、矢嶋泉「仁徳系譜の始発―『古事記』下巻系譜論序説―」（『古事記年報』一九九六年一月）参照。
（9）注（8）に同じ。
（10）吉井巌「古事記」（『日本文学全史　上代』学燈社一九七八年）、神野志隆光「「天下」の歴史―中・下巻をめぐって―」（『古事記の世界観』吉川弘文館一九八六年）参照。
（11）利光三津夫『律令とその周辺』（慶應大学法学研究会一九六七年）参照。
（12）時代は下るが、「節婦」について記した『続日本紀』神護景雲二年（七六八）六月二十三日条にも

信濃国伊那郡人他田舎人千世売、少有二才色一、家世豊贍。年廿有五喪レ夫、守レ志寡居五十餘年。哀二其守節一、賜二爵二級一。

とある。
（13）これは、理性と感情の鬩ぎ合いという構図において、感情を恋心として見出しそれに同情的な眼差しを注いでいるということでもある。そこに七世紀的なあり方を認めたいと思うが、しかし八世紀の恋愛文学史はそのような恋心を抱えたまま内省化していく方向に展開することになる。

第五章　『萬葉集』における「人妻」の位相

一　人妻ゆゑに

『萬葉集』において、「人妻」はどのような言葉としてあるのか。また、そこからどのような文学史が見えてくるのか。集中にこの語は十四例を数えるが（「人妻児ろ」二例を含み、夫を意味する一例を除く）、本章は、これまでにも取り上げられてきた「人妻ゆゑに」という表現について分析するところから、この問題を考えていきたいと思う。

集中「人妻ゆゑに」は四例認められるが、これらはおおむね逆接の意で訳されることが多かった。よく知られた大海人皇子の「紫草のにほへる妹を憎くあらば人妻故に我恋ひめやも」（1・二一）を例に取れば、比較的近年の注釈書においても、その現代語訳は次のようになっている。

・新編全集（一九九四年）

紫草《むらさき》のようににおうあなたを憎いと思ったら人妻と知りながら恋しく思いましょうか

・伊藤釈注（一九九五年）

紫草のように色あでやかな妹《いも》よ、そなたが、好きでなかったら、人妻と知りながら、私はどうしてそなたに心惹《ひ》かれたりしようか。

・新大系（一九九九年）

紫草のように美しいあなたを憎いと思ったら、人妻であるのに、私はかくも恋しく思うだろうか。

しかし、『和歌文学大系』（一九九七年）では訳こそないものの「人妻が原因で。ユヱニは、原因や理由を示す」と施注されているし、(1)阿蘇瑞枝『萬葉集全歌講義』（二〇〇六年）や多田一臣『万葉集全解』（二〇〇九年）では、それぞれ「「ゆゑ」は原因・理由を表す形式体言。ニは格助詞」「「ゆゑに」は順接」として

紫草のように美しいあなたが、もし憎いのだったら、人妻であるあなたに恋したりしようか。

紫草のように美しいあなたが憎かったなら、人妻ゆえに心引かれるあなたを、どうして恋い慕うことがあろう。

との現代語訳が付されている。もちろん、従来の注釈書においても「ゆゑに」が原因・理由を表す語であることが等閑視されていたわけではない。しかし、『新編全集』が「ユヱは原因・理由を表すが、「人妻故に我恋ひぬべし」（一九九九）などのように逆接と解した方がよい場合もある。ここもその一例」と説き、『伊藤釈注』が「人妻であるあなたゆえに、の意。「人妻」に手を出すことは固く禁じられていた。「ゆゑ」は原因・理由を表わす。「に」をそえる時、～なのにという逆接の意を示すことが多い」と述べているように、結果として逆接の意に機能すると判断されてきたのである。

はたして、本来原因・理由を表すはずのこの語が逆接に働くという事態は、いかにして起こり得るのか。実は、「～ゆゑ（に）」が逆接の意味合いを帯びるのは、原則として「修飾句＋体言ゆゑ（に）」という形式に限られるのだが、(2)この形式に属する体言はおおむね次の四種に分類することが可能である。(3)

ア人妻・人の児…二一、一二二、一九九九、二三六五、二三六七、二四八六、三〇一七、三〇九三など
イ逢はぬ児…三七二、一九三六、二三九五、二四二九、二五三四、二七〇五、二七三〇、三五二九、三五五五
　など
ウ一目見し人…五九九、二三一一、二五六五、三〇〇三、三〇七五など
エ去なむ児・去にし児…一七七二、二三九四、三〇八五、三一八〇など

そして、問題のア以外の形式について見ると、これらは

イ相思はずあるらむ児故玉の緒の長き春日《はるひ》を思ひ暮らさく　（10・一九三六）
　相思はぬ人の故にかあらたまの年の緒長く我が恋ひ居らむ　（11・二五三四）
ウ朝霧の凡《おほ》に相見し人故に命死ぬべく恋ひ渡るかも　（4・五九九・笠女郎）
　花細《はなぐは》し葦垣越しにただ一目相見し児故千度《ちたび》嘆きつ　（11・二五六五）
エ後れ居て我はや恋ひむ印南野の秋萩見つつ去なむ児故に　（9・一七七二・阿倍大夫）
　うらもなく去にし君故朝な朝なもとなぞ恋ふる逢ふとはなけど　（12・三一八〇）

と、イは片思いにおける、ウは一目惚れにおける、エは離別における恋情を詠んだものとなっている。これらの形式において「ゆゑ（に）」が受ける体言は、それぞれの詠み手が恋情を抱くきっかけとなった人物であり、なればこそ原因・理由を示すこの語が用いられているのであろう。しかし、その恋は、いずれも容易に叶え難いものばかりである。具体的に言えば、相思相愛ではないのだから・ただ一目見ただけなのだから・相手は去ってしまうのだから、恋などしたところでどうにもならない状況に詠み手は置かれている。しかし、にもかかわらず恋情を抱いてしまった、というのがこれらの歌の意図するところなのであろう。とすれば、これらの形式が逆接の気息を帯びるのは、右に述べたような状況ゆえということになる。そして、その状況を説明するのが連体修飾句

なのである。つまり、「〜体言ゆゑ（に）＋恋ふ」という形式は、恋することの理不尽さを詠もうとした当時の人々が自ずと選び取った表現であったと推定されるのである（もっとも、理不尽さの度合いまでが均一だということではなく、ウの形式は比較的その度合いが弱いと感じられる。また、この形式を持ってはいても「大船の思ひ頼める君故に尽くす心は惜しけくもなし」（13・三二五一）などが逆接の気息を帯びないのは、連体修飾句の働きが異なるためだと考えられる）。

ならば、アも同種のものとして理解すべきではないか。

大船の泊つる泊まりのたゆたひに物思ひ痩せぬ人の児故に　（2・一二二・弓削皇子）
千沼《ちぬ》の海の浜辺の小松根深めて我恋ひ渡る人の児故に　（11・二四八六・人麻呂歌集）

などと詠まれる、この形式における理不尽さは、「験《しるし》なき恋をもするか夕されば人の手まきて寝らむ児故に」（11・二五九九）が示すように、相手が自分以外の男性と恋人関係にある（ないし他人の管轄下にある）点に由来するのだと思われる。既に他人の妻となっているのだから恋心を抱いたところでどうしようもない、にもかかわらず自分の気持ちを抑えることが出来ない、そういう思いを表現するのがアの形式なのである。早く『澤瀉注釋』が前掲二一番歌について

「ゆゑに」はやはり本來の「ゆゑに」であり、「のために」なのである。「人妻ゆゑに」もまた同様である。「人妻なるものを」の反省が作者にないわけではない。しかしそれは表現の彼方のものである。歌語の解釋は作者の言葉（表現）の解釋であるべきもので、餘情の解說を歌語の「譯」としてはいけない。

と述べているのが、やはり正鵠を射ていよう。

以上、「ゆゑ（に）」を用いる歌の一つの類型として、恋の理不尽さを詠む場合があることを指摘し、そこに原因・理由を表すこの語が逆接的な気息を帯びる原因を求めたのだが、右の点を確認した上で、なお「人妻」の問題にこだわりたい。

いったい、恋の理不尽さを詠む「〜体言ゆゑ（に）＋恋ふ」というこの形式は、相手の女性を叙述した部分と自分自身の恋情を叙述した部分を組み合わせた形で構成されるのが一般的である。前掲した歌で言えば、二五六五番歌が前者に四句を、一二二番歌と二四八六番歌が後者に四句を費やした例であり、それ以外は二句と三句を充ててほぼ均等に案配されている。もちろん、一目惚れを詠むウの形式が前者に力点を置く方向に傾きやすいというような傾向はあるが、歌の構造が基本的に右のようになるのは異とするに足りまい。

しかし、「人妻」を用いる場合には、この原則から外れることが多い。今、アに分類される例を既出歌を含めて列挙すると、次の通りになる。

紫草のにほへる妹を憎くあらば人妻故に我恋ひめやも　（1・二一・大海人皇子）
大船の泊つる泊まりのたゆたひに物思ひ痩せぬ人の児故に　（2・一二二・弓削皇子）
赤らひく色ぐはし児をしば見れば人妻故に我恋ひぬべし　（10・一九九九・人麻呂歌集）
うちひさす宮道に逢ひし人妻故に　玉の緒の思ひ乱れて寝る夜しそ多き　（11・二三六五・古歌集）
海原の路に乗りてや我が恋ひ居らむ　大船のゆたにあるらむ人の児故に　（11・二三六七・古歌集）
千沼の海の浜辺の小松根深めて我恋ひ渡る人の児故に　（11・二四八六・人麻呂歌集）
験なき恋をもするか夕されば人の手まきて寝らむ児故に　（11・二五九九）
あしひきの山川水の音に出でず人の児故に恋ひ渡るかも　（12・三〇一七）
篠《しの》の上に来居て鳴く鳥目を安み人妻故に我恋ひにけり　（12・三〇九三）

問題を見やすくするために、相手の女性の叙述部分に傍線を、自身の恋情の叙述部分に波線を付したが、同種の言葉と思われる「人妻」「人の児」でありながら、「人の児」を用いた歌が、旋頭歌である二三六七番歌以外すべて自身の恋情を詠むのに四句を費やしているのに対して、「人妻」を用いた歌は、これも旋頭歌である二三六五番歌を除いてすべて相手の女性でも自身の恋情でもない第三の要素（原因理由句）に三句を費やしているのである。はたしてこれは偶然であろうか。

歌作りという観点から捉えれば、「人妻」「人の児」という言葉じたいが相手の女性が既に他人と恋愛関係にあることを示しているのだから、これ以上の言葉をここに使う必要はないことになる。それが必要になるのは、五七七＋五七七と二分されやすい旋頭歌という特殊な歌体を用いる場合か、二五九九番歌のように「人妻」等の語を用いずに相手の女性を叙述する場合のみであろう。それゆえ、「人の児」を用いる一二二番歌以下の歌が自身の恋情叙述に残りの四句を費やしているのは、自然な成り行きだと推察される。逆に言えば、「人妻」を用いた二一番歌以下の三首は、歌の作り方としてやや異質なのである。

また、そこに取り込まれた内容それじたいにも不自然さが拭えない。前述のように、「〜体言ゆゑ（に）＋恋ふ」という形式は、「ゆゑ（に）」が受ける体言（女性）が原因で詠み手が恋情を抱くという内容を詠むものであった。とすれば、この形式に原因理由句は本来不要のはずである（二一番歌の「紫草のにほへる妹を憎くあらば」は仮定条件句だが、結句の反語に注意すれば、実質的には「紫草のにほへる妹を憎くあらざれば…恋ふ」という形の原因理由句である）。にもかかわらず、三句を費やしてまで何故恋する理由が述べられねばならなかったのか。次節では、この問題についてさらに考えていくことにしたい。

二　人妻と禁忌性

何故「人妻ゆゑに」と詠む場合に限って、歌の基本構造を逸脱するのか。その理由の一つとして、アの場合は他の形式に比べて原因理由としての位置付けが弱まりやすいということが考えられる。つまり、イウエは相思相愛でない・一目惚れ・去るということじたいの中に恋情を掻き立てる原因があると考えられるため、「相思はずあるらむ児」「朝霧の凡に相見し人」という恋愛対象の規定そのものが同時に恋心を抱かざるを得ない状況の明示的説明にもなっているのに対し、アの場合は、「人妻」「人の児」という言葉そのものの中に理由が内包されているため、語じたいとしては対象としての側面が意識されやすいということである。たとえば、「人妻ゆゑに」の句を持つ四首の中で唯一連体修飾句を伴っている二三六五番歌にしても、その「うちひさす宮道に逢ひし」の部分が人妻の特性を説明したものだとは考えにくい。むしろこれは、「道に逢ひて笑まししからに降る雪の消なば消ぬがに恋ふと言ふ我妹」（4・六二四・聖武天皇）「玉桙の道に行き逢ひて外目にも見れば良き児を何時とか待たむ」（12・二九四六）などと同じく、道で出会ったという点に原因を求めた表現であると思われる。とすれば、この場合も、人妻という対象それじたいとは別に、恋情の原因が示されているということになる。このように、この形式は他の場合に比べて、別の原因を誘引しやすいのであり、そこに原因理由句の入り込む余地があったと考えるのである。

しかし、それだけが理由ならば「人の児」を用いた歌にも同様の現象が見られてもよさそうなものだが、前掲の通り、こちらの場合にはそうした現象は認められない。現存歌数が少ないゆえ断定するのは危険だが、どうやら「人妻」の歌についてのみ、原因理由句は共起し得るようなのである。それは何故なのか。問題は「人妻」の側からも考えられねばなるまい。

先に、この形式は恋の理不尽さを詠むものだと述べたが、「人妻」の場合は必ずしもそうとは言い切れない。たとえば前掲二一番歌は蒲生野で詠まれたものだが、近年の通説となっているように、これは宴席での座興の歌であったと考えられる。つまり、「あかねさす紫草野行き標野行き野守は見ずや君が袖振る」（1・二〇）と詠んだ額田王に応じたのが、当該歌だったのである。とすれば、この歌の主眼が恋の理不尽さを詠む点にあったとは考えにくい。大海人皇子の立場に立ってみれば、額田王歌の「紫草―野守―君」の関係を「妹―人（妻）―我」へと移し換えて一首を仕立て上げたということなのであろう。

さて、その具体的な表現だが、この歌の骨格をなしているのは「紫草のにほへる妹を憎くあらば…我恋ひめやも」の部分である。『萬葉集』中に「仮定条件句＋めや」の構文をとる歌は約四十首あり、この時代における一つの型であったと考えられるが、ここではそれが、紫草のように美しいあなたを憎く思わないからこそ私は恋をするのです、という主文脈を構成することになる。しかし、それだけでは額田王歌に十分に対応しきれない。逆に言えば、この主文脈に「人妻ゆゑに（恋ふ）」という句が合わせられることで初めて、禁断の恋という雰囲気が生じることになるのである。つまり、「野守は見ずや」の喚起する禁忌性を引き受けて、それに対応させるべく持ち込まれたのが、当該句であったと推定されるのである。(4) もちろん、このような用い方が可能になるのは、「人妻ゆゑに恋ふ」という表現が恋の理不尽さ――特に、他人の妻であるにもかかわらず恋してしまうという心の葛藤――を言うものとして了解されていたからであろうが、しかしこの歌ではその気分が一首全体を統括するのではなく、あくまでも歌の世界に禁忌性を付与する点に限定的に働いているのである。

同様のことは、一九九九番歌「赤らひく色ぐはし児をしば見れば人妻故に我恋ひぬべし」についても想定できる。当該歌は人麻呂歌集七夕歌の一つであり、この場合の「人妻」は織女を指すことになるが、当然のこととして、詠み手が実際に織女に恋をしたというのではあるまい。むしろ、第三者が織女に恋をするという設定じたいが勘所なのであろう。その第三者の具体的な特定については様々な意見があろうが、二星逢会を旨とする七夕享受の場で織女と第三者の恋が支持されたとは思われないから、歌としては、織女に恋をしてしまいそうだとその恋心を表出する点にこそ急所が存していたと推測される。

とすれば、二一一番歌と同様に歌の主文脈はここでも「赤らひく色ぐはし児をしば見れば…我恋ひぬべし」なのだが、そこに「人妻ゆゑに」の一句が差し挟まれることにより禁断の恋という状況が敷設されてくるということなのではないか。この歌を享受する人々は、その禁忌性を媒介にして、当該歌の作中主体が道ならぬ恋に溺れようとしていることを知るのである。渡瀬昌忠氏が主張するように(5)、これが月人壮士の立場に立った詠歌であるとしたら、当該句は「行く舟の過ぎて来べしや言も告げなむ」と詠みかけてきた彦星に対して、素通りせずに言伝てをするとしたら何度も姿を見ているのだから恋に落ちてしまうに違いないぞ、とその申し出を切り返す際に有効に働くことになろうし、またこれが地上の第三者の詠であるとしたら、作中主体がいかなる理由で織女の姿を何度も見ることができるのか分かりにくくなりはするが、織女への恋心を訴える突飛な発想がその場に笑いをもたらすことになったのかと推測される。

ともあれ、右のように考えることができるとすれば、「人妻ゆゑに」が原因理由句と共起する理由は、この句が歌の主文脈に禁忌性という情緒を加えるものであった点に求められることになる。言い換えれば、この句は、作中主体が恋する理由を述べるためのものではなく、その状況に禁忌性を付与するために限定的に用いられるものであったがゆえに、一見すると不自然に見える原因理由句との共存が可能になったということである。しかし、一旦このような用いられ方をしてしまうと、「人妻ゆゑに」という原因理由としての側面はますます希薄化することになろう。それぞれの作中主体が人妻に恋する理由は別に述べられているのだから、「ゆゑに」を用いる意味がなくなってしまうのである。そして、そういう段階で詠まれたのが、

凡ろかに我し思はば人妻にありといふ妹に［人妻尓有云妹尓］恋ひつつあらめや　（12・二九〇九）

なのだと思われる。ここでの傍線部は

凡ろかに我し思はば下に着てなれにし衣を［下服而穢尓師衣乎］取りて着めやも　（7・一三一二）

凡ろかに我し思はばかくばかり堅き御門を［如是許難御門乎］罷り出めやも　（11・二五六八）

などと同じく、後続する動詞「恋ふ」の対象としての位置しか占めていない。本来、恋情の対象とその原因とを同時に示していた「人妻ゆゑに」という句であったが、それが原因理由句と共起する過程で、恋情の原因という側面を脱落させ、専ら恋の対象を示す方向に純化してきたのだと見通されるのである。

残る三〇九三番歌「篠の上に来居て鳴く鳥目を安み人妻故に我恋ひにけり」については、詠歌状況が不明なためすべてを推測に委ねるほかないが、二一一番歌や一九九九番歌との共通性に注目すれば、当該歌においても「人妻ゆゑに」は歌の世界に禁忌性を付与するために用いられたのかもしれない。あるいは、当該歌が前述二首に比べて比較的新しい時期の詠歌であることに鑑みれば、「ゆゑに」にはさほど重い意味はなく、対象を示すという方向にかなり傾いていたのであろうか。

この点に不分明さを残しはするが、「人妻ゆゑに」という表現にのみ原因理由句との共起が認められるのは、この句が、恋の理不尽さを詠むという本来の用法を利用しながら、禁忌性を歌の世界に付与するという新たな用法を次第に持つようになったからだと思われる。そして、その行き着いた先が、もはや「ゆゑに」を必要としない二九〇九番歌であったと考えるのである。

三　八世紀の「人妻」

前節までの考察に従えば、『萬葉集』に「人妻」が詠まれるようになった段階で、既にこの語はある種の禁忌性を喚起する言葉であったということになる。では、そのような「人妻」の語を用いて、萬葉歌人たちはどのような抒情世界を描き出していったのであろうか。本節では、「人妻ゆゑに」以外の歌について考えていくことにしたい。

まず注目したいのは、前節にも取り上げた「凡ろかに我し思はば人妻にありといふ妹に恋ひつつあらめや」（12・二九〇九）である。『和歌文学大系』も指摘するように、当該歌は大海人皇子の二一番歌と似た内容を詠んでいる。しかし、二一番歌の結句「我恋ひめやも」が、「野守は見ずや君が袖振る」との対応関係の中で、相手へと向かう直接的な思いを表現し得ているのに対し、当該歌の結句「恋ひつつあらめや」の場合はむしろ内省的な響きを帯びてくるのではないか。

一般に、「〜仮定条件句＋…めや（反語）」という構文は、「もしも〜ならば…であろうか（いや…ではない）」というところから、「〜でないからこそ…なのだ」という訴えが響くことになる。二一番歌に即して言えば、あなたのことを憎く思わないからこそ私はこんなに恋しているのだという主張であり、その「恋ふ」という内容が、蒲生野での宴の場においては、額田王のたしなめた袖振りを正当化することを通して、思いの丈を訴える結果となっているのである。しかし、当該歌の場合は、いい加減に思っていないからこそ恋し続けているのだということになり、「恋ひつつあり」という状態が前面に出てくることになる。これは単に人妻に恋をしているということではあるまい。その状態の持続をいうのであり、それはこの作中主体が禁忌の一線を越えることもまた人妻を思い切ることもできないまま日々を過ごしていることを示していよう。『萬葉集』中この表現は他に二十三例認められるが、うち十八例が「恋ひつつあらずは」としてその状態を脱しようとする内容を詠んだものであり、残る五例も「…かくのみや息づき居らむ　かくのみや恋ひつつあらむ…」（8・一五二〇・憶良／七夕歌）や「妹が目を見まくほり江のさざれ波しきて恋ひつつありと告げこそ」（12・三〇二四）のように、耐え難い状況であるとの認識の上に詠まれたものだと判断される。とすると、当該歌はその辛く苦しい「恋ひつつあり」という現状を見つめながら、その原因を人妻である相手を忘れられない点に求めた歌ということになるのではないか。逆に言えば、この歌に詠まれているのは人妻との禁忌の恋に身を投じようという決意や情熱ではなく、禁忌の恋ゆえに苦しまねばならぬ自らを見つめる視点だということである。

同じことは「もみち葉の過ぎかてぬ児を人妻と見つつやあらむ恋しきものを」（10・二二九七）についても言えるように思う。当該歌の第四句について、『新大系』は「「見つつやあらむ」は、反語」と施注するが、しかしこの歌で詠まれている心情は、人妻として見続けていることはできないのでいっそ禁忌の恋に身を委ねようというような積極的な思いではない。当該歌と同じく「～や―む…ものを」の構文をとる歌は、倒置も含めて他に三例認められるが、

霰降り鹿島の崎を波高み過ぎてや行かむ恋しきものを　（7・一一七四）

白真弓今春山に行く雲の行きや別れむ恋しきものを　（10・一九二三）

逢はなくは日長きものを天の川隔ててまたや我が恋ひ居らむ　（10・二〇三八／七夕歌）

のごとくであり、これらの「や」はいわゆる反語ではあるまい。前二首は題詞等から具体的な詠歌状況を復元することの困難な歌々だが、一一七四番歌は「有名な地に寄らずに通過するのを惜しむ気持ちを詠む作」（和歌文学大系）であろうし、一九二三番歌も「いとしい女性と別れて旅立つ時の感慨であろう」（伊藤釈注）という理解が正鵠を射ていると思われる。つまり、鹿島の崎を通り過ぎねばならないこと・恋人と行き別れねばならないことは、動かし難い現実として存在しているのであり、詠み手は、その現実と対象への自身の思いとの矛盾に直面し、やはり通り過ぎていくのだろうか・行き別れるのだろうかとの心情を吐露しているのである。二〇三八番歌も、七夕歌であることに鑑みれば、再び恋い焦がれ続けることの重圧に耐えかねて天の川を渡るといった内容ではあり得ない。ここでもまた、現実と恋情との矛盾が見つめられているのである。このことは、これらの歌に直接の言及はないものの、木下正俊氏が、一人称を主格として文中に疑問の「や」があり文末を推量の「む」で結ぶ文形式について、この形式は一人称主体の置かれている不甲斐ない現状をじれったく思いながらどうすることもで

きないでいるというもどかしい気持ちが込められたものだと指摘したこととも一致する。(6)それゆえ、当該歌の場合も、その対象を人妻として見続けねばならないことは動かし難い前提として詠まれていると考えるべきであろう。その上で、その現状に承伏し得ない思いが表出されているのである。とすれば、当該歌もまた、二九〇九番歌と同じく、人妻への恋情に苦しむ自分自身の姿を見据えたものということになる。

確かに、「人妻」という言葉にはある種の禁忌性が認められる。しかし、右の歌々で詠まれているのは、その禁忌を打ち破ろうとする情熱ではなく、その禁忌性ゆえに生じる叶わぬ思いである。前節で触れたように、「人妻ゆゑに恋ふ」という表現が成り立つ前提には、人妻に対する相反する二つの心情――人妻に惹かれる思いとそれを制止しようとする思い――があったと考えられるが、やや図式的に述べれば、「息の緒に我が息づきし妹すらを人妻なりと聞けば悲しも」（12・三一一五）も含めて、これらの歌は後者の思いの延長線上に詠まれたものなのである。

しかし、東歌については、事情が少し異なるようである。

あずの上に駒を繋ぎて危《あや》ほかど人妻児ろを息に我がする　（14・三五三九）

あずへから駒の行《ゆ》このす危はとも人妻児ろをまゆかせらふも　（14・三五四一）

悩ましけ人妻かもよ漕ぐ船の忘れはせなないや思ひ増すに　（14・三五五七）

三五三九番歌の結句「息に我がする」は集中ここにしか認められない独特な言い回しだが、諸注指摘するように、これは「息の緒にする」（四二八一左注）と類似の表現と考えてよいのであろう。とすれば、結句は「命がけでわたしは愛している」（新編全集）「私は命を懸けている」（新大系）という意になり、この歌で表現されているのは、人妻への恋慕を断念しようとする方向に傾く前掲歌のような思いではなく、むしろそれが危険だと知りつつも人妻に惹かれてしまう心情だということになる。三五四一番歌は、結句「まゆかせらふも」の意がとりにくいため、断定することはためらわれるが、上三句において三五三九番歌と同種の比喩を用いて人妻との危うい恋が描かれていること、またそれを逆接で受けて人妻への思いが下句で述べられていることから、心情の方向としては三五三九番歌と同じ、すなわち人妻への断ち難い思いを述べたものと考えて誤らないであろう。残る三五五七番歌も同断で、「忘れはせないや思ひ増すに」とあるように、忘れようとしても忘れられない心情が詠まれているのである。

同じ「人妻」を素材としていながら、大和周辺の歌と考えられる前三首と東歌である後三首とでは、そこに詠まれる心情の方向性に差異が認められる。大和の歌が、人妻への思いを断念する方向に傾くのに対して、東歌ではその気持ちを直接にうたいあげる傾向が強いのである。そして、そのような差は、次の歌々にも認められよう。

神木にも手は触るといふをうつたへに人妻といへば触れぬものかも　（4・五一七・大伴安麻呂）

人妻とあぜかそを言はむ然らばか隣の衣を借りて着なはも　（14・三四七二）

ともに、人妻への禁忌を「神木」や「隣の衣」との対比において詠んだ歌であり、その禁忌を訝しむ方向での心情が述べられている。しかし、三四七二番歌が、貸し借りの容易な「隣の衣」を持ち出すことで、人妻への禁忌など無きが如くに表現しているのに対して、五一七番歌は、神聖な「神木」と比べることにより、禁忌性を認めた上で、それにしても全く手を触れないものであろうか、とそのわずかな可能性を問題にしているのである(7)。

どうやら、『萬葉集』における「人妻」の歌は、人妻への禁忌性を前提としつつ、その禁忌ゆえに思いを断念しようとする方向に向かう心情を詠んだ歌と、反対にそれを打ち破る方向に向かう心情を詠んだ歌とに二分されるようである。このような現象が生じた意味をどのように考えればよいのか、事態は多面的に捉えられねばなるまいが、「人妻ゆゑに恋ふ」という表現との関連で言えば、そこに内包されていた二つの心情のそれぞれを引き受ける形で詠歌が試みられていった、とひとまずは見通すことができよう。では、それら二種の「人妻」の歌は、その後の平安朝文学にどのような形で引き継がれていくのか。「人妻」という語が平安和歌ではほとんど詠まれなくなる問題をも見合わせながら、さらにこの点について考えを進めていくことにしたい。

四　平安和歌への展開

まず、人妻への思いを直接表現する型の歌から見ていきたいのだが、実は平安和歌に引き継がれたのはこちらの方であったと思われる。三代集における「人妻」の歌は

人の家より物見に出づる車を見て、心づきにおぼえ侍ければ、「誰そ」とたづね問ひければ、出でける家の主と聞きてつかはしける

人づまに心あやなく掛橋のあやふき道は恋にぞ有ける　（後撰・恋2・六八八）

双六の市場に立てる人妻の逢はでやみなん物にやはあらぬ　（拾遺・雑恋・一二一四）

の二首のみだが、後撰集歌は「あやふき道」とあるように、人妻に恋してしまったことを危険なことと捉えたものである。しかし、だからといってその恋を諦めようとしているようには読めない。むしろ、そのような危険な恋をしたことじたいが一首の眼目なのであろう。また、『古今和歌六帖』「人づま」の項には次の七首が収められているが、

人づまはもりかやしろかからくにのとらふすのべかねてこころみん　（二九七八）

またまつけこしのすがはらわれかくて人のかくまくをしきすが原　（二九七九）

あしのやのこやのしのやのしのびにもいないなまろは人のつまなり　（二九八〇）

むらさきににほへるいもをめぐくあればひとづまゆゑにわれこひめやは　（二九八一）

さかきにもてはふるなるをうつたへと人づまにしあらばこひぬものかも　（二九八二）
もみぢばのすぎがてぬこをひとづまとみつつやをらんこひしきものを　（二九八三）
たれぞこのぬしある人をよぶこどり声のまにまになきわたるらん　（二九八四）

男の立場の歌に注目すると、「ねてこころみん」とする二九七八番歌や、他人が手を出すことを「をしき」とする二九七九番歌（原歌は『萬葉集』巻7・一三四一の「ま玉つく越の菅原我が刈らず人の刈らまく惜しき菅原」）など、積極的に人妻と関わろうとする内容のものが多い。『萬葉集』に由来する二九八二番歌も、平安時代の「ものかも」の他例「わたしもりふなでしゆかんこよひのみあひみてのちはあはぬものかも」（赤人集・三四八）が反語と解せること、及び原歌の五一七番歌が『類聚古集』では「ものかは」とされていたと推定されることから、平安時代には禁忌に挑戦する歌として読みとられていた可能性は高いように思う。『好忠集』に載る

人づまとわがのとふたつおもふにはなれこしそではあはれまされり　（四五八）
きてはいぬゐてはのどかにもゐもあへずなほひとづまはかひなかりけり　（五八二）

はかなり詠み方が異なるが、人妻との関係を前提にしている点では今問題にしている型の延長線上にあると位置付けることが許されようか（なお、五八二番歌については「ひとまつ」とする本文もあり「人妻」の用例から排除される可能性も残る）。

ともあれ、『好忠集』を含めて考えても、十世紀頃までの「人妻」の歌の主流を占めるのが、人妻と関係を持とうとする方向のものであることは動くまい。平安歌人にとって「人妻」という素材は危うい恋を連想させるものだったのであり、それは人妻に惹かれる思いを詠んだ萬葉歌の系譜の上に位置するものと推察される。

では、他方の人妻への叶わぬ思いを詠んだ歌はどうであろうか。この型の歌が第一節に挙げたアの形式（「人の児ゆゑに」の句を持つ歌）の抒情に近づいていく点に鑑みれば、むしろ八世紀頃にはこちらの方こそが主流を占め

ていたと推察されるのだが、前掲諸例に照らす限り、それが平安和歌に引き継がれたようには考えられない。それは何故なのか。また、この型の歌の抒情はその後どのような展開を経ることになったのか。

ここで注目したいのは、虫麻呂歌集に載る「筑波嶺に登りて嬥歌会《かがひ》を為る日に作る歌」と題された

鷲の住む　筑波の山の　裳羽服津《もはきつ》の　その津の上に　率《あども》ひて　娘子壮士の　行き集ひ　かがふ嬥歌《かがひ》に　人妻に　我も交はらむ　我が妻に　人も言問へ　この山を　うしはく神の　昔より　禁《いさ》めぬ行事ぞ　今日のみは　めぐしもな見そ　事も咎むな　（9・一七五九）

である。当該歌の作中主体は、筑波山での歌垣に参加し「人妻に我も交はらむ　我が妻に人も言問へ」との思いを述べる。実際の歌垣で人妻との性的関係が許されていたのかは不明だが、少なくとも当該歌はそれが可能であるという前提で詠まれている。しかし、それに続けて「この山をうしはく神の　昔より禁めぬ行事ぞ」と、言わずもがなの説明が続くのは何故か。歌垣の風習を自明視する人々にとってこれは不要な説明なのだから、これが歌垣に馴染みのない外部の視線を意識したものであることは間違いあるまい。とすれば、当該歌には、人妻との性的関係に惹かれそこに積極的に関与しようという思いと同時に、それを奇異なものとして批判的に捉える視点もまた潜められていることになる。(8)

では、この視点は何を基盤とするものなのか。同じく虫麻呂歌集所載の菟原《うなひ》処女伝承や真間娘子伝承を詠んだ歌が、同じ伝承を詠んだ田辺福麻呂や山部赤人たちの歌とは異なり、彼女たちの死を複数の男性を通わせる前の求婚段階に設定していることをここに想起すれば、この視点の背後にも人妻との性的関係を否定的に捉える人々の存在（享受者層）を想定することは許されようし、さらに一般化して言えば、律令を含めた広い意味での中国文化の受容という現象がそこにあると考えるのが穏やかであろう。(9) 当該歌について、『萬葉集全注』（金井清一氏）は

文化の水準高くカガヒを「嬥歌」と記すほどの漢籍の教養を持った虫麻呂及び中央から派遣された国庁の官人にとっては、東国のカガヒは土着の神の許した蛮風であって好奇の対象として理解されたのに違いない。そうした好奇の対象としてしか異俗を知らぬ高貴の官人に披露すべく作られたのがこの歌ではあるまいか。とするが、たとえ具体的な披瀝の場がこの通りではなかったとしても、歌を取り巻く環境の問題として、そのような中央官人の目を想定しておくことは大切な視点であると思う。

前節に述べた「人妻」をめぐる新たな展開も、およそこのあたりに淵源するのではなかったか。つまり、七世紀後半から八世紀にかけて中国文化の受容が進む過程で、人妻への思いを詠むことに次第にためらいが感じられるようになり、その結果、人妻への禁忌を打ち破ろうとする情熱的な恋ではなく、その禁忌ゆえに抱え込まざるを得ない叶わぬ思いを詠む傾向が大和を中心にして強まった、ということである。情熱的な恋から内省的な恋へという展開は当時の一般的な傾向として認め得ると考えるが、「人妻」を素材にした場合は、律令等の影響もありその傾向がいっそう進んだのであろう。

しかし、そのような傾向が強まれば強まるほど、「人妻」を素材にすることじたいが躊躇されるようになっていったと推測される。前述した菟原処女伝承も、八世紀の頃は福麻呂や家持が「つまどふ」の語を用いてうたっていたように、菟原処女と男たちとの関係が曖昧であったが（＝複数の男を通わせていた可能性も残していたが）、平安朝になり『大和物語』所収の生田川伝説（百四十七段）になると「よばふ」の語が用いられ、それが求婚段階であることが明確にされるようになっていく。史料的な限界もあり十分には詳らかにできないが、叶わぬ思いを詠む歌の系譜が平安和歌に引き継がれていかないのも、平安朝求婚譚の形成過程と同じ現象だと捉えることはできないであろうか。つまり、人妻との関係を回避する方向に向かい始めたこの型は、次第に人妻を対象とすることそのものを忌避するようになっていったということである。

それは、逆に言えば、対象の禁忌性が欠落し叶わぬ思いという点のみが主題化されるようになったということでもある。とすれば、この型は「春霞立ちにし日より今日までに我が恋止まず本の繁けば」（10・一九一〇）「見渡しの三室の山の巌菅ねもころ我は片思そする」（11・二四七二・人麻呂歌集）といった片思いの歌に近似してくることになる。この点から注目されるのが、

つれもなくあるらむ人を片思に我は思へば苦しくもあるか　（4・七一七・家持）

秋の田の穂向きの寄れる片寄りに我は物思ふつれなきものを　（10・二二四七・秋相聞）

のような「つれなし」を用いた恋歌の出現である。この言葉は、『萬葉集』では挽歌に用いられる傾向が強かったが（十一例中六例）、後期萬葉から平安初期にかけて恋歌での用例が急増したもので、三代集においては三十九例のうち実に三十八例が恋にかかわって用いられており、その用法も「つれ（も）なき人」のように相手を「つれなし」と規定する例が半数を超えるようになる。(10) もちろん、そのすべてが男から女への恋情を詠んだものではないが、『古今和歌集』に収められた

つれもなき人をやねたく白露のおくとは歎き寝とはしのばむ　（恋1・四八六）

つれもなき人を恋ふとて山彦のこたへするまで歎きつるかな　（恋1・五二一）

夕されば蛍よりけに燃ゆれども光見ねばや人のつれなき　（恋2・五六二・紀友則）

月影にわが身をかふるものならばつれなき人もあはれとや見む　（恋2・六〇二・壬生忠岑）

に照らして、前掲家持歌のような歌の世界は確実に浸透していったと認められる。平安和歌において「人妻」の歌が激減するのは、八世紀に主流を占めていた叶わぬ思いを詠む内省的な歌が、右に代表されるような、なかなか自分に靡かない女に恋する歌の中に吸収されていったためではあるまいか。後期萬葉から古今集歌へと至る展開の過程で、この型の歌はより大きな流れの中に解消されていったように思われるのである。

五　まとめ

以上をまとめ直して、本章の結びとしたい。

『萬葉集』に載る「人妻」の歌十四首中、人妻への思いを詠んだ歌は十二首認められるが、その十二首のうち比較的古い時代のものと考えられる三首（二一〈大海人皇子〉・一九九九〈人麻呂歌集七夕歌〉・二三六五〈古歌集〉）は、すべて「人妻ゆゑに」という句を持つものであった。本章は、このことを手がかりに、類似の「修飾句＋体言ゆゑ（に）」という形式を持つ歌との共通性から、当該句が人妻に恋することの理不尽さを表現するためのものであったと推定した。それは、この句に人妻に惹かれる思いとそれを制止しようとする思いの二種の心情の葛藤を認めるということでもある。しかし、現存萬葉歌の実際の使用例ではこの句が他の原因理由句と共起していることから、これらの歌では、その葛藤を利用して歌の世界に禁忌性を取り込む点に機能させられていると考えた。

また、八世紀のものと思われる残り九首のうち「人妻ゆゑに」の句を持つ三〇九三番歌を除く八首について見ると、大和周辺の歌と思われる二二九七・二九〇九・三一一五番歌では人妻への叶わぬ思いが、また東歌の三五三九・三五四一・三五五七番歌では反対に人妻に惹かれる思いが詠まれていること、及び類似の内容を詠んだ五一七・三四七二番歌についても大和と東国の差が想定されることから、この頃には「人妻」の歌の抒情性が二方向に分化したことを指摘した。これは、「人妻ゆゑに」に内包されていた二つの心情のそれぞれの方向に抒情性が拡大していったということだと思われる。そして、そのような二方向のうち、東歌に顕著であった後者の型が後代には受け継がれていくことになり、八世紀には主流を占めていたと思われる前者の型は自分に靡かない女に恋をするという型の中に吸収されていったと把握することで、「人妻」の語が激減する平安和歌との関わりについても一応の見通しを述べた。

（1）もっとも、結句には「人妻に恋するのはタブー視されていたが、相手の美しさ故に、人妻でも恋せずにはいられないという気持ちを歌った歌」と施注されており（傍線吉田）、他の「人妻ゆゑに」（一九九九・三〇九三）については「人妻なのに」と逆接の現代語訳が付されている。
（2）吉野政治「逆態に訳されるユヱ」（『古代の基礎的認識語と敬語の研究』和泉書院二〇〇五年）参照。
（3）以下の分類は一つの目安であり、エに分類した「朝影に我が身はなりぬ玉かきるほのかに見えて去にし児故に」（11・二三九四・人麻呂歌集）にウの要素が認められるように、必ずしも截然と分類できない歌もある。また、「朝去にて夕は来ます君故にゆゆしくも我は嘆きつるかも」（12・二八九三）は、いずれにも分類されない独自の形式である。
（4）伊藤博「遊宴の花」（『萬葉集の歌人と作品　上』塙書房一九七五年）など参照。
（5）渡瀬昌忠『人麻呂歌集非略体歌論下』（渡瀬昌忠著作集第四巻、おうふう二〇〇二年）。なお、渡瀬氏は当該歌第三句を「まねく見ば」と訓み（原文は「数見者」）、一首全体を「紅顔の色美しい女《ひと》（織女星）を、もし何度も見ることになったら、人妻に心を奪われて、私はきっと恋いこがれてしまうでしょう」と理解する。そのため、以下の内容が渡瀬氏の解釈に完全に一致するというわけではない。
（6）木下正俊「「斯くや嘆かむ」という語法」（『萬葉集論考』臨川書店二〇〇〇年）。
（7）五一七番歌の結句「ものかも」については、これを単純な疑問ととる説も提出されているが（『萬葉集全注』〈木下正俊氏〉『新編全集』）、同様の表現を持つ「ますらをの思ひわびつつ度まねく嘆く嘆きを負はぬものかも」（4・六四六・大伴駿河麻呂）に照らして従い難い。確かに、「ものかも」が上接語句の内容によって意味合いを異にする点は認められるが、「〜ぬものかも」の場合は必ず疑問になるとまでは言えまい。それゆえ、当該歌についても反語的な響きを否定することはできないと考えるが、しかし、三四二七番歌に比べてかなり穏やかな語調であることは認められてよいと思う。
（8）高野正美「筑波の嬥歌会」（『万葉歌の形成と形象』笠間書院一九九四年）、中西進「祝祭への埋没」（『旅に棲む』角川書店一九八五年）など参照。
（9）この点については、第二篇第二章「『竹取物語』難題求婚譚の達成」を参照されたい。
（10）中川正美「歌ことば「うし」と「つらし」「つれなし」」（『源氏物語文体攷』和泉書院一九九九年）参照。

第六章　異類婚姻譚の展開
——異類との別れをめぐって——

一　多様化する異類婚姻譚

人類と異類とが関わり合う話に異類婚姻譚がある。言うまでもなく、両者の婚姻を語る話の謂いだが、古代前期においてその全体像を把握することには、多少の困難がつきまとう。それは、『古事記』上巻に載るヤマタノヲロチの話や『出雲国風土記』仁多郡のワニと玉日女の伝承など、婚姻それじたいは語られないものの、異類婚姻譚との関連が指摘されるものもまた存在するからである。あるいは、同じく異類のものが人の姿に形を変えて人間の異性と関わりを持つというのが原形であったと考えられるのに、異類（亀）という側面を切り落とした虫麻呂歌集所載の浦嶋子伝承歌が存在する一方で、異類（蛇）という側面を強調する『日本霊異記』中巻第四十一縁のような説話も同時に存在しているのである。このような広がりの中に当時の異類婚姻譚は存在していたのだが、しかしそのことは、逆に捉えれば、七・八世紀段階において、異類婚姻譚が既に一つの話として様々に変容されながら各地に語り伝えられていたことを意味することになろう。

そのような異類婚姻譚がどのようにして発生したのか、詳しいことは分からない。祭式の場における巫女の神憑りに起源を求める説が有力だが(1)、子の誕生が必須の条件であったかということなど、断定的なことが言いにくいのが現状のようである。それゆえ、想定される原形からどのような過程を経て、今日見るような話が出来上がったのかを詳らかにすることもまた難しいのだが、大まかな傾向として、およそ次のような方向性を指摘することは可能であろう。

Ⅰ子の誕生を語り始祖伝承としての性格が強いもの
Ⅱ異類としての存在を強調し忌避する性格が強いもの
Ⅲ神仙譚の枠組みの中で語ろうとする性格が強いもの

Ⅰは、神武記や崇神記に載る三輪山伝承を初めとして、『肥前国風土記』松浦郡の哺時臥山伝承や『山背国風土記』逸文の賀茂社の由来譚などが該当する。異類婚姻譚本来の姿を留めているとも考えられ、当時における一つの有力な型であったと推定される。Ⅱは、垂仁記のホムチワケと肥長比売の話や前記した『日本霊異記』中巻第四十一縁などであり、動物が神としての威厳を失うところから派生してきたものと考えられる(2)。Ⅲは、『丹後国風土記』逸文の浦嶋子伝承や柘枝伝が典型であり、伝承本来の姿というよりは、知識人による潤色が相当程度加わったものと捉えるのが妥当であろう。従来はⅠからⅡへの展開が重視されていたように思うが、この時代の異類婚姻譚が、Ⅲをも含めた様々な展開の可能性を孕んでいたことをまずは確認しておきたい。

その上で、本章では異類との別れがどのように描かれているのかという点に焦点を絞ることにしたいと思う。前述したように、異類婚姻譚の起源が祭式の場における巫女の神憑りに求め得るのだとすれば、異類（神）との別れは本来自明の事柄であり、そこに特別の関心が向けられたとは考えにくい。しかし、それが話として自立してくる過程で、異類との別れは一つの場面として注目され、文学表現の素材の一つになっていったと推測されるからである。

二　共同性から私的感情へ

本節では、まず崇神紀十年九月条に載る大物主神と倭迹迹日百襲姫《やまとととひももそびめ》の三輪山伝承を取り上げることにしたい。

> 是の後に、倭迹迹日百襲姫命、大物主神の妻と為る。然《しか》れども、其の神常に昼は見えずして、夜のみ来ます。倭迹迹姫命、夫《せ》に語りて曰く、「君、常に昼は見えたまはねば、分明《あきらか》に其の尊顔《みかほ》を視《み》たてまつること得ず。願はくは暫留《しまし》りたまへ。明旦《くるつあした》に仰ぎて美麗《うるは》しき威儀《みすがた》を観《み》たてまつらむと欲ふ」といふ。大神対へて曰はく、「言理灼然《ことわりいやちこ》なり。吾、明旦に汝が櫛笥《くしげ》に入りて居む。願はくは我が形にな驚きそ」とのたまふ。爰《ここ》に倭迹迹姫命、心の裏《うら》に密に異《あや》しび、明くるを待ちて櫛笥を見れば、遂に美麗しき小蛇《こをろち》有り。其の長さ大さ衣の紐の如し。則ち驚きて、叫啼《さけ》ぶ。時に大神、恥ぢて忽に人の形に化り、其の妻に謂りて曰はく、「汝、忍びずて吾に羞《はぢみ》せつ。吾、還りて汝に羞せむ」とのたまふ。仍りて大虚《おほぞら》を践みて御諸《みもろ》山に登ります。爰に倭迹迹姫命、仰ぎ見て悔いて急居《つきう》。（割注略）則ち箸に陰《ほと》を撞《つ》きて薨《かむさ》ります。乃ち大市に葬る。故、時人、其の墓を号けて箸墓と謂ふ。

同じ大物主神に関わる伝承ながら、神武記及び崇神記のそれが「此間に媛女有り。是、神の御子と謂ふ。其の、神の御子と謂ふ所以は…」「此の、意富多々泥古《おほたたねこ》と謂ふ人を、神の子と知りし所以は…」と子の出産を語るのに対して、崇神紀の場合は子の出産が語られることはない。むしろ、二人の別れ（倭迹迹日百襲姫の死）こそが語られているのだが、その語り方に注目したい。

当該伝承において、別れの直接の原因になったのは、倭迹迹日百襲姫が大物主神に恥をかかせたことである。

しかし、イザナミや後述するトヨタマビメの恥が、姿を見ることに起因するのに対して、ここでは姿を見ることそれじたいが禁止されているわけではない。大物主神が「願はくは我が形にな驚きそ」と述べているように、姿を見て驚かないという点が重要視されているのである。そして、このような展開を可能にしているのが、大物主神の姿を見ることに対する、大物主神と倭迹迹日百襲姫の考え方の違いである。

右の展開は、倭迹迹日百襲姫が「美麗しき威儀を観たてまつらむと欲ふ」と述べたことに端を発するが、そこで倭迹迹日百襲姫が願ったのは、暗闇の中でははっきりと見ることのできない大物主神の「尊顔」を見ることであった。それは、例えば崇神記の三輪山伝承において、「是に、壮夫《をとこ》有り。其の形姿・威儀、時に比《たぐひ》無し。夜半の時に、倏忽《たちま》ちに到来《きた》りぬ。故、相感でて、共に婚ひ供に住める間に…」と語られるような関係を望んだからであろう。あくまでも、人間の姿をした大物主神を見たいという願いなのである。それに対して、大物主神はその願いを自らの正体を見たいという意に理解した。それゆえ、「願はくは我が形にな驚きそ」という禁止事項が設定されるのであり、その意味を理解し得ない倭迹迹日百襲姫には「心の裏に密に異しび」となるのである。

先述したように、このような二人の間の齟齬が悲劇的な結末を導くことになるのだが、その発端に「美麗しき威儀を観たてまつらむと欲ふ」という倭迹迹日百襲姫の願いがあることを重く見れば、加えて倭迹迹日百襲姫が崇神紀七年二月条では神憑かりをして託宣を告げるなど巫女的な性格を持つ女性であることをも勘案すると、古橋信孝氏が「私的な感情で神に接してはならないということを語る神話とみなしていいだろう」と捉えるような側面をここに認めることは可能であろう(3)。しかしながら、そのことは同時に、倭迹迹日百襲姫の「私的な感情」に一定程度の注意が払われていた、ということをも意味し得まいか。『萬葉集』には、夜明けの別れを悲しみ男と少しでも長くいたいと願う

鳴る神のしましとよもしさし曇り雨も降らぬか君を留めむ　（11・二五一三・人麻呂歌集）

朝鳥早くな鳴きそ我が背子が朝明《あさけ》の姿見れば悲しも
（12・三〇九五）

といった歌が載るが、倭迹迹日百襲姫の願いもこれらと地続きのものであろう。共同体的な論理からすればそれが許容されるはずもないのだが、しかし自然な感情としてそれは確かに起こり得る、そういった理解へと至る萌芽がここには認め得るように思われるのである。崇神紀の場合は、それが否定的に位置付けられているわけだが、伝承を取り巻く人々の意識が共同体的な論理から「私的な感情」の享受へと傾く時、異類婚姻譚という枠組みは新たな方向へと歩み出すことになる。

三　「恋心」の発見

海神の娘であるトヨタマビメとホヲリ（ヒコホホデミ）の伝承が『古事記』や『日本書紀』に記されているが、その結末部分の語り方は必ずしも一致していない。決して覗き見しないようにという約束を破ってホヲリが出産場面を垣間見し、トヨタマビメが非常に恥ずかしく思うというところまでは共通しているが、その後の展開にはいくつかの差異が認められるのである。

『日本書紀』本文や一書（第一）は、トヨタマビメが恥じて本国に帰ることを記すのみでその後の二人については触れるところがない。しかし、天皇家の系譜に連なるウガヤフキアヘズの出産を語ることにこの伝承の本来の意図は存するのであろうから、例えば『日本書紀』本文が

豊玉姫方《まさ》に産まむとし、竜に化為《な》りぬ。而して甚だ慙ぢて曰く、「如《も》し我に辱《はぢみ》せざらましかば、海陸相通はしめ、永《とこしへ》に隔絶《へだ》つること無からましを。今し既に辱せつ。何を以ちてか親昵《むつま》しき情を結ばむ」といひ、乃ち草《かや》を以ちて児を裹《つつ》み海辺に棄て、海途を閉ぢて径《ただ》に去ぬ。故、因りて児を名けて、彦《ひこ》波瀲《なぎさ》武《たけ》鸕鷀《う》草葺《がやふき》不合《あへず》尊

と曰す。後に久しくして、彦火火出見尊崩りましぬ。日向の高屋山上陵に葬りまつる。

とするように、正体露顕から二人の別れを語りさえすればそれ以上の筆をここに費やす必要はないのであろう。したがって、これはこれで最も簡潔な伝承の語り収め方だったのだと推測される。

それに対して、一書（第三）は、二人の離別に続けて

時に彦火火出見尊、乃ち歌して曰はく、

沖つ鳥鴨著く島に我が率寝し妹は忘らじ世の尽も

とのたまふ。亦云はく、彦火火出見尊、婦人を取り、乳母《ちおも》・湯母《ゆおも》と飯嚼《いひかみ》・湯坐《ゆゑ》としたまふ。凡て諸部備行《そなは》りて、養《ひだ》し奉る。時に権《かり》に他婦を用ゐ、乳を以ちて皇子を養しまつる。此、世に乳母を取り、児を養す縁なりといふ。是の後に豊玉姫、其の児の端正しきことを聞き、心に甚だ憐び重み、復帰り養さむと欲すも、義に於て可からず。故、女弟《いも》玉依姫を遣して、来し養しまつる。時に豊玉姫命、玉依姫に寄せて、報歌奉りて曰さく、

赤玉の光はありと人は言へど君が装し貴くありけり

とまをす。凡て此の贈答二首、号けて挙歌と曰ふ。

という展開を記す。特に注目されるのはヒコホホデミの歌で、「妹は忘らじ世の尽も」という内容からすれば（『新編全集』は「このワスルは四段活用。意識的に忘れようとして忘れること。記は「忘れじ」。このワスルは下二段で自然に忘れる意。四段のワスラジの方が強い表現といえよう」と施注する）、ここからは自ずとトヨタマビメに去られた側の未練という感情が浮かび上がってくることになる。この点は「初め豊玉姫別去るる時に、恨言既に切なり。故、火折尊、其の復会ふべからざることを知ろしめし、乃ち歌を贈りたまふこと有り」と記す一書（第四）になるとより顕著である。(4) しかし、このような歌は子の出産という系譜意識からすれば、不要な要素ではないか。それが二人の別

れの後に記されているということは、系譜意識とは別の論理によってこの部分が支えられているということになる。つまり、前述の『日本書紀』本文や一書（第二）に比べると、これらの結末部分は、伝承本来の意図から離れて、伝承中の人物の心を忖度しそれに共感するような方向――「私的な感情」の享受――に傾き出しているということである。

そして、そのような傾向が最も強いのが『古事記』であるように思われる。

爾くして、方に産まむとする時に、其の日子《ひこ》に白して言ひしく、「凡そ他《あた》し国の人は、産む時に臨みて、本つ国の形を以て産生《う》むぞ。故、妾、今本の身を以て産まむと為《す》。願ふ、妾を見ること勿《なか》れ」といひき。是に、其の言を奇しと思ひて、窃かに其の方に産まむとするを伺へば、八尋《やひろ》わにと化りて、匍匐《はらば》ひ委蛇《もごよ》ひき。即ち見驚き畏みて、遁げ退きき。爾くして、豊玉毘売命、其の伺ひ見る事を知りて、心恥しと以為ひて、乃ち其の御子を生み置きて、白さく、「妾は、恒に海つ道を通りて往来《かよ》はむと欲ひき。然れども、吾が形を伺ひ見つること、是甚怍《はづか》し」とまをして、即ち海坂を塞ぎて、返り入りき。是を以て、其の産める御子を名けて、天津日高日子波限建鵜葺草葺不合命と謂ふ。然くして後は、其の伺ひし情を恨むれども、恋ふる心に忍《た》へずして、其の御子を治養《ひた》す縁に因りて、其の弟玉依毘売に附けて、歌を献りき。其の歌に曰はく、

赤玉は緒さへ光れど白玉の君が装し貴くありけり

爾くして、其のひこぢ、答ふる歌に曰はく、

沖つ鳥鴨著く島に我が率寝し妹は忘れじ世の悉に

前節で取り上げた崇神紀の大物主神や『日本書紀』所載のトヨタマビメがそうであったように、禁を破られ恥を見せられた側は恨みの情を抱き態度を急変させるというのが一般的な展開なのだが、『古事記』所伝の場合は、そのような展開に従いつつも、恨みの情にうちかって「恋心」が浮上してくるとするのである。おそらく、これ

は異類婚姻譚本来の語り口ではあるまい。『日本書紀』を見合わせれば、歌を記さないことも含めてこの伝承の語り方にはいくつかの方法があり得たと推定されるが、『古事記』の場合には、恨みの情を抱いて去ったはずのトヨタマビメに恋心を抱かせることによって場面を展開させるという方法が選択されているのである。そして、そのことによって、正体が露顕すれば人類と異類とは別れねばならないという定めの中で、それでもなお別れ難いとする心のあり方が表し出されてくるのである(5)。

　右は必ずしも伝承の成立順序を述べたものではないが、『日本書紀』本文や一書（第一）のような形を異類婚姻譚の原形に近いものと想定するなら、これら三種の比較からは、次第に別れの場面が抒情的に描き出されてくる様を読み取ることが可能であろう。それは、離別せざるを得ない男女の未練や葛藤という心の動きが焦点化されてくるということである。逆に言えば、異類との別れを自明視していた段階から、彼らの思いを忖度し共感し得る段階へと、人々の意識が変化してきたということになる。しかし、このような意識の変化は、やっかいな問題を抱え込むことにもなりかねない。『古事記』の場合のように、別れの直接の原因であった恥や恨みの感情にも勝るものとして恋心が位置付けられるようになると、別れという結末そのものが否定されかねなくなってしまうからである。

　『日本霊異記』上巻第二縁は、そのぎりぎりのところに成り立つ説話ではないか。

　二月三月の頃に、設けし年米を舂《つ》きし時に、其の家室《いへのとじ》、稲舂女《いなつきめ》等に間食を充てむとして碓屋《からうすや》に入りき。即ち彼の犬、家室を咋《く》はむとして追ひて吠ゆ。即ち驚き澡《お》ヂ恐り、野干と成りて籠の上に登りて居り。家長見て言はく、「汝と我との中に子を相生めるが故に、吾は忘れじ。毎《つね》に来りて相寐よ」といふ。故に夫の語を誦えて来り寐キ。故に名は支都禰《きつね》と為ふ。

犬に吠えられたことにより正体が露見した狐（女）は男のもとを去らねばならず、二人の関係はここで断絶するのが異類婚姻譚としての当然の帰結であった。しかし、当該説話の場合は、「汝と我との中に子を相生めるが故に、吾は忘れじ。毎に来りて相寐よ」という男の発言に従い、女はその後も男のところにやって来ることになる。キツネの語源譚としてこれは欠くべからざる展開ではあるが、同時にそれが異類婚姻譚としての枠組みを逸脱するものであることも否定できまい。『ちくま学芸文庫』が「狐女房譚では、異類婚姻譚の定型に従って、正体露顕後に狐妻が通ってくることはない。この話がそうなっていないのは、「来つ寝＝キツネ」の語源譚を複合させたためである」とする通りだが、そのような逸脱を導き出す端緒となっているのが、男の側の未練の情なのである。その限りで、当該説話は前述した『日本書紀』一書（第三）などと同じ展開を持つと言えよう。しかし、一書（第三）のトヨタマビメがヒコホホデミの思いに応えて戻ってくることがなかったのとは異なり、当該説話では「故に夫の語を誦えて来り寐キ」というように、求めに応じて男のもとに通うことになる。女の側の心情については明確にされていないが、この行動からはなにがしかの共感の情を読み取るのが自然であろうから、とすれば、そのような二人の思いこそが正体露顕から離別へという展開を拒んだ要因として設定されているということになる。

しかし、そのために異類婚姻譚としての枠組みが完全に崩壊してしまったわけではない。右に続けて「時に、彼の妻、紅の襴染《すそぞめ》の裳今の桃花《つき》の裳を云ふ。を著て窈窕《さ》ビて裳襴《もすそ》を引きつつ逝《ゆ》く。夫、去にし容《かほ》を視て、恋ひて歌ひて曰はく…」と語られていくように、最終的には女が去ることで異類婚姻譚の枠組みに収まりはするのである。定型からの逸脱は来つ寝＝キツネの語源譚を語ることに起因するのだから、所期の目的さえ達成できれば女が通い続ける必要はなく、再び異類婚姻譚の枠組みが復活してくるということなのであろう。男の側が「恋は皆我が上に落ちぬたまかぎるはろかに見えて去にし子ゆゑに」との歌を詠み未練の情を一貫させているのに対し、女の側がもはやその思いに応じようとしないのも、そのような枠組みの復活が原因なのだと思われる。

とはいえ、当該説話は、異類婚姻譚の枠組みを破壊しかねないところにまできているのであり、そのような力の源として、残される男の未練及びそれに応えようとする女の存在が設定されているのであった。このような当該説話の存在は、異類婚姻譚の展開を考える上で非常に重要であると考える。異類婚姻譚に語源譚が複合されることにより正体露顕後の離別が無効化されるとするならば、その先には別れという結末が完全に回避される段階も予想されるからである。言わば、異類婚姻譚がその枠組みを放棄し、新たな段階へと踏み出すその分水嶺に当該説話は位置しているのである。

四　悲劇の構造

しかしながら、日本の異類婚姻譚がそのような方向へと発展していくことはなかったように思われる。確かに、天人女房型説話の中には、七夕型説話と複合して、天へと飛び去った天女を男が追っていくものもあり、室町時代には『天稚彦物語』（『天稚彦草子』）のような御伽草子も書かれてはいるのだが、それらはむしろ少数派であろう。多くの場合、二人の別れは不可避の結末として設定されており、むしろそのような離別に直面した二人の心情に焦点が絞られていくのである。ここに至って、別れという要素は、単なる自明の結末であることを越えて、二人の交流を阻害しその悲劇性を高める要因として位置付け直されてくるのである。

『丹後国風土記』（逸文）に載る浦嶋子伝承では、女の住む異界に連れてこられた浦嶋子が望郷の念を起こすところから、別れの場面が開始される。知られるように、女は浦嶋子の帰郷に際して玉匣を渡して「君終に賤妾《われ》を遺てず、眷《かへ》り尋ねむとおもはば、匣を堅《かた》握めて、慎《ゆめ》な開き見そ」と告げるのだが、これはいかにも再会のための約束のようでありながら、『新編全集』が「昔物語において、課されたこの種のタブーは破られるように話は展開する」と施注するように、二人の別れを劇的に描き出すための伏線なのであろう。はたして、故郷に帰った浦嶋子は、女の言葉を忘れて玉匣を開けてしまうのである。ここに二人の別れは決定的となり、

ここに嶼子《しまこ》、前日《さき》の期《ちぎり》を忘れ忽《にはか》に玉匣《たまくしげ》を開きあけつ。即ち未瞻之間《たちまち》に芳蘭之体《よきらにのかをり》、風雲のむた翩《ひるがへ》りて蒼天《そら》に飛びゆきぬ。嶼子、即ち期要《ちぎり》に乖違《たが》ひ、かへりてまた会ふことの難きを知りぬ。首を廻らして踟蹰《たたず》み涙に咽《むせ》ひて徘徊《たもとほ》りき。

と、再会の叶わないことを知った浦嶋子は悲嘆の涙にくれるほかない。後に記される後人の追和歌にも

水江の浦嶋の子が玉匣開けずありせばまたも会はましを
常世辺に雲立ち渡る多由女雲は継がめど我そかなしき(6)

と詠まれているように、この伝承に接した人々も、玉匣を開けてしまった浦嶋子の行為を悔やみとともに悲しむという構造なのであろう。

しかし、だからといって、人々の思いがこの別れを回避しようとする方向に進むことにはならなかった(7)。浦嶋子伝承は十世紀に増補加注され『続浦嶋子伝記』を生み出したが、そこで目指されたのは浦嶋子と女（亀媛）との悲恋をいっそう強調することであり(8)、「水乃江浦嶋子加玉匣開天乃後曾久厄子鴈氣留」（水の江の浦嶋の子が玉匣開ての後ぞ悔しかりける）との和歌が詠まれているように、人々は、二人の別れを前提とした上で、彼らに成り代わってその思いを和歌や漢詩に託していったのである(9)。

つまり、「玉匣開けずありせばまたも会はましを」「玉匣開ての後ぞ悔しかりける」という評は確かにその通りでありながら、しかし玉匣を開けない浦嶋子など誰も望んではいないということである。開けてはいけない玉匣を開けてしまったことを悔やみながらも、そのことによって可能になった悲劇に、人々は共感し涙するのである。

このような悲劇の構造は、『竹取物語』にも認められる。天人女房型説話の話型に従い、物語の結末部でかぐ

や姫は昇天することになるが、ここでも別れが回避されることはない。かぐや姫の口から「さらずまかりぬべければ」「今年ばかりの暇を申しつれど、さらにゆるされぬによりてなむ」と説明されるように、それはもはや避けられない既定の事実として物語に登場してくるのである。そして、作中の人物達は、ささやかな抵抗もむなしく、ただただ嘆き悲しむほかない。昇天直前に書き残した「この国に生まれぬるとならば、嘆かせたてまつらぬほどまで侍らん。過ぎ別れぬること、かへすがへす本意なくこそおぼえはべれ」「かくあまたの人を賜ひて、とどめさせたまへど、許さぬ迎へまうで来て、取り率てまかりぬれば、口惜しく悲しきこと」という言葉にかぐや姫の悲しみは表されていようし、残された翁夫婦や帝にしても、薬も飲まずに病み臥せったり不死の薬を燃やしてしまうほどにその喪失感は大きいのである。確かに、この物語は「士どもあまた具して山へのぼりけるよりなむ、その山を「ふじの山」とは名づける」と読者の感情を逆撫でしかねない語源譚を付け加えてこの場面を終えるなど、抒情一辺倒には終止しない機知的な側面も有しているのではあるが、しかし、恩愛の絆に囚われ悲嘆に暮れるほかない彼らの姿に読者の共感を誘うべく昇天場面が仕組まれていることもまた、紛れもない事実であろう。

これらの浦嶋子伝承や『竹取物語』は、知識人の手が相当に加わったものであり、伝承世界の自然な産物とは言えない。それゆえ、このような展開を支えたものは、神への信仰の衰退といった一般的な要因ではあるまい。むしろ考慮すべきは、同時代における神仙譚や閨怨詩の存在であろう。それらの中国文学に刺激されながら、八世紀から九・十世紀にかけて、別れの悲劇性を強調する方向へと展開していく道が切り拓かれていったのだと推測される。

五　王朝物語史へ

本章冒頭に述べたように、七・八世紀の異類婚姻譚には、異類であることを強調し彼らを忌避する方向に展開していったⅡのようなものも存在する。そのような話は、主に古代・中世の説話世界に保存されながら、やがて異類を嫌悪する「蛇婿入り」や「蛙女房」といった昔話の世界に連なっていくのであろう。しかし同時に、異類との別れを悲劇的な結末として捉え返し、その別れを抒情的に描き出そうとする方向に向かう流れもまた存在したのである。この方向は、異類という側面を希薄化させながら、一つの話型にまで純化されつつ王朝物語の領域に引き取られていくと考えるが、そのような流れもまた日本の文学史に命脈を保ち続けていったのであろう。(10)

小澤俊夫氏は、昔話「つる女房」の結末がヨーロッパの人々には理解しにくく、多くの研究者から、飛び去った女房を夫が追っていかないことについて質問されたことを紹介して、

この「つる女房」の夫は、機織りの仕方を見たいという好奇心にかられて、つい女房の禁令を犯してのぞいてしまい、それによって女房を失う羽目《はめ》におちいってしまった。女房のほうからみても、恩返しと思ってきたのに、のぞかないでくれという自分の禁令を夫が破ったために、別れなければならない羽目におちいったわけで、その複雑に入り混じった気持ちが、ことばにならずにこの話を支えていることはあきらかである。別れのこの悲しさを声を大にして語らずに、ただ余韻としてひびかせる終わり方、これは日本の異類婚姻譚の大多数がもつ、文芸的特質であると思う。

と述べている。(11)もとより、浦嶋子伝承や『竹取物語』から昔話の世界へはなお幾多の変遷が予想される。しかし、別れの悲しさを余韻として響かせつつ終わるという日本の異類婚姻譚の文芸的特質は、本章で述べて来たような展開の延長線上に出てくるものではあるまいか。

（1）中川ゆかり「神婚譚発生の基盤」（『上代散文　その表現の試み』塙書房二〇〇九年）など参照。
（2）柳田国男「桃太郎の誕生」（『桃太郎の誕生』柳田国男全集第六巻、筑摩書房一九九八年）参照。
（3）古橋信孝「愛欲の自覚」（『和文学の成立』若草書房一九九八年）。なお、当該伝承については、山本大介「異類婚における異性愛―三輪山伝承を中心に―」（『文学研究論集』明治大学大学院、二〇〇五年二月）も参照。
（4）残された側の未練は、『近江国風土記』（逸文）の伊香小江伝承にも認められる。
（5）この点については、第一篇第四章「『古事記』における男と女―いろごのみ再考―」をも参照されたい。
（6）当該歌の第三句第四句には誤写脱字が想定され、本文が定め難い。本章は『新編全集』の本文に従ったが、「玉匣はつかに開けし」（日本古典文学大系『古代歌謡集』）「たゆまくもはつかまどひし」（日本古典文学大系『風土記』）などと訓む説もある。
（7）渡辺秀夫「『続浦嶋子伝記』の論」（『平安朝文学と漢文世界』勉誠社一九九一年）参照。
（8）嘉承二年（八四九）三月の仁明天皇の四十賀に際して興福寺の僧が奉った長歌や（続日本後紀）、天慶六年（九四三）の『日本紀竟宴和歌』に載る大江朝望の和歌からすれば、浦嶋子が常世の国に永住したという伝承も、九・十世紀頃には存在した可能性がある。しかし、『後撰和歌集』一一〇四番歌や『九条右大臣集』二一・二二番歌などに照らしても、広く人口に膾炙していたのは、玉匣を開ける方であったと思われる。
（9）『続浦嶋子伝記』の引用は、『群書類従』に拠る。
（10）前章では「人妻」の語を手掛かりに、理性と感情の鬩ぎ合う七世紀的段階から感情（恋心）を抱いたままそれが内省化していく八世紀的段階を経て九世紀の平安朝文学へ展開していく歌の様子を確認したが、本章で浮かび上がってきた異類婚姻譚の展開も同様の軌跡を描いていると言えよう。
（11）小澤俊夫「ひとと動物との婚姻譚―動物女房」（『昔話のコスモロジー』講談社学術文庫一九九四年）。

第二篇

九・十世紀の恋愛文学

第一章 〈あき〉の誕生

――萬葉相聞歌から平安恋歌へ――

一 はじめに

『源氏物語』若菜上巻、女三の宮の降嫁により苦悩を深める紫の上は、次のような手習歌を認める。

身にちかく秋や来ぬらん見るままに青葉の山もうつろひにけり　（④八九）

「青葉の山」に源氏の愛情を重ね、秋の到来により青葉の山の色が変わっていくことと、源氏が自分に飽きてその愛情が冷めてしまうこととを二重映しにした和歌である。「秋」と「飽き」の掛詞を用いたいかにも平安和歌らしい一首であるが、この掛詞〈あき〉を獲得したことは、単なる一技法上の問題を超えて、平安朝の恋愛文学が展開していく上での重要な出来事であったと思われる。それは、自らの恋心の表出を基本としていたと思しい恋歌の歴史の中で、この語が〈人の心〉という新たな表現領域を開拓していく際の牽引力になっていったと推測されるからである。

たとえば、次の和歌は『古今和歌集』に収められた読人知らずの恋歌であり、〈あき〉の比較的初期の用例と推測されるものだが、秋＝飽きという関係の発見を通して、秋を待たないホトトギスや秋の到来により起こる時雨や紅葉という自然現象と自らの恋愛とを関連づけたものとなっている。

忘れなむ我をうらむな郭公《ほととぎす》人の秋にはあはむともせず　（恋4・七一九）
思ふよりいかにせよとか秋風になびく浅茅の色ことになる　（恋4・七二五）
千ぢの色に移ろふらめど知らなくに心し秋の紅葉ならねば　（恋4・七二六）
わが袖にまだき時雨の降りぬるは君が心に秋や来ぬらむ　（恋5・七六三）
しぐれつつもみづるよりも言の葉の心の秋にあふぞわびしき　（恋5・八二〇）
秋風の吹きと吹きぬる武蔵野はなべて草葉の色かはりけり　（恋5・八二一）
秋といへばよそにぞ聞きしあだ人の我をふるせる名にこそありけれ　（恋5・八二四）

このように、〈あき〉を結節点として自然の推移と恋人の心変わりとが結び付けられたことにより、恋の終末期を生きる自らの苦悩の原因を、秋の到来すなわち相手の心の「飽き」に求めていくという認識が浸透していくのではないか。

では翻って、平安恋歌はどのようにして「秋＝飽き」という掛詞を獲得するに至ったのか。本章では、〈あき〉という語が誕生するまでの過程やその要因について考えていくことにしたいと思う。

二　贈答歌と心変わり――七世紀の段階

「秋」と「飽き」の掛詞は『萬葉集』では未成立であったと考えられる(1)。しかし、『萬葉集』に相手の心変わりを問題視する発想が全く存在しなかったわけではない。むしろ、そのような発想じたいは早く七世紀から認められるのである。

A　久米禅師が石川郎女を娉《よば》ふ時の歌五首

み薦《こも》刈る信濃の真弓我が引かばうま人さびて否と言はむかも　禅師

み薦刈る信濃の真弓引かずして強作留わざを知るといはなくに　郎女

梓弓引かばまにまに寄らめども後の心を知りかてぬかも　郎女

梓弓弦緒《つらを》取りはけ引く人は後の心を知る人そ引く　禅師

東人《あづまと》の荷前《のさき》の箱の荷の緒にも妹は心に乗りにけるかも　禅師

（2・九六〜一〇〇）

B　妻に与ふる歌一首

雪こそは春日消ゆらめ心さへ消え失せたれや言も通はぬ

妻が和ふる歌一首

松反りしひてあれやは三栗の中上り来ぬ麻呂といふ奴

右の二首、柿本朝臣人麻呂が歌の中に出でたり。（9・一七八二〜三）

久米禅師と石川郎女はともに伝未詳ながら、Aは天智朝の歌として収められたもので、それに従えば七世紀半ば頃の用例ということになる。Bも「柿本朝臣人麻呂が歌の中に出でたり」という左注に不審が抱かれるが、人麻呂歌集を原資料とするもので、七世紀後半の用例と考えてよいのであろう。このように、早くから用例が認められるにもかかわらず、それが萬葉歌の主流となっていかなかったのは何故なのか。

注目したいのは、右がいずれも贈答歌中のものだという点である。Aは、二首目の「強作留」が難訓だが、久米禅師が「私があなたを誘惑したら、あなたは貴人ぶって否と答えますか」とやや遠回りに申し出てきたのに対して、石川郎女が「本気で女を誘ってもみないで…」とはねつけたということなのであろう。しかしそこで終わるのではなく、郎女は続けて「お誘い下さればお心のままに従いましょうけれど、将来のお気持ちがわからないので不安です」と詠みかけるのである。この二首については、『伊藤釈注』の「女は、目下の誘いは本気なのか（九七）、そしてその本気は将来とも続くのか（九八）という二つの点を、からかいを装いながら確かめに出たわけで、ここには女の逆攻勢がある。男の誘いに応じつつ、逆に女が為手《して》になりかわって誘い水をかけたのである」とする方向での理解が、正鵠を射ていよう。将来の愛情を疑問視して拒んでいるようでありながら、しかしそれは、その点さえ問題なければ求婚をお受けしますという間接的な意思表示ともなり得ているのである。はたして、対する禅師は、その問いかけに対し、主にその九八歌に応じる形で「将来も変わらぬ愛情を持つと知っているからこそ求婚するのです」と答えることになる。この九九歌は下二句について構文のねじれが指摘されているが、『和歌文学大系』などが指摘するように、「知る人ぞ」と終わるべきところに「後の心を知ればこそ引け」という気持ちが重ねて強調されたために生じたものなのであろう。とすれば、そのような無理をしてまで詠み込まれた結句「知る人ぞ引く」は、第一首目の「我が引かば」との関係から、久米禅師の明確な求婚の申し出を意味すると考えて間違いあるまい。つまり、郎女の九八歌が求婚のための「誘い水」として機能したということである。そして、最後の「妹は心に乗りにけるかも」というたい収めは、「久米禅師が石川郎女を娉ふ時の歌五首」という題詞と考え合わせれば、『集成』や『伊藤釈注』が指摘するように、ここに二人の結婚が暗示されるという結構なのだと思われる。

右のように贈答歌の呼吸を理解する時、「後の心を知りかてぬかも」と郎女が詠み得たのは、機知的な言葉の応酬の中に展開していく場の雰囲気に拠るところが大きいと予想されてくる。確かに、当該歌は「一首の心は、かうした際の女性に共通な、型のやうになつてゐるものである」（窪田評釈）「内容は極めて常識的なるにすぎない」（土屋私注）と評されるような側面を持つが、しかしそれが無条件に詠出されたわけではあるまい。ここに用いられた「後心」は、集中当該箇所にのみ見られる珍しい語であり、「信濃の真弓」を「梓弓」と言い換えていくという贈答歌の展開からしても、また「梓弓」「引く」「寄る」と弓に関連する語句で構成される一首のあり方からしても、「梓弓」に関わる「末」が期待されるところである。この点に注目した村田正博氏は、「後心」が中唐の頃までは一般の漢詩文中に用いられることがほとんどなく、むしろ仏典関連の資料に散見されることから、この語を仏典語と推定し、

　このことに思い当たってみると、郎女が「梓弓引かばまにまに依らめども」と禅師の誘引に従おうとする心のあることをあらわしながら「後の心を知りかてぬかも」と懸念したのは、相手が「禅師」と称することとて、当然「後の心」を持ちあわせわきまえているはずとの期待の上で、確乎たる安堵のことばを求めようとしたのではないかと忖度される。

と、詠歌背景を捉えたのであった。（2）そもそも久米禅師が「信濃の真弓」を持ち出した背景に、彼が武門の家柄である久米氏の名を持つことが関与しているとすれば（稲岡全注）、右の想定は大いにあり得たことであろう。つまり、そのような戯れ合いの雰囲気の中で、「後の心を知りかてぬかも」は詠出されたということである。

Ｂは、妻の用いた「中上り」という語が国司が任期中に上京することの意と考えられることから（3）、地方に赴任した夫と都に残された妻の間の贈答歌と推定される。そして、問題の歌は夫が妻に与えたとされるもので、妻からの便りが来ない原因を、雪と心の対比を用いて、春になって雪が消えることはあろうけれど、まさかあなたの心までもが消えたわけではないでしょうに…と、妻の心変わりに求めて非難したものである。これは妻からの便りを待ちわびる気持ちの裏返しの表現ではあろうが、当時の歌のあり方に照らして、いささか斬新に過ぎよう。旅の歌が家郷への連帯志向を一つの重要な発想とすることは知られる通りだが、病臥直後の歌であり客死の可能性を考えていたとはいえ、越中赴任時代の家持の歌にも「…はしきよし妻の命も　明け来れば門に寄り立ち　衣

手を折り返しつつ　夕されば床打ち払ひ　ぬばたまの黒髪敷きて　いつしかと嘆かすらむそ…」（17・三九六二）や「…あをによし奈良の我家に　ぬえ鳥のうら嘆けしつつ　下恋に思ひうらぶれ　門に立ち夕占問ひつつ　我を待つと寝すらむ妹を　逢ひてはや見む」（17・三九七八）といった表現が認められることに鑑みれば、それは地方官人にも共有される発想だったのであろう。とすれば、当該歌の場合も、地方赴任中の自らの身を案じその帰りを心待ちにする妻の姿を想像するのが、自然な成り行きであったと推測されてくる。言い換えれば、連帯そのものを疑うような「心さへ消え失せたれや」という問いかけが真に成り立ち得た可能性は低いように思われるのである。実際、妻からの返歌も、あなたの方こそ一向に上京して来ないのは惚けてしまったからなのでしょうか、と手厳しいしっぺ返しになっていることを考慮すると、これは悪口合戦という趣であって、二人の親愛さを前提とした上での戯れ合い、あるいはそういう設定のもとで披露された創作歌と解すべきなのであろう。

ＡＢをこのように解して大過ないならば、相手の心変わりという素材は、平安和歌の場合とは異なり、戯笑的な雰囲気の中で詠出されるものであったということになる。逆に言えば、相手への不信感を生のままでは表現し得ないようなある種の憚りがこの時代にはまだ存在していたのではないかということである。(4)

三　二四五五歌をめぐって

もっとも、右のように言うためには、人麻呂歌集に次のような歌のあることが問題になるかもしれない。

我が故に言はれし妹は高山の峰の朝霧過ぎにけむかも　（11・二四五五）

たとえば『新編全集』は、「この過グは思ヒ過グ（三三八）の意で、思わなくなること」と施注し、「わたしのせいでとやかく言われたあの娘《こ》は高い山の峰の朝霧《あさぎり》が消えるように心変わりしたのではなかろうか」と現代語訳する。

このような理解は早く『代匠記』に見られ、『土屋私注』や『澤瀉注釋』『集成』などにも受け継がれているものだが、もしこのような解釈が成り立つとすると、前節末で述べた想定は早くも修正を迫られることになる。

しかし、そのような理解は語義解釈の方法という点で大きな問題を含んでいるのではないか。確かに「過ぐ」には「思わなくなる」と意を汲むべき例があるにはある。しかし、それは「「過ぐ」は、形の上では遠ざかる、心の上では情が薄らぐ意」（集成）だからではない。「過ぐ」はあくまで「ある一点をはさんで、その一方の側から他の側へ移動する意を示す」（時代別）語であり、「甲ガ乙ヲ過ぐ」というのが基本的な用法であろう。そこから、「荒磯越す波を恐み淡路島見ずや過ぎなむここだ近きを」（7・一一八〇）「妹が門行き過ぎかねつひさかたの雨も降らぬかそをよしにせむ」（11・二六八五）というように、乙を通り過ぎることができないという事態を媒介として、乙への恋情や愛着が含意されるようになる。「霞降り鹿島の崎を波高み過ぎてや行かむ恋しきものを」（7・一一七四）はその思いを明示した例であり、「ちはやぶる金の岬を過ぎぬとも我は忘れじ志賀の皇神」（7・一二三〇）は、「過ぐ」との対比で自らの過ぎない内面を表現した例である。後者のような対比は

咲く花は過ぐる時あれど我が恋ふる心の中は止む時もなし　（11・二七八五）
月日夜は過ぐは行けども母父が玉の姿は忘れせなふも　（20・四三七八・防人歌）
うぐひすの声は過ぎぬと思へどもしみにし心なほ恋にけり　（20・四四四五・家持）

にも共通する。また、次の例は、同様の対比意識に拠りながらも、自らの内面により焦点を絞る形で表現したものと思われる。

神奈備の神依り板にする杉の思ひも過ぎず恋の繁きに　（9・一七七三・人麻呂歌集）
今夜の暁ぐたち鳴く鶴の思ひは過ぎず恋こそ増され　（10・二二六九）
忘るやと物語して心遣り過ぐせど過ぎずなほ恋ひにけり　（12・二八四五・人麻呂歌集）

ここまでくると、

家人に恋過ぎめやもかはづ鳴く泉の里に年の経ぬれば　（4・六九六・石川広成）

さ寝そめていくだもあらねば白たへの帯乞ふべしや恋も過ぎねば　（10・二〇二三・人麻呂歌集七夕歌）

うらぶれて離れにし袖をまたまかば過ぎにし恋い乱れ来むかも　（12・二九二七）

のように、対比構造を用いることなく、抽象的な「恋」を甲の位置に置いて表現することも可能になってくる。

もっとも、このような用例が人麻呂歌集にも認められることから、『萬葉集』の頃には既に右のような用法はほぼ出揃っていたと考えるべきだが、ともあれ、「過ぐ」が「思わなくなる」のような意を帯びてくるのは、乙の位置に具体的な対象が来る場合か甲の位置に抽象的な心情が来る場合に限られており、その用法も反語や打消を伴って、一首全体としては「忘れることができない」という心情を表現するものであったと推定されるのである（右の二九二七はそのような用法が確立した後の派生的用法で、あえて諧謔的な効果を狙ったものであろう）。

『新編全集』などが指摘する「思ひ過ぐ」は、「明日香川川淀去らず立つ霧の思ひ過ぐべき恋にあらなくに」（3・三二五・赤人）のように、多く「思ひ過ぐべき〜にあらなくに」という形をとるが、「神奈備の三諸の山に斎ふ杉思ひ過ぎめや苔生すまでに」（13・三二二八）も含めて、「思ひガ過ぐ」というところから「思わなくなる・忘れる」の意になるのであり、当該歌とは用法を異にする。また、『澤瀉注釋』が類似の用法として挙げる「もみち葉の過ぎかてぬ児を人妻と見つつやあらむ恋しきものを」（10・二二九七）は、乙の位置に「児」が来ている例であり、これも参考例とすることはできない。当該歌は、「にけむかも」の他例

雨つつみ常する君はひさかたの昨夜《きぞのよ》の雨に懲りにけむかも　（4・五一九・大伴女郎）

さ夜更けて夜中の潟におほほしく呼びし船人泊てにけむかも　（7・一二二五）

百済野の萩の古枝に春待つと居りしうぐひす鳴きにけむかも　（8・一四三一・赤人）

高円の野辺の秋萩このころの暁露に咲きにけむかも　（8・一六〇五・家持）
率《あども》ひて漕ぎ去にし船は高島の阿渡《あど》の湊に泊てにけむかも　（9・一七一八・黒人）
雨間明けて国見もせむを故郷の花橘は散りにけむかも　（10・一九七一）
帰り来て見むと思ひし我がやどの秋萩すすき散りにけむかも　（15・三六八一・遣新羅使人）

特に、このうちの四例が「～し体言ガ―にけむかも」という構文を採ることに照らしても、「妹ガ過ぐ」の意に解されるべきものであろう。

次に問題となるのはその場合の「過ぐ」の意味だが、右に指摘した構文が「かつて～した体言は（その時から時間が経過したのでもう）―してしまっただろうか」という文意を形成する点に鑑みれば、当該歌の場合も、今は眼前にいない「我が故に言はれし妹」のことを思い出して今ではもう「過ぎにけむかも」と考えている、とするのが素直であろう。かつて関係のあった人物のことを想像する歌には

山菅の実成らぬことを我に寄そり言はれし君は誰とか寝らむ　（4・五六四・坂上郎女）
橘の寺の長屋に我が率寝し童女放りは髪上げつらむか　（16・三八二二・古歌）

といった例があるが、当該歌も同様に考えてよいのなら、その場合の「過ぐ」とは詠み手にとって注目するに足る何らかの必然性を持っていたはずだから、旅という状況でも考えない限りどこかを通過する意とは考えにくく、とすれば、『折口口訳』や『鴻巣全釈』が早く指摘したように、「死ぬ」の敬避表現と考えるのが最も穏当な解釈かと思われる。人麻呂挽歌に「しきたへの袖交へし君玉垂の越智野過ぎ行くまたも逢はめやも」（2・一九五）という表現のあることも参考になろう。

四　「夢」の歌――七世紀から八世紀へ

改めて言い直せば、相手の心変わりという素材は、七世紀の段階では未だ内省的な抒情を伴っては詠出されにくいものであり、平安和歌の場合とは異なり、戯笑的な雰囲気の中で詠まれ享受されるものであったと推測されるのである。しかし、七世紀から八世紀にかけて、そのような状況にも次第に変化が認められるようになる。そのことを、「夢」を素材にした歌の展開に即して確かめておこう。『萬葉集』に夢を詠んだ歌は或本歌を除くと九十八首認められるが、人麻呂歌集には次の十首が認められる。

ア秋の夜の霧立ち渡りおほほしく夢にそ見つる妹が姿を　（10・二二四一・秋相聞）
イ我妹子に恋ひすべながり夢に見むと我は思へど寝ねらえなくに　（11・二四一二）
ウいかならむ名に負ふ神に手向せば我が思ふ妹を夢にだに見む　（11・二四一八）
エさね葛後も逢はむと夢のみをうけひ渡りて年は経につつ　（11・二四七九）
オ里遠み恋ひうらぶれぬまそ鏡床の辺去らず夢に見えこそ　（11・二五〇一）
カ我が心ともしみ思ふ新た夜の一夜も落ちず夢に見えこそ　（12・二八四二）
キ直に逢はずあるはうべなり夢にだになにしか人の言の繁けむ　（12・二八四八）
クぬばたまのその夢にしも見継げりや袖乾る日なく我が恋ふらくを　（12・二八四九）
ケ現には直にも逢はず夢にだに逢ふと見えこそ我が恋ふらくに　（12・二八五〇）
コ我妹子を夢に見え来と大和道の渡り瀬ごとに手向そ我がする　（12・三一二八・羈旅発思）

これらを見渡して注目されるのは、傍線を付したように、十首中七首に「夢に見えこそ」のような相手との出会いを求める表現が用いられている点である。このような願望表現は九十八首中二十二首に認められるが、その約三分の一に相当する七首が人麻呂歌集に集中するのである。他の十五首が八十五首中の数値であることを考えれば、これがいかに高率であるかが納得されよう。また残る三首も、アは妹を夢で見たと詠んでいること、キはウヤケと同様に「夢にだに」の句を持つこと、またクは相手の夢に自分が出現したかを聞くものであることからすれば、相手との連帯志向性は全ての歌に共通していると見なすことも可能なのである。

しかし、その表現を子細に眺めると、「夢に（だに逢ふと）見えこそ」という願望に主眼のあるもの（オカケ）から、見方によっては「手向」の無効を含意していそうなもの（ウコ）、さらには「寝ねらえなくに」「年は経につつ」の結句によってその願望が叶えられそうにないことが示されているもの（イエ）、そして「なにしか人の言の繁けむ」によって夢での出会いが叶わないことがほぼ確実なもの（キ）――或本歌の「現にはうべも逢はさず夢にさへ」になるとその点はさらに明瞭となる――へと、願望度合いないし連帯の確実さの程度には濃淡が認められることも事実である。つまり、人麻呂歌集の夢の歌は、現実に会えない相手にせめて夢の中でだけでも会いたいという願いを直接間接に響かすことで相手を求めて止まない詠み手の心を浮き彫りにするものであると同時に、夢での連帯を疑問視し得るような要素をも含んだものなのであった。

とはいえ、本章ではその要素が未だ萌芽状態である点を重視したい。連帯関係への疑問度合いが最も高そうなキにしても、「なにしか人の言の繁けむ」とその原因は世間の噂に求められているのであり、前掲Bの「心さへ消え失せたれや」のように、相手の心と結び付けられてはいないのである。

ところが、八世紀になると、相手が夢に見えたことをうたう歌やその出現を願う歌が依然として主流を占めてはいるものの、前述の要素をさらに発展させたような、相手が夢に見えないことを明示する歌が詠まれるようになる。

夢にだに見えばこそあれかくばかり見えずしあるは恋ひて死ねとか　（4・七四九・家持）

都道を遠みか妹がこのころは祈《うけ》ひて寝れど夢に見え来ぬ　（4・七六七・家持）
夢にだに見えむと我はほどけども相し思はねばうべ見えざらむ　（4・七七二・家持）
相思はず君はあるらしぬばたまの夢にも見えずうけひて寝れど　（11・二五八九）
夢にだになにかも見えぬ見ゆれども我かも迷ふ恋の繁きに　（11・二五九五）
我が恋は慰めかねつま日長く夢に見えずて年の経ぬれば　（11・二八一四）

これら六首のうち、家持の詠んだ三首は大伴坂上大嬢に贈ったものであり、最後の二八一四歌も問答歌だから、そのように相手を強く非難することで対の関係が築かれていくという側面にも目を向けておかなければなるまい。そういった雰囲気の中でこそ、夢に見えないと明言することも可能だったのであろう。しかしながら、そういった側面からだけでは捉えきれない問題もここには孕まれているのではないか。

二五八九歌を『伊藤釈注』は「平凡」と評するが、夢に見えない理由を「都道を遠みか」などと推測するのとは違い、そのことを根拠に「相思はず君はあるらし」と言い切るのは、かなり踏み込んだ表現だと考える。このような「らし」は

塩津山うち越え行けば我が乗れる馬そつまづく家恋ふらしも　（3・三六五・笠金村）
妹が門出入の川の瀬を速み我が馬つまづく家思ふらしも　（7・一一九一）
我妹子し我を偲ふらし草枕旅の丸寝に下紐解けぬ　（12・三一四五）
我が故に妹嘆くらし風速の浦の沖辺に霧たなびけり　（15・三六一五・遣新羅使人）
我が妻はいたく恋ひらし飲む水に影《かご》さへ見えてよに忘られず　（20・四三二二・防人歌）

のように、旅中において家郷との連帯関係を確認する際にしばしば用いられるが、当該歌では反対に連帯関係の不成立であることが確認されているのである。やや図式的に整理すれば、相手との連帯を確認する手段であった

「夢」という素材は、やがてその連帯関係を疑い夢に見えないことを明示的に詠むような方向へと表現領域を拡大し、やがてその理由を相手の心に求めるところにまで行き着いた、ということになる。当該歌に学んだ可能性がある家持歌(七七二)が前述の通り大伴坂上大嬢への贈歌であること、また当該歌と同様の「らし」の例と考えられる「常止まず通ひし君が使来ず今は逢はじとたゆたひぬらし」(4・五四二)も「高田女王、今城王に贈る歌六首」の中の一首であることからすれば、当該歌も相手に贈られた可能性は否定は出来ないが、これが「古今相聞往来歌類」として収められている点を重視すれば、そのような歌を実際の詠作現場から切り離し一首単独で享受するような雰囲気も八世紀頃には醸成されつつあったのかと想像される。

五 内省化と心変わり——八世紀の段階

そのような状況の変化に対応してか、八世紀になると次のような用例が見出せるようになる。

C 大伴坂上家の大嬢が大伴宿禰家持に報へ贈る歌四首

生きてあらば見まくも知らずなにしかも死なむよ妹と夢に見えつる

ますらをもかく恋ひけるをたわやめの恋ふる心にたぐひあらめやも

月草のうつろひ易く思へかも我が思ふ人の言も告げ来ぬ

春日山朝立つ雲の居ぬ日なく見まくの欲しき君にあるかも

(4・五八一～四)

題詞に「報へ贈る歌」とあり、家持からの贈歌に対して大伴坂上大嬢が返歌したものと推定される。しかし、当の贈歌は記されておらず、どのように応じたものなのか具体的には詳らかにし難い。特に本章が問題にしたい五八三歌には「言も告げ来ぬ」と詠まれているが、早く『金子評釈』が注目し小野寛氏が疑問を呈したように、(5) 贈歌に応じる表現としてこれはいささか不自然であろう。前二首が「なにしかも死なむよ妹と夢に見えつる」「ますらをもかく恋ひけるを」と、家持からの働きかけを認めそれへの応答を詠み込んでいる点に照らしても、差は明かである。『集成』が「前の二首に対して後二首は独詠的である」とするのもその点を感じ取ってのことであろうし、小野氏が報贈歌だったのは前二首のみで後二首はしばらく後の贈歌である可能性を考えたのも同様であろう(6)。

とはいえ、そのことをもって五八三歌が本来独詠歌であったとするのは早計に過ぎる。贈歌の記載がない報贈歌は同じ巻四にも六二七・七六九・七八六〜八と認められ、編纂段階での削除や原資料上の問題も考えられるからである。むしろ、贈歌を記さない『萬葉集』の問題として、その独詠性は押さえられるべきであろう。本来は家持からの贈歌との関係において意味を持っていた四首だが、それが贈歌と切り離された時、そこに新たな意味合いが付与されるようになったということである。おそらくそれは、何らかの事情で逢瀬が妨げられているという前提のもと、「死なむよ妹」と訴えてきた夢の中での家持の言葉を起点として、それを短慮であるとたしなめつつ、そのことにより自らの強い恋情を自覚しながらも、一転して便りさえない現実への不安を感じ、にもかかわらず恋心が膨れ上がってくるというように、二転三転する心の様を詠出したものであったと思われる(7)。

とすれば、そのことは、そのように揺れ動く心情の中で、来訪がないことを相手の心変わりと関連づけて嘆くような内省的な独白を享受し得る基盤がこの頃には存在していたことを意味することにもなろう。そして、類似の現象は

D　笠女郎が大伴家持に贈る歌一首

水鳥の鴨の羽色の春山のおほつかなくも思ほゆるかな　（8・一四五一）

にも指摘できるのではないか。題詞に明らかなように、Dは笠女郎が家持に贈ったものだが、この歌にも家持か

らの返歌は記されていない。知られるように、集中に二十九首を数える笠女郎の歌は全て家持への贈歌だが、Dが他の二十八首と同一の資料に基づくのかには問題が残るにせよ、霞のかかった春山の景色に重ねて家持の愛情への不安を表現した点が評価されて巻八（春相聞）に切り出されたことは動くまい。とすれば、ここでも巻八編者は、笠女郎と家持との間の具体的な事情を捨象して、愛情の不確かさを表現した歌としてこの歌を選び取ったということになる。もっとも、巻八には

E　厚見王、久米女郎に贈る歌一首

やどにある桜の花は今もかも松風速み地《つち》に散るらむ

久米女郎が報へ贈る歌一首

世の中も常にしあらねばやどにある桜の花の散れるころかも　（8・一四五八～九）

という贈答歌も載り、「桜の花」に久米女郎を寓すると見る説に従えば、前掲ABのような戯笑的な雰囲気の中で相手の心変わりを詠む歌も採録されていたことが推定されるが、本章冒頭に記したような〈あき〉の誕生へと繋がっていくのは、CDのような歌の享受の系譜であると思われる。

そして、そのような系譜が形作られていく上で大きな役割を果したのが、「怨恨」という主題の獲得だったのではないか。『萬葉集』には「怨恨歌」と題する大伴坂上郎女と紀女郎の歌を載せるが（4・六一九～二〇、六四三～五）、特に注目されるのは坂上郎女の怨恨歌である。これは巻四の配列から天平三～四年（七三一～二）頃の詠と推定されるが、彼女が同二年まで大宰府にいて旅人や憶良を中心とする文雅の雰囲気に触れていたことに鑑みれば、そこに中国文学の影響を考えるのは自然な推定であろう[8]。もっとも、その影響をどこまで認めるかについては、慎重な態度が求められる。小野寺静子氏が指摘するように[9]、歌じたいには後代の平安和歌による閨怨詩摂取の場合のような特徴的な詩語が認められない点からすると、中国文学との関係のみを強調するのも正しくある

まい。むしろ、文学史的に重要なのは、当該歌との前後関係は不明ながら、

　商返し許せとの御法あらばこそ我が下衣返し賜はめ

　右、伝へて云はく、時に幸《うつくし》びられし娘子あり姓氏未詳なり。寵の薄れたる後に、寄物俗にかたみといふを還し賜ふ。ここに娘子怨恨みて、聊《いささ》かにこの歌を作りて献上る、といふ。（16・三八〇九）

　味飯《うまいひ》を水に醸《か》みなし我が待ちしかひはかつてなし直にしあらねば

　右、伝へて云はく、昔娘子あり、その夫を相別れて、望《うら》み恋ひて年を経たり。その時、夫君《つま》更に他妻《あたしめ》を取《めと》り、正身《ただみ》は来ずて、ただ裹物《つと》のみを贈る。これに因りて、娘子はこの恨むる歌を作りて、これに還し酬《こた》ふ、といふ。（16・三八一〇）

と記されるような、男に捨てられた女の心情を主題化し詠歌対象とした点にあろうし、また方法的には「来むと言ふも来ぬ時あるを来じと言ふを来むとは待たじ来じと言ふものを」（4・五二七）「大汝《おほなむぢ》少彦名《すくなびこな》の　神こそば名付けそめけめ　名のみを名児山《なご》と負ひて　我が恋の千重の一重も　慰めなくに」（6・九六三）などに見られた言と事（心）の乖離という視点を取り込んで[10]、「はじめより長く言ひつつ頼めずはかかる思ひにあはましものか」（4・六二〇）と、現在の苦悩の原因を男の側に求めていった点にあると考える。そのことにより、嫉妬や怒りに直結するのではなく、男に捨てられた（ないし捨てられつつある）現状を内省的に捉え返す視座が文学表現の場に確保されていったのではないか。

　そのような視座の広がりを示すものとして、天平期以降に見られる次のような題詞の存在を指摘したい（サは天平八年〈七三六〉、スは天平十九年、セは天平二十年、ソ〜チは天平勝宝二年〈七五〇〉）。

サ忌部首黒麻呂、友の遅く来ることを恨むる歌一首（6・一〇〇八）

シ大伴家持が霍公鳥《ほととぎす》の晩《おそ》く喧《な》くを恨むる歌二首（8・一四八六〜七）

ス立夏四月、既に累日を経ぬるに、由《なほ》し未だ霍公鳥の喧くを聞かず。因りて作る恨みの歌二首（17・三九八三～四）
セ鶯の晩く哢《な》くことを恨むる歌一首（17・四〇三〇）
ソ更に霍公鳥の哢くこと晩きを恨むる歌三首（19・四一九四～六）
タ霍公鳥の喧かぬことを恨むる歌一首（19・四二〇三）
チ二十二日に、判官久米朝臣広縄に贈る霍公鳥を怨恨《うら》むる歌一首并せて短歌（19・四二〇七～八）
これらは、その実際の表現に即してみるとサ「山の端にいさよふ月の出でむかと我が待つ君が夜はふけにつつ」（6・一〇〇八）セ「うぐひすは今は鳴かむと片待てば霞たなびき月は経につつ」（17・四〇三〇）ソ「月立ちし日より招きつつうち偲ひ待てど来鳴かぬほととぎすかも」（19・四一九六）という具合であり、怨恨の情が鮮明になっているとは言い難い。しかし、傍線部と類似の表現が「豊国の企救《きく》の高浜高々に君待つ夜らはさ夜更けにけり」（12・三二二〇）「君に恋ひしなえうらぶれ我が居れば秋風吹きて月傾きぬ」（10・二二九八）「衣手を打廻《うちみ》の里にある我を知らにそ人は待てど来ずける」（4・五八九・笠女郎）と通常の相聞歌にも用いられていることからすれば、家持たちは（作者不明記のス～チについてはスセソチが家持タが久米広縄）そのような女と男の関係に自分と鳥や友の関係を擬してこれらの歌を詠んでいたのだと推察される。むしろここでも、そのような形で、待つ側の心情を主題化していく道が拓かれていったという点が重要であろう。このような営みを一つの基盤として、八世紀後半から九世紀にかけて、〈あき〉を生み出しまた享受する環境が整えられていったのだと見通される。

六　〈あき〉をめぐる表現体系の成立――八世紀から九世紀へ

しかし、それだけで〈あき〉誕生の過程が解明されるわけではない。右に述べてきたのは、言わば、戯笑的な雰囲気の中で詠出享受されていた相手の心変わりという素材が、やがてそのような場を離れ独詠的内省的なものとして自立していくまでの環境の変化であった。最後に考えなければならないのは、どうしてそこに〈あき〉が獲得されたのかという点、言い換えれば恋情表現における表現体系の問題である。

『萬葉集』の歌人達は、愛情をしばしば染色に喩えて表現した。「肥人《こまひと》の額髪《ぬかがみ》結へる染木綿の染みにし心我忘れめや」（11・二四九六・人麻呂歌集）「紅の深染めの衣色深く染みにしかばか忘れかねつる」（11・二六二四）などと詠まれているように、恋の始まりは色が染み込むことと捉えられたし、「託馬野に生ふる紫草衣に染めいまだ着ずして色に出でにけり」（3・三九五・笠女郎）「紅の深染めの衣を下に着ば人の見らくににほひ出でむかも」（11・二八二八）のように、色（心）を染めた衣を着ることは相手との肉体関係をも暗示していた。このような表現体系を持つ萬葉歌にとって、相手の心変わりは色が褪せること、すなわち「うつろふ」ことにほかならなかった。(11)

F月草に衣色どり摺らめどもうつろふ色と言ふが苦しさ　（7・一三三九）

G月草に衣は摺らむ朝露に濡れての後はうつろひぬとも　（7・一三五一）

Hうちひさす宮にはあれど月草のうつろふ心我が思はなくに　（12・三〇五八）

I紅に染めてし衣雨降りてにほひはすともうつろはめやも　（16・三八七七・豊後国白水郎）

FGは、前掲Cと同じく、相手を変色しやすい「月草」に喩えてその心変わりを詠んだ例であり、HIは、自身の愛情が変わらないことを相手に訴えた例である。やがて〈あき〉を獲得するに至る恋歌の表現史は、生活に密着したこのような景物表現に淵源していたのであろう。

このようにして詠まれた景物は「月草」が五首と最も多く（他は三〇五九）、他に「はねず」（六五七・三〇七四）や「山ぢさ」（一三六〇）があるが、しかし、たとえば「月草」が変色しやすいのは月草それじたいの特性に由因する事柄であり、この段階に留まっている限り、心変わりそれじたいは表現し得ても、その因果関係にまで視野を広げていくことは困難であったと想像される。ところが、「うつろふ」という認識それじたいの深まりにより、この点は乗り越えられていくことになる。『萬葉集』の段階において、それを成し遂げたのは家持であった。[12]

天平十六年（七四四）に詠まれた安積皇子挽歌で早くも「活道山木立の茂に　咲く花もうつろひにけり　世の中はかくのみならし」（3・四七八）と世の無常を捉えていた家持は、やがて「咲く花はうつろふ時ありあしひきの山菅の根し長くはありけり」（20・四四八四）「八千種の花はうつろふ常磐なる松のさ枝を我は結ばな」（20・四五〇一）といった歌を詠むようになっていく。言われるようにこれらの背後には当時の政局との関係も存在していようが、四四八四歌の左注に「右の一首、大伴宿禰家持、物色の変化《うつろ》ふことを悲しび怜《あはれ》びて作る」とあるように、万物流転する自然の姿もまた確かに捉えられていたのである。その上で、このような場合に用いられる景物がもっぱら「花」である点に注意しておきたい。『古事記』『日本書紀』のコノハナノサクヤビメの存在を考えれば、これは日本古来の発想に基づくものなのであろう。前掲Eでも「世の中も常にしあらねばやどにある桜の花の散れるころかも」と世の無常ゆえに桜が散ると捉えられていたが、仏教的な無常感とも結び付き、まずは春の花を中心とした方向に、景物表現は展開していったのではないか。天平勝宝五年（七五三）正月四日には、石上宅嗣邸での宴席歌で主人の宅嗣によって

言繁み相問はなくに梅の花雪にしをれてうつろはむかも　（19・四二八二）

という歌が詠まれている。やや解しにくい歌だが、恋歌仕立てであることからすれば、下三句には「我がいとしき女子（梅の花）が他《あだ》し男（雪）に奪われて散ってしまうのではないか」（伊藤釈注）というような寓意を認めてよ

いのかもしれない。

そのような景物表現がやがて秋にまで拡大されるようになるのは、やはり「悲秋」という観念の浸透が大きく関与していたと想像される。下毛野虫麻呂による「秋日於長王宅宴新羅客」（『懐風藻』六五）の序に「秋氣可レ悲。宗大夫於レ焉傷レ志」（秋氣悲しぶべし、宗大夫焉に志を傷ましめつ）とあり[13]、既に八世紀前半にはその享受が認められるが[14]、本格的に摂取されるのは、知られるように九世紀になってからであった。『古今和歌集』を繙いてみると、秋は悲しいとする観念を前提にその種々相を詠んだと思われる次のような和歌が認められるが[15]、

木の間よりもりくる月の影見れば心づくしの秋は来にけり　（秋上・一八四）

わがために来る秋にしもあらなくに虫の音聞けばまづぞ悲しき　（秋上・一八六）

物ごとに秋ぞ悲しきもみぢつつ移ろひゆくをかぎりと思へば　（秋上・一八七）

「月」「虫」「紅葉」などの景物を通して「悲秋」を詠むこのような詠みぶりは、本章冒頭に掲げた時雨や紅葉という自然現象と自らの恋愛とを結び付ける〈あき〉の詠法と通じるものがあろう。特に両者に共通して「紅葉」が詠まれている点は、注目に値する。

第三節で言及した死の敬避表現「過ぐ」の枕詞として「もみち葉の」が存在したように、古く紅葉が散ることは人の死を連想させるものであった。そのような観念を土台として、天平三年に大伴旅人が没した際には、「見れど飽かずいましし君がもみち葉のうつろひ行けば悲しくもあるか」（3・四五九）という挽歌も詠まれたのであろう。また、このようにして悲哀の情と結び付いた紅葉は、遣新羅使人の歌では、「もみち葉は今はうつろふ我妹子が待たむと言ひし時の経行けば」（15・三七一三）「天雲のたゆたひ来れば九月の黄葉の山もうつろひにけり」（15・三七一六）と、妻とともにない嘆きを誘発する景としても用いられるようになる。あるいは、

池辺王の宴に誦む歌一首

松の葉に月はゆつりぬもみち葉の過ぐれや君が逢はぬ夜の多き（4・六二三）

は池辺王が宴で誦詠したものだが、おそらく古歌の類であろう。とすれば、傍線部は本来「死ぬ」の敬避表現であったと推測されるが、前記した「過ぐ」と「うつろふ」の近接現象を考えれば、相手の心変わりを詠んだものとして享受されていた可能性も否定できないように思われる。そして、このようにして紅葉と心変わりとが結び付くようになるところから、たとえば以下のような、

露霜の寒き夕の秋風にもみちにけりも妻梨の木は（萬葉・10・二一八九）

秋風の日に異に吹けば水茎の岡の木の葉も色付きにけり（萬葉・10・二一九三）

秋風の日に異に吹けば露を重み萩の下葉は色付きにけり（萬葉・10・二二〇四）

思ふよりいかにせよとか秋風になびく浅茅の色ことになる（古今・恋4・七二五）

秋風の吹きと吹きぬる武蔵野はなべて草葉の色かはりけり（古今・恋5・八二一）

秋風と紅葉とを因果関係で捉える発想を媒介として、やがて冒頭の古今集歌「千ぢの色に移ろふらめど知らなくに心し秋の紅葉ならねば」などが詠出されてくるのだと見通されるのである。

また、その過程で看過し得ないのは、秋愁と女性の嘆きを結び付けることが九世紀を通して浸透してきた点である。『淮南子』などに「春女悲、秋士哀」とあるように、秋愁は本来男のものであり、女のそれは春とするのが中国文学の発想であった。これは『萬葉集』にも少数ながら用例が検出され、八世紀頃にはこの傾向に沿って歌も詠まれていたと考えられるのだが[16]、九世紀になるといわゆる婕妤怨の受容流行などを通して、むしろ秋との結び付きをこそ強めていくようになる。そして、秋になると捨てられる班婕妤の嘆きを詠むことを通じて、失恋の契機としての秋が見出され、そこに秋＝飽きすなわち掛詞〈あき〉は誕生したと推察されるのである[17]。

もちろん、だからといって他の染色や花に託して表現する和歌の命脈が絶たれたわけではない。小野小町の有

名な「色見えで移ろふものは世の中の人の心の花にぞありける」（恋5・七九七）は花系統の歌の系譜に属するものだし、染色方面でも「紅に染めし心も頼まれず人をあくには移るてふなり」（雑躰・一〇四四）と「灰汁」「飽く」の掛詞を獲得するに至るのである。しかし、にもかかわらず〈あき〉がより優勢になっていくのは、自然の万物全体の推移の中に〈人の心〉の移ろいをも捉えていくような思想をこの掛詞が醸成していったためであろう。紅葉の移ろい＝相手の心変わりという関係を中心に、時雨＝涙、木の葉＝言の葉、枯る＝離る等、秋の到来により起こる様々な自然現象に関連させて詠歌することが可能になったのであるが、そのことは同時に終末期を詠む恋歌の新しい表現体系が成立したということでもあった。

（1）鈴木宏子「〈あき〉〈あかず〉考」（『古今和歌集表現論』笠間書院二〇〇〇年）参照。
（2）村田正博「久米禅師の妻問い―天智朝風流のおもかげ―」（『萬葉の歌人とその表現』清文堂二〇〇三年）参照。
（3）真鍋次郎「「中上」考」（『国語国文』一九五一年八月）参照。
（4）この点については、第一篇第三章「石見相聞歌の抒情と方法」を参照されたい。
（5）小野寛a「家持の青春―天平五年前後―」（『大伴家持研究』笠間書院一九八〇年）b「坂上大嬢の大伴家持に報へ贈る歌四首」（『萬葉集研究』第十四集、塙書房一九八六年）c「大伴家持の恋歌―坂上大嬢との相聞往来―」（『国文学』一九九六年十月）など。
（6）注（5）小野b論文。
（7）注（5）に同じ。たとえば、小野c論文では「第一首は自分の夢に見たままを詠み、第二首はそれほどの家持の恋心を受けて自分の恋情のさらに深いことを歌い、第三首は夢から現実に戻って家持の便りのないことをなじり、第四首は毎日逢いたいと思い暮らしていると結ぶ。四首は見事に「起承転結」の四段構成になっている」と述べられている。
（8）伊藤博「天平の女歌人」（『萬葉集の歌人と作品　下』塙書房一九七五年）浅野則子「「怨恨歌」試論」（『国文目白』

一九八四年二月）東茂美「「怨恨歌」論」（『大伴坂上郎女』笠間書院一九九四年）など参照。
（9）小野寺静子「怨恨歌再論（中）」（『坂上郎女と家持』翰林書房二〇〇二年）
（10）小野寺静子「怨恨歌考」（注（9）に同じ）参照。
（11）森朝男「色に出づ」（『古代和歌と祝祭』有精堂一九八八年）も「恋することが色づくことだとすれば、恋の終わりは色が〈うつろふ〉ことであるのは、至極当然である。歌ことばの世界では、かく恋は徹底して〈いろ〉なのである」と述べているが、萬葉相聞歌の表現体系を考える上で、これは重要な発言であろう。
（12）青木生子「万葉集における「うつろひ」―家持への射程」（『日本抒情試論』青木生子著作集第一巻、おうふう一九九六年）、伊原昭「うつろふ」「うつろふ―大伴家持における―」（『色彩と文芸美』笠間書院一九七一年）など参照。
（13）『懐風藻』の引用は、日本古典文学大系（岩波書店）に拠る。
（14）辰巳正明「長屋王と作宝楼の文学」（『万葉集と中国文学　第二』笠間書院一九九三年）など参照。
（15）鈴木日出男「悲秋の詩歌―漢詩と和歌」（『古代和歌史論』東京大学出版会一九九〇年）参照。
（16）芳賀紀雄「家持の春愁の歌―その表現をめぐって―」（『萬葉集における中國文學の受容』塙書房二〇〇三年）など参照。
（17）藤原克己「古今集歌の日本的特質と六朝・唐詩」（『文学』一九八五年十二月）中野方子「秋閨怨の受容―『新撰万葉集』から『古今集』へ―」（『平安前期歌語の和漢比較文学的研究』笠間書院二〇〇五年）など参照。

第二章　『竹取物語』難題求婚譚の達成

一　問題の所在

『竹取物語』難題求婚譚は、はやく柳田国男氏によって「説話の変化部分、又は自由区域」と規定されて以来[1]、物語作者の独創性が大いに発揮された机上の創作という理解がなされてきたが、一九七〇年代に『竹取物語』とほぼ同じ構成を持つ「斑竹姑娘」が紹介注目されるに及んで、この考えは大きな見直しを迫られることになった。もともと類話の有無をもって独自性を測量していたのであるから、たとえ中国とはいえ類似の民間伝承が発見されては、その独創性に疑義が呈されたのも当然と言うべきであろう。しかしながら、そのことによりこの柳田説が完全に否定されたのかといえば、そうとも言い切れない面が残る。なぜなら、「斑竹姑娘」が『竹取物語』に酷似していることは事実だとしても、だからといってそのことが直ちに前者の後者への影響を意味することにはならないからであり、むしろその後の研究によって「斑竹姑娘」の影響は否定されているのが現状だからである。ならば、再び柳田説の復活ということになるのか。『竹取物語』研究の関心が他に移行したこともあり、この問題はその後突き詰められてこなかったように思われるが、ことはその前提に立ち返って改めて検討し直されるべきであろう。はたして『竹取物語』難題求婚譚は文学史上それほど孤立した存在なのか。

確かに類似の話を探そうとすれば柳田氏の言う通り「前にも後にも斯ういふ類の話は無い」ということになろうが、それは難題求婚譚が無から創造されたことを意味するものでは決してない。

「翁、年七十に余りぬ。今日とも明日とも知らず。この世の人は、男は女にあふことをす。女は男にあふことをす。その後なむ門広くもなりはべる。いかでかさることなくてはおはせむ」。かぐや姫のいはく、「なんでふ、さることかしはべらむ」といへば、「変化の人といふとも、女の身持ちたまへり。翁の在らむかぎりはかうてもいますかりなむかし。この人々の年月を経て、かうのみいましつつのたまふことを、思ひさだめて、一人一人にあひたてまつりたまひね」といへば、かぐや姫のいはく、「よくもあらぬかたちを、深き心も知らで、あだ心つきなば、後くやしきこともあるべきを、と思ふばかりなり。世のかしこき人なりとも、深き心ざしを知らでは、あひがたしとなむ思ふ」といふ。

翁のいはく、「思ひのごとくものたまふかな。そもそも、いかやうなる心ざしあらむ人にかはあはむと思す。かばかり心ざしおろかならぬ人々にこそあめれ」。かぐや姫のいはく、「なにばかりの深きをか見むといはむ。いささかのことなり。人の心ざしひとしかんなり。いかでか、中におとりまさりは知らむ。五人の中に、ゆかしき物を見せたまへらむに、御心ざしまさりたりとて、仕うまつらむと、そのおはすらむ人々に申したまへ」といふ。「よきことなり」と受けつ。

翁とかぐや姫との右の対話に明らかなように、『竹取物語』難題求婚譚は五人の求婚者たちの「心ざし」を試そうとするところから導き出される物語であるが、このような設定は『大和物語』百四十七段の生田川伝説（『萬葉集』に見られる菟原処女伝承の変貌したもの）にも認められる。そして、山本登朗氏も指摘するように[2]、結婚の条件として求婚者たちの「心ざし」に注目するという趣向は、一人の女性を巡って複数の男性が争ういわゆる妻争い伝承の系譜の中に位置付けることが可能なのである。とすれば、『竹取物語』難題求婚譚もそれら妻争い伝承を母胎として生成してきたものであったという文学史的見通しに導かれよう。

そこで本章では、右のような展望のもと、上代（七・八世紀）における妻争い伝承からの系譜を改めて辿り直しつつ、『竹取物語』難題求婚譚の文学史上の位置を見定めるべく以下に考察を加えていきたいと思う。そのことは同時に、日本古代の恋愛文学史に『竹取物語』がいかなる境地を切り拓いたのかを明らかにすることにも繋がっていくはずである。

二　妻争い伝承概観

上代において、妻争い伝承はどのように存在していたのか。その認定に関しては意見も分かれようが、たとえば高橋六二氏は上代の妻争い伝承として以下の例を挙げている(3)。

A大穴牟遅神と八十神が稲羽之八上比売をよばう（古事記上巻）
B春山之霞壮夫と秋山之下氷壮夫が伊豆志袁登売を得ようとする（応神記）
C袁祁命と志毘臣が大魚をよばう（清寧記）
D小泊瀬稚鷦鷯天皇と鮪臣が影媛を争う（武烈紀）
E大和三山の争い（萬葉集巻1・一三～五）
F智弩壮士と宇奈比壮士が菟原処女をよばう（巻9・一八〇一～三、一八〇九～一一、巻19・四二一一～一二）
G二人の壮士が桜児をあとらう（巻16・三七八六～七）
H三人の男が縵児をよばう（巻16・三七八八～九〇）

Ｉ意奚と袁奚が根比女命をつまどう（播磨国風土記賀毛郡）

この一覧を見てまず気づかれるのは、個々の伝承における争いの意味合いが必ずしも同質ではない点である。たとえばＢやＣＤは春秋争いや歌垣での歌の掛け合いを妻争いという文脈で語るものであり、男たちの争いという要素に積極的な意味付けがなされていると考えられるのに対し、Ｉは互いに辞退しあった例であってそもそも争いが成立しない。ここではむしろ争いを回避している点が重要なのであろう。また、ＦＧＨではその関心が悲恋の方に傾斜しており、Ｈに至っては争いの要素を欠落させてさえいるのである。このように複数の男性が一人の女性を手に入れようとして互いに争うという大枠を共通させてはいるものの、その具体的なあり方においては各々が語ろうとする内容に応じて異なりを見せるのが上代における妻争い伝承なのであった。それゆえ、これらを相手取るにあたっては、個々の伝承の位相差への目配りがまずは求められよう。これらは決して等し並みに取り扱えるものではないのである。

この点を確認した上で、本章では改めてＦＧＨに注目したいと思う。それは、これら以外の伝承がともあれ争いという要素をその中心に据えているのに対して、ＦＧＨは争いそのものへの関心を希薄化させているからである。妻争い伝承の変貌から『竹取物語』難題求婚譚（や生田川伝説）の生成過程を見定めようとする本章にとって、この点は看過し得ない。上代において様々にあり得た妻争い伝承ではあるが、このような希薄化現象がここに認められる点に着目すれば、やがて平安朝の求婚譚を生み出すに至る力源の萌芽が既にこれらの成立した八世紀前半頃（ＧＨの成立年代は不明だが後述するようにそこには伝承そのままではない新しさが認められる）に胎動し始めていた可能性が模索されてよいのではないか。もちろん、争いという要素が八世紀に入って全く欠落したというわけではない。この要素は平安朝に至ってもなお認められるのであるから、この希薄化現象は七世紀的な関心が八世紀に至って衰退したためというよりは、八世紀になって起こった新たな動きがここに反映したからと考える方がより真実に近いのであろう。ならば、その新たな動きとはいかなるものであったのか。もとより、七世紀／八世紀という区分は便宜上のものでしかないけれども、以下では右のような問題意識を抱きながら八世紀という時代の動きにも目を配りつつ、ＦＧＨのあり方について考察を進めていくことにしたいと思う。

三　菟原処女伝承をめぐって㈠

まず俎上に上せたいのはＦの菟原処女伝承である。前掲の通り、この菟原処女伝承は田辺福麻呂（９・一八〇一～三）高橋虫麻呂（９・一八〇九～一一）大伴家持（19・四二一一～二）の三人によって詠まれているのだが、争いの部分はそれぞれ

・古の　ますら壮士の　相競ひ　妻問ひ［妻問］しけむ（福麻呂）
・千沼壮士《ちぬをとこ》　菟原壮士《うなひをとこ》の　廬屋《ふせや》焼き　すすし競《きほ》ひ　相よばひ［結婚］しける時には　焼き大刀の　手《た》かみ押しねり　白真弓　靫《ゆき》取り負ひて　水に入り　火にも入らむと　立ち向かひ　競ひし時に（虫麻呂）
・千沼壮士　菟原壮士の　うつせみの　名を争ふと　たまきはる　命も捨てて　争ひに　妻問ひ［嬬問］しける（家持）

となっており、そこには「つまどひ」と「よばひ」という使用語彙の相違が認められる。辞書類などでは共に「求婚」と説明されやすい言葉だが、「つまどひ」＝求婚とする考えには問題がないわけではない。[4]『萬葉集』中「つまどふ」は十四例見られるが、「さ雄鹿の妻問ふ時に月を良み雁が音聞こゆ今し来らしも」（10・二一三一）や「高麗錦紐解き交はし天人の妻問ふ夕ぞ我も偲はむ」（10・二〇九〇）のように鹿の「つまどひ」が詠まれたり（五例）七夕に関して用いられたり（三例）するなど、必ずしも求婚に限らない例が大半を占めるからである。中川

ゆかり氏は『古事記』（雄略記）の用例をも視野に入れつつ「こうしてみると、ツマドフには〝求婚〟としか考えられないという例はないように思う」と述べるが、[5] 肯われるべきであろう。この言葉の表記の大半が「妻問」ないし「嬬問」であることからすれば、「つま＋どふ」と当時の人々には意識されていたようだが、右の七夕歌のようにその「とふ」が「訪ふ」と理解されていたと推測されるものが少なくない以上（集中「訪」の用例はなく「真木の上に降り置ける雪のしくしくも思ほゆるかもさ夜問へ我が背」（8・一六五九）のように「訪」の意で用いられた「問」が少数ながら存在する）、たとえ原義として求婚の意を含んでいたとしても、八世紀には、妻のところに男が通うという意味に理解されやすい言葉であったと把捉すべきである。それゆえ、当該例においても二人の男が菟原処女に通っていなかったと断定することはやはり困難であろう。逆に言えば、福麻呂や家持は求婚か否かという点の曖昧な言葉を使用していた、換言すればその点にはあまり頓着していなかったということになる。

では、一方の「よばふ」はどうか。集中「よばふ」の用例は十例弱見られるが、「呼ぶ＋ふ」の「よばふ」と婚姻に関わる「よばふ」とは文字表記に違いが認められる。前者が「喚」「呼」「召」を用いるのに対して、後者は当該例も含めて

他国によばひ［結婚］に行きて大刀が緒もいまだ解かねばさ夜そ明けにける　（12・二九〇六）

こもりくの　泊瀬の国に　さよばひ［左結婚］に　我が来たれば…　（13・三三一〇）

こもりくの　泊瀬小国に　よばひせす［夜延為］　我が天皇よ…　（13・三三一二）

と四例中三例が「結婚」という文字を使用しているのである（これを「よばひ」と訓むことは三三一〇と三三一二の問答が保証する）。この差は決して偶然ではあるまい。後代の文献ではあるが『竹取物語』や『源氏物語』玉鬘巻に夜の闇に忍んで来るから「よばひ」なのだとの理解が示されているように、後者は「よば＋ふ」ではなくむしろ「よ＋ばふ」と分析されやすい言葉なのであった。そしてこのような意識は残る三三一一歌の文字表記が「夜延」

となっている点に鑑みれば、既に萬葉の時代から存在していたと認定してよいのではないか。それゆえ、たとえこの言葉の語源が「呼ぶ＋ふ」であったとしても、それが当時の人々に意識されていたとは考え難い以上、前者の用例とは区別して考察されるべきであろう。

右の二九〇六歌及び三三一〇歌が八千矛歌謡（記2）と類想のものであることは明らかだが、その八千矛歌謡が沼河比売に逢おうとした際のものとされているように（原文「将㆑婚㆓高志国之沼河比売㆒」）、「よばふ」は男女関係の成立を求めて女のもとを訪れることを意味する言葉であった。それは『日本霊異記』中巻三十三縁に照らしても確かめられる[6]。先述した「つまどふ」との相違ということで言えば、女のもとを訪れるという点で両者は共通性を持つが、その目的が婚姻関係の開始を求めることにある点で「よばふ」は「つまどふ」と区別されていたのだということになる。言い換えれば、「つまどふ」のような曖昧さを持たないのが「よばふ」という言葉なのであった[7]。

以上の考察を踏まえて菟原処女伝承に立ち戻るなら、そこに見られる「つまどひ」と「よばひ」という使用語彙の相違は、菟原処女の自死を男たちの求婚段階に起こったものとして位置付けようとする虫麻呂の意図の表れとして理解することが可能であろう。実はこのような現象は、真間娘子伝承についても認めることができる。この真間娘子伝承は山部赤人によっても詠まれているのだが（3・四三一～三）、そこでも「古にありけむ人の　倭文機の帯解き交へて　廬屋立て妻問ひ［妻問］しけむ」と「つまどふ」の語が用いられているのに対し、虫麻呂歌集歌（9・一八〇七～八）の場合には

鶏が鳴く　東の国に　古に　ありけることと　今までに　絶えず言ひける　葛飾の　真間の手児名《てこな》が　麻衣《あさぎぬ》
に　青衿《あをくび》着け　ひさた麻《を》を　裳には織り着て　髪だにも　掻きは梳らず　沓をだに　はかず行けども　錦綾
の　中に包める　斎ひ児も　妹に及かめや　望月の　足れる面《おも》わに　花のごと　笑みて立てれば　夏虫の

火に入るがごと　湊入りに　船漕ぐごとく　行きがくれ　人の言ふ時　いくばくも　生けらぬものを　なにすとか　身をたな知りて　波の音の　騒く湊の　奥つ城に　妹が臥《こ》やせる　遠き代に　ありけることを　昨日しも　見けむがごとも　思ほゆるかも

反歌

葛飾の真間の井を見れば立ち平《なら》し水汲ましけむ手児名し思ほゆ

と「つまどふ」の語が避けられているのである。ここには「よばふ」という言葉こそ用いられていないものの、傍線部「身をたな知りて」に注目すると、虫麻呂が求婚者を通わせることのなかった女性として真間娘子を把握していることが推察される。というのは、この「身をたな知る」という表現は集中三例しかない珍しいものだが、虫麻呂歌集にはもう一例珠名娘子伝承を詠んだ歌（9・一七三八〜九）に認められ、その反歌「金門にし人の来立てば夜中にも身はたな知らず出でてそあひける」では、男と関係を持ったことが「身はたな知らず」と表現されているからである。共に東国の美女で周囲の男性を魅惑した珠名娘子と真間娘子だが、男と関係を持った珠名娘子に対して「身はたな知らず」の言葉が与えられていることから推せば、「身をたな知りて」と表現される真間娘子は、諸家の指摘する通り、男の求婚を拒否して自死した女ということになろう。

このように、同時代の赤人歌や福麻呂歌と異なり、虫麻呂歌には男の求婚を拒んで自死する女を描く傾向が顕著に認められるのだが、虫麻呂にとって何故女の自死は求婚段階でなければならなかったのか。虫麻呂があえてそれを求婚時に設定することで描こうとした世界はどのようなものであったのか。この点を念頭に置きつつ、次節では虫麻呂による菟原処女伝承歌について検討を加えていくことにしたいと思う。

四　菟原処女伝承をめぐって㈡

葦屋の　菟原処女の　八歳子の　片生ひの時ゆ　小放《をばな》りに髪たくまでに　並び居る　家にも見えず　虚木綿《うつゆふ》の　隠りて居れば　見てしかと　いぶせむ時の　垣ほなす　人の問［誂］ふ時　千沼壮士　菟原壮士の　廬屋《ふせや》焼き　すすし競ひ　相よばひ　しける時には　焼き大刀の　手《た》かみ押しねり　白真弓　靫取り負ひて　水に入り　火にも入らむと　立ち向かひ　競ひし時に　我妹子が　母に語らく　倭文《しつ》たまき　賤しき我が故　ますらをの　争ふ見れば　生けりとも　逢ふべくあれや　ししくしろ　黄泉に待たむと　隠り沼の　下延へ置きて　うち嘆き　妹が去ぬれば　千沼壮士　その夜夢に見　取り続き　追ひ行きければ　後れたる　菟原壮士い　天仰ぎ　叫びおらび　地を踏み　きかみたけびて　もころ男に　負けてはあらじと　掛け佩《は》きの　小大刀《をだち》取り佩き　ところづら　尋《と》め行きければ　親族《うがら》どち　い行き集り　永き代に　標にせむと　遠き代に　語り継がむと　処女墓　中に造り置き　壮士墓　このもかのもに　造り置ける　故縁《ゆゑよし》聞きて　知らねども　新喪のごとも　音泣きつるかも

反歌

葦屋の菟原処女の奥つ城を行き来と見れば音のみし泣かゆ

墓の上の木の枝なびけり聞きしごと千沼壮士にし依りにけらしも

「生けりとも逢ふべくあれや」という菟原処女の思いや「千沼壮士その夜夢に見」という記述などからすれば、虫麻呂が千沼壮士に心惹かれつつも菟原壮士からも求婚されたためにどちらの男にも靡くことなく自死した女として菟原処女を位置付けていることが知られよう。そして、そこに採られたのが第二反歌に明らかな〈相思樹〉的枠組みであった(8)。千沼壮士の方に靡いている墓上の木の枝は菟原処女の秘めねばならなかった内面を顕在化させている趣であり、それだけにその悲恋が際だつことになる。虫麻呂は、自死を選ばねばならなかった菟原処女の内面の葛藤に焦点を絞り、千沼壮士への秘めた恋心が前面に出るように結構しているのである。

しかし、何故菟原処女は千沼壮士との恋に身を投じようとしないのか。しばしば村外婚・族外婚の禁忌という説明が持ち出されるが、古代日本にそのような禁忌が存在したとは考えられない(9)。むしろここに参照すべきは、『古事記』や『日本書紀』に見られる沙本毘売や女鳥王の悲恋伝承であろう。これらの悲恋伝承が妻争い伝承と近い関係にあったことは、悲恋伝承として語られてもおかしくない王権に関わる二男一女の物語を妻争い伝承として語る前掲CDの記事からも推測されるが、彼女たちの物語はおおむね二人の男（一人は天皇）のうち一人を選ばねばならない状況に置かれた時に天皇でない方の男を選ぶところから悲劇が導かれるという共通の構造を有している。たとえば、沙本毘売の場合（垂仁記）はその冒頭に「夫と兄と孰れか愛しみする」という二者択一の言葉が記されておりその問いかけに「兄を愛しみす」と答えるところから物語が展開していくし、女鳥王の場合（仁徳記）も天皇の使者として訪れた速総別王に自ら「吾は、汝命の妻と為らむ」と告げることにより反乱物語が開始されるのであった。

このような悲恋伝承を一方に置いてみることで、問題がより明確になってくるのではないか。二男一女という同一の状況にありながら、ましてや異国の千沼壮士に心惹かれていながら、何故菟原処女は千沼壮士との愛に身を委ねようとしないのか。これを事実の次元に還元して、実際に菟原処女は千沼壮士と関係を持たなかったからだなどと理解するのでは問題を正しく捉えることができまい。現在の兵庫県神戸市には三基の古墳墓が中心のそれを挟むような形で存在しており、古来当該伝承をこの三古墳墓をめぐってのものとする理解が見られるが、その理解に従えば菟原処女の実在そのものが否定されるからである。また、たとえ菟原処女が実在していたとしても、「つまどひ」の語を用いる福麻呂歌や家持歌の存在に注目すれば、千沼壮士と関係を持たなかったというのが伝承本来の形であったのかも十分に疑わしい。福麻呂歌集には「古の小竹田壮士の妻問ひし［妻問石］菟原処女の奥つ城ぞこれ」（一八〇二）とあるが、この「妻問ひ」が妻を訪れるの意で用いられたとすれば、菟原処女は小竹田壮士（＝千沼壮士）と関係を持っていたということになるからである。ことは虫麻呂歌の抒情に関わるところで問われるべきであろう。ともにその死が人々の涙を誘うものでありながら、沙本毘売や女鳥王のような愛に生きた女ではなく、逆に愛を断念した女として描かれていることの問題である。

いったい、『古事記』『日本書紀』の編纂成書化が進められた七世紀後半から八世紀初頭に至る時期は、一方で萬葉歌がその抒情性を飛躍的に高め古撰部とされる巻一・二の原型が出来上がってきた時期でもあるのだが、その『萬葉集』巻二にも高市皇子のもとにいながら穂積皇子を思い彼と関係を持った但馬皇女の歌（一一四〜六）

　但馬皇女、高市皇子の宮に在す時に、穂積皇子を思ひて作らす歌一首

秋の田の穂向きの寄れる片寄りに君に寄りなな言痛くありとも

　穂積皇子に勅して、近江の志賀の山寺に遣はす時に、但馬皇女の作らす歌一首

後れ居て恋ひつつあらずは追ひ及かむ道の隈廻み標結へ我が背

　但馬皇女、高市皇子の宮に在す時に、竊《ひそ》かに穂積皇子に接《あ》ひ、事既に形《あら》はれて作らす歌一首

人言を繁み言痛み己が世にいまだ渡らぬ朝川渡る

が載ることに鑑みれば、情熱的な恋に生きる女性に共感しまたその悲劇的な結末に同情を寄せるという抒情のあり方は、『古事記』『日本書紀』にのみ限定されるものではなく、この時期に特徴的な現象として措定することが可能であるようにも思われる。ところが、八世紀も進展してくると、そのような情熱的な行動は影を潜め待つことを選ぶ女が多くなってくる。たとえば、二男一女型ではないものの悲恋伝承の代表例と言ってよい軽大郎女の物語（允恭記）。そこでの軽大郎女は伊予に流された軽太子を追いかの地で共に自害しはてるのだが、その彼女が

うたう

君が往き日長くなりぬ造木《やまたづ》の迎へを行かむ待つには待たじ

という歌謡は、『萬葉集』（2・八五）では磐姫皇后の作として

君が行き日長くなりぬ山尋ね迎へか行かむ待ちにか待たむ

と変形された形で載り、以下

かくばかり恋ひつつあらずは高山の岩根しまきて死なましものを

ありつつも君をば待たむうちなびく我が黒髪に霜の置くまでに

秋の田の穂の上に霧らふ朝霞いつへの方に我が恋止まむ（2・八六〜八）

の三首を伴って、待つ女の心情をうたったものとなっているのである。このような四首連作が出来上がったのは『類聚歌林』編纂後と考えるのが穏やかであろうが、とすれば允恭記歌謡から八五歌さらには四首連作へという展開は、先述した情熱的に生きる女から待つ女へという抒情性の推移に対応したものと見なすことができよう。あるいは、先の但馬皇女歌に見られた「後れ居て恋ひつつあらずは」という表現。集中「後れ居て」は十二例ありうち十一例が「恋ふ」の語を伴うが、但馬皇女歌のように「追ひ及かむ」という積極的な意志を述べるものは他に一例もない。むしろ

後れ居て恋ひつつあらずは田子の浦の海人ならましを玉藻刈る刈る（12・三二〇五）

後れ居て恋ひば苦しも朝狩の君が弓にもならましものを（14・三五六八・防人歌）

のように「まし」を伴って非現実的な願望へと帰着していくのが後代の傾向なのである。この事実は、先に述べた悲恋伝承的抒情が後の萬葉歌人には受け継がれていかなかったことを物語っていよう。神亀元年（七二四）に詠まれた笠金村のいわゆる従駕相聞歌（4・五四三〜五）にも「後れ居て恋ひつつあらずは」は認められるが、そ

の例も長歌後半に「我が背子が行きのまにまに　追はむとは千度思へど　たわやめの我が身にしあれば　道守が問はむ答へを　言ひ遣らむすべを知らにと　立ちてつまづく」とあることを踏まえて、

後れ居て恋ひつつあらずは紀伊の国の妹背の山にならましものを

と述べるものであり、先の磐姫皇后歌群と同様、男の後を追おうとするものの結局は断念してしまう女の屈折した心情を表現するものになっているのである。

愛する男の後を追いかける女と待つことを選んでしまう女というこの二類型を時代の差異にのみ還元してよいのかという点についてはなお考えねばならぬ問題も残るが、当該歌が詠まれた時代がおおむね後者の抒情に覆われた時期であった点は認められよう(10)。とすれば、前述した菟原処女像の問題もこのような八世紀的な抒情のあり方から解かれるべきではないか。千沼壮士に心惹かれつつも菟原処女がその思いを断念してしまうのは、単なる事実の反映や禁忌の故ではなく、そのような女の内面を描くことこそが意図されていたからにほかなるまい。「生けりとも逢ふべくあれや」と言って現世での恋愛成就を断念するからこそ「音のみし泣かゆ」なのであり、またそれこそが当該歌の抒情のかたちなのであった。求婚段階における女の自死という設定は、そのためにこそ求められたのであろう。

五　桜児伝承・縵児伝承をめぐって

前節では、虫麻呂歌集菟原処女伝承歌において女の自死が求婚段階に設定されている理由をその抒情性との関連で考えた。しかし、それで十分なわけではもちろんない。求婚段階での女の自死は前掲した真間娘子伝承歌にも認められるのであってみれば、それをも含むより広い視点からの考察も同時に求められるべきだからである。

そこで注目したいのが虫麻呂歌の応需作品としての側面である。この点を強調したのは金井清一氏であったが(11)、右の問題にも歌を享受する人々の嗜好がなにがしか関与しているのではないか。そう考えるのは、桜児・縵児伝承（前掲ＧＨ）の存在に注意されるからである。

Ｇ桜児伝承（16・三七八六～七）

昔娘子あり、字を桜児といふ。ここに二《ふたり》の壮士あり、共にこの娘を誂《とぶら》ひて、生《いのち》を捐てて挌競《あらそ》ひ、死を貪りて相敵《あひあた》る。ここに娘子歔欷《なげ》きて曰く、「古より今までに、未だ聞かず未だ見ず、一《ひとり》の女の身の二つの門に往適《ゆ》くといふことを。方今《いまし》壮士の意、和平し難きことあり。如かじ、妾が死にて相害すこと永く息まむには」といふ。すなはち林の中に尋ね入り、樹に懸りて経《わな》き死ぬ。その両の壮士、哀慟に敢へず、血の泣《なみだ》襟に漣《なが》れぬ。各心緒を陳べて作る歌二首

春さらばかざしにせむと我が思ひし桜の花は散り行けるかも〈その一〉

妹が名にかけたる桜花咲かば常にや恋ひむいや年のはに〈その二〉

Ｈ縵児伝承（16・三七八八～九〇）

或の曰く、昔三《みたり》の男あり、同しく一《ひとり》の女を娉《よば》ふ。娘子嘆息《なげか》ひて曰く、「一の女の身の、滅易きこと露の如く、三の雄の志の、平し難きこと石の如し」といふ。遂に乃ち池の上に彷徨《たたず》み、水底に沈み没《い》りぬ。ここにその壮士等、哀頽の至りに勝へず、各所心《おもひ》を陳べて作る歌三首娘子は字を縵児といふ

耳無の池し恨めし我妹子が来つつ潜かば水は涸れなむ〈一〉

あしひきの山縵の児今日行くと我に告げせば帰り来ましを〈二〉

あしひきの玉縵の児今日のごといづれの隈を見つつ来にけむ〈三〉

ここに用いられた「誂」及び「娉」は、関口裕子氏も指摘するように(12)、他例や字義に照らして求婚を意味してい

ると断定してよい。つまり、桜児・縵児伝承でも虫麻呂歌と同じく女の自死は求婚段階に設定されているのである。これは偶然の一致などではなく、「つまどひ」の語を用いた福麻呂歌や赤人歌の享受圏とはまた別なところに、新たな抒情を模索する人々が存在していたことを意味するものだと思われる。

いったい、この桜児・縵児伝承に関しては、伝説歌や「歌語り」として把握する見方から文人による創作の可能性を考える見方へと研究史は次第に移行してきており、近年は題詞・歌ともに文人による創作とする見解が提出されるに至っている(13)。これらが歌も含めて全くの創作であったのかについてはなお検討を要しようが、これがいかにも八世紀の知識人たちの志向にかなったものである点は認められてよいだろう。たとえば彼女たちが自死を選ぶ理由として傍線部のような認識がここには示されているが、桜児の「従古来今未聞未見一女之身往適二門矣」という理由が当時の社会において実際に機能していたとは考えにくい。むしろ、内田賢徳氏も言うように(14)、女の自死に対する新しい解釈と考える方が真相に近かろう。知られるように、戸令二十八条には夫の一方的な意志で離婚できる事由を規定した七出条が載るが（大宝令では六出）、その中には夫以外の男性との性的関係を意味する「婬泆」が記載されており、『日本霊異記』下巻十六縁では複数の男性と関係をもった美貌の女性がまさに「天骨《うまれながら》婬泆にして、濫《みだりがは》しく嫁ぐことを宗とす」と捉えられているのであった。とすれば、二人の男性に嫁ぐことができないとするこの言葉も、そのような儒教的認識に基づいて創出されたものだったと考えてあやまつまい。

一方の「一女之身易滅如露」という縵児の自己認識も、後期萬葉に特徴的に見られる

朝露の消易き我が身老いぬともまたをち反《かへ》り君をし待たむ　（11・二六八九）

水泡なす仮れる身そとは知れれどもなほし願ひつ千年の命を　（20・四四七〇・家持）

などの歌や、山上憶良が熊凝《くまこり》の死に関連して記した序中の言葉「伝へ聞く、仮合の身は滅易く泡沫の命は駐め難しと［＝伝聞、仮合之身易滅泡沫之命難駐］」（5・八八六～九一の序、伝え聞いた主体は熊凝）に通じる側面が認めら

れる。桜児の場合が儒教的認識なのに対して、こちらは仏教的認識ということなのであろう(15)。畢竟、彼女たちの自死の理由は儒教や仏教といった外来思想に由来するものであって、そこには当時の知識人たちの創作ないし改変の手が十分に予想されるのである。

虫麻呂歌の享受層が藤原宇合を中心とした人々と考えられることをここに想起すれば、桜児・縵児伝承の創作ないし再編主体と虫麻呂歌の享受層とはほぼ同様の基盤を有していたと考えてよいのではないか。両者の具体的な接点は詳らかにし得ないが、ともに中国文学ないし外来思想への深い造詣がその根底にあったと考えられる。そして、これこそが女の自死を求婚段階に設定しようとする新たな傾向の淵源であったと思われるのである。

当時、人妻の性的関係は夫にのみ限定されていたわけではないともされるが(16)、中国から律令を継受するに際して、正式な婚姻儀礼に基づかない性的関係という中国的な姦（夫の有無を問わない）を日本では人妻（＝妻妾）の場合に限定している点（名例律九条など）や、問題もあるが、石上乙麻呂の土佐配流が久米若売《わくめ》との性的関係「奸他妻」に基づくとされたことに鑑みれば(17)、少なくとも律令官人の間に人妻が夫以外の男性と関係を持つことを罪とする観念が存したことは間違いない(18)。もちろん、菟原処女や桜児・縵児に律令が適応されるというのではないが、一方に「つまどひ」の語を用いる福麻呂や家持ないし赤人が存在しながら他方にそれを求婚段階に限定する虫麻呂歌や桜児・縵児伝承が存在するというこのばらつき現象は、後者の趣向が律令をも含めた広い意味での中国文化の受容過程で中国事情に精通した人々を中心として広まったものであることを示しているように思われる。虫麻呂歌集珠名娘子伝承歌の「身はたな知らず」という否定的な評言もおそらくはそこに由因するのであり、その同じ基盤から女の自死を求婚段階に設定する、逆に言えば複数の男性を通わせる事態を忌避するという思考も導き出されたのであろう。

このような知識人たちを中心とする集団においてこそ、妻争い伝承は新たな展開を見せることになった。それは、争いそのものに力点を置く前掲ＢやＣＤなどとも、また「つまどひ」の語を用いる福麻呂歌や家持歌とも似て非なるものである。言うなれば、女が自死する後者のような伝承を妻争い伝承の枠組みにおいて語り直すところに誕生したのが、桜児・縵児伝承や虫麻呂歌集菟原処女伝承歌なのであった。そのことによって切り拓かれた世界の一つとして、自死へと至る女の内面を描く虫麻呂の菟原処女伝承歌があったことは前節に述べたところだが、まさにかくのごとき登場人物の内面への注視をこそ、この新しい動向は特徴としていたのである。本章の課題である『竹取物語』難題求婚譚の誕生もこのような展開の先に見据えられてくると予想されるが、次節では第二節で述べた争いへの関心の希薄化という現象を手がかりとしてその間の推移を辿ってみることにしたい。

六　生田川伝説へ

前述のように、ＢやＣＤでは男たちの争いが春秋争いや歌垣での闘争として描かれており享受者の関心もおそらくはそこに向かったと考えられるのに対して、虫麻呂歌では、菟原処女の発言に明らかなごとく、争いは女を自死へと至らしめる状況といった位置に後退しており、その勝敗が人々の関心を誘ったとは考え難い。この傾向は桜児・縵児伝承においてより顕著で、前述した通り縵児伝承に至っては男たちの争いという要素を欠落させてさえいるのである。もちろん、ここに争いが記されていないのは直前の桜児伝承を前提としているという側面も大きいのであろうが、理由はそれだけに留まるまい。

注目すべきは、女がそれぞれ「方今壮士の意、和平し難きことあり」「三の雄の志の、平し難きこと石の如し」と男の内面を問題にしている点である。男たちの激しい争いをその愛情の激しさと見ることに違和感はない。しかし、ここに争いと内面とを区別する思考が既に内包されていることを見逃してはなるまい。あえて区別するなら、女たちを自死へと追いつめるのは「(和)平し難き」内面なのであって、争いはその愛情を保証する一証左でしかないという関係になろう。大切なのは彼女たちが求婚者たちの止み難い愛情を受け止めることであって、その思いを証しだてるものは必ずしも争いである必要はない、という段階にまで来ているということである。縵児伝承において男たちの争いが記されないのもそのためではないか。言ってみれば、これらは妻争い伝承の外皮を被ってはいるものの、もはや争いの部分にはさほど大きな意味が与えられてはおらず、その外皮はいつでも加工ないし交換可能な状態にあったのである。

そしてこの点から更に注目されるのが、縵児伝承において求婚者の数が三人に増えているという事実である。第二節に掲げた一覧を見ても明らかな通り、争いは二者間のものとして描かれるのが普通であって、三者間の争いは他に例を見ない。とすれば、これは単に争いの記述が省略されたといったものではなく、もっと本質的な問題を孕んでいると考えるべきであろう。つまり、人々の関心が男たちの争いそのものにではなくそこまでして女を手に入れようとする彼らの内面へと向かった結果、求婚者が二人である必然性が喪失したことに伴って三人への増加が可能になり、また同時に争いの記述も放棄されるに至ったということである。藤井貞和氏の主張するように[19]三首の歌までもが創作であったとすればなおのこと、たとえそうでなかったとしても、ここでの関心が二男一女という妻争い伝承の型に従うことよりも三首の歌を記すことの方へと移行している点は疑い得まい。その意味で、妻争い伝承から平安朝求婚譚へと展開していく貴重な第一歩をこの縵児伝承は示しているように思われるのである（ここに「志」が用いられているのは「心ざし」との関連で極めて興味深い）。

そしてこのような指向の先に、争いという要素の完全な欠落及び求婚者たちの止み難い愛情を受け止めて苦悩する女を描く『大和物語』百四十七段の生田川伝説は位置付けられるのだと考える。

むかし、津の国にすむ女ありけり。それをよばふ男ふたりなむありける。ひとりはその国にすむ男、姓はうばらになむありける。いまひとりは和泉の国の人になむありける。姓はちぬとなむいひける。かくてその男ども、としよはひ、顔かたち、人のほど、ただおなじばかりなむありける。「心ざしのまさらむにこそはあはめ」と思ふに、心ざしのほど、ただおなじやうなり。暮るればもろともに来あひ、物おこすればただおなじやうにおこす。いづれまされりといふべくもあらず。女思ひわづらひぬ。この人の心ざしのおろかならば、いづれにもあふまじけれど、これもかれも、月日を経て家の門に立ちて、よろづに心ざしを見えければ、しわびぬ。（後略）

前述の通りこれはFの菟原処女伝承が変貌したものだが、ここでも男たちの求婚過程に焦点を当てた上で、彼らの優劣つけ難い「心ざし」が女を窮地へ追い込んでいくのだ、と語られていく。求婚者相互の争いという要素は完全に欠落し、代わって傍線部のごとき行動が、その「心ざし」を証しだてるものとして語られてくるのである。この点は基本的に『竹取物語』難題求婚譚においても変わらない。両者とも、争いの勝者が女性を手に入れるという上代の妻争い伝承に通有の前提は認められず、逆に個々の求婚者が相互独立的にその「心ざし」を訴えることで女を手に入れようとする構成になっているのである。『竹取物語』難題求婚譚はもともと求婚者が三人であったのを五人に増やしたものだとも言われているが、そのような求婚者数の増加が可能になるのも、求婚者相互の争いという枠組みから自由になっていたからにほかなるまい。

その意味で、桜児・縵児伝承は八世紀の菟原処女伝承が『大和物語』所収の生田川伝説へと変貌していく過渡期的様相を示すものとして位置付けることが可能であろう。そしてこのことは、そのような変貌が民間に流布伝承される過程で自然発生的に起こったものではなく、そこに知識人たちの手が関与していたことをも同時にうかがわせる。虫麻呂歌の問題をも踏まえて言えば、民間に流布していた説話伝承に取材しつつそれを新たに鋳直す知識人たちの営みと、それが口承の場にも影響を与えながら新たな変容を促していくという浸透過程の双方向的な動態がここに想起されるのである。蓋し、口頭伝承と文人創作とがこのように関わり合う中で物語文学の祖とされる『竹取物語』も誕生したのであろう(20)。

上代の妻争い伝承から説き起こしてきた本章も、漸く『竹取物語』を論じる段階に到達したようである。既述のごとき妻争い伝承の流れを受けて、『竹取物語』難題求婚譚はそこにどのような世界を描こうとしたのか。それはこの当時あり得た生田川伝説的伝承の一変種に過ぎないのか。あるいは、その枠組みを突き抜けた新しい展開を認めることができるのか。以下、節を改めてこの点について更に考えていくことにしたい。

七　かぐや姫の人物造型

この問題を考えるにあたってまず最初に確認しておきたいのは、『竹取物語』以外の妻争い伝承では男の愛情が疑われることがないという点である。煩を厭わず再掲すれば、虫麻呂歌集の菟原処女伝承でも

葦屋の　菟原処女の　八歳子の　片生ひの時ゆ　小放りに　髪たくまでに　並び居る　家にも見えず　虚木綿の　隠りて居れば　見てしかと　いぶせむ時の　垣ほなす　人の問ふ時　千沼壮士　菟原壮士の　廬屋焼き　すすし競ひ　相よばひ　しける時には　焼き大刀の　手かみ押しねり　白真弓　靫取り負ひて　水に入り　火にも入らむと　立ち向かひ　競ひし時に　我妹子が　母に語らく　倭文たまき　賤しき我が故　ますらをの　争ふ見れば　生けりとも　逢ふべくあれや　ししくしろ　黄泉に待たむと　隠り沼の　下延へ置きて　うち嘆き　妹が去ぬれば…

と、傍線部のごとき男たちの行動を受け止めて菟原処女は波線部のような発言をするのであるし、桜児伝承でも同様に

昔娘子あり、字を桜児といふ。ここに二の壮士あり、共にこの娘を誂ひて、生を捐てて挌競ひ、死を貪りて相敵る。ここに娘子歔欷きて曰く、「古より今までに、未だ聞かず未だ見ず、一の女の身の二つの門に往適くといふことを。方今壮士の意、和平し難きことあり。如かじ、妾が死にて相害すこと永く息まむには」といふ。

と記されていたのであった。縵児伝承には求婚者同士の争いという要素がみられないものの、「一の女の身の、滅易きこと露の如く、三の雄の志の、平し難きこと石の如し」と桜児と同様の発言が認められる。この点は平安朝になっても変わらず、生田川伝説でも

むかし、津の国にすむ女ありけり。それをよばふ男ふたりなむありける。ひとりはその国にすむ男、姓はうばらになむありける。いまひとりは和泉の国の人になむありける。姓はちぬとなむいひける。かくてその男ども、としよはひ、顔かたち、人のほど、ただおなじばかりなむありける。「心ざしのまさらむにこそはあはめ」と思ふに、心ざしのほど、ただおなじやうなり。暮るればもろともに来あひ、物おこすればただおなじやうにおこす。いづれまされりといふべくもあらず。女思ひわづらひぬ。この人の心ざしのおろかならば、いづれにもあふまじけれど、これもかれも、月日を経て家の門に立ちて、よろづに心ざしを見えければ、しわびぬ。

と、男たちの「心ざし」に甲乙つけ難いために女は悩むのであった。『源氏物語』浮舟巻には、おそらく右を踏まえてであろう「昔は、懸想ずる人のありさまのいづれとなきに思ひわづらひてだにこそ、身を投ぐるためしもありけれ」（浮舟⑥一八四）との文言も記されているのであるが、総じてこれらの伝承では男たちの激しい思いが無条件に前提とされており、そこに疑いの目が向けられることはない。女は彼らの思いの激しさゆえに窮地に追い込まれ、やがては自死へと至り着いてしまうのである。

ところが『竹取物語』難題求婚譚の場合、これらの女たちとは異なりかぐや姫が求婚者たちの「心ざし」に心動かされるということがない。右掲の女たちに対応するのはここでは翁なのであり、第一節に引用したように、彼らを「心ざしおろかならぬ人々」と把捉するその翁がかぐや姫に結婚を勧めるという構成になっているのである（二人の対話は「（男たちガ）あながちに心ざしを見えありく。これを見つけて、翁、かぐや姫にいふやう」として語り出されている。引用はその後半部分）。そして当のかぐや姫はというと、くらもちの皇子が難題を持参したと聞いて「取りがたき物を、かくあさましく持て来ることを、ねたく思」ったり、阿倍右大臣の失敗を見て「あな、嬉し」と喜んだりしているように、五人のうちの誰かと結婚するつもりなどさらさらなく、むしろ彼らの「心ざし」を極めて冷淡にはねつける人物として描かれているのである。このような対応が可能になるのはかぐや姫が「女の身」を持ちつつも「変化の人」として設定されているためだが、ここにこの物語の結構を解く大事な視点が潜んでいると考えられる(21)。右に確かめたように、文学史の流れからすれば、男たちの激しい思いを受け止め苦悩するのが一般的な妻争い伝承の枠組みなのだが、『竹取物語』は人間ならざるかぐや姫を登場させることによって、そのような展開にいったん歯止めをかけ、男たちの思い＝「心ざし」そのものを見据えようとしているのではないか。

ここに注目されるのが、「よくもあらぬかたちを、深き心も知らで、あだ心つきなば、後くやしきこともあるべきを、と思ふばかりなり。世のかしこき人なりとも、深き心ざしを知らでは、あひがたしとなむ思ふ」というかぐや姫の発言である。かぐや姫は結婚することの意味さえ理解せずまたその意思もないのであるから、彼女にとってこの発言は拒否の口実以上の意味を持たないであろう。しかし、そのようなかぐや姫の意図を超えてこの発言は重要である。物語があえてそのような発言をここに差し挟んでいることの問題である。この点から特に注意されるのは後半「世のかしこき人なりとも〜」であるが、ここには紀長谷雄「貧女吟」（『本朝文粋』巻一）の「択レ夫看レ意莫レ看レ人」との類似が既に指摘されている。言うまでもなく「貧女吟」のこの言葉は、神女にも劣らないほどの美貌の持ち主で貴公子たちから求婚されてもいたのだが、両親が媒人の甘言にだまされた結果見識も素行もよろしくない男と結婚するはめとなり、やがてはその夫にも棄てられて悔恨の情を抱きつつ貧困の中に暮らすことになってしまった女性が、自らの悲惨な半生を踏まえてその轍を踏まぬようにと世の女性に対して発した警告の言葉なのであった。後に『十訓抄』（五ノ八）は白居易「井底引銀瓶」とこの「貧女吟」を並べてともに「女もよく男をえらぶべき」ことを教えた詩歌として挙げているが、そのような発言がここでなされているこ
とじたいが重要であろう。前半の「あだ心つきなば、後くやしきこともあるべきを」との言葉をも考慮に入れれば、ここで見据えられているのは結婚後の男の愛情であったと思しい。いかに熱烈な求愛を受けようともその愛が時間の経過に伴って色褪せてしまわないとも限らないと考えるところから、相手の「深き心ざし」が求められていくのである。

いったい、八世紀から九・十世紀にかけてという時期は男に対する不信感を詠んだ詩歌が次第に増加してくる時期でもあった。そしてその結果、〈人の心〉すなわち女にとっては男の心そのものへの関心が高まってきたのである。(22)従来、先の「貧女吟」との類似は男性知識人という『竹取物語』の作家像に関わるところで論じられることが多かったように思うが、むしろ右のような文学史の中に置いてみることが有効であろう。八世紀初頭頃に誕生した〈待つ女〉という文学的素材は、閨怨詩の影響をも多分に受けながらどんどん浸透度合いを強め、九世紀に入り『文華秀麗集』「艶情」を経過することによって、九世紀後半から十世紀初頭には男性官人の中にも確実に定着していったのだと推断される。紀長谷雄の「貧女吟」もそのような中で生み出された作品と見なせよう。(23)

また和歌の分野においても

わが屋戸は道もなきまで荒れにけりつれなき人を待つとせし間に　（恋5・七七〇・僧正遍照）

いま来むといひしばかりに長月の有明けの月を待ちいでつるかな　（恋4・六九一・素性法師）

と、男性歌人による〈待つ女〉の歌が『古今和歌集』には散見されるのである。そして、このような展開を見せた日本古代の恋愛文学史は、十世紀に入りやがて「思ふてふ言の葉いかになつかしな後うきものと思はずもがな」（後撰・恋5・九一九・俊子）や「忘れじの行く末まではかたければ今日をかぎりの命ともがな」（新古今・恋3・一一四九・儀同三司母）といった、愛を誓う男の言葉に接してなお心の移ろいを思わないではいられない心情を詠んだ和歌を生み出すに至るのである。大伴坂上郎女「怨恨歌」などに端を発する男の言葉への不信感、そしてその反動としての心そのものへの関心度合いの高まりという現象は、このような形で確実に九・十世紀の文学へと受け継がれていったのである。

以上が『竹取物語』誕生前夜の詩歌史の状況であったと考えるが、このような詩歌の増加は男の一途な思いを無条件で前提とする人々の態度にも新しい動きをもたらすことになったと推測される。前記した『大和物語』百四十七段には、温子中宮周辺の人々が生田川伝説中の人物の立場に立って和歌を詠んだことが記されているが、そこには次のような歌が認められる。

かげとのみ水のしたにてあひ見れど魂なきからはかひなかりけり（男）
かぎりなくふかくしづめるわが魂は浮きたる人に見えむものかは（女）

女の歌は男の歌への答歌として詠まれたものだが、そこに男が「浮きたる人」と規定されていることに注意したい。もちろん、これは入水という点を踏まえての縁語的表現なのだが、それでもなおこのような和歌が詠まれている事実は重かろう。同様の現象は「身を投げてあはむと人に契らねどうき身は水にかげをならべつ」「うかりけるわがみなそこをおほかたはかかる契りのなからましかば」にも認められる。いずれも縁語掛詞的表現ながら自らを「憂し」と把握する和歌である。今井源衛氏もこれらについて「男に対する拒否的な姿勢」を指摘しつつ、「拒否というよりも、男の愛を迷惑がっている気配が濃く、男の気持ちになった歌が、当然の事とはいえ、何れも女の愛を求めているのと対照的である」と述べているのだが[24]、確かに温子周辺の人々も男の立場に立てば「いづこにか魂をもとめむわたつみのここかしこともおもほえなくに」のような和歌を詠むのであるから、彼女たちも真に男の愛情を疑い女の不幸に同情していたわけではない。むしろこれは、古伝承の純愛物語（男の一途な思い）をそれとして受け止めつつも、女の立場に立って詠作する場合には、それを一ひねりしてその愛情を疑ってみせたり自らの不幸を嘆いてみせたりしていると解すべき現象なのであろう。それを可能にした基盤として、先述した男に対する不信感を詠んだ詩歌の存在が指摘できるのではあるまいか。彼女たちはこのような詩歌を背景として男の愛情を否定的に捉えてみせたということであり、逆に言えば、そのような行為を享受する空気が当時の宮廷社会には確かに存していたということである。

　とするならば、右に取り上げたかぐや姫の発言も、このような宮廷社会における雰囲気と一脈通じるものだったと考えることが許されよう。『竹取物語』難題求婚譚も、伝統的な妻争い伝承の枠組みに従って翁に求婚者たちを「心ざしおろかならぬ人々」と把握させる一方で、同時代の視点を取り込みつつかぐや姫には先のような発言をさせているのだと思われる。むしろ、温子周辺の人々が伝承の外部で歌を詠んでいたのに対し、『竹取物語』はそのような視点を伝承の内部に持ち込むことで新たな世界を掘り起こそうと試みたのではないか。かぐや姫の先の発言はそのような形で求婚者の「心ざし」を見つめ直そうとする物語の意図的な仕掛けであったように思われるのである。

八　難題求婚譚冒頭部の形式

　では、そのようにして見据えられた求婚者たちの心はいかなるものとして描かれているのか。ここで注目したのが、（ア）かぐや姫を手に入れようとあれこれ画策するものの（イ）かぐや姫側の拒否に会い（ウ）見込みがないと知るのだが（エ）しかしそれでも諦めきれずに言い寄るという、彼らを語る際に繰り返される基本形式の存在である。たとえば、彼らの登場は

（ア）人の物ともせぬ所に惑ひ歩けども、（イ）何のしるしあるべくも見えず。（ア）家の人に物をだにいはむとて、いひかくれども、（イ）こととももせず。（中略）（ウ）おろかなる人は、「用なき歩きは、よしなかりけり」とて来ずなりにけり。（エ）その中に、なほいひけるは、色好みといはるるかぎり五人、思ひやむ時なく、夜昼来たりけり。

と記されていたのであったし、彼らを紹介した後にも

世の中に多かる人をだに、少しもかたちよしと聞きては、見まほしうする人どもなりければ、かぐや姫を見まほしうて、（ア）物も食はず思ひつつ、かの家に行きて、たたずみ歩きけれど、（イ）甲斐あるべくもあらず。（ア）文を書きて、やれども、（イ）返りごともせず。（ア）わび歌など書きておこすれども、（イ・ウ）甲斐なしと思へど、（エ）十一月、十二月の降り凍り、六月の照りはたたくにも、障らず来たり。（ア）この人々、在る時は、たけとりを呼びいでて、「娘を我に賜べ」と伏し拝み、手をすりのたまへど、（イ）「おのが生さぬ子なれば、心にもしたがはずなむある」といひて、月日すぐす。（ウ）かかれば、この人々、家に帰りて、物を思ひ、祈りをし、願を立つ。（エ）思ひ止むべくもあらず。「さりとも、つひに男あはせざらむやは」と思ひて頼みをかけたり。

と、同形式の反復が認められる。これを初期仮名散文ゆえの稚拙さとばかり捉えては物語の意図を読み誤ることになろう。いったい、この形式を繰り返すことで物語は求婚者たちの何を浮き彫りにしようとしたのか。

その問題を解く端緒になりそうなのが、傍線部「祈りをし願を立つ」である。諸注指摘するように、これは

『伊勢物語』六十五段と同じく、求婚者たちのかぐや姫に対する恋情を断ち切るための祈願と考えられるのだが、あたかも六十五段の男が

この男、「いかにせむ、わがかかる心やめたまへ」と、仏神にも申しけれど、いやまさりにのみおぼえつつ、なほわりなく恋しうのみおぼえければ、陰陽師、神巫よびて、恋せじといふ祓への具してなむいきける。祓へけるままに、いとど悲しきこと数まさりて、ありしよりけに恋しくおぼえければ、

恋せじとみたらし河にせしみそぎ神はうけずもなりにけるかな

といひてなむいにける。

とかえって恋慕の情を募らせる結果に終わったように、彼らもまた「思ひ止むべくもあらず」と恋情を断念することに失敗するのである。このように相手のことを忘れよう・自らの恋心を断ち切ろうとするもののそれができないという心の動きは、和歌の世界において既に見つめられていたものであった。『古今和歌集』には右の引用部分をそのまま和歌に仕立てたような「忘れなむと思ふ心のつくからにありしよりけにまづぞ恋しき」（恋4・七一八）が認められるが、これに限らず同様の例は

いかにして忘るるものそ我妹子に恋は増されど忘らえなくに　（萬葉・11・二五九七）
若の浦に袖さへ濡れて忘れ貝拾へど妹は忘らえなくに　（萬葉・12・三一七五）
わびぬればしひて忘れむと思へども夢といふものぞ人頼めなる　（古今・恋2・五六九）
わりなくも寝ても覚めても恋しきか心をいづちやらば忘れむ　（古今・恋2・五七〇）

など、やはり和歌史の中に容易に見出すことができる。(25) そしてこのような和歌的世界との関連に思いを致す時、手紙や和歌を送っても何の返事もないというア→イの展開にも

あひ知りて侍りける女、心にも入れぬさまに侍りければ、異人の心ざしあるにつき侍りにけるを、

なほしもあらず、「物言はむ」と申しつかはしたりけれど、返事もせず侍りければ
浜千鳥かひなかりけりつれもなき人のあたりは鳴きわたれども
（後撰・雑1・一〇九一）

のような和歌が想起されてくる。この「つれなし」という語は、『萬葉集』では挽歌に用いられる傾向が強かったが（十一例中六例）、後期萬葉から平安初期にかけて恋歌での用例が急増したもので、三代集においては三十九例のうち実に三十八例が恋にかかわって用いられており、その用法も「つれ（も）なき人」のように相手を「つれなし」と規定する例が半数を超えるのである。(26) 言わば、「つれなし」という語のかかる使用によって自らに対して冷淡な相手に恋をする「つれもなくあるらむ人を片思に我は思へば苦しくもあるか」（萬葉・4・七一七・家持）のごとき片思いの情により明確なかたちが与えられるようになったのが平安初期という時代だったのである。この点に鑑みれば、前引した求婚者像の背後にもこの〈つれなき人を恋ふ〉という発想が認められるのではないか。難題求婚譚が「少しあはれ」というかぐや姫の心情を語って締め括られることの意味も、「月影にわが身をかふるものならばつれなき人もあはれとや見む」（古今・恋2・六〇二・忠岑）の和歌を横に置いて考えることで見えてくる点があろう。

ともあれ、ウ→エに関して述べたことをも踏まえて言えば、『竹取物語』に繰り返される基本形式とは、自分に対して心を開かず進展が望めないゆえに忘れてしまおうとするもののそれでもなお恋情を断ち切り難いとする、不可思議なまでの心の動きを表現したものであったように思われる。言ってみればこの形式は、作中主体の性を超えて、「つれなきを今は恋じと思へども心弱くも落つる涙か」（古今・恋5・八〇九・菅野忠臣／寛平御時后宮歌合）の心の動きを散文化したごときものとなっているのである。

そして右のような観点に立って個々の難題求婚譚に向かう時、その直前の導入部分にも同様の形式、すなわち

（かぐや姫ノ難題提示ヲ受ケテ）翁、「とまれ、かくまれ、申さむ」とて、いでて、(イ)「かくなむ。聞ゆるやうに

見せたまへ」といへば、(ウ)皇子たち、上達部聞きて、「おいらかに『あたりよりだにな歩きそ』とやはのたまはぬ」といひて、倦んじて、皆帰りぬ。(エ)なほ、この女見では世にあるまじき心地のしければ、「天竺に在る物も持て来ぬものかは」と思ひめぐらして、（石作の皇子は、心のしたくある人にて、天竺に二つとなき鉢を、百千万里のほど行きたりとも、いかで取るべきと思ひて…）

を見て取り得ることに気づく。これまでの注釈書では章段処理の関係もあってエの部分が石作皇子の小話に含められてしまいがちであったが、ウの末尾に「けり」が用いられていないことや残りの小話の冒頭がすべて人物名で始まっている（特に最初の三人には「石作の皇子は、心のしたくある人にて」「くらもちの皇子は、心たばかりある人にて」「右大臣阿倍御主人は、財豊かに家広き人にておはしけり」と顕著な共通性が認められる）こと及び「天竺に在る物も持て来ぬものかは」との思いが「天竺に二つとなき鉢を、百千万里のほど行きたりとも、いかで取るべき」という石作皇子の考えに合致しないことから、文章の呼吸としては「皆帰りぬ」で截然と切れるのではなくエあたりまではまだ五人の求婚者たちに関する叙述であり、そこからなだれ込むような形で石作皇子の小話が始まっていると理解すべきであろう。このことは、はやく田中大秀『竹取物語解』（一八三一年）に

此一條（前掲エのこと—吉田注）は、五人の凡《スベ》ての意にて、下五段の冒頭《ハジメニカブセタル》なり。されば、たとひ天竺にある物なりとも、と云り。故《カレ》、石作ノ王、天竺に二ツとなき鉢なれば、え得まじきとて、天竺に往《ユキ》給はで、贋物《ニセモノ》を覓《モトメ》給へるは相違《タガヘル》に非《アラズ》と、鈴木氏云れき。

と記されており、(27)また従来も等閑視されてきたわけではないのだが、改めてこの点を確かめておきたいと思う。

九　求婚者たちの「心ざし」

以上のように考えてくる時、このような基本形式に接続する難題求婚譚の世界（それらは言わばエの細論に相当する）とりわけ五人の求婚者たちが滑稽な道化者に仕立て上げられていることの意味はどのように理解されるのであろうか。

かつては貴族批判と考えられたこともあるこの滑稽化だが、しかし難題求婚譚は単に五人の求婚者たちを笑い者にして終わるだけではない。恥知らずな男と一生の恥に耐えられなかった男、金を惜しんだ男と惜しまなかった男、自ら出向かなかった男と自ら出向いた男、最後にはかぐや姫を謗った男と最後までかぐや姫に憧れ続けた男、というように前出の求婚者と対照的な一面を持つ求婚者を次に登場させながら、その全体としてはかぐや姫を騙そうとする男から純粋一途に難題物を手に入れようとする男へと向かっていく配列がここに認められることに注意すれば[28]、五人の求婚者たちを笑い飛ばしその姿を戯画化する一方で、かぐや姫の人間化を必然化するための配慮もここには働いていたと推察される。畢竟、それはかぐや姫が彼らの「心ざし」を最終的に受け止めそれに共感するということにほかなるまいが、はたしてかぐや姫は帝からの入内要請を断る際に「あまたの人の心ざしのおろかならざりしを、むなしくなしてしこそあれ」と発言するのであった。

となれば、この難題求婚譚は男たちを滑稽な道化者に仕立て上げるのみならず、同時にかぐや姫の人間化を促すという役割をも担っていたとみなければなるまい。しかし、戯画化と人間化というこの二側面はどのように関係しあうのか。直接的には五人の求婚者たちを笑い者にするに過ぎない難題求婚譚を通してかぐや姫の心が動かされるという展開は、いかにして可能となったのか。

この問題について注目すべき見解を示しているのは鈴木日出男氏である。鈴木氏はまず批評の概念を「内容としての批評」と「方法としての批評」に二分しつつ、後者「方法としての批評」に注目する[29]。これは「批評内容そのもの」ではなく「批評を切り開く契機をはらんだ言葉」のことであり、「言葉のある種の操作によって批評的なるものが引き出されてくる」場合のことだという。そして、この観点から古代の和歌や物語について考察を加え、和歌に見られる「言葉遊びや誇張などの諧謔的な言葉」あるいは物語が「作者ならざる語り手を設定すること」の意義を「歌に反抒情をとりこむことによって、かえって詩の抒情が強靭なものになり、物語に語り手を設定することによって、物語の虚構世界が自立的につむぎ出されてくるのである」と把捉するのである。具体例で示すなら、たとえば高橋虫麻呂の浦嶋子伝承を詠んだ長歌（萬葉・9・一七四〇）の「世の中の愚か人」という規定。直接的な言葉としては「愚か」としか述べられていないが、鈴木氏は「このような評言がさしはさまれることによって、異郷に放たれた人間で、はたして里心のつかぬ者などいるだろうか、ぐらいの反応がひき起こされるであろう」と捉えるところから、「右のような評言は、それじたい作品における批評になっていない。つまり内容としての批評ではない。しかし、そのことを通して、ひるがえって人間とは、という注意力を喚起させながら、人間の心の実相を凝視しようとする批評性を導いていることは確かである」と考えるのである。この場合、いかにも世俗的な視点から発せられる「愚か人」という言葉が逆に批評的なものを引き出してくるということになる。

鈴木氏は難題求婚譚にもこの考えを適応し、語源譚という言語遊戯を弄しつつ求婚者たちを戯画的に評していく物語の言葉が、逆に読者の批評性をかき立て人間とは何かという注意力を喚起してくるのだと考える。そこに求婚者たちはすべて、かぐや姫からの難題を実現することができなかった。彼らは単に失敗したにとどまらず、そのために笑い者として世間から葬り去られるか、あるいは死を招くことになるか、いずれにしてもきびしい現実に遭遇することになる。そうした求婚者たちの行状は、じつに愚かしくもあるが、まことに人間的でもある。他方、かぐや姫自身も、そうした五人の貴公子たちとの難題をめぐる交渉を繰り返していくうちに、しだいにその人間的な感情を揺さぶられる存在になっていく。

といった見解が導き出されてくるのだと思われる(30)。

鈴木氏の提出したこの「方法としての批評」という見方によって、先述した難題求婚譚における二重性の問題は解決されるのではないか。直接的には五人の求婚者たちを笑い者にするに過ぎない難題求婚譚ではあるが、彼らの戯画化滑稽化を通して恋の妄執に取り憑かれた人間の姿が浮き彫りにされるという仕組みなのだと理解される。前節に述べたように、物語は恋情を断ち切ろうとするもののそれができないという恋心の不可思議さを見つめていると考えられるのだが、鈴木氏に倣って言えば、その諦め難い恋心ゆえに奔走する求婚者たちを突き放して捉え笑い者に仕立て上げることによって、恋に落ちた人間ではたしてその思いを容易に断ち切れる者などいるだろうか、くらいの反応を読者に引き起こすべく仕組まれているのが難題求婚譚だということになる。その結果、批評心をかき立てられた読者は、求婚者たちの姿こそ恋する人間の真実であると結論するのであろう。かぐや姫の「心ざしのおろかならざりし」との発言も、そのような反応の上にのみ可能となるのだと考える。

難題求婚譚の結構をこのように見定めることが許されるとすれば、文学史上におけるその位置も自ずと明らかになってこよう。繰り返し述べてきたように、求婚者相互の争いの結果その勝者が女性を手に入れるという妻争い伝承から離れて、求婚者である男の内面（心ざし）を問題にしていくという文学史的展開の中に生田川伝説や『竹取物語』難題求婚譚は生成してきたのだが、『竹取物語』の場合はその傾向を一歩進め、求愛の一途さに即座に共感するのではなくむしろその内面をさらに見定めようとする姿勢が見られるのであった。そして、そのことを通して初めて、断ち切ろうとしてもなお断ち切ることのできない愚かしいまでの人間の恋心が浮き彫りにされることになったのである。このような心の発見は、生田川伝説的伝承の枠組み内部に留まっていては見えてこなかったものであろう。まさに文学史上における『竹取物語』難題求婚譚の一つの達成がそこにあったと言うべきだが、それを可能にしたものこそ詩歌史、特に和歌史との深い関わりであったと思われる。第六節末尾で述べた口頭伝承と文人創作の複雑な絡み合いに改めて思い至らされるのであるが、このような達成を成し遂げたことが難題求婚譚と羽衣型説話との連接をも可能にしたのであろう。

十　「あはれ」と難題求婚譚

従来その異質性が強調されることの多かった難題求婚譚と羽衣型説話（昇天場面）であるが、昇天場面での人間化したかぐや姫や翁たちの〈惑ひ〉とは、諦めようとしても諦められない恋心ゆえに破滅していく求婚者たちの姿を見据える視線の先に捉えられてくるものにほかなるまい。かぐや姫昇天後に帝が詠んだ「あふこともなみだにうかぶわが身には死なぬ薬も何にかはせむ」という和歌は「人間としての一種の居直り」とも評されているが[31]、それはまさにかぐや姫への断ち難い恋慕の情ゆえであった。最愛のかぐや姫を失った我が身にとっては不老不死の世界など未来永劫にわたる悲しみと苦しみをもたらすものでしかないという、この帝の発想は難題求婚譚において物語が見据えていた求婚者たちの心に通底する。せっかく不死の薬を与えられながらそれを燃やしてしまう帝は愚かと言えば愚かであろうが、しかしそれこそがこの物語の捉えた人間の姿なのであった。

とすれば、『竹取物語』の主題とされる「あはれ」の問題も、このような難題求婚譚の文学史的達成と密接不可分に関わるものとして見定めるべきであろう。ここに想起されるのが「伝承的フィクションをいくら積み重ねても、フィクションの創作にはならない」という益田勝実氏のあまりにも有名な言葉である[32]。益田氏は「伝承的フィクションを伝承的フィクションの枠から抜け出して駆使しているもの」にこそ「根っからの作り話」すなわち物語文学誕生の契機を見定めようとしたのであるが、本章に述べ来たった難題求婚譚の問題は、まさにそのような物語文学誕生の秘密を解き明かすものだと言ってよいのではないか[33]。そして、そのような運動の原動力となっていたものこそ、七・八世紀から九世紀にかけて切り拓かれてきた〈人の心〉への注視という現象であったと思われるのである。

（１）柳田国男「竹取翁考」（『平安物語Ｉ』日本文学研究資料叢書、有精堂一九七〇年）。初出は『国語国文』一九三四年一月。以下の引用も同論文による。

（２）山本登朗「生田川伝説の変貌―大和物語百四十七段の再検討―」（『国語国文』一九九二年七月）。本章をなすにあたってはこの山本論文から多大な教示を得た。

（３）高橋六二「妻争い」（『上代文学事典』おうふう一九九六年）。なお、Ｅの三山歌に関してはその性を巡って議論があるが、本章の骨子には影響ないと考える。それゆえ、本章では「複数の男性が一人の女性を巡って争う話」として妻争い伝承を捉えて論を進めていくことにする。

（４）はやく『土屋私注』が言及したところであり、その後も古橋信孝『古代の恋愛生活』（ＮＨＫブックス一九八七年）関口裕子『処女墓伝説考』（吉川弘文館一九九六年）などがこの問題を取り上げている。

（５）中川ゆかり「菟原処女の墓を見る歌」（『セミナー万葉の歌人と作品』第七巻、和泉書院二〇〇一年）。なお、前掲表には「Ｉ意奚と袁奚が根比女命をつまどう」とあるが、原文は「誂国造許麻之女根日女命」となっている。この「誂」は「求婚する」の意でしばしば使用された語であり『風土記』においてもその点は変わらない（注（４）関口書参照）。大系（秋本吉郎氏）や新編全集（植垣節也氏）は「つまどふ」と訓読するが、「つまどふ」の確例とはなし得ない。

（６）「一の女子有り、名は万の子と曰ひき。未だ嫁がず、未だ通はず。面容端正し。高姓の人伉儷フニ、猶し辞びて年祀経たり。爰に人有りて伉儷ひ、品々物を送る」とある「伉儷」に「ヨバフ」と訓注が付されている。

（７）このような意味の差異に着目すれば、福麻呂歌や家持歌における菟原処女伝承を「妻争い伝承」と見なすことには慎重でなければなるまい。「妻争い伝承」と言い得るのは厳密には虫麻呂歌だけなのであり、後述の真間娘子伝承をも踏まえて言えば、これらが本来は男を通わせる女の伝承だった可能性も否定しきれないのである。そうだとすると、妻争い伝承化は虫麻呂によって果たされたということになる。福麻呂歌や赤人歌との題詞の相違もかかる虫麻呂の自覚的な取り組みに関わるのかもしれないが、今は問題を指摘するにとどめておく。

なお、「よばひ」の文字表記に「結婚」の語が用いられていることに関しては、戸令二十六条「凡結婚已定、無㆑故三月不㆑成、及逃亡一月不㆑還、若没㆓落外蕃㆒、一年不㆑還、及犯㆓徒罪以上㆒、女家欲㆑離者聴之。雖㆓已成㆒、其夫没㆓落外蕃㆒、有㆑子五年、無㆑子三年不㆑帰、及逃亡、有㆑子三年、無㆑子二年不㆑出者、並聴㆓改嫁㆒」の日本的な解釈に関係があるのではないか。この規定は「定婚（婚約）と成婚（女を迎える儀式）の二段階を経て完結する」中国の婚姻に即して女家がその定婚及び婚姻を解消できる事由を述べたものだが、婚姻実態の異なる古代日本では成婚の理解が曖昧であったらしく「結婚已定」に続く「無㆑故三月不㆑成」（この「不成」は成婚を行わないことを本来は意味する）に関して「古記」が「男夫無㆓障故㆒不㆑来也」と注したり、「已成」以下について『令義解』が「若夫婦在㆓同里㆒不㆓相往来㆒者、即比㆓無㆑故三月不㆒㆑成離也」とするなど、法意とは異なる解釈が示されているのである（大系本『律令』補注〈吉田孝氏執筆〉参照）。これは逆に見れば「結婚已定」の段階を婚姻関係の成立と考えていたということであり、事実この「結婚已定」に関して『令義解』には「謂。已許㆑婚訖也」との理解がまた「穴記」には「問。結婚何。答。許㆑嫁訖是」との問答が記されているのである。この「婚」や「嫁」は同二十四条の「凡男年十五。女年十三以上。聴㆓婚嫁㆒」を念頭に置いてのものだろうが、とすれば「結婚」＝婚姻関係を許可すること・その約束をすること、といった理解が明法家の間に存していたことになろう。このような理解が『萬葉集』の文字表記になにがしか反映しているのではないか。

（8）小島憲之「伝説の表現」（『上代日本文學と中國文學』中、塙書房一九六四年）参照。

（9）遠くの里に住む女のところに通う男の歌が『萬葉集』に見られることもその傍証となろうが、戸令十四条の「其先有㆓両貫㆒者、従㆓本国㆒為㆑定」との文言を巡る諸注釈書の態度も参考となろう。これは本来二重登録に関しての規定だが、日本の注釈者たちは例外なく父貫と母貫の問題と理解した上で、「謂。父国為㆓本国㆒。言父母各別㆑国、而其子両所附㆑貫者、即従㆓父国㆒為㆑定也」（義解）のごとく、父母の国が異なる場合には子を父方の戸籍に付すことを定めた規定だと解するのである。このような理解の背後に、国を異にする夫婦が多数存在する（存在し得る）という現実が潜んでいることは言うまでもないであろう。

(10) 第一篇第一章「額田王と鏡皇女の唱和歌」において、二人の唱和歌が「詠出された〈場〉を離れ後代へと伝承されていく過程で〈待つ女〉の歌として高い評価が与えられるようになり、奈良朝においては広く人口に膾炙するようになった」という見通しを述べたが、それはこのような抒情の推移に照らしても認められるのではないか。〈待つ女〉という文学的素材は、七世紀末から八世紀にかけて誕生したものと考えられる。

(11) 金井清一「高橋虫麻呂論　序説」(『万葉詩史の論』笠間書院一九八四年)。なお、その場合の依頼者とは藤原宇合を中心とする人々だったと考えるのが素直であろう。宇合は『懐風藻』に六首の詩を残す文雅の人でもあったが、虫麻呂歌に見られる中国文学との関わりもそう考えると自然に納得されるのである(村山出「虫麻呂の歌の『娘子』—表現の位置—」〈『奈良前期万葉歌人の研究』翰林書房一九九三年〉参照)。

(12) 注(4)書。

(13) 藤井貞和「伝承関係歌とは何か」(『物語文学成立史』東京大学出版会一九八七年)。この見解は古橋信孝『物語文学の誕生』(角川叢書二〇〇〇年)に引き継がれている。

(14) 内田賢徳「巻十六　桜児・縵児の論—主題と方法—」(『萬葉集研究』第二十集、塙書房一九九四年)。

(15) 瀬間正之「万葉集巻十六題詞・左注の文字表現」(『萬葉集研究』第二十六集、塙書房二〇〇四年)も、「A［桜児］・B［縵児］の自死の理由の表現が直接何に依拠したかは不明であるが、B［縵児］の方が仏教的価値観に基づくとすれば、A［桜児］の方は儒教的価値観に基づくと言うこともできよう。とすれば、この両者は、儒・仏の対を意識した表現である可能性を残す」と述べる。

(16) 関口裕子「必ずしも閉ざされていない配偶者の性の在り方」(『日本古代婚姻史の研究』上、塙書房一九九三年)など参照。

(17) 『続日本紀』天平十二年(七四〇)六月十五日条。五味智英「石上乙麻呂の配流をめぐつて」(『万葉集の作歌と作品』岩波書店一九八二年)参照。なお、久米若売も下総国に流されている(『続日本紀』天平十一年三月二十五日条)。

(18) 「人妻」の問題については、第一篇第五章「『萬葉集』における「人妻」の位相」をも参照されたい。

(19) 注(13)書。

(20) 桜児・縵児伝承の載る『萬葉集』巻十六がその直後に「竹取翁」の歌を記載している事実にも注意を促しておきたい。

（21）『竹取物語』における異郷設定の問題については、藤井貞和「異郷論の試み」（『源氏物語の始原と現在』定本、冬樹社一九八〇年）鈴木日出男「『竹取物語』の異郷と現実―語りの眼―」（『国語通信』一九八二年九月）など参照。
（22）この点については、第二篇第一章「〈あき〉の誕生―萬葉相聞歌から平安恋歌へ―」でも触れたところがある。
（23）『新撰萬葉集』にも、「鹿島なる筑波の山のつくづくと我が身ひとつに恋をつむかも」に付された「馬蹄久絶不如何／恋慕此山涙此河／蕩客怨言常詐我／蕭君永去莫還家」という漢詩のように、男の言葉の空しさをいう表現がいくつか認められる。
（24）今井源衛『大和物語評釈』（下巻、笠間書院二〇〇〇年）。
（25）鈴木宏子「〈忘る〉〈忘れず〉考―時の推移の表現」（『古今和歌集表現論』笠間書院二〇〇〇年）参照。
（26）中川正美「歌ことば「うし」と「つらし」「つれなし」」（『源氏物語文体攷』和泉書院一九九九年）参照。
（27）『竹取物語解』の引用は、上坂信男『竹取物語全評釈』（古注釈篇、右文書院一九九〇年）に拠る。
（28）坂井幸夫「竹取物語における求婚譚の構成」（『国文学論考』都留文科大学、一九七〇年二月）、高橋亨「竹取物語論」（『物語文芸の表現史』名古屋大学出版会一九八七年）など参照。
（29）鈴木日出男「言葉と批評性」（『源氏物語の文章表現』至文堂一九九七年）。以下の引用も同論文による。
（30）鈴木日出男「あまりに人間的な」（『源氏物語への道』小学館一九九八年）。
（31）注（21）鈴木論文。
（32）益田勝実「説話におけるフィクションとフィクションの物語」（『益田勝実の仕事2』ちくま学芸文庫二〇〇六年）。
（33）この点については、拙稿「物語文学誕生前史」（『国語と国文学』二〇〇九年五月）でも触れたところがある。

第三章　恋愛文学の十世紀

一　はじめに

平安朝の恋愛文学は、〈人の心〉への注目度を高めるところから開始されたと思しい。それは、『萬葉集』に二例しかなかった「人の心」という語が『古今和歌集』では「忘れ草なにをか種と思ひしはつれなき人の心なりけり」（恋5・八〇二・素性法師）「思ふてふ人の心の隈ごとに立ち隠れつつ見るよしもがな」（雑躰・一〇三八）といった例も含めて十六例に急増しているという量的な面からのみ言うのではない。むしろ重要なのは、「飽き」と「秋」の掛詞が成立したことなどにより、男の心は避け難く移ろってしまうものという観念が共有され、一つの発想の基盤として定着するようになったという点である。

秋風に山の木の葉の移ろへば人の心もいかがとぞ思ふ（恋4・七一四・素性法師）
わが袖にまだき時雨の降りぬるは君が心に秋や来ぬらむ（恋5・七六三）
しぐれつつもみづるよりも言の葉の心の秋にあふぞわびしき（恋5・八二〇）

いずれの和歌も、秋が到来したことにより起こる紅葉や時雨という自然現象と、恋人の心に「飽き」の感情が萌した結果その言葉や心が変化してしまうこと及び自分が悲しみの涙を流すことが対応させられているが、本来無関係であるはずの両者が「あき」という共通音を媒介として結び付けられることで、恋の終焉を不可避の事態と捉えるような認識が次第に浸透していったのであろう。(1)あるいは、

世の中の人の心は花染めの移ろひやすき色にぞありける　（恋5・七九五）

色見えで移ろふものは世の中の人の心の花にぞありける　（恋5・七九七・小野小町）

といった和歌では、人の心が花と重ね合わされているが、ここでもまた「人の心」の移ろいが見つめられているのである。

このように、平安朝に入りいっそう否定的に捉えられるようになった〈人の心〉（＝男の心）の問題は、十世紀の文学にどのように引き取られていったのであろうか。本章では、右のような問題意識から十世紀文学のいくつかの作品を取り上げ、この時代の恋愛文学史のある一側面を浮かび上がらせたいと思う。

二　『竹取物語』

最初に注目したいのは、物語文学の祖とされる『竹取物語』である。この作品は九世紀末には成立していた可能性もあるが、今は便宜上ここに取り上げることにしたい。

恋愛文学という観点からこの作品を考える場合、やはり注目すべきは貴公子たちの求婚を拒む際のかぐや姫の発言「よくもあらぬかたちを、深き心も知らで、あだ心つきなば、後くやしきこともあるべきを、と思ふばかりなり。世のかしこき人なりとも、深き心ざしを知らでは、あひがたしとなむ思ふ」であろう。ここでのかぐや姫は、相手の心を十分に確かめることなく結婚して浮気などされたら後悔するに違いないと思うところから、彼ら

の「深き心ざし」に注意を向けていく。この発言については、物語作家の漢文学的素養という点から紀長谷雄「貧女吟」との関連が指摘されてきたが、恋愛文学史という視点に立つならば、それをも含めて、前掲古今集歌に通じるような、男の心を移ろいやすいものとして否定的に捉える発想をこの背後に見定めておくことが有効であろう。詳細は前章を参照されたいが、難題求婚譚の母胎と推定される妻争い伝承においては、求婚者たちの激しい思いに女たちが心を動かされ自死を選択するというのが一般的な傾向であった。しかし、『竹取物語』は、異世界の存在としてのかぐや姫を登場させ、彼女に先のような発言をさせることにより、その枠組みから一歩抜け出すことに成功したのである。そのかぐや姫像を支えたのが、この時代に顕著になってきた〈人の心〉への眼差しであったと思われるのだが、このような視点が作品内部に持ち込まれたことにより、以降の物語は求婚者たちの「心ざし」をどう評価するのかという問いをも同時に抱え込むことになった。

翁のいはく、「思ひのごとくものたまふかな。そもそも、いかやうなる心ざしあらむ人にかあはむと思す。かばかり心ざしおろかならぬ人々にこそあめれ」。かぐや姫のいはく、「なにばかりの深きをか見むといはむ。いささかのことなり。人の心ざしひとしかんなり。いかでか、中におとりまさりは知らむ。五人の中に、ゆかしき物を見せたまへらむに、御心ざしまさりたりとて、仕うまつらむと、そのおはすらむ人々に申したまへ」といふ。「よきことなり」と受けつ。

右は先のかぐや姫の発言に続く翁との対話だが、彼らの「心ざし」を測るものとして難題が物語に登場してくるのである。

はたして、この対話に対応するのが、帝の入内要請を断る際の「あまたの人の心ざしおろかならざりしを、むなしくなしてしこそあれ」という発言であると思われる。難題求婚譚を通して、理性よりも感情が先に立つ人間のあり方を知ったかぐや姫は、彼らの「心ざし」がいい加減なものではなかったという結論に達するのだが、これは先の対話場面での「かばかり心ざしおろかならぬ人々にこそあめれ」という翁の評価に一致する。つまり、物語の結構としては、求婚者たちの具体的な行動を通して彼らの愛情を「おろかならぬ」ものと把握した翁と、異世界の存在ゆえに求婚者たちの愛情を疑い得ていたかぐや姫との対立の構図が、かぐや姫の歩み寄りという形で決着するということである。かぐや姫の人間化という現象は、そのような人間理解をかぐや姫が獲得するということでもあった。

しかし、そのことは、恋愛文学史という視点から捉える時、八世紀後半から九世紀にかけて深められてきた〈人の心〉という課題が十分に掘り下げられることなく収束したということを意味することにもなる。確かに、『竹取物語』は同時代的な視点を取り込むことにより、妻争い伝承の枠組みから一歩抜け出し、男たちの愛情を問い返す足場を作品内に確保した。そのことの意義は正当に評価されねばならないが、しかし物語としては、そういった男たちの「心ざし」を「おろかならぬ」ものとして肯定するところに落着していったのである。それが「あはれ」という感情を見つめたこの物語のやむを得ざる結果であったとしても、そこにある種の限界があったこともまた同時に認めておかねばならないであろう。

三　『落窪物語』

では、他の物語はどうだったのであろうか。本節では十世紀末の成立と目される『落窪物語』を取り上げることにしたい。

継母から日々いじめられている姫君は、自分自身の不幸な境遇を見つめる人物として物語に登場する。

日にそへてうさのみまさる世の中に心つくしの身をいかにせむ　（八〇）

世の中にいかであらじと思へどもかなはぬものは憂き身なりけり　（八二）

我に露あはれをかけばたちかへり共にを消えようきはなれなむ　（八五）

右は姫君が物語冒頭で詠んだ三首の独詠歌だが、いずれの和歌にも「憂し」の語が用いられており、これが登場場面での姫君を特徴づける鍵語の一つであることが推定される。(2) このように自らの不幸な身の上を見つめる姫君は、道頼のことを聞かされても心動かされることがない。「とありともかかりとも、よきことはありなむや。女親のおはせぬに、さいはひなき身と知りて、いかで死なむ」（八五）と、ひたすらに死を願うのである。それゆえ、物語の結構としては、このような「憂き身」「さいはひなき身」からの脱出が目指されることになる。はたして、それを示すのが、道頼の二条邸に引き取られた際の

憂きことを嘆きしほどに唐衣袖は朽ちにき何につつまむ　（二〇三）

という姫君の和歌であり、かつての中納言邸に仕えていた少納言の目を通して語られる

見るに、かの部屋に居たまへりしほど、まづ思ひ出でらる。君はまづねびまさりて、いとめでたうて居たまへれば、「いみじくさいはひおはしける」とおぼゆ。　（二四〇）

といった叙述であろう。

このように『落窪物語』においては、姫君の身の問題が主軸に設定されていると思われるのだが、しかし〈人の心〉の問題も等閑視されているわけでは決してない。結婚に消極的な姫君に代わって道頼の心を問題にするのは、むしろあこきであった。帯刀から道頼の話を聞かされたあこきは、「ただ今はさやうのことかけても思したたぬうちに、いみじき色好みと聞きたてまつりしものを」（八四）とその好色さを気にかけているし、以降も「いでや、御心の頼もしげにおはせば、などかはさも」（八八）「ただ御心だに頼みたてまつりぬべくは、いかにうれしからむ」（一〇七）と道頼の心に期待をかけているのである。あるいは、姫君自身も道頼との結婚後は、参内の

ために訪れのなかった道頼に対して「一すぢに思ふ心はなかりけりいとどうき身ぞわくかたもなき」（一三七）との和歌を詠んだり、物置のような部屋に幽閉された際にも

あが君や、さらにえ聞えぬものになむ

あふことの難くなりぬと聞く宵は明日を待つべき心こそせね

かうは思ひきこえじ　（一六九）

との伝言をくれた道頼に対して、

ここにも

短しと人の心を疑ひしわが心こそまづは消えけれ　（一六九）

との返事をしているように、道頼の心を疑うこともないわけではなかったらしい。

そして、その道頼の心が最も問題になるのが、巻二に語られる右大臣の娘との縁談話の場面であると思われる。乳母の勝手な判断で進行した縁談話に心を痛める姫君は

隔てける人の心をみ熊野の浦の浜ゆふいくへなるらむ　（二四五）

うきふしにあひ見ることはなけれども人の心の花はなほ憂し　（二四七）

と、道頼の心変わりを嘆く。『新旧全集』が「この縁談はあまり発展しないエピソードであるが、女君を危機に落とし、読者の気をもませるために、あえて挿入したものであろう」とするように、ここでは道頼の二条邸に引き取られて幸福な生活を手に入れたかに見えた姫君に、物語があえて危機的な場面を用意したということなのであろう。このような設定の背後には、男の心変わりのために不幸を余儀なくされた多くの女の存在が推定されるが、はたしてそのような姫君に対して道頼は

帝の御女賜ふとも、得はべらじ。はじめも聞こえしを、ただつらしと思はれきこえじとなむ思へば、女の思

ふことは、また人まうくることこそ嘆くなれと聞きしかば、そのすぢは絶えにたり。人々とかう聞ゆとも、よもあらじと思せ。（二五二）

と言って慰めるのであった。一夫一妻主義宣言ともされるこの発言は『落窪物語』の男女観を考える上でも非常に重要なものだが、当面の問題に引きつけて言えば、この発言により男の心変わりという問題、すなわち〈人の心〉という課題が収束に向かう点を重視したい。この言葉を聞いた直後の姫君にはまだ十分に納得できないところもあったようだが、やがて「君の御心は今は」（二五六）と思い至るように、道頼の心は信頼に足るものとして位置付けられることになるのである。姫君の妊娠が語られ、三条邸の伝領の問題へと以降の話題が移っていくという展開からも、この一件によって道頼との結婚問題が一応の決着をみたことが推定されよう。

とすれば、『落窪物語』においてもまた『竹取物語』と同様に、〈人の心〉という課題が十分に掘り下げられていくことはなかった、ということになるのではないか。もちろん、道頼の愛情を強調するこの物語のあり方に一夫多妻的な男女関係に対する批判を読みとることは可能であるし、男の心変わりに悩む女性に対して一つの回答を与えることにもなったであろう。あるいは、継子いじめ譚の話型に従う『落窪物語』にとって、これ以外の結末があり得ないものであったことも事実である。しかし、たとえば「思ふとも離れなむ人をいかがせむ飽かず散りぬる花とこそ見め」（古今・恋5・七九九・素性法師）という問いに対して、それが十分な回答たり得ないこともまた否定できないように思われる。男の心変わりに悩む女たちは、ひたすらその心を信じていれば幸せになれるのであろうか。恋愛文学として『竹取物語』や『落窪物語』を見る時、そこにある種のもどかしさを感じないわけにはいかないのである。(3)

だが、そのような物語のあり方を、現時点から振り返って断罪するのは正当な態度ではあるまい。これらの物語を生産しまた享受した同時代のあり方に照らして把握することが求められよう。

四　『伊勢物語』

ここで注目したいのが『伊勢物語』である。たとえば、有名な六十段。「宮仕へいそがしく、心もまめならざりけるほどの家刀自、まめに思はむといふ人につきて、人の国へいにけり」とされるこの女は、やがて「宇佐の使」として現在の夫の任国に下向してきたかつての夫と再会し、「さつき待つ花たちばなの香をかげばむかしの人の袖の香ぞする」の和歌を詠みかけられたことを契機として出家してしまう。彼女が出家したのは、類似の話を記す六十二段で「むかし、年ごろ訪れざりける女、心かしこくやあらざりけむ、はかなき人の言につきて」とされていることからしても、「女はこの秀歌を詠む男を目の前にして、昔のこと、わが身の軽薄さを思い起して発心する」（新編全集）「もとの夫の変らぬ情愛を思い起し、自分の軽率を悔い、これまでの生活を清算しようとした」（新大系）とされる通りであろうが、しかし、このような女の行為を当然視し得るのは、いったいどのような視点に立つ時なのか。

六十段の男は、「宮仕へいそがしく、心もまめならざりける」とされているように、仕事が忙しく十分な愛情をもってこの女に接していたのでもないらしい。そのような時に女の前に現れたのが、「まめに思はむといふ人」であった。とすれば、この女が夫との生活に見切りをつけ、新しい男との関係に活路を見出そうとしたとしてもやむを得ないのではないか。しかし、『伊勢物語』はそれを許容しようとはしない。少なくとも、そのような女の選択が幸福な結末に繋がることはないのである。同様の選択を女が迫られた章段として「男、宮仕へしにとて、別れ惜しみてゆきにけるままに、三年来ざりければ、待ちわびたりけるに、いとねむごろにいひける人に、「今宵あはむ」とちぎりたりけるに、この男来たりけり」とされる二十四段があるが、ここでも女に用意されていたのは、死という悲しい結末であった。

おそらく、これらの章段は、女はひたすら男を待ち続けているべきであるとする倫理観に支えられているのであろう。男の仕事がどんなに忙しくても、またその訪れがどんなに間遠であっても、そのことが男を捨てる理由にはならない、というのがこれらの章段における『伊勢物語』の考え方らしい。それは、二十三段からも推測される。

さて年ごろふるほどに、女、親なく、頼りなくなるままに、もろともにいふかひなくてあらむやはとて、河内の国、高安の郡に、いき通ふ所いできにけり。さりけれど、このもとの女、あしと思へるけしきもなくて、いだしやりければ、男、こと心ありてかかるにやあらむと思ひうたがひて、前栽のなかにかくれゐて、河内へいぬるかほにて見れば、この女、いとよう化粧じて、うちながめて、

風吹けば沖つしら浪たつた山夜半にや君がひとりこゆらむ

とよみけるを聞きて、かぎりなくかなしと思ひて、河内へもいかずなりにけり。

知られるように、幼なじみ同士で結婚した二十三段の夫婦であったが、やがて男は河内に新しい女を持つようになる。しかし、この女はそのことを恨む様子も見せずに男を送り出すのである。男が「こと心ありてかかるにやあらむ」と疑ったのも当然と言うべきだが、前栽に隠れた男が見たものは、予想に反してひたすら男の無事を祈る女の姿であった。その和歌を聞いた男の反応が「かぎりなくかなしと思ひて、河内へもいかずなりにけり」と語られるところからは、女の一途な思いが男の愛情を取り戻し夫婦の危機を回避したという位置付けのように思われるが、とすればこの章段では、その一途な思いが賞賛される仕組みになっているということになろう。このような視点に立つ『伊勢物語』にとって、女の悲しみなどは関心の埒外の事柄なのだと思われる。

片桐洋一氏は、二十一段を取り上げる過程でこれらの章段についても触れ、これらの物語において、語り手が求めているのは、女の貞節であり、忍耐である。破綻や挫折、それにともなう貴族社会からの脱落をも怖れずに愛を貫いた「第一次伊勢物語」や「第二次伊勢物語」の男の姿はそこにはない。第三次以降の『伊勢物語』の作者は、第一次、第二次の物語の主人公を殺し、その理想的な生き方を標本化して、ひたすらに女の生き方を説いていたのである。作者がこれほどまでに女の生き方を説こうとした対象は当然女性であろうから、第三次成立以降の『伊勢物語』は、女のために女を描いた物語に変貌してしまっていたということであり、男の愛を信じることなく家を出て行く、この第二一段の女の人生は、中空に浮かんでいる雲のように、中途ではかなく消えてしまうあわれなものでなければならなかったのである。

と述べるが(4)、章段理解という点では首肯されるべき見解であろう。

以上、いくつかの章段を取り上げたにすぎないが、もしこれらの章段の背後に前述したような倫理観の存在を推定することが許されるとすれば、その拠って立つ基盤は何だったのであろうか。女性の地位は九世紀を境として大きく低下し始める、すなわち男性への従属度合いを急速に高めていくように思われるが、その大きな要因となったのが儒教倫理や家父長制の浸透であったことは言うまでもなかろう。とすれば、これらの章段の誕生も、大きくはそのような時代状況と関わりあうものであったと見通されてくるのではないか。もちろん、儒教的な倫理観がすべてを決定したと考えるのは単純に過ぎるが、女性が男性にひたすら尽くすことを当然視する風潮を根底で支える思想としてそれが大きな位置を占めていたことは、疑い得ないことだと思われる。男性知識人の手になると考えられる『竹取物語』や『落窪物語』が、第二節および第三節に述べたように男の愛情を最終的には肯定していくのも、各々の物語の主題や論理ということと同時に、底辺ではこのような倫理観も影響していたのではあるまいか。

それが十世紀男性知識人の基本的な認識の枠組みであったと考えられるなら、〈人の心〉という課題が彼ら男性によって深められていったとは考えにくい。その突破口となったのは、やはりそういった倫理観から比較的遠いところにいる女性だったのであろうか。

五　『蜻蛉日記』

そのように考えるのは、『蜻蛉日記』の存在を念頭に置くからである。次章に詳述するように、結婚当初の道綱母も、頼りにならないと思いつつも兼家の心のあり方に注目し一喜一憂する女性であった。それは、

思ひしもしるく、ただひとり臥し起きす。おほかたの世のうちあはぬことはなければ、ただ人の心の思はずなるを、われのみならず、年ごろのところにも絶えにたなりと聞きて、文など通ふことありければ、五月三四日のほどに、かくいひやる。（天暦十年五月）

年かへりて、なでふこともなし。人の心のことなるときは、よろづおいらかにぞありける。（応和三年一月）

といった記事に端的に表れていると考えるが、しかし物語ならざる現実の人生を生きる道綱母の場合は、兼家の心が再び彼女のもとに戻って来るということにはならなかった。むしろ、結婚十七年目に当たる天禄元年夏頃から兼家の足はいよいよ遠のき始め、その結果道綱母はもはやこれまでのように兼家の心に注意を向けることすら出来ないような状況に追い込まれていく。そして、そのような苦悩の果てに道綱母が最終的に辿り着いたのが、兼家に振り回されてしまう自分自身の心と向き合うという態度であったと思われる。それが、下巻冒頭の「今年は天下に憎き人ありとも、思ひ嘆かじなど、しめりて思へば、いと心やすし」なのであろう(5)。

とすれば、ここにおいて〈人の心〉という課題は、新たな展開を見せることになったということになりはしまいか。それは、男の心を最終的に肯定することでそれへの不信感を解消する方向に向かった『竹取物語』や『落窪物語』とは反対に、男の心は頼りにならないという認識を突き詰めるところから、そのような男に惹かれてしまう自分自身の心をいかに封じ込めるかという課題を浮かび上がらせるものであった。『拾遺和歌集』にも

わりなしやしひても頼む心かなつらしとかつは思ふものから　（恋5・九四三）

つらしとは思ふものから恋しきは我にかなはぬ心なりけり　（恋5・九四六）

数ならぬ身は心だになからなん思ひ知らずは怨みざるべく　（恋5・九八四）

といった自らの心を見つめる和歌が載るが、そのような〈我が心〉を新たな課題として確かめてくる道が、十世紀後半頃から本格的に拓かれてきたのではないか。そして、それは男性作家による物語創作とは異なったところで、おそらく女性たちの営みを中心として生み出されてきたように思われるのである。

そのような展開の先に、十一世紀初頭の『源氏物語』が登場してくるのだと見通されるのだが、本章ではその前史としての十世紀恋愛文学の一側面を指摘したところでひとまず筆を擱くことにしたい。

（1）鈴木宏子「〈あき〉〈あかず〉考」（『古今和歌集表現論』笠間書院二〇〇〇年）参照。また、掛詞「あき」の誕生については、第二篇第一章「〈あき〉の誕生―萬葉相聞歌から平安恋歌へ―」を参照されたい。

（2）北川雅明「『落窪物語』の構成について―女君の「憂し」をめぐって―」（『中古文学』一九九二年六月）参照。

（3）もっとも、『落窪物語』について考える際には、三の君や四の君の問題を無視するわけにはいかない。道頼による報復の犠牲になった彼女たちに物語はどのような視線を投げかけているのか。特に、巻四に記される四の君の再婚問題は重要であると考えるが、この点は今後の課題としたい。

（4）片桐洋一「『伊勢物語』第二一段を読む」（『源氏物語以前』笠間書院二〇〇〇年）。

（5）「思ひ嘆かじ」は書陵部本など「おもひなをらし」であり、これを「思ひ直らじ」と理解して「（兼家の）心がこちらに戻ることはあるまい」と解釈する大内英範氏の説（「蜻蛉日記下巻冒頭の「おもひなをらし」をめぐって」（『王朝文学史稿』一九九五年二月、「蜻蛉日記下巻冒頭の「にくき人」をめぐって」『王朝文学史稿』一九九六年三月）もあるが、今は通説に従った。但し、大内氏のように解釈しても、道綱母は兼家の心がもはやどうにもならないと思うことで自らを落ち着けようとしているのだから、間接的な思いにはなるものの、「我が心」に向き合っているという点で、本章の主旨に影響はないと考える。

第四章　〈人の心〉から〈我が心〉へ
――『蜻蛉日記』論――

一　はじめに

『蜻蛉日記』に記される道綱母の半生が、兼家との不如意な結婚生活に大きく縁取られたものであることは言うまでもない。しかし、その間の心情を「ものはかなし」の一語で片づけてしまっては、あまりにことを単純化しすぎることになろう。『蜻蛉日記』という作品が表し出す道綱母の心情は、決して単調平板なものではなく、むしろ当時の文学史的動向とも対応するような動的な側面を持つものであったと見通されるからである。

いったい、『蜻蛉日記』が書かれた平安前期という時代は、閨怨詩享受がいよいよ本格化した時期であり、男の来訪を空しく待ち続ける女＝〈待つ女〉の不幸を形象化することが盛んに行われた時期でもあった。『蜻蛉日記』においても、たとえば兼家の前渡りを記す天暦十年秋の記事「うちとけたる寝も寝られず、夜長うして眠ることなければ、さななりと見聞くここちは、なににかは似たる」が、諸注指摘するように、『白氏文集』「上陽白髪人」の一節「秋夜長　夜長無レ寐天不レ明」を踏まえたものであり、また康保三年秋の記事に見られる「荒れたる宿」という表現が、男の来訪が途絶えたことによって自邸が荒廃していくという閨怨詩に由来する発想を引き継いだものであるように、[1] 道綱母像は〈待つ女〉に関わる表現や発想に依拠して作り上げられてもいたのである。[2] そしてまた、下巻の天禄三年閏二月に見られる「八日、雨降る。夜は石の上の苔苦しげに聞こえたり」が、十世紀末頃に登場する「「夜の雨で男が訪れず、一人寝つかれぬままにその雨の音を聴く」というモチーフ」の和歌に先立って雨の音に耳を傾けた最初期の例であるように、[3] その表現のいくつかは後の〈待つ女〉像の先蹤ともなっているのであった。この点は、道綱母から六条御息所へという展開を想起する時、ますます動かし難いものとして理解されてくるであろう。[4]

このように、『蜻蛉日記』という作品は、〈待つ女〉を巡る同時代の発想や表現とも密接に関わっていたのであり、それらと相互に影響を与え合うことで平安朝の文学史を形作っていたのである。それゆえ本章では、右のような理解のもと、兼家との不如意な結婚生活を生かされる道綱母を〈待つ女〉の一人として捉え、作品に象られた彼女の半生が文学史的にどのような意味を有していたのかについて考察を加えていきたいと思う。

二　上巻における道綱母

『蜻蛉日記』上巻には道綱母の次のような和歌が記されている。

Aかくて、十月になりぬ。ここに物忌なるほどを、心もとなげに言ひつつ、
（兼家）なげきつつかへす衣の露けきにいとど空さへしぐれ添ふらむ
返し、いと古めきたり、
（道綱母）思ひあらば干なましものをいかでかはかへす衣の誰も濡るらむ
（天暦八年十月）

B年また越えて春にもなりぬ。このごろ読むとてもてありく書《ふみ》取り忘れても、なほ取りにおこせたり。包みてやる紙に、

ふみおきしうらも心もあれたれば跡をとどめぬ千鳥なりけり

（天暦十一年春）

Aは道綱母に会えないために涙で袖が濡れる、と言って寄こした兼家に対し、私への「思ひ」があれば濡れた衣も乾くでしょうに、と切り返したもの。またBは、夜離れがちな兼家が道綱母の家に置き忘れた書物《ふみ》を取りに寄こした際に、包み紙に書きつけて贈ったもので、あなたの心がすっかりよそよそしくなったので私の所には書物も足もお留めくださらないのですね、と詠んだものである。いずれの場合も、愛情がないから袖が濡れるのだ・心が離れたから足も遠のいているのだ、というように、兼家の心に道綱母の関心が向けられていることに注意したい。

もちろん、恋愛関係（夫婦関係も含めた広い意味で用いている）にある女が相手の男の心に関心を注ぐことは、前章にも記したように、この時代決して珍しいものではなかった。Aの切り返しについては『伊勢物語』一〇七段の「あさみこそ袖はひつらめ涙河身さへながると聞かば頼まむ」がすぐに連想されるし、夜離れと心変わりを結び付けるBの発想も「男の久しう訪れざりければ／いにしへの心はなくやなりにけん頼めしことの絶えて年ふる」（後撰・恋6・一〇〇三）など枚挙に遑がない。物語に目を転じてみても、たとえば『うつほ物語』俊蔭巻には、俊蔭女が北山に向かうことを決意した事情が「こ（＝兼雅）の御心ざしはむげになしと見てしかば、げに、この子につきて、かかる所にも来ずやはありし」（五二）と語られているし、『落窪物語』でも参内のため訪れることができなかった道頼に対して姫君が詠んだ和歌は「一すぢに思ふ心はなかりけりいとどうき身ぞわくかたもなき」（一三七）というものであった。また、『枕草子』には「たのもしげなきもの　心短く、人忘れがちなる婿の、常に夜がれする」との記述が認められる。それゆえ、前掲した道綱母の和歌も、このような当時の一般的な発想に

基づいたものとまずは考えるべきであろう。

このことを確認した上でなお注意したいのは、この時代には、そのような男の心への否定的な眼差しが、具体的な経験に媒介されることなく成り立っていたという点である。

女に、心ざしあるよしを言ひつかはしたりければ、世の中の人の心さだめなければ頼みがたきよしを言ひて侍ければ

淵は瀬になり変るてふ飛鳥河渡り見てこそ知るべかりけれ　（恋3・七五〇・在原元方）

あだなる男をあひ知りて、心ざしはありと見えながら、なほ疑はしくおぼえければ、つかはしける

何時までのはかなき人の言の葉か心の秋の風を待つらん　（恋5・八九七）

ともに『後撰和歌集』の例だが、七五〇歌詞書は言い寄ってきた男を「世の中の人の心さだめなければ」という理由で拒否したもの。一方の八九七歌は、受け入れはしたものの「あだなる男」ゆえに不安が消えず「心の秋の風を待つらん」とその心変わりを案じたものである。男への対応は正反対だが、その「心ざし」を信じきれていない点で大差はない。もちろん、このような不信感の背後には男の具体的な背信行為やそれに基づく表現の蓄積があろうが、大切なのは、その結果男の心を頼み難いとする観念が経験に先立って付与されている点である。これらの女は、相手の男に見捨てられたわけではない。むしろ男は「心ざしはあり」と見なし得る状態なのだが、しかしその段階で既に男の心変わりが憂慮されているのである。第二篇第二章にも引用した

思ふてふ言の葉いかになつかしな後うきものと思はずもがな　（後撰・恋5・九一九・俊子）

忘れじの行く末まではかたければ今日をかぎりの命ともがな　（新古今・恋3・一一四九・儀同三司母）

は、愛を誓う男の言葉に接してなお心の移ろいを思う点で八九七歌と共通するが、このような心情は相手が「あだなる男」であるか否かを問わず成り立つものなのであろう。実際の愛情がどうであるという以前に、男への不

信感が既に刷り込まれているのであり、またからこそいっそう女は男の何気ない言動をその心変わりと関連させて捉えてしまうのである。

前掲の「思ひあらば」や「心もあれたれば」はさほど深刻なものではないが、しかしそのような和歌を詠む道綱母の姿にも同様の点が指摘できよう。言い換えれば、兼家との夫婦生活もまた右のような段階から始まっていたのではないか、ということである。そのことを端的に示すのが、「人の心」の用例だと思われる。『蜻蛉日記』には「人心」一例を含めて全部で七例用いられているが、すべて兼家の心を意味し、うち六例が上巻に集中して認められる。

C時はいとあはれなるほどなり、人はまだ見馴るといふべきほどにもあらず、見ゆるごとに、たださしぐめるにのみあり、いと心細く悲しきこと、ものに似ず。見る人（＝兼家）も、いとあはれに、忘るまじきさまにのみ語らふめれど、人の心はそれにしたがふべきかはと思へば、ただひとへに悲しう心細きことをのみ思ふ。（天暦八年十月）

Dかくて、日の経るままに、旅の空を思ひやるここちいとあはれなるに、人の心もいと頼もしげには見えずなむありける。（天暦八年十月）

E思ひしもしるく、ただひとり臥し起きす。おほかたの世のうちあはぬことはなければ、ただ人の心の思はずなるを、われのみならず、年ごろのところにも絶えにたなりと聞きて、文など通ふことありければ、五月三四日のほどに、かくいひやる。（天暦十年五月）

F年かへりて、なでふこともなし。人の心のことなるときは、よろづおいらかにぞありける。（応和三年一月）

Gかくて、なでふことなければ、人の心もなほたゆみなく見えたり［人の心をなをたゆみなくこりたり］。（康保元年夏）

H人心うぢの網代にたまさかによるひをだにもたづねけるかな（安和元年九月）

I返りごとには、ただ「『生きて生けらぬ』と聞こえよ」と言はせて、思ひ臥したれば、あはれ、げにいとをかしかなるところを、命も知らず、人の心も知らねば、「いつしか見せむ」とありしも、さもあらばれ、やみなむかしと思ふもあはれなり。（安和二年閏五月）

C及びDは天暦八年に父倫寧が陸奥守として赴任する際のもの。悲しみに沈む道綱母に優しい言葉をかけてくれる兼家に対して「人の心はそれにしたがふべきかは」と思い、またそれに対応させるかのように「人の心もいと頼もしげには見えずなむありける」と結ばれている。それゆえ、兼家の心の頼み難さばかりが注目されやすいが、しかし同時に、そのような形で、兼家の心が彼女の関心の的になっていたことも見逃されてはならないだろう。それは、兼家の心が思い通りにならないことだけがやりきれないとするEや、兼家の心が普段と違って親切な時は万事平穏であるとするFに、より顕著であると考える。これは、兼家の心のあり方に一喜一憂し、まさにそのことによって道綱母の生活が大きく左右されていくという構図にほかなるまい。兼家の心に注目し、それとの関係で自らの幸不幸を捉えようとするのが、上巻における道綱母の基本的なあり方なのである。

そして、そのような態度の根底にあるのが、Cに代表される兼家への不信感であったと思われる。しかし、それが結婚当初の天暦八年から見えることからすると、この不信感は具体的な夫婦関係を通して獲得されたものというよりは、先述したような先天的な観念に由来するものであったと見る方がよかろう。つまり道綱母もまた、男の心は頼み難いものと思うがゆえに、いっそう兼家の心に注視してしまう女なのであった。

三　中巻における道綱母

しかし、そのような道綱母の姿勢は、中巻に入ったあたりから大きく変わり始めることになる。上巻に集中的に見られた「人の心」の用例も、中巻第一年の安和二年閏五月（前掲Ⅰ）を最後に『蜻蛉日記』から姿を消してしまう。この事実は、兼家の心が道綱母の関心から大きく後退し始めたことを意味していよう。「人の心」の最後の用例が見られた安和二年閏五月頃は、「年ごろ、御覧じはつまじくおぼえながら、かはりもはてざりける御心を見たまふれば、それ（＝道綱）いとよくかへりみさせたまへ」（安和二年閏五月）と、最後まで面倒を見てもらえないとは思いながらもまだ兼家の心に期待しそれにすがろうとする思いも存在していた、少なくともそのような形で兼家の心はまだ道綱母の関心の対象であった、と考えられるのだが、しかし、翌天禄元年になり、これまで以上に長期の夜離れが続くようになると、「あやし」の語が多用されるように、道綱母は兼家の心を見失いがちになっていく。そして、それに代わって道綱母の意識の前面にせり出してきたのが、他ならぬ自分自身のあり方、すなわち「我が身」「我が心」の問題なのであった。

J今日の昼つかたより、雨いといたうはらめきて、あはれにつれづれと降る。まして、もしやと思ふべきことも絶えにたり。いにしへを思へば、わがためにしもあらじ、心の本性にやありけむ、雨風にも障らぬものとならはしたりしものを、今日思ひ出づれば、昔も心のゆるぶやうにもなかりしかば、わが心のおほけなきにこそありけれ、あはれ、障らぬものと見しものを、それまして思ひかけられぬと、ながめ暮らさる。

（天禄元年十二月）

ここでの道綱母は、昼頃から降り出した雨に、かつてのように兼家来訪を期待することもできなくなった現状を見つめている。しかし、彼女の思考はそこから兼家の心変わりを嘆くことへとは向かわず、むしろ、そのように幸福だった過去の存在そのものを打ち消す方向へと向かっていくのである(5)。波線を付したように、道綱母は、かつて兼家が雨でも来訪してくれたのは、私を愛していたためではなくそれが兼家の「心の本性」だったからではないか、との考えを抱くのであった。これは、兼家の心を見失った結果、自分への愛情を証すはずの〈雨の日の訪問〉にまで疑問の目を向け始めたということにほかなるまい。そしてそこから、このように兼家の来訪を望んでしまう、おおけなき「わが心」の問題に思い至るのである。引用は省略したが、同日夜の記事に「わきたぎる心」「思ひせく胸のほむら」といった言葉が認められるように、「わが心」の問題に思い至ったことが、即座に道綱母に平安をもたらしたわけではない。しかし、苦悩の末に、自らの不幸を自分自身に由来する問題として捉える視点に至ったことは、重視されてしかるべきであろう。

Kあさましき人、わが門より、例のきらぎらしう追ひちらして、渡る日あり。行ひしゐたるほどに、「おはしますおはします」とののしれば、例のごとぞあらむと思ふに、胸つぶつぶと走るに、引き過ぎぬれば、みな人、面をまぼりかはしてゐたり。われはまして、二時三時まで、ものも言はれず。人は、「あなめづらか。いかなる御心ならむ」とて、泣くもあり。わづかにためらひて、「いみじうくやしう、人に言ひ妨げられて、いままでかかる里住みをして、またかかる目を見つるかな」とばかり言ひて、胸の焦がるることは、いふかぎりにもあらず。

六月のついたちの日、「御物忌なれど、御門の下よりも」とて、文あり。（中略）念じて、返りごと書く。「いとめづらしきは、おぼめくまでなむ。ここには久しくなりぬるを、げにいかでかは思しよらむ。さても、見たまひしあたりとは思しかけぬ御ありきの、たびたびになむ。すべて、いままで世にはべる身のおこたりなれば、さらに聞こえず」とものしつ。（天禄二年五〜六月）

前半部は鳴滝籠り直前の天禄二年五月の記事だが、ここでも道綱母は、兼家の前渡りに接して、周囲の侍女たちが「いかなる御心ならむ」と、兼家の心をこそ問題にするのとは対照的に、「かかる里住み」をしてきたことに苦悩の原因を求めていく。この思いは、後半部翌六月の「いままで世にはべる身のおこたり」という把握へと繋がっていくのだが、ここで同年一月の兼家からの手紙に「心の怠りはあれど、いとことしげきころにてなむ。

夜さりものせむに、いかならむ。恐ろしさに」とあったことをも思い合わせると、これらの記事からは、兼家の心に起因する問題としてではなく、自分自身に起因するものとして、この一件を捉えようとする道綱母の態度を読み取ることができるだろう。

このように、兼家の心に囚われていた道綱母は、天禄元年頃を境として次第に苦悩の原因を自分自身の側に求めるようになっていく。そして、そこにまず大きく浮かび上がってきたのが、「我が身」の問題であった。「身」の語は『蜻蛉日記』全巻に遍在しているが、鳴滝直前の記事には「きわめて幸ひなかりける身」（四月）「世の中にあるわが身かは」（五月）など、我が身に関する言及が目立つ。約六十例ある道綱母を指す「身」のうち、ほぼ三割に相当する十八例がこの天禄二年に集中しているのである。(6) 前掲Kの「いままで世にはべる身のおこたり」という把握もその一つだが、この時期の道綱母は我が身を見つめ、まさにその「身」を処置することで問題の解決を図ろうとするのであった。

L さて思ふに、かくだに思ひ出づるもむつかしく、さきのやうにくやしきこともこそあれ、なほしばし身を去りなむと思ひ立ちて、西山に、例のものする寺あり、そちものしなむ、かの物忌果てぬさきにとて、四日、出で立つ。（天禄二年六月）

これは前掲Kに続く記述だが、「前渡りせさせたまはぬ世界」を求める鳴滝籠りは、このような思考の過程を経て、実行に移されることになったのである。それは、おおけなき「わが心」の問題に思い至りつつも、それをも含み込んだ「我が身」を兼家から遠ざけることによって、苦悩から逃れようとする方途であったと捉えることができるだろう。

四　鳴滝籠りの意義

しかし右のように言い切るためには、なお小さくない問題について考えておく必要がある。それは「身を去りなむ」という明確な決意を表明していながらも、同時に兼家に対して手紙を書くなど、それとは矛盾するような道綱母の行為が記されている点である。兼家拒否と兼家思慕という相反する心情のどちらを重視するかで鳴滝参籠の意味も揺れてしまうのであり、後者を重視する立場からは、兼家の迎え取りを期待する一つの賭であったという理解も提出されているのである。(7)

確かに、道綱母が兼家の迎え取りを期待する気持を抱いていたことは否定できない。前掲Kにおいても「おはしますおはします」の声を聞いて「胸つぶつぶと走る」姿が記されていたように、兼家来訪（鳴滝では迎え取り）を期待する気持は一貫して道綱母の心中に存在していたと考えられるからである。しかし、それが鳴滝参籠の目的とまで言い得るのであろうか。前節までの理解に従えば、この頃は苦悩の原因を自分自身に求めていた時期なのであるから、参籠の目的が「兼家の愛情を確認するため」（角川ソフィア文庫〈川村裕子氏〉）であったとは考えにくい。そのような段階は既に過去のものとなりつつあったのではないか。また、川村裕子氏自身も言うように、(8)迎え取りを期待する道綱母の心情が叙述の前面に出ているわけでも決してない。とすれば、鳴滝参籠の意味や目的は、それとは別のところにあったということになりはしまいか。

ここで注目されるのが、鳴滝での

M人やりならぬわざなれば、とひとぶらはぬ人ありとも、夢につらくなど思ふべきならねば、いと心やすくてあるを、ただ、かかる住まひをさへせむとかまへたりける身の宿世ばかりをながむるにそひて、悲しきことは…　（天禄二年六月）

N夕暮になるほどに念誦声に加持したるを、あないみじと聞きつつ思へば、昔、わが身にあらむこととは夢に思はで、あはれに心すごきこととて、はた、高やかに、絵にもかき、ここちのあまりに言ひにも言ひて、あなゆゆしとかつは思ひしさまにひとつたがはずおぼゆれば、かからむとて、ものの知らせ言はせたりけるなりけり〔物、思らせいはてなりけるなりけり〕と、思ひ臥したるほどに…（天禄二年六月）

という心中思惟である。道綱母は自らの鳴滝籠りを「身の宿世」または「ものの知らせ言はせたりける」結果として捉えているのだが、これこそが鳴滝での道綱母を支えていた論理だと考える。恋に破れた女が世を捨て仏道へと傾斜していく話は、『古今和歌集』の左注

我を君難波のうらにありしかばうきめをみつの海人となりにき

この歌は、ある人、「昔、男ありける女の、男とはずなりにければ、難波なる三津の寺にまかりて尼になりて、よみて男につかはせりける」となむ言へる（雑下・九七三）

や『源氏物語』帚木巻での左馬頭の話

艶にもの恥して、恨み言ふべきことをも見知らぬさまに忍びて、上はつれなくみさをづくり、心ひとつに思ひあまる時は、言はむ方なくすごき言の葉、あはれなる歌を詠みおき、しのばるべき形見をとどめて、深き山里、世離れたる海づらなどに這ひ隠れぬるをり。童にはべりし時、女房などの物語読みしを聞きて、いとあはれに悲しく心深きことかなと涙をさへなむ落としはべりし。今思ふには、いと軽々しくことさらびたることなり。心ざし深からむ男をおきて、見る目の前につらきことありとも、人の心を見知らぬやうに逃げ隠れて、人をまどはし心をも見むとするほどに、長き世のもの思ひになる、いとあぢきなきことなり。「心深しや」などほめたてられて、あはれ進みぬればやがて尼になりぬかし。（①六五〜六）

を参照すれば、当時実在した物語や伝承の一つの型であったと推定されるが、道綱母も

O…ただ土器に香うち盛りて、脇息の上に置きて、やがておしかかりて、仏を念じたてまつる。その心ばへ、ただ、きはめて幸ひなかりける身なり、年ごろをだに、世に心ゆるびなく憂しと思ひつるを、ましてかくあさましくなりぬ、とくしなさせたまひて、菩提かなへたまへとぞ、行ふままに、涙ぞほろほろとこぼるる。

（天禄二年四月）

と、兼家との苦悩に満ちた夫婦生活の末に仏道生活へと向かう願いを、この天禄二年頃から強くしていたのであった。それゆえ、MやNの思いは、そのような悲恋を生きる女に自らを重ねることで、この鳴滝籠りを必然化しようとするものであったと推測される。「身を去りなむと思ひ立ちて」決行された鳴滝籠りは、不如意な現実に直面した時、死や出家という形でそこから逃れようとする道綱母の現実逃避願望がまがりなりにも初めて具体化された瞬間であったが、同時にそれがこのような悲恋遁世譚を襲うものとしても意識されたことによって、兼家との恋愛生活の一つの必然的な帰結として、道綱母の中では意味付けられていたのであろう。

とすれば、兼家の迎え取りは、書かれざる部分で兼家思慕の心を満たしたかもしれないが、しかしより直接的には、「身」を去ることによる問題解決の挫折、悲恋遁世という結末の失敗を意味するものであった、と理解すべきではないか。道綱母に諦念や諦観ないしは深い人生観照をもたらしたものとして捉えられることが多い鳴滝籠りだが、鳴滝後の道綱母を支配していたのは、そのような清澄静謐な境地ではなく、むしろ兼家との関係の中に生き泥むほかないという閉塞感であったと思われる。その意味で、本章と視点は異なるけれども、『集成』が鳴滝後の境地を「兼家の妻妾の一人としての、あるがままの現実の容認といった、敗北への安住とでもいうべきものであろう」と捉えたのは、正鵠を射ていよう。

五　下山後の道綱母

P（兼家不訪ヲ）さればよとぞまた思ふに、はしたなきここちすれば、思ひ嘆かるること、さらに言ふかぎりなし。山ならましかば、かく胸塞がる目を見ましやと、うべもなく思ふ。ありとある人も、あやしくあさましと思ひ騒ぎあへり。ことしも三夜ばかりに来ずなりぬるやうにぞ見えたる。いかばかりのことにてとだに聞かばやすかるべしと思ひ乱るるほどに、客人ぞものしたる。（天禄二年七月）

右は、兼家来訪の知らせがあったものの結局訪れはなく肩すかしに終わった七月の記事である。「思ひ嘆かること、さらに言ふかぎりなし」とされるように、道綱母に嘆きがないわけではない。また、「山ならましかば、かく胸塞がる目を見ましや」はKの「いままでかかる里住みをして、またかかる目を見つるかな」を裏返しただけのものでしかないから、「かかる里住み」に苦悩の原因を見ている点でも大差ないと言うべきであろう。しかし、鳴滝籠りを経た道綱母は、そこから「身を去りなむ」という方向へは向かわない。ここでの道綱母が望むのは、傍線を付したような、せめてやって来ない事情を告げることだけでもして欲しい、ということなのであった。この願いは翌日にも「障りにぞある、重し」とだに聞かば、何を思はまし」と繰り返されているのだが、このような「だに」の使用は、上巻で兼家の前渡りに接した際の「いかで見聞かずだにありにしがな」（天暦十年秋）や出産直前の町の小路の女と兼家が同じ車に乗り込んで家の前を素通りした際の

Q ただ死ぬるものにもがなと思へど、心にしかなはねば、いまよりのち、たけくはあらずとも、たえて見えずだにあらむ、いみじう心憂しと思ひてあるに、三四日ばかりありて、文あり。（天徳元年夏）

とはいささか対照的であろう。後者の「だに」が苦悩をもたらす現実との関係を何とか遮断したいという願いであるのに対し、下山後の「だに」は苦悩の中で何とか生きていくための方途の模索なのである。この差は、下山

後の道綱母がかつてのように現状から逃避することをもはや望まなくなっていくことと無関係ではあるまい[9]。道綱母は、辛い現状の中で何とか身を処していく方向へと歩み始めているのである[10]。

Rさて三日ばかりのほどに、「今日なむ」とて、夜さり見えたり。つねにしも、いかなる心の、え思ひあへずなりにたれば、われは〔われら〕つれなければ、人はた罪もなきやうにて、七八日のほどにぞわづかに通ひたる。（天禄二年八月）

これは翌八月に兼家が来訪した際のものだが、傍線を付したように、普段から兼家が何を考えているのかもう分からなくなっていたので、道綱母は「つれなし」という態度で応対する。この「つれなし」を「冷たい態度」（学術文庫）「そっけない顔」（新編全集）などと解釈する注釈書もあるが、これは意図的に冷淡な対応をしたということではなく、自らの感情を表には出さなかった、と解すべきものであろう[11]。道綱母の「つれなし」は、中巻第二年の天禄元年以降に見られるものだが、兼家の夜離れに接しての「めづらかにあやしと思へど、つれなしをつくりわたるに」（天禄元年四月）や近江の出産を聞いての「あな憎とも聞き思ふべけれど、つれなうてある」（天延二年十月）のように、何らかの感情を抱きはするものの表面上は平静を装っているという用例があることや、兼家訪問の際に侍女たちが「なほあるやうあらむ。つれなくて気色を見よ」（天禄元年六月）と道綱母をなだめている例が、この場合の参考になろう。つまり、ここでの道綱母も、兼家来訪に対する何らかの感情はあるのだが、常日頃から兼家の心が理解できないでいるので、その来訪に一喜一憂することなく平静を保とうとしている、ということである。それは、

Sしばしありて、にはかにかい曇りて、雨になりぬ。たふるるかたならむかしと思ひ出でてながむるに、暮れゆく気色なり。いといたく降れば、障らむにもことわりなれば、昔はとばかりおぼゆるに、涙のうかびて、あはれにもののおぼゆれば、念じがたくて、人出し立つ。

悲しくも思ひたゆるか石上さはらぬものとらなひしものを（天禄二年十二月）

にも通じる態度だと考える。この場合も、「悲しくも思ひたゆるか」と兼家の心を忖度するのだが、しかしそれは「念じがた」かった結果であり、表向きは「障らむにもことわりなれば」と考えているのである。兼家の心が気にならないわけではないのだが、そこへと向かう気持ちそのものを押し殺そうとしているのであろう。

とすれば、この時道綱母はおおけなき「我が心」の問題に向き合うことになったのだ、と見なすことはできないだろうか。兼家思慕の気持ちを抱えたまま「身」を去ることで苦悩からの脱出を試みた道綱母であったが、その挫折を通して道綱母はいよいよ兼家に執着しその来訪を期待してしまう「心」そのものに向き合うようになっていった、ということである。そこに、下巻冒頭の「天下に憎き人ありとも、思ひ嘆かじ」という決意も導き出されるのだと考えるが、言ってみれば、それは兼家に向かう心そのものを封じ込めることによって平安を得ようとする態度にほかならないのであった(12)。

このような、兼家来訪を期待することもその不訪を嘆くこともない道綱母の姿は、下巻を通して一貫しているが、それが兼家への未練を断ち切った結果でないことは、時おり記される「くつくつぼうし、いとかしかましきまで鳴くを聞くにも、「われだにものは」と言はる」（天禄三年八月）などの記述から確かめることができる。この「われだにものは」は『うつほ物語』藤原の君巻の「かしがまし草葉にかかる虫の音よ我だに物は言はでこそ思へ」（一〇二）を踏まえたものだと考えられるが、下巻に至ってなお道綱母の心中には物思いが底流していたのである。それゆえ、道綱母が下巻において辿り着いた境地を、自己救済や自己浄化と捉えることは正しくあるまい。むしろ、救済されることのない心を抱えたまま、日々を過ごしていたと考えるべきであろう。

T東ざまにうち見やりたれば、山霞みわたりて、いとほのかに、心すごし。柱に寄り立ちて、思はぬ山なく思ひ立てれば、八月より絶えにし人、はかなくて正月にぞなりぬるかしとおぼゆるままに、涙ぞさくりもよよ

にこぼる。（天延二年一月）

右は、広幡中川へ転居し、兼家との関係も途絶えた天延二年一月の記事である。この「思はぬ山」は、遠く天禄二年三月の「五日、なほ雨やまで、つれづれと、「思はぬ山に」とかやいふやうに、ものおぼゆるままに、尽きせぬものは涙なりけり」と響き合っていよう。これは「時しもあれ花のさかりにつらければ思はぬ山に入りやしなまし」（後撰・春中・七〇・藤原朝忠）を踏まえた表現だが、「思はぬ山」つまり出家遁世を考えていた三年前とは違い、ここでの道綱母は、そのような逃げ隠れるべき「思はぬ山」など存在しないのだ、との思いを噛みしめているのではないか[13]。男の愛に包まれた幸せな結末も、仏道による彼岸への救済もない。あるのは苦悩に満ちた現実だけなのであって、そのような中で生きていくほかないとの思いが、道綱母を支配しているのだと考える。鳴滝籠りを契機として明確になってきた「我が心」の問題とは、このような認識の獲得と密接不可分に結び付いたものなのであった。

六　おわりに

以上、『蜻蛉日記』に記された道綱母の半生を辿ってきたが、それは、兼家の心に幸不幸の原因を求める段階から、「我が身」に由来するものとして苦悩を捉える段階、更には「我が心」そのものと向き合う段階への展開として押さえることができた。もちろん、「我が心」に注目することそれじたいは『萬葉集』以来見られるものであり、『蜻蛉日記』に固有の特徴とは言えない。しかし、〈人の心〉から〈我が心〉へという形で〈待つ女〉の心の推移を描き出したことは、新たな課題の獲得と言い得るほどの重要な意味を持っていたように思う。それは、男への不信感を増大させながらも基本的には心の連帯を前提にしていた平安前期の段階から、恋愛の不可能性を見据えた『源氏物語』が登場する平安中期（一条朝）の段階へと、橋渡しするような性質のものであった。『蜻蛉日記』に象られた道綱母の半生は、十世紀恋愛文学史のある一面を極めて象徴的に現し出しているように思われるのである。(14)

（1）中野方子「貫之歌と閨怨詩―歌語の連繫と女性仮託―」（『平安前期歌語の和漢比較文学的研究』笠間書院二〇〇五年）、平野美樹「「荒れたる宿」考―『蜻蛉日記』における「主観的真実」の背景―」（『中古文学』一九九九年五月）など参照。

（2）この点については次章「〈しるしの杉〉と『蜻蛉日記』」でも論じた。また、中川正美「和歌から和文へ―蜻蛉日記の文体―」（『源氏物語文体攷』和泉書院一九九九年）にも、

道綱母は「かげろふのにき」と称した和文を綴るに当たって、「待つ女」という和歌の世界を枠として借り、自身と兼家との関係を、和文特有の「心うし」で愛するがゆえに反撥する女の想いを、女に怨みかける「つらし」で男の愛情を、男を「あやし」「つれなし」と観察し、自らはことさらに「つれなく」ふるまう「待つ女」の設定で掛け違っていく想いと事の経緯を、といったふうに、人と人との関係を感情形容詞を組み合わせて描いていこうとした。

との発言がある。

（3）三木雅博「聴雨考」（『平安詩歌の展開と中国文学』和泉書院一九九九年）参照。

（4）高田祐彦「道綱母から六条御息所へ―かな日記と源氏物語―」（『源氏物語の文学史』東京大学出版会二〇〇三年）では具体的な表現に即して両者の類似が指摘されている。また、〈待つ女〉としての六条御息所に関しては第三篇第二章「六条御息所の人物造型―その生霊化をめぐって―」をも参照されたい。

（5）平野美樹「「雨風にも障らぬもの」考―『蜻蛉日記』中巻の表現形成―」（『中古文学』一九九五年五月）など参照。

（6）十八例の内訳は鳴滝以前六例・鳴滝参籠中九例・鳴滝以後三例であり、四月から六月にかけて十五例が集中している。

因みに、天禄元年は五例、天禄三年は七例である。

(7) 守屋省吾「鳴滝参籠と蜻蛉日記中巻の形成」(『蜻蛉日記形成論』笠間書院一九七五年) 新潮日本古典集成『蜻蛉日記』(犬養廉氏) 川村裕子「蜻蛉日記の鳴滝籠りについて」(『蜻蛉日記の表現と和歌』笠間書院一九九八年) など。

(8) 注(7)川村論文。

(9) 西木忠一「道綱母の出家志向」「死を思う道綱母—『蜻蛉日記』における—」(『蜻蛉日記の研究』和泉書院一九九〇年) が言うように、死や出家願望は鳴滝籠り以降消滅すると見るべきであろう。下巻の天禄三年にも「かくのみ憂くおぼゆる身なれば、この命をゆめばかり惜しからずおぼゆる」(三月)「たたむ月に死ぬべしといふさとしもしたれば、この月にやとも思ふ」(八月) など、死を思う道綱母の姿が描かれているが、それは死を願うという積極的なものではない。これは、石山詣での際「死ぬるたばかりもせばやと思ふ」ものの道綱が絆となり死ねないでいる時に「佐久奈谷」の名を聞き「心にもあらず引かれいなばや」と思ったような消極的な死なのである。むしろ、死が「惜しからず」「この月にやとも思ふ」という形でしか問題にされていない点に、鳴滝以前との差異(現実逃避願望の消滅)を見るべきだと考える。

(10) このことは「心やすし」の使用に端的に表れている。この言葉は鳴滝でも四例用いられていたが、言われるように(西木忠一「蜻蛉日記『鳴滝参籠』考」〈注(9)書〉など)、あえて「心やすし」と言うことで自らの不安定な心を覆い隠そうとするものである。それが下巻では「かかれど(=兼家の足が遠のいているけれど)、いまはものともおぼえずなりにたれば、なかなかいと心やすく、夜もうらもなううち臥して寝入りたるほどに」(天禄三年一月)「月ごろ見えねば、なかなかいと心やすくなむなりにたる」(天禄三年五月) と、兼家の夜離れ状態に対して用いられている。これは、道綱母がそのような状況をあえて「心やすし」と思い込もうとしている、ということにほかならないであろう。

(11) 注(2)中川論文参照。

(12) 川村裕子『蜻蛉日記の表現と和歌』(笠間書院一九九八年) や三田村雅子「平安女流日記文学の自然—疎外された自然・蜻蛉日記の「水」と「火」—」(『女流日記文学とは何か』女流日記文学講座第一巻、勉誠社一九九一年)「驚かす声—蜻蛉日記・麻痺と覚醒の構図—」(『玉藻』一九九一年十月) は、中巻末から下巻にかけて道綱母が自らの心を「疎外」「隠蔽」していくと説く。本章もこの理解に従いたいと思う。また、「人の心」や「身」の語と違い、「我が心」が言葉としては作品の前面に出てこないのも、このゆえであると考えておきたい。

（13）「思はぬ山なく」を、世を捨てて入山したいと思わない山はない、つまりどの山でもよいから入山したいという方向で考える『大系』や『新大系』の説もあるが、鳴滝以降には現実逃避願望が認め難いことから、天禄二年三月との差を重視してこのように解したいと思う。

（14）図式的に整理すれば、八世紀以降進展してきた内省化の流れを踏まえて、十世紀後半には〈我が心〉を主題化するような作品が登場するようになったということになる。そして、女性の恋心を主題化したのが、本章で述べたように『蜻蛉日記』であったとすれば、男性の恋心を主題化したのが、第二篇第六章で述べるように、『うつほ物語』であったと考えている。このようにして明確化してきた〈我が心〉の問題を「執」として深めていくのが『源氏物語』なのであろう。

第五章　〈しるしの杉〉と『蜻蛉日記』

一　問題の所在

『蜻蛉日記』上巻康保三年（九六六）九月条には、道綱母の稲荷詣でに関する次のような記事が載る。

九月になりて、世の中をかしからむ、ものへ詣でせばや、かうものはかなき身の上も申さむ、などさだめて、いと忍び、あるところにものしたり。ひとはさのみ御幣に、かう書きつけたりけり。まづ下の御社に、

いちしるき山口ならばここながらかみのけしきを見せよとぞ思ふ

中のに、

稲荷山おほくの年ぞ越えにける祈るしるしの杉を頼みて

果てのに、

かみがみと上り下りはわぶれどもまださかゆかぬここちこそすれ

よく知られた箇所ではあるが、本章では、道綱母が中の社に奉った和歌「稲荷山おほくの年ぞ越えにける祈るしるしの杉を頼みて」の解釈について考えてみたいと思う。

この「しるしの杉」について、現行の諸注釈書はほぼ一致して『山城国風土記』逸文を踏まえたと思われる次のような理解を示す。

集成（一九八二年）…「しるしの杉」は、霊験の杉。すなわちこの稲荷神社の境内の杉を家に持ち帰って植え、枯れなければ御利益を得るという信仰による。

新大系（一九八九年）…「しるしの杉」は稲荷社の杉を引いて自邸に植え、その栄枯で吉凶を占うという習俗。

新編全集（一九九五年）…『山城国風土記』逸文に見える。伊侶具《いろぐ》の秦公《はたのきみ》が餅を的にしたところ、白鳥が飛び立ち、やがて降りた山で稲になった。その「いねなり」が稲荷の名の起こりだといい、ついで「其の苗裔《すゑ》に至り、先の過《あやまち》を悔いて、社の木を抜《こね》じて、家に殖《う》ゑて禱《の》み祭りき。今、其の木を殖ゑて蘇《い》きば福《さきはひ》を得、其の木を殖ゑて枯れば福あらず」という。

角川ソフィア文庫（二〇〇三年）…稲荷の杉の木を折って自分の家に植え、それが枯れなければ御利益があるという風習があった。

しかし、当該歌の理解に右のような俗習を持ち込むことははたして正当であろうか。

二　伴信友の校訂本文をめぐって

まず問題にしなければならないのは、俗習の存在そのものである。前掲のように『新編全集』は「今、其の木を殖ゑて蘇きば福を得、其の木を殖ゑて枯れば福あらず」を風土記逸文の本文として挙げるが、これは伴信友『験の杉』（一八三五年）の校訂本文であり、たとえば日本古典文学大系『風土記』や新編日本古典文学全集『風土記』の底本に用いられている『延喜式神名帳頭註』所載の逸文にこの文言はない。菟田俊彦「稲荷伝説の原形」

に従えば⑴、当該部分の校異は

抜社之木殖家禱命也　……『延喜式神名帳頭註』

祭之也其木蘇者得福木枯者不福　……前田夏蔭『稲荷神社考』

祭之今殖其木蘇者得福殖其木枯不福……伴信友『験の杉』

祭之蘇者得殖木枯者不移　……『二十二社註式』『諸神記』『諸社根元記』『稲荷社事実考証記』は得と殖の間に福を加える

という具合であり、俗習の存在が確認できるのは実は校訂本文においてのみなのである。それゆえ、この本文整定の是非がまずは問われねばならないだろう。

信友の校訂態度は「此文異本三部を挍べ見るに、互いに写誤脱字あり、また文亀三年卜部兼倶卿の神名帳頭注、また諸神記にも件の文を引載せたり、又年中行事秘抄・二十二社注式・諸社根元記等にも、此文を採りて載せたりと見えたるに、其書どもの異本をも挍べ見るに、いつれもとりぐ\に誤脱あり、今それらの本どもを挍べ見て、おほかた其義の通りて、きこゆるかたを選びと、のへて、此に挙《ゲ》記せるなり」というもので、当該箇所については

・年中行事秘抄に載たる稲荷社《ノ》禰宜等が申状の中に秦氏祖中家等抜レ木殖蘇也、即彼秦氏人等為二禰宜・祝一供二奉春秋祭一とみえたるに〈全文は下に引べし〉、併《セ》考ふるに、此に至二其苗裔一といへるは、伊呂具が苗裔にて中家等か事に当り、また抜レ木殖蘇也、とは、此次の文に、今殖二其木一蘇者得レ福云々、と云へる縁《コトノモト》の證《シ》に合《ナ》へり、〈さるは伊呂具が裔漸に衰へ、貧しくなれるによりて、なほも祖の過を悔畏まりて云々、仕奉りければ、さらに福ひありて富栄えたりしなるへし、此記の文簡古に過て、調ひてはきこえかたきを、なほ件の申状にも考合せて、其故実を察るべし〉、

・そのかみ神の白鳥と化りて居り給へる山峰の杉木を、しるしの杉と稱へ、其処に社を造りて〈後にいはゆる中社〉祭たりけるを、伊呂具が苗裔、其社辺なる同じ木種《コタネ》の杉を抜もて来て、己が家に殖たりしを、世人もそれに傚ひて、その社辺の同じ木種の杉苗を抜て、おのれ〳〵が家に殖て、幸福を求めたりけむ、

・さてまた、むかしは同し木種の杉の多かりけむを、それをもしるしの杉と呼ひならひて、其苗を家に引殖もし、なべては其をことのもと、として、その枝を採りて挿《カザ》して、還向る例なりしなるべし、

などとあることからすると、『年中行事秘抄』所引の申状と平安の諸文献に見られる杉の枝を持ち帰る行為とが大きな拠り所であったと推定される。(2) つまり、社の木を植えたことで裕福になった中家等の事跡があり、それを真似て人々は稲荷の杉を自邸に持ち帰るようになったのが諸文献に残されている行為であると信友は考えたのであろう。確かに、それは合理的な考え方であるように思われる。しかし、これらは本当に俗習の存在を保証するものなのであろうか。

『年中行事秘抄』所載の申状とは天暦三年（九四九）五月二十三日の日付を持つ神祇官勘文のことで、具体的には以下のようなものである。(3)

件神社立始之由、慥無二所見一、但彼社禰宜・祝等申状云、此神和銅年中始顕二坐伊奈利山三箇峯平處一、是秦氏祖中家等、抜木殖蘇也、即彼秦氏人等為二禰宜・祝一供二仕春秋祭等一、依二其霊験一有レ被レ奉二臨時御幣一、相次延喜八年故贈太政大臣藤原朝臣、修二造始件三箇社一者

問題になるのは傍線を付した箇所だが、このままでは少し意味が取りづらい。誤写や脱字が想定されるが、なるべくこのままで理解するなら、二通りほどの可能性があるように思う。一つは「是……也」という構文を重視して「伊奈利山三箇峯平處」に対する説明を施した文言と考えるもの。(4) この場合、稲荷神の出現したところが秦氏の土地であったために秦氏が禰宜や祝となったということで、前後の繋がりは分かりやすい。しかし、「抜木殖

蘇」とあるのみで土地を表す言葉がないことや、（「殖蘇」を「蘇を殖える」意にとるとして）「蘇」の栽培を強調する意図が分かりにくいなどの点に問題を残す。もう一つは『風土記』逸文を参考にして「抜木殖」を「抜社之木殖家」の意に解するするもの。この場合、中家等がこのような行為を行った意図は分かりやすくなるが、しかし「是（…也）」の意味が不鮮明になることや、これだけでは説明が簡略すぎる（「慥無二所見一」とあるように『風土記』の文章は参照されようがない）点に疑問が残る。つまり、構文を重視すると傍線部の意味がぼやけ、意味に焦点を当てると前後との繋がりが不鮮明になってしまうのである。

どちらとも決め難いように思うが、たとえ後者の場合であったとしても、傍線部は「彼秦氏人等為二禰宜・祝一供二仕春秋祭等一」と結び付くものなのであって、「伊呂具が裔漸に衰へ、貧しくなれるによりて、なほも祖の過を悔畏まりて云々、仕奉りければ、さらに福ひありて富栄えたりしなるへし」ということを述べているわけではない。禰宜や祝になったことを「福ひ」と理解できなくもないが、それが人々の羨望を集めたとは考えにくかろう。また、「神社立始之由」を述べるというこの勘文の性格に照らしても、秦氏の繁栄が脱字部分などに記されていた可能性は低いと思う。申状のもとになった伝承では経済的な富が強調されていたのかもしれないから、「今殖二其木一蘇者得レ福云々と云へる縁の證に合へり」と考える余地は残されてはいるが、当該史料に依拠する限り、「世人もそれに倣ひて、その社辺の同じ木種の杉苗を抜て、おのれ〱が家に殖て、幸福を求めたりけむ」という行為が実際に行われたのかは不明と言うほかあるまい。

次に杉の枝を持ち帰る行為だが、信友の言う「その枝を採りて挿て、還向る例」とは

稲荷山しるしの杉をたづね来てあまねく人のかざす今日かな　（永久百首・六四・源顕仲）

稲荷山杉の青葉をかざしつつかへるはしるき今日のもろ人　（新撰六帖・二八・藤原知家）

など、確かに文献から確認することができる。しかし、それは「抜木殖蘇」を模倣したものなのだろうか。

言うまでもなく、山の植物を挿頭にしたり持ち帰ったりすることは稲荷山に限ったことではない。「平群の山」（景行記）や「三輪の檜原」（萬葉・7・一一一八）などの例が八世紀の史料からも確認されるのであり、古くから各地で行われていたことが推定される。もともとは、その植物を通して神々の霊威や生命力を身につけるという感染呪術に発したものなのであろう。それゆえ、諸文献の行為は秦氏の伝承を知らなければ行われ得ないといった性格のものとは認められない。また、それは挿頭にすることや持ち帰ることじたいに意味のある行為であり、それを自邸に植えて吉凶を占うということとは必ずしも結び付かない。実際、持ち帰った枝を自邸に植えて吉凶を占ったという確例は平安時代には見出せないのである。[5] 加えて言えば、杉の枝を持ち帰るという行為は「抜木」の模倣としてはいささかそぐわないし、植え直した枝が根付くなどということもまず起こりえない事柄であろう。それゆえ、稲荷の杉の枝を持ち帰るという風習は、秦氏の伝承とは関係なく人々の間に行われていたと考えておくのが穏当であると思われる。つまり、「抜木殖蘇」と杉の枝を持ち帰る行為とは別のものなのであり、「其苗を家に引殖もし、なべては其をことのもと、として、その枝を採りて挿《カザ》して、還向る例なりしなるべし」という形で捉え得る関係にはない、ということである。

したがって、信友が想定した「秦氏祖中家等抜木殖蘇」という事跡が「ことのもと」となり、世の人々がそれを真似て稲荷の杉の木を自邸に持ち帰って吉凶を占うようになった、という事態が過去に存在したかは相当に疑わしいと言うほかない。それが「蘇者得殖木枯者不移」（『二十二社註式』など）といった誤写脱字の想定される本文を校訂する際の合理的な態度ではあっても、そこに新たな俗習を作り出してしまった可能性もまた否定しきれないのである。「抜社之木殖家禱命也」で終わる『延喜式神名帳頭註』所載の逸文が存在することからすれば、本来の『山城国風土記』に当該部分があったかどうかということから問われねばならないであろうし、[6] またこの逸文以外に問題の習俗の存在を証明する史料がないのであってみれば、[7] それはなおさらであろう。

それゆえ、俗習が存在した可能性を否定しきることはできないものの、それを道綱母歌の解釈に持ち込むことについては、慎重を要するべきだと考える。「しるしの杉」と習俗との結び付きは、それほど自明ではないのである。

三　古今集歌と「しるしの杉」

では、当該歌に詠まれた「しるしの杉」とは何を意味するものなのであろうか。ここで注目されるのが、他の二首「いちしるき山口ならばここながらかみのけしきを見せよとぞ思ふ」「かみがみと上り下りはわぶれどもまださかゆかぬここちこそすれ」がそれぞれ「神」と「上」、「栄ゆく」と「坂ゆく」の掛詞を利用しながら、山の入り口にいながら山頂付近の様子を見せる・坂道を上ったり下ったりして疲れたがまだ坂を越えていない、というように、稲荷山を参詣する映像に寄せてそれぞれの社に相応しい詠歌をしているという事実である。この手法は三首全てに共通しているはずだから、当該歌の「しるしの杉」にも、同様の効果——稲荷山を越えるという文脈において、参詣の際の目印となる杉という意味——が期待されていたとまずは判断されるであろう。

しかし、「しるしの杉」が喚起するのはそれだけではなかった。増田繁夫氏も指摘しているように、(8)『蜻蛉日記』が書かれた当時「しるしの杉」と言えば、『古今和歌集』所載の「わが庵は三輪の山もと恋しくはとぶらひ来ませ杉立てる門」(雑歌下・九八二)を踏まえて、三輪山の杉を指すことが一般的であった。増田氏の挙げていないものを示せば、

雪のうちに見ゆるときはは三輪山のやどのしるしの杉にぞありける　(躬恒集・一五六)

三輪山のしるしの杉は枯れずとも誰かは人の我をたづねん　(古今六帖・二九三九・人をたづぬ)

のごとくであり、ほぼ例外がない。『落窪物語』でも中納言家の四の君が落窪の姫君への返事に「年ごろは、杉のしるしもなきやうにて、たづね聞こえさすべきかたなくなむ、思ひたまへるに、いともいともうれしくてなむ」（三一〇）と記しているように、「しるしの杉（杉のしるし）」という言葉は前掲古今集歌の強い影響下にあり、「人を訪れる際の目印となるもの」といった意味で用いられていたのである。

当該歌での、稲荷山を越える際の目印の杉という用法も、三輪山のそれを稲荷山に転用したものと見なし得るから、その「しるしの杉」に期待をして多くの年を過ごしてきたという文脈においても、この古今集歌への連想作用は当然及んでいたと考えるべきではないか。つまり、ここで道綱母が踏まえているのは、自邸に持ち帰って吉凶を占う「しるしの杉」の俗習ではなく、人（男）が訪れる際の目印としての「しるしの杉」という古今集歌が喚起する意味合いそのものだったということである。この点は近年指摘が相次いでいるところだが(9)、肯われるべき理解であると思う。

稲荷に詣でて懸想しはじめて侍りける女の、異人に逢ひて侍りければ
我と言へば稲荷の神もつらきかな人のためとは祈らざりしを
（拾遺・雑恋・一二六七・藤原長能）

稲荷の神庫《ほくら》に、女の手にて書付けて侍りける
滝の水のかへりてすまば稲荷山七日のぼれるしるしと思はん
（拾遺・雑恋・一二六八）

といった和歌が示すように、十世紀には愛情祈願の神として稲荷は知られていたし、また同時代史料とは言い難いが『大鏡』実頼伝には

小野宮の南面には、御髻放ちては出でたまふことなかりき。そのゆゑは、稲荷の杉のあらはに見ゆれば、「明神、御覧ずらむに、いかでかなめげにては出でむ」とのたまはせて、いみじくつつしませたまふに、おのづから思し召し忘れぬる折は、御袖をかづきてぞ驚きさわがせたまひける。

とあり(10)、稲荷の杉が神木として信仰されていたらしいことがうかがえる。これらを踏まえて、道綱母は、愛情祈願の神としての稲荷を、神木としての杉への連想を効かせながら「しるしの杉」とすることで、同時に兼家来訪を願う自らの思いをも表現したのであろう。つまり、歌意としては

愛情祈願の神として知られる稲荷の山の神木の杉、その参詣の際の目印ともなる「しるしの杉」を頼みにして険しい山道を行くように、祈った結果としての兼家来訪を期待しながら多くの年月を過ごしてきました（しかしその甲斐もなく、一向に兼家は私を訪ねようとはしてくれません）。

といったようなものが想定されるのであり、その願いを「しるしの杉」の一語に託したところに当該歌の急所は存していたと考えられるである。またそう捉えてこそ、「かうものはかなき身の上も申さむ」とあることの内実も、より鮮明になってくるのではないか。

繰り返しになるが、この時、道綱母が稲荷の杉を自邸に持ち帰っていたかどうかということは、大きな問題ではない。道綱母が祈願の根拠としたのは、そのような習俗ではなく、稲荷の杉を「しるしの杉」と捉えることによって立ち現れてくる、人（男）が来訪する際の目印という意味合いそのものだったと推察されるからである。言い古されたことではあるが、ここからも、和歌の伝統が道綱母の表現行為に深く根付いていたことが確認されるであろう。

四　〈待つ女〉としての道綱母

以上、本章では稲荷詣での際に道綱母が詠んだ和歌一首の解釈をめぐって、考察を加えてきた。その結果、当該歌に詠まれた「しるしの杉」の背後には、信友の想定したような俗習ではなく、古橋信孝氏や増田繁夫氏が指

摘する古今集歌の存在をこそ見据えるべきことが確かめられたと思う。(11)

とすれば、このことは、道綱母の文学的営為の背後に〈待つ女〉に関わる表現や発想が分かち難く横たわっていたことをも同時に示唆していよう。後代の歌学書の中には前節に挙げた古今集歌を三輪明神（男）の歌とするものもあるが、(12)『古今六帖』（一三六五・門）では作者名が「みわの御」とされていることや、十世紀頃の和歌では専ら男が女の家を訪れるという関係において用いられていることなどから、当時は女（三輪明神）の歌として理解するのが一般的であったと推測される。そして実際に、前掲した古今六帖歌「三輪山のしるしの杉は枯れずとも誰かは人の我をたづねん」や赤染衛門の「わが宿の松はしるしもなかりけり杉むらならばたづね来なまし」（匡衡集・五三／赤染衛門集では上二句「わが宿は松にしるしもなかりけり」）のように、男を待つ女の立場から「しるしの杉」を捉えた和歌も詠まれていたのである。

それゆえ、その「しるしの杉」に期待して多くの年月を過ごしてきたと詠む当該歌も、古今集歌をめぐるそのような歌々と何らかの接点を持つものであったと思われる。もちろん、和歌の修辞をあまり真剣に受け取りすぎては機知的な面白さを取り逃がしてしまいかねないし、また稲荷詣でという文脈から切り離して当該歌一首の理解を過大評価することもできないのだが、しかし当該歌の発想の源泉をそのように見定めておくことは、『蜻蛉日記』という作品を考えていく上でも益するところが少なくあるまい。苦悩に満ちた（ものとして）兼家との結婚生活を振り返り、それを散文形式によって書き記していくという作業に道綱母が立ち向かった時、〈待つ女〉に関わる表現や発想は、意識無意識を問わず大きな拠り所となっていたと推測されるからである。本章は、先学の驥尾に付しながら、そのような道綱母の表現形成の基盤の一端を探ろうと試みたものであった。

（1）蒐田俊彦「稲荷伝説の原形」（『朱』一九六九年七月）。
（2）『験の杉』の引用は、『稲荷大社由緒記集成』（研究著作篇、伏見稲荷大社社務所一九七二年）に拠る。
（3）「神祇官勘文」の引用は、『稲荷大社由緒記集成』（信仰著作篇、伏見稲荷大社社務所一九五七年）に拠る。
（4）前田夏蔭『稲荷神社考』が「もし彼三峰の平處と云は、秦中家等が田荘の地なる故に、木を抜き土を平らげて蘇〈…〉と云物を殖たる畠也、とやうに云る文なりしにや」と述べているのも、このような方向での理解と言えよう。
（5）増田繁夫ａ「蜻蛉日記に見える稲荷山・稲荷の神」（『源氏物語と貴族社会』吉川弘文館二〇〇二年）ｂ「稲荷社の「しるしの杉」」（『朱』二〇〇三年三月）参照。
（6）注（1）蒐田論文は「『其木蘇者』以下の十一字は、祖本的地位にある頭註所引の逸文に存しない文言である以上、もとからなかったものであり、原文では『禱命也』で終わってゐたのに相違ない」と断言し、また新編全集『風土記』も「禱祭也」で終わる本文を掲げている。これが本来の姿であったかは分からないが、一つの態度としてあり得べき立場であろう。
（7）注（5）増田論文参照。
（8）注（5）増田ｂ論文。
（9）古橋信孝「京の郊外としての稲荷社」（『朱』一九九九年三月）「庶民信仰としての稲荷―しるしの杉と御霊会―」（『朱』二〇〇〇年三月）、注（5）増田ｂ論文など。
（10）『大鏡』の引用は、新編日本古典文学全集（小学館）に拠る。
（11）注（9）に同じ。
（12）後藤祥子「三輪・葛城神話と「夕顔」「末摘花」」（『源氏物語の史的空間』東京大学出版会一九八六年）参照。

第六章　仲忠とあて宮

――『うつほ物語』論――

一　はじめに

俊蔭系と正頼系という二つの物語ないし論理を主要な力源として、『うつほ物語』の長編化は達成された。両者は仲忠があて宮の求婚者になることで邂逅したわけだが、とすれば仲忠があて宮と結婚するというのは、あり得た一つの結末ではあろう。たとえば、秘琴の継承者である仲忠が自らの弾琴により絶世の美女あて宮を手に入れる、というような展開である。俊蔭巻巻末に描かれる相撲節会の還饗において、正頼が禄としてあて宮を差し出す代わりに仲忠に弾琴を要求するのは、そのような指向の端的な表れであると思われる。しかし、この発言につき兼雅が「才の徳に、戯れにても、大将の君ののたまはぬことなり、『春宮ののたまはするにも出だし立てられぬ娘、取らせむ』とのたまふぞありがたき。さばかり天の下の人の、肝絶えて惑ふ君を。真実にはあらねど、うれしくこそあれ」（六二）と俊蔭娘に語っているように、それはあくまでも饗宴の場においてのみ成り立つものであり、物語内の現実世界には、二人を容易に結び付かせない別の論理もまた確かに存在していたのであった。

知られるように、実際の物語は、あて宮の春宮入内という展開を選びとっていくのだが、そこには、二人を容易に結び付けないことで新たな話題提供を可能とし長編化していくという、物語の仕組みも関わっていよう。そこで本章では、『うつほ物語』長編化の過程にも留意しながら、この物語に描き出される仲忠とあて宮の関係が恋愛文学史に何をもたらしたのか考えていくことにしたいと思う。

二　仲忠の登場

まず、両者を引き裂く別の論理とは、いかなるものであったのか。この論理が鮮明になってくるのは、藤原の君巻以降の、いわゆる正頼系の物語においてである。室城秀之氏により既に指摘されているように(1)、藤原の君巻の巻頭に記される正頼やその子女の紹介箇所からは、摂関的な政治の論理を読み取ることが可能である。しかし、それを正頼個人の権力志向とのみ捉えるのは正確ではない。室城氏自身も「あて宮求婚譚は、そのはなやかな恋愛絵巻としての裏側に、政治的な〈家〉の物語の論理をひそめて始発するのである」と述べているように、それは正頼家の論理なのであり、正頼自身に即してみれば、あて宮の処遇に逡巡する姿が描き込まれるなど、その論理のみに縛られているとは言い難い一面が認められるからである。

むしろ、「かかるほどに、この九の君、まだ、ともかくも思し定めず、「いかにせまし」と思しわづらふほどに、春宮、かう切にのたまふこと、度々になりぬれば」（嵯峨の院・一七五）などと語られているように、あて宮入内に熱心なのは春宮の方であった。春宮からの贈歌は「思ひきやわが待つ人はよそながら織女《たなばたつめ》の会ふを見むとは」（藤原の君・一〇四）「初秋の色をこそ見め女郎花露の宿りと聞くが苦しさ」（同・一〇七）といったものであり、あて宮入内を自明視している点で他の求婚者たちとは一線を画している。娘への入内要請をきっぱりと拒絶した俊蔭とは異なり、皇族や権門を徐々にその閨閥に取り込んできた正頼家にとって、この春宮の入内要請は抗い難い選択肢であった。春宮からの贈歌には基本的に返歌を欠かさないのも、そのためであろう(2)。それゆえ、春宮入内問題はあて宮求婚譚の一つの極を構成していくことになる。正頼がこの要請を受け入れさえすれば、あっけない幕引きとなる可能性を物語は常に秘めているのである。

しかし、あて宮の裳着を語った直後に「父おとど・母宮、限りなくかしづき奉り給ひて、「この君を、いかにせまし」と思してあり経給ふほどに」（藤原の君・七〇）と記されるように、正頼（家）の決断は未だ下されていないらしい。そして、ここに他の求婚者たちの入り込む余地も生じてくることになる。次は兼雅にあて宮への仲介を頼まれた祐澄の発言だが、祐澄は春宮の入内要請を知りながらも、正頼の結論が出ていないゆえにその依頼を承引する、ということなのだと思われる。

A「かの人は、いかなればにかあらむ、女子は置かれたらぬ所なれど、『一人ばかりは、懐住みせさせてあらむ』とて、春宮よりものたまはすれど、まだ、さも定められざめり。さはありとも、今、『かくなむ』と、ものして、聞こえむかし」（藤原の君・七二）

このようにして、藤原の君巻には源実忠・藤原兼雅・平中納言・兵部卿宮・弾正宮といった求婚者が次々と登場することになるのだが、彼らはあて宮に求婚の和歌を贈るものの、「御返りなし」としばしば記されるように、あて宮からの返歌がなかなか得られないでいる。家柄こそ高く正頼家の婿として相応しい人々ではあるものの、あて宮の愛情をなかなか獲得できない存在として彼らは造型されているのである(3)。物語は、彼らを春宮の対抗馬として押し出し、あて宮との恋を進展させることで話の展開に緊張感をもたらすことよりも、叶わぬ恋に身を焦がす男の姿を描くことに、大きな関心を示しているようである。それは、同母兄の仲澄や三奇人、あるいは正頼家の論理からは埒外の良岑行正など、結ばれるはずのない求婚者を登場させてくる点により顕著であると思われる。

このような関心の拡大が、忠こそ（春日詣巻）・源涼（吹上巻）・藤英（祭の使巻）といった出自の異なる求婚者の取り込みに繋がっていったことは、言われる通りであろう。仲忠とあて宮求婚譚との接点も、このあたりに存したと考えて間違いあるまい。しかし、仲忠が求婚者として登場したことは、前述した求婚譚のあり方に大きな揺さぶりをかける結果となった[4]。

Bかの仲忠の侍従、内裏の御使に、水尾といふ所に詣でて帰るに、をかしき松に、面白き藤の懸かれるを、松の枝ながら折りて持ていまして、花びらに、かく書きつく。

「奥山にいく世経ぬらむ藤の花隠れて深き色をだに見で

『かくなむ』とだに」とて、孫王の君に、「これを御覧ぜさせ給はば、この花賜はりて置き給へれ。今、ただ今」とて、内裏に参りぬ。あて宮、御覧じて、人々の中に、「こともなし」と思す人なれば、かく書きつけて、賜ふ。

深しともいかが頼まむ藤の花懸からぬ山はなしとこそ聞け

孫王の君、仲忠に見せ給ひけり。　（春日詣・一五〇）

Cかかるほどに、九月二十日ばかりの夜、風いと遥かに聞こえて、時雨《しぐ》れなむとす。源侍従の君、夜一夜、物語などし明かして、暁に、仲忠

色染むる木の葉は避きて捨て人の袖に時雨の降るがわびしさ

とうち歌ふ声、いとめでたし。九の君、「いとをかし」と聞き給ふ。いと人気《ひとげ》なき者には思さずなむありける。　（嵯峨の院・一七二）

他の求婚者に対してとは異なり、あて宮は仲忠のことを気にかけるようになる。特に、仲忠と同じく家庭教師的

な存在として正頼家に近づくことになった行正・仲頼・忠こそ・藤英の四人があて宮から基本的に返歌を得ることなく、求婚じたいも拒まれていることに鑑みれば[5]、このようなあて宮の対応は異例と言うべきであろう。正頼家の論理に反して、仲忠は有力な求婚者として浮上してくることになったのである。二人の関係は琴を媒介にして親密さを増していくのだが、とすれば、ここに政治の論理とは異なり心の交流によって結び付く男女関係という、あて宮求婚譚におけるもう一つの極が誕生したということになる。

もしも二人の共感度合いがますます深まっていったとしたら、あて宮を手駒として勢力拡大を目指す正頼家の狙いは頓挫しかねない。しかし、正頼を中心とする政治世界の秩序も盤石であり、一介の侍従にすぎない仲忠がそれを突き崩していくことも容易ではない。仲忠とあて宮の恋は、そのような厳しい現実社会の中に定位されたのである。そこには、従来の浪漫主義的な男女の恋物語を乗り越えようとする、『うつほ物語』なりの意図が潜められていよう。二人を取り巻く環境への現実的な目配りをしながら、深窓の姫君であるあて宮と類まれな魅力を持った仲忠との恋を、物語はどのようなものとして描き出していくのであろうか。

三　あて宮の春宮入内

嵯峨院の落胤である涼が仲忠の好敵手として吹上巻で物語に登場したことは、求婚譚における仲忠の地位を脅かすものであった。『公任集』や『枕草子』によれば、十世紀末頃の宮廷では仲忠と涼の優劣論争が行われていたらしいが、仲忠に匹敵する資質を持った涼の出現により、あて宮求婚譚はあたかも二男一女型の恋物語の様相を見せ始めるのである。また、神泉苑での紅葉賀で「いはゆるあてこそ、それこそは、よき今宵の禄なれ。涼にはあてこそ、仲忠には、そこに一の内親王ものせらるらむ、それを賜ふ」（吹上下・二九三）という宣旨が下されたことは、あて宮の春宮入内というもう一方の極にも揺さぶりをかけることになった。朱雀帝直々の命とあっては、春宮や正頼もこれを無視するわけにはいかない。吹上下巻巻末で春宮の詠んだ「秋ごとにつれなき人をまつ虫の常磐の陰になりぬべきかな」（二九七）という和歌からは、このままあて宮入内が叶わぬのではないかという焦りや不安が看取されるし、反対に涼の「雲居より袂に降れる初雪のうち解けゆかむ待つが久しき」（二九八）という和歌からは、宣旨を得て意気揚々とする姿が彷彿とされる。

しかし物語は、春宮・仲忠・涼による三つ巴の求婚譚という展開を放棄して、再び既定路線に戻る道を選択したらしい。続く菊の宴巻巻頭には、嵯峨の院巻と同様の、正頼に対する春宮のあて宮入内要請が描かれるが、そこに吹上巻の宣旨をめぐっての

D大将のおとど、「つたなきが中にも選り屑なるが侍るを、この神泉の行幸に、府の中将涼・同じ中将、心とどめて琴仕うまつりしに、仲忠の朝臣に一の内親王、涼の朝臣に正頼が九にあたる娘賜ふべきよし、宣旨下りにしことなむ侍る」と申し給ふ。春宮、「それは、今のことにこそあなれ。ここには、そこにこそ、ただ今聞こゆれ、かしこに聞こえて、久しき心地なむする」。大将、「宣旨を背かぬものに侍ればなむ、思う給へわづらひ侍る」。「何か、そは。罪あらば、奏せさすばかりにこそはあなれ。な思しわづらひそ」。大将、「さらば、仰せ言に従はむ」など奏し給ふを…　（菊の宴・三〇二）

という対話が差し挟まれているように、朱雀帝の宣旨は無効にされ、あて宮の春宮入内という方向に舵がきり直されるのである。このことは同時に、仲忠とあて宮の悲恋を描いていく道を物語が選択したことを意味する。理想の男女を結び付けないことで、物語はそこに何を描き出そうとするのか。

あて宮入内を知った求婚者たちの嘆きは深い。物語は実忠の家庭崩壊（菊の宴巻）や仲澄の悶死（あて宮巻）・仲頼の出家（あて宮巻）など、あて宮への狂恋ゆえに引き起こされた求婚者たちの後日談に多くの筆を費やしてい

く。特に、

Eかくて、あて宮春宮に参り給ふこと、十月五日と定まりぬ。聞こえ給ふ人々、惑ひ給ふこと限りなし。その中にも、源宰相、御兄の侍従は、伏し沈みて、「ただ死ぬべし」と惑ひ焦られて、いみじう悲しきことども書き連ねて、日々に書き尽くし聞こえ給へり。（あて宮・三五三）

と語られる実忠や仲澄の姿は、あて宮への一途な愛情を看取させるものであり感動的ですらある。しかし、ここで注意しておきたいのは、仲忠の造型が彼らとは一線を画したものとなっていく点である。確かに、仲忠自身も仲澄に「一日、春宮にて、悲しき心地もせしかな。『やがて、御前にて死ぬ』とおぼえし。いかで、今日まで侍るならむ」（菊の宴・三〇八）と語っているように、あて宮との恋が成就しなかった嘆きは深い。しかし、

F上達部・親王たち物思ほし嘆く中に、ただ、源氏の中将・藤中将、「いみじう悲し」と思ひながら、「世の中は、はかなきものなり。かく参り給ひぬとも、『限り』と思はじ」と、心強う思ひて、「御送りもせむ」と思ひていましたり。（あて宮・三五七）

とあるように、涼とともに気丈にあて宮の入内を見送るのである。悲しみを抱えてなお現実世界に踏み止まろうとする仲忠の思いは、出家した仲頼を涼・行正とともに尋ねた場面での「あが仏、などか、かく、思はぬ様にてはものし給ふ。仲忠ら、片時世に経べき心地もせねども、『親に仕うまつらむ』と思ふ心深ければ、しばし交じらひ侍れど、かくておはするを見奉り侍れば、まづ悲しくなむ」（あて宮・三六四）という発言からもうかがわれるが、実は、仲忠が「親に仕うまつらむ」と思う場面は、祭の使巻にも描かれていた。

G月の面白き夜、今宮・あて宮、簾のもとに出で給ひて、琵琶・箏の琴、面白き手を遊ばし、月見給ひなどするを、仲忠の侍従、隠れて立ち聞くに、「調べより始め、違ふ所なく、わが弾く手と等しく」と聞くに、静心なし。「身はいたづらになるとも、取りや隠してまし」など思ふにも、母北の方の御ことを思ふに、なほ、

いとほしく思ほゆ。思ひわづらひて、隠れたる簀子に立ち入りて、孫王の君に、「などか、一日の御返りはのたまはずなりにし」。いらへ、「侍従の君と、御碁遊ばす折なりしかばなむ」。侍従、「風間からにやありけむ、あはれ、手つき思ひやられても遊ばすなるかな。箏の琴は、さななり。琵琶は、誰が遊ばすぞ」。いらへ、「一の宮にやおはしますらむ」。侍従、「今だにかかる御琴ども、いかにあらむとすらむ。いでや、かく、物のおぼゆればや、人の誤りをもすらむ。限りなく思ひ忍べど、え堪ふまじくもあるかな」。いらへ、「よくもあらぬ者こそ、さる心もあれ。うたてものたまふかな」。侍従、「いくそ度か、思ひ返さぬ。されど、さてのみは、えこそあるまじけれ。いかがせむ」。孫王の君、「物なのたまひそ」とて立ち入れば、「見給へ。さ聞こゆとも、よに悪しきわざせじや」などて引きとどめて、「まめやかには、いかで、よそながら、物一言聞こえさせてしかな。さはありぬべしや」。（祭の使・二三五～六）

あて宮の琴の演奏を聴いた仲忠は、あて宮を奪い去りたい衝動に駆られるが、母のことを想起し思い留まろうとする。しかし、仲忠の気持ちはなおも抑え難く、過ちを犯さんばかりに追いつめられてしまう。そこで仲忠は孫王の君に仲介を頼むのだが、右の場面に続けて、さらに仲介を頼む仲忠の発言に「あな心憂のことや。なほ、あが君仏、今宵ならずとも、たばかり給へ。人よりも、『親に仕うまつらむ』と思ふ心深きを、かかる思ひつきにしより、片時世に経べくは思ほえねば、今更に不孝の人になりぬべきがいみじければ、『いささか思ひ静まるや』とてなむ」（二三七）と見えるのである。

これらの記述に従えば、仲忠は「親に仕うまつらむ」という気持ちから、あて宮への激情に身を委ねて略奪を企てることも、悲嘆のあまり出家遁世することも回避したということになる。孝の人である仲忠らしい抑制の効いた振る舞い方だが、このような中道路線があて宮入内後の二人の関係を規定していくことになる。

内侍のかみ巻は、巻頭から朱雀帝が仁寿殿女御と兼雅の恋愛を許容する発言をするなど恋愛至上主義的な要素が濃厚であり、あて宮と仲忠の関係についても正頼の口から「宮（＝春宮）も、はた、『仲忠、今も昔も、さる心あなり』と聞こし召したなれば、（あて宮ガ）返り言時々せられなどするをば、切にのたまふまじかめり。『ことわり』と許されたるこそは、この中将はいとかしこけれ」（三八四）と春宮の黙認が明らかにされるなど、何か起こりそうな印象を抱かせる巻である。実際、帝の弾琴要求を逃れた仲忠があて宮の局に逃げ込んだ際には、「秋風」「あだ人」などを鍵語として二人の間にかなり踏み込んだ和歌の贈答がなさている。しかし、松野彩氏が指摘するように、(6)それが「世の中に、わびしきものは、独り住みするにまさるものなかりけり。あが君や、『思し知らななむ』と聞こゆるは、わりなかりけり。今は、『結ゆ手もたゆく解くる下紐』と聞こえさするも、いとなむ効なき」（四〇六）という仲忠の発言に端を発していることを忘れてはなるまい。二人の関係が決してそれ以上には進展しないからこそ可能となる和歌の応酬なのであり、春宮妃と臣下との禁断の恋という方向は、始めから断念されているのである。右の場面につき、大井田晴彦氏は「求婚譚では結ばれなかった二人を、物語は、心情の交流という新たなかたちで結び直そうとするのである」と捉えるが、(7)首肯されるべきであろう。蔵開巻以降では、その「心情の交流」の内実がさらに問われていくことになると思われる。

四　仲忠の「心ざし」

仲忠があて宮との関係にのめり込んでいかないことは、妻となった女一の宮や父兼雅との対話の中で繰り返し確認されていく。

H（女一の宮ニ）「『よし』と見奉るとも、今は、何ごとにか。昔だに、引き出でずなりにしことを。上達部の御娘の、許し給はぬことを、しひて、取りも、いかにもしたる人をば、朝廷は何の罪にか当て給ふ。また、殿も、仲忠を殺し給はでやみ給はずはこそあらましか。それも、琴一声掻い弾きて聞かせ奉らましかば、憎みも果て給はざらまし。さりし時だに、過たずなりにしものを。いとよく、さりぬべき折も、ありしかば、帝の御娘も賜はらずやありける」（蔵開上・五一〇）

Ⅰ（兼雅）「この御後ろ手の広ごり懸かるに見つきてこそは、我は聖になりにたれ。よき人を家に多く据ゑ、仕う人のよきを集めて、宮をば盗みもて来て、さる者にて据ゑ奉りて、人の妻などのもとにも、至らぬ隈なく歩きて、皆憎まれでこそありしか。今様の人は、あやしうまめにこそあれ。まづは、かしこき天下の帝の娘を持たりとも、その妹の皇女たち、そのあたりの人の妻は、女御まで残してましや。罪の浅きにやあらむ」とのたまへば、大将、「いとうたてあること。一人侍りし時、『いかで』と思ひ給へし人（＝あて宮）をだに、よき折侍りしかど、さもあらずなりにしものを」。（蔵開中・五六九～七〇）

とはいえ、仲忠があて宮への愛情を失ってしまったわけではない。女一の宮に「ただ、かの御方（＝あて宮）に、御心ざしなくおぼされたるなむ、恥づかしく、いとほしくは」（蔵開上・五二三）と述べているように、あて宮への愛情じたいは変わらずに抱き続けているのである（「御」とあるのが不審だがこの「心ざし」は仲忠のものであろう）。つまり先の発言は、社会秩序を破壊するような行動には出ないということであり、仲忠は仲忠なりに自らの気持ちを整理してあて宮との新たな関係を模索しようとしている、ということなのだと思われる。

しかし、女一の宮と結婚した仲忠があて宮への「心ざし」を示すのは容易ではない。あて宮入内後、正頼に婿取りを打診された求婚者たちが「あて宮の御方に、深き心ざしありき。『参りたまひてほどもなく、異心あり』とや思ほされむ」（沖つ白波・四四七）と思い、また仲忠自身も涼とともに妻帯したことを「『宮の君（＝あて宮）に疎かに思されぬること。『世にあらむ限りは、異心なく、心ざしをだに見え奉らむ』と思へるものを」と思ひ嘆くこと限りなし」（同・四五二）と語られていたように、あて宮以外の女性と結婚したという事実は、あて宮への

「心ざし」と齟齬する事柄としてある。

国譲上巻、季明の服喪のために三条邸に退出したあて宮は、正頼たちとの会話の中で、春宮に入内した今となっては自らの寝所に押し入るほどの思いを抱いているのは実忠くらいしかいないと発言するが、それに続いて次のようなやり取りがなされていく。

J左衛門督の君、「この族を放ちて、世にある人は、皆、さる心のみこそは。この君（＝実忠）しも、かく見え奉りたるぞ、かしこきや」。藤壺、「思ほえぬかな。裳着し頃よりも言ひ始めて、今に忘れざんなる人は、誰かは。はかなき文などは、あこきなども、あまたぞ得める」。大宮、「心ざし失はぬ人は、あまた聞こゆや」。藤壺、「今は、誰も、さこそは。ここには、さ見ゆることもなし。はかなき宮仕へをして、ゆゆしき人々の言どもを聞く時は、『あぢきなや。心ざしありし人につきてもあるべかりけるものを。さりとも、かく言はましやは』と思ふ折は多かり。またも、『心憂く、悲し』と思ふことありや」とて、泣き給ふ。

（国譲上・六五一〜二）

あて宮への愛情を抱き続けている人は実忠一人には限るまいとする大宮たちの発言を頑ななまでにあて宮は否定し、傍線部のような後悔を口にするのである。この「心ざしありし人」につき『新編全集』は「自分に思いを寄せてくれた人。仲忠、あるいはここで話題になっている実忠を念頭に置いているか」と施注するが、「心ざしありし人」という言い方や、正頼と大宮がこの後、

Kかくて、おとど、「あやしく、藤壺の、いかに思ひてものしつることぞ」。大宮、「あるやうあめり。目に近う、心変はりてあるを思ひてにてこそあめれ」。おとど、「難きことかな。いみじうすまひしを、公私居立ちて、しひてしたるをば」。宮、「なほ、それぞ、『宮仕へさせて、さても』などは思はれたりける。かく、琴弾き、遊びなどするを、若き心に、『うらやまし』と思ふなるべし」。おとど、「今、いぬに琴習はさむ時に、

さらば、うらやまむかし」など、みそかにのたまふ。（国譲上・六五二）

とその背景を推測している点に鑑みれば、仲忠を念頭に置いてのものと考えるべきであろう。つまり、あて宮自身も仲忠との恋愛関係をもはや叶わぬ過去のものとして捉えているのであり、あて宮が女一の宮を羨むのもそれゆえだと推測される。見方を変えて言えば、女一の宮と仲忠が結婚した今となっては、実忠を評価するような基準でその「心ざし」を捉え得るような状況では既になくなっているということである。

しかし物語は、相思相愛の男女が、引き裂かれた関係の中で今なお変わらぬ愛情を抱くものの、現状を打破する力を持ち得ずに悲嘆に暮れるほかない様を描くだけで終わるのではないらしい。(8)前記したように、仲忠が激情に身を委ねたり一時の感情に捉われたりすることなく節度を守って生きる人物であるだけに、反秩序的な方向へと仲忠の情念が暴走することは予め禁じられてるのだが、またそれゆえにこそ、単なる悲恋の物語とは異なる展開も可能となるのであった。

ここに、成就することのなかった自らの恋を子の世代で叶えようとすること、すなわちあて宮腹の若宮へのいぬ宮の入内計画が浮上してくることになる。いぬ宮入内の可能性は、早く蔵開上巻において、あて宮から届けられたいぬ宮誕生を祝う手紙への返事の中で「同じ巣に孵れる鶴のもろともに立ち居む世をば君のみぞ見む」（四八三）と示されていた。これは女一の宮の歌を代筆したという体裁で仲忠が詠んだものだが、いぬ宮の百日の祝いの際にも、仲忠はまだ幼いあて宮腹の皇子たちと次のような会話をしている。

　大将、二所ながら御膝に据ゑ立て給ひて聞こえ給ふ。「かしこに侍りつる子（＝いぬ宮）に、餅食はせ侍るを、『まづ聞こし召させて、おろしを』とてなむ。」若宮、「わが見に出でたりしかば、宮（＝女一の宮）の隠して見せ給はざりし。」小宮、「見せ給はざりしかば、いみじう泣きしかばこそ、見せ給ひしか。抱きしかば、うち落として、騒がれき」。大将、「さて、いかが御覧ぜし。憎げにや侍りし」。宮、「否、いとうつくしかりき。

こなたに率て来などせさせしかば、ののしりてとどめき。ただ今、抱きておはせよ」とのたまへば、「ただ今は、汚げに、むつかしう、なめげなるわざもし侍れば、今、大きになりなむ時に、召して、らうたくして使はせたまへ」。宮、「いとうれしかりなむ。遊ぶ人なくて、いと悪し」とのたまふ。（蔵開下・六〇六〜七）

この時若宮はまだ五歳であり、仲忠の真意を汲み得るような年齢ではないが、しかし仲忠は少しずつその地ならしを始めているということなのであろう。それゆえ、国譲巻で語られる立坊争いにおいても、その消極性を根拠に仲忠を非政治的であると捉えるのは正しくない。むしろ、あえて中立の立場を貫くことにより、あて宮腹皇子の立坊に有利なように振る舞っていると考えるべきである。(9) 立坊争いの決着後、后の宮の手紙をあて宮に持参し自らが梨壺腹皇子の擁立に無関係であったことを訴えた際の言葉に「かくも聞こゆまじけれど、昔の心ざし失はず、今、行く先、頼み聞こゆることも、なほ侍れば。『うたてある心も持たる者ぞ』ともぞ思し出づる」（国譲下・七九二）とあるように、それこそが仲忠なりの「心ざし」の示し方だったのである。またそこに「行く先頼み聞こゆること」とあるごとく、それは将来のいぬ宮入内を見越しての行動だったのであり、若宮立坊からいぬ宮入内へと、仲忠の思惑通りにことは運ばれていくことになる。若宮立坊を描く国譲巻に続けて楼上巻が要請される意味も、そのあたりに存しよう。秘琴伝授を旨とする俊蔭系の物語とあて宮求婚譚に端を発する正頼系の物語は、こうして統合され大団円へと向かうことになるのであった。

五　恋愛文学史上の『うつほ物語』

では、右に辿り見てきたような仲忠とあて宮の関係は、恋愛文学史においてどのような意義を持つのであろうか。

まず注目されるのは、あて宮求婚譚のあり方である。あて宮求婚譚はしばしば『竹取物語』に倣ったものと評されるが、かぐや姫が「世のかしこき人なりとも、深き心ざしを知らでは、あひがたしとなむ思ふ」と述べたような、男の愛情を見据える視点があて宮に欠けているという点で、両者は大きく異なっている。[10]それは、あて宮の結婚相手が基本的に正頼家の意思によって決定されるという面に規定されていることもあろうが、より大きくは、先のかぐや姫の発言を支えている、男の愛情を移ろいやすいものとする発想があて宮求婚譚には希薄であることに由因していよう。[11]代わってあて宮求婚譚に認められるのは、求婚者たちの叶わぬ思いを描こうとする姿勢である。[12]自分に靡かない女性に一途に思いを訴えていくのは平安朝文学における男の恋の一典型であると考えられるが、言わば、男の愛情を不信視する女の視点からではなく、そのような思いを秘めた男の側から求婚譚を描いているのが『うつほ物語』なのであった。

そして、このような思いは、実忠や仲澄において最も顕在化してくることになる。彼らはあて宮入内決定後もその思いを断ち切ることができずに、実忠は隠遁、仲澄は悶死してしまう。しかし、それで彼らが物語から退場するわけではない。実忠はその後もあて宮への変わらぬ思いを抱き続ける人物として登場し続けることになるし、仲澄もあて宮の夢に見えることが語られたり（蔵開上巻）近澄や実忠によって度々回想されてくるのである。[13]前掲Eについて述べたように、そのような彼らの思いは感動的な一面を有しはするが、しかし自らの思いを制御して振る舞う仲忠と比較される時、その一途さがある種の頑迷さとして浮かび上がってくることもまた否定できまい。「『今まで世の中に侍り』と見え奉るをこそ、心ざしなきやうに」（国譲上・六七八）とまで言う実忠を説得して政界復帰を決意させたのは「まめやかに、ここのために御心ざしあるものならば、聞こゆるやうにてものし給へ」（同・六八二）という論法であったし、あて宮の夢に仲澄が出ることを聞いた祐澄は正頼や大宮に「まめやかには、故侍従の、藤壺の御夢に、思ひの罪に、道ならぬやうに見え侍る」（蔵開上・五一六）と告げていたのであった。とすれば、物語は、異様なまでの恋の妄執を描くことで、男の恋が孕む負の側面にも目を向けているということになるのではあるまいか。

同じことは、求婚譚における勝利者であるはずの春宮についても指摘できる。あて宮を手に入れた春宮は仲忠や実忠への対抗心から「かたち・するわざこそ、こよなからめ。心ざしは、並ぶ人あらじ」（蔵開上・五三〇）「心長さは、うれしや。さらば、ここには頼もしかなり」（国譲上・六三一）とあて宮に訴えるのだが、これは惑溺以外のなにものでもあるまい。見かねた朱雀帝が「世保ち給ふべきこと近くなりぬるを、平らかに、そしられなくて保ち給へ。人の国にも、最愛の妻持たる王ぞ、そしり取りたるめる。さ言はるる人持給へれば、戒め聞こゆるなり」（蔵開中・五五〇）と訓戒するのももっともである。「人の国にも」云々は楊貴妃と玄宗皇帝のことを踏まえたものだが、とすればここでもまた、常軌を逸した春宮の恋心が見据えられていると解してよいのであろう。

あるいは、あて宮への贈り物に「君がためと思ひし宿のかきをみてあけ暮れ嘆く心をも知れ」（国譲上・六四二）との和歌を託した涼や、女一の宮に「幼かりければこそ、さりぬべき折ありけれど、人々の心を慎みつつ。今ならましかば、かくねたき心地せましや」（国譲中・七〇六）と発言し、あて宮への思いを遂げんばかりの弾正宮もこれらの例に加えられよう。つまり、あて宮求婚譚において叶わぬ恋に身を焦がす男たちの姿を描いてきた物語は、求婚譚を経て成長していく仲忠の姿との対比を通して、次第にそのような一途さを相対化するようになるのである。もちろん、俊蔭女に対する朱雀帝の恋が楼上巻においても描かれているように、物語は変わらぬ思いを抱き続ける男の姿を一方では肯定的に捉えてもいる。しかし、それが孕む問題をも同時に浮き彫りにしてくるのであり、特にあて宮入内以降は、春宮や実忠・仲澄をはじめとして弾正宮や祐澄・近澄に至るまで一途に女性を思慕する男たちの内側に潜む異様さや狂気の側面を前景化させてくるのである。恋愛文学史における『うつほ物語』の達成は、ここに見定められるべきであろう。

いったい、それまでの恋愛文学において、男の心変わりが問題視されることはあったとしても、いやむしろそれゆえにこそ、男の一途な愛情に真に否定的な眼差しが向けられることなどなかったのではないか。我が身を省みずに破滅的に恋に身を投じる男なら、『伊勢物語』の昔男を筆頭に、元良親王や散逸した『交野少将物語』の主人公交野少将など、虚構史実の別なく数多く存在していた。しかし、彼らの好色さが非難されることはあったにせよ、その恋心じたいが反省的に捉え返されることはなかったように思われる。『竹取物語』において、男の愛情に不信感を抱くかぐや姫の心を動かし「あはれ」の感情を起こさせる契機になったのは、五人の求婚者たちの一途な「心ざし」であったし、また『伊勢物語』四十段では、愛する女と無理やり引き離されることになった悲しみから一時絶命さえした男に対し「むかしの若人は、さるすける物思ひをなむしける」との評が与えられてもいた。おそらく、そのような中にあって『うつほ物語』は初めてその一途さが持つ負の側面を顕在化させた作品であったと考える。

このような視点をさらに推し進めて、それを「執」として明示したのは『源氏物語』であった。第二部後半になると、女三の宮に対する柏木の恋情や、落葉の宮に対する夕霧の、また紫の上に対する光源氏のそれが問題視されるようになり、やがて薫の造型を経由して、恋心そのものを現世執着の一つとして克服の対象とする発想は後期物語へと受け継がれていくと見通されるのであるが、その源流に位置するのが『うつほ物語』なのではあるまいか。場面の趣向や表現の類似ということではなく、恋を妄執として捉え深めていく認識の問題としてである。

このような発想が広まる原因としては貴族社会への仏教の浸透が見逃せないが、『うつほ物語』の場合は、述べてきたような仲忠の存在がより大きいように思われる。藤原の君巻（あて宮求婚譚）から起筆されたと考えられるこの物語は、様々な求婚者を取り込みつつ長編化する過程で、仲忠とあて宮との悲恋という課題を手に入れ、それを単純な悲劇に終わらせることなくそこから二人の新たな関係を模索していった結果、男の恋を相対化する足場を作品内に確保することになったのである。逆説的な物言いになるが、即物的な意味において仲忠とあて宮との恋が成就しなかったことが、物語の長編化を達成するとともに、恋愛文学史にも豊かな実りをもたらすことに繋がったのである。

（1）室城秀之「あて宮春宮入内決定の論理」（『うつほ物語の表現と論理』若草書房一九九六年）。
（2）藤原の君巻から菊の宴巻までに春宮は十八首の和歌をあて宮に贈るが、これに対して十六首にあて宮からの返歌が一首に大宮からの返歌がなされている。他の求婚者への返歌が、たとえば兵部卿宮十六首中八首・兼雅十五首中四首・実忠三十二首中八首という具合であり、仲忠でさえ十五首中八首にすぎないことと比較すれば、これは群を抜いて高率である。この点については、加藤浩司「うつほ物語あて宮求婚歌群の再検討」（『名古屋大学国語国文学』一九八八年十二月）参照。
（3）以下に述べる求婚者の意味付けに関しては、室城秀之「拒否される求婚者たち―行正・仲頼・忠こそ・藤英をめぐって―」（注（1）書）、大井田晴彦「あて宮求婚譚の展開」（『うつほ物語の世界』風間書房二〇〇二年）など参照。
（4）仲忠の登場については、室伏信助「宇津保物語の主人公―仲忠の登場をめぐって―」（『王朝物語史の研究』角川書店一九九五年）など参照。
（5）注（3）室城論文参照。
（6）松野彩「『うつほ物語』「内侍のかみ」巻についての考察―繰り広げられる恋愛模様を中心に―」（『国語と国文学』二〇〇五年一月）。
（7）大井田晴彦「『うつほ物語』の転換点―「内侍督」の親和力―」（注（3）書）。
（8）あて宮が「世の中を知らざりし時は、よろづのこと、心にも入らざりき。今思へばこそ、あはれにも悲しうも」（国譲上・六五二）などと過去を反省し、将来の国母たるに相応しい人物となっていくのもその一つであろう。
（9）大井田晴彦「「国譲」の主題と方法―仲忠を軸として―」（注（3）書）参照。

(10)『竹取物語』の位置付けについては、第二篇第二章「『竹取物語』難題求婚譚の達成」を参照されたい。

(11) このような発想の成立や広がりについては、第二篇第一章「〈あき〉の誕生—萬葉相聞歌から平安恋歌へ—」第二編第三章「恋愛文学の十世紀」などを参照されたい。

(12) このような思いの形成過程については、第一篇第五章「『萬葉集』における「人妻」の位相」でも触れたところがある。また、第二篇第二章「『竹取物語』難題求婚譚の達成」でも述べたように、二男一女型の妻争い伝承から派生してきたと考えられる平安朝求婚譚は、求婚者相互の争いという枠組みから解放されるのと差し替えに、各求婚者の個性を描き分けることで話の興味を持続していく方向へも展開してきたと考えられる。様々な求婚者を登場させるあて宮求婚譚はこの流れを汲むものであり、あて宮と結ばれるはずのない数多くの求婚者を登場させてくるのは、その結果であると思われる。

(13) 加藤昌嘉「『うつほ』の仲澄—作り物語の手法と指向—」(『詞林』二〇〇二年十月)は「「蔵開」「国譲」巻は、各々、上・中・下巻それぞれに於いて、間歇的かつ恒常的に、仲澄を引き合いに出しつつ、祐澄・近澄・実忠にその属性を重ね合せ、凌辱・姦通を惹き起しかねない危険な男の物語を、新たに紡がんとしているのである」と述べる。

第三篇

恋愛文学としての『源氏物語』

第一章　夕顔巻の物語と人物造型

一　はじめに

周知のように、無邪気で従順な女性という従来の夕顔像に大きな疑問を投げかけたのは今井源衛氏であった。[1]今井氏は物語の叙述を丹念に分析するところから「なるほど、外から見れば、一見彼女はナイーブにも無心にも見えたけれども、その心の奥には、むしろ女の意気地、あるいは強くしたたかな心の張りがあったということになろう」と結論し、彼女が単なる従順な女性ではなくむしろ自我とでも呼ぶべきものを確かに持った女性であることを指摘したのである。以来この今井説は、夕顔巻の方法を検討した日向一雅氏の論とも相互に支え合いながら、[2]今日に至る夕顔論に多大な影響を与え続けてきた。何より、従順さを装うことで源氏と繋がろうとする夕顔のあり方、言い換えれば内と外の二側面を有する夕顔像を導き出す契機となった点で、この今井論文の意義は大きいように思われる。

しかし、このような夕顔の二面性を根拠にして、源氏と夕顔との関係を誤解やすれ違いの物語としてのみ把握する方向に向かうのでは、問題を正しく押さえることができまい。「ただはかられたまへかし」（夕顔①一五四）という源氏の言葉に対する「女もいみじくなびきて、さもありぬべく思ひたり」（夕顔①一五四〜五）という対応や、「この世のみならぬ契りなどまで頼めたまふに、うちとくる心ばへなどあやしく様変りて」（夕顔①一五七〜八）という叙述などに照らす限り、二人の間にはなにがしかの共感も生じていたはずである。また、「ひたぶるに従ふ心はいとあはれげなる人」（夕顔①一五五）などの夕顔像を、それが源氏の目を通して捉えられたものという理由から重視しないのも、正しくないであろう。夕顔は源氏を嫌い拒み続けていたわけではない。確かに源氏に夕顔の全てが見えたわけではないけれども、しかし源氏の目が捉えた夕顔像が全くの誤謬であったとするのも行き過ぎなのである。むしろ、ここで問われるべきは、一方では源氏に心惹かれてもいる夕顔が、しかし素性を明かして源氏に完全に身を任せようとは決してしないことの意味ではないか。

いったい、夕顔巻を語り進めるにあたって、物語は何故源氏に全てを任せきらない女性を必要としたのか。霊女によって夕顔が取り殺されるという結末を用意しておきながら、物語は何故源氏の愛を信じきれない女性を造型せねばならなかったのか。夕顔という人物が究極的には夕顔巻を語るために作り上げられた架空の存在でしかない以上、右に述べた夕顔像の問題も、物語のあり方を無視しては存立し得ないように思われる。本章で試みるのは、そのような視点からの夕顔巻の物語と人物造型に対する考察である。

二　夕顔の卑下意識

夕顔の人物像を考える際に見落としてならないのが、その卑下意識である。某院での「海人の子なれば」（夕顔①一六二）に代表されるように、夕顔は源氏に対して異常なまでの卑下意識を抱いているようなのだが(3)、そのことの意味は奈辺に存したのか。

八月十五日の夜夕顔の宿で一夜を過ごした源氏が、彼女を連れ出すための牛車を用意した直後に語られる次の場面に注目したい。

A明け方も近うなりにけり。鶏の声などは聞こえで、御岳精進にやあらん、ただ翁びたる声に額づくぞ聞こゆる。起居のけはひたへがたげに行ふ、いとあはれに、朝の露にことならぬ世を、何をむさぼる身の祈りにかと聞きたまふ。南無当来導師《なもたうらいだうし》とぞ拝むなる。「かれ聞きたまへ。この世とのみは思はざりけり」とあはれがりたまひて、

優婆塞《うばそく》が行ふ道をしるべにて来む世も深き契りたがふな

長生殿の古き例はゆゆしくて、翼をかはさむとはひきかへて、弥勒の世をかねたまふ。行く先の御頼めいとこちたし。

前の世の契り知らるる身のうさに行く末かねて頼みがたさよ

かやうの筋なども、さるは、心もとなかめり。（夕顔①一五八～九）

ここで大切なことは、源氏の提示した来世という幻想世界に身を委ねることを夕顔が「身のうさ」ゆえに躊躇している点である。贈答歌という形式上の問題はあるにせよ、夕顔は源氏のように永遠の愛を信じることができない。「前の世の契り」を見つめる彼女にとって、一夜限りの非日常的な恋の世界を共有することはできても、源氏との日常生活などは想像することさえできない別世界なのであろう。夕顔を失いたくないという思いからやや大袈裟なまでに来世という幻想世界に入り込もうとする源氏とは対照的に、夕顔は現在の落魄を思うがゆえに源氏に全てを任せて寄り添っていくことができないのである。

このような卑下意識ゆえの躊躇や拒絶の意思を夕顔がはっきりと示すのは、この場面以外には先述の「海人の子なれば」くらいしかないのだが、しかしこのような心情を彼女が密かに有し続けていたことは、夕顔の死後に

なされる源氏と右近の次の対話に明らかである。

B右近を召し出でて、のどやかなる夕暮に物語などしたまひて、「なほいとなむあやしき。などてその人と知られじとは隠いたまへりしぞ。まことに海人の子なりとも、さばかりに思ふを知らで隔てたまひしかばなむつらかりし」とのたまへば、「などてか深く隠しきこえたまふことははべらん。いつのほどにてかは、何ならぬ御名のりを聞こえたまはん。はじめよりあやしうおぼえぬさまなりし御事なれば、現ともおぼえずなんあるとのたまひて、御名隠しもさばかりにこそはと聞こえたまひながら、なほざりにこそ紛らはしたまふらめとなん、憂きことに思したりし」と聞こゆれば…　（夕顔①一八三〜四）

彼女は、その卑下意識及びそれに大きく由因する源氏の愛を行きずり程度のものと思う心ゆえに、源氏に素性を明かさなかったのである。逆に言えば、零落した境遇を見つめ自らを源氏と釣り合わない女だと捉えるところから、夕顔は内面の苦悩を隠し謎の女として振る舞うことで源氏と繋がろうとしたということになる。(4) つまり、彼女の卑下意識は、源氏との関係を非日常的な次元に留め、それを容易に現実世界に定位させないところに一つの大きな機能を有していたのであった。

しかし、親を失いまた幼い子供を抱えて頭中将のもとを去った夕顔にとって、このような態度はいささか不自然でもある。夕顔は、頭中将と別れた後、西の京にいる乳母の家に仮寓していたが、「それもいと見苦しきに住みわびたまひて、山里に移ろひなん」（夕顔①一八六）と思いつつ方塞がりのために揚名介の家に身を寄せていたのであった。遺児を引き取ろうと申し出た源氏に対しての右近の言葉「さらばいとうれしくなんはべるべき。かの西の京にて生ひ出でたまはんは心苦しくなん。はかばかしくあつかふ人なしとてかしこになむ」（夕顔①一八七）をも考え合わせれば、経済的困窮や子供の養育という切実な問題に夕顔が直面していたことが予想される。少なくとも夕顔巻を読む限り、彼女が自活するのに十分な遺産や経済的に援助してくれる親類縁者を持っていたとは考えにくい。とすれば、夕顔方が素性を隠して通う男を源氏だと特定できていたかには問題が残るにせよ、「人の御けはひ、はた、手さぐりもしるきわざなりければ、誰ばかりにかはあらむ、なほこのすき者のしいでつるわざなめりと大夫を疑ひながら」（夕顔①一五三）とあるように、高貴な男であろうとは予測していたのだから、この男の援助を頼ろうとするような心の動きが見られてもよいのではないか。父親の死により家運が傾きその結果娘がより現実的な選択を余儀なくされることも珍しくなかった時代なのであってみれば、夕顔がこの男との関係に活路を見出そうとする方向に物語が進展しても奇異ではなかったように思われるのである。

たとえば、入内の予定すらあった空蟬が父親の死後伊予介の後妻となり弟の小君と一緒に引き取られるという展開は、親から家屋や財産を相続するか女房として宮仕えでもしない限り、女が一人で生きていくことは極めて困難だという語られざる脈絡を背後に想定することで初めて理解されるものであろう。所々に点描される叙述によれば、空蟬は伊予介の後妻という地位に満足していたのではないらしい。しかし、彼女があえてそのような立場に自らを置かねばならなかったのは、父衛門督の死という厳しい現実に直面したからである。愛情云々という以前に、そうしなければ生きていくことができないという境遇の変化が、空蟬に老受領の後妻という人生を選ばせたのだと思われる。その意味で、紀伊守の「女の宿世はいと浮かびたるなむあはれにはべる」（帚木①九六）という言葉はまさに当を得た批評であった。

今問題にしている夕顔も、その境遇にのみ注目すれば、空蟬の場合と大差ないと言ってよいだろう。もちろん、空蟬の場合は、彼女の主観的な自己認識とは別に、『枕草子』（位こそ）に「受領の北の方にて、国へくだるをこそは、よろしき人のさいはひの際と思ひてめでうらやむめれ」と語られているような人生を手に入れたのであり、不幸とばかり言い切れない側面も有していた点を無視するわけにはいかない。客観的に見れば、空蟬の選んだ人生は彼女に安定した後半生を約束するものであったと思われる。しかし、夕顔の場合も、源氏の愛を受け入れたからといって、必ずしも不幸になると決まっていたわけではない。

むしろ、不遇な女性が貴公子に発見され妻として迎えられることで幸福になるという物語はこの時代に少なからず存在したと考えられるのである。『落窪物語』に限らず、継子いじめ譚（継子が女性の場合）の多くはそのような結末を持っていたと推測できるし、また、出産という要素が加わるものの高藤型説話をも視野に入れれば[5]、むしろそれは物語や説話における一つの類型をなしていたと言うことも可能であろう。『源氏物語』においても、紫の上や明石の君の物語にそのような構造が、また末摘花や玉鬘の物語にはその部分的な要素の受容が認められもするのである。とすれば、この夕顔巻においても、源氏が夕顔を二条院に引き取るという方向に向けて物語が展開したとしても不自然ではなかったと考えられる。というより、この夕顔巻の物語じたいが、帚木巻で左馬頭が語った

さて、世にありと人に知られず、さびしくあばれたる葎の門に、思ひの外にらうたげならむ人の閉じられたらむこそ限りなくめづらしくはおぼえめ。いかで、はたかかりけむと、思ふより違へることなむあやしく心とまるわざなる。（帚木①六〇）

との発言に大きく枠取られているのだから、むしろそれこそが物語の自然な展開であったとさえ言い得よう。夕顔の死による結末が用意されているのだから、たとえ二条院引き取りに対する夕顔の合意があったとしても、物語の結末に支障を来すことはなかったはずなのである。

しかし、にもかかわらず、実際には、先述したように、零落した夕顔の境遇は、源氏と夕顔を結び付ける方向にではなく、夕顔に卑下の意識を抱え込ませることで源氏との間に距離を置くことに、より大きく機能していたのであった。とすれば、あえて二条院引き取りという方向へ向かわなかった点にこそ、この物語の主眼が存していたと考えるべきではないか。源氏自身が「なほ誰となくて二条院に迎へてん」（夕顔①一五四）と思うのである

から、物語は決してそのような結末を最初から排除してしまっているわけではない。むしろ、源氏の心中において、それはあり得べき一つの大きな可能性として潜められているのである。しかし、一方の夕顔に卑下意識が与えられているため、この源氏の試みは容易に実現していかないのであった。それは、物語が夕顔の二条院引き取りという結末を可能性として潜ませつつも容易にそれを現実化していかないということでもあるが、しかしそれはいったい何故なのか。次節では、その点について考えてみたいと思う。

三　『源氏物語』と女の幸せ

先に、不遇な女性が貴公子に発見され妻として迎えられることで幸福になるという展開について述べたが、しかし、『源氏物語』がそのような展開に完全に依拠することはない。たとえば、継子いじめ譚の構造を内包する紫の上の物語においても、彼女がその結果幸福を手に入れたかという点について、物語ははなはだ懐疑的である。いわゆる女三の宮降嫁の問題がその典型であるが、それは朝顔巻前後から胚胎し始めているのであり、決して第二部になってから付加された態度ではないのである。逆に言えば、物語は継子いじめ譚の展開に従い源氏に引き取られた紫の上に一方では幸福な人生を用意しつつも、しかし『落窪物語』における落窪の姫君のような安定した地位を決して与えることはなく、むしろかなり早い段階から彼女の幸福の内実を問い返そうと試みているということである。このような幸い人の苦悩という視点は、宇治の中の君に関しても見られ(6)、この物語の基本的な思考様式であったことがうかがわれる。

また、高藤型説話の話型に従う明石一族の物語においても、明石の君は『うつほ物語』の俊蔭女などと異なり、源氏の正妻に収まるということがない。篠原昭二氏が指摘するように(7)、これは当時の一般的な時代認識ゆえということより以上に、明石一族の物語が紫の上の物語と衝突することによって生まれた結果だったのであり、またそこに明石の君の身の程意識も生じたのであるが、しかしながら、そのようにして明石の君が身の程意識を抱え込まされたことにより、身分の違う高貴な男性と結婚した女性の苦悩が照らし返されてくることになる点も見逃すべきではない(8)。物語は、ここでも女性の幸福という結末に従おうとはしないのである。それは蓬生巻で源氏と再会を果たし二条東院に引き取られた末摘花が、その限りでは幸福な結末を手に入れたかに見えながら、しかし女性として源氏に愛されることがない点で、巨視的に見れば決して俊蔭女のような幸福を手に入れたわけではないという問題とも通底しているように思われる。何より、蓬生巻の女主人公がほかならぬ末摘花という傍流のをこ的人物であった点に、この物語の基本的な視座を考える上での大切な問題が潜んでいよう(9)。

このように、『源氏物語』は継子いじめ譚や高藤型説話を物語の構造としては取り込むものの、その結果の女性の幸福という点に対しては極めて否定的な態度を見せる物語なのである。おそらく、そこには秋山虔氏が「源氏物語は恋愛の不可能を極限的に追求した恋愛文学、いいかえればそれへの断念を語り尽くすことによって恋愛の本質を照らし出した希有の物語である」と述べるような(10)、この物語の本質にかかわる問題が潜んでいるに違いない。

夕顔巻前後の物語について述べるなら、桐壺更衣の場合は言うに及ばず、「去年の秋ごろ、かの右の大殿よりいと恐ろしきことの聞こえ参で来し」（夕顔①一八五）と回想される常夏の女と頭中将の恋の結末（帚木巻）や「もとの北の方やむごとなくなどして、安からぬこと多くて、明け暮れものを思ひてなん亡くなりはべりにし」（若紫①二一三）と説明される紫の上の母の半生（若紫巻）などにおいて、この物語は後ろ盾を持たない女の人生が現実の人間関係においていかに過酷なものであるかを厳しく見据えている点が注目される。言うなれば、この物語は桐壺更衣の悲劇の構造を繰り返し語りなすことを通して、男の愛が無条件に女を幸せにするなどという発想がいかに現実から遊離したものであるかを物語の隅々にまで語り込めているのである。また、そのような物語の思考と表裏の関係をなすものとして、紫の上の乳母の発言を挙げることが許されるだろう。前述の通り、紫の上の物語は継子いじめ譚の話型に従いながら語られていくのだが、そのような展開を語る物語の要所要所に将来を危惧したり眼前の幸せを故尼君の勤行ゆえと考えたりする乳母の姿を点描することにより、紫の上の幸福が「物語に、ことさらに作り出でたるやう」(賢木②一〇三)な非現実的なものであることを、物語は同時に見据えてもいるのである。

以上のような他の物語や『源氏物語』における恋の位相をも考えあわせるなら、夕顔巻において彼女が源氏に頼りきろうとしないのは、物語がそのような結末に疑問を抱いているからだと考えてよいのではないか。もちろん、源氏の「隠ろへごとの世界」を語る帚木三帖において、夕顔が二条院に迎え取られるなどという結末が許されるものでないことは言うまでもない。しかし、そのような外的規制のみでなく、むしろそれ以上に、先行物語に対する批判や不信めいたものがここに働いていたと考えたい。この物語は、夕顔巻を語るに際して、桐壺更衣や紫の上の母を見つめたのと同様の視線をそこに投げかけているのであり、それゆえにこそ二条院引き取りに対する夕顔の同意を容易に語り得なかったということなのではあるまいか。源氏に心惹かれつつもしかし決して源氏の愛を頼りきろうとしない夕顔の造型は、このような物語の思考に深く根差したものであったように思われるのである。言い換えれば、『源氏物語』という作品は、もはや男女の連帯を無条件で語り得るような位置には立っていないということになる。

このように物語は、貴公子が陋屋に美女を発見するという類型的な設定を出発点としながらも、それをありふれた恋物語に終始させることなく、そこに男の愛のみでは幸福になれない女の悲哀を捉えようとしてもいたのであった。しかし、このような物語の思考だけを文脈から切り離して論じてみても、さほどの意味はあるまい。むしろ、そのような思考を物語が有することで、源氏と夕顔の物語がどのような世界を切り拓き得たかという点が重要である。

四　夕顔の遊女性

そして、そのような視点から注目されるのが、夕顔の遊女性という問題である。円地文子氏や秋山虔氏の発言を踏まえて(11)、原岡文子氏によって大きく取り上げられることになった彼女の遊女性であるが(12)、今改めて問われるべきは、遊女ならざる夕顔に何故遊女性が認められるのかという問題であろう。たとえば右の原岡氏は、従来断片的にしか指摘されてこなかった彼女の遊女性を総合的に捉え直し、そこに「古代の人々の心性に潜められた聖なる性の輝き」を見るのだが、この原岡説の前提にもなっている遊女の巫女起源説には、歴史学（女性史）の側から疑問が投げかけられており(13)、再検討の余地が生じているようにも思われる。また、積極的に歌を詠みかける夕顔像の問題も、その前提となる和歌解釈じたいの問題があり、夕顔の花を取りにやって来た源氏方への挨拶の歌と考えれば(14)、彼女の積極性を従来のような形で問題にする必要はないと考える。

しかし、だからといって、夕顔を考える際に遊女性という視点を排除してよいわけではない。彼女の遊女性は、古代的な巫女のあり方や彼女の積極性の側からではなく、むしろ「海人の子なれば」と述べる卑下意識の側から捉え返されるべき問題ではないか。既に鈴木日出男氏(15)や先の原岡氏にも指摘のあることだが、この「海人の子なれば」は『和漢朗詠集』「遊女」に収められる「白波の寄するなぎさに世をすぐす海人の子なれば宿もさだめず」

を引歌とした表現であり[16]、物語が夕顔に遊女の像を重ね合わせようとしていると推測される箇所である。そしてそれは、本来別世界の住人である旅人と遊女とが非日常的な幻想世界で一時的な交感をなすという点で、源氏と夕顔との関係に引き取られるべき問題のように思われるのである[17]。

繰り返し述べてきたように、この物語は夕顔の二条院引き取りという可能性を通して、そこに男の愛のみでは幸福になれない女の悲哀を見つめているのだが、この場面では夕顔に遊女の像をだぶらせることにより、現実の世界には定位することのない旅人と遊女との関係を、源氏と夕顔との関係に重ね合わせている点が大切であろう。夕顔失踪に対する不安から何とかして彼女を日常世界の次元に引き留めようと「名のり」を求めた源氏の要求を、夕顔があたかも自らを遊女であるかのごとくに擬して巧みに拒むことで、かえって源氏と夕顔との関係が儚い一瞬の恋物語にすぎないことが印象付けられるという物語の仕組みがここにはあるように思われる。それゆえ、夕顔の遊女性とは、何よりもまずこの点において把捉されるべきものなのではあるまいか。言い換えれば、夕顔造型における遊女性は、そこを起点として夕顔が造型されたというよりも、むしろ物語の思考が自ずと遊女の像をそこに引き寄せてくるという点において重要だということである。

夕顔物語は、単なる純愛物語でもすれ違いの物語でもない。それは、男と女の愛の結実の不可能性を見つめる物語が描き出した、ぎりぎりの恋物語なのであった。そして、そのような物語の思考と密接にかかわるものとして、この巻における夕顔の造型もあったと考えられるのである。

（1）今井源衛「夕顔の性格」（『今井源衛著作集』第2巻、笠間書院二〇〇四年）。初出は一九八一年。
（2）日向一雅「夕顔巻の方法―「視点」を軸にして―」（『源氏物語の王権と流離』新典社一九八九年）。初出は一九八六年。

（3）初出の段階では、夕顔巻冒頭での「心あてにそれかとぞ見る白露の光そへたる夕顔の花」（①一四〇）についても、夕顔の花＝夕顔という点を根拠に卑下意識が認められると考えていたが、今はこの考えを撤回したい。確かに、夕顔の花は「かうあやしき垣根になん咲きはべりける」（①一三六）と説明されるような卑賤の場所に相応しい植物であり、貴族の鑑賞に供されるような花ではなかった。しかし、それは夕顔の花が卑しい存在であることを意味しない。むしろ、源氏の感想「口惜しの花の契りや」（①一三六）に対して、『湖月抄』が「よき人の家にはうゑずして、かかる所にのみある事をのたまふ也」と施注するように、「あやしき垣根」に相応しくない花の姿をこそ認めるべきであろう。『枕草子』（草の花は）でも

夕顔は、花のかたちも朝顔に似て、言ひつづけたるに、いとをかしかりぬべき花の姿に、実のありさまこそいとくちをしけれ。など、さはた生ひ出でけむ。ぬかづきなどいふ物のやうにだにあれかし。されど、なほ夕顔と言ふ名ばかりはをかし。

と述べられているように、花じたいは好意的に評されているのである。それゆえ、夕顔の花＝夕顔という対応関係は、彼女の卑下意識とではなく、五条界隈には似つかわしくない女すなわち陋屋の美女という印象と結び付けて考察すべきものと考える。また、当該歌に対する解釈については、拙稿「作中和歌の意味と機能―夕顔巻「心あてに」をめぐって―」（『文学』二〇一五年一月・二月）を参照されたい。

（4）藤河家利昭「夕顔」（『源氏物語の源泉受容の方法』勉誠社一九九五年）、今井久代「夕顔物語の「あやし」の迷路―現実の脈絡とことばの脈絡―」（『源氏物語構造論』風間書房二〇〇一年）など参照。

（5）池上洵一「説話の虚構と虚構の説話―巻廿二第7話―」（『今昔物語集の研究』和泉書院二〇〇一年）の指摘するように高藤説話と史実との間には大きな隔たりがあり、『源氏物語』が高藤説話を原拠とし得たかは疑わしいが、本章では便宜的に「高藤型説話」の呼称を用いる。

（6）原岡文子「幸い人中の君」（『源氏物語の人物と表現』翰林書房二〇〇三年）参照。

（7）篠原昭二「『源氏物語』成立過程の一節―大井物語の背景―」（『源氏物語の論理』東京大学出版会一九九二年）参照。

（8）池田和臣「明石の君の深層―想像力と夢」（『国文学』一九九三年十月）など参照。

（9）この点については、第三篇第四章「蓬生巻の末摘花」をも参照されたい。
（10）秋山虔「恋愛文学としての源氏物語」（『日本の美学』一九八七年十一月）。
（11）円地文子「夕顔と遊女性」（『源氏物語私見』新潮社一九七四年）、秋山虔「夕顔」（『源氏物語の女性たち』小学館一九八七年）。
（12）原岡文子「遊女・巫女・夕顔―夕顔の巻をめぐって―」（注（6）書）。初出は一九八九年二月。
（13）服藤早苗「遊行女婦から遊女へ」（『日本女性生活史』第一巻、東京大学出版会一九九〇年）など参照。また、そのことと関連して遊女の発生を家父長制的な家の成立とからめて論じる視点が提起されている（細川涼一「家族を構成しない女性」『家族と女性』吉川弘文館一九九二年、義江明子「生産・政治・女性―古代」『女性史を学ぶ人のために』世界思想社一九九九年など）。
（14）藤井貞和「三輪山神話式語りの方法―夕顔巻」（『源氏物語論』岩波書店二〇〇〇年）、工藤重矩「夕顔巻「心あてに」「寄りてこそ」の和歌解釈」（『源氏物語の婚姻と和歌解釈』風間書房二〇〇九年）など参照。
（15）鈴木日出男「和歌における対人性」（『古代和歌史論』東京大学出版会一九九〇年）。
（16）『和漢朗詠集』の引用は、新編日本古典文学全集（小学館）に拠る。
（17）注（15）鈴木論文参照。

第二章　六条御息所の人物造型

――その生霊化をめぐって――

一　はじめに

『源氏物語』に登場する女君の中でもひときわ個性的な人物に六条御息所がいる。とりわけ、もののけとしての一面を彼女が有している点においてその特異性は顕著である。したがって、彼女の人物造型を考えようとする場合、このもののけとしての側面を無視するわけにはいかない。しかしながら、はやく『無名草子』に「六条御息所は、あまりに物の怪に出でらるるこそ恐ろしけれど、人ざま、いみじく、心にくく、好もしくはべるなり」と評されたように、上品で優雅な女性としての性格が同時に付与されている点にも注意する必要がある。それゆえ御息所の人物像を全体として把握するためには、もののけとして人に取り憑く彼女が何故「人ざま、いみじく、心にくく、好もしくはべる」女性でなければならなかったのか、言い換えればもののけと優雅さというこの一見したところ矛盾するような二つの側面を一人物像の問題としていかに捉えるかということが重要となってくる。

そこで本章では、彼女の生霊化という点に焦点を絞りつつ、それを彼女の人物造型という側面から以下に考察したいと思う。それは、作中人物としての御息所がどのように操作されているのかを分析することによって作品世界の解明へと向かう作業ではなく、むしろ御息所という人物がいかなる仕組みによって造型されているかの解析を通して作者の認識を問う作業に近い。具体的には、前記したもののけと優雅さという問題を相互に無関係な二側面とみるのではなく、彼女がもののけとなるための必要不可欠の性質としてその優雅さを位置付けるところから、六条御息所という人物の造型を通して追究された問題を考察しようとするものである。

二　転換点としての車争い

まず、彼女の生霊化への過程を確認するところから始めよう。周知の通り、葵巻に語り出された御息所は、伊勢下向をも考慮するほど源氏との関係に悩み困惑していた。それは

Aまことや、かの六条御息所の御腹の前坊の姫宮、斎宮にゐたまひにしかば、大将の御心ばへもいと頼もしげなきを、幼き御ありさまのうしろめたさにことつけて下りやしなまし、とかねてより思しけり。（葵②一八）

とある通りなのだが、しかしここで注目したいのは、初発の段階では娘である斎宮の「幼き御ありさまのうしろめたさ」を口実にして下向することが可能であること、すなわち源氏との関係がまだ世間の目から隠されていたらしいことである。確かに彼女の嘆きは深い。しかし世間の目の届かない所で源氏との関係に決着をつけ伊勢に下るべきか否かを悩んでいる限り、それが彼女の生霊化に直結することはあるまい。この段階の御息所はまだ「ここもかしこもおぼつかなさの嘆きを重ねたまふ」（葵②一七）と語られる他の愛人達と大差の無い存在であったとみられるのであり(1)、それゆえ彼女の苦悩も生霊化を促すほどには激しいものでなかったと思われるのである。

ところが、右にも「まことや……けり」と改めて語り手に思い出された趣で語られているごとく、そのような

御息所の存在は自ずと世間の注目を集めてしまう。鈴木日出男氏によって「徹底的に見られる存在」として位置付けられたように(2)、葵巻での御息所はその意に反して否応なく人々の視線に晒されてしまうのであり、またそれゆえに生霊化への第一歩を踏み出すことにもなるのであった。

B女も、似げなき御年のほどを恥づかしう思して心とけたまはぬ気色なれば、それにつつみたるさまにもてなして、院に聞こしめし入れ、世の中の人も知らぬなくなりにたるを、深うしもあらぬ御心のほどを、いみじう思し嘆きけり。（葵②一九）

ここでは挿入句的に「院に聞こしめし入れ、世の中の人も知らぬなくなりにたる」という状況が語られている点が大切である。世間の目を過度に意識する御息所にとって、そのような状況の変化が大きな影響を与えたことは想像に難くない。桐壺院の訓戒などからすれば彼女は源氏の正妻かそれに準じるような扱いこそが相応しいことになるが、それだけに二人の関係が世間周知の事実となったにもかかわらず、「まだあらはれてはわざともてなしきこえたまはず」（葵②一九）と語られるような、これまでと一向に変わらない源氏の対応が苦悩を倍加させるのである。伊勢下向を考えることができたこれまでとは違い、世間の目に晒され始めた御息所は、そのような源氏の「深うしもあらぬ御心のほど」を嘆きながら、しだいに窮地に追い込まれていくのであった。その経緯を説明するのが以下の叙述である。これは車争いの一件以後の叙述なのだが、その内容は車争い以前にも及ぼし得るものであろう。

C御息所は、ものを思し乱るること年ごろよりも多く添ひにけり。つらき方に思ひはてたまへど、今はとてふり離れ下りたまひなむはいと心細かりぬべく、世の人聞きも人笑へにならんことと思す。さりとて立ちとまるべく思しなるには、かくこよなきさまにみな思ひくたすべかめるも安からず、釣する海人のうけなれや、と起き臥し思しわづらふけにや、御心地も浮きたるやうに思されて、なやましうしたまふ。（葵②三〇〜一）

『岷江入楚』以来車争いを生霊化の契機として理解することは通説と言ってよかろうが、同時に右に「ものを思し乱るること年ごろよりも多く添ひにけり」とあるように、御息所の物思いが以前から継続しているとされている点にも注意を払う必要がある。Ｃに即して言えば、御息所の嘆きは以前から一貫するものでありながら、その質はＢでみたように源氏との関係が露顕したことにより激化し始めたということである。そのことは、源氏との関係を断ち切り新しく生まれ変わる方途であったはずの伊勢下向が、傍線部に見られるごとく、ここでは世間の物笑いを招来するものとして躊躇されていることからも明らかであろう。伊勢下向が世間に秘したままで源氏との関係を断つための手段であった以上、世間に噂が広まってからではどうしようもないのである。また同様に、今となっては都に残ることも世間から軽んじられる点では変わりがない。Ａとは異なりこの頃の御息所は、他人の視線を意識し過ぎるあまり自らを八方塞がりの状態に追い込み、その結果精神のみならず身体にも異常をきたして「御心地も浮きたるやうに思されて、なやましうしたまふ」ようになってしまうのである。

Ｄ大将殿には、下りたまはむことを、もて離れて、あるまじきことなども妨げきこえたまはず、「数ならぬ身を見まうく思し棄てむもことわりなれど、今は、なほいふかひなきにても、御覧じはてむや浅からぬにはあらん」と聞こえかかづらひたまへば、定めかねたまへる御心もや慰むと立ち出でたまへりし御禊河の荒かりし瀬に、いとどよろづいとうく思し入れたり。（葵②三二）

これはＣに後続する叙述であるが、Ｃが源氏との関係を断ち切る方途の模索及びその挫折であったのに対して、これは反対に源氏との関係の進展がもはや望めないことの説明となっている。もちろん、斎宮下向は公事であるから御息所の伊勢下向に関する情報が源氏の耳に入ることも不思議ではないが、しかし右の叙述はそのような公的な文脈で理解されるべきものではあるまい。むしろここに読み取るべきなのは、源氏の引き留めを密かに期待する彼女の心の動きではないか(3)。物語は直接何も語らないが、伊勢下向はひとり御息所個人の内面の問題だったのみならず、その可能性をちらつかせることで源氏の気持ちを繋ぎ留めるという一種の駆け引きでもあったように思われるのである。とすれば、前掲したBの叙述の背後にも、世間に知られてしまった以上元東宮妃に相応しい対応をしてほしいという源氏に対する御息所の希望とその挫折を読むことも可能であろう。(4) 強い自尊心ゆえ口に出して懇願することはできないものの、しかしまたそれゆえにこそ、心の奥底には源氏への期待が鬱屈しつつ徘徊していたと読み取るべきであろう。

ところが、それに対する源氏の対応はむしろ伊勢下向を容認するようなもので、御息所を何としても引き留めようという気概などはまったく感じられない。Bとも考え合わせれば、そのような源氏の冷淡さに御息所は自分が源氏の正妻になる可能性など微塵もないと感じ取ったに違いない。そしてそのために、かえってやり場のない源氏への執着を彼女は自覚するのである。諦めきれない源氏への思いが心中にうごめくばかりで、彼女はその思いを成就させる術もまた断念する術もないままに日々を過ごすほかなかったのであろう。「定めかねたまへる御心もや慰む」と思って源氏の姿を見るために御禊の日の行列見物に出掛けたというのは、車争いの場面の「斎宮の御母御息所、もの思し乱るる慰めにもやと、忍びて出でたまへるなりけり」（葵②二三）とも対応する。源氏の姿を見たからとてどうなるものでもないが、これは処置に窮した御息所が己が情念の導くままに源氏のもとへと引き寄せられてしまったという趣である。

このように物語は、「似げなき御年のほどを恥づかしう思して心とけたまはぬ気色」であった御息所がしだいに源氏へと吸い寄せられていく心の必然を語り込めてもいる。とすれば、このような苦悩の深まりが生霊化への下地になっていたと捉えるべきであろう。もちろん、その直接の契機となったのは車争いでの一件に違いないが、しかしそれは生霊発生の始発点としてではなく、むしろ彼女の嘆きを生霊へと転化した転換点として理解されるべきものなのである。そしてその点から注目されるのが、正体が露顕してしまった直後の次の叙述である。

Eものも見で帰らんとしたまへど、通り出でん隙もなきに、「事なりぬ」と言えば、さすがにつらき人の御前渡りの待たるるも心弱しや、笹の隈にだにあらねばにや、つれなく過ぎたまふにつけても、なかなか御心づくしなり。（葵②二三）

ここに用いられている「前渡り」の語は、女が自分以外の愛人のもとに通う男に素通りされることをいう言葉でもあるらしい。(5) ならば、この直後に御息所が「影をのみみたらし川のつれなきに身のうきほどぞいとど知らる」（葵②二四）とますます身の憂さを痛感していることからしても、この場面での御息所は「源氏の夜離れに悩まされ続けてきた最後のだめ押しとして「前渡り」に直面させられたことになる」と理解すべきだと思うのである。(6) Eの叙述に続いて「目もあやなる御さま容貌のいとどしう出でばえを見ざらましかばと思さる」（葵②二四）とあるように、一方では源氏を見たことで気持ちが慰められつつも、他方では前掲のように源氏との距離を思い知らされ「なかなか御心づくしなり」と評される結果になったのであるから、これではどうにもならない源氏への執着をますます自覚するほかない。いよいよ源氏へと惹きつけられる心と源氏に顧みられることのない我が身との乖離は一層深まるばかりなのである。

そして、このようにして源氏との埋め難い距離を思い知らされた御息所は、それゆえに成就されない執着を抱え込むところから、自ずと分裂意識を強めてしまう。

Fうちとけぬ朝ぼらけに出でたまふ御さまのをかしきにも、なほふり離れなむことは思し返さる。やむごとなき方（＝葵の上）に、いとど心ざし添ひたまふべきことも出で来にたれば、ひとつ方に思ししづまりたまひなむを、かやうに待ちきこえつつあらむも心のみ尽きぬべきこと、なかなかもの思ひのおどろかさるる心地したまふに、御文ばかりぞ暮つ方ある。（葵②三四）

これは後に源氏が御息所を訪問した翌朝の別れの場面なのだが、ここでも彼女は源氏へと向かう思いと源氏の通い所の一つでしかあり得ない自身の境遇との間に分裂の感を余儀なくされるのであり、またそれゆえに心身分離の発想が引き込まれてくるのでもあった。

したがって、葵の上方との騒動と同様にこの「前渡り」の一件も、生霊化の契機として位置付けられるべきであろう。言うなれば、待つことを巡っての苦悩がこの「前渡り」の一件を契機として、心身分離という形で遊離魂現象を導いたということである。とはいえ、これを単なる遊離魂現象としてのみみることは許されない(7)。単に執着の度合いが激しいということであれば、女三の宮に対する柏木などに関しても同様のことが言えるからである。したがって、ここで改めて何故御息所の遊離魂だけが生霊となって葵の上に取り憑いたのかが問われなければなるまい。そこにこそ遊離魂現象一般には解消されない御息所独自の問題が潜んでいると思われるのである。

三　御息所という設定

そこで問題にしたいのが、車争いに関する次の叙述である。

G心やましきをばさるものにて、かかるやつれをそれと知られぬるが、いみじうねたきこと限りなし。榻などもみな押し折られて、すずろなる車の筒にうちかけたれば、またなう人わろく、悔しう何に来つらんと思ふにかひなし。（葵②二二）

ここは『岷江入楚』が「これ物のけになるべきはじめなり」と注し、また多くの先学により様々に解釈されてきた箇所でもあるが、やはり問題となるのは「ねたし」の理解であろう(8)。そしてその際注意しなければならないのが、「またなう人わろく、悔しう何に来つらん」との心中叙述がこれに続いていることである。この叙述に即す限り、ここでの意識の中心を占めているのは、葵の上方への恨み心であるよりも行列見物にやって来たことへの後悔の念とみるのが妥当である。ならば「心やましきをば……限りなし」の一文も、葵の上への怨恨の情よりも正体が露顕してしまったことじたいに向かう感情の方が大きいことを語る叙述とみるべきではないか。通常「ねたし」は「いまいましい・憎らしい」と解される語であるが、それは自分の計画が他人の横槍で頓挫した場合、その原因となった人物へと向かう感情として把握されるからである。しかし、少女巻で夕霧と雲居雁との関係を知った内大臣の感想「わくらばに、人にまさることもやとこそ思ひつれ、ねたくもあるかな」（少女③四〇）のように、対象となるべき人物が曖昧でむしろその頓挫に由因するいまいましさそのものに力点があると思われる用例も存在することから、Gの「ねたし」も、人目を忍んで源氏の姿を覗き見るという計画が思い通りに運ばず、反対に大衆の面前であからさまに軽視されるような自分であると思い知らされた出来事そのものに起因するいまいましさとして理解することが可能なのではないか。むしろ後悔へと続く文脈からすると、ここに葵の上への激情を読み込み過ぎない方がよいように思うのである。

Gに限らず、葵巻での御息所は他人を憎む人物としては語られていない。彼女の意識に即す限りその心中を占めているのは徹底した身の憂さ意識であり、前掲した「影をのみみたらし川のつれなきに身のうきほどぞいとど知らるる」という独詠歌や後日源氏に贈った「袖ぬるるこひぢとかつは知りながら下り立つ田子のみづからぞうき」（葵②三五）という和歌、また生霊の噂を耳にした際の「身ひとつのうき嘆きよりほかに人をあしかれなど思ふ心もなけれど」（葵②三五～六）という心中叙述など、特に車争い以降は「憂し」という形容詞が頻繁に繰り返されている。源氏に顧みられぬ我が身を嘆きつつ日々を過ごすという彼女の描かれ方からしても、「いみじうねたきこと限りなし」が葵の上への怨念を示すものだとは考えにくい。むしろそのような憤懣の思いは「心やまし」として語られつつも「さるものにて」と退けられ、反対に「ねたし」を介して「悔しう何に来つらん」へと続く自省の念が御息所の意識の中心を占めてくるのだと思われる。つまりG全体としては、葵の上方の狼藉に対する怒りは当然あるのだが、それ以上に正体を暴露されたがゆえの悔恨の方が大きいことを示す叙述として理解するべきだ思うのである。

とはいえ、この生霊が葵の上に対する怨念を抱いていたことは間違いがない。御息所の心中思惟に

H年ごろ、よろづに思ひ残すことなく過ぐしつれどかうしも砕けぬを、はかなきことのをりに、人の思ひ消ち、無きものにもてなすさまなりし御禊の後、一ふしに思し浮かれにし心鎮まりがたう思さるるけにや、すこしうちまどろみたまふ夢には、かの姫君と思しき人のいときよらにてある所に行きて、とかくひきまさぐり、現にも似ず、猛くいかきひたぶる心出で来て、うちかなぐるなど見えたまふこと度重なりにけり。（葵②三六）

とあるような一面を有してもいるのであり、また葵の上の厚遇を聞いた際にも

I世の中あまねく惜しみきこゆるを聞きたまふにも、御息所はただならず思さる。年ごろはいとかくしもあらざりし御いどみ心を、はかなかりし所の車争ひに人の御心の動きにけるを、かの殿には、さまでも思しよらざりけり。（葵②三三）

と語られてもいたのであった。しからば、葵の上に対する彼女の怨念はどのように位置付けられるべきか。ここで注目したいのが、Hの「思し浮かれにし心」や「現にも似ず」という表現である。これは葵の上に対する恨みの気持ちが御息所の平静の精神状態からは出て来ないものであることを示している。言わば、彼女の心の奥底から突如として沸き上がってくるような感情として、心中の意識されない所にそれは徘徊しているのである。そしてその発動の契機となったのが、「はかなきことのをりに、人の思ひ消ち、無きものにもてなすさまなりし御禊」「はかなかりし所の車争ひ」と語られているGの叙述なのであった。

では、何故身の憂さを嘆くばかりの御息所の心中でそのような怨念が増殖してしまったのか。その問題を解く鍵は、葵巻での六条御息所という人物設定にある。この点に関して従来議論されてきたのは、「御息所」「前坊

妃」としての位置付けをどのように把握するかということであった。そしてそれについての有力な見解であったのが、大朝雄二氏の構想論に基づく斎宮の母として伊勢に下向させるために「御息所」として据え直されたのだという説である。(9) しかしこの意見に対しては、斎宮は必ずしも東宮の娘である必要はなく内親王か場合によっては女王でもよかったのだという視点からの疑問が提出されており、(10)「御息所」や「前坊妃」そのものの意味付けを問う可能性が残されてもいる。そしてそのような観点から特に注目されるのが藤本勝義氏の見解である。藤本氏は賢木巻での年齢の矛盾を「上陽白髪人」との関連で解きながら「「前坊」の薨去がなければ、まず確実に将来中宮になったであろう女性の、その不運の半生というテーマに、受領出の作者は、女としても強い関心を持ったと考えられる」として、不遇な女性の悲劇というテーマをそこにみるのである。(11) 確かに藤本氏の説くように、「前坊妃」という設定は過去の栄光と現在の落魄とを想像させるのに十分である。夫である東宮を失いまた後見である父大臣と死別した御息所は、自身を支える社会的基盤を一切持たない存在として物語に登場させられているのであり、その現状とは裏腹の元東宮妃としての半生に由来するのであろうそのあまりに高い自尊心を支えてくれるのは、もはや世間からの評価のみなのであった。

それゆえ、世間の目によって支えられるほかない御息所は、また同時に世間の目に対して人一倍敏感にならざるを得ない存在でもあったのである。この巻の彼女が「徹底的に見られる存在」でなければならないのも、一つにはそのような視線によって彼女の過去と現在の位相差を照らし出す仕組みが働いているからであろう。たとえば、「故宮のいとやむごとなく思し時めかしたまひしものを、軽々しうおしなべたるさまにもてなすなるがいとほしきこと」（葵②一八）という源氏に対する桐壺院の訓戒と、生霊の正体を推測する際の左大臣家での「大将の君の御通ひ所」（葵②三二）という位置付けの相違も、評価の基準を過去の栄光におくか現在の落魄におくかという点によっているのである。とすれば、その彼女がまさに徹底的に衆目に晒された車争いの場面は、前述した遊離魂の問題以外にも、彼女の自尊心に関連する重大な問題を孕んでいたことになる[12]。

本文に即して言えば、「これは、さらにさやうにさし退けなどすべき御車にもあらず」（葵②二二）という供人の制止を無視して六条御息所の車と知りながら「さばかりにては、さな言はせそ」（葵②二三）と言って狼藉を働いた葵の上方の行為は、社会的基盤を失った御息所にその自尊心の最後の拠り所である世間の評価までをも失ったことを痛感させるものであったと思われるのである。もちろんこれを妻争いの文脈でみることも間違いではないが、「かかるやつれをそれと知られぬるが、いみじうねたきこと限りなし」という叙述の理解ともかかわって大きいのは、むしろ彼女の自尊心がここで決定的に傷つけられてしまったという点であろう。Hの「人の思ひ消ち、無きものにもてなすさまなりし御禊」という回想の仕方やIの「はかなかりし所の車争ひに人の御心の動きにけるを、かの殿には、さまでも思しよらざりけり」という叙述は、彼女に対する世間の評価と彼女自身の受け止め方との落差があまりに大きいことを、すなわち彼女の自尊心の傷つき方が周囲の予想以上に甚大であることを物語っているのである。

しかしそれにもかかわらず、御息所は葵の上を恨んだりはしない。先に述べたように、彼女の思考は一貫して自身の不幸を嘆くことに向けられていくのである。おそらくそのような御息所のあり方には、元東宮妃という高貴な女性ゆえの造型がなにがしか影響してもいよう[13]。しかし、自らを元東宮妃と恃むがゆえに自然と抑圧されていた「御いどみ心」が、その自尊心が傷つけられたことによりかえって怨恨の情と結び付き活動を開始してしまうのであった。それゆえ、彼女にはそれを自覚し制御することができない。傷ついた自尊心にすがり「人をあしかれなど思ふ心」を持とうとしなかったがゆえに、彼女の意識せざる領域で動き出した情念が「猛くいかきひたぶる心」として肉体から遊離してしまうのであった。これは、嫉妬したから生霊となったのではなく、反対に嫉妬の情を抱けなかったために生霊となるほかなかったということである[14]。冒頭に記したもののけと優雅さという言い方をすれば、彼女のもののけとは自身の激情を露にしない優雅な性格において初めて生成可能なものだったということである。

四　〈待つ女〉としての六条御息所

以上に述べてきたように、六条御息所の生霊は諦めきれない源氏への執着と自尊心を傷つけられた恨みとが融合して生成したものであった。つまり、作者はその生霊化を説得的たらしめるために執着と自尊心という属性を御息所に与えたのであったが、では作者がそれらの属性を彼女に付与するにあたり、両者を有効に働かせるべく用意したより根源的な彼女の属性とはいったい何だったのか。それらを生霊化の直接の要因とした場合の、そのもう一段深い所にある要因について以下に考えてみたい。おそらく、そこにこそ彼女の人物造型にからむ秘密が隠されているはずである。

そもそも、御息所の自尊心が傷つかざるを得なかったのは、彼女が源氏の正妻ではなく通い所の一人として遇されていたことに由因する。車争いの場面での「大将殿をぞ豪家には思ひきこゆらむ」（葵②二三）とのあてこすりに端的にうかがわれるように、そのような源氏の対応は御息所にとっての最大の屈辱事であった車争いの一件を生む温床にもなっていたのである。この車争いがいわゆる後妻打ちとして把握可能であるのも、詰まるところ通い所の一人に過ぎないというその扱われ方に起因する面が大きいからであろう。また、御息所が源氏の通い所の一人であるということが、源氏への強い執着を生む根底にあったことも想像に難くない。Ａに関連して述べたように、葵巻での御息所は「ここもかしこもおぼつかなさの嘆きを重ねたまふ」女性の一人として登場してきたという読みも古注以来行われているのである。

ならば、通い所としての彼女のあり方が、換言すれば〈待つ女〉としての属性がそもそもの始発点にあったとみてよいのではないか。従来御息所の生霊事件を女の悲劇として捉える場合、それを一夫多妻という観点から論じるのが普通であった。[15]確かに彼女の生霊化現象は、一夫多妻というあり方とも無関係とは言えまい。しかし、御息所の人物造型に託されたのはそのような三角関係の問題ではなく、むしろ男の来訪を待つほかない女の苦悩そのものであったように思われるのである。

かつて夕顔巻での不自然な登場を欠巻Xを想定するなどして解決しようと試みた時代があったが、むしろ御息所の人物造型からすれば、その登場の仕方こそが相応しい。[16]二人の出会いは語られざる事実として物語の背後に秘されているのであり、表現の上では

J女は、いとものをあまりなるまで思ししめたる御心ざまにて、齢のほども似げなく、人の漏り聞かむに、いとどかくつらき御夜離れの寝ざめ寝ざめ、思ししをるることいとさまざまなり。（夕顔①一四七）

と語られているように、御息所は源氏の来訪を嘆きながらも待つ女として設定されているのである。これは同じ待つという行為であるにしても、花散里や末摘花などとは異なる待ち方であろう。[17]彼女たちがおおむね源氏の来訪を信じいつまでも心長く待つのに対して、御息所の方は源氏の不訪を空しく思い嘆きつつ待つという具合にである。ならば、この嘆きを他の女君たちから彼女を区別する重要な要素であるとみることも許されよう。この嘆きゆえに彼女が伊勢下向を思い付くように、それは彼女の人物像と不可分に結び付いているのである。そしてまた、そのような嘆きの裏返しが源氏への執着として現れるのであってみれば、夕顔巻以来後朝の場面を通して源氏への執着が点描されるのも、[18]当然の帰結なのであった。つまり、源氏に強く心惹かれながらも顧みられることがなくかえって待つことの苦悩を抱え込まされている女、これが御息所の基本的な属性だったのである。

そしてそのうえで、〈待つ女〉から生霊への変貌が葵巻で描かれたのであった。しかしそれは、Eに関して源

氏との埋め難い距離の自覚が契機となって遊離魂への道が開かれていったと述べたように、またGの車争いが御息所に現在の落魄を思い知らせるものであったように、逆説的な言い方になるが、彼女が〈待つ女〉としての現実を痛感する過程にほかならなかったのである。言い方を変えれば、嘆きを抱えつつもまだ衆目に晒されることのなかった夕顔巻や前掲Aの頃の御息所が、車争いの一件で「前渡り」や「後妻打ち」という象徴的事件を通して否応なく自らの位相を痛感させられてしまった結果、〈待つ女〉としてのあり方に耐えることのできない執着と自尊心が、自身の拙い宿世を「憂し」と嘆く彼女の意識せざるところに生霊化を誘発させてしまったということである。前掲Eに続く「大殿のはしるければ、まめだちて渡りたまふ。御供の人々うちかしこまり心ばへありつつ渡るを、おし消たれたるありさまこよなう思さる」（葵②二四）という叙述やFでの葵の上との格差を実感しての「かやうに待ちきこえつつあらむも心のみ尽きぬべきこと」との思いに、我が身の位相を痛感させられた御息所の苦痛が端的にうかがわれよう。この痛々しいまでの自覚が、身の憂さ意識と同時に生霊をも生み出してしまったのである。

このように考えてくると、六条御息所の人物造型を通して追究された問題もしだいに明らかになってくるのではないか。確かに御息所の生霊は特異で個性的ではあるが、それは全く無から創造されたものではない。右に述べて来たように、〈待つ女〉の苦悩を基盤として成立したものだったのである。誇り高き自尊心ゆえに周囲の目を気にして源氏を待つ女に甘んじることのできなかった彼女の、それでもなお断ち切れない源氏への思いが、〈待つ女〉でしかないという我が身の自覚の果てに遊離したものとして描かれたのが、六条御息所の生霊化現象なのであった。もちろん、嘆きながらも男の来訪を待つ女は御息所にのみ限定されるものではない。しばしば問題にされる道綱母以外にも、この時代には少なからず発見可能な型の女性でもあった。それゆえ、御息所もそれらの分厚い〈待つ女〉の系譜に連なる人物の一人として設定されたと考えてよい。しかし、同時に彼女には他の

〈待つ女〉とは一線を画す元東宮妃という設定及びそれゆえの自尊心という属性が付与されてもいた。そしてそのために、御息所は待つことの苦悩に人一倍敏感に反応してしまうのである。しかしその点にこそ、御息所造型の急所が認められるべきであろう。これは通い所の女性としては相応しくないその高貴な設定ゆえに、かえって〈待つ女〉の苦悩が御息所においては一層純化されて現れてくるということであるが、まさにそのことを通して物語は〈待つ女〉の苦悩を追究したのだと思われる。

しばしば指摘されるように、この物語の作者はもののけを「心の鬼」として解釈する合理的な精神の持ち主であった。しかしそれを根拠にして、御息所の生霊は源氏の心の鬼であったなどと短絡させてはなるまい[19]。このような作者の冷徹な目が何より大切なのは、その冷徹さゆえにもののけを物語の方法として導入し得たという点においてである[20]。この作者は、理想の伴侶を得てめでたしめでたしとなる通俗的な幸福よりも、結婚拒否の物語や第二部での紫の上の苦悩など理想の相手と一体化し得ない人物たちの物語を通して恋を扱うことを好んだように思うのだが、この六条御息所の人物造型に託された問題もそれらと同様に恋ゆえの執着を最も極限の状態で見つめることにあったように思われるのである。〈待つ女〉を基盤としつつもそこから飛躍することで達成された六条御息所の特異な人物像がその何よりの証しなのではあるまいか。

（1）『細流抄』や『岷江入楚』秘説は「ここもかしこも」に注して「六条御息所なと也」とする。これに従えば、これら夜離れを嘆く愛人の一人として御息所がいることになる。

（2）鈴木日出男「車争い前後―六条御息所と光源氏（一）」（『源氏物語虚構論』東京大学出版会二〇〇三年）。

（3）高田祐彦「道綱母から六条御息所へ―かな日記と源氏物語―」（『源氏物語の文学史』東京大学出版会二〇〇三年）は、

鳴滝参籠の際の道綱母との対比から「これに対して御息所は、源氏のあてにならない気持ちに翻弄されるままであり、道綱母のように、ついには迎えに来てくれる兼家のような存在はない」と説くが、たとえ参籠したとしても「現実には兼家に強引に連れ戻され、再び兼家と道綱とに関わる日常の中に戻ってゆく」道綱母のような存在が本章のような読みを保証するのではないか。御息所が源氏に期待したのは、まさに兼家的な強引さだったのであろう。

（4）たとえば『萬葉集』に「今は我は死なむよ我が背生けりとも我に寄るべしと言ふといはなくに」（4・六八四・大伴坂上郎女）という歌があるように、世間の噂によって相手と結び付くという発想のあることがここに考え合わされてもよいだろう。このような噂の力については森朝男氏の論に詳しいが（「恋のうわさ」『恋と禁忌の古代文芸史』若草書房二〇〇二年など）、この噂の力が『萬葉集』に限定されるべきものでないことは、賢木巻で源氏自身が「つらきものに思ひはてたまひなむもいとほしく、人聞き情けなくやと思しおこして」（賢木②八四）野宮の御息所を訪ねることからもうかがわれる。

（5）今井源衛「「前渡り」について―源氏物語まで」（『今井源衛著作集』第1巻、笠間書院二〇〇三年）参照。

（6）注（3）高田論文参照。

（7）たとえば、張龍妹「六条御息所の物の怪の生成」（『源氏物語の救済』風間書房二〇〇〇年）はこの生霊が「恋の物思いによる遊離魂と、身の代わりに主体的な働きをする心の遊離、という二重構造」で捉えられていると説くが、そのような複合的視点を導入する必要があるのもこれが単なる遊離魂現象としては理解しきれない側面を持つからであろう。また、大朝雄二「六条御息所の苦悩」（『講座源氏物語の世界』第3巻、有斐閣一九八一年）が、怪異的であるべき生霊があまりに人間的であることを指して「分裂した印象が否めない」と述べるのも同様の点を意識してのことかと思われる。

（8）たとえば、橋本真理子「六条御息所試論―物語の方法をめぐって―」（『源氏物語の探求』第2輯、風間書房一九七六年）はここを嫉妬の情が燃え上がる契機として把捉し、それを批判する西井裕子「六条御息所私論」（『東京女子大学日本文学』一九八一年九月）は『玉の小櫛』を参考にしながら「自分の行為への後悔といった意味」をここに読み取ろうとする。また増田繁夫「葵巻の六条御息所」（『人物造型からみた『源氏物語』』至文堂一九九八年）は、『岩波古語辞典』によりながら葵の上に対する優越感を重視すべきことを説く。各々の御息所理解はこの「ねたし」の捉え方と密接に結び付いているのであり、この語の正当な把握なくしては六条御息所像を正しく捉えることができないと言っても過言ではないのである。

（9）大朝雄二「葵巻における長編構造」『源氏物語正篇の研究』（桜楓社一九七五年）。

（10）熊谷義隆「六条御息所の生霊について―その発生を中心に―」（『山形女子短期大学紀要』一九八六年三月）など。

（11）藤本勝義「源氏物語における前坊」「『前坊』『故父大臣の御霊』攷」（『源氏物語の想像力』一九九四年笠間書院）。

（12）注（8）増田論文参照。

（13）『毛詩』周南「螽斯」に見える「螽斯羽詵詵兮」という句に対して鄭玄は「凡物有陰陽情慾者。無不妬忌。維蚣蝑不耳。各得受気而生子。故能詵詵然衆多。后妃之徳。能如是則宜然」と施注しており、『俊頼髄脳』に「后といなごといへる虫とは物ねたみせぬものと文に申したれば」とあること及びこの「文」が右の鄭玄注を指していると思われることから推しても（この点三角洋一氏の教示による）、后は嫉妬しないものという考えが当時の知識人の間には共有されていたと考えて差し支えないであろう。

（14）御息所が嫉妬や怨恨の情を自覚して抱いたのであれば呪咀に及んだであろう。この点に関しては藤本勝義『源氏物語の〈物の怪〉』（笠間書院一九九四年）に詳しい。

（15）野村精一「源氏物語の人間像・六条御息所」（『源氏物語の創造』桜楓社一九六九年）など。

（16）注（8）西井論文の「語り始められた時には、光源氏との関係は既に終焉を迎えようとする段階であったという不幸な登場のあり方は、以後、光源氏への愛執ゆえに、生霊死霊にまでならざるをえなかった六条御息所の特異な生涯にふさわしいものであったと思うのである」という指摘に従いたい。

（17）花散里や末摘花の「待つ」問題については、第三篇第四章「蓬生巻の末摘花」を参照されたい。

（18）原岡文子「六条御息所考―「見る」ことを起点として―」（『源氏物語の人物と表現』翰林書房二〇〇三年）参照。

（19）心の鬼として把握することの問題点は注（10）熊谷論文などに指摘があり、また生霊の出現を認めるべきことは注（14）藤本書に明快に説かれている。

（20）西郷信綱「源氏物語の「もののけ」について」（『増補詩の発生』未来社一九六四年）が「「もののけ」を描くためには、何らかの意味で作者の精神は、それにかんする俗信の水準を越えていなければならない」と指摘したことが、ここに改めて反芻されねばなるまい。なお、もののけを物語の方法として捉える視点は既に注（8）橋本論文などに示されている。

第三章　六条御息所の照らし出すもの

一　六条御息所の特異性

『源氏物語』葵巻で葵の上を取り殺す六条御息所の生霊が極めて特異な存在であることは言うまでもない。しかし、その特異さを生霊であることそれじたいに求めるのだとしたら、それは少々正確さを欠いた理解だと言わねばなるまい。確かに、しばしば問題にされる『紫式部集』（四四）の

絵に、もののけつきたる女の醜きかたかきたるうしろに、鬼になりたるもとの妻を、小法師のしばりたるかたかきて、男は経読みて、もののけせめたるところを見て

亡き人にかごとはかけてわづらふもおのが心の鬼にやはあらぬ

にしても、史書や記録類に残る憑霊現象にしても、それらがすべて死霊であることは重視されるべき事実である(1)。また、『今昔物語集』に載る道成寺伝説（巻十四第三）や僧が天狗や鬼になる説話（巻十第三十四・巻二十第七）でも(2)、

・女此ヲ事（ママ）ヲ聞テ、手ヲ打テ、「既ニ他ノ道ヨリ逃テ過ニケリ」ト思フニ、大《おほき》ニ嗔《いかり》テ、家ニ返テ寝屋《ねや》ニ籠居《こもりゐ》ヌ。音セズシテ暫ク有テ、即チ死《しに》ヌ。家ノ従女等此レヲ見テ泣キ悲ム程ニ、五尋許《ばかり》ノ毒蛇、忽ニ寝屋ヨリ出ヌ。

・聖人、流所ニシテ歎キ悲ムデ、思ヒ入テ死ヌ。即チ、天狗ニ成ヌ。
・「本ノ願ノ如ク、鬼ニ成ラム」ト思ヒ入テ、物ヲ不食ザリケレバ、十余日ヲ経テ、餓ヘ死ニケリ。其後忽ニ鬼ト成ヌ。

のように、一度死んでから毒蛇や鬼に変身したと語られていることからしても、『源氏物語』が書かれた当時、人が生きたまま異類になるというのは決して一般的な発想ではなかったらしいことが推測される。(3)

しかし、だからといって、当時の人々にとって生霊がまったく未知の存在であったかというと、そうでもない。『枕草子』「名恐ろしきもの」の段に「生霊《いきすだま》」とあり、また当の『源氏物語』においても「物の怪、生霊などいふもの多く出で来てさまざまの名のりする中に…」（葵②三二）と語られているように、それは人々の想像力の範囲内の存在ではあったのである。それゆえ、六条御息所が生霊になったことそれじたいが特異なわけでは決してない。確かに類例に乏しい珍しい現象ではあるが、それを『源氏物語』の創造とまで言い切ることはできないのである。

むしろ、注目すべきなのはその性格であろう。『落窪物語』では、蔵人少将が道頼の妹の中の君と結婚したことを聞いた中納言邸の様子が、

中将せめて言ひそそのかして、蔵人の少将を中の君にあはせたまへば、中納言殿に聞こえて、いられ死ぬばかり思ふ。「かくせむとて、我をすかしおきしにこそありけれ」とて、「いかでかいきすだまにも入りにしがな」とて手がらみをし、入りたまふ。（二三七）

と記されているし、また捨てられた女の生霊が捨てた男（民部大夫）を取り殺す『今昔物語集』の説話（巻二十七第二十）でも「此ハ、彼ノ民部ノ大夫ガ妻ニシタリケルガ、去ニケレバ、恨ヲ成シテ生霊ニ成テ殺テケル也」との評が付されている。これらはともに、生きている人間の怨念が生霊に転化するという発想に基づいていよう。

用例が少ないために断定はしづらいが、これが当時一般に考えられていた生霊の性格だったのではないか。『源氏物語』でも、葵の上を苦しめるものの正体を推測する際に「この御息所、二条の君などばかりこそは、おしなべてのさまには思したらざめれば、恨みの心も深からめ」（葵②三二）と述べられているし、御息所が自身の生霊が噂されていることを聞いた時にも「身ひとつのうき嘆きよりほかに人をあしかれなど思ふ心もなけれど…」（葵②三五〜六）とまずは考えたのであった。このことからも、恨み心が生霊を誘発するという考えは、作品の内外に広く浸透していたと推定されるのである。その限りで、生霊と死霊とは大差のない存在であったとみることが許されよう。

しかし、御息所の生霊は、決して恨み心からのみ生じたというようには語られていない。むしろ、葵巻で強調されるのはそれとは逆の身の憂さ意識であり、右にも引用したように、「人をあしかれなど思ふ心」を持たずただ「身ひとつのうき嘆き」ばかりを抱えた人物として御息所は描かれているのである。そして、御息所が「もの思ひにあくがるなる魂は、さもやあらむ」（葵②三六）と考え、またもののけ自身も「なげきわび空に乱るるわが魂を結びとどめよしたがひのつま」（葵②四〇）と歌に詠んでいるように、それは御息所の意図とは関わりなく肉体から遊離したものとして印象づけられているのであった。早く大朝雄二氏は「事件としての怪異性にもかかわらず、現形した生霊は、物怪である以上に御息所その人であるという分裂した印象が否めないのは、一体どのように理解すればよいのであろうか」との問題を提起したが、(4)まさに怨念の化身であるべき生霊には相応しくないかかる性格設定にこそ、この生霊化現象の特異さは存していたと見るべきであろう。

二　六条御息所の〈我が心〉

六条御息所の生霊化を語るに当たって、物語はそれを御息所の嫉妬や怨念の結果として描き出すという方法をとらなかった。そこに遊離魂現象との融合も可能になったのだが、では、そのことによって作品世界に何が立ち現れてきたのであろうか。

葵巻での御息所は以下のような叙述をもって語り出される。

Aまことや、かの六条御息所の御腹の前坊の姫君、斎宮にゐたまひにしかば、大将の御心ばへもいと頼もしげなきを、幼き御ありさまのうしろめたさにことつけて下りやしなまし、とかねてより思しけり。（葵②一八）

ここでの御息所は「大将の御心ばへもいと頼もしげなき」ゆえに伊勢下向を考える人物として紹介されているのだが、ここには六条御息所の抱える問題が既に端的な形で表現されていることに注意したい。その問題とは、伊勢下向という形で源氏とのこじれた恋愛関係に終止符が打てるか否かというものであった。「かねてより」とあるように、御息所は娘が斎宮に卜定された頃からこのような思いを抱いていたらしいのだが、これ以降、物語は源氏への未練を断ち切ろうとするものの断ち切れないでいる御息所の姿を繰り返し描いていくことになる。

Bつらき方に思ひはてたまへど、今はとてふり離れ下りたまひなむはいと心細かりぬべく、世の人聞きも人笑へにならんことと思す。（葵②三〇～一）

Cうちとけぬ朝ぼらけに出でたまふ御さまのをかしきにも、なほふり離れなむことは思し返さる。（葵②三四）

御息所も源氏を「つらき方に思ひはて」てはいるのだが、しかし伊勢下向を思い立つところまでは行かず、むしろ世間の物笑いになることを理由に躊躇されてしまう。そして、ひとたび源氏の姿に接すると、その決意はあえなく潰えてしまうのである。

この構図は賢木巻でも認められる。御息所は「よろづのあはれを思し棄てて、ひたみちに出で立ちたまふ」(賢木②八三)と決意は固く、ゆえに「対面したまはんことをば、今さらにあるまじきことと女君も思す」(賢木②八四)のではあるが、しかし度重なる源氏からの消息に「物越しばかりの対面はと、人知れず待ちきこえたまひけり」(賢木②八四〜五)というようになり、源氏と対面するや「女は、さ(＝心弱く)しも見えじと思しつつむれど、え忍びたまはぬ御気色」(賢木②八八)を露呈してしまい、結局対面後は「女もえ心強からず、なごりあはれにてながめたまふ」(賢木②九〇)のであった。この「え心強からず」は対面前の「心強く思すなるべし」(賢木②八四)とも照応しあい、気丈に振る舞っていた御息所がやがて源氏への未練を再燃させてしまうに至る様を的確に表現していよう。

このように、六条御息所は源氏への思いをいかに断ち切るかという課題を担って葵巻に登場させられているのであり、その努力にもかかわらず源氏の魅力から抜け出せないでいるというのが、御息所の基本的なあり方なのだと思われる。それは、車争いの際の

Dものも見で帰らんとしたまへど、通り出でん隙もなきに、「事なりぬ」と言へば、さすがにつらき人の御前渡りの待たるるも心弱しや…(葵②二三)

や、自身の生霊の噂を聞いた際の

Eすべてつれなき人にいかで心もかけきこえじ、と思し返せど、「思ふもものを」なり。(葵②三七)

にも共通する、御息所に強固な語り口なのでもあった。ともに、「ものも見で帰らん」「いかで心もかけきこえじ」と決意はするのだが、しかしそれが容易に達成されることはなく、かえって源氏への愛執に絡め取られていってしまうのである。

とすれば、ここに浮かび上がってくるのは、自らの意に反して源氏に引き寄せられてしまう御息所自身の心の

存在であろう。言い古されたことではあるが、源氏への断ち難い思いを形象化したものとしての生霊という理解は、やはり正鵠を射たものであると思う。葵の上への嫉妬や怨念ではなく、光源氏への未練や執着をより大きな原動力として生成した六条御息所の生霊が現し出すのは、封じ込めようとしても封じ込めることのできなかった御息所の心そのものなのである。(5)

三　『源氏物語』の女君として

源氏と関わる女君の中でも特に藤壺・明石の君・紫の上・六条御息所の四人に共通して、「自ら危機意識を招きよせることによって何ほどかの自己転換を遂げようとしている」という人物造型上の類型が認められることを指摘したのは鈴木日出男氏であった。(6)鈴木氏は「人笑へ」「人笑はれ」の語に注目して、彼女たちがそれを避けようとするところから新たな生き方や状況を切り拓いていく点を重視するのだが、しかし御息所に関しては一部修正が求められよう。

御息所の意識する「人笑へ」(前掲B)は作用する方向が逆だが、この語にこだわらなければ、確かに、御息所も世間の物笑いを避けようとする意識を有していたことは疑い得ない。そして、伊勢下向が新たな状況を切り拓くための方途であったことも、その通りであろう。しかし、御息所は他の三人と異なり、秘密裏にことを処理することに失敗したのではないか。

F女は、いとものをあまりなるまで思ししめたる御心ざまにて、齢のほども似げなく、人の漏り聞かむに、いとどかくつらき御夜離れの寝ざめ寝ざめ、思ししをるることいとさまざまなり。(夕顔①一四七)

という状況であった夕顔巻の頃とは異なり、葵巻では

G女も、似げなき御年のほどを恥づかしう思して心とけたまはぬ気色なれば、それにつつみたるさまにもてなして、院に聞こしめし入れ、世の中の人も知らぬなくなりにたるを、深うしもあらぬ御心のほどを、いみじう思し嘆きけり。（葵②一九）

と記されているように、既に源氏との関係は世間周知の事柄となっていたのである。しかしにもかかわらず、前節に述べたごとく、御息所は源氏への未練をなかなか断ち切れないでいた。それが、「もの思し乱るる慰めにもや」（葵②二三）「定めかねたまへる御心もや慰む」（葵②三一）と思って出かけた車争いでの悲劇を生むことになったのであろう。葵巻での御息所は自らの意に反して否応なく人々の視線に晒されてしまうのであり、またそのことが彼女をますます窮地へと追いつめていくのである。それゆえ、この点で、危機的状況を回避して新たな局面を切り拓くことができた他の三人との差は大きいと言わざるを得まい。御息所に限って言えば、彼女は決して「自己転換」に成功したわけではないのである。

だが、そのことが物語にとっては重要なのだと考える。「自己転換」に成功した三人も、それが容易に成し遂げられたわけではない。藤壺にしても明石の君にしても紫の上にしても、源氏に惹かれる心はありながらも、その気持ちを押し殺して、それぞれの事情から、源氏に接しようとしていたのであった。よく知られたことではあるが、例えば、懐妊後に藤壺が宮中に帰参した若紫巻の一場面。

H（桐壺帝ハ）源氏の君もいとまなく召しまつはしつつ、御琴笛などさまざまに仕うまつらせたまふ。いみじうつつみたまへど、忍びがたき気色の漏り出づるをりをり、宮もさすがなることどもを多く思しつづけけり。（若紫①二三四〜五）

懐妊という事態を前に「はかなき一行の御返りのたまさかなりしも絶えはてにたり」（若紫①二三四）という状況ではあるが、しかし傍線を付したように、藤壺も源氏に心が動かないわけではないらしい。だが、藤壺はそのよ

うな「さすがなることども」を心中深くに押し込めて、源氏の思いを拒否し続けているのである。明石の君も同断で、

Ｉ正身は、おしなべての人だにめやすきは見えぬ世界に、世にはかかる人もおはしけりと見たてまつりしにつけて、身のほど知られて、いとはるかにぞ思ひきこえける。（明石②二三八～九）

などと語られるように、源氏の魅力に心動かされはするのだが、「身のほど」意識ゆえに決して自制の気持を失うことはない。あるいは、紫の上も女三の宮降嫁という事態を受けて激しく動揺はするものの、

Ｊ今はさりともとのみわが身を思ひあがり、うらなくて過ぐしける世の、人笑へならむことを下には思ひつづけたまへど、いとおいらかにのみもてなしたまへり。（若菜上④五四）

と、苦悩する心はそれとして外見上はあくまで平静を装おうと決意するのである。

とすれば、各々の抱える思いを封じ込めて生きていく彼女たちとは対照的なものとして、六条御息所を捉える方がよいのではないか。確かに、御息所も他の三人と同じように、世の物笑いになることを避けるための方途を模索してはいた。しかし、彼女だけが、源氏への未練を断ち切ることに失敗したのであり、そこに御息所が生霊になる必然性も存したのだと考える。同じような思考の型をなぞりながらも、御息所だけが衆目に晒されてしまったことの意味を、本章はそのように捉えたいと思う。

更に言えば、御息所と対照的に捉え得るのは、何も藤壺・明石の君・紫の上の三人に限らないだろう。「人笑へ」という点を除外して、源氏に心惹かれはするもののその思いを封殺して一定の距離を保とうとする女君というように捉え直せば、空蝉や朝顔の姫君などを同範疇に入れることも可能なのではないか。空蝉は、伊予介とともに任国に下ったことが源氏によって「あやしう人に似ぬ心強さにてもふり離れぬるかな」（夕顔①一九五）と把握されていたが、そのような対応は伊勢下向をなかなか決断できないでいる御息所（前掲Ｄでは「さすがにつらき人

の御前渡りの待たるるも心弱しや」と評されていたし、賢木巻では「心強し」という言葉が心強くはあり得ない彼女の姿を的確に現し出してもいた）と正反対と言い得ようし、朝顔の姫君が源氏を拒み通すのも御息所の噂を聞いて「いかで人に似じ」（葵②一九）と思ったことが大きいのであった。また、「一定の距離」という言い方にそぐわないところもあるが、夕顔も源氏にすべてを任せきらない女なのであってみれば[7]、朧月夜や玉鬘も含めて『源氏物語』に登場する主要な女君の大半が、どこかしら源氏への思いを封じ込めながら源氏と関わりあっていこうとする側面を有していると見なすことも可能なのである（もっとも朧月夜の場合は、この態度で一貫しているわけではないが）。

逆に言えば、『源氏物語』という作品は、源氏と関わりあう女君たちを造型する際に、完全に源氏に魅惑されきってしまうのではなく、どこかで距離を保とうとする一面を彼女たちに付与しているということになる。伊勢下向という課題を担って登場させられた六条御息所もその一人であったと思われるが、しかし彼女だけはその試みに失敗してしまうのであり、そしてその失敗にこそ意味があったと思われるのである。御息所の生霊化もそこに由因すると考えられることは前述の通りだが、とすれば、一見すると特異に見えた彼女の生霊化現象も、藤壺以下多くの女性たちの抱えた心の葛藤の裏面を描いてみせたという意味において、極めて『源氏物語』らしい必然的な現象であったということになろう。六条御息所の生霊が現し出す、封じ込めようとしても封じ込めることのできなかった御息所の心の問題とは、ひとり御息所に固有の問題だったのではなく、『源氏物語』の描き出す女性像の根幹に触れるような一面をも有していたのである。

四　恋愛文学史上の六条御息所

六条御息所の生霊化を女の悲劇として捉える場合、それは一夫多妻という観点から論じられることが多かった。

確かに、物語自身が葵の上に対する御息所の「御いどみ心」（葵②三三）の存在を認めているのだから、このような視点を完全に排除してしまうことは正しくあるまい。しかし、右に述べてきたように、六条御息所の生霊化が、葵の上への嫉妬や怨念よりはむしろ光源氏への未練や執着をより大きな力源として達成されたものであることからすると、一夫多妻という視点に囚われすぎてもまた物語の本質を見失うことになりかねまい。

六条御息所が抱え込んだ問題は、彼女が源氏の正妻になれば解消されるといった性質のものではない。ここで物語が見据えているのは、多妻間における地位や嫉妬の問題というよりは、むしろ男女関係において自らの心をいかに制御するかという側面の方が強いのではないか。第一節に引用した『落窪物語』などの例に照らせば、葵の上憎しの一念から生霊になる過程を描くことも決して不可能ではなかったと思われるし、藤本勝義氏が指摘したように、(8)この時代には呪詛という行為も行われていたのであるから、御息所の嫉妬を前面に出した物語展開も可能だったはずなのである。しかし、物語が選び取ったのはそのような方法ではなく、あくまで御息所の意識しないところに生霊を生成させるという特異な方法なのであった。とすれば、そのことじたいが、やはり問題的であろう。

第二篇第四章「〈人の心〉から〈我が心〉へ――『蜻蛉日記』論――」で、道綱母の関心が兼家の心から自分自身の身や心へと緩やかに推移していることを指摘し、それが十世紀恋愛文学史のある一面を極めて象徴的に現し出しているのではないかと述べたが、六条御息所の生霊化を通して描き出された問題も、そのような流れの中で捉えることが可能なのではないか。そこで述べたように、『蜻蛉日記』下巻における道綱母も、兼家思慕の気持を抱えたままやるかたない日常を生きていたと思われるのだが、〈我が心〉の問題に向き合わされているという点では六条御息所も同様であろう。六条御息所の生霊化は、『源氏物語』の必然であったのみならず、同時に〈人の心〉から〈我が心〉へという方向に問題を次第に拡大させてきた恋愛文学史の必然なのでもあった。

（1）藤本勝義『源氏物語の〈物の怪〉』（笠間書院一九九四年）参照。
（2）『今昔物語集』の引用は、新日本古典文学大系（岩波書店）に拠る。
（3）この点、資料も含めて蔦尾和宏氏から多大な教示を得た。なお、道成寺伝説の出典と考えられる『法華験記』（下巻一二九）では該当箇所が「籠居して音なかりき」とのみあり、女の生死は不明である。
（4）大朝雄二「六条御息所の苦悩」（『講座源氏物語の世界』第三巻、有斐閣一九八一年）。
（5）今井上「六条御息所　生霊化の理路―「うき」をめぐって―」（『源氏物語　表現の理路』笠間書院二〇〇八年）も、本章と結論等同じではないが、御息所の心という視点から生霊化を考えるべきことを説いており有益である。
（6）鈴木日出男「光源氏の女君たち」（『源氏物語とその影響　研究と資料』古代文学論叢第六輯、武蔵野書院一九七八年）。
（7）夕顔の人物像については、第三篇第一章「夕顔巻の物語と人物造型」をも参照されたい。
（8）注（1）に同じ。

第四章　蓬生巻の末摘花

一　問題の所在

明石から都に呼び戻され光源氏は、やがて権大納言となり政界での重要人物として力を発揮していくようになる。物語は、明石巻巻末以降、澪標巻・絵合巻とそのような源氏の政界復帰を語っていくと同時に、蓬生巻・関屋巻において源氏が十代の頃に関わった女君との再会譚をも描き込んでいくのだが、本章で取り上げたいのは、蓬生巻で再登場する女君末摘花についてである。いったい、須磨へ退去することになった源氏は、それに先立ち紫の上や藤壺・花散里たちとの別れを惜しんでいた。しかし、過剰なまでに強調される須磨巻巻頭での惜別の場面にも、末摘花は登場していなかった。言うなれば、末摘花は物語からも忘れ去られたような存在だったのだが、何故そのような末摘花が蓬生巻の女主人公として呼び戻されることになったのか。

かつて森一郎氏は、嘲笑の対象であった末摘花巻の末摘花とは異なり、蓬生巻の末摘花には困窮の中にあってなお誇りを失わない高貴な姫君という印象や女君らしい艶情が見られることを問題にし、それを蓬生巻の主題構想という点から説明した(1)。森氏の意図に反して変貌説として知られるようになるこの論文は、その後の末摘花研究に大きな影響を及ぼすことになったが、今改めて問うべきなのは、肯定的な蓬生巻での印象と否定的な末摘花の人物像がどうして結び付くのか、という点であろう。

従来、蓬生巻の末摘花を肯定的に捉える際には、父宮の遺言を守り通す「古風な末摘花像」や、源氏をいつまでも待ち続ける「貞淑な末摘花像」がしばしば指摘されてきた。しかし、そのような形でこの巻の印象と末摘花像の問題とを結び付けてしまうと、末摘花巻の末摘花像との違いをどう説明するのか——人物像の変貌を認めるか否か——という隘路に迷い込まざるを得ない。それゆえ、ここでは今一度立ち止まって、巻の内容と人物像との関係を考え直してみることにしたい。たとえば、源氏を待ち続ける行為から「貞淑な末摘花像」を読み取る前提には、末摘花が源氏を待つのは倫理道徳的に賞賛されるべき行為であるという認識があるように思われるが、前章までの考察に従えば、『源氏物語』がそのような行為を無条件で讃美したとは考え難い。この物語は〈待つ女〉の苦悩を見据え、そこから〈我が心〉にかかわるものとしての生霊化を描き出してもいたのである。とすれば、蓬生巻を描くにあたっても、末摘花が源氏を待つことに対する『源氏物語』らしい視線の存在が予想されよう。

本章では右のような視点に立ち、改めて蓬生巻の末摘花について考えてみたいのだが、次節ではまずその前提として、『源氏物語』を倫理観という観点から捉え返してみたい。

二　『源氏物語』と倫理観

中世の文献や漢籍には、夫の生前のみならず死後も妻は夫に忠誠を誓うべきだとする思想が顕著に認められる。『十訓抄』（六ノ二十一）から引用すると、

　また夫婦の仲をば、忠臣の道にたとへたり。女はよく男に志をいたすべし。されば賢女はたがひにそなへる

日、つつしみしたがふのみにあらず、なきあとまでも、貞女峡の月をながめ、ながく燕子楼の内に閉ぢこもるたぐひ、あまた聞こゆ。また、この世一つならず、同じ道にともなふたぐひ多し。

との文言に示されるような思想である(2)。もっとも、「この世一つならず、同じ道にともなふたぐひ多し」と言われるような、現世のみならず来世をも共にするために後追い自殺する女性が多かったのかは分からない。少し時期は遡るが、源為義の北の方が夫の死後身投げすることを語る『保元物語』や平通盛の北の方に関する同様の事例を語る『平家物語』には、夫の死後出家する女性は多いが身投げする女性は稀であることが記されているからである。しかし、ともあれこのような認識が、「忠臣不事二君、貞女不更二夫」という発想と強固に結び付いたいかにも儒教色の濃い、その意味で「貞淑な末摘花像」の基盤に想定されている女性観であると認定して差し支えないであろう(3)。

　ところが、『源氏物語』には夫の死に殉じる女性はおろか夫の死を契機として出家する女性をさえ見出すことが難しい。確かに、藤壺や空蝉は夫の死後出家しているが、藤壺の場合には多分に政治的な判断が働いており、また空蝉の場合にしても継子である河内守の懸想を避けるためという理由が大きいのであって、純粋に夫への貞節さゆえとは言い切れないのである。もっとも、夫の死後出家することだけが倫理的な行為であるとは言えない。勝浦令子氏によれば、夫の死後妻が出家するのを当然視するのは十一世紀半ば頃からであるらしい(4)。それゆえ、『源氏物語』において妻が出家しないからといって、それが必ずしも妻の不貞を示すことにはならないという見方もあり得よう。

　律令国家が夫の死後も再婚せず墓を守り通した女性を「節婦」として表彰し課役を免除するなどの措置をとっていたらしいことが『続日本紀』以下の正史から知られるが、これらの記事に照らす限り、節婦であることと出家することとは直接には繋がらないようである(5)。それゆえ、出家の有無のみをもって妻の貞節を云々することは確かに適切ではない。『源氏物語』が書かれた時代は、夫の四十九日前後に出家を望む妻の増加が見られはするものの、院政期以降のようにまだそれが慣習化しているとは言えず、出家しないで家を守る女性も相当数いたと考えられるからである。しかし、その場合においても、再婚した妻が貞節な女性と見なされていたとは考えにくい。夫の死後再婚しないために鼻や耳を殺ぎ落とした女性の話が漢籍に見られるように、寡婦の貞節とは、出家という形をとらずとも、再婚しないという点を必須の条件としていたからである。

この点から『源氏物語』を顧みる時、落葉の宮や真木柱など夫の死後に再婚している女性がいることは見逃せない事実である。物語が特にこれらの女性を非倫理的であると責めている様子はない。六条御息所と源氏との噂を耳にした桐壺帝の

A故宮のいとやむごとなく思し時めかしたまひしものを、軽々しうおしなべたるさまにもてなすなるがいとほしきこと。斎宮をもこの皇女たちの列になむ思へば、いづ方につけてもおろかならざらむこそよからめ。心のすさびにまかせてかくすきわざするは、いと世のもどき負ひぬべきことなり。（葵②一八）

という訓戒でも、問題になっているのは「心のすさびにまかせてかくすきわざする」という源氏の扱い方であって、元東宮妃である御息所と関係を持つことそれじたいではない。むしろ、源氏が御息所を正妻のように扱いさえすれば世間の非難を負うことはないというのであるから、御息所の再婚そのものに対する世間の非難は存在していないと理解してよいのであろう。とすれば、『源氏物語』は先に述べた儒教的な倫理観や女性観に対して、極めて鷹揚な物語であると言わねばなるまい。むしろ、伊予介の死後河内守が空蝉に懸想したり、女三の宮を諦めきれない柏木が光源氏の死後に期待を繋いだりしているように、夫の死によって妻は自由になる（＝再婚可能である）というのが『源氏物語』を支えている認識なのではあるまいか。それが当時の社会状況をどの程度反映したものであったのかは分からない。しかし少なくとも、漢籍などを通して貞女についての知識を有していたと思

われる紫式部だが、それを物語の前面に押し出して男女関係を捉えようとはしていないということは言えるであろう。

このことは夫の生前であっても変わらない。古来貞女として理解されてきた空蝉にしても、増田繁夫氏の説くように(6)、源氏との逢い方を問題にしていると見るべきだと思われるし、また、夕顔が源氏と関係を持つ際にも、かつて頭中将の愛人であったという夕顔の過去が障害となっているようには読めない。夕顔が素性を明かさなかったのは、そこに倫理上の問題を認めたからではなく、彼女の死後に右近が

Bいつのほどにてかは、何ならぬ御名のりを聞こえたまはん。はじめよりあやしうおぼえぬさまなりし御事なれば、現ともおぼえずなんあるとのたまひて、御名隠しもさばかりにこそはと聞こえたまひながら、なほざりにこそ紛らはしたまふらめとなん、憂きことに思したりし。（夕顔①一八四）

と源氏に語っているように、零落した境遇を見つめるゆえに自らを源氏と釣り合わない女だと捉えていたからである(7)。

そして、もっとも倫理的問題に関わると思われる源氏と藤壺及び柏木と女三の宮の密通事件を描く場合についても、今西祐一郎氏が

それにしても、密通という尋常ならざる人間関係を当事者の内面に立ち入って語るにあたって、『源氏物語』はなにゆえ「罪」という語を避けた（といって言い過ぎならば積極的には用いなかった）のであろうか。それは、おそらく密通という行為がその当事者たちによって、本来「罪」ともっとも親しい関係にある宗教的、法律的な違反としてはかならずしも意識されていなかったからである。（中略）源氏や柏木はみずからの所業を「おそろし」、「おほけなし」と意識しつつも、しかしそれを神仏や法律に照らして本当に咎められるべき行為と考えていた形跡は薄い。

と述べているように、(8)物語は個人の内省という次元の問題としては「密通」を引き取っていこうとしないのである。

それゆえ、蓬生巻における末摘花の待つ行為を直ちに貞節と結び付けてしまうのでは、『源氏物語』の理解として当を失することになりはしまいか。前記したように、元東宮妃である六条御息所と源氏の関係でさえ倫理的な側面からの非難の対象にならないのが『源氏物語』の描く世間の意識なのである以上、「その数と人にも知られず、立ち別れたまひしほどの御ありさまをもよそのことに思ひやりたまふ人々」（蓬生②三二五）の一人に過ぎない末摘花が源氏を待ち続けていたからといって、それがどれほど倫理道徳にかなうことなのかはなはだ心もとないのである。しかも、源氏からの経済的援助が既に途絶えていたのであるから、そこには源氏に忠誠を誓うべき一片の義理もないどころか、かえって源氏を待つことは不自然な行為であったとさえ言えるのではないか。たとえば、源氏が久しぶりに末摘花邸を訪れる場面では、源氏はそこが末摘花邸であると確認したにもかかわらず、「ここにありし人はまだやながむらん。…よくたづね寄りてをうち出でよ。人違へしてはをこならむ」（蓬生②三四五）と、人違いの可能性を考えている。このことからすれば、源氏は末摘花が自分を待っていなくても当然である、換言すれば自分と末摘花との関係は既に途絶えていてもおかしくないものであると考えていたということになろう。離婚の成立が曖昧な当時において、何をもって男女関係の終焉と見なすかは当事者たちにとっても個人差の存した問題であったと推察されるが、源氏と末摘花との関係について言えば、おそらく既に終わったものとして把握するのが当時の常識的な見方であったと思われる。それゆえ、そのような常識的な把握を一方に見据えながら、蓬生巻における末摘花の待つ行為の意味は考えられねばなるまい。

その意味で、源氏との親疎関係という点では末摘花と大差ないと思われる中川の女が、源氏の訪れを待ち続けずに他の男と関係を持ったらしいことに対して、「（源氏ハ）とにかくに変るもことはりの世の性と思ひなしたまふ」（花散里②一五八）と語られているのは見過ごせない記述である。花散里との対比において、その変心ぶりが嘆かれる中川の女ではあるが、源氏はそれを一方的に責めるわけではない。「思ひなす」という語感からすれば、源氏はあえて「そのような心変わりも世の道理である」として納得しようとするかのようであるが、これはいったいどのように理解すればよいのか。

言うまでもなく、『源氏物語』花散里巻は『伊勢物語』六十段を踏まえて構成されている。(9) しかし、六十段の女の心変わりを世の道理と見る視線は、『伊勢物語』には存在しない。少なくとも、そのような言葉を『伊勢物語』は持たないのである。ところが、六十段の女に重ねられる中川の女には前記した源氏の言葉が与えられており、世の道理として一面では諦念をもってその心変わりが見据えられていた。また、中川の女邸への源氏の来訪についても「年月を経ても、なほかやうに、見しあたり情過ぐしたまはぬにしも、なかなかあまたの人のもの思ひぐさなり」（花散里②一五五）と語られていたのであった。これらの叙述は、中川の女の心変わりを嘆き翻って麗景殿女御姉妹の心長さを讃美するという花散里巻の構成からすれば、なくてもよい文言であろう。

では、何故物語はそのような言葉を差し挟んでくるのか。推測の域をいくらも出るものではないが、そこには女が男を待つという行為に対するいかにも『源氏物語』らしい視線が潜められているように思われる。これらの言葉は、一方的に女を断罪する（あるいは女の側に立とうとしない）『伊勢物語』六十段とは異なり、女の側に寄り添いその主張の代弁を試みようとするところから導かれたものではなかったか。既に高木和子氏が

二三・二四・六〇・六二段などは、男の「みやび」に女の愛が虐殺された物語とされ、『伊勢物語』における男の論理の優越が指摘されている。にもかかわらず、それぞれに凄絶な女たちの顛末は、自ずから女の物語を生じさせる契機をすでに孕んでもいる。

と述べていることであるが、(10) この言葉を借りて言えば、『伊勢物語』六十段に孕まれていた女の物語への契機を

汲み上げたのが、「とにかくに変るもことはりの世の性と思ひなしたまふ」や「なかなかあまたの人のもの思ひぐさなり」の言葉にほかならなかったと言えるように思うのである。

また、そのことと関連して源氏を待ち続けた花散里の内面を語り手が「御妹《おとうと》の三の君（＝花散里）、内裏わたりにてはかなうほのめきたまひしなごりの、例の御心なれば、さすがに忘れもはてたまはず、わざとももてなしたまはぬに、人の御心をのみ尽くしはてたまふべかめる」（花散里②一五三）と推測している点も、見逃すべきではない。花散里巻は、確かに中川の女と麗景殿女御姉妹とを対比的に語っている。しかし、これを単純な二項対立として処理しては、『源氏物語』の大切な視線を読み落とすことになろう。花散里巻は『伊勢物語』六十段を敷衍し人々の心変わりを勧善懲悪風に裁断して終わるだけの巻ではない。源氏を待ち続けた花散里にも苦悩があり、心変わりした中川の女にも同情の余地がある。花散里巻には、そのような物語の視線が同時に潜められていたのであった。

とすれば、源氏を待ち続けるという行為そのものを物語が複眼的に捉えていた可能性が考慮されねばなるまい。そしておそらく、そのような視点に立つことによってのみ、前節に記した末摘花像の問題を解くことは可能となるように思われるのである。そこで次節では、「古風な末摘花像」や「貞淑な末摘花像」という単一の枠組みに追い込んでしまうのではなく、物語の複眼的な視点に注意しながら改めて蓬生巻の末摘花について考えてみたいと思う。

三　蓬生巻の方法

いったい、蓬生巻とはいかなる巻であるか。この巻の執筆動機については末摘花像の問題と関わって不誠実な人々との対比を重視する説[11]や二条東院構想の視点から説く説[12]などが提出されてきたが、そのような長編構造との関わりを離れ一巻としての面白さという点から捉えてみるならば、はやく『無名草子』がC巻々の論D女の論（好もしき女）Eふしぶしの論（いみじきこと）の三度にわたって

C「蓬生」、いと艶ある巻にてはべる。

D末摘花好もしと言ふとて、憎み合はせたまへど、大弐の誘ふにも心強く靡かで、死にかへり、昔ながらの住まひ改めず、つひに待ちつけて、「ふかき蓬のもとの心を」とて分け入りたまふを見るほどは、誰よりもめでたくぞおぼゆる。みめよりはじめて、何事もなのめならむ人のためには、さばかりのことのいみじかるべきにもはべらず。その人柄には、仏にならむよりもありがたき宿世にははべらずや。

Eまた、常陸の宮の御もとを通りたまふとて、見し心地する木立かな、とおぼし出でて、御車より下りたまふに、惟光さきに分けさせたまひぬ。「蓬の露けくはべる」と聞ゆるに、おぼし侘びて、

たづねてもわれこそ訪はめ道もなくふかき蓬のもとの心を

とて、なほ入りたまへば、惟光さきに立ちて、蓬の露うち払ひて入れたてまつるほど、申しても申してもいみじともおろかなり。

と絶賛していたように、源氏と末摘花との再会という結末にその急所が存していることは誰しも認めるところであろう。そして、以下具体的に検討していくことになるのだが、物語もまたその結末を感動的なものにするための工夫を蓬生巻の其処此処に様々に施していたと考えられるのである。

とすれば、この巻における末摘花のあり方も、何よりもまずそのような蓬生巻の展開と関わらせて把握するのでなければなるまい。蓬生巻の女主人公が末摘花であったことは、前掲Dの傍線部に端的なように、源氏との再会という結末をより一層感動的なものにするための大切な要素でもあったと見られるのである。以下、蓬生巻の

語り口や展開の工夫に十分注意しながら、この巻の分析を試みることにしたい。

＊　＊　＊

蓬生巻における末摘花の描かれ方を考える際に見逃してはならないのが、彼女を取り巻く人物たちの言動である。特にこの巻の冒頭部分では、末摘花の様子が単独で問題にされることはほとんどなく、常に周囲の人々との関わりの中で捉えられるべく仕組まれていると思しい。たとえば、源氏からの援助が途絶えた直後、「しばしは泣く泣くも過ぐしたまひしを、年月経るままにあはれにさびしき御ありさまなり」（蓬生②三二六）という末摘花の姿を語ると同時に、物語は、末摘花の窮乏を「いと口惜しき御宿世なりけり」（蓬生②三二六）と捉える古参の女房たちの感想や「すこしもさてありぬべき人々は、おのづから参りつきてありしを、みな次々に従ひて行き散りぬ」（蓬生②三二七）という人々の動向を語ることも忘れていないのである。いったい、源氏からの援助が途絶えるや早くも次の出仕先を探して末摘花邸を後にするとは、何とも現金なまでの心変わりである。しかし、現実の変化に即応していくこのような女房たちの動向が語られることで、悲しみに沈むばかりの末摘花の姿が相対化されてくることにもなろう。ここには、同じ出来事を前にして異なる対応を見せる末摘花と周囲の人物の姿を併記することで、現実感覚に乏しい末摘花の特異な性格を印象付ける仕組みが働いているように思われる。

同様の仕組みは、荒れ果てた邸宅に対する「この受領どもの、おもしろき家造り好むが、この宮の木立を心につけて、放ちたまはせてむやと、ほとりにつきて案内し申さするを、さやうにせさせたまひて、いとかうもの恐ろしからぬ御住まひに、思し移ろはなむ」（蓬生②三二七〜八）という周囲の人物の思惑と「かく恐ろしげに荒れはてぬれど、親の御影とまりたる心地する古き住み処と思ふに慰みてこそあれ」（蓬生②三二八）という末摘花の発言、あるいは、急場を凌ぐために「いかがはせん。そこそは世の常のこと」（蓬生②三二八）と言って調度品を売り払う女房たちとそれを「などてか軽々しき人の家の飾りとはなさむ」（蓬生②三二九）と諫める末摘花という対照的な構図などにも見てとることができる。また、語り手によって、「はかなき古歌、物語などやうのすさびごとにてこそ、つれづれをも紛らはし、かかる住まひをも思ひ慰むるわざなめれ、さやうのことにても心おそくものしたまふ」（蓬生②三三〇）というように、末摘花の古風な日常生活の諸相が一つの例外もなく世間一般との対比という形で説明されているのも、同様に考えることができるであろう。

先述したように、従来の研究では、右に示したような末摘花の態度を父宮の遺風を墨守する姿勢として捉えることが多かった。確かにそれはその通りなのだが、しかしこれらの叙述を通して押さえるべきことは、昔ながらの古風な生活態度を末摘花が守り通そうとしていることそれじたいではなく、そうであるがゆえに末摘花の思考や言動が世間一般の感覚とはずれてしまっているという点ではあるまいか。これは、叙述のどこに力点をおいて理解するかという違いなのだが、両者の差は決して小さくない。むしろ、蓬生巻における末摘花のあり方をどう考えるかという根本的な立場に関わる問題だと思われるが、その点は後述することにして、以下では蓬生巻の導入部分ともみられるこの箇所を受けて直後に語り出される叔母との小話の関係から、右の点を確認しておきたい。

既に指摘されているように[13]、叔母が末摘花に対して報復を加えようとするこの小話の面白さは、「人にいどむ心にはあらで、ただこちたき御ものづつみなればさも睦びたまはぬを、ねたしとなむ思ひける」（蓬生②三三二）の一言に象徴されるような、報復を企てようとする叔母の目論見が周囲の世界と関わることのない末摘花には全く通用しない点にある。世間の常識に従う叔母の申し出は、周囲の女房や侍従の心を動かしはするものの、常識的な発想が通じない末摘花を誘い出すことには最後まで成功しないのであった。〈新興受領層〉対〈没落皇族〉の構図として押さえられもするこの小話だが、末摘花は宮家の誇りにかけて叔母と対峙しているわけではない。むしろ、傍線部のような、叔母の悪意さえ見抜き得ない愚鈍な末摘花の意図せざる言動が叔母の悪計を挫くところにこの小話の痛快さは由因するのである（右のような構図と末摘花像とを混同すべきでない点は後述）。

それゆえ、前記した末摘花の生活態度を重視し過ぎては、この巻の勘所を読み落とすことにもなろう。守旧的な末摘花の生活態度そのものではなく、周囲とのずれを有する人物としての末摘花像が、ここには引き取られているからである。

またそれゆえに、彼女の日常生活を語った後に語り手が「かやうにうるはしくぞものしたまひける」（蓬生②三三一）と述べているのも、全的に末摘花の古風な生活態度が賞賛されていると見るのではなく、『集成』が注するように「末摘花の生真面目さをからかった口調」と理解するのがよい。宮家の格式を守って生きる皇族の姿を「うるはし」と評価しつつもどこかその「うるはし」さに時代遅れな窮屈さを感じ取るのが同時代的な感覚であったようなのだが、[14]そうであるだけに、いかにも宮家の人間らしい末摘花の古風な生き方を「うるはし」とするこの語り手の評言は、世間の人々とは異なる末摘花の特異さに改めて読者の注意を喚起する機能を有してもいたと見られるのである。

以上のことから、物語は常識的な思考を有し状況の変化に即応して生きていこうとする周囲の人物と、常識が通用せず状況の変化とは無縁に生きる末摘花という二項対立的な構図において蓬生巻を語り進めようとしているのだと把握される。そして、そのような枠組みにおいて、末摘花の源氏を待つ行為は語り出されてくるのである。

前述したように、彼女の待つ姿勢から「貞淑な末摘花像」を読み取るのが、これまでの研究の大勢であった。しかし、

F御心の中に、さりとも、あり経ても思し出づるついであらじやは、あはれに心深き契りをしたまひしに、わが身はうくて、かく忘られたるにこそあれ、風の伝てにても、我かくいみじきありさまを聞きつけたまはば、かならずとぶらひ出でたまひてん、と年ごろ思しければ、おほかたの御家居もありしよりけにあさましけれど、わが心もて、はかなき御調度どもなども取り失はせたまはず、心強く同じさまにて念じ過ごしたまふな

りけり。（蓬生②三三六）

といった叙述から直接肯定的な末摘花像を読み取ることは、物語の意図に即したことなのか。右の叙述は、以下のような文脈において語られるものであった。

Gさるほどに、げに世の中に赦されたまひて、都に帰りたまふと天の下のよろこびにて立ち騒ぐ。我もいかで人より先に深き心ざしを御覧ぜられんとのみ思ひきほふ男女につけて、高きをも下れるをも、人の心ばへを見たまふに、あはれに思し知ることさまざまなり。かやうにあわたたしきほどに、さらに思ひ出でたまふ気色見えで月日経ぬ。（蓬生②三三四）

源氏の援助が途絶えた後も源氏の再訪を信じていた末摘花だが、帰京後も一向に訪れる気配のない源氏の対応に接し、さすがにその信念も揺らぎを見せる。Gに続けて、

Hいまは限りなりけり、年ごろ、あらぬさまなる御さまを悲しういみじきことを思ひながらも、萌え出づる春に逢ひたまはなむと念じわたりつれど、たびしかはらなどまでよろこび思ふなる御位改まりなどするを、よそにのみ聞くべきなりけり、悲しかりしをりの愁はしさは、ただわが身ひとつのためになれるとおぼえし、かひなき世かな、と心くだけてつらく悲しければ、人知れず音をのみ泣きたまふ。（蓬生②三三四〜五）

とあるように、源氏との関係を「いまは限りなりけり」とする思いが胸中に去来するのである。前節でも述べたように、源氏との関係をもはや終わったものと見なすのは周囲の人物に共通した認識であったと考えられる。それだけに、この末摘花の思いは、彼女が一歩常識の側に近づいたことを意味しよう。常識的な思考感覚を持たないがゆえに、自邸を後にすることもまた叔母の姦計に屈することもなく源氏を待つことができた末摘花であったが、そうであるだけに、この常識的な思いは、末摘花がこのまま源氏を待つことを諦めてしまうのではないかという危惧を読者に抱かせることにもなる。そして物語は、更に追い討ちをかけるように、叔母の「なほ思ほした

ちね。世のうき時は見えぬ山路をこそは尋ぬなれ。田舎などはむつかしきものと思しやるらめど、ひたぶるに人わろげにはよもてなしきこえじ」（蓬生②三三五）という甘言を語り、それに賛同しまた共に勧誘する周囲の女房や侍従の姿を記すのである。

　とすれば、これは物語が作り出した危機的状況と捉えなければなるまい。前記した二項対立的構図を敷設した物語は、ここではあたかも末摘花が常識の側に取り込まれるかに見せることで、蓬生巻の展開に一つの山場を作り出しているのである。はたして、それに続くのが、前掲Ｆなのであった。Ｆの直前に「なほかくかけ離れて久しうなりたまひぬる人に頼みをかけたまふ」（蓬生②三三六）ともあるように、これは一瞬心の揺らぎを見せた末摘花が、やはり源氏を待つことに決めたのだと語る叙述なのである。それゆえ、これは再び非常識の側に戻った、いかにも末摘花らしい論理として押さえるべきであろう。

　たとえば、「あはれに心深き契りをしたまひし」というのは、あくまで末摘花の把握でしかない。物語にそれを裏付ける叙述はなく、そのような事実が過去にあったのかは相当に疑わしい。むしろ、この把握は末摘花の一方的な思い込みとして語られていると理解すべきではないか。事実、「わが身はうくて、かく忘られたるにこそあれ、風の伝てにても、我かくいみじきありさまを聞きつけたまはば、かならずとぶらひ出でたまひてん」という彼女の期待は、

Ｉかの殿（＝源氏）には、めづらし人（＝紫の上）に、いとどもの騒がしき御ありさまにて、いとやむごとなく思されぬ所どころにはわざともえ訪れたまはず。まして、その人（＝末摘花）はまだ世にやおはすらむとばかり思し出づるをりもあれど、たづねたまふべき御心ざしも急がであり経るに、年かはりぬ。

（蓬生②三四三〜四）

とあるような、末摘花のことを思い出しはするものの特に急いで出かけようとはしない源氏の態度と大きく齟齬

している。「我かくいみじきありさまを聞きつけたまはば」という想定そのものが、源氏との距離を無視した空想に近いものなのである。また、物語がFに続けてすぐさま末摘花の醜貌を問題にし、「音泣きがちに、いとど思し沈みたるは、ただ山人の赤き木の実ひとつを顔に放たぬと見えたまふ御側目などは、おぼろけの人の見たてまつりゆるすべきにもあらずかし」（蓬生②三三六）の一文を差し挟んでくるのも、末摘花に対する読者の必要以上の共感を抑制する点に機能していると考えてよいであろう。

このように、物語は巻の展開と無関係に末摘花の待つ行為を描いているわけではない。それゆえ、本節冒頭にも記したことだが、蓬生巻の展開と切り離したところに末摘花を見据えるべきではあるまい。むしろここで大切なことは、G→H→Fというような起伏を巻の展開に加味することによって、源氏と末摘花との再会を願う読者の期待を時にはぐらかしつつ巧みに結末へ誘導しようとする物語の語り口に注目することである。それは、「霜月ばかりになれば」（蓬生②三四三）と時の推移を示し、再会への読者の期待を高めたところで前掲Iのような源氏の様子を語ってみたり、案内を請うために惟光が末摘花邸に入っていった場面で「惟光入りて、めぐるめぐる人の音する方やと見るに、いささか人げもせず。さればこそ、往き来の道に見入るれど、人住みげもなきものをと思ひて、帰り参るほどに」（蓬生②三四五〜六）と読者の心を小さく揺さぶったりしている点にも共通する、蓬生巻の巧みな話術なのであった(15)。したがって、末摘花の待つ行為をそれじたいとして取り出して論じる方向にではなく、むしろ誰の賛同も得ることのない非常識なものとして位置付けられていることの意味を、物語の方法という視点から捉え返す方向に向かうのでなければなるまい。

そこで注目したいのが、源氏との再会が叶い再び源氏の庇護下に入った末摘花の幸運を語った後の語り手の言葉である。

Jなげの御すさびにても、おしなべたる世の常の人をば目とどめ耳たてたまはず、世にすこしこれはと思ほえ、心地にとまるふしあるあたりを尋ね寄りたまふものと人の知りたるに、かくひき違へ、何ごともなのめにだにあらぬ御ありさまをものめかし出でたまふは、いかなりける御心ざしにかありけむ。これも昔の契りなめりかし。（蓬生②三五三～四）

ここでの語り手は、源氏が相手にするとは到底考えられない「何ごともなのめにだにあらぬ」末摘花が源氏の厚遇を得たことを訝しみ、「昔の契り」としてそれを納得しようとしている。これは世間一般の常識的な地平からなされるいかにも語り手らしい感想と言えよう。しかし、この感想を事態の表面しか捉えられない皮相な見方と片付けてはなるまい。これがいかにも常識的な感想である点が大切なのである。逆に言えば、末摘花が源氏と再会し厚遇されるという蓬生巻の結末が常識では考えられないものだったことを、この語り手の言葉は示していることになる。

必然的な展開の帰結としてではなく常識的な論理を超えたものとして結末を締めくくる、この大逆転の語り収めこそが蓬生巻の生命なのであった（前掲『無名草子』Dの傍線部と右の語り手の感想が対応していることにも注意されたい）。それは、この語り手の言葉からだけでなく、周囲の人物の言動からも確認することができる。前述したように、蓬生巻には常識的な思考を有する周囲の人物と常識が通用しない末摘花という二項対立的な構図が認められるのだが、この常識的な人々の誰一人として源氏と末摘花との再会を実現可能とは考えていなかった。

K（叔母）「あな憎。ことごとしや。心ひとつに思しあがるとも、さる藪原に年経たまふ人を、大将殿もやむごとなくしも思ひきこえたまはじ」（蓬生②三三四）

Lむげに屈じにたる女ばら、「さもなびきたまはなむ。たけきこともあるまじき御身を、いかに思してかく立てる御心ならむ」ともどきつぶやく。（蓬生②三三五）

などとあるように、末摘花のことを憎らしく思う叔母は当然のこと、周囲の女房たちまでもが源氏の再訪をあり得ないものとして認識していたのである。しかし、その見方を責めることはできない。前節にも述べたように、そもそも「その数と人にも知られず、立ち別れたまひしほどの御ありさまをもよそのことに思ひやりたまふ人々」の一人に過ぎないうえに「何ごともなのめにだにあらぬ」末摘花なのであるから、周囲の人間までもが源氏の再訪を信じていてはいかにも不自然であろう。むしろ「源氏と末摘花との関係は既に終わったもの」と見なすことこそが、現実的な把握なのであった。そして、物語にとって大切なことは、源氏との再会をあり得ないとするそのような彼らの認識を蓬生巻の其処此処に点描しつつ語り進めていくことが、結末を効果的に描き出すための伏線であったということである。両者の再会が果たされた後、物語は「いまは限りと侮りはてて、さまざまに競ひ散りあかれし上下の人々、我も我も参らむと争ひ出づる人もあり」（蓬生②三五四）や「かの大弐の北の方上りて驚き思へるさま、侍従が、うれしきものの、いましばし待ちきこえざりける心浅さを恥づかしう思へる」（蓬生②三五五）の一言をさりげなく語り込めてくる。まさかこのような厚遇を末摘花が手に入れようとは夢想だにしていなかったそれら周囲の人々のそれぞれの反応が語られることによって、意想外な結末がより一層鮮明に印象付けられながらこの巻は閉じられるのである。

それゆえ、蓬生巻前半で物語が末摘花の待つ行為を否定的に描いているのも、結末の効果をより感動的なものにするための方法であったとまずは理解される。そのような理屈を越えた（世間一般の人々には無駄としか思われない）末摘花の行為が最後の最後で実を結ぶところに、蓬生巻の痛快さは存しているのである。

したがって、蓬生巻の末摘花が終始否定的に描かれているわけでないことも同時に明らかであろう。物語にとって大切なのは、源氏との再会を感動的なものに仕立て上げることだったのであるから、両者の再会を語る場面では、前半での評価が反転しにわかに末摘花の姿が肯定的に位置付け直されることになる。たとえば、末摘花邸の松は、新間一美氏も指摘するように(16)、掛詞としての「待つ」を響かせるだけでなく、末摘花の貞節さの暗喩にもなっていよう。冬でも常緑であり続ける松の姿がこの当時の人々にとって貞節の象徴であったことは、当時の和歌や漢詩に明らかだからである。また、源氏と末摘花との再会が花散里邸訪問途中の偶然の出来事であったとされている点にも注意しておきたい。このような場面設定に花散里巻での中川の女訪問との共通性が認められることからすれば、ここには心変わりした中川の女と源氏を待ち続けた末摘花という対照性が自ずと浮かび上がることにもなろう(17)。このように、緩やかにではあるが、物語は源氏との再会場面を前にして末摘花の待つ行為に肯定的な意味合いを帯びさせ始めてくるのである。

加えて言えば、再会の直前に物語がやや唐突に「昼寝の夢に故宮の見えたまひければ」（蓬生②三四五）と語っているのも同様に考えることができよう。ここに故宮出現の場面を記すのは、須磨巻での故桐壺帝出現などを考え合わせれば、あたかも源氏と末摘花との再会が故宮の力によるかのごとく読者に印象付けるためだと思われる(18)。荒廃した自邸を売却することなく「親の御影とまりたる心地する古き住み処と思ふに慰みてこそあれ」と言って踏みとどまってきた努力が報われたかのように、物語は両者の再会を語るのである。非常識とも思えた末摘花の頑なさが故宮出現を促し源氏との再会を実現させる。物語は、末摘花の意識とは別なところで、そのような隠さい、れた必然性の糸を手繰り寄せてくるのである。これもまた、源氏との再会場面直前ゆえに必要とされた末摘花像捉え返しの一環なのであった。

そして、そのような評価の逆転を象徴しまた決定づけるのが惟光と老女房たちとの次の対話であると考える。

M（惟光）「たしかになむうけたまはらまほしき。変らぬ御ありさまならば、たづねきこえさせたまふべき御心ざしも絶えずなむおはしますめるかし。今宵も行き過ぎがてにとまらせたまへるを、いかが聞こえさせむ。うしろやすくを」と言へば、女どもうち笑ひて、「変らせたまふ御ありさまならば、かかる浅茅が原をうつろひたまはではべりなんや。ただ推しはかりて聞こえさせたまひかし。年経たる人の心にも、たぐひあらじとのみめづらかなる世をこそは見たてまつり過ごしはべる」と、ややくづし出でて…

（蓬生②三四六～七）

惟光はいかにも常識的に「変らぬ御ありさまならば」と質問を切り出すのだが、老女房たちは「変らせたまふ御ありさまならば、かかる浅茅が原をうつろひたまはではべりなんや」と切り返す。『岷江入楚』はこの「変らせたまふ御ありさまならば」に施注して、「老人の返事也　こと人なとに末摘のあひ給は、いかてかかゝる浅茅か原にそのまゝおはせんするそをしはかりて申給へと也　おもしろくかけり」と述べているが、この対話には単なる言葉の対応の妙というにとどまらないある痛快さが感じられよう。それは、世間一般の感覚では無駄としか思われなかった末摘花の待つ行為が、源氏との再会という類稀な幸福を手にし得る美徳としてにわかに位置付け直されるからである。巻の前半で描かれていた非常識さが、ここでは一転して心長さという美質として前景化してくるのではあるまいか。『岷江入楚』に「おもしろくかけり」との感想を抱かせたのも、究極的にはそのような位置付けの転換であったように思われる。

ともあれ、このあたりを境として、末摘花には肯定的な印象が帯びさせられることになる(19)。しかし、それはあくまで物語の方法として把握すべきもので、巻の冒頭から無条件に末摘花が肯定されているということではない。前記した意想外な結末という語り収めに対応して、末摘花に対する評価がここに変化したということなのである。そして、そのことによってのみ、源氏と末摘花との再会を必然とするもう一つの脈絡が物語の前面に浮上してくるのである。

四　陰画としての末摘花

以上、物語の方法という点に注意しながら蓬生巻の内容を押さえてきた。ここで改めて末摘花像の問題について述べるならば、末摘花が常識の通用しない人物であったことが、蓬生巻の展開にとっては何より大切だったということになる。もし末摘花が周囲の人物たちと同じく常識的な思考や感覚の持ち主であったとしたら、そもそも源氏を待つという行為じたい成り立ちようがない。KやLに関連して述べたように、源氏と末摘花との関係を既に過去のものとして把握するのが世間一般の感覚であった。それゆえ、彼女が世間並みの女君であったならば、源氏に来訪を促す手紙や和歌を贈ったり、あるいは未練を残しつつも源氏との関係に見切りをつけ荒廃した邸宅を後にしたりするなどの、より現実的な対応をすることが当然考えられたのである。しかし、末摘花には現実的な感覚も状況の変化に対応する能力も著しく欠けていた。そして、そうであることによって、源氏を待ち続けるという行為は可能になったのである。

　このような末摘花の姿は、末摘花巻や行幸巻で源氏に唐衣詠を贈り呆れさせたあり方となんら変わるところがない。周囲の価値観や基準とは異なった行動原理を有しているという点で、末摘花の人物像は一貫しているのである。とすれば、その限りにおいて、蓬生巻の末摘花もやはり滑稽な人物であることを免れていないと言わざるを得まい。しかし、その滑稽さゆえに、末摘花は蓬生巻の女主人公となり得た点をこそ押さえるべきである。物語は彼女の滑稽な人物像を変更することも背後に押しやることもなく、むしろそれを巧みに利用することによって蓬生巻を構成したのであった。その意味で、蓬生巻の女主人公に末摘花を配したことは、物語の心にくいまでの演出であったと言ってよいであろう。

　また、第一節で問題にした蓬生巻での末摘花の肯定的な印象と彼女の本性との関係も、右によって解決されるのではないか。この巻の末摘花が読者に好印象を与えるのは、源氏との再会という結末を感動的に語ることとあいまって、巻の後半で末摘花の非常識さが一転して「貞節」として据え直されるからである。しかし、それは物語による捉え直しなのであって、末摘花が貞女として描かれていたということではない。先述したように、末摘花自身はやはり滑稽な人物として描かれているのであり、その本性には基本的に何の変化も生じていないのである。しかし、末摘花のあり方に一貫性が存する以上、その肯定的な評価ないしは読後感を巻の前半にまで遡らせることも理屈の上では可能なのであり、とすれば、そこに「貞淑な末摘花」といった理解が成立することになる。これが、蓬生巻における肯定的な末摘花像が生み出される仕組みなのではないだろうか。

しかし、そのような末摘花像が実際の末摘花（＝彼女の本性）と必ずしも一致するわけではない。たとえば、前節に引用したHには「いまは限りなりけり」という末摘花の思いが語られていた。このような心の揺らぎは、もう一箇所「冬になりゆくままに」（蓬生②三三七）として語り出される場面にも「げに限りなめり」（蓬生②三三七）と語られているのだが、このような思いが末摘花の心に去来している以上、巻の前半に源氏の再訪を信じてひたすら待ち続ける末摘花の姿を見ることは困難であろう。前掲Fについてではあるが、田中隆昭氏が

> 絶望感に押しひしがれながら、今は忘れられていても必ず源氏が風の伝てにでも自分の消息を聞いて訪ねてきてくれると固く信じて待ち続けている。夫を待ち続ける気丈な貞女の姿として語られているが、中国史書などの表現には見られない、揺れ動く女性の心情と根底では揺るがない固い信念とがきめこまかに表現されている。

と述べている点をここに想起したい(20)。これは貞女として末摘花を理解しようという立場からの発言であるが、その田中氏も認めるように、末摘花の姿は「中国史書など」に見られる貞女とは一致しないのである。それは、末摘花に「揺れ動く女性の心情」が与えられているからであろう。貞女があくまで「揺るがない固い信念」を持つ存在である以上、「いまは限りなりけり」「げに限りなめり」といった「揺れ動く女性の心情」が与えられていることは、やはり無視できない重みを持つと言うほかない。田中氏はそれを傍線部のように把握するのだが、同じ事実をもって、蓬生巻の末摘花は貞女として描かれているのではない、と述べることも可能であるように思う。

そもそも、末摘花には貞女のような高潔な精神などというものが与えられていない。末摘花は叔母の勧誘に際しても、中国文学に見られる貞女のように、堂々と反論し理路整然と源氏を待つべき由を申し述べることがない。叔母に対して「いとうれしきことなれど、世に似ぬ様にて、何かは。かうながらこそ朽ちも亡せめとなむ思ひはべる」（蓬生②三四〇）と言ったのはよいが、続く叔母の発言を聞くや「げにと思すもいと悲しくて、つくづくと泣きたまふ」（蓬生②三四〇〜一）という始末なのである。彼女には「人にいどむ心」などなくただ「こちたき御ものづつみ」ゆえに対応するだけなのであって、そこに何らかの内面性を認めることはほとんど不可能であろう。彼女に与えられた肯定的な評価は蓬生巻の展開において機能するものに過ぎず、それをそのまま横滑りさせて彼女の人物像の基底に据えることはできないのである。言わば、蓬生巻の末摘花には否定（本性）と肯定（印象）とが共存しているのであって、その二つながらを見据えることが求められるのである。それは、末摘花の全体像に関してではあるが、藤原克己氏が

> さて、作者は末摘花の貧しさを、受領達の財力に呑み込まれてしまいそうなあやうさのなかに置いて描きつつ、そこにさりげなく「重賦」の貪吏批判を響かせ、かつまた末摘花その人には守拙固窮の〈貧士〉の俤をも添わせていた。そこまではよいとして、問題はむしろ、その末摘花になぜ、あのように奇怪な醜貌と体型を与えて、一方で常に笑い物にしなければならなかったのか、ということであろう。（中略）今はあくまでも末摘花造型に固有の問題に即して考えるとするならば、いったい「重賦」の引用にしても〈貧士〉像の投影にしても、実は末摘花の内面とはおよそ関わりの無い文脈のなかでなされていたのであったことに、改めて思い至らざるを得ないのである。末摘花の内面？――そもそも内面などというものは、少なくとも物語の他の女君達のそれと同じ水準で論じ得るようなかたちでは、末摘花にははじめから与えられていないのであろう。

と指摘している点とも無関係ではない[21]。物語に引用され様々に取り込まれてくる漢文学的主題と末摘花の内面とを厳しく峻別しようとするこの藤原氏の発言は、本章の主旨に引き付けて捉え返すならば、物語が末摘花に与える肯定的な評価と物語が造型する末摘花の本性とを安易に結び付けてしまうことへの警鐘ともなっていよう。蓬生巻に敷設される〈新興受領層〉対〈没落皇族〉という構図にせよ、須磨明石巻前後に顕著に認められる世の栄枯盛衰に翻弄され変転する人々の軽佻浮薄な態度を見据える物語の視線にせよ、それはそれとして機能しているのであって、そのことと末摘花像の問題が混同されてはならないのである。

では、何故物語はそのような滑稽で非常識な末摘花をこの巻の女主人公に選んだのか。この点から再度注目したいのが、第二節に考察した花散里巻の問題である。そこでも述べたように、物語は、単に麗景殿女御姉妹の心長さを讃美し中川の女の心変わりを嘆くにとどまらず、そのような展開の中にあえて花散里の苦悩や中川の女への同情を滲ませていたのであった。とすれば、蓬生巻の女主人公に末摘花を選んだことは、そのような眼差しの裏返しとして把握することができるのではないか[22]。来訪の途絶えがちな男を待ち続けることが女にとっていかに苦悩を伴うものであったかは、ここに改めて和歌や物語を引用するまでもない。ましてや、来訪の完全に途絶えた源氏を待ち続けるなどということは、並大抵の女にできることではなかった。それは、中川の女の心変わりを源氏が「とにかくに変るもことはりの世の性と思ひなしたまふ」と語られる点にも明らかである。となれば、蓬生巻の女主人公が苦悩を苦悩として感じることのない、端的に言えば外部と関わる「心」を持たない人物として設定されることは、その意味で極めて必然的であったと言ってよいであろう。状況の変化に左右されることなく源氏を待ち続ける人物であるがゆえに、末摘花は滑稽でなければならなかったのである[23]。

蓬生巻は、巨視的に見れば、末摘花がその心長さゆえに再び源氏の庇護下に入ることができたことを語るに過ぎない単純な巻である。しかし、その心長さを見つめる物語の眼差しはいささかも単純ではなかった。この巻の女主人公に末摘花を選んだ点に、物語の複眼的視点は何より顕著であろう。男の来訪をいつまでも待ち続けるという貞女的な美質が実は末摘花という滑稽な人物によってしか担い得ないことを、この物語は鋭く見据えているのである。とすればそのことは同時に、『源氏物語』という作品が〈我が心〉の問題に深く関与しているという前章までの見通しを保証することにもなろう。他の女君のように向き合う〈我が心〉を持たないゆえに源氏を待つことが可能となった末摘花の存在は、逆にこの物語（特に第一部）がいかに〈我が心〉の問題に敏感であったかを物語ってもいるのである。

（1）森一郎「源氏物語における人物造型の方法と主題の連関」（『国語国文』一九六五年四月）。後に『源氏物語の方法』（桜楓社一九六九年）所収。

（2）同様の文言は『古今著聞集』にも見える。

（3）右に言及した『保元物語』や『平家物語』にも、身投げを語った後に「賢臣二君に仕えず、貞女両夫にまみえずと云文有」（金毘羅蔵本保元物語）との評を付け加えているものがある。また、今日もっとも積極的に末摘花に貞女との関連を見ようとする田中隆昭氏が念頭に置くのもこのような女性観であると言ってよいように思う。この点については、田中隆昭「女性列伝と「列女伝」」（『源氏物語　歴史と虚構』勉誠社一九九三年）参照。

（4）勝浦令子「妻の出家・老女の出家・寡婦の出家—古代の事例を中心に」（『女の信心』平凡社一九九五年）。以下の論述も同書に追うところが大きい。

（5）『類聚国史』の節婦記事の四十三例のうち、仏事供養をしているのは六例のみであり、出家したと分かるのはわずか二例に過ぎない（注（4）勝浦論文の指摘による）。ただし、勝浦氏も「ただし貞観年間に仏事をする寡婦の増加傾向があり、国家の推奨する儒教的節婦観の中に、亡夫を仏教的に追善し、さらにその徹底した姿が落飾・出家との見方が次第に増加している点は注目したい」と述べるように、九世紀後半に儒教的女性観が仏教的行事をも取り込みながら律令国家にとってのあるべき女性像を形成していった可能性は看過し得ない問題だと考える。しかし、後述するように、そのような社会状況と『源氏物語』との関わりこそが問題なのであり、両者を直ちに結び付けるべきではあるまい。

（6）増田繁夫「空蝉と夕顔―処世のかしこさとつたなさ―」（『源氏物語の探求』第五輯、風間書房一九八〇年）。

（7）この点については、第三篇第一章「夕顔巻の物語と人物造型」をも参照されたい。

（8）今西祐一郎「罪意識のかたち」（『源氏物語覚書』岩波書店一九九八年）。

（9）『伊勢物語』六十段と花散里巻との関係については、高木和子「『源氏物語』と『伊勢物語』の生成の論理」（『源氏物語の思考』風間書房二〇〇二年）から学ぶところが大きかった。なお、『伊勢物語』六十段の問題については、第二篇第三章「恋愛文学の十世紀」をも参照されたい。

（10）注（9）論文。

（11）注（1）論文。

（12）室伏信助「末摘花」（『解釈と鑑賞』一九七一年五月）。

（13）今井源衛「末摘花の造型」（『今井源衛著作集』第2巻、笠間書院二〇〇四年）など。

（14）藤原克己「古風なる人々」（『むらさき』一九七九年六月）参照。

（15）蓬生巻のこのような側面については、三角洋一「蓬生巻の短篇的手法」（『源氏物語と天台浄土教』若草書房一九九六年）から学ぶところが大きかった。

（16）新間一美「源氏物語の女性像と漢詩文―帚木三帖から末摘花・蓬生巻へ―」（『源氏物語と白居易の文学』和泉書院二〇〇三年）。

（17）この点については、藤田一尊「「蓬生」巻の構造についての試論」（『日本文学論集』一九八五年三月）に既に言及がある。

（18）池田利夫「蓬生・関屋」（『源氏物語講座』第三巻、有精堂一九七一年）など参照。

（19）その意味で「昔物語」（蓬生②三五二）の内容が気になるところである。周知のように、この「昔物語」の内容については、古注以来「顔叔子の故事」と『桂中納言物語』の二説が対立しており、「たふ」（青表紙本）か「てふ」（河内本）かという本文上の問題も関連して解決は容易でない。それゆえここでも何ら決定的なことは言えないが、本章としては、後者のような貧女の物語よりは前者のような貞女の物語を想定する方が自然であるように思う。なおこの問題については、中川照将「青表紙本の出現とその意義」（『源氏物語研究集成』第十三巻、風間書房二〇〇〇年）をも参照されたい。

(20) 田中隆昭「滑稽譚から賢女伝へ—末摘花の物語」（『人物造型からみた『源氏物語』』至文堂一九九八年）。

(21) 藤原克己「源氏物語と白氏文集—末摘花巻の「重賦」の引用を手がかりに—」（『源氏物語と漢文学』和漢比較文学叢書12、汲古書院一九九三年）。

(22) もちろん、これは広く捉えれば、境遇の変化に即応して生きていく人々の姿を止むを得ないものと見る物語のもう一つの現実認識の現れということであり、その背後には中国文学特に『白氏文集』風諭詩との深い関連が想起されもするのだが、ここではあえて問題を狭く限定して、これを「女が男を待つ」ということに対する、換言すれば〈待つ女〉の苦悩に対する物語の同情的な眼差しであると捉えておきたい。

(23) 『源氏物語』に登場する女君の多くが「人笑へ」や「世語り」という第三者の目を通して自分自身を捉える発想を有している点にも注目しておきたい。そのような形で世間と関わる「心」を持たないことが、蓬生巻の女主人公には必要だったのである。

第五章　若菜巻の紫の上

——「世」への傾斜と「憂し」の不在——

一　紫の上像の基本形

若菜上巻に至って出来した女三の宮の六条院降嫁という事態が、紫の上に相当の衝撃をもって迎えられたことは言うまでもない。女三の宮の婿選びの噂を耳にしつつも、源氏への降嫁など思いもしなかった紫の上は、「さることやあるとも問ひきこえたまはず、何心もなくておはする」（若菜上④五一）という状態であったが、その事実を源氏から告げられるに及んで、「今はさりともとのみわが身を思ひあがり、うらなくて過ぐしける世の、人笑へならむことを下には思ひつづけ」（若菜上④五四）るようになったのである。第二部になり本格化する紫の上像の問題だが、しかしこのように、信頼しきっていた何か（源氏）に裏切られるという展開は、第一部の紫の上を語る際にもしばしば用いられた型であった。

Aかかる御心おはすらむとはかけても思しよらざりしかば、などてかう心憂かりける御心をうらなく頼もしきものに思ひきこえけむ、とあさましう思さる。（葵②七一）

B　うらなくも思ひけるかな契りしを松より波は越えじものぞと　（明石②二六〇）

C　かかりけることもありける世をうらなくて過ぐしけるよと、思ひつづけて臥したまへり。　（朝顔②四八〇）

Aは源氏との新枕の直後、BとCはそれぞれ明石の君・朝顔の姫君と源氏との関係を知った時の叙述である。いずれの場合も「うらなし」という言葉が共通しており、「けり」「けむ」という語とともに、それまでの自分を振り返り無邪気に頼りきっていたことを反省する紫の上の姿を浮かび上がらせるものとなっている。紫の上に特徴的なこの型は、遠く『伊勢物語』四十九段の「初草のなどめづらしき言の葉ぞうらなくものを思ひけるかな」に淵源すると考えられるが、(1)とすれば、若菜上巻以降に語られていく紫の上も、これらの場合と同一線上に据えてみることが基本的に可能なのではないか。特に新しい女の出現に由因するという意味で、BやCの場合と比較しつつ考えを進めていくことは、一定程度の有効性を持ち得るように思われる。

第一部の世界では十分に掘り下げられることのなかった紫の上の心中だが、源氏との関係に安住することがかなわないと改めて知った若菜巻以降、それはどこへ向かうことになるのか。また、そこに象られる彼女の思考は、この物語のあり方としてどのように評価されるべきものなのか。かかる問題につき、以下に考察を加えていくことにしたい。

二　「世」への傾斜

明石の君や朝顔の姫君の場合と比較した時、女三の宮降嫁の場合に特徴的なこととして浮かび上がってくるのは、紫の上が見据えている対象の相違である。前掲Bは、言うまでもなく「君をおきてあだし心をわが持たば末の松山波も越えなむ」（古今・東歌・一〇九三）を踏まえたもので、明石の君との一件を源氏の心変わりとして捉え

た上での詠歌となっている。また、澪標巻で明石の君のことを源氏から告げられた際にも、紫の上は、

D我はまたなくこそ悲しと思ひ嘆きしか、すさびにても心を分けたまひけむよ、とただならず思ひつづけたまひて、我は我とうち背きながめて、「あはれなりし世のありさまかな」と、独り言のやうにうち嘆きて、

思ふどちなびく方にはあらずともわれぞ煙にさきだちなまし（澪標②二九二〜三）

と、傍線部のように考えたのであった。同様に、朝顔の姫君の場合にも、紫の上は世間の噂を聞いて

E同じ筋にはものしたまへど、おぼえことに、昔よりやむごとなく聞こえたまふを、御心など移りなばはしたなくもあべいかな。年ごろの御もてなしなどは立ち並ぶ方なくさすがにならひて、人に押し消たれむことなど、人知れず思し嘆かる。（朝顔②四七八〜九）

と、源氏の心変わりを憂慮していたのである。もちろん、前掲Cで彼女が見据えているのは「世」であり、Dにおいても「あはれなりし世のありさまかな」との感想を抱いているのだから、紫の上の思考が「世」と無縁であったわけではない。しかし、それぞれの場合について、「世」の用例はこの一例しかなく、そこに思考の力点があったとは考えられない。朝顔の姫君の場合にはやや過渡的な性格が認められるが、基本的に第一部では、源氏の心が他の女性に移ってしまうことが、問題視されているのである。

それに対して若菜巻では、前節冒頭に引用した「うらなくて過ぐしける世」に限らず

F対の上も事にふれて、ただにも思されぬ世のありさまなり。げに、かかるにつけて、こよなく人に劣り消たるることもあるまじけれど、また並ぶ人なくならひたまひて、はなやかに生ひ先遠く侮りにくきけはひにて移ろひたまへるに、なまはしたなく思さるれど、つれなくのみもてなして…（若菜上④六二〜三）

G年ごろ、さもやあらむと思ひしことども、今はとのみもて離れたまひつつ、さらばかくにこそはと、うちとけゆく末に、ありありて、かく世の聞き耳もなのめならぬことの出で来ぬるよ、思ひ定むべき世のありさ

まにもあらざりければ、今より後もうしろめたくぞ思しなりぬる。（若菜上④六五～六）

H他《こと》御方々よりも、「いかに思すらむ。もとより思ひ離れたる人々は、なかなか心やすきを」など、おもむけつつとぶらひきこえたまふもあるを、かく推しはかるる人こそなかなか苦しけれ、世の中もいと常なきものを、などてかさのみは思ひ悩まむ、など思す。（若菜上④六七）

と「世」「世の中」という語が頻出するのであり、彼女の思考がむしろ「世」をめぐって展開されていたことが推測される。(2) 図式的に言えば、源氏の心に関わる問題として事態を捉えていた明石の君や朝顔の姫君の場合とは異なり、若菜巻以降の紫の上はそれを「世」の問題として捉える傾向を強めているということになる。

そしてこのような観点から改めて注目されるのが、女三の宮と源氏の新婚三日目の夜に詠まれた「目に近く移ればかはる世の中を行く末とほくたのみけるかな」（若菜上④六五）という紫の上歌の理解である。当該歌に関しては、「時のまに源の心かはるよと也」（孟津抄）「源氏の愛の頼みがたさを恨む歌」（新編全集）との把握がなされており、歌中には「世の中」とありながら源氏の心を見据えた歌として考えられてきた歴史がある。はたして、当該歌において紫の上が「行く末とほくたのみけるかな」と省みている「移ればかはる世の中」とは、いかなる内実を伴ったものだったのであろうか。当該歌が、先に指摘した、それまでの自己を振り返り反省する紫の上像を浮かび上がらせるものであるだけに、その意味するところについてのより正確な理解が求められるのである。

当該句については、「変れば変る私たちの仲」（集成）と、強意表現のような理解が諸注釈書ではなされているが、ここに注目すべきは「移り変る」という語の存在であると考える。この語は他の同時代作品には用例が見つけ難く、『源氏物語』にのみ二例認められるものだが、その用例は

・（藤壺ハ）内裏わたりを見たまふにつけても、世のありさまあはれにはかなく、移り変ることのみ多かり…（賢木②一一五）

・（源氏ハ）空をうちながめて、世の中さまざまにつけてはかなく移り変るありさまも思しつづけられて…（鈴虫④三八二）

と、いずれも「世」「世の中」について用いられている。前者は、出家を決意した藤壺が久しぶりに宮中を訪れた際のもので、桐壺院の死後右大臣方が勢力を増している様子を見てのもの。後者は、女三の宮のもとを訪れた源氏の心中で、朧月夜や朝顔の姫君らのうち続く出家を念頭に置いたものである。また、二例とも「はかなし」の語を伴っているように、その変化がある種の感慨をもって眺められている点にも注意される。当該歌の「移ればかはる」という表現も、「世の中」について用いられている点、及び「行く末とほくたのみけるかな」とその変化が悔やまれている点で、これら二例と極めて近い用いられ方をしているのだとは言えまいか。当該歌を受けて源氏が「命こそ絶ゆとも絶えめさだめなき世のつねならぬなかの契りを」（若菜上④六五）と詠んでいることや前掲GやHの傍線部に照らしても、両者の親近性は明らかであろう。『岩波古語』の「時と共に推移変遷する」という解釈が支持される所以である(3)。

改めて言い直せば、この時の紫の上が噛み締めているのは、「源氏の愛の頼みがたさ」ではなく、時間の経過に伴って変化していく「世の中」のあり方そのものということになる。源氏の心変わりは後者に包摂される事柄ではあるが、むしろ紫の上はそれを時の推移のしからしむるものとして捉えているのであり、GやHのように、世の無常さゆえに不安を覚えているのである。

このことは、若菜巻以降の展開が、源氏の心変わりをめぐっての三角関係という図式において語られていくのではないことを意味していよう。それは、女三の宮降嫁を知らされた直後の紫の上が「わが心に憚りたまひ、諫むることに従ひたまふべき、おのがどちの心より起これる懸想にもあらず」（若菜上④五三）と把握していることとも対応する。確かに、前掲DEの傍線部や、長年連れ添った夫に新しい恋人ができるという点で状況が似る髭

黒北の方や雲居雁が、それぞれ

・（鬚黒）「かく世の常なる御気色見えたまふ時は、外ざまに分くる心も失せてなん、あはれに思ひきこゆる」など語らひたまへば、「立ちとまりたまひても、御心の外ならんは、なかなか苦しうこそあるべけれ。よそにても、思ひだにおこせたまはば、袖の氷もとけなんかし」など、なごやかに言ひゐたまへり。（真木柱③三六四）

・上はまめやかに心憂く、あくがれたちぬる御心なめり、もとよりさる方にならひたまへる六条院の人々を、ともすればめでたき例にひき出でつつ、心よからずあいだちなきものに思ひたまへる、わりなしや、我も、昔よりしかならひなましかば、人目も馴れてなかなか過ぐしてまし、世の例にしつべき御心ばへと、親はらからよりはじめたてまつり、めやすきあえものにしたまへるを、ありありては末に恥ぢがましきことやあらむ、など、いといたう嘆いたまへり。（夕霧④四五三）

と相手の心に注目している事実に照らす時、先掲した紫の上の捉え方には多少の無理が感じられる。それゆえ、読者にさえ封じ込めた紫の上の本心というものの存在が背後に感じられはするのだが、ともあれ彼女の思考としては、源氏の心ではなく「移ればかはる世の中」の問題として、女三の宮降嫁という事態が受けとめられていくのである。そこに、若菜巻における紫の上像の特殊性が認められるということである。

三　「憂し」の不在

では、そのことによって、以降の物語はどのように拓かれていくのであろうか。本節ではこの点について考えたいのだが、紫の上に即して言えば、そのような定めなき世を生きる自分自身のあり方が想起されてくる点が重要であろう。本章冒頭にも「今はさりともとのみわが身を思ひあがり…」という紫の上の心中思惟を引いたが、源氏との関係を信頼していたことへの後悔の念が強い分だけ、もはやそこには安住していられないとの思いもよりいっそう強く自覚されてくるのである。たとえば、朱雀院の出家により自由になった朧月夜に源氏が通っていくところでは、紫の上はそのことにうすうす勘づいているようなのだが、「姫君の御事の後は、何ごとも、いと過ぎぬる方のやうにはあらず、すこし隔つる心添ひて、見知らぬやうにておはす」（若菜上④七九〜八〇）という態度を取るのであり、帰宅した源氏から事情を打ち明けられても「いまめかしくもなり返る御ありさまかな。昔を今に改め加へたまふほど、中空なる身のため苦しく」（若菜上④八五）と答えるだけなのであった。

このような「中空なる身」という意識を抱いた紫の上にとって、源氏との関係はもはや再び帰り得る安住の地とはなり得まい。女三の宮の降嫁直後は「（女三の宮ノ）おし立ちてかばかりなるありさまに、（紫の上ハ）消えてもえ過ぐしたまはじ。またさりとて、はかなきことにつけてもやすからぬことのあらむをりをり、かならずわづらはしきことども出で来なむかし」（若菜上④六六）などと周囲の女房たちにも思われていたが、紫の上が女三の宮に対して卑下の態度を取り続けたことにより、大きな混乱もなく六条院は安定した秩序を維持することになった。それは、

I世の中の人も、あいなう、かばかりになりぬるあたりのことは、言ひあつかふものなれば、はじめつ方は、「対の上いかに思すらむ。御おぼえ、いとこの年ごろのやうにはおはせじ。すこしは劣りなん」など言ひけるを、いますこし深き御心ざし、かくてしもまさるさまなるを、それにつけても、またやすからず言ふ人々あるに、かく憎げなくさへ聞こえかはしたまへば、事なほりてめやすくなんありける。（若菜上④九二）

と記される通りなのだが、しかし、そのような安定した生活も表面上のことにすぎず、紫の上の心がそこに安らぎを見出すことはなかったのである。

J年月経るままに、御仲いとうるはしく睦びきこえかはしたまひて、いささか飽かぬことなく、隔ても見えたまはぬものから、「今は、かうおほぞうの住まひならで、のどやかに行ひをもとなむ思ふ。この世はかばかりと、見はてつる心地する齢にもなりにけり。さりぬべきさまに思しゆるしてよ」とまめやかに聞こえたまふをりをりあるを…（若菜下④一六六〜七）

右は女三の宮降嫁の一件から六年が経過した若菜下巻の記述であるが、冒頭「年月経るままに…」はIからの時間の流れを襲うものであろう。周囲の目には源氏と紫の上の関係は大変良好なものに映っているらしいが、しかし紫の上自身はそのような現状を「おほぞうの住まひ」と捉え、そこから脱出するべく源氏に出家を申し出ていたというのである。この「おほぞうの住まひ」という現状認識は、前述した「中空なる身」からの延長線上に捉え得るものと考えるが、またそれは発病直前の「あやしく浮きても過ぐしつるありさまかな」（若菜下④二一二）へとも繋がっていくのであり、このあたりに顕著な紫の上の自己認識を形成するものとなっている。源氏という拠り所を失った紫の上は、流離《さすら》いの意識を強く持つようになっているのである。

また、Jには「この世はかばかりと、見はてつる心地する齢にもなりにけり」と、「世」に対する諦念が述べられていることにも注意したい。紫の上の出家願望は、住吉参詣後にも

K対の上、かく年月にそへて方々にまさりたまふ御おぼえに、わが身はただ一ところの御もてなしに人には劣らねど、あまり年つもりなば、その御心ばへもつひにおとろへなん、さらむ世を見はてぬさきに心と背きにしがな、とたゆみなく思しわたれど、さかしきやうにや思さむとつつまれて、はかばかしくもえ聞こえたまはず。（若菜下④一七七）

と記されているが、傍線を付したように、ここでも世の無常を観じる彼女は時間の経過とともに源氏の「御心ばへ」が移ろい行くことを思うのであり、そこから出家へと思考が展開していくのである。ここに憂慮されている

「さらむ世」とJで「かばかり」と見極めた「この世」とは、その内実に関して一致しない側面も持つが、しかし「世」という共通の言葉が用いられていることにより、相互に支え合いながら、紫の上が世を背くという脈絡を必然化していくのではないか。言わば、「世」という語の多義性に支えられることにより、女三の宮降嫁という男女間の問題に発した紫の上の思考が、世の無常を観じるところからやがて出家へと辿り着いていく道筋が、ここに浮かび上がってくることになるのである。とすれば、前節で問題にした「世」への傾斜という現象は、若菜下巻での出家願望を滑らかに導き出すことに大きく寄与しているということにもなる。

　このように、若菜巻では、世のあり方を定めなきものと捉え、そのような世を生きるほかない自らを寄る辺ない存在として把握する紫の上の姿が描かれているのであり、そのような紫の上が最終的に身を委ねるべきものとして出家という事態が手繰り寄せられてきているのだと理解される。関根慶子氏が前節で問題にした紫の上歌を取り上げながら、「こうした変転するに過ぎない夫婦仲を、長久のものであるかのようにたよりにしていた甘さを認識した彼女は、やがて「行く末遠く頼」むべきものとしての仏道を求め、出家の願望につながって行ったと観ることができよう」と述べたところが、基本的に支持されるべき見解であろう(4)。

　ところで、右のように若菜巻の紫の上を把捉する時、注目されるのは、そのような彼女の思考に「憂し」という語が用いられていない点である。知られるように、空蝉や藤壺に始まり中の君や浮舟に至るまで、『源氏物語』に登場する主要な女君はほぼ例外なく「憂し」という心情を抱いており、それは間然とするところがない。特に「世」「身」についての使用が多く、藤田加代氏の調査によれば(5)、それぞれの語に上接あるいは下接する言葉としては「憂し」が最多であるという。にもかかわらず、若菜巻での紫の上が「憂き世」ないし「憂き身」という意識を抱かないのは何故なのか(6)。

　たとえば、紫の上同様「おほぞうの住まひ」を拒もうとする明石の君は、

・世の中をあぢきなくうしと思ひ知る気色、などかさしも思ふべき、心やすく立ち出でておほぞうの住まひはせじと思へるを、おほけなし、とは思すものから、いとほしくて、例の不断の御念仏にことつけて渡りたまへり。（源氏八）（薄雲②四六五）

と源氏の目を通して記されているし、寄る辺ない女君として連想される玉鬘や浮舟もそれぞれ「思はずにうき宿世なりけり」（真木柱③三四九）「限りなくうき身なりけり」（手習⑥三一七）のような自己認識を抱いているのである。あるいは、出家願望という点から見ても、源氏が「うしと思ひしみにし世もなべて厭はしうなりたまひて、かかる絆だに添はざらましかば、願はしきさまにもなりなまし」（葵②五〇）と思ったり、藤壺の出家が源氏によって「世のうさにたへずかくなりたまひにたれば」（賢木②一三四）と捉えられ、また空蝉のそれが「うき宿世ある身にて、かく生きとまりて、はてはてはめづらしきことどもを聞き添ふるかなと人知れず思ひ知りて、人にさなむとも知らせで尼になりにけり」（関屋②三六四）と語られているように、「憂し」という感情が厭世観と結び付かないわけでもない。

これらを参照すると、「世」や「身」についての思考を展開する若菜巻で紫の上が、源氏との関係を「憂し」と観じたり、あるいは源氏と関わるほかない我が身を「憂し」と捉えて出家に思い至るという展開も十分にあり得たはずである。しかし、にもかかわらず、この物語は紫の上にそのような思考を用意しなかった。はたして、それは何故なのか。逆に言って、紫の上が「憂し」の心情を抱かなかったことで、どういう物語世界の展開が可能になったのか。次節ではこの点について考えを進めていくことにしたい。

四　「あはれ」の獲得

紫の上の出家願望に関しては、『源氏物語』ないし作者紫式部の出家観という視点から捉えられることが多かったように思う。確かに、夕霧巻には出家願望を抱く落葉の宮を「世のうきにつけて厭ふはなかなか人わろきわざなり」（夕霧④四六〇）と諫める朱雀院の言葉が記されているし、帚木巻での左馬頭の発言「濁りにしめるほどよりも、なま浮かびにては、かへりて悪しき道にも漂ひぬべくぞおぼゆる」（帚木①六七）に照らしても、この物語が男女間の恋愛のこじれから衝動的に出家を選んでしまう女性に対して冷ややかな眼差しを注いでいたことは認められよう。

しかし、そのことと紫の上の問題とが短絡的に結び付けられてはなるまい。非難されているのは軽率な女の振るまいであって、苦悩を極める若菜巻での紫の上が仮に「憂き身」や「憂き世」の認識から出家を望んだとして、そのことまでをもこの物語が非難するとは考えにくいのではないか。紫の上と同じく栄華と憂愁を噛みしめる人物である源氏や藤壺には、繰り返し「憂し」（「心憂し」）の語が与えられているが、そのことが作品中で否定的に扱われているとは考えられない。むしろ、我が人生を顧みる光源氏の述懐に「世のはかなくうきを知らすべく、仏などのおきてたまへる身なるべし」（幻④五二五）とあることからすれば、やはり『源氏物語』にとって「憂し」の認識に至り着くことは、重要な意味を持つものであったと捉えるべきであろう。それゆえ、「憂し」の不在という問題に取り組んだ張龍妹氏が、橋姫巻での八の宮の「世の中をかりそめのことと思ひとり、厭はしき心のつきそむることも、わが身に愁へある時、なべての世も恨めしう思ひ知るはじめありてなん道心も起こるわざなめるを…」（橋姫⑤一三二）という発言を踏まえ、

それにしたがって考えると、とくに女性に多い、憂きにつけて出家するということは、まさに「わが身に愁

へある時、なべての世も恨めしう思ひ知る」段階のものであり、その上での世の無常を認識し厭世観を抱くにいたっていない。紫の上の道心の叙述はそのような出家に対する一つの批判であるとともに、物語作者が女性出家のために創り出した一つの理想でさえあるといえよう。

と述べることに(7)、即座に従うことはできない。無常観ゆえの出家と「憂き」ゆえの出家を、前者の方が理想的であると言ってのみ済ませてしまっては、この物語における「憂し」の頻用という現象が説明できなくなってしまうように思われる。八の宮自身も「世の中をかりそめのことと思ひとり、厭はしき心のつきそむる」と言っているように、無常観と厭世観とが矛盾するわけでは決してない。「都離れし時より、世の常なきもあぢきなう、行ひよりほかのことなくて月日を経るに」（明石②二四六）といった発言が成り立つごとく、無常な世の中を厭うということも十分に可能なのである。それゆえ、女三の宮降嫁を契機として世の無常を感得したことが、紫の上に「憂し」が不在であったことの理由だとは思われない。両者は必ずしも相互排他的な関係にはないのである。

むしろ、「憂し」の語を紫の上に与えてしまっては、描き出し得なかった展開がここには存していたと考えるべきであろう。物語の文脈に即してなお考えてみたい。

み吉野の山のあなたに宿もがな世の憂き時のかくれがにせむ　（古今・雑歌下・九五〇）

世を捨てて山に入る人山にてもなほ憂きときはいづちゆくらむ　（古今・雑歌下・九五六・躬恒）

などを挙げるまでもなく、「憂き世」の認識は必然的にそのような世の中からの離脱へと思考を導いていくものであった。『源氏物語』においても、末摘花の叔母が「世のうき時は見えぬ山路をこそは尋ぬなれ」（蓬生②三三五）と言って彼女を大宰府に誘ったり、浮舟のことを聞いた中将が「世の中をうしとてぞ、さる所には隠れゐけむかし」（手習⑥三一二）と推測している点に、それは明らかである。とすれば、若菜巻の紫の上に「憂し」の語が与えられていないのは、彼女が世の中なり我が身なりを完全に厭いきるという展開を避けるためであったということになりはしまいか。

蘇生後の紫の上は

L亡きやうなる御心地にも、かかる御気色を心苦しく見たてまつりたまひて、世の中に亡くなりなむも、わが身にはさらに口惜しきこと残るまじけれど、かく思しまどふめるに、むなしく見なされたてまつらむがいと思ひ隈なかるべければ、思ひ起こして御湯などいささかまゐるるけにや、六月になりてぞ時々御頭もたげたまひける。（若菜下④二四二～三）

Mしばしにても後れきこえたまはむことをばいみじかるべく思し、みづからの御心地には、この世に飽かぬことなく、うしろめたき絆だにまじらぬ御身なれば、あながちにかけとどめまほしき御命とも思されぬを、年ごろの御契りかけ離れ、思ひ嘆かせたてまつらむことのみぞ、人知れぬ御心の中にもものあはれに思されける。（御法④四九三）

などと記されるように、自分自身に向けられた源氏の執着を見つめる人物となっている。このような展開が可能になるのは、彼女が「憂し」の認識を持っていなかったためであると考えたい。たとえば、「憂し」の語が多用される浮舟は、手習巻での蘇生後も「われかくてうき世の中にめぐるとも誰かは知らむ月のみやこに」（手習⑥三〇二～三）と歌に詠んでいるように、依然として「憂し」の認識を把持し続けており、そのような俗世から離脱するために今度は出家へと心を向けていくのである。そのような浮舟にとって、中将や薫の存在は拒否の対象でしかあるまい。

・荻の葉に劣らぬほどほどに訪れわたる、いとむつかしうもあるかな、人の心はあながちなるものなりけりと見知りにしをりをりも、やうやう思ひ出づるままに、「なほかかる筋のこと、人にも思ひ放たすべきさまにとくなしたまひてよ」とて、経習ひて読みたまふ心の中にも念じたまへり。かく、よろづにつけて世の中を

思ひ棄つれば…　（手習⑥三二二〜三）

・月日の過ぎゆくままに、昔のことのかく思ひ忘れぬも、今は何にすべきことぞと心憂ければ、阿弥陀仏に思ひ紛らはして、いとどものも言はでゐたり。　（夢浮橋⑥三八三）

俗世に対する一切の執着を断ち切ったわけではないが、浮舟の心は、男女関係から離れ、仏道へと傾斜していくのであって、自分に向けられた男たちの心を紫の上のように見つめることはない。

逆に紫の上は、前掲Mがそうであるように、周囲の人々や風景に対して「あはれ」の情を抱くようになっていく。それは、若菜下巻での蘇生直後から見られる現象であり、御法巻に頻出する紫の上に特徴的な心情である。世の無常を十分に噛み締めながらも、それを「憂し」と観じて厭いはてるのではなく、逆に「あはれ」と共感をもって接するようになっていくのである。この両語が対象に対する対照的な心の動きを表していることは、

散ることのうきも忘れてあはれてふ事を桜に宿しつるかな　（後撰・春下・一三三・源仲宣）

あはれともうしとも言はじかげろふのあるかなきかに消ぬる世なれば　（後撰・雑2・一一九一）

身を憂しと思ふ心のこりねばや人をあはれと思ひそむらむ　（大和物語・百四十一段）

などの和歌から確かめることができるが、とすれば「憂し」の不在という現象は、蘇生後の「あはれ」の多用という現象と表裏一体のものとして把捉すべきではないか。無常な世の有様を知った紫の上の心は、「憂し」の方にではなく「あはれ」の方に傾斜していくのである。

しかし、その「あはれ」を、横笛巻や幻巻で夕霧や光源氏が「執」として捉えている

・この世にて数に思ひ入れぬことも、かのいまはのとぢめに、一念の恨めしきにも、もしはあはれとも思ふにまつはれてこそは、長き夜の闇にもまどふわざなれ、かかればこそは、何ごとにも執はとどめじと思ふ世なれ　（横笛④三六一）

・人をあはれと心とどめむは、いとわろかべきことと、いにしへより思ひえて、すべていかなる方にも、この世に執とまるべきことなくと心づかひをせしに…（幻④五三三）

といった例と同一視して、紫の上の現世執着という方向に向かうのは正しくあるまい(8)。確かに、「あはれ」にはこういった側面も認められるが、

N年ごろ住みたまはで、すこし荒れたりつる院の内、たとしへなく狭げにさへ見ゆ。昨日今日かくものおぼえたまふ隙ひて、心ことに繕はれたる遣水、前栽の、うちつけに心地よげなるを見出だしたまひても、あはれに今まで経にけるを思ほす。（若菜下④二四四～五）

O上下心地よげに、興ある気色どもなるを見たまふにも、残りすくなしと身を思したる御心の中には、よろづのことあはれにおぼえたまふ。（御法④四九八）

といった諸例は、それらとかなり異質なものであろう。むしろ、紫の上の「あはれ」はあらゆるものを全的に受け入れていくような心のあり方であると思われるのだが、このことの孕む問題について、次節では第二部の展開と合わせて考えてみたい。

五　第二部の達成

男の心に対する不信感をしだいに増大させてきた八世紀から九・十世紀にかけての恋愛文学史は、やがて〈人の心〉〈我が身〉〈我が心〉という三極構造の中に執着の問題を浮かび上がらせるようになってきたと思しい。『源氏物語』で言えば六条御息所がその典型と言えようが、若菜巻以降の紫の上は、それとは異質な構造の中に描き出されているように思われる。葵巻での六条御息所が、「大将の御心ばへもいと頼もしげなきを」（葵②一八）

「深うしもあらぬ御心のほど」（葵②一九）と頼りにできない源氏の心を見つめ、「影をのみみたらし川のつれなきに身のうきほどぞいとど知らるる」（葵②二四）「袖ぬるるこひぢとかつは知りながら下り立つ田子のみづからぞうき」（葵②二五）と我が身の憂さを噛み締めるところから、「すべてつれなき人にいかで心もかけきこえじ」（葵②三七）と源氏を慕う我が心そのものを封印しようとしていたのとは対照的に、若菜巻の紫の上は、源氏の心を真正面に見据えることもなく（第二節）憂き身の認識を抱くこともなかった（第三節）。もちろん、このことは、紫の上の抱え込まされた苦悩が御息所に比して軽微であったなどということを意味しない。女三の宮の降嫁当初には紫の上も源氏の夢枕に立ったように、御息所的な側面が認められることは事実である。しかし、紫の上の場合、そのような方面に苦悩が深められていくことはなかった。むしろ、物語が辿りついたのは、六条御息所的な〈我が心〉の問題ではなく、自らに向けられた男の執着にどう対処するかという新たな問題であったと思われる。(9)

前掲JやKでの紫の上からの出家の願い出を源氏が拒んでいるように、物語はこのあたりから執着の問題を浮かび上がらせるようになってくる。しかし、それは源氏→紫の上の場合だけに留まらない。柏木→女三の宮や夕霧→落葉の宮についても同様であり、第二部後半に顕著に認められる現象である。このことを女の側から捉えれば、自らに向けられた男の執着とどう向き合うのかという課題が浮上してきたということになろう。たとえば、夕霧に言い寄られた落葉の宮はその懸想を頑なに拒むものの最終的には一条宮に連れ戻されることになるが、その際の大和守の言葉に「たけう思すとも、女の御心ひとつにわが御身をとりしたためかへりみたまふべきやうかあらむ。なほ人のあがめかしづきたまへらんに助けられてこそ」（夕霧④四六二〜三）とあるように、もはや女一人の力ではどうならないところまで、問題は煮詰められているように思われる。これまでに描かれてきた女君たちのように、〈我が心〉に向き合うだけでは埒が明かないということである。

物語はこの課題にどう答えようとするのか。注目すべきは、柏木に対する源氏の心情の推移であろう。女三の宮との密通を知り激怒した源氏であったが、その死後には「あはれ」との感情を抱くようになっていく。このような「あはれ」は「同苦的な「あはれ」」とも評されるが、[10]今井久代氏も述べるように、[11]罪深い愛執の念を抱えて生きざるを得なかった柏木の人生を、源氏はやがて共感をもって受け止めるようになるのである。そして、そのような源氏の理解と共感は、次第に六条御息所（鈴虫巻）や夕霧（夕霧巻）にも向けられていくのだと思われる。これが第二部後半に物語が辿りついた一つの人間理解だとすれば、自らに向けられた源氏の執着（を含めてすべてのもの）を「あはれ」と受け止める紫の上も、そのような源氏と同じ位置に立っているということになるのではないか。

本章は『源氏物語』第二部のこのような達成を高く評価したいと思うが、しかし、源氏の執着に関わりあっている限り、紫の上の救済はあり得まい。かぐや姫の昇天にも重ねられるその死に、[12]紫の上の現世執着（＝非救済）を見ることは難しい。しかし、紫の上個人の問題を超えて、このことの投げかける意味はやはり重いと言わねばなるまい。男の執着と女の救済という第二部が掘り起こした新たな問題をめぐって、やがて宇治十帖は書き継がれていくことになるのだと思われる。

（1）　宮内撤「「うらなし」―『伊勢物語』四十九段の妹と紫の上をつなぐ語」（『古典文学論注』一九九一年九月）など参照。
（2）　小野村洋子「紫上における「あはれ」の深化」（『源氏物語の精神的基底』創文社一九七〇年）にも同様の指摘がなされている。
（3）　吉見健夫「若菜上巻以降の紫の上と源氏―若菜上巻の二組の贈答歌をめぐって―」（『古代研究』二〇〇一年一月）で

も、こちらの説に賛意が示されている。
（4）関根慶子「「若菜」より「御法」にいたる紫上」（『源氏物語の探求』第8輯、風間書房一九八三年）。
（5）藤田加代「「世」意識と「身」意識からみた不幸観」（『「にほふ」と「かをる」』風間書房一九八〇年）。なお、『源氏物語』と「憂し」の問題については、石井恵理子「「憂し」について―『源氏物語』を中心にして―」（『中古文学』一九八六年三月）、佐藤勢紀子『宿世の思想』（ぺりかん社一九九五年）など参照。
（6）「憂し」の不在という問題については、張龍妹「紫の上の道心」（『源氏物語の救済』風間書房二〇〇〇年）でも考察が加えられている。また、他の女君とは異なる紫の上の思考法の問題については、鈴木日出男「物語の人物造型」（『源氏物語虚構論』東京大学出版会二〇〇三年）にも指摘がある。
（7）注（6）に同じ。
（8）注（2）小野村書参照。
（9）『源氏物語』における「執」の初例が「なほみづからつらしと思ひきこえし心の執なむとまるものなりける」（若菜下④二三六）という六条御息所の死霊の発言であるように、〈我が心〉の問題を掘り下げるところから執着の課題も浮上してきたのだと思われる。また、男の執着の文学史的展望については、第二篇第六章「仲忠とあて宮―『うつほ物語』論―」をも参照されたい。
（10）小野村洋子「光源氏における「宿世」観の確立と「あはれ」の深化」（注（2）書）。
（11）今井久代「鈴虫巻の対話―光源氏の宿世と人々の愛執」（『源氏物語構造論』風間書房二〇〇一年）。また、このあたりの源氏の心情の読み取りについても、同論文から学ぶところが大きかった。
（12）河添房江「源氏物語の内なる竹取物語」（『源氏物語表現史』翰林書房一九九八年）参照。

第六章　男の執着と女の救済
——宇治十帖の世界——

一　八の宮の選択

宇治十帖、橋姫巻は「そのころ、世に数まへられたまはぬ古宮おはしけり」（橋姫⑤一一七）と、不遇な八の宮の半生を語り出すところから開始される。政争に巻き込まれた挙句に人々から見放された八の宮は、世間に背を向け仏道へと気持ちを傾けていくのだが、しかし姫君たちが絆となり出家を思い切れないでいる人物として語り出されてくる。

Aいはけなき人々をも、独りはぐくみたてむほど、限りある身にて、いとをこがましう人わうかるべきこと、と思したちて、本意も遂げまほしうしたまひけれど、見ゆづる人なくて残しとどめむをいみじく思したゆたひつつ、年月も経れば、おのおのおよすけまさりたまふさま容貌のうつくしうあらまほしきを、明け暮れの御慰めにて、おのづからぞ過ぐしたまふ。（橋姫⑤一一八～九）

ここに用いられた「見ゆづる」という語は、当該例のように「見ゆづる人なし」という言い回しで、後事を託すべき人物がいない場合に用いられることが多い[1]。それゆえ、宇治十帖においても、姫君たちの後見問題が物語展開上の重要事項として浮上してくることが予想される。つまり、姫君たちへの愛着と出家への思いとに揺れる八の宮が「見ゆづる人」を見つけることで安心して仏道修行に専念するようになる、という展開である。

おそらく、北の方と死別し女房たちにも去られた八の宮にとって、そのための最も有効な手段は、宮自身が再婚をし、姫君たちの面倒を見てくれる親類縁者を確保することであったと思われる。しかしながら、あくまでも俗世に背を向けることで自身の誇りや宮家の名誉を守ろうとする八の宮は、決して再婚を潔しとしないのであった[2]。やがて八の宮は、自邸が焼亡したことを機に宇治に隠棲することになるが、姫君たちを伴い宇治に移住するということは、彼女たちにも生涯独身を貫きその地で没することを求めるものであったと推測される。後に宿直人が「人聞かぬ時は、明け暮れかくなむ遊ばせど、下人にても、都の方より参り立ちまじる人はべる時は、音もせさせたまはず。おほかた、かくて女たちおはしますことをば隠させたまひ、なべての人に知らせたてまつらじと思しのたまはするなり」（橋姫⑤一三八）と述べているのは、そのような八の宮の方針を反映したものであろう。しかし、それで先述の後見問題が解決したわけではない。阿闍梨に対して「心ばかりは蓮の上に思ひのぼり、濁りなき池にも住みぬべきを、いとかく幼き人々を見棄てんうしろめたさばかりになん、えひたみちにかたちをも変へぬ」（橋姫⑤一二七）と語っているように、依然として姫君たちへの愛着心は燻ったままなのである。

八の宮が薫と知り合ったのは、そのような時であった。それゆえ、薫を「見ゆづる人」として姫君たちを託すという展開が期待されるのだが、物語はここで一つの錯誤を仕組むことになる[3]。阿闍梨から八の宮の噂を聞いてその内なる苦悩を知り「うしろめたく思ひ棄てがたく、もてわづらひたまふらんを、もししばしも後れんほどは、譲りやはしたまはぬ」（橋姫⑤一二九）と発言したのは冷泉院であり、八の宮の抱える執着に無関心な薫は「俗ながら聖になりたまふ心の掟やいかに」（橋姫⑤一二八）と、それを自らのあるべき理想の境地として受け取るのであった。一方の八の宮も、薫を「心恥づかしげなる法の友」（橋姫⑤一三二）と認識することで、好色心のない奇特な青年として薫を理想化してしまう。そしてその結果、八の宮は薫と姫君たちの接近を許容すると同時に、姫君たちの結婚相手（狭義の「見ゆづる人」）としては考慮の埒外に置くことになるのである。自身の留守中に薫が訪問しその後手紙が届いたことを聞いた八の宮は「何かは。懸想だちて、もてないたまはんも、なかなかうたてあらん。例の若人に似ぬ御心ばへなめるを、亡からむ後もなど、一言うちほのめかしてしかば、さやうにて心ぞとめたらむ」（橋姫⑤一五二）と述べるが、死後においても大君と弁によってそれぞれ

・この人（＝薫）の御けはひありさまの疎くはあるまじく、故宮も、さやうなる心ばへあらばと、をりをりのたまひ思すめりしかど…（総角⑤二四〇）

・この殿（＝薫）のさやうなる心ばへものしたまはましかば、一ところをうしろやすく見おきたてまつりて、いかにうれしからましと、をりをりのたまはせしものを。（総角⑤二四九）

と回想されているように、薫の「心ばへ」を並の若者とは異なるものと把握するがゆえに信頼を置く一方で、またそれゆえにこそ婿がねとして遇することを躊躇するのであった。

このように考えてくる時、問題になるのは次の場面の解釈であろう。

B「亡からむ後、この君たちをさるべきもののたよりにもとぶらひ、思ひ棄てぬものに数まへたまへ」などおもむけつつ聞こえたまへば、「一言にてもうけたまはりおきてしかば、さらに思ひたまへ怠るまじくなん。世の中に心をとどめじとはぶきはべる身にて、何ごとも頼もしげなき生ひ先の少なさになむはべれど、さる方にてもめぐらひはべらむ限りは、変はらぬ心ざしを御覧じ知らせんとなむ思ひたまふる」など聞こえたまへば、うれしと思いたり。（椎本⑤一七九）

八の宮が薫に対して姫君たちのことを話題にしている場面だが、類似の場面は橋姫巻にも設定されていた。しか

し、橋姫巻の方は前引した阿闍梨への発言と同じく、八の宮が自身の悩みを法の友である薫に打ち明けたという体のものであり、「落ちあぶれてさすらへんこと、これのみこそ、げに世を離れん際の絆なりけれ」（橋姫⑤一五九）と述べているように、内容も死後の落魄が気がかりだというものである。それゆえ、ここに婿がね云々を考える必要はあるまい。それに対して、Bはより積極的に薫への依頼を述べたものとなっており、八の宮が薫に姫君との結婚を依頼しようとした場面と解されることの多いところである。はたして、Bにおける八の宮の心情はどのように読み解かれるべきものなのか。

同じ年の二月、匂宮一行が宇治川の対岸に中宿をした際、久しぶりに華やかな宮中の雰囲気に接した八の宮は、自身の過去を回想するところから「姫君たちの御ありさまあたらしく、かかる山ふところにひきこめてはやまずもがな」（椎本⑤一七二）との思いを抱くようになる。ここで八の宮が心配しているのは、姫君たちの落魄ではなく彼女たちが宇治で暮らすことそれじたいである。それゆえ、宇治での生活の経済的援助者ではなく、姫君たちを宇治から都へ連れ戻してくれる人物が求められることになる。右に続けて、八の宮が「宰相の君（＝薫）の、同じうは近きゆかりにて見まほしげなるを、さしも思ひよるまじかめり、まいて今様の心浅からむ人をばいかでかは、など思し乱れ」（椎本⑤一七一～二）るのは、そのような脈絡から出た心情であろう。この心内叙述は細かい点で解釈が揺れているが、右の推測から「近きゆかり」として見たがっているのは八の宮だと考えられること、「思ひよる」と無敬語であること、薫と「今様の心浅からむ人」とを比較した構文であることなどから、「薫は同じことなら（経済的援助者としてではなく）婿として見たいような方だが、（仏道修行に熱心ゆえ）そういう期待を掛けられそうにない、ましてや現代風の心浅い人には、なおさら期待などできようはずもない」という意に解すべきものと考える。つまり、八の宮はこの時はっきりと薫を婿がねとして意識したのだが、同時にそれを叶わぬ願いとも考えているということである。しかし、これで八の宮の婿探しが終わったわけではない。匂宮一行が帰京し

た後も、

C思すさまにはあらずとも、なのめに、さても人聞き口惜しかるまじう、見ゆるされぬべき際の人の、真心に後見きこえんなど思ひよりきこゆるあらば、知らず顔にてゆるしてむ、一ところ一ところ世に住みつきたまふよすがあらば、それを見ゆづる方に慰めおくべきを、さまで深き心にたづねきこゆる人もなし。まれまれはかなきたよりに、すき事聞こえなどする人は、まだ若々しき人の心のすさびに、物詣での中宿、往き来のほどのなほざり事に気色ばみかけて、さすがに、かくながめたまふありさまなど推しはかり、侮らはしげにもてなすは、めざましうて、なげの答へをだにせさせたまはず。（椎本⑤一七七〜八）

と考えをめぐらすのである。だが、言い寄ってくるのは「今様の心浅からむ人」の類ばかりであり、八の宮の条件に合いそうな男は見当たらないらしい。この時八の宮に残された選択肢は、薫の「例の若人に似ぬ御心ばへ」を頼りに改めて彼に経済的援助を期待するか（その場合「落ちあぶれてさすらへんこと」は回避される）、薫の気持ちが変わって「真心に後見きこえん」と言い寄ってくるのを待つか（その場合「かかる山ふところにひきこめてはやまずもがな」という願いは叶う）の二つであったかと想像される。

前掲Bは、そのような叙述に続く七月の場面である。久しぶりに薫と再会した八の宮は、死期が近いこともあり薫に姫君たちのことを託そうと饒舌になるのだが、そこに「この君たちをさるべきもののたよりにもとぶらひ」とあることから推せば、ここで八の宮が選んだのは前者の方法であったと推測される。もっとも、この八の宮の発言は「などおもむけつつ」と受けられているので、八の宮が後者の真意を伏せて薫の口から結婚受諾の言葉を引き出そうとしているとも解し得るが、その場合は「一言にてもうけたまはりおきてしかば…」と橋姫巻での約束と同内容という前提での薫の発言（そこには明確な結婚受諾の言葉もない）を聞いて「うれしと思いたり」と続くことの説明がつかない。やはり、薫を「心恥づかしげなる法の友」と信じる八の宮は、この時点で薫を「見ゆづる人」の候補から外し死後に取り残される姫君たちの宇治での生活の援助者たることを委託したのだ、と読み解くべきであろう。[4]

　また、この後八の宮の詠んだ「われ亡くて草の庵は荒れぬともこのひとことはかれじとぞ思ふ」（椎本⑤一八二）という和歌についても、「ひとこと」に「言」と「琴」が掛けられているのはよいとして、歌の主眼は「琴」の方にあったと考えるべきではないか。「言」にせよ「琴」にせよ「かる」と表現する例は珍しく、そのため下二句の意が取りにくいのだが、ここは直前の琴の演奏や「かばかりならし（馴らし・鳴らし）そめつる残りは」（椎本⑤一八二）云々という発言を踏まえ、私が亡くなってこの草庵が荒れはててしまったとしてもこの琴までもが枯れてしまう（あるいは、その音色までもが嗄れてしまう）ことはないと思います（だから自分の死後も琴を目当てに訪ねて来てほしい）と詠むことで、暗に死後の姫君のことを託しているのであり、結局前掲Bの「亡からむ後、この君たちをさるべきもののたよりにもとぶらひ、思ひ棄てぬものに数まへたまへ」と同内容の訴えをしているのだと思われる。

　この点は、姫君や女房たちへの訓戒とも一致する。八の宮は「おぼろけのよすがならで、人の言にうちなびき、この山里をあくがれたまふな」（椎本⑤一八五）「かかる際になりぬれば、人は何と思はざらめど、口惜しうてさすらへむ、契りかたじけなく、いとほしきことなむ多かるべき」（椎本⑤一八六）と言い置いて山寺に向かうのだが、これらを総合して考えれば、「おぼろけのよすがならで」という点に一縷の望みは託しているものの、姫君たちが結婚して宇治を去るということは断念し、せめてこの地で宮家の誇りを保ったまま生涯を終えてほしいというのが八の宮の最終的な思いであったと推定される。[5] 薫を婿にとの願いは確かにあったが、その「心ばへ」を過度に評価する八の宮は、とうとう経済的物質的援助者という以上のものを薫に期待し得なかったのである。

　とはいえ、薫の受け止め方は必ずしも八の宮の思惑通りではなかったらしい。Bに続く叙述で、「さばかり、御心もて、ゆるいたまふことのさしも急がれぬよ」（椎本⑤一八三）と考えているように、薫はこの時の対面から八の宮に結婚を許可されたものと受け止めていた。しかし、それが八の宮の真意に即したものでないことは前述の通りである。むしろ、問題はそう受け止めてしまう薫の問題として考察されるべきであろう。

二　薫の人物造型

薫については、匂兵部卿巻に

D中将は、世の中を深くあぢきなきものに思ひすましたる心なれば、なかなか心とどめて、行き離れがたき思ひや残らむなど思ふに、わづらはしき思ひあらむあたりにかかづらはんはつつましくなど思ひ棄てたまふ。さしあたりて、心にしむべきことのなきほど、さかしだつにやありけむ。人のゆるしなからんことなどは、まして思ひよるべくもあらず。（匂兵部卿⑤二九）

と記されていたように、仏道を指向するところから現世執着の原因となる色恋沙汰には関心を示さない人物として設定されている。しかし、すぐさま傍線部のような語り手の感想が差し挟まれてくるように、薫の思い通りに事が運ぶかについてははなはだ心もとない。むしろ、道心と恋心の対立を抱えた薫が、次第に恋の執着に絡めとられていく様を描くところに物語の関心が向いていると考えるべきであろう。

宇治の八の宮邸に通うようになった薫は、襖を隔てた姫君の存在を「すき心あらん人は、気色ばみ寄りて、人の御心ばへをも見まほしう、さすがにいかがとゆかしうもある御けはひなり」（橋姫⑤一三三）と感じ取る。これは姫君への興味関心以外のなにものでもなく、薫にも「すき心あらん人」と同様の情念が潜んでいること示すものだと考えるが、しかし当の薫本人は「されど、さる方を思ひ離るる願ひに山深く尋ねきこえたる本意なく、すきずきしきなほざり言をうち出であざればまんも事に違ひてや、など思ひ返して」（橋姫⑤一三三）仏道修行に励むのであった。このように、自らを「すき心あらん人」とは異なる道心深い人物とみなす薫は、自らの内に潜む恋心を抑制し、その存在を容認しようとはしない人物として宇治に登場してくる。[6] それゆえ、三年後の垣間見の場面でも、「我はすきずきしき心などなき人ぞ」（橋姫⑤一三八）「世の常のすきずきしき筋には思しめし放つべくや。さやうの方は、わざとすすむる人はべりともなびくべうもあらぬ心強さになん」（橋姫⑤一四二〜三）などと発言することが可能となるのであろう。また、薫は大君に対し「つれづれとのみ過ぐしはべる世の物語も、聞こえさせどころに頼みきこえさせ、また、かく世離れてながめさせたまふらん御心の紛らはしには、さしもおどろかさせたまふばかり聞こえ馴れはべらば、いかに思ふさまにはべらむ」（橋姫⑤一四三）と述べているように、大君を世の無常を語り合える存在として、恋愛を超越した関係を求めていくことになるのだが、それも前述のような自己規定の延長線上に出てくるものだと思われる。

しかし、そのような薫を、物語は容赦なく恋の世界に引きずり込んでいく。

E昔物語などに語り伝へて、若き女房などの読むをも聞くに、かならずかやうのことを言ひたる、さしもあらざりけんと憎く推しはからるるを、げにあはれなるものの隈ありぬべき世なりけりと心移りぬべし。（橋姫⑤一四〇）

F思ひしよりはこよなくまさりて、をかしかりつる御けはひども面影にそひて、なほ思ひ離れがたき世なりけりと心弱く思ひ知らる。（橋姫⑤一五一）

Eは垣間見最中の、Fは帰京後の薫の心内叙述である。[7] ここに「〜なりけり」という気づきの語法や自発表現が認められるように、前述した薫の意識とは別に、いよいよ内なる恋心が動き始めることになる。見方を変えて言えば、薫の内部には、道心に由来する許容される「恋心」（恋愛を超越した関係を求めるものだが「　」を付して「恋心」

としておく〉と、内なる情念ともいうべき許容されざる恋心の二種が併存しているのである。吉井美弥子氏は、敬語の有無という視点から薫に関する叙述を分析し、薫に対する無敬語表現が前掲EFのように姫君たちへの関心を示す部分に多いことから「述べてきたように、橋姫巻における薫をめぐる〈語り〉は、敬語のない〈語り〉が、通常の〈語り〉を突き破って、それまでの薫のありようと齟齬をきたすような薫自身の自己矛盾した状況を浮かび上がらせている」「橋姫巻においては、その後の新たな展開が、薫が出生の秘密を確認したことによってもたらされるのではなく、むしろ自己矛盾した状況の中で浮かび上がった薫の姫君たちへの関心の中にこそ孕まれているということを、まさしく〈語り〉そのものが示しているのだといえよう」と把握したが[8]、本章の主旨に引き付けて言えば、対外的な自己規定に基づく会話文と薫の心中を直叙する心内語とを織り交ぜながら、物語はやがて薫の心内で胎動し始めた後者の恋心が新たな展開を紡ぎ出していく様を描き出していくということである。

右のような視点から前掲Bに続く問題の叙述を捉えるならば、ここは、八の宮との対話時には「世の中に心をとどめじとはぶきはべる身」と自己規定していた薫の内側で、実はそれが「人のゆるし」として捉えられていたことを語る場面だと読み解くべきではないか。

G世の常の懸想びてはあらず、心深う物語のどやかに聞こえつつものしたまへば、さるべき御答へなど聞こえたまふ。三の宮いとゆかしう思いたるものをと心の中には思ひ出でつつ、わが心ながら、なほ人には異なりかし、さばかり、御心もて、ゆるいたまふことのさしも急がれぬよ、もて離れて、はた、あるまじきことゝはさすがにおぼえず、かやうにてものをも聞こえかはし、をりふしの花紅葉につけて、あはれをも情をも通はすに、憎からずものしたまふあたりなれば、宿世ことにて、外ざまにもなりたまはむは、さすがに口惜しかるべう領じたる心地しけり。（椎本⑤一八三）

「世の常の懸想びてはあらず」云々とあるように、薫はここでも道心を前面に押し出して姫君と対座している。

恋心とは無縁なそのようなあり方を薫自身も「なほ人に異なりかし」と捉えはするのだが、しかしすぐさま「さすがに」と繰り返されているように、姫君との結婚を縁遠いものと思うや否やそれを打ち消したい衝動にも駆られてしまうのである。前掲Dに「人のゆるしなからんことなどは、まして思ひよるべくもあらず」と語られていただけに、死後の面倒を委託されたことを「人のゆるし」と理解したい薫は、姫君との結婚の可能性を排除することができずに、「領じたる心地」を抱くことになるのである。

しばしば指摘されるように、これは、八の宮の死を契機として薫と姫君たちとをいよいよ近づけていくための伏線でもあろう。出生の秘密保持のためにも足繁く宇治に通う薫はこの遺言を梃子にさらなる交誼を求めていくのだが、「御心地にも、さこそいへ、やうやう心静まりて、よろづ思ひ知られたまへば、昔ざまにても、かうまで遥けき野辺をわけ入りたまへる心ざしなども思ひ知りたまふべし、すこしゐざり寄りたまへり」（椎本⑤一九七〜八）「雪もいとところせきに、よろしき人だに見えずなりにたるを、なのめならぬけはひして軽らかにものしたまへる心ばへの、浅うはあらず思ひ知られたまへば、例よりは見入れて、御座などひきつくろはせたまふ」（椎本⑤二〇五〜六）などと記されるように、大君はあくまでも恋愛関係を排除したところで薫と対面することになる。これは、前述したような「恋心」を求める薫の要求には合致するものであったが、しかし他方の恋心を満足させるものではなかった。むしろ、八の宮の死の翌年正月に大君と対面した際に「かやうにてのみは、え過ぐしはつまじと思ひなりたまふも、いとうちつけなる心かな、なほ移りぬべき世なりけりと思ひゐたまへり」（椎本⑤二〇六）と自覚する通り、大君との距離が近づくにつれ薫はますます恋心を強めていくのである。

しかし、物語は「いとうちつけなる心」の暴走を許さない。薫の「つららとぢ駒ふみしだく山川をしるべしがてらまづやわたらむ」（椎本⑤二〇九）の歌に対して「思はずに、ものしうなりて、ことに答へたまはず」（椎本⑤二一〇）と反応するように、薫の恋心が前面に出てくると大君は反射的に身を固くしてしまう。そして、薫自身も「事にふれて気色ばみ寄るも、知らず顔なるさまにのみもてなしたまへば、心恥づかしうて、昔物語などをぞものまめやかに聞こえたまふ」（椎本⑤二一〇）と、それ以上の無理強いを回避してしまうのであった。ここに、

Hまめやかなる人（＝薫）の御心は、またいとことなりければ、いとのどかに、おのがものとはうち頼みながら、女の心ゆるびたまはざらむ限りは、あざればみ情なきさまに見えじと思ひつつ、昔の御心忘れぬ方を深く見知りたまへと思す。（椎本⑤二一五〜六）

という、大君の態度軟化すなわち「心ゆるび」を待つ戦略が浮上してくることになる。

このような薫の態度は、総角巻で大君のもとに忍び込んだ際の実事なき逢瀬の場面でも「御心破らじと思ひそめてはべれば」（総角⑤二三四）「かくはあらで、おのづから心ゆるびしたまふをりもありなむと思ひわたる」（総角⑤二三五）「この御心にも、さりともすこしたわみたまひなむなど、せめてのどかに思ひなしたまふ」（総角⑤二三六）と繰り返し確認されていく。しかし、はたして大君が「心ゆるび」することは、あり得るのだろうか。物語はこのあたりから、話題の焦点を薫から大君へと緩やかにずらしていくことになる。所謂結婚拒否の問題である。

三　大君の結婚拒否

とはいえ、「心ゆるび」の問題には、早々に結論が出されることになる。総角巻に入ると、物語は中の君の結婚問題に思案する大君の姿を点描し始めるのだが、薫への発言中に見られる大君の「さるは、すこし世籠りたるほどにて、深山隠れには心苦しく見えたまふ人の御上（＝中の君）を、いとかく朽木にはなしはてずもがな」（総角⑤二二六）という願望は、前引した「姫君たちの御ありさまあたらしく、かかる山ふところにひきこめてはや

まずもがな」という八の宮のそれと同質のものであろう。また、右に用いられる「心苦し」という把握も、既に八の宮に「御衣どもなど萎えばみて、御前にまた人もなく、いとさびしくつれづれげなるに、さまざまいとらうたげにてものしたまふをあはれに心苦しう」（橋姫⑤一二三〜四）「ねびまさりたまふ御さま容貌どもいよいよまさり、あらまほしくをかしきも、なかなか心苦しう」（椎本⑤一七六）などと用いられていたものであった。つまり、大君は、八の宮の死を契機として、将来を案じられる存在から父親に代わって中の君の将来を案じる存在へと変化してくるのであり、弁が薫に語っているように、薫と中の君との結婚を考え始めるようになるのである。

薫との実事なき一夜を大君が過したのは、そのような時であった。確かに、この時の薫と大君との間には何がしかの共感が生じたと思われる。しかしそれは、「常なき世の御物語に時々（大君ガ）さし答へたまへるさま、いと見どころ多くめやすし」（総角⑤二三七）「（薫ガ）「何とはなくて、ただかうやうに月をも花をも、同じ心にもて遊び、はかなき世のありさまを聞こえあはせてなむ過ぐさまほしき」と、いとなつかしきさまして語らひきこえたまへば、（大君ハ）やうやう恐ろしさも慰みて」（総角⑤二三七〜八）とされているように、あくまでも「恋心」を求める次元での共感関係であって、大君が薫の恋心を受け入れたということではない。大君は後者の薫の言葉に「かういとはしたなからで、物隔ててなど聞こえば、まことに心の隔てはさらにあるまじくなむ」（総角⑤二三八）と答えているように、「隔て」を介しての関係を望んでおり、決して「心ゆるび」したわけではないのである。むしろ、薫への共感と親代わりの立場とを天秤にかけて、大君は薫との結婚を断念する道を選択することになるのであった。

Ｉこの人の御けはひありさまの疎ましくはあるまじく、故宮も、さやうなる心ばへあらばと、をりをりのたまひ思すめりしかど、みづからはなほかくて過ぐしてむ、我よりはさま容貌も盛りにあたらしげなる中の宮を、人並々に見なしたらむこそうれしからめ、人の上になしては、心のいたらむ限り思ひ後見てむ、みづからの上のもてなしは、また誰かは見あつかはむ、この人の御さまの、なのめにうち紛れたるほどならば、かく見馴れぬる年ごろのしるしに、うちゆるぶ心もありぬべきを、恥づかしげに見えにくき気色も、なかなかいみじくつつましきに、わが世はかくて過ぐしはててむ、と思ひつづけて、音泣きがちに明かしたまへるに、なごりいとなやましければ、中の宮の臥したまへる奥の方に添ひ臥したまふ。（総角⑤二四〇～一）

大君が薫との結婚を拒否する要因には様々なものが指摘されており単一の理由に帰着させることは困難だが、「心ゆるび」の問題を基点に考えれば、薫が「恥づかしげに見えにくき気色」であることが拒否の大きな理由ということになる。それは、自分と薫とでは釣り合わないと考えるからであり、なればこそ「我よりはさま容貌も盛りにあたらしげなる中の宮」を勧めることにもなるのであろう。そして、自らは中の君を「心のいたらむ限り思ひ後見」することで満足しようというのである。確かに、傍点を付したような言い回しに、薫への恋心を封じ込めようとする大君の姿を看取することは可能である。しかし、物語は大君の心の揺れ――薫への思いを断ち切ることをめぐって揺れる女心――を描くことには向かわない。むしろ、前記のように早々に薫との結婚を断念して代わりに中の君と結び付けようとする大君と、あくまでも大君の「心ゆるび」を待ち続ける薫との、中の君をめぐる攻防に焦点を絞り込んでいくことになる。

それを「思ひかまふ（思しかまふ）」という語に即して見てみよう。この語は物語中に十一例あり、玉鬘の九州脱出計画（玉鬘巻）や八の宮の立坊計画（橋姫巻）などを語る際に用いられているが、そのうち半数近い五例が総角巻に集中している。この語が最初に用いられるのは八の宮の喪が明けた後に薫が訪れた場面で、「せめて恨み深くは、この君をおし出でむ、劣りざまならむにてだに、さても見そめてば、あさはかにはもてなすまじき心なめるを、まして、ほのかにも見そめてば慰みなむ（中略）と思し構ふるを」（総角⑤二四四）と、前掲Ⅰのような決意を固めた大君は、それでも薫が迫ってくるようなら中の君を差し出そうと考えている。しかし、この計画を中の君や弁に打ち明け相談するものの、はかばかしい返答は得られず逆に発言内容の不合理さを衝かれ反対されてしまう。対する薫は、弁経由で大君の頑なな態度を知り、「「さらば、物越しなどにも、今はあるまじきことに思しなるにこそはあなれ。今宵ばかり、大殿籠るらむあたりにも、忍びてたばかれ」とのたまへば、心して人とくしづめなど、心知れるどちは思ひかまふ」（総角⑤二五一）と、女房たちを味方につけてなんとか大君の寝所へ忍び込もうと画策するのであった。知られるようにこの一件は、薫の侵入を直前で察知した大君が脱出することで、大君の狙い通り薫と中の君とが結ばれそうな展開になるのだが、しかし大君への思いを断ち切れない薫が逢瀬を思いとどまることにより、結局どちらの計画も不首尾に終わってしまう。そして今度は、帰京した薫が匂宮を訪れた場面に「か（＝大君）の、いとほしく、内々に思ひたばかりたまふありさまも違ふやうならむも情なきやうなるを、さりとて、さ、はた、え思ひあらたむまじくおぼゆれば、（匂宮ニ中の君ヲ）譲りきこえて、いづ方の恨みをも負はじなど下に思ひかまふる心をも知りたまはで」（総角⑤二六一）とあるように、薫の方が匂宮を中の君に手引きする算段をつけるのである。薫の心がすっかり中の君に移ったと信じる大君は、この計画に気付かずに匂宮と中の君との逢瀬を許してしまい、「かく思しかまふる心のほどをも、いかなりけるとかは推しはかりたまはむ」（総角⑤二六六）と薫に訴えることになるのであった。中の君をめぐる攻防はこうして決着がつくことになるのだが、最後の用例は「さまざまに思しかまへけるを色にも出だしたまはざりけるよと、（中の君ハ）疎ましくつらく姉宮をば思ひきこえたまひて、目も見あはせたてまつりたまはず」（総角⑤二六九）というもので、この結婚計画に関与していると中の君に誤解されることにより、大君の孤立はますます深まっていくことになる。

　こうして、中の君と薫を結び付けようとする大君の思惑は実現せずに終わるのだが、ではこの段階で大君の「心ゆるび」が描かれるのであろうか。次は、匂宮と中の君とが結婚した初日と三日目に交わされた薫と大君の贈答歌である。

・しるべせしわれやかへりてまどふべき心もゆかぬ明けぐれの道
かたがたにくらす心を思ひやれ人やりならぬ道にまどはば
（総角⑤二六七〜八）

・小夜衣きてなれきとはいはずともかごとばかりはかけずしもあらじ
へだてなき心ばかりは通ふともなれし袖とはかけじとぞ思ふ
（総角⑤二七五）

最初の薫の贈歌に用いられた「明けぐれの道」は、字義通りにはこれから薫が帰らねばならない夜明け前の京への道ということだが、同時にそれは薫の心象風景でもあり、さらに言えば、実父柏木の女三の宮への執着をも想起させる表現だと考えられる。(9) 拒まれてもなお断ち切ることの出来ない大君への恋心を妄執の闇として詠出する当該歌は主題論的にもかなり重い意義を担っていると考えるが、対する大君はその思いを真正面から受け止めるのではなく、晴らし難い苦悩の道に迷いそうだとおっしゃるのなら同じく深い苦悩を抱く私たち姉妹の心を思いやってください、と応じるのである。薫の贈歌は無明の闇から逃れるための一筋の光を大君に求めたものであろうが、大君の返歌はその願いとはほど遠いものであったと評さねばなるまい。次の贈歌は薫が贈った衣装の袖に付されていたもので、その衣装に託《かこつ》けて、逢瀬を遂げたわけではないが添臥はしたのだから言いがかりくらいつけないわけではない、と脅すようなものである。陸奥国紙に実務的な書式で書かれた手紙が添えられていたことからも、かなり屈折した薫の心情が推定される。それに対して大君は、隔てのない心の交流はしておりますが逢瀬を遂げた仲ではありませんので袖を重ねた間柄だなどとは口にすまいと思っております、と詠み返すのである。この返歌は、実事なき逢瀬の際の「かういとはしたなからで、物隔ててなど聞こえば、まことに心の隔てはさらにあるまじくなむ」と同発想に基づくもので、心の交流は可能だが肉体関係については拒絶した内容になっている。これらの返歌からは、ことここに至っても大君の「心ゆるび」のあり得ないことが推知されよう。

いったい、薫と大君の関係については、二人の対話が繰り返し描かれることが知られている。(10) その対話場面は、八の宮不在時に訪れた薫と大君が対面したことに始まり、しばらくは社交的な関係が続いていたが、前節末に記したように薫が「つらとだぢ」の和歌を詠み自らの恋心をほのめかしたあたりから、恋愛関係を前面に押し出したものに変化してきていた。本章ではそれを「心ゆるび」の問題として見てきたわけだが、実は両者の関係はこのあたりで再び転換点を迎えるようである。それは、大君の対話と心内語の多寡が逆転することに端的にうかがわれるように、対話そのものの物語内での重要度が低下してくるということであり、逆に言えば、「心ゆるび」しない大君の内面が物語の展開を領導するものとして重要な位置を占めるようになるということである。薫と大君の贈答歌が右の二組をもって終わるのも、そのような物語の展開に関わる面が大きいのであろう。(11)

四　大君の内面叙述

前掲Ⅰにも「みづからの上のもてなしは、また誰かは見あつかはむ」とあり、その後も「一ところおはせましかば、ともかくもさるべき人にあつかはれたてまつりて」（総角⑤二四六）と思っていたように、後見不在ということが、当初大君が薫の求婚を拒んだ大きな理由であった。それは宮家の体面を重んじるということでもあり、大君に一貫した考え方ではあるのだが、匂宮と中の君との結婚成立後はそれに加えて、別の理由が浮上してくることになる。

匂宮と中の君が結ばれたことを喜ぶ女房たちが薫を拒む大君を不審がる場面に続いて、その老女房たちの姿を契機としつつ、大君は「我もやうやう盛り過ぎぬる身ぞかし、鏡を見れば、痩せ痩せになりもてゆく」（総角⑤二八〇）と容姿の衰えを思いながら、

Ｊ恥づかしげならむ人（＝薫）に見えむことは、いよいよかたはらいたく、いま一二年あらば衰へまさりなむ、

はかなげなる身のありさまを、と御手つきの細やかに弱くあはれなるをさし出でても、世の中を思ひつづけたまふ。（総角⑤二八二）

のである。そして、この思いは九月十日のほどに薫と対面した場面へと繋がっていくことになる。ここでの大君は、薫に対面しながら、

Kやうやうことわり知りたまひにたれど、人の御上にてもものをいみじく思ひ沈みたまひて、いとどかかる方をうきものに思ひはてて、なほひたぶるに、いかでかくうちとけじ、あはれと思ふ人の御心も、かならずつらしと思ひぬべきわざにこそあめれ、我も人も見おとさず、心違はでやみにしがな、と思ふ心づかひ深くしたまへり。（総角⑤二八七～八）

と改めて拒否の念を抱くのだが、「我も人も」という捉え方に注目される。大君は、匂宮と中の君との結婚生活を身近に体験し傍線部のような感想を抱くのだが、傍線部が述べているのは大君（我）が薫（人）を見おとす場合であり、ここから直接「人も」が出てくるわけではない。しかしここは、前掲IやJからの心情を踏まえて、（容姿端麗な中の君でさえ匂宮の来訪が途絶えがちになるのだから）もしも自分が薫と結婚したとしても醜い容姿ゆえ薫はすぐに愛想を尽かしてしまうであろう、との思いが前提にされていると読み解くべきところなのであろう。つまり、もし自分が薫と結婚すれば、薫も自分を見おとすことになるし、自分もまたそのような薫の心を「つらし」と思い見おとすことになるというのが、「我も人も」を支える論理なのだと考える。大君の死の場面を基点にこのあたりも含めて李夫人（『漢書』外戚伝）の引用が指摘されているが[12]、大君もまた「色衰而愛弛」と考える女性の一人なのであった。

この思いは、二人の対面場面の最後に「常よりもわが面影に恥づるころなれば、疎ましと見たまひてむもさすがに苦しきは、いかなるにか」（総角⑤二八九）として薫に伝えられ、薫の侵入を拒む理由としても機能している

のだが、後見不在ということとは別に容姿の衰えが拒否の理由として強調されてくるのは、右にも述べた李夫人引用への伏線であると同時に、たとえ零落した現状を受け入れて薫と結婚したとしてもその先に幸せが待っているわけではないことを改めて確認する意味も有しているのだと思われる。

その後、十月に紅葉狩の一件が起きると、大君は「なほ音に聞く月草の色なる御心なりけり、ほのかに人の言ふを聞けば、男といふものは、そら言をこそいとよくすなれ」（総角⑤二九八）と匂宮の移り気さや男の言葉の信じ難さを思うようになる。しかし、前掲Kと同じく、ここでも男の心変わりそれじたいに思考の焦点が絞り込まれていくことはない。大君は

L…あだめきたまへるやうに、故宮も聞き伝へたまひて、かやうにけ近きほどまでは思しよらざりしものを、あやしきまで心深げにのたまひわたり、思ひの外に見たてまつるにつけてさへ、身のうさを思ひそふるが、あぢきなくもあるかな、かく見劣りする御心を、かつはかの中納言もいかに思ひたまふらむ、ここにもことに恥づかしげなる人はうちまじらねど、おのおの思ふらむが人笑へにをこがましきこと、と思ひ乱れたまふに、心地も違ひていとなやましくおぼえたまふ。（総角⑤二九八〜九）

と、亡き父宮の賢慮を思いながら、今回の一件でさらに「身のうさ」を加える結果になったこと、またそのために「人笑へ」を招来してしまうことを嘆くのである。[13]そして、「人並々にもてなして、例の人めきたる住まひならば、かうやうにもてなしたまふまじきを」（総角⑤二九九）と、むしろ「例の人めきたる住まひ」ではないこと、具体的には後見不在で零落した自分たち自身の側に、匂宮の不当な扱いの原因を求めていくのである。

このように考えを進めてきた大君が死を願うようになるのは、言わば必然であった。

M我も、世にながらへば、かうやうなること見つべきにこそはあめれ、中納言の、とざまかうざまに言ひ歩きたまふも、人の心を見むとなりけり、心ひとつにもて離れて思ふとも、こしらへやる限りこそあれ、ある人

のこりずまに、かかる筋のことをのみ、いかでと思ひためれば、心より外に、つひにもてなされぬべかめり、これこそは、かへすがへす、さる心して世を過ぐせとのたまひおきしは、かかることもやあらむの諫めなりけり、さもこそはうき身どもにて、さるべき人にも後れたてまつらめ、やうのものと、人笑へなることをそふるありさまにて、亡き御影をさへ悩ましたてまつらむがいみじさ、なほ我だに、さるもの思ひに沈まず、罪などいと深からぬさきに、いかで亡くなりなむと、思し沈むに…　（総角⑤三〇〇）

生きている以上このような事態を避けられないと考える大君は、薫の誠意を疑いまた女房たちの手引きを憂慮するところから、亡き父の遺言を絶対的な指針として捉え返していくのである。(14) 続く傍線部「さるべき人」については、これを夫とする説（玉上評釈・新旧全集など）と親とする説（集成・新大系など）とで解釈が揺れている。前者の説が出てくる背景には「後れたてまつりけめ」となっていないことがあるようだが、「さもこそは」が「さもこそはよるべの水に水草ゐめ今日のかざしよ名さへ忘るる」（幻④五三八）のように「さもこそは―め～」という形で逆接の構文を形成する語である点に鑑みれば、「め」を不審視する必要はなかろう。幻巻の用例がそうであるようにこれは和歌に多い語ではあるのだが（因みに和歌には「さもこそは―けめ」の用例は認められない）、ここも「私たちは不運な身の上で、頼るべき両親にも先立たれてしまったが（それは自らの不運さの問題）、しかし（結婚して）中の君のみならず私までもが世間の物笑いの種になり、亡き親までも悩ませてしまうことになったらそれは（宮家の体面に関わるゆえ）なんと辛いことか」のような心情の流れになっているのであろう。そしてそう思うところから、せめて自分だけは結婚を回避して苦悩を深める前に死んでしまいたい、と願うようになるのである。

そのような大君にとって、唯一の気がかりは後に残される中の君のことであった。「この君を見たてまつりたまふもいと心苦しく、我にさへ後れたまひて、いかにいみじく慰む方なからむ」（総角⑤三〇〇～一）云々と、大君の思考は死後の中の君へと及んでいくことになる。しかし、病臥する大君のところには、さらに追い打ちをかけるように匂宮と六の君との縁談の噂が舞い込んでくる。中の君の将来はいよいよ予断を許さぬ状況に追い込まれるのであり、これを聞いた大君も「ともかくも人の御つらさは思ひ知られず、いとど身の置き所なき心地して、しをれ臥したまへり」（総角⑤三一〇）と死への傾斜を強める一方で、その後に届いた匂宮からの手紙に対して「なほ心うつくしうおいらかなるさまに聞こえたまへ。かくてはかなくもなりはべりなば、これよりなごりなき方に、もてなしきこゆる人もや出で来むとうしろめたきを。まれにもこの人（＝匂宮）の思ひ出できこえたまはむに、さやうなるあるまじき心つかふ人はえあらじと思へば、つらきながらなむ頼まれはべる」（総角⑤三一二〜三）と中の君に返事を促すように、なんとか打開策を模索するのである。しかしこの説得がさらなる事態の悪化を防ぐ手段として匂宮を利用するものでしかないように、うまい突破口はなかなか見つかりそうにない。

そのような中、十一月になり病気見舞いに訪れた薫に対し、大君は「心地にはおぼえながら、もの言ふがいと苦しくてなん。日ごろ、訪れたまはざりつれば、おぼつかなくて過ぎはべりぬべきにやと口惜しくこそはべりつれ」（総角⑤三一八）「よろしきひまあらば、聞こえまほしきこともはべれど、ただ消え入るやうにのみなりゆくは、口惜しきわざにこそ」（総角⑤三二五〜六）と発言するのだが、大君は薫に何を伝えようというのか。明言されていない以上、ことは読者の想像力に委ねられているのかもしれないが、右に見たように中の君の処遇問題に焦点化されてきていること、これら発言の前後には「顔をふたぎたまへり」（総角⑤三一八）「顔はいとよく隠したまへり」（総角⑤三二五）と明示的な李夫人引用が推定されることなどから、中の君のことを薫に委託せんとする大君像を読者に想起させるべく表現が仕組まれているように思われる。言うなれば、大君の心内を丹念に辿ってきた物語は、容姿を気にする大君に李夫人を重ね、匂宮の夜離れや縁談話を機に死を願う大君を描くことで、その先に中の君の処遇という新たな問題を紡ぎ出そうとしているのである。そして、その到達点が大君臨終直前の薫との最後の対話だと思われる。

N「つひにうち棄てたまひてば、世にしばしもとまるべきにもあらず。命もし限りありてとまるべうとも、深き山にさすらへなむとす。ただ、いと心苦しうてとまりたまはむ御事をなん思ひきこゆる」と答へさせたてまつらむとて、かの御事をかけたまへば、顔隠したまへる御袖をすこしひきなほして、「かくはかなかりけるものを、思ひ隈なきやうに思されたりつるもかひなければ、このとまりたまはむ人（＝中の君）を、同じことと思ひきこえたまへとほのめかしきこえしに、違へたまはざらましかば、うしろやすからましと、これのみなむ恨めしきふしにてとまりぬべうおぼえはべる」とのたまへば、「かくいみじうもの思ふべき身にやありけん、いかにもいかにも、ことざまにこの世を思ひかかづらふ方のはべらざりつれば、御おもむけにしたがひきこえずなりにし。今なむ、悔しく心苦しうもおぼゆる。されども、うしろめたくな思ひきこえたまひそ」などこしらへて…（総角⑤三二七～八）

大君への妄執が極まった感のある薫に、大君は自分の代わりに中の君をとそれとなくお伝えいたしましたのにお聞き届けくださらなかったことだけが心残りですと伝えるのだが、それに対して薫が傍線部のように答えたということは、大君の死後、中の君に接近していく口実が与えられたということになろう。こうして物語は、早蕨巻への展開をにらみながら、薫を中の君に再び近づけるべく準備を進めていくのである。

五　薫と大君の物語

ここで、結ばれることなく終わった大君と薫の物語が、宇治十帖においていかなる意義を有するものなのかという点について考えておきたい。言い換えれば、大君の結婚拒否をどう位置付けるかという問題である。

その際注目されるのは、やはりどこまでも「隔て」にこだわろうとする大君の造型であろう。物理的な隔てを介してこそ隔てなき心の交流が可能になるとする大君の思考は、先行作品を咀嚼吸収しながら『源氏物語』が獲得した重要な発想形式であり、この作品を組み上げる主要素材の一つでもある。(15)しばしば指摘されてきた第二部の紫の上からの主題の継承ということも含めて、そのような大君造型が重要な意義を担うことは言うまでもない。しかしながら、そこから直ちに愛の永遠化のようなものをここでの主題として取り出すことには慎重でありたい。

いったい、心惹かれる男にそれでもなお靡くまいとする女の心理が感動的なのは、たとえば「忘れじのゆく末まではかたければ今日を限りの命ともがな」（新古今・恋3・一一四九・儀同三司母）に見られるように、男の心変わりが前提とされているからではないのか。とするならば、問題の大君像は光源氏や匂宮といった男性に対してこそ相応しいものであって、薫とは噛み合わないということになる。前掲Kなどに見られるごとく、大君は薫が簡単に心変わりすると考えているようだが、それが薫の正当な評価でないことは物語の展開が証する通りである。

第二節で述べたように、薫像を通して追究されてきたのは男の執着だと考えられる。八の宮の造型を考えてみても、物語が往生を妨げるものとして執着を捉えていることは疑い得ない。それゆえ、問題の焦点は、薫の執着を大君がどう受け止めそれにどう対処するか、という点に絞り込まれていくべきであった。具体的に言えば、男の執着の対象になった女が男の思いを拒めば男の執着はさらに深まり往生の妨げとなるが（女三の宮と柏木の場合）、しかし自らの意志に反して男の手に落ちたとしても真に幸福な生活が待っているとは言い難い（落葉の宮と夕霧の場合）、そういう板ばさみ的状況の中で、第三の道が模索されるべきであったということである。大君は「かの世にさへ妨げきこゆらん罪のほど」（総角⑤三二一）、すなわち自らが父八の宮の往生の妨げになっていることには思い至るのだから、それを薫に適応していけば、二人の物語は異なる結末に辿りついていたかもしれない。しかし、述べてきたように大君は薫の執着に真正面から向き合うことはなかった。前章で述べたように、第二部後半の光源氏や紫の上は、執着を抱え込む人間を丸ごと「あはれ」と許容するような境地に到達していたと考えるが、

大君がそのような「あはれ」を薫に対して抱くことは最後までなかったのである。(16)

構想論的に言えば、薫の恋心を徹底的に拒むことによりますますその執着度合いを高めることがここでの狙いであり、右に述べたような課題はその後の展開の中で深めるべく仕組まれていたと考えるべきなのかもしれない。とすればなおさら、大君の結婚拒否のみを取り出して高く評価することは不適切であろう。大君の担う主題は、薫のそれと原理的に噛み合っていないのである。

おそらく、ここに浮舟が登場してくる必然性も胚胎していたに違いない。「もとの御契り過ちたまはで、愛執の罪をはるかしきこえたまひて、一日の出家の功徳ははかりなきものなれば、なほ頼ませたまへとなん」(夢浮橋⑥三八七)という横川僧都の言葉は、大君と薫の物語では回避された課題への一つの回答であり、女の救済と男の執着という相容れない問題を解くための一つの指針でもあった。しかし、そのような視点を取り込んで物語が織りなされるには、なお多くの紆余曲折が予想される。大君と薫の物語は、そのような長い道程(宇治十帖)の出発点に過ぎないのではあるまいか。

六　中の君への接近

大君を失った薫は、その死に顔を見ながら「かくながら、虫の殻のやうにても見るわざならましかば」(総角⑤三二九)との願いを抱く。伊藤博氏がこのあたりの叙述について、「あくまで大君との「心」の交流を求めていたはずの薫が、ここに至って「心」なき肉体そのものにつよい執着を示していることに注意したい。大君の形代・人形を求めての薫の彷徨がすでに方向づけられていよう」と述べるように、(17)薫は前掲Nの大君の発言などを思い出しながら、匂宮と結び付けてしまった中の君に対して「形見にも見るべかりけるものを」(総角⑤三三〇)「かの御代りになずらへても見るべかりけるを」（総角⑤三四〇）との後悔の念を抱くようになる。そして、早蕨巻に入ってその中の君が大君に似ていることが指摘されてくるようになると、その思いをますます強めていくのである。

一方の中の君も、大君を亡くした悲しみは深く、新春を迎えてもいっこうに心の晴れる時がない。そして、「（薫ガ）尽きせず思ひほれたまひて、新しき年とも言はずいやめになむなりたまへると聞きたまひても、げに、うちつけの心浅さにはものしたまはざりけりと、いとど、今ぞ、あはれも深く思ひ知らるる」（早蕨⑤三四七）と、自分同様に悲しみに沈む薫に対して共感の情を深めていくことになる。薫は、そのような中の君の後見役に徹してあれこれと世話をするのだが、早蕨巻巻末に至ると、中の君は「わが御心にも、あはれ深く思ひ知られにし人（＝薫）の御心を、今しもおろかなるべきならねば、かの人（＝大君）も思ひのたまふめるやうに、いにしへの御代りとなずらへきこえて、かう思ひ知りけり、と見えたてまつるふしもあらばや」（早蕨⑤三六九）との思いさえ抱くようになる。この思いは、前引した総角巻巻末での薫の思いと同質のものであり、互いを大君の「御代り」としてなずらえていこうという点で共通する。つまり、物語は亡き大君を媒介として薫と中の君との接近を図っているのであり、それはとりもなおさず、両者の間に密通の可能性が浮かび上がってくるということである。

しかし、物語がその方向に展開することはなかった。早蕨巻の薫を語る際にはしばしば「悔し」「かひなし」の語が用いられるが、薫は中の君への思いを強める一方で、中の君と匂宮を結婚させたことを後悔し、しかし今となってはもはや甲斐のないことと自制するのである。

・心の中には、かく慰めがたき形見にも、げにさてこそ、かやうにもあつかひきこゆべかりけれと、悔しきことやうやうまさりゆけど、今はかひなきものゆゑ、常にかうのみ思はば、あるまじき心もこそ出でくれ、誰がためにもあぢきなくをこがましからむと思ひ離る。（早蕨⑤三五一）

・（中の君ノ）所どころ言ひ消ちて、いみじくものあはれと思ひたまへるけはひなど、いとようおぼえたまへるを、心からよそのものに見なしつると思ふに、いと悔しく思ひゐたまへれど、かひなければ、その夜のこと、かけても言はず、忘れにけるにやと見ゆるまで、けざやかにもてなしたまへり。
（早蕨⑤三五六）

後見役と懸想人との危うい均衡の上に立つ薫であるが、ここでは「かひなし」という思いが薫の暴走に歯止めをかける仕組みになっている。しかし宿木巻に入り、夕霧の六の君と匂宮の縁談が成立したことにより中の君が苦悩を深めていくと、薫は中の君への同情心を強めていくようになる。「中納言殿も、いといとほしきわざかなと聞きたまふ。花心おはする宮なれば、あはれとは思ほすとも、いまめかしき方（＝六の君）にかならず御心移ろひなんかし…」（宿木⑤三八六）と、物語は薫の心内を叙述していくのだが、しかしここでは匂宮と中の君を結び付けたことを「かへすがへすぞ悔しき」（宿木⑤三八七）とする思いが記されるものの、薫の思考がそこから「かひなし」に向うことはない。[18] 総角巻に「（中の君二）かうもの思はせたてまつる（＝匂宮とのことで物思いをさせる）よりは、ただうち語らひて、尽きせぬ慰めにも見たてまつり通はましものを（＝夫として通っていけばよかった）」（総角⑤三三〇～一）と考えていた薫だけに、匂宮との夫婦関係に悩む中の君の噂を聞くと、「かひなし」という自制が働かなくなるということなのであろう。つまり、それだけ薫の心は懸想人の側に傾いていくのである。

この翌朝、自邸の朝顔を手折った薫は二条邸に中の君を訪ね、「心から、悲しきこと（＝大君との死別）も、をこがましく悔しきもの思ひをも、かたがたに安からず思ひはべるこそいとあいなけれ」（宿木⑤三九四）云々と自らの思いを述べ、「よそへてぞ見るべかりける白露のちぎりかおきし朝顔の花」（宿木⑤三九四～五）との和歌を中の君に詠みかける。この和歌は、中の君の苦悩を前提に、大君から許しを得ていたのだから私こそがあなたの面倒を見るべきでした、と同情を示したものであろう。しかし、これは言うまでもなく、これまでにも繰り返されてきた「悔しきもの思ひ」の表明でもあった。それゆえ、薫の気持ちが恋情の告白に傾く可能性が高まる場面なのだが、中の君の返歌を得て「なほいとよく似たまへるものかなと思ふにも、まづぞ悲しき」（宿木⑤三九五）とあるように、今回は大君との死別の悲しみが薫の心中を占めることになる。こうして「悔しきもの思ひ」の暴走を回避した薫は、源氏との別れの悲しみと比較しながら、「なほ、この近き夢（＝大君との死別）こそ、さますべき方なく思ひたまへらるるは、同じこと、世の常なき悲しびなれど、罪深き方はまさりてはべるにやと、それさへなん心憂くはべる」（宿木⑤三九六〜七）と訴え、「かたみにいとあはれと思ひかはしたまふ」（宿木⑤三九七）とあるように、大君の死を媒介として中の君と互いに共感しあうのだが、この共感が中の君に宇治行き依頼という更なる提案を促すことに繋がっていく。

数日後、再び薫に宇治行き依頼の手紙を贈った中の君は、総角巻での実事なき一夜を思い出しながら薫と結婚していた可能性を考え、薫を廂の間に招き入れさえする。当の薫も「をりをりは、過ぎにし方の悔しさを忘るるをりなく、ものにもがなやととり返さまほしきとほのめかしつつ」（宿木⑤四二六）「月ごろ、悔しと思ひわたる心の中の苦しきまでなりゆくさまをつくづくと言ひつづけたまひて」（宿木⑤四二八）と、ここでも後悔の念を表出するのだが、前回とは異なり、中の君の袖を捉えて簾の中にさえ侵入しようと迫っていく。つまり、今回は「悲しきこと」の方へと話題がそれていかず、薫と中の君が最も接近することになるのであり、密通の可能性が最高潮に達する場面が演出される。しかしながら、そうなると中の君の方も態度を硬化させる結果となり、結局今回も「男君は、いにしへを悔ゆる心の忍びがたさなどもいとしづめがたかりぬべかめれど、昔だにありがたかりし御心の用意なれば、なほいと思ひのままにもてなしきこえたまはざりけり」（宿木⑤四二九）と、何事もなく退出となるのであった。

右に見てきたように、薫が中の君に接近すべく段階的に状況を敷設してきておきながら、何故物語は最後の最後で二人の密通を回避するのか。中の君に迫った際にも薫が「かばかりの対面は、いにしへをも思ひ出でよかし、過ぎにし人（＝大君）の御ゆるしもありしものを」（⑤四二八）と発言しているように、大君の許可を得ているという思いが薫にはあった。それゆえにこそ、匂宮と結び付けたことを「悔し」と後悔するのだが、となれば、早蕨巻のような「かひなし」という思いの消えた宿木巻にあって、薫の行動に歯止めをかけたものはいったい何であったのか。

　薫は「いと恥づかしと思したりつる腰のしるしに、多くは心苦しくおぼえてやみぬるかな」（宿木⑤四二九）と今回の一件を振り返るのだが、これを中の君が妊娠していたからとのみ理解するのでは不十分であろう。注目すべきは、宇治行きをめぐる二人の認識の違いである。中の君は「忍びて渡させたまひてんや」（宿木⑤三九七〜八）「いかで忍びて渡りなむ」（宿木⑤四二一）「いと忍びてこそよからめ」（宿木⑤四二七）とあるように、あくまでも人目を避けてひっそりと宇治に行くことを望んでいるのに対して、薫は「なほ、宮に、ただ心うつくしく聞こえさせたまひて、かの御気色に従ひてなんよくはべるべき」（宿木⑤四二五〜六）「宇治にいと渡らまほしげに思いためるを、さもや渡しきこえてましなど思へど、まさに、宮は、ゆるしたまひてんや、さりとて、忍びて、はた、いと便なからむ」（宿木⑤四三〇）と発言しまた考えているように、あくまでも匂宮の許可を得て行動に移したいという考えなのである。つまり、宿木巻の薫からは確かに「かひなし」という思いは消えたものの、匂宮の存在は常に気にかけていたと推測されるのであり、先の「腰のしるし」も中の君の背後に匂宮がいることを再認識させるものであったと捉えるべきであろう。この後「何かは、この宮離れはてたまひなば、我を頼もし人にしたまふべきにこそはあめれ」（宿木⑤四三二）と思うのも、この考えの裏返しであり、募ってきた薫の恋情を爆発寸前で思い留まらせたのは、やはり匂宮の存在であったと思われる[19]。

　また、このことにかかわって注目しておきたいのが、前引した早蕨巻での「常にかうのみ思はば、あるまじき心もこそ出でくれ」（波線部）という思いである。ここで薫が危惧している「あるまじき心」とは人妻である中の君への恋情のことだが、たとえば源氏や夕霧がそれぞれ藤壺・落葉の宮に対する思いを「あるまじき心」として

捉え

・からうじて鶏の声はるかに聞こゆるに、命をかけて、何の契りにかかる目を見るらむ、わが心ながら、かかる筋におほけなくあるまじき心の報いに、かく来し方行く先の例となりぬべきことはあるなめり…
（夕顔①一六九）

・（夕霧）「いと、かう、言はむ方なき者に思ほされける身のほどは、たぐひなう恥づかしければ、あるまじき心のつきそめけむも、心地なく悔しうおぼえはべれど、とり返すものならぬ中に、何のたけき御名にかはあらむ。…」
（夕霧④四七八〜九）

と、その存在を認めているのに対して、先の薫はその存在じたいを打ち消そうとしている点に注意されるのである。そのような態度は、密通の危険がひとまず回避された後の、中の君への次の発言にも認められる。

・よろづに思ひたまへわびては、心のひく方の強からぬわざなりければ、すきがましきやうに思さるらむと恥づかしけれど、あるまじき心のかけてもあるべくはこそめざましからめ、ただかばかりのほどにて、時々思ふことをも聞こえさせうけたまはりなどして…
（宿木⑤四四七）

ここでも薫は「あるまじき心」の存在を強く否定するのだが、これらの用例からは薫の持つ強い倫理観のようなものが想像されよう。それは密通に対する極度の潔癖性と言い換えてもよいのだが、薫の造型において密通の可能性は既に閉ざされていたのである。

七　浮舟登場

言うまでもなく、密通が回避されたからといって薫の恋情が収まったわけではない。しかし、今回の一件を機に中の君が薫ではなく匂宮を選択したことにより、薫がこれ以上中の君に接近していく可能性は断たれることになった。薫を中の君へと近づける際の鍵語であった「悔し」等の語も、前引した「悔ゆる心」を最後として薫の心内からはしばらく姿を消すことになる（次に見られるのは蜻蛉巻）。そしていよいよ浮舟登場となるわけだが、しかし、中の君の口から薫に異母妹（浮舟）の存在が告げられ、宿木巻巻末で薫の垣間見が語られるものの、物語はそこから即座に薫と浮舟の関係成就へとは向かわず、続く東屋巻では浮舟側の事情を語り始めることになる。

弁の尼経由で薫の意向を知らされた母中将の君であったが、それを本気にせず、浮舟の結婚相手としては身分の釣り合う左近少将をと決めるのであった。しかし、浮舟が常陸介の実子でないことを知った左近少将が一方的にこの縁談を破棄すると、中将の君は浮舟の庇護を中の君に求めて二条院に参上することになる。ここで重要なことは、中将の君の考えが一変し、薫と浮舟とを結び付けようとする気持ちが固まることであろう。

〇乳母ゆくりかに思ひよりて、たびたび言ひしことを、あるまじきことに言ひしかど、この御ありさま（＝薫）を見るには、天の川を渡りても、かかる彦星の光をこそ待ちつけさせめ、わがむすめは、なのめならん人に見せんは惜しげなるさまを、夷めきたる人をのみ見ならひて、少将をかしこきものに思ひけるを、悔しきまで思ひなりにけり。（東屋⑥五四）

こうして物語は、薫の側からと同時に浮舟の側からも、二人が結び付くことを既定路線化していくのである。

このようなお膳立てが出来あがったところで、匂宮の侵入事件が語られることになる。結果として事なきを得た浮舟であったが、匂宮に迫られた際には

・扇を持たせながらとらへたまひて、（匂宮）「誰ぞ。名のりこそゆかしけれ」とのたまふに、（浮舟ハ）むくつけくなりぬ。（東屋⑥六一）

・（匂宮ハ）心づきなげに気色ばみてもてなさねど、（浮舟ガ）ただいみじう死ぬばかり思へるがいとほしけれ

ば、情ありてこしらへたまふ。　（東屋⑥六二）

とあるように、相当の恐怖心を抱いたことは間違いない。しかし、同じく夕霧に迫られた落葉の宮が「世を知りたる方の心やすきやうにをりをりほのめかすもめざましう、げにたぐひなき身のうさなりやと思しつづけたまふに」（夕霧④四〇八）と感じたり、薫に迫られた大君が「言ふかひなくうしと思ひて泣き給ふ御気色」（総角⑤二三五）を見せたりしたような「うし」の認識をここでの浮舟が抱くことはない。それは、浮舟の気持ちが匂宮に傾いていくことと無関係ではあるまい。三条の小家に移された浮舟は、中将の君が匂宮と比較して「この君（＝薫）は、さすがに、尋ね思す心ばへのありながら、うちつけにも言ひかけたまはず、つれなし顔なるしもこそいたけれ、よろづにつけて思ひ出でらるれば、若き人（＝浮舟）はまして、かくや思ひ出できこえたまふらん」（東屋⑥八二）と考えたのとは対照的に、中の君に続けて先の出来事を

Pあやにくだちたまへりし人（＝匂宮）の御けはひも、さすがに思ひ出でられて、何ごとにかありけむ、いと多くあはれげにのたまひしかな、なごりをかしかりし御移り香も、まだ残りたる心地して、恐ろしかりしも思ひ出でらる。　（東屋⑥八三）

と想起するのだが、「さすがに思ひ出でられて」とされているように、それは浮舟の記憶の底からふっと浮かびあがってくるという体なのである。この段階ではまだ恐怖心の方が強く匂宮への愛情を自覚するには至っていないようだが、しかし匂宮の声や匂いは確実に浮舟の心に浸透していると読み解くべきところなのであろう[20]。物語は、薫と浮舟とを結び付けようとする周囲の思惑を描き込むと同時に、それと齟齬するような浮舟の情念をも始動させていくのである。そして、浮舟巻で薫を装って侵入してきた匂宮と一夜を共にする場面でも、図らずも男と関係を結んだ正篇の女君たちが、その翌朝

身のうさを嘆くにあかで明くる夜はとりかさねてぞ音もなかれける　（帚木①一〇四・空蟬）

世がたりに人や伝へんたぐひなくうき身を醒めぬ夢になしても　（若紫①二三二・藤壺）

うき身世にやがて消えなば尋ねても草の原をば問はじとや思ふ　（花宴①三五七・朧月夜）

あけぐれの空にうき身は消えななむ夢なりけりと見てもやむべく　（若菜下④二二九・女三の宮）

と和歌に詠んでいるのとは対照的に、匂宮の情熱的な対応に接して、

Q女、いとさまよう心にくき人（＝薫）を見ならひたるに、時の間も見ざらむに死ぬべしと思し焦がるる人（＝匂宮）を、心ざし深しとはかかるを言ふにやあらむと思ひ知らるるにも、あやしかりける身かな、誰も、ものの聞こえあらば、いかに思さむと、まづかの上（＝中の君）の御心を思ひ出できこゆれど…（浮舟⑥一三〇）

と思うのであった。

こうして浮舟は、薫と結ばれるべく周囲の環境が整っていく中で、匂宮に心惹かれていくようになる。しかし、そのことが浮舟を苦しめないはずはない。匂宮に浮舟が迫られたことを知った中将の君は「便なきことも出で来なば、人笑へなるべし」（東屋⑥七七）と言い置いていたが、匂宮との愛に生きることはまさに「人笑へ」を招来する行為にほかならず、浮舟は周囲の期待（薫）と自身の恋情（匂宮）との間で苦悩を深めていくことになる。実は浮舟が「うし」の認識を抱くのは、そのような時であった。匂宮との逢瀬があった後、薫が宇治を訪れた際に、浮舟は「女、いかで見えたてまつらむとすらんと、空さへ恥づかしく恐ろしきに、あながちなりし人（＝匂宮）の御ありさまうち思ひ出でらるるに、またこの人（＝薫）に見えたてまつらむを思ひやるなん、いみじう心憂き」（浮舟⑥一四二）と思いながらも薫と対面するのだが、そこに

R男は、過ぎにし方のあはれをも思し出で、女は、今より添ひたる身のうさを嘆き加へて、かたみにもの思はし。（浮舟⑥一四五）

とあるのが初出である。これ以降、

・…はじめより契りたまひしさまも、さすがにかれ（＝薫）はなほいともの深う人柄のめでたきなども、世の中を知りにしはじめなればにや。かかるうきこと聞きつけて思ひ疎みたまひなむ世には、いかでかあらむ、いつしかと思ひまどふ親にも、思はずに心づきなしとこそはもてわづらはれめ…　（浮舟⑥一五七〜八）

・君は、さてもわが身行く方も知らずなりなば、誰も誰も、あへなくいみじとしばしこそ思うたまはめ、ながらへて人笑へにうきこともあらむは、いつかそのもの思ひの絶えむとする、と思ひかくるには…

（浮舟⑥一六八）

・まろは、いかで死なばや、世づかず心憂かりける身かな、かくうきことあるためしは下衆などの中にだに多くやはあなる、とて、うつぶし臥したまへば…　（浮舟⑥一八二）

と繰り返されていくのだが、右の用例にも明らかなように、浮舟が抱く「うし」の感情は、他の女君たちとは異なり、男に迫られたことそれじたいにではなく、匂宮と薫の間で板挟みになっているという状況にこそ由因するのである。(21)

　このように物語は、思い乱れる浮舟の姿を描き込んでいくのだが、薫がそれに気づくことはない。浮舟に「思ひ乱る」という語が初めて使われるのは「うし」の初例と同じ時だが、そこに

　Sあやしう、うつし心もなく思し焦らる人（＝匂宮）をあはれと思ふも、それはいとあるまじく軽きことぞかし。この人（＝薫）にうしと思はれて、忘れたまひなむ心細さは、いと深うしみにければ、思ひ乱れたる気色を、（薫ハ）月ごろに、こよなうものの心思ひ知りねびまさりにけり、つれづれなる住み処のほどに、思ひ残すことはあらじかしと見たまふも、心苦しければ、常よりも心とどめて語らひたまふ。（浮舟⑥一四三〜四）

とあるように、薫は浮舟の内面にまったく考え及ばないのである。それどころか、匂宮と浮舟との秘密を知った薫は、浮舟と関係を持った匂宮について「さても、知らぬあたりにこそ、さるすき事をものたまはめ、昔より隔

てなくて、あやしきまでしるべして率て歩きたてまつりし身にしも、うしろめたく思しよるべしや」（浮舟⑥一七四）と思い、浮舟のことについても

T女のいたくもの思ひたるさまなりしも、片はし心得そめたまひては、よろづ思しあはするに、いとうし。ありがたきものは、人の心にもあるかな、らうたげにおほどかなりとは見えながら、色めきたる方は添ひたる人ぞかし、この宮の御具にてはいとよきあはひなり…（浮舟⑥一七五）

と理解するのであった。

そのような薫の思考において注目すべきは、匂宮との対比からかつての自身と中の君との関係を振り返り「対の御方（＝中の君）の御事を、いみじく思ひつつ年ごろ過ぐすは、わが心の重さこよなかりけり、さるは、それは、今はじめてさまあしかるべきほどにもあらず、もとよりのたよりにもよれるを、ただ心の中の隈あらんがわがためにも苦しかるべきによりこそ思ひ憚るもをこなるわざなりけれ」（浮舟⑥一七四）と考えている点である。前節末で述べたように「あるまじき心」の存在を強く否定する薫であるだけに、自分との関係を知りながら浮舟に手を出した匂宮が許せないのであろうし、そのような匂宮を受け入れる浮舟の心理もまた理解できないということなのであろう。「波こゆるころとも知らず末の松待つらむとのみ思ひけるかな／人に笑はせたまふな」（浮舟⑥一七六〜七）という難詰の和歌と言葉を浮舟に贈るのも、それゆえのことだと思われる。

こうして、追いつめられた浮舟は

Uながらへばかならずうきこと見えぬべき身の、亡くならんは何か惜しかるべき、親もしばしこそ嘆きまどひたまはめ、あまたの子どもあつかひに、おのづから忘れ草摘みてん、ありながらもてそこなひ、人笑へなるさまにてさすらへむは、まさるもの思ひなるべし（浮舟⑥一八四〜五）

などと考えて、ついに自死を決意するのだが、はたして薫と浮舟とはこのまますれ違いに終わってしまうのか。

八　蜻蛉巻の薫

浮舟を失った薫は、

・心憂かりける所かな、鬼などや住むらむ、などて、今までさる所に据ゑたりつらむ、思はずなる筋の紛れあるやうなりしも、かく放ちおきたるに心やすくて、人も言ひ犯したまふなりけむかし、と思ふにも、わがたゆく世づかぬ心のみ悔しく、御胸いたくおぼえたまふ。（蜻蛉⑥二一五）

・宮をめづらしくあはれと思ひきこえても、わが方をさすがにおろかに思はざりけるほどに、いとあきらむるところなく、はかなげなりし心にて、この水の近きをたよりにて、思ひ寄るなりけんかし、わがここにさし放ち据ゑざらましかば、いみじくうき世に経とも、いかでかかならず深き谷をも求め出でまし、といみじううき水の契りかなと、この川の疎ましう思さるることいと深し。（蜻蛉⑥二三五）

と、自分自身の側に死の原因を求めていくようになり、その思いはやがて「ただ、わが過ちに失ひつる人なり」（蜻蛉⑥二三六）「わが過ちにて失ひつる」（蜻蛉⑥二四三）という認識へと収斂していくことになる。薫が「わが過ち」と捉えるのは、他に二例ありいずれも匂宮と中の君を結び付けたことを指している（総角⑤二八五・宿木⑤四五四）。このことが「悔し」の念に結び付くことは前述の通りだが、ここでもまた「とく迎へとりたまはずなりにけること悔しう」（蜻蛉⑥二三七）などとあるように、後悔の念に繋がっていくことになる。そして、浮舟の四十九日を終えた薫は半生を回顧しつつ、「思ひもていけば、宮をも思ひきこえじ、女（＝浮舟）をもうしと思はじ、ただわがありさまの世づかぬ怠りぞ」（蜻蛉⑥二六一）との考えに至るのである。[22] この「女をもうしと思はじ」という思いは、前掲Sの「この人にうしと思はれて、忘れたまひなむ心細さは、いと深うしみにければ」という浮舟の危惧と響き合っていよう。薫の預かり知らぬことではあるが、薫と浮舟とが繋がり得る可能性を物語は暗示しているのだと思われる。

　しかし、右のような考えを抱いたからといって、匂宮や浮舟のことを完全に許せたわけではないらしい。薫は、女房と戯れる匂宮を見て「いかで、このわたりにも、めづらしからむ人の、例の心入れて騒ぎたまはんを語らひ取りて、わが思ひしやうに、やすからずとだにも思はせたてまつらん」（蜻蛉⑥二七〇）と思っているし、また召人である小宰相の君を「見し人（＝浮舟）よりも、これは心にくき気添ひてもあるかな」（蜻蛉⑥二四六）と評価する背景にも、彼女が匂宮の懸想をきっぱりとはねつけたことを「まめ人（＝薫）は、すこし人よりことなりと思すになんありける」（蜻蛉⑥二四五）ということが影響していよう。手習巻や夢浮橋巻の巻末でも、それぞれ「さすがに、その人とは見つけながら、あやしきさまに、容貌ことなる人の中にて、うきことを聞きつけたらんこそいみじかるべけれ」（手習⑥三六八〜九）「人の隠しすゑたるにやあらん」（夢浮橋⑥三九五）と、浮舟が他の男にかくまわれている可能性に思い至るように、浮舟を軽侮する心は相当に根深いようである。

　とはいえ、浮舟への思いを断ち切れないのが薫という人物でもあった。四十九日が終わると物語は宮廷社会を舞台とするようになる。この蜻蛉巻後半の位置付けをめぐっては、様々に議論が展開されてきたが、注目すべきは、やはり薫の新たな恋の展開の芽がことごとく摘まれていることであろう。たとえば、先に見た小宰相の君にしても、浮舟以上との評価を与えられながらもすぐさま「などてかく出で立ちけん、さるものにて、我も置いたらましものを」（蜻蛉⑥二四六）との感想が記されているように、宮仕えした今となっては召人以上の扱いはあり得ないのである。とすれば、かつて薫との縁談話が持ち上がってた宮の君にしても、小宰相の君同様、もはや薫の恋の相手にはなり得まい。宮の君の声を聞いての「ただ、なべてのかかる住み処の人と思はば、いとをかしかるべきを、ただ今は、いかで、かばかりも、人に声聞かすべきものとならひたまひけんとなまうしろめたし」（蜻蛉⑥二七四）という感想も、「式部卿宮の姫君として宮の君を恋い慕う気持ちが萎えてきていることをうかがわせる」（鑑賞と基礎知識）ということだと思われる。そして言うまでもなく、女一の宮もまた手の届かない対象なのであり、妻として迎えた女二の宮は彼女に似るべくもないのであった。

こうして、薫の思考は宇治の姫君たちへと回帰していくことになる。蜻蛉巻は

Vあやしかりけることは、さる聖の御あたりに、山のふところより出で来たる人々の、かたほなるはなかりけるこそ、この、はかなしや、軽々しやなど思ひなす人も、かやうのうち見る気色は、いみじうこそをかしかりしか、と何ごとにつけても、ただかの一つゆかりをぞ思ひ出でたまひける。あやしうつらかりける契りどもを、つくづくと思ひつづけながめたまふ夕暮、蜻蛉のものはかなげに飛びちがふを、

「ありと見て手にはとられず見ればまた行く方もしらず消えしかげろふ

あるかなきかの」と、例の、独りごちたまふとかや。（蜻蛉⑥二七五～六）

と閉じられることになるのだが、このような薫にもはや自己救済はあり得まい。薫は早くから仏道を志しており、大君や浮舟の死に接して「まことに世の中を思ひ棄てはつるしるべならば、恐ろしげにうきことの、悲しさもさめぬべきふしをだに見つけさせたまへ」（総角⑤三二九）と仏に祈ったり「人の心を起こさせむとて、仏のしたまふ方便は、慈悲をも隠して、かやうにこそはあなれ」（蜻蛉⑥二一六）と考えたりしていたが、遂に薫が出家へと踏み切ることはなかった。むしろ、深い迷妄の闇へとますます彷徨い込んでいく趣なのである。

九　蘇生後の浮舟

一方の浮舟は、小野で蘇生した後、

・「世の中になほありけりといかで人に知られじ。聞きつくる人もあらば、いといみじくこそ」とて泣いたま

ふ。

・かやうの人につけて、見しわたりに行き通ひ、おのづから世にありけりと、誰にも誰にも聞かれたてまつらむこと、いみじく恥づかしかるべし。（手習⑥二九九）

・限りなくうき身なりけりと見はててし命さへ、あさましう長くて、いかなるさまにさすらふべきならむ、ひたぶるに亡きものと人に見聞き棄てられてもやみなばやと思ひ臥したまへるに…（手習⑥三〇三）

などと繰り返し記されるように、人々に自らの存在を知られたくないとの思いを強くしていた。とりわけ、後掲するように、薫に知られることを極端に恐れているのだが、このことは前掲Sや「わが心も、瑕ありてかの人（＝薫）に疎まれたてまつらむ、なほいみじかるべしと思ひ乱るるをりしも…」（浮舟⑥一五八）と、薫に捨てられることを心配していた浮舟巻のありようとは大きく異なっている。

それは、浮舟が男性とかかわりを持って生きることそのものを回避しようとしていることと無関係ではない。

蘇生した浮舟は

W今は限りと思ひはてしほどは、恋しき人多かりしかど、こと人々はさしも思ひ出でられず、ただ、親いかにまどひたまひけん…（手習⑥三〇三）

と、入水直前とは異なり、匂宮や薫のことなどを思い出したりはしなくなっている。しかし、浮舟が過去の経験を完全に清算できているわけではない。

Xやうやう身のうさをも慰めつべききはめに、あさましうもてそこなひたる身を思ひもてゆけば、宮を、すこしもあはれと思ひきこえけん心ぞいとけしからぬ、ただ、この人の御ゆかりにさすらへぬるぞと思へば、小島の色を例に契りたまひしを、などてをかしと思ひきこえけん、とこよなく飽きにたる心地す。はじめより、薄きながらものどやかにものしたまひし人は、このをりかのをりなど、思ひ出づるぞこよなかりける。かくてこそありけれと聞きつけられたてまつらむ恥づかしさは、人よりまさりぬべし。さすがに、この世には、ありし御さまを、よそながらだに、いつかは見んずるとうち思ふ、なほわろの心や、かくだに思はじ、など心ひとつをかへさふ。　（手習⑥三三一〜二）

右は出家直前の浮舟の心内だが、まず注目すべきは傍線部で、浮舟は今回の一件を匂宮に惹かれた自分自身の心に由因するものとして捉えている。これは「わが心もてありそめしことならねども」（浮舟⑥一七八）という捉え方とは正反対であり、たとえ匂宮がきっかけをつくったとはいえ、それに惹かれてしまった自らを反省しているのであろう。この思いは翌年春の

Y春のしるしも見えず、凍りわたれる水の音せぬさへ心細くて、「君にぞまどふ」とのたまひし人（＝匂宮）は、心憂しと思ひはてにたれど、なほそのをりのことは忘れず…　（手習⑥三五四〜五）

という思いにも通じていく。匂宮への恋情は消え去り、思い出だけが残るということなのだと思われる。とすれば、議論の多い「袖ふれし人こそ見えね花の香のそれかとにほふ春のあけぼの」（手習⑥三五六）の「袖ふれし人」も匂宮と考えるべきではないか。眼前の紅梅の香りから浮舟は匂宮との官能の日々を思い出してはいるのだが、しかしそれは未練や執着といったものではなく、そのように捉え直すことを通して、匂宮との関係が過去のものとなっていくという結構なのだと考える[23]。

問題はむしろ薫との関係で、波線を付したように薫には自分の存在を知られたくないと思う一方で、よそながらでもその姿を拝見したいとの思いも去来するというのである。浮舟自身が「なほわろの心や」と自覚するように、薫への思いは完全には断ち切れていない。それは、薫が自分のことを忘れていないことを知らされた際の「忘れたまはぬにこそはとあはれと思ふにも」（手習⑥三六〇）という反応に端的であり、言ってみれば、そういう「なほわろの心」を抱えたままで、浮舟は薫との関係を断ち切ろうとしているのである。とすれば、薫に対して

浮舟の心は揺れざるを得まい。知られるように、物語は、そのような浮舟が薫に存在を知られる方向へと展開していくのだが、いったい二人の再会はどういう可能性を孕んだものとして描き出されてくるのか。それは『源氏物語』の結末をどのようなものとして把握するのかということでもあるが、この問題を考える前に、手習巻に描かれる中将をめぐる挿話の意味を考えておく必要があろう。

その際の重要な指針となるのは、原岡文子氏の論である。[24] 周知の通り、原岡氏は、中将の懸想が浮舟を出家へと導く機能を有していると同時に、その描かれ方においてこれまで絶対的な位置を占めてきた「あはれ」の世界が相対化されていることに注目した。この〈あはれの相対化〉という視点がここでは有効であろう。妹尼や中将がそれぞれ「かかる御住まひは、すずろなることも、あはれ知るこそ世の常のことなれ」（手習⑥三一五）「山里の秋の夜ふかきあはれをもの思ふ人は思ひこそ知れ」（手習⑥三一八）などと浮舟に働きかけるものの、浮舟はいっこうに「あはれ」の世界に対して心を開こうとはしない。そして、前掲Xように「宮を、すこしもあはれと思ひきこえけん心ぞいとけしからぬ」と考えるのである。かつて浮舟は「女も、限りなくあはれと思ひけり」（浮舟⑥一三六）「かたみにあはれとのみ深く思しまさる」（浮舟⑥一五五）などとあるごとく匂宮に惑溺していたのだが、それへの反省が「あはれ」の世界に再び下り立つことを峻拒させるのだと思われる。とすれば物語は、自らを取り巻く周囲の自然や人物に対して「あはれ」の情を抱いた蘇生後の紫の上とは異なる人生を浮舟に用意しているということになろう。そのことを薫との問題に引き絞って言えば、もはや薫との間に「あはれ」を媒介とした関係は構築し得ないということになる。確かに、前述の通り、浮舟は自らを忘れていなかった薫に対して「あはれ」の情を抱いてはいた。しかしながら、小野を訪れた薫を見た際に「月日の過ぎゆくままに、昔のことのかく思ひ忘れぬも、今は何にすべきことぞと心憂ければ、阿弥陀仏に思ひ紛らはして、いとどものも言はでゐたり」（夢浮橋⑥三八三）とあるように、そういう共感の情そのものを封じ込めようとしているのである。

十　再会する薫と浮舟

それでは、薫と浮舟の再会を通して、物語はどのような男女関係を描き出そうとしたのか。この問題について考える際に注目すべきは、やはり横川僧都の手紙であろう。薫の来訪を受け、浮舟との関係を知った僧都は、簡単に浮舟を出家させた自らの落ち度を認めながらも、浮舟に還俗を勧奨する。

Z今朝、ここに、大将殿のものしたまひて、御ありさま尋ね問ひたまふに、はじめよりありしやうくはしく聞こえはべりぬ。御心ざし深かりける御仲を背きたまひて、あやしき山がつの中に出家したまへること、かへりては、仏の責めそふべきことなるをなん、うけたまはり驚きはべる。いかがはせん。もとの御契り過ちたまはで、愛執の罪をはるかしきこえたまひて、一日の出家の功徳ははかりなきものなれば、なほ頼ませたまへとなん。ことごとには、みづからさぶらひて申しはべらむ。かつがつこの小君聞こえたまひてん。（夢浮橋⑥三八六～七）

「いかがはせん」とも述べているように、この還俗勧奨は窮余の策ではあるのだが、しかし薫と浮舟の双方にとって利とするところの大きい提案であったように思う。第八節で述べたように、恋の不如意を抱え込む薫は、深い迷妄の闇を彷徨っている。それを僧都は「愛執の罪」と喝破するのだが、これが第二部以降明瞭になってきた男の執着という問題を襲うものであることは言うまでもない。横川僧都は、浮舟に執着するあまり抱え込むことになった薫の罪を晴らすべく、浮舟に還俗を求めているのである。それはとりもなおさず、薫の救済を意図したものであった。

では、当の浮舟は薫救済のための捨て石に過ぎないのかと言えば、そうではあるまい。浮舟に対して、「思ひたちて、心を起こしたまふほどは強く思せど、年月経れば、女の御身といふもの、いとたいだいしきものになん」（手習⑥三三五）「なにがしはべらん限りは仕うまつりなん。何か思しわづらふべき」（手習⑤三四八）と発言していたように、僧都は常に浮舟の出家生活の行く末を心配していた。具体的には、若い女性の出家であるだけに、男性からの誘惑に負け不淫戒を犯してしまうのではないかという不安、及び自分たちが生きている間はよいが死後の経済的物質的な援助をどう確保するのかという問題である[25]。還俗して薫との生活に戻ることは、そのような心配を解消することにもなる。また、「なほ頼ませたまへ」と述べているように、還俗したからといって仏の加護が断ち切られるわけでもない。つまり、浮舟の救済もまた可能だというのである。

このことを、宇治十帖の問題として捉え直せば以下のようになる。道心と恋心の対立を抱えた薫の人物造型は、光源氏晩年の問題を引き継いだものでもあった[26]。それゆえ、薫の救済という問題が一方には見据えられていたと想像されるが、むしろ物語は、そのような薫を恋の妄執へと迷い込ませるべくここまで操作してきていた。薫が浮舟に宛てた物語の最終歌「法の師とたづぬる道をしるべにて思はぬ山にふみまどふかな」（夢浮橋⑥三九二）は、まさにそのような宇治十帖において描き出されてきた薫の半生を凝縮したような内容になっていると考えられるが[27]、物語はそのような薫の〈まどひ〉を最後に強調して物語を締めくくるのである。それゆえ、もはや薫は物語の主題を担い得ないとも考えられるが、物語としては、むしろそのような薫が救われる道をここに用意したということなのではないか。

しかし、救われようとしているのは薫だけではない。第二部での紫の上の苦悩を引き継いだ大君や浮舟によって宇治十帖の主題が深化されてきたと見る立場に立てば、男性を拒否して出家を果たした浮舟を再び還俗させることは、主題の後退とも評されかねない。しかし、藤壺や六条御息所の死後のありようを見ても明らかなように、この物語は出家が即救済を意味すると考えていたわけではない。それゆえ、浮舟が出家したところで問題が解決されるのではなく、その後の救済にまで右の主題は射程を広げていたはずである。一方的に男の執着を断ち切るだけで女は彼岸に到達できるのか。賢木巻で源氏が藤壺に訴えかけた「逢ふことのかたきを今日にかぎらずはいまいく世をか嘆きつつ経ん／御絆にもこそ」（賢木②一一二）という言葉を参考にすると、薫を迷妄の闇に彷徨わせたまま浮舟が出家生活を続けたとしても、薫の執着が浮舟の往生を妨げないとも限らない。それゆえ、浮舟が救われるためにも、薫の愛執を断ち切っておくのは必要なことであった(28)。

このように、第二部の光源氏と紫の上をそれぞれ受け継ぐものとして、薫と浮舟を捉えるとすれば、薫と浮舟の関係もまた光源氏と紫の上のそれを踏まえたものということになる。知られるように、第二部の紫の上は、自身への執着ゆえに出家を許そうとしない光源氏を「あはれ」と見つめ受け止めていた。物語は宇治十帖を書き進めるにあたり、そのような源氏と紫の上の関係を仏教的な側面から乗り越えようとしたのではないか。浮舟を軽侮しつつも忘れられない薫と、「なほわろの心」を抱えたままで薫を忘れようとしている浮舟、この二人を「あはれ」による共感ではなく結び付け、ともに救済しようとするところに、横川僧都の還俗勧奨が要請されたのだと考えたい。

とはいえ、浮舟がこの申し出を承引するのは容易なことではない。はたして、僧都は浮舟にどのような生活を勧めようというのか。また、その説得に浮舟は応じることができるのか。あるいは、大君思慕を原点とする薫の執着は浮舟との生活で癒され得るものなのか。物語は、今後の具体的な展開をすべて読者の想像力に委ねたところで筆を擱いてしまう。恋する人間は救われるのか――『源氏物語』は恋の妄執に取り憑かれた男女の苦悩を様々に描き込んできたが、ついにその救済を描くことはなかった。おそらく、それこそが、中世の恋愛文学へと引き継がれていくべき課題なのであった。

（1）金静熙「宇治十帖の方法―薫と大君の恋物語をめぐって―」（『東京大学国文学論集』二〇〇七年五月）は、「「見ゆづる」（「ゆづる」、「思ひゆづる」）」の語は、源氏物語の中で親が他人に子供を託す文脈において用いられる場合、結婚の許可、または親代わりとしての委託の意を示している」と指摘する。

（2）秋山虔「八宮と薫君―宇治十帖の世界、その一―」（『日本文学』一九五六年九月）日向一雅「八宮家の物語―「家」観念と「恥」の契機を軸として―」（『源氏物語の主題』桜楓社一九八三年）坂本和子「八の宮」（『講座源氏物語の世界』第八集、有斐閣一九八三年）今井久代「宇治八の宮の遺戒と俗性」（『源氏物語構造論』風間書房二〇〇二年）など参照。

（3）注（2）秋山論文、原岡文子「宇治の阿闍梨と八の宮―道心の糸―」（『源氏物語の人物と表現』翰林書房二〇〇三年）など参照。

（4）本章と細部の理解は異なるものの、金盛友子「薫と八宮」（『東京女子大学日本文学』一九八四年三月）が「あくまで道心深さを貫こうとしているようにみえる薫に、法の友としての後見の約束以上のことを期待することは無理だと判断した八宮は、薫に「見ゆづる」ことを断念せざるを得なかった」とする指摘に従いたい。なお、同様の読み取りを示す先行論には、森一郎「薫像の内と外―薫の人物造型と叙述の視点・方法・文体―」（『国文学』一九九三年十月）三谷邦明「源氏物語の言語区分―物語文学の言説生成あるいは橋姫・椎本巻の言説分析―」（『源氏物語研究集成』第三巻、風間書房一九九八年）などがある。

（5）姫君たちに「見ゆづる人もなく、心細げなる御ありさまどもをうち棄ててむがいみじきこと」（椎本⑤一八四）とも言い置いているように、「見ゆづる人」はとうとう最後まで見つからなかったのである。

（6）吉岡廣「匂宮巻の薫像」（『源氏物語論』笠間書院一九七二年）三枝秀彰「罪の人々―柏木・紫上・薫の罪・宿世・宗教について―」（『論集源氏物語とその前後2』新典社一九九一年）など参照。

（7）Eについては、「「心移りぬべし」は、薫の心中の思いをそのまま地の文にしたもの」とする『集成』や、逆に「内話文は、薫自身のものではなく、語り手が推察したものなのである」とする注（4）三谷論文の見解などあり分析が難しいが、ここでは傍線部を薫の心内語、「心移りぬべし」を語り手の批評と解しておく。

（8）吉井美弥子「薫をめぐる〈語り〉の方法」（『読む源氏物語　読まれる源氏物語』森話社二〇〇八年）。

（9）物語に全十二例ある「明けぐれ」のうち四例が若菜下巻での柏木と女三の宮の逢瀬の場面に用いられている。なお、この語については、高橋亨「源氏物語の内なる文学史」（『源氏物語の対位法』東京大学出版会一九八二年）など参照。また、大君の返歌中に用いられた「人やりならぬ」「まどふ」という語が、柏木像を呼び込んでくることについては、伊藤博「愛執の薫」（『源氏物語の基底と創造』武蔵野書院一九九四年）池田和臣「薫の人間造型」（『源氏物語の探求』第十五輯、風間書房一九九〇年）など参照。

（10）中川正美「宇治大君―対話する女君の創造―」（『論集源氏物語とその前後4』新典社一九九三年）など参照。

（11）この問題については、井野葉子「大君　歌ことばとのわかれ」（『源氏物語　宇治の言の葉』森話社二〇一一年）吉野瑞恵「「隔てなき」男女の贈答歌―宇治の大君と薫の歌―」（『王朝文学の生成』笠間書院二〇一一年）から学ぶところが大きかった。

（12）藤原克己「紫式部と漢文学―宇治の大君と〈婦人苦〉―」（『国文学論叢』神戸大学、一九九〇年三月）参照。

（13）「身のうさ」につき『新旧全集』は「自分の思慮が浅かったという自責ないし自己嫌悪の念」と施注するが、「憂し」の語義に照らして従い難い。むしろ、「不仕合せな身の上をひとしお嘆くことになるとは、何と情けないこと。匂宮一行に無視されたしがない身の上を嘆く」（集成）と解すべきものだと考える。

（14）沼尻利通「八宮の遺言の動態―「一言」「いさめ」「いましめ」から―」（『源氏物語の新研究』新典社二〇〇九年）参照。

（15）注（12）藤原論文、高田祐彦「〈結婚拒否〉の思想」（『源氏物語の文学史』東京大学出版会二〇〇三年）など参照。

（16）大君にも薫に対する「あはれ」の用例は認められるが、その方向に思考が深められていくことはなかったと考える。

（17）伊藤博「愛執の薫」（『源氏物語の基底と創造』武蔵野書院一九九四年）。

（18）このあたりの分析については、中川照将「宇治十帖における薫の主題」（『源氏物語研究集成』第二巻、風間書房一九九九年）参照。また、宿木巻における「悔し」については、鈴木俊光「『源氏物語』宿木巻の薫の思い―中の君への「悔し」を中心に―」（『論輯』駒澤大学大学院、二〇〇七年三月）参照。

（19）このことを別の視点から捉えれば、薫の執着は柏木のそれのように決して暴走していかないということになる。しかしそのことは、宇治十帖において男の執着が重要視されなくなったということではあるまい。第一部や第二部において繰り返された、執着の発現たる密通の物語ではなく、むしろその救済が宇治十帖では目指されているのだと思われる。

(20) 鈴木裕子「中将の君と浮舟＝縛る母・「反逆」する娘」（『源氏物語』を〈母と子〉から読み解く』角川書店二〇〇五年）は、この時浮舟が抱いた恐ろしさについて「この恐ろしさは、命の危険にさらされたような鋭い恐怖感ではなく、それまで経験したことのない、官能を揺るがす不気味さとでもいうものであろう」と指摘する。

(21) 横山由美子「浮舟・さすらいの物語空間」（『玉藻』一九九〇年三月）参照。それゆえ「橘の小島の色はかはらじをこのうき舟ぞゆくへ知られぬ」（浮舟⑥一五一）も、「浮舟（水に漂う舟）に、薫と匂宮のどちらに身を寄せてよいやら分らぬわが身を喩《たと》える」（集成）と解すべきである。

(22) この「宮」を女一の宮と解する説もあるが、匂宮とする通説に従った。

(23) 当該歌の解釈については、金秀姫「浮舟物語における嗅覚表現―「袖ふれし人」をめぐって―」（『国語と国文学』二〇〇一年一月）藤原克己「「袖ふれし人」は薫か匂宮か―手習巻の浮舟の歌をめぐって―」（『源氏物語と和歌世界』新典社二〇〇六年）参照。

(24) 原岡文子「「あはれ」の世界の相対化と浮舟の物語」（『源氏物語の人物と表現』翰林書房二〇〇三年）。

(25) 今井久代「浮舟の出家―「我《わたし》」と「君《あなた》」のはざまで―」（『王朝文学と仏教・神道・陰陽道』竹林舎二〇〇七年）など参照。

(26) 岡崎義恵「光源氏の道心」（『源氏物語の美』岡崎義恵著作集5、宝文館一九六二年）鈴木日出男「物語主人公としての薫」（『源氏物語虚構論』東京大学出版会二〇〇三年）藤井貞和「「思ひ寄らぬ隈なき」薫」（『源氏物語論』岩波書店二〇〇〇年）など参照。

(27) 今井上「踏み惑う薫と夢浮橋―宇治十帖の終末についての試論―」（『源氏物語　表現の理路』笠間書院二〇〇八年）参照。

(28) 丸山キヨ子「横川の僧都㈠」（『源氏物語の仏教』創文社一九八五年）など参照。

終章　十一世紀の恋愛文学

——日本中世恋愛文学史へ——

一　『和泉式部日記』

『和泉式部日記』は、為尊親王を追慕する女（和泉式部）のもとにその弟敦道親王から橘の花が届く四月の場面から開始される。言うまでもなく、橘は懐旧の念を誘発する植物であり、女は「五月まつ花橘の香をかげば昔の人の袖の香ぞする」（古今・夏・一三九）の一節（波線部）を口ずさみ、「薫る香によそふるよりはほととぎす聞かばやおなじ声やしたると」との和歌を詠み返す。これは為尊追慕を媒介として交流が開始されていくということであり、言うなれば、宮が亡き為尊の代わりに登場したという体である。しかし、〈折を過ぐさぬ〉宮からの対応に、状況は変化していくことになる。

A雨うち降りていとつれづれなる日ごろ、女は雲間なきながめに、世の中をいかになりぬるならむとつきせずながめて、「すきごとする人々はあまたあれど、ただ今はともかくも思はぬを。世の人はさまざまに言ふめれど、身のあればこそ」と思ひて過ぐす。宮より「雨のつれづれはいかに」とて、

おほかたにさみだるるとや思ふらむ君恋ひわたる今日のながめを
とあれば、折を過ぐしたまはぬををかしと思ふ。あはれなる折しもと思ひて…（五月）

B七日、すきごとどもする人のもとより、織女、彦星といふことどもあまたあれど、目も立たず。かかる折に、宮の過ぐさずのたまはせしものを、げにおぼしめし忘れにけるかなと思ふほどにぞ、御文ある。見れば、ただかくぞ、

思ひきや棚織つ女に身をなして天の河原をながむべしとは
とあり。さはいへど、過ごしたまはざめるはと思ふも、をかしうて…（七月）

いずれの場合も女は「をかし」との感想を抱いているのだが、注目されるのは五月の例で、宮が見過ごさなかった「折」が「あはれなる折」と捉え返されている。宮が初めて橘を贈った際も女が「あはれとながむるほど」であったし、その折の女の歌（前掲「薫る香に」）に対する宮からの返歌への感想も「をかし」と記されていたのであった。為尊追慕のこともあり「あはれ」と周囲を眺めている女のところに、折々ごとに宮から状況を踏まえた歌が届き、その〈折を過ぐさぬ〉振る舞いを女が「をかし」と受け止めていく。[1]とすれば、それは二人が同じ「折」を共有していくということにほかなるまい。七月の例では、「すきごとどもする人」からの消息は目にも入らないというのだから、宮からの和歌でなければ女の気持ちは慰められないような状態になっていたのであろう。おそらく、そういう過程を通して、次第に女は宮に自分と同じものを見出していくのだと思われる。

C九月二十日あまりばかりの有明の月に（宮ハ）御目さまして、「いみじう久しうもなりにけるかな。あはれ、この月は見るらむかし。人やあるらむ」と思せど、例の童ばかりを御供にておはしまして、門をたたかせたまふに、女、目をさまして、よろづ思ひつづけ臥したるほどなりけり。すべてこのごろは、折からにや、もの心細く、つねよりもあはれにおぼえて、ながめてぞありける。あやし、たれならむと思ひて、前なる人を

起して問はせむとすれど、とみにも起きず。からうじて起こしても、ここかしこのものにあたり騒ぐほどに、たたきやみぬ。「帰りぬるにやあらむ。いぎたなしとおぼされぬるにこそ、もの思はぬさまなれ。おなじ心にまだ寝ざりける人かな、たれならむ」と思ふ。（中略）女は寝で、やがて明かしつ。いみじう霧りたる空をながめつつ、明《あか》くなりぬれば、このあかつき起きのほどのことどもを、ものに書きつくるほどにぞ例の御文ある。ただかくぞ、

　　秋の夜の有明の月の入るまでにやすらひかねて帰りにしかな

「いでやげに、口惜しきものにおぼしつらむ」と思ふよりも、「なほ折ふしは過ぐしたまはずかし。げにあはれなりつる空のけしきを見たまひける」と思ふに、をかしうて、この手習のやうに書きゐたるを、やがて引き結びてたてまつる。

右は九月の記事だが、ここでは「あはれ」を共有する者として宮が捉えられている。それはまた、この時女が贈った宮への手習文及びそれへの宮の返歌に、それぞれ

　　よそにてもおなじ心に有明の月を見るやとたれに問はまし

　　われならぬ人も有明の空をのみおなじ心にながめけるかな

とうたわれているように、「同じ心」を持つ者としてお互いを認識したということでもあった。

　しかし、だからといって、女が宮との関係にのめり込んでいくわけではない。確かに、宮は「同じ心」を持った存在であり、「あはれ」を共有し得る相手ではある。しかし、宮邸入りを決意した後にも、宮から出家願望を聞かされて「なにの頼もしきことならねど、つれづれのなぐさめに思ひ立ちつるを、さらにいかにせまし」と思い乱れているように、女にとって宮との関係は、〈つれづれ慰む〉ものでしかなかったのである。それは、女が一方で出家願望を持ち続けていたためかと思われる。

D女は、ものへ参らむとて精進したるうちに、いと間遠なるもこころざしなきなめりと思へば、ことにものなども聞こえで、仏にことづけたてまつりて明かしつ。

右は、宮との関係の開始直後の五月の記事だが、数日ぶりに訪れた宮を女は精進を理由に拒んでいる。女はこの後三日ほど寺に参詣しており、帰宅後の記事にも

E宮、例の忍びておはしまいたり。女、さしもやはと思ふうちに、日ごろのおこなひに困じて、うちまどろみたるほどに、門をたたくに聞きつくる人もなし。

とあるように、日々の勤行に励んでいたというのである。これは為尊追慕のためとも解されるが、同じ五月の五月雨の頃の宮との贈答歌にも「ふれば世のいとど憂さのみ知らるるに今日のながめに水まさらなむ／待ちとる岸や」とあり、「女はこの世の憂さから出家によって救われることをほのめかした」（新編全集）と考えられるところから推せば、出家願望は潜在的に女の心中にも存在していたのであろう。そして、八月の石山詣での折に「山を出でて暗き道にぞたどり来し今ひとたびのあふことにより」と詠んでいるように、その道心は宮への恋心と対立するものとして理解されているのである。言い換えれば、恋心と道心との対立を抱えたところに女は造型されていたということである。(2)

とすれば、女もまた『源氏物語』宇治十帖の薫や浮舟と同じく、恋愛か仏教かの選択を迫られていたことになるが、その具体化が、宮邸入りという問題であったと思われる。

Fかばかりねんごろにかたじけなき御こころざしを、「見ず知らず心こはきさまにてもてなすべき。ことごとはさしもあらず」など思へば、参りなむと思ひ立つ。まめやかなることども言ふ人々もあれど、耳にも立たず。「心憂き身なれば、宿世にまかせてあらむ」と思ふにも、「この宮仕へ本意にもあらず、巌の中こそ住まほしけれ、また憂きこともあらばいかがせむ。いと心ならぬさまにこそ思ひ言はめ。なほかくてや過ぎな

まし。近くて親はらからの御有様も見きこえ、また昔のやうにも見ゆる人の上をも見さだめむ」と思ひ立ちにたれば…

女は一方で出家を念頭に置きながらも、「宿世にまかせてあらむ」と宮邸入りを決意するのである。「宿世に任す」という言い回しから推せば、熟慮の末に納得して宮邸入りを選択したというのではなく、恋心か道心かをめぐって逡巡した結果、言わば思考を放棄する形で決断を下したということなのであろう。それゆえ、宮邸入りが合理的必然性をもって選択されたわけではない。言い換えるなら、恋愛に身を投じていくことを十分に説得的な形では提示し得ていないのである。そこにこの問題の難しさがあると考えるが、ともあれ、本章ではそのような形で、恋愛と仏教とが相反するものとして捉えられている点を重視しておきたい。『源氏物語』宇治十帖をも見合わせて言えば、その対立の構図をどうやって乗り越えていくかということがここで提起された問題だったのであり、それこそが十一世紀以降の恋愛文学が担っていくべき課題であったということになる。

二　平安後期物語

しかし、後続する文学作品がこの問題に真正面から取り組んだようには思われない(3)。確かに、『浜松中納言物語』の中納言や『狭衣物語』の狭衣大将は薫型の人物造型がなされており、中納言は尼姫君や唐后への恋情を

・罪の深きにやはべらむ、つねよりものあはれにはべりや。（巻3・二四五）

・わが心は、いとかく罪深きかたに身を沈め、なげかむとや思ひし。（巻3・二六二）

と捉えているし、狭衣大将も源氏の宮に

Gいはけなくものせさせたまひしより、心ざしことに思ひきこえさせて、ここらの年月積りぬるは、あまり知

らせたまはざらんも誰も後の世までうしろめたうもなりぬべければ、いとかう世に知らぬ物思ふ人もありけりとばかりを、心得させたまへかし。（巻1・①六〇）

と告白しているように、恋情ゆえに往生が叶わないという認識を把持している。このように、恋心と道心との対立を抱えた人物として造型されている点に十一世紀的なありようが看取されるのだが、しかしながら物語は主人公の救済に向けて展開していくわけではない。

知られるように、『浜松中納言物語』は登場人物の転生を描いた作品だが、中納言の父式部宮卿や唐后がそれぞれ自らの転生を

・みづからは日本の人にてなむはべりし。この中納言、前の世の子にてはべりき。ただひとりはべりしかば、たぐひなくかなしく思ひはべりしにより、九品の望みもこの思ひに引かされて、かく生まれまうで来たるとなむおぼえはべる。（巻1・四九〜五〇）

・（中納言ガ）身を代へても一つ世にあらむこと祈りおぼす心にひかれて、今しばしありぬべかりし命尽きて、天にしばしありつれど、われも、深くあはれと思ひ聞こえしかば、かうおぼしなげくめる人（＝吉野の姫君）の御腹になむやどりなりぬるなり。薬王品をいみじう保ちたりしかども、われも人も浅からぬあいなき思ひにひかれて、なほ女の身となむ生るべき。（巻5・三九七〜八）

と説明しているように、転生は往生の対極に位置付けられていると思しい。言い換えれば、彼らは往生の可能性を放棄して、中納言への愛憐執着ゆえに再び転生してくるというのである。この構図は、転生こそしないものの「極楽の望みはさし置かれ、生を代へても、（唐后ト）かたみにさぞかしとおぼし交して」（巻3・二六二）と願う中納言にも共有されている。とすれば、物語の最終段階において、吉野の姫君の子として転生してくる唐后を待つ中納言は、愛欲の中に絡めとられているということになるのではないか。確かに、中納言は尼姫君との新たな生

活に際して「さはれかし、うちうちの心清う濁らざらむさまは、わりなき心をしづむるほども、仏おのづから見給はすらむ」（巻2・一七二〜三）と考えたり、吉野の姫君への恋情に苦しみながらも「（姫君ガ）さらばと心をかいて、ひとつ心にならざらむかぎりは、せめて押しやぶり、心よりほかに乱さむとは思ひたらず。わが身をこそ千々にくだかめ、この人の身には塵をも据ゑじ」（巻5・四四九）と自制したりしてはいるのだが、しかしながらそれは中納言が恋心を超克したことを意味しない。むしろ、唐后の転生という問題を通して、救済とはほど遠い中納言の姿を描き出しながら物語は閉じられていくのである。

『狭衣物語』において、唐后の位置を占めるのは、言うまでもなく源氏の宮である。「いろいろに重ねては着じ人知れず思ひそめてし夜の狭衣」（巻1・①五四）と詠んでいるように、狭衣は源氏の宮への一途な思いを持ち続けていくのだが、しかしこの願いどおりの人生が描かれることはなく、狭衣はやがて飛鳥井の女君や女二の宮と関係を持つことになる。しかし、そのことで狭衣の気持ちが完全に癒されることはなく、また、源氏の宮が斎院に卜定されたのを機に出家を思うものの、それが達成されることもない。粉河寺から帰った狭衣は、

Hけざやかなりし仏の御契りのみ恋しう思ひ出でられたまふにも、なほいかでこの世をさま悪しからぬさまにて厭ひ離れなんと、御心の中ばかりは、ありしよりけにあくがれまさりて、行ひに心は入りたまへれど、斎院には、えおぼつかなきほどにもなしたまはず。さるは隔てなく見たてまつることさへありがたくなりにたるに、この世の厭はしさも催されたまふべし。

思ひわびつひにこの世は捨てつとも逢はぬ嘆きは身をも離れじ
あな心憂や、この心ならば後の世もいかがと、うしろめたし。（巻3・②二一〜二）

と、仏教と恋愛の板挟みから苦悩を深めていくのである。それは源氏の宮に似た式部卿宮の姫君を手に入れても変わらない。「かかる形代と神の作り出でたまへるにや」（巻4・②二八二）とは思うものの、やはり源氏の宮への

思慕の情が消えることはなかったのである。「七車積むとも尽きじ思ふにも言ふにもあまるわが恋草は」（巻4・②三五〇）とその恋心を自覚し、賀茂社行幸の折にも

I　八島もる神も聞きけんあひも見ぬ恋ひまされてふ御禊《みそぎ》やはせし

そのかみに思ひしことは、皆違ひてこそはあめれ、とぞ思しめしける。

（巻4・②三七五）

と記されているように、即位してもなお源氏の宮への叶わぬ恋心に悩み続けているのである。とすれば、『狭衣物語』においてもまた、愛執の念に深く絡めとられていく主人公の姿が描き出されているということになろう。物語は（物語である以上）あやにくな主人公の恋愛模様を描き出していくということであろうが、この点は『夜の寝覚』も同様である。

J人の世のさまざまなるを見聞きつもるに、なほ寝覚めの御仲らひばかり、浅からぬ契りながら、よに心づくしなる例は、ありがたくもありけるかな。

（巻1・一五）

と書き出されるように、物語は「寝覚めの御仲らひ」を女主人公に軸足を置きながら語っていくことになる。物忌のために訪れた九条邸でたまたま隣家を訪ねていた姉の婚約者である中納言（男主人公）にそれと知らずに襲われ身籠ってしまうという巻一から始まって、老関白との結婚や帝の闖入事件など、波乱万丈の人生を生かされる女主人公ではあるが、彼女はそのような男たちと関わり合いながら現実の人生を生きていくのである。(4) 女主人公は最終的には出家したらしいが、たとえば現存本の末尾に相当する巻五の巻末に記される

K「この世は、さはれや。かばかりにて、飽かぬこと多かる契りにて、やみもしぬべし。後の世をだに、いかでと思ふを、さすがにすがすがしく思ひたつべくもあらぬ絆がちになりまさるこそ、心憂けれ」と、夜の寝覚絶ゆる世なくとぞ。

（巻5・五四六）

という叙述を重視すれば、苦悩に満ちた人生を生きることこそが女主人公に課せられた宿命だったと推察されて

くる。そして、そういう人生の先に准后という地位が手繰り寄せられてくるのであろう。横井孝氏によって〈女の物語〉という視点が提起されて久しいが、(5)『とりかへばや』『有明の別れ』『浅茅が露』『我が身をたどる姫君』などに描き出される女性の人生を顧みるに、出家による魂の救済ではなくむしろ現世での栄華を目指して、彼女たちの人生は敷設されていくように思われる。

三　中世恋愛文学史へ

このように、平安後期の物語作品においては、仏教と恋愛の対立の構図を取り込んではいるのものの、そこから恋愛の超克という方向へ展開することはなかった。しかし、十一世紀以降の人々にとって、救済という課題が等閑視されていたわけでは決してない。往生伝や仏教説話集がさかんに編纂されることからもうかがえるように、それは人々の強い関心の的であった。また、十一世紀初頭頃から法文歌が本格的に詠まれ出すように、『法華経』をはじめとする経典類もますます人々の身近な存在になっていったと思われる。たとえば、『金葉和歌集』には

地獄絵に剣の枝に人の貫かれたるを見てよめる
あさましや剣の枝のたわむまでこは何の身のなれるなるらん
（雑下・六四四・和泉式部）

という和歌が収められている。これが衆合地獄（往生要集）を踏まえての詠作だとすると、ここでは男性の邪欲が見据えられているということになろう。あるいは、少し時代は下るが、『発心集』には

・たとひ、同じ心なる中（＝相思相愛の仲）とても、幾世かはある。楊貴妃はむなしく比翼の契りを残し、李夫人はわづかに反魂のけふりにのみあらはれたり。況や、思はぬ人の為には、ことにふれつつあはれも知らんことわりもなし。思ひあまりぬる時、富士の嶺をひきかけ、海士の袖とかこちて、ねんごろに心の底をあら

はせど、何のかひかはある。独り胸をこがし、袖をしぼる程は、いみじくあぢきなくなむ侍り。いかに況や、此の世ひとつにてやむべき事にてもあらず。其の報ひむなしからねば、来世には又、人の心を尽さすべし。此の如く、世々生々、互ひにきはまりなくして生死のきづなとならん事の、いと罪深く侍るなり。此の度、思ひ切りて、極楽に生まれなば、うきもつらきも寝ぬる夜の夢にことならじ。立帰り善知識とさとりて、かれをみちびかん事こそあらまほしく侍れ。もし、浄土にてなほ尽きがたき程のうらみならば、其の時云ひむかへをもせよかし。（5－2）

・女のならひ、人をそねみ、物をねたむ心により、多くは罪深き報ひを得るなり。中々かやうにあらはれぬる事は、悔いかへして罪滅ぶる方もありぬべし。つれなく心にのみ思ひくづほれて一生を暮らせる人の、強く地獄の業を作りかためつるこそ、いと心うく侍れ。いかにもいかにも、心の師となりて、かつは前の世の報ひと思ひなし、かつは夢の中のすさみとも思ひけして、一念なりとも悔ゆる心を発すべきなり。或る論には、「人もし重き罪を作れども、聊かも悔ゆる心のあれば、定業とならず」とこそ侍るなれ。（5－3）

といった文言を認めることができる。(6) このように、否定すべきものとして恋心を捉える思想は、着実に人々の間に浸透していったのだと推察される。

しかし、救われるために恋心（を含む現世執着）を断つというのは、一般の人間にはなかなかできることではない。十三世紀前半に成立した『閑居友』下二には、男に捨てられたことを契機として出家した女の話が載るが、そこにも、

K人に忘らるる人はみな、恨みにまた恨みを重ねつゝ、罪に猶罪を添ふる事にて侍るを、ひたすら思ひ忘れて、憂き世を遁るゝ中だちとなしけんこと、いといみじう覚え侍り。妙なりと見し人の、恨みの心に堪へずして、恐ろしき名をとゞめたる事は、あがりてもあまた聞こゆるに、あまさへ、世を厭ふしるべとせん事は、猶類

なかるべし。

とあるように、[7]通常は恨み心を断ち切ってひたすら仏道修行に専念するとはいかないものであろう。「妙なりと見し人の〜」というのは六条御息所などを想起させる一文だが、現実の世界においてもたとえば『うたたね』や『とはずがたり』に描き出されているように、出家してもなお思いは残るのである。とすれば、恋心を断ち切るべしという教えとそれに反して動き出す情念との対立葛藤の中でもがき苦しみ格闘していたというのが、当時の人々の実情なのではなかったか。

こうして、十一世紀初頭頃に明確化してきた恋心（恋愛）と道心（仏教）との対立の構図を潜在させながら、十一世紀以降の恋愛文学史は、それを乗り越えることができずに停滞期に入っていくのだと思われる。見方を変えて言えば、救済の問題はそれとして追究しつつ、物語や和歌（恋歌）などにおいては、『源氏物語』や三代集などを規範としながら、別様に恋愛を描き出していくのである。ここに、七世紀以降展開してきた恋愛文学の歴史は飽和点に達することになったのだと了解される。本書で扱う「日本古代恋愛文学史」が十一世紀初頭の『源氏物語』をもって一区切りと見なす所以である。そして、恋心（恋愛）と道心（仏教）の潜在的な対立構図のもとに、恋心の否定すなわち人間の救済を模索し続ける中世恋愛文学の段階を経て、恋心を真正面から肯定するところに恋愛文学史の近代は開始されるのだと見通されるのである。[8]

＊　　＊　　＊

以上、本書では七世紀から十一世紀の恋愛文学の歴史を概観してきた。ここで改めてその内容をまとめて、本書の結びとしたい。

恋愛文学の発生母胎として歌垣がある。知られるように、これは東アジア世界に広く認められる現象だが、倭の歌垣歌はどのような特徴を持っていたのか、現存資料に乏しいゆえ断定的なことは言いにくい。しかし、初期萬葉歌として残されている相聞歌の大半が贈答歌であり、また「相聞」という部立の名称そのものが「往来存問」を原義とする点から考えれば、いまだ対詠的な性格が強く機智的な言葉の応酬を旨とするものであったかと推察される。言い換えれば、内省的な抒情歌は十分に発達していなかったと想像されるのである。

そういう倭の恋愛文学に大きな影響を与えたのは、やはり中国文学であった。孝徳紀や斉明紀に記される哀傷歌謡には中国文学の影響が指摘されているが、それらとの出会いを通して、遺された者の悲しみを言語化する道が開けてきたのである。それはまず、挽歌として花開くことになった。たとえば、実質的な萬葉挽歌の誕生を告げるとされる天智挽歌群（天智は六七〇年没）には古くからの伝統を引き継ぐ儀礼的な挽歌のほかに、近親者の悲しみの情を詠んだ私的な挽歌も認められるが、後者の挽歌こそ孝徳・斉明朝に端を発する新しい抒情歌の流れを汲むものに他ならない。後者の型は、十市皇女挽歌（2・一五六～八）や大津皇子挽歌（2・一六三～六）あるいは柿本人麻呂「泣血哀慟歌」（2・二〇七～一六）などの亡妻挽歌に受け継がれていくのだが、このように、最愛の人を失って「ひとり」となった悲しみを表現することは、まず挽歌において定着したのである。

そのようにして誕生した新たな抒情はやがて相聞歌にも浸透してくることになるのだが、その過程で重要な役割を果たしたのが「人麻呂歌集」の存在である。前述のように、古い時代の相聞歌は対詠性の強いものであったと考えられる。人麻呂歌集は、そのような相聞歌を一首単独で採録した。このことは、具体的な歌の現場から表現を切り離し、歌の表現それじたいに目を向けさせるものでもあったと評価することができる。また、男女の強い連帯を前提とする呪術的共感関係に生きていた七世紀後半の人々にとって、恋人や配偶者の不在を嘆き「ひとり」である悲しみを表出することは忌避されやすかったと想像されるが、柿本人麻呂「石見相聞歌」（2・一三一～八）などが詠まれることを通して、当時の人々の間にも次第に新たな抒情が浸透していったのだと思われる。

こうして、七世紀末から八世紀にかけて抒情性を高めてきた相聞歌（恋愛文学）は、恋する感情を直接的に表

出するのではなく、相手に逢えない悲しみと向き合う方向に展開していくことになった。たとえば、

後れ居て恋ひつつあらずは追ひ及かむ道の隈廻に標結へ我が背　（2・一一五・但馬皇女）

後れ居て恋ひつつあらずは紀伊の国の妹背の山にならましものを　（4・五四四・笠金村）

という歌。ともに「後れ居て恋ひつつあらずは」という共通の歌い出しを持つが、七世紀の例である前者はそこから「追ひ及かむ」という積極的な行動を詠むのに対して、八世紀（七二四年）に詠まれた後者は「妹背の山にならましものを」と非現実的な願望に収束していくのである。後者の型は「後れ居て恋ひつつあらずは田子の浦の海人ならましを玉藻刈る刈る」（12・三二〇五）「後れ居て恋ひば苦しも朝狩の君が弓にもならましものを」（14・三五六八・防人歌）などにも認められ、八世紀の一般的な傾向であったと考えられる。同様に、「人妻」を詠み込んだ

紫草のにほへる妹を憎くあらば人妻故に我恋ひめやも　（1・二一・大海人皇子）

凡ろかに我し思はば人妻にありといふ妹に恋ひつつあらめや　（12・二九〇九）

という歌。前者はよく知られた七世紀（天智朝）の例、後者は詠作年次未詳ながらおそらく八世紀のものだと思われる。これらは「〜仮定条件句＋…めや（反語）」という同一構文の歌ではあるが、前者が蒲生野での袖振りという具体的な行為を通して、「我恋ひめやも」と相手に向かう直接的な思いを表現し得ているのに対し、後者は「恋ひつつあらめや」と人妻への恋心ゆえに苦しみ続ける自己を見出したものとなっている。あるいはまた、歌以外に目を転じても、比較的古い伝承を残すと考えられる『古事記』所載の二男一女型の伝承が、恋してはいけない男性を女性が選択することにより死に追い込まれるという展開になるのに対して（垂仁記や仁徳記）、虫麻呂歌集に載る菟原処女伝承（9・一八〇九〜一一）では、恋する男との愛に生きるのではなくその思いを封じ込めて女が自ら死を選ぶという展開になっているのである。

このように内省化を強めていった八世紀の恋愛文学は、特に女性を主体とする場合に相手の心変わりという問題を手繰り寄せてくることになった。七三一〜二年頃の作と推定される、大伴坂上郎女「怨恨歌」（4・六一九〜二〇）などがその代表的なものだが、この方向は九世紀へと引き継がれ、『古今和歌集』の時代になると

忘れ草なにをか種と思ひしはつれなき人の心なりけり　（恋5・八〇二・素性法師）

思ふてふ人の心の隈ごとに立ち隠れつつ見るよしもがな　（雑躰・一〇三八）

といった「人の心」に注目する和歌や

秋風に山の木の葉の移ろへば人の心もいかがとぞ思ふ　（恋4・七一四・素性法師）

わが袖にまだき時雨の降りぬるは君が心に秋や来ぬらむ　（恋5・七六三）

といった掛詞「あき」を生み出すことになる。また、男の心を移ろいやすいものとするそのような発想の浸透を背景として、求婚者たちを拒む際に「世のかしこき人なりとも、深き心ざしを知らでは、あひがたしとなむ思ふ」と発言する『竹取物語』の主人公かぐや姫も造型されることになったと考えられる。

こうして、男の心への注目度を高めた平安朝の恋愛文学（女性が主体の場合）であったが、男性作家によると思われる『竹取物語』や『落窪物語』では、男の浮気心が問題にはされるものの、最終的には男の心は信頼に足るというところに帰着していくものであった。しかし、現実を生きる女性にとって、必ずしも物語通りの人生が用意されていたわけではない。この〈人の心〉という問題は、十世紀後半を生きた一人の女性によって、更なる展開を見せることになる。それが『蜻蛉日記』である。道綱母も兼家との結婚当初は、その心変わりを心配し、兼家の心のあり方に一喜一憂する日々を送っていた。しかし、結婚十七年目に当たる天禄元年（九七〇）頃から兼家の足が遠のき始めると、自分自身に問題を引きつけて考えるようになり、最終的には兼家に振り回されてしまう自分自身の心と向き合うという態度を身につけるに至る。それが、下巻冒頭の「今年は天下に憎き人ありとも、

思ひ嘆かじなど、しめりて思へば、いと心やすし」という宣言なのだと思われる。

一方、男性を主体とする恋愛文学は、相手の女性に自らの恋心を訴えるという性質上、相手の心へと迂回することなく、自分自身の心と常に向き合っていたと思われるが、十世紀末に成立した『うつほ物語』において、そのような恋心を否定的に捉える眼差しが獲得されるに至る。言うなれば、八世紀以降進展してきた内省化の流れを踏まえて、女性を主体とする場合は、九世紀から十世紀前半にかけて〈人の心〉という課題を探り当ててはいたが、十世紀後半になると再び、男性を主体とする場合も女性を主体とする場合もともに、自らの恋心を主題化するようになったということである。

このような流れを踏まえて、十一世紀初頭に『源氏物語』が誕生することになる。物語は、男に捨てられてなお未練を抱き続けてしまう道綱母のような存在を念頭に置きながら、六条御息所という人物を造型した。伊勢下向を思いながらも源氏への思いが断ち切れず、やがてもののけにまでなってしまうという御息所のありようは、『蜻蛉日記』が切り開いた〈我が心〉という課題をさらに深めたものと考えられる。しかし、それはなにも六条御息所に限られたことではない。さすがにもののけにまでなってしまうのは極端な例だが、それは御息所だけが〈我が心〉（源氏への思い）を封じ込めきれなかったということであり、藤壺や明石の君など源氏に惹かれつつもその思いを封じ込めながら源氏と繋がろうとする女君たちと御息所の間に見かけほどの差はないと考えられる。また、貞淑なありようが指摘される蓬生巻の末摘花にしても、来訪の途絶えた源氏をいつまでも待ち続けるなどいう行為は、およそ常識的な判断能力（我が心）を持たない末摘花にしか可能ではなかったという意味において、この時代の女の苦悩（〈我が心〉という課題）を深く見据えた、いかにも『源氏物語』らしい人物設定なのだと思われる。

このように恋する自らの恋心とどう向き合うのかという点から女君を造型していた『源氏物語』であったが、

第二部に入ると、更なる展開を見せることになる。女三の宮降嫁を契機として、紫の上は苦悩を深めていくことになるが、彼女に最終的に課せられた課題は六条御息所のように諦めきれない源氏への未練（我が心）ではなく、むしろ反対に、出家を願うもののそれを許そうとはしない源氏の執着といかに向き合うかというものであった。男の恋心を執着として捉える発想は『うつほ物語』の切り開いたものだと思われるが、〈我が心〉の課題を追求してきた『源氏物語』は、第二部に入るとそれを「執」として明示的に捉え、女三の宮と柏木、落葉の宮と夕霧の関係も含めて、その男の執着と女がどう向き合うのかという問題を提示したのである。そして、物語は執着を抱えて生きる人間を「あはれ」と包み込む光源氏や紫の上を描き出すことでいったんこの問題に一つの回答を与えたと思われるのだが、「あはれ」という情緒的なものに回収していくのではなく、この問題を別様に捉え直そうとするところから宇治十帖が書かれることになった。そこでは、道心（仏教）と恋心（恋愛）を対立的に捉えながら、恋する人間の救済ということが模索されていくようになる。

同じような構図は、『和泉式部日記』や平安後期物語などにも指摘でき、十一世紀以降の恋愛文学の枠組みとなっていったと予想されるのだが、しかし、恋する人間の救済を描ききることは容易なことではない。十一世紀以降、往生伝や仏教説話集などが数多く編纂されることからも、救済という課題が人々の強い関心の的であったと思われるのだが、それを描き出した文学作品はとうとう出現しなかったと思われる。恋する人間の救済という課題を潜在的に抱え込みながら、以降の恋愛文学は停滞期に突入するのである。

（1）　清水文雄「和泉式部」（『中古の歌人』日本歌人講座第二巻、弘文館一九六八年）参照。

（2）　平田喜信「女流日記文学における『和泉式部日記』の位置」（『和泉式部日記　紫式部日記』女流日記文学講座第三巻、

勉誠社一九九一年）など参照。

（3）もっとも、散逸物語『かばねたづぬる三宮』や『狭衣物語』の飛鳥井の女君を考えれば、浮舟のように入水する女君の救済という問題は考慮されていたと思われる。

（4）池田和臣「『源氏物語』の水脈―浮舟物語と『夜の寝覚』―」（『源氏物語　表現構造と水脈』武蔵野書院二〇〇一年）など参照。

（5）横井孝『〈女の物語〉のながれ』（加藤中道館一九八四年）。

（6）『発心集』の引用は、新潮日本古典集成（新潮社）に拠る。

（7）『閑居友』の引用は、新日本古典文学大系（岩波書店）に拠るが、仮名遣い等を改めた。

（8）拙稿「恋愛―愛情か友情か　文学アプローチ―」（『データで読む日本文化：高校生からの文学・社会学・メディア研究入門』風間書房二〇一五年三月刊行予定）では、二男一女型物語の展開を通して古代から近代までの恋愛文学史を素描し、友情と愛情との間で悩む近代的な葛藤が成立してくる様を論じた。本書の見通しに関わるものとして、参照されたい。

初出一覧

序章　書き下ろし

第一篇

第一章　原題そのまま　『国語と国文学』二〇〇二年十二月

第二章　原題そのまま　『成蹊大学文学部紀要』二〇一〇年三月

＊大幅な補訂を行った。

第三章　原題そのまま　『国語と国文学』二〇〇四年九月

＊補訂を行った。

第四章　原題そのまま　『成蹊大学文学部紀要』二〇〇七年三月

第五章　原題そのまま　『国語国文』二〇〇七年十二月

第六章　原題そのまま　『日本文学』二〇〇九年六月

第二篇　九・十世紀の恋愛文学

第一章　原題そのまま　『成蹊国文』二〇一〇年三月

第二章　副題「物語文学成立史一面」を削除　『古代中世文学論考』第十集、新典社二〇〇三年十一月

第三章　原題「十世紀の恋愛文学覚書」　『成蹊国文』二〇〇八年三月

第四章　副題「『蜻蛉日記』試論」を訂正　『中古文学』二〇〇四年十一月

第五章　原題そのまま　『朱』二〇〇五年三月
第六章　副題「恋愛文学史上の『うつほ物語』」を訂正　『国語と国文学』二〇一一年八月

第三篇　恋愛文学としての『源氏物語』
第一章　原題「夕顔造型試論」『むらさき』二〇〇〇年十二月
＊補訂を行った。
第二章　原題そのまま　『国語と国文学』一九九九年十二月
＊補訂を行った。
第三章　原題「六条御息所の生霊化」『人物で読む源氏物語　六条御息所』勉誠出版二〇〇五年五月
第四章　副題「物語の方法と複眼的視点」を削除　『古代中世文学論考』第六集、新典社二〇〇一年十月
＊補訂を行った。
第五章　原題そのまま　『成蹊国文』二〇〇六年三月
＊補訂を行った。
第六章　次の二本を合わせて一本とした　「薫と大君の物語―宇治十帖論のために―」（『成蹊国文』二〇一三年三月）「薫と浮舟の物語」（『成蹊国文』二〇一四年三月）
終章　書き下ろし

＊特に断らないものについても、加筆・訂正を行った。

あとがき

本書は、二〇〇五年九月に東京大学大学院人文社会系研究科から博士（文学）の学位を取得した論文『日本古代恋愛文学史の研究――〈待つ女〉の誕生と展開をめぐって――』を基に、その後の新稿を加えて一書にしたものである。初めて論文を発表したのが一九九九年十二月なので（第三篇第二章）、それから十五年の歳月が経過したことになる。

この論文で六条御息所を「待つ女」と捉えたことを出発点として、私の研究は〈待つ女〉という文学的素材の誕生や展開を解き明かそうとする方向に向かうことになった。第一篇第一章の額田王論や第二篇第二章の『竹取物語』論はそのような展望のもとに書いたものである。そして、第二篇第四章に収めた『蜻蛉日記』論を踏まえて、額田王歌――（大伴坂上郎女「怨恨歌」）――かぐや姫―道綱母―六条御息所という系譜を軸として、日本古代の恋愛文学史を記述しようと試みたのが、前記した博士論文である。これは、副題に明らかなように、〈待つ女〉を切り口として言わば女性の側から日本古代の恋愛文学史を明らかにしようと試みたものであるが、その後、第一編第五章に収めた人妻論を書いたあたりを契機として、私の研究は男の恋の問題にも関心を拡大していくようになる。その過程で、十世紀の恋愛文学史を構想していた頃（第二篇第三章）にはうまく位置付けられなかった『うつほ物語』について再考したのが、第二篇第六章の『うつほ物語』論である。単に物語の展開をなぞっただけのような拙いものではあるが、私としてはこの論文を書くことによって、『うつほ物語』から『源氏物語』への展望を獲得することができた。そして、第三篇第六章に収めた宇治十帖論を書く過程で、〈待つ女〉の展開をめぐって浮かび上がってきた〈我が心〉の問題と人妻論以降考えてきた男の恋心という問題とが、結局は執着という同じ課題に行きつくと考えるようになり、そこに古代の終焉＝中世の始発を見届けたことでようやく「日本古代恋愛文学史」として一書をまとめる決心をしたのである。

文学史を記述したいというのは、昔からの夢であった。一九九四年四月に文学部のある本郷に進学した際、多田一臣先生のゼミで自己紹介をすることになり、他の参加者が具体的な作家や作品名を挙げる中で、自分は文学史を勉強したいと発言したことを今でも覚えている。とはいえ、それは容易なことではない。文学史を書くとはどういうことなのか、そもそも文学とは何なのか。暗中模索していた私にとって、文学史記述の大きな指針になったのが、恩師鈴木日出男先生の『古代和歌史論』の「あとがき」に記されていた次の一節であった。

大学院時代の指導教官であった秋山虔先生がしばしば、文学史の動態的な論理は、微視的な分析と巨視的な展望の相俟ったところに、はじめて導き出されるものと言われた、その趣意がいまさらながら反芻されるのである。

以来、微視的な分析と巨視的な展望の二つながらを大切にしてきたつもりである。本書でも、作品に用いられた語句や語法にこだわって丁寧な読解に努めると同時に、それらを大きな文学史の流れに位置付けるように試みた。それが、瑣末な事柄に拘泥したり誇大妄想に取り憑かれたりする結果になっていなければ幸いである。

そういう意味でも、本書を鈴木日出男先生にお読みいただけないのは、何としても悲しい。鈴木日出男先生には学部・大学院時代に指導教官としてご指導いただいただけでなく、一年間だけではあったが勤務先の成蹊大学では同僚としてご一緒する機会にも恵まれた。その間、提出したての博士論文をお読みいただき、早く本にまとめるようにと何度もお勧めいただいた。その度にまだ準備が出来ていませんからとお答えするのが常となっていたが、今となってはもっと早くにまとめられなかったものかと悔やまれてならない。「君は算数で解ける問題を数学で解こうとしているね」とは、学部時代の私のゼミ発表を聞いてよく鈴木日出男先生が口にされた言葉だが、はたして本書を何と評されるのか。「君も少しは数学の問題が解けるようになってきたね」くらいのお言葉はかけてくださるだろうか。

改めてこれまでの研究生活を振り返ってみると、実に多くの方々のお世話になってきたことに気付かされる。鈴木日出男先生からは、文学の与える感動と向き合うことの大切さを教わった。文学が人を感動させる言語表現である以上、文学研究はその感動生成の機構《メカニズム》を解き明かすことに繋がるものでなければならないと思う。多田一臣先生からは、古代の表現は古代の論理に即して考えねばならないことを、藤原克己先生からは、『古今和歌集』や『源氏物語』がもつ文学としての普遍性に目を向けることの重要性を教わった。古代文学が持つ固有性と普遍性と、その両方に今後とも目を向けていきたい。また、先輩や友人たちとの議論を通していろいろな刺激を受けたことも、私の研究の大きな糧となっている。大学院生時代に夜遅くまで語りあった時間がかけがえのないものであったと、今改めて痛感する。「はじめに」で述べた古代の定義は、尊敬する友人に対しての十数年遅れの私の回答でもある。

本書の出版を勧めてくださったのは、藤原克己先生である。なかなか一書にまとめる決心がつかず、作業が進まない私を辛抱強く見守り励まし続けてくださった。また、出版に際しては、笠間書院の池田つや子会長と橋本孝編集長にご高配を賜り、編集の重光徹氏には大変お世話になった。深く感謝申し上げる次第である。

なお、本書は成蹊大学学術研究成果出版助成を受けて刊行されたものである。

二〇一四年十二月

吉田幹生

著者略歴

吉 田 幹 生（よしだ・みきお）

1972年　京都府生まれ
1997年　東京大学文学部卒業
2004年　東京大学大学院人文社会系研究科博士課程退学
2005年　成蹊大学文学部専任講師
現　在　成蹊大学文学部准教授　博士（文学）

論文・著書

「古今集研究史」（『古今和歌集研究集成』第３巻、風間書房2004年）
「物語文学成立前史」（『国語と国文学』第86巻第５号、2009年）
「靫負尉と簾中の人影―松風巻試解―」
（『歴史のなかの源氏物語』思文閣出版2011年）
「作中和歌の意味と機能―夕顔巻「心あてに」をめぐって―」
（『文学』第16巻第１号、2015年）
など。

日本古代恋愛文学史《にほんこだいれんあいぶんがくし》

平成27（2015）年２月28日　初版第１刷発行©

著　者　吉 田 幹 生

装　幀　笠間書院装幀室

発行者　池 田 圭 子

発行所　有限会社笠間書院

東京都千代田区猿楽町2-2-3［〒101-0064］
電話　03-3295-1331　fax　03-3294-0996

ISBN978-4-305-70759-8　藤原印刷

出版目録は上記住所までご請求下さい。
http://kasamashoin.jp

作品名索引

●あ

赤人集…*143*

●い

和泉式部日記…*419〜23*
伊勢物語…*97, 214, 232〜34, 240, 283, 357*

●う

うつほ物語…*108, 240, 268〜85*

●え

永久百首…*261*

●お

落窪物語…*228〜31, 240, 264, 321*
大鏡…*264*

●か

懐風藻…*184*
蜻蛉日記…*107〜08, 235〜36, 238〜67, 432〜33*
閑居友…*428〜29*

●き

金葉和歌集
644…*427*

●け

源氏物語…*108, 165, 208, 248, 289〜418*

●こ

古今和歌集
139…*419*
184…*184*
186…*184*
187…*184*
486…*146*
521…*146*
562…*146*
569…*214*
570…*214*
602…*146, 215*
691…*210*
714…*225, 432*
718…*214*
719…*166*
725…*166, 185*
726…*166, 185*
763…*166, 225, 432*
770…*210*
795…*226*
797…*186, 226*
799…*231*
802…*225, 432*
809…*215*
820…*166, 225*
821…*166, 185*
824…*166*
950…*367*
956…*367*
973…*248*
982…*263*
1038…*225, 432*
1044…*186*
1093…*358*
古今和歌六帖…*142〜43, 263, 266*
古事記…*9〜11, 95, 110〜27, 151〜52, 155〜56, 194, 197, 262*
古事記歌謡
5…*24〜25*
7…*18, 110, 155*
8…*110, 155*
34…*10*
35…*10*
36…*10*
37…*10*
53…*113*
58…*96*
64…*113*
75…*124*
76…*96*
88…*113, 199*

92…*122*
93…*122, 124*
94…*122*
95…*122*
後撰和歌集
70…*253*
133…*369*
688…*142*
750…*241*
897…*241*
919…*211, 241*
1003…*240*
1091…*214～15*
1191…*369*
今昔物語集…*319～20*

●さ

狭衣物語…*423～26*

●し

十訓抄…*210, 331～32*
拾遺和歌集
943…*236*
946…*236*
984…*236*
1214…*142*
1267…*264*
1268…*264*
続浦嶋子伝記…*159*
新古今和歌集
1149…*211, 241, 395*
新撰萬葉集…*224*
新撰六帖…*261*

●た

竹取物語…*159～60, 188～221, 226～28, 281, 432*
丹後国風土記（逸文）…*158～59*

●と

俊頼髄脳…*318*

●に

日本書紀…*9, 11, 14, 95, 111～12, 114～15, 151～55*
日本書紀歌謡
5…*111, 154*
6…*111, 154*
40…*17*
47…*19*
65…*114*
94…*11*
95…*12*
98…*11*
113…*13*
114…*13*
115…*92*
116…*13, 58*
117…*13*
118…*13*
119…*13*
120…*13*
121…*13*
123…*13, 73*
日本霊異記…*156～58, 194, 202, 221*

●は

浜松中納言物語…*423～25*

●ひ

常陸国風土記…*7*
貧女吟…*209～10*

●ほ

保元物語…*353*
法華験記…*329*
発心集…*427～28*

●ま

枕草子…*240, 293, 300, 320*
匡衡集…*266*
萬葉集
巻一・8…*15*
巻一・13…*54*
巻一・14…*54*
巻一・15…*54*
巻一・16…*49*
巻一・17…*53, 92*
巻一・18…*53*
巻一・19…*53*
巻一・20…*47～49, 134*
巻一・21…*128～29, 132, 134～35, 431*
巻一・40…*50*

巻一・41…*50*
巻一・42…*50*
巻一・43…*24, 50*
巻一・57…*51*
巻一・58…*51*
巻一・59…*24, 51*
巻一・83…*96*
巻二・85…*199*
巻二・86…*199*
巻二・87…*199*
巻二・88…*199*
巻二・91…*63*
巻二・92…*63*
巻二・95…*22*
巻二・96…*167～69*
巻二・97…*167～69*
巻二・98…*167～69*
巻二・99…*167～69*
巻二・100…*167～69*
巻二・114…*198*
巻二・115…*198, 431*
巻二・116…*198*
巻二・117…*100*
巻二・122…*131～32*
巻二・123…*92*
巻二・131…*85～106*
巻二・132…*85～106*
巻二・133…*85～106*
巻二・134…*85～106*
巻二・135…*85～106*
巻二・136…*85～106*
巻二・137…*85～106*
巻二・138…*85～106*
巻二・139…*85～106*
巻二・147…*15*
巻二・148…*15*
巻二・149…*15*
巻二・150…*16, 73*
巻二・151…*16*
巻二・152…*16*
巻二・153…*16*
巻二・154…*16*
巻二・155…*16*
巻二・195…*173*
巻二・210…*73*
巻三・248…*37*
巻三・285…*51*
巻三・286…*51*
巻三・325…*172*
巻三・365
巻三・395…*182*
巻三・401…*51*
巻三・402…*51*
巻三・431…*194*
巻三・459…*184*
巻三・462…*52*
巻三・463…*52*
巻三・478…*183*
巻三・481…*70*
巻四・485…*22*
巻四・488…*31～64*
巻四・489…*18, 31～64, 74*
巻四・500…*24*
巻四・509…*96*
巻四・517…*141*
巻四・519…*172*
巻四・527…*180*
巻四・542…*177*
巻四・543…*200*
巻四・544…*200, 431*
巻四・564…*7, 173*
巻四・581…*177～78*
巻四・582…*177～78*
巻四・583…*177～78*
巻四・584…*177～78*
巻四・589…*181*
巻四・599…*130*
巻四・620…*180*
巻四・623…*184*
巻四・624…*134*
巻四・640…*80*
巻四・646…*148*
巻四・684…*317*
巻四・696…*172*
巻四・714…*74*
巻四・717…*146, 215*
巻四・722…*124*
巻四・749…*175*
巻四・765…*52*
巻四・766…*52, 73*
巻四・767…*176*
巻四・772…*176*

巻五・885…*73*
巻五・886の序…*202*
巻五・897…*70*
巻六・920…*94*
巻六・963…*180*
巻六・1008…*180～81*
巻六・1034…*36, 51*
巻六・1035…*36, 51*
巻七・1118…*262*
巻七・1174…*139, 171*
巻七・1180…*171*
巻七・1191…*176*
巻七・1225…*172*
巻七・1230…*171*
巻七・1238…*95*
巻七・1244…*97*
巻七・1256…*69*
巻七・1312…*136*
巻七・1339…*182*
巻七・1341…*143*
巻七・1351…*182*
巻八・1431…*172*
巻八・1435…*78*
巻八・1451…*178*
巻八・1458…*179*
巻八・1459…*179, 183*
巻八・1476…*38*
巻八・1486…*180*
巻八・1487…*180*
巻八・1520…*138*
巻八・1523…*44*
巻八・1529…*42*
巻八・1530…*38*
巻八・1531…*38*
巻八・1535…*79*
巻八・1561…*57*
巻八・1570…*79*
巻八・1605…*173*
巻八・1614…*38*
巻八・1615…*38*
巻八・1619…*38*
巻八・1620…*38*
巻八・1627…*38*
巻八・1628…*38*
巻八・1629…*73*
巻八・1632…*41*
巻八・1637…*38*
巻八・1638…*38*
巻八・1656…*38*
巻八・1657…*38*
巻八・1659…*193*
巻九・1666…*24*
巻九・1690…*95*
巻九・1698…*69*
巻九・1718…*173*
巻九・1739…*195*
巻九・1740…*218*
巻九・1759…*144*
巻九・1762…*69*
巻九・1772…*130*
巻九・1773…*171*
巻九・1782…*167, 169～70*
巻九・1783…*167, 169～70*
巻九・1801…*192～93*
巻九・1802…*198*
巻九・1807…*194～95*
巻九・1808…*195*
巻九・1809…*192～94, 196～200, 207*
巻九・1810…*196～200*
巻九・1811…*196～200*
巻十・1910…*146*
巻十・1923…*139*
巻十・1925…*72*
巻十・1936…*130*
巻十・1971…*173*
巻十・1998…*136*
巻十・1999…*132, 135～36*
巻十・2015…*42*
巻十・2023…*172*
巻十・2026…*97*
巻十・2031…*77*
巻十・2032…*70*
巻十・2038…*139*
巻十・2090…*192*
巻十・2131…*192*
巻十・2143…*40*
巻十・2149…*73*
巻十・2189…*185*
巻十・2193…*185*
巻十・2204…*185*
巻十・2241…*174*
巻十・2247…*146*

巻十・2269…*171*
巻十・2297…*138, 172*
巻十・2298…*40, 181*
巻十・2301…*41, 77*
巻十・2316…*70*
巻十・2323…*79*
巻十一・2352…*70*
巻十一・2352の一云…*72*
巻十一・2353の一云…*92*
巻十一・2359…*41*
巻十一・2364…*41*
巻十一・2365…*132*
巻十一・2367…*132*
巻十一・2369…*67〜76*
巻十一・2372…*75*
巻十一・2375…*75*
巻十一・2376…*76*
巻十一・2377…*76*
巻十一・2378…*76〜78, 100*
巻十一・2379…*78〜80*
巻十一・2380…*8*
巻十一・2381…*73*
巻十一・2382…*80〜81*
巻十一・2383…*78*
巻十一・2385…*75*
巻十一・2391…*75*
巻十一・2392…*76*
巻十一・2393…*76*
巻十一・2394…*148*
巻十一・2402…*76*
巻十一・2409…*40*
巻十一・2412…*174*
巻十一・2418…*174*
巻十一・2437…*82*
巻十一・2443…*82*
巻十一・2449…*82*
巻十一・2455…*170〜73*
巻十一・2464…*94*
巻十一・2465…*40*
巻十一・2471…*82*
巻十一・2472…*146*
巻十一・2479…*174*
巻十一・2482…*82*
巻十一・2485…*89*
巻十一・2486…*131〜32*
巻十一・2496…*182*
巻十一・2501…*174*
巻十一・2512…*42*
巻十一・2513…*152*
巻十一・2528…*75*
巻十一・2534…*130*
巻十一・2565…*130*
巻十一・2568…*136*
巻十一・2589…*176*
巻十一・2593…*13*
巻十一・2595…*176*
巻十一・2597…*214*
巻十一・2599…*131〜32*
巻十一・2600…*68〜70*
巻十一・2611…*69*
巻十一・2617…*8*
巻十一・2624…*182*
巻十一・2659…*77*
巻十一・2666…*73*
巻十一・2667…*42*
巻十一・2674…*73*
巻十一・2685…*171*
巻十一・2689…*202*
巻十一・2733…*124*
巻十一・2785…*171*
巻十一・2800…*8, 77*
巻十一・2814…*176*
巻十一・2815…*75*
巻十一・2822…*79*
巻十一・2828…*182*
巻十二・2842…*174*
巻十二・2845…*171*
巻十二・2848…*174*
巻十二・2849…*174*
巻十二・2850…*174*
巻十二・2864…*74*
巻十二・2841…*72*
巻十二・2845…*78*
巻十二・2864…*42, 79*
巻十二・2873…*77*
巻十二・2893…*148*
巻十二・2901…*79*
巻十二・2906…*193*
巻十二・2909…*136, 138, 431*
巻十二・2919…*24*
巻十二・2927…*172*
巻十二・2933…*75*

卷十二・2944…*72*
卷十二・2946…*134*
卷十二・2962…*8*
卷十二・2963…*70～71*
卷十二・2965…*69*
卷十二・3017…*132*
卷十二・3024…*73, 138*
卷十二・3030…*79*
卷十二・3932…*97*
卷十二・3044…*42*
卷十二・3058…*75, 182*
卷十二・3086…*124*
卷十二・3093…*132, 137*
卷十二・3095…*153*
卷十二・3104…*79*
卷十二・3115…*8, 140*
卷十二・3116…*8*
卷十二・3128…*174*
卷十二・3145…*176*
卷十二・3175…*214*
卷十二・3180…*130*
卷十二・3191…*77*
卷十二・3205…*199, 431*
卷十二・3212…*90*
卷十二・3219…*100*
卷十二・3220…*181*
卷十三・3228…*172*
卷十三・3237…*73*
卷十三・3240…*91*
卷十三・3249…*58*
卷十三・3251…*131*
卷十三・3274…*71～72*
卷十三・3298…*77*
卷十三・3310…*193*
卷十三・3312…*193*
卷十三・3317…*77*
卷十三・3329…*72*
卷十三・3344…*80*
卷十四・3354…*124*
卷十四・3402…*89*
卷十四・3457…*25*
卷十四・3472…*141*
卷十四・3498…*25*
卷十四・3539…*140*
卷十四・3541…*140*
卷十四・3557…*140*
卷十四・3568…*199, 431*
卷十五・3583…*23*
卷十五・3589…*73*
卷十五・3615…*176*
卷十五・3633…*69*
卷十五・3636…*24*
卷十五・3651…*97*
卷十五・3658…*57*
卷十五・3659
卷十五・3662…*77*
卷十五・3681…*173*
卷十五・3688…*23～24, 44*
卷十五・3713…*184*
卷十五・3716…*184*
卷十五・3737…*124*
卷十五・3777…*72*
卷十六・3786…*201～05*
卷十六・3787…*201～05*
卷十六・3788…*201～05*
卷十六・3789…*201～05*
卷十六・3790…*201～05*
卷十六・3809…*180*
卷十六・3810…*180*
卷十六・3822…*92, 173*
卷十六・3844…*52*
卷十六・3845…*52*
卷十六・3877…*182*
卷十七・3895…*100*
卷十七・3962…*170*
卷十七・3964…*74*
卷十七・3969…*44, 79*
卷十七・3973…*43～44, 70*
卷十七・3975…*70*
卷十七・3978…*170*
卷十七・3983…*80, 181*
卷十七・3984…*181*
卷十七・4030…*181*
卷十八・4135…*69*
卷十九・4194…*181*
卷十九・4195…*181*
卷十九・4196…*181*
卷十九・4207…*181*
卷十九・4208…*181*
卷十九・4211…*192～93*
卷十九・4212
卷十九・4282…*183*

巻二十・4311…*78*
巻二十・4323…*17*
巻二十・4281左注…*140*
巻二十・4322…*176*
巻二十・4331…*44*
巻二十・4339…*24*
巻二十・4340…*24*
巻二十・4378…*171*
巻二十・4398…*91*
巻二十・4423…*88*
巻二十・4424…*89*
巻二十・4425…*58*
巻二十・4445…*171*
巻二十・4470…*202*
巻二十・4484…*183*
巻二十・4501…*183*

●み

躬恒集…*263*

●む

無名草子…*302, 338*
紫式部集…*319*

●や

大和物語…*205〜08, 211〜12, 369*

●よ

好忠集…*143*
夜の寝覚…*426〜27*

●わ

和漢朗詠集…*298*

研究者名索引

●あ

青木周平…*112, 126*
青木生子…*16, 26, 187*
秋山虔…*296, 298, 301, 416*
浅野則子…*186*
網野善彦…*4*

●い

池上洵一…*300*
池田和臣…*300, 417, 435*
池田利夫…*355*
池田弥三郎…*47, 62*
居駒永幸…*26*
石井恵理子…*373*
井手至…*33, 61*
伊藤博…*12, 26, 54, 62, 64, 82〜83, 106, 148, 186*
伊藤博…*396, 417*
稲岡耕二…*22, 27, 62, 74, 83, 88, 106*
井野葉子…*417*
伊原昭…*187*
今井源衛…*211, 224, 289, 299, 317, 354*
今井上…*329, 418*
今井久代…*300, 371, 373, 416, 418*
今西祐一郎…*334, 354*

●う

兎田俊彦…*258, 267*
内田賢徳…*202, 223*
内田るり子…*5, 25*

●え

江富範子…*75, 83*
円地文子…*298, 301*
遠藤耕太郎…*26*

●お

大朝雄二…*311, 317〜18, 321, 329*
大井田晴彦…*276, 284*
大内英範…*237*
大浦誠士…*17, 27, 81, 83〜84*
大野晋…*48, 108*
岡崎義恵…*418*
岡部隆志…*6, 25*
小川靖彦…*48, 62*
小澤俊夫…*161〜62*
小野寺静子…*179, 187*
小野寛…*177〜78, 186*
小野村洋子…*372〜73*
折口信夫…*26, 116〜17*

●か

影山尚之…*83*
梶川信行…*21, 27, 62, 64*
片桐洋一…*234, 237*
勝浦令子…*332, 353〜54*
加藤浩司…*284*
加藤昌嘉…*285*
金井清一…*201, 223*
金盛友子…*416*
川島二郎…*109*
河添房江…*373*
川村裕子…*247, 255*

●き

北川和秀…*64*
北川雅明…*236*
木下正俊…*139, 148*
金静熙…*416*
金秀姫…*418*

●く

工藤重矩…*301*
工藤隆…*6, 26*
熊谷義隆…*318*
黒田徹…*83*

●こ

神野志隆光…*26〜27, 104, 106〜07, 109, 127*
小島憲之…*31, 222*
後藤祥子…*267*

五味智英…*223*

●さ

西郷信綱…*25, 61, 89, 106, 108, 318*
三枝秀彰…*416*
坂井幸夫…*224*
坂本和子…*416*
佐竹昭広…*63*
佐藤勢紀子…*373*

●し

塩谷香織…*103, 108〜09*
篠原昭二…*295, 300*
清水克彦…*106*
清水文雄…*434*
神野富一…*5, 8, 25*
新間一美…*346, 354*

●す

鈴木俊光…*417*
鈴木日出男…*61, 187, 217〜19, 224, 298, 301, 304, 316, 325, 329, 373, 418*
鈴木宏子…*186, 224, 236*
鈴木裕子…*418*

●せ

関口裕子…*201, 221, 223*
関根慶子…*364, 372*
瀬間正之…*223*

●た

高木和子…*336, 354*
高田祐彦…*254, 316〜17, 417*
高野正美…*5, 25, 148*
高橋亨…*224, 417*
高橋六二…*190, 221*
多田一臣…*61〜62, 106*
辰巳正明…*6, 25, 187*
田中隆昭…*350〜51, 353, 355*

●ち

張龍妹…*317, 366〜67, 373*

●つ

塚本澄子…*14, 26〜27*
蔦尾和宏…*329*
土橋寛…*25, 62, 96, 109*

●て

鉄野昌弘…*109*

●と

土居光知…*31*
土佐秀里…*18, 20, 27*

●な

中川照将…*355, 417*
中川正美…*148, 224, 254〜55, 417*
中川ゆかり…*162, 192〜93, 221*
中西進…*26, 40, 61, 63, 127, 148*
中野方子…*187, 254*

●に

西井裕子…*317〜18*
西木忠一…*255*
西村亨…*127*

●ぬ

沼尻利通…*417*

●の

野村精一…*318*
野村剛史…*83*

●は

芳賀紀雄…*187*
橋本四郎…*63*
橋本達雄…*83, 99, 106, 109*
橋本真理子…*317〜18*
原岡文子…*298, 300〜01, 318, 412, 416, 418*

●ひ

東茂美…*187*
日向一雅…*289, 299, 416*
平田喜信…*434*
平野美樹…*254*

●ふ

深沢忠孝…*127*
服藤早苗…*301*
藤井貞和…*205, 223〜24, 301, 418*
藤河家利昭…*300*

藤田一尊…*354*
藤田加代…*364, 372*
藤本勝義…*311, 318, 328〜29*
藤原克己…*63, 187, 351〜52, 354〜55, 417〜18*
古橋信孝…*152, 162, 221, 223, 265, 267*

●ほ

細川涼一…*301*

●ま

益田勝実…*220, 224*
増田繁夫…*263, 265, 267, 317〜18, 334, 354*
松野彩…*276, 284*
真鍋次郎…*186*
丸山キヨ子…*418*

●み

三木雅博…*254*
身﨑寿…*26, 33〜34, 47〜48, 58, 61〜62, 104, 106〜07, 109*
三角洋一…*318, 354*
三田誠司…*106*
三谷邦明…*416*
三田村雅子…*255*
宮内撤…*372*

●む

村田正博…*22, 27, 81, 83〜84, 169, 186*
村山出…*223*
室城秀之…*269*
室田知香…*61*
室伏信助…*284, 355*

●も

毛利正守…*62*
森朝男…*187, 317*
森一郎…*330, 353〜54, 416*
森野崇…*83*
守屋省吾…*255*

●や

矢嶋泉…*120〜21, 127*
柳沢朗…*75, 83*
柳田国男…*162, 188〜89, 221*
山口佳紀…*83〜84, 108*
山本健吉…*62*
山本大介…*162*
山本登朗…*189, 221*

●ゆ

湯川久光…*17, 26〜27*

●よ

横井孝…*427, 435*
横山由美子…*418*
吉井巖…*61, 119, 127*
吉井美弥子…*382, 416*
義江明子…*301*
吉岡廣…*416*
吉川真司…*4*
吉田孝…*4*
吉野政治…*148*
吉野瑞恵…*417*
吉見健夫…*372*

●り

利沢三津夫…*127*

●わ

渡瀬昌忠…*61, 136, 148*
渡辺秀夫…*162*